JOJO
MOYES

Книги
ДЖОДЖО МОЙЕС

До встречи с тобой

Девушка, которую ты покинул

Последнее письмо от твоего любимого

Корабль невест

Один плюс один

Серебристая бухта

Вилла «Аркадия»

Танцующая с лошадьми

Ночная музыка

После тебя

Счастливые шаги под дождем

Где живет счастье

ДЖОДЖО МОЙЕС

Где живет счастье

Издательство «Иностранка»
МОСКВА

УДК 821.111
ББК 84(4Вел)-44
М74

Перевод с английского Ольги Александровой

Серийное оформление Ильи Кучмы

Оформление обложки Виктории Манацковой

Издание подготовлено при участии издательства «Азбука».

Мойес Дж.

М74 Где живет счастье : роман / Джоджо Мойес ; пер. с англ. О. Александровой. — М. : Иностранка, Азбука-Аттикус, 2017. — 576 с.

ISBN 978-5-389-10970-4

Этот магазинчик, своеобразно оформленный, забит самыми разнообразными редкими вещицами, в нем полно недорогой бижутерии, и в нем витает аромат середины XX века. А его хозяйка варит лучший в городе кофе и гордо называет свой магазин «Эмпориум Сюзанны Пикок». Именно здесь Сюзанна, которая постоянно конфликтует с отцом и мачехой, ссорится с мужем и считает себя виновной в смерти матери, взбалмошной красавицы Афины Форстер, обзаводится первыми в ее жизни настоящими друзьями, узнает правду о своей матери и находит свою любовь...

Впервые на русском языке!

УДК 821.111
ББК 84(4Вел)-44

ISBN 978-5-389-10970-4

С любовью и благодарностью
посвящается маме и папе,
Лиззи Сандерс и Джиму Мойесу

Часть I

Глава 1

Буэнос-Айрес, 2001 год
День, когда я принял свои первые роды

Кондиционер в клинической больнице вышел из строя уже в третий раз за неделю. Стояла такая духота, что в палатах интенсивной терапии медсестрам приходилось держать над постелью самых тяжелых больных пластиковые вентиляторы на батарейках. Коробка с вентиляторами, в количестве трехсот штук, прибыла в подарок от пережившего инсульт благодарного пациента, который занимался импортом-экспортом, а потому оказался в числе тех редких пациентов местной больницы, кто еще имел на счету достаточно долларов, чтобы помогать другим.

Однако синие пластиковые вентиляторы были столь же ненадежными, как и обещания закупить лекарства и медицинскую технику, и в больнице, окутанной жарким маревом шумного аргентинского лета, то тут, то там раздавалось «¡Hijo di puta!»[1] медсестер, даже самых благочестивых, вынужденных заниматься реанимацией вентиляторов.

Но я не замечал жары. Я трясся от объявшего меня внутреннего холода, вполне естественного для новоиспе-

1 Сукин сын! *(исп.) — Здесь и далее примеч. перев.*

ченного акушера, которому объявили, что ему предстоит принимать свои первые роды. Беатрис, старшая акушерка, отвечавшая за мою подготовку, похлопав меня по плечу пухлой темной рукой, сообщила об этом с обманчиво небрежным видом по дороге в гериатрическое отделение, куда она направлялась раздобыть немного еды для одной из своих рожениц.

— Она во второй палате, — махнула Беатрис в сторону родильной палаты. — Уже рожавшая. Трое детей. Но вот этот никак не хочет выходить. Хотя кто его за это осудит? — Беатрис безрадостно рассмеялась и подтолкнула меня вперед. — Я скоро вернусь. — Однако, заметив, что я нерешительно топчусь под дверью, напуганный доносящимися из палаты стонами, она добавила: — Давай, Турко. Ты ведь знаешь, что ребенок может вылезти только из одного места.

Под дружный смех остальных акушерок я несмело вошел в палату.

Я планировал войти и с уверенным видом представиться, скорее для самоуспокоения, нежели для того, чтобы произвести впечатление на рожениц. Однако женщина, стоявшая на коленях и вцепившаяся в лицо своего мужа ладонями с побелевшими костяшками пальцев, тупо мычала, точно корова, и я решил, что в данных обстоятельствах рукопожатие будет не слишком уместным.

— Доктор, дайте ей, ради бога, обезболивающее! — проговорил будущий отец через прижатую ко рту пятерню жены.

В его голосе, как я успел заметить, слышалось такое же почтение, с каким я обращался к своему больничному начальству.

— Ох, боже милостивый, почему так долго?! Ну почему так долго? — раскачиваясь на пятках, рыдала женщина.

На ее футболке темнели пятна пота, собранные в хвостик волосы взмокли, и сквозь них просвечивала бледная кожа головы.

— Последних двоих ты родила очень быстро, — гладя несчастную роженицу по волосам, говорил ее муж. — Ума не приложу, почему этот никак не хочет вылезать.

Я взял висевшую на спинке кровати историю болезни. Роды продолжались почти восемнадцать часов: слишком долго даже для первого ребенка, не говоря уже о четвертом. Моим первым порывом было позвать Беатрис, но я его поборол. Вместо этого я с умным видом уставился на историю болезни, пытаясь мысленно соотнести надрывные завывания роженицы с записями в истории болезни. Под окном, на улице, в какой-то машине орала музыка: навязчивый синтезированный ритм кумбии. Я хотел закрыть окно, но передумал. Было даже страшно представить, что в этой темной клетушке может стать еще жарче.

— Вы не могли бы помочь мне положить ее на кровать? — попросил я мужа роженицы, когда стоять, вперившись в историю болезни, стало уже неприлично.

Он с готовностью вскочил на ноги, явно довольный, что хоть кто-то наконец собирается что-то делать.

Когда он перетащил жену на кровать, я измерил у нее давление, посчитал частоту схваток и пощупал живот. Кожа у нее была скользкой и горячей. Головка ребенка находилась еще высоко. Я поинтересовался у мужа историей предыдущих родов, но ключа к решению проблемы не нашел. Я в отчаянии посмотрел на дверь, мысленно призывая на помощь Беатрис.

— Ничего страшного, — вытерев лицо, сказал я в тщетной надежде, что так оно и есть.

И вот именно тогда я заметил другую пару, неприкаянно стоявшую в углу возле окна. Они отнюдь не были похожи на обычных посетителей заштатной больницы для бедных; нет, в своей яркой дорогой одежде они смотрелись бы куда уместнее в шведской больнице по ту сторону площади. Волосы женщины, явно покрашенные у дорогого парикмахера, были собраны на затылке в элегантный узел, но вот макияж, не выдержав сорокаградусной жары, расплылся грязными лужицами под глазами и черными потеками на блестевшем от пота лице. Она крепко держала мужа за руку и не отрываясь смотрела на несчастную роженицу.

— Может, ей нужны наркотические средства? — повернулась она ко мне. — Эрик мог бы достать.

Мать, что ли? — рассеянно подумал я. Хотя для матери она слишком молодо выглядит.

— Нет, с наркотиками мы уже опоздали. — Я попытался напустить на себя уверенный вид.

Они выжидающе смотрели на меня. А Беатрис, как назло, словно сквозь землю провалилась.

— Сейчас я ее осмотрю. — Поскольку меня никто не собирался останавливать, мне ничего не оставалось делать, как начать действовать.

Я заставил роженицу подсунуть пятки под ягодицы и раздвинуть колени. Затем, дождавшись начала очередных схваток, я осторожно проверил шейку матки. Обычно эта процедура весьма болезненная, но женщина была настолько измучена, что только слабо постанывала. Примерно с минуту я пытался хоть что-то нащупать. Шейка матки была полностью раскрыта, и все же мне никак не удавалось найти головку ребенка... А что, если это очередная проделка акушерок типа той куклы, которую они попросили меня подержать в инкубаторе? Неожиданно я почувствовал слабое шевеление. Обнадеживающе улыбнувшись, я направился к шкафчику с инструментами, в глубине души надеясь, что необходимую мне вещь не успели позаимствовать медсестры из другого отделения. Но нет, вот она — похожая на вязальный крючок — моя волшебная палочка. Я зажал инструмент в руке, чувствуя некий прилив эйфории от предвкушения того, что сейчас произойдет, и, более того, произойдет благодаря мне.

Воздух пронзил очередной вопль лежавшей на кровати женщины. Конечно, мне было страшновато действовать самостоятельно, но в данной ситуации промедление смерти подобно. А поскольку монитор сердцебиения эмбриона вышел из строя, у меня не имелось ни малейшей возможности узнать, угрожает ли ребенку в утробе опасность.

— Держите ее крепче, — велел я мужу роженицы.

Затем, дождавшись перерыва между схватками, я завел в шейку матки крючок и проделал крошечную дырочку в околоплодном пузыре. Похоже, вовремя не отошедшие воды мешали продвижению ребенка. Несмотря на стоны женщины и оглушающий шум транспорта за окном, я услышал слабый звук лопнувшей пленки, и неожиданно из роженицы мощным потоком хлынула жидкость, а сама роженица села на кровати и произнесла с ноткой удивления в голосе, хотя и без видимой паники:

— У меня начались потуги.

Именно в этот момент в палате появилась Беатрис. Увидев у меня в руке инструмент и заметив напряженное лицо роженицы, которой помогал муж, Беатрис кивком велела мне продолжать.

Все дальнейшее происходило точно в тумане. Помню только, как я увидел потрясающе мягкие темные волосы, а также то, как направил руку женщины так, чтобы та почувствовала головку и поняла, что все будет хорошо. Помню, как велел ей тужиться и дышать, а еще как с радостью, восторгом и облегчением вопил во весь голос, когда появился ребенок. Пожалуй, последний раз я так громко орал на стадионе, куда ходил с отцом смотреть футбол. Помню, как выскользнула эта девочка, прямо мне на руки. Ее бледно-голубая, как мрамор, кожа моментально приобрела насыщенный розовый цвет, совсем как у хамелеона, после чего малышка издала долгожданный крик возмущения по поводу того, что появилась на этот свет с таким опозданием.

И я поспешил отвернуться, потому что, когда я перерезал пуповину и положил ребенка матери на грудь, у меня на глазах появились слезы, а мне ужасно не хотелось давать Беатрис и другим акушеркам очередного повода для насмешек.

Беатрис легонько тронула меня за плечо и, вытирая вспотевший лоб, сказала:

— Когда закончишь, я сгоняю наверх, поищу доктора Карденаса. Она потеряла много крови, так что, пока ее не осмотрит доктор, пусть полежит спокойно. — Беатрис говорила так тихо, что я едва слышал ее, и она это знала. — Неплохо, неплохо, Ал. — Пожалуй, она впервые назвала меня по имени. — Надеюсь, в следующий раз ты даже не забудешь взвесить ребенка.

Радостное возбуждение сделало меня смелее, и я решил проявить характер и ответить ей в том же духе, но осекся, неожиданно почувствовав, что, пока мы разговаривали, атмосфера в комнате неожиданно изменилась. Беатрис это тоже заметила и немного замедлила шаг. Вместо восторженного воркования новоиспеченной мамаши и шепотков восхищенных родственников мы услышали лишь жалобное:

— Диего, не надо, не надо... Диего, ну пожалуйста!..

Элегантно одетая пара приблизилась к кровати. Женщина, блондинка, как я заметил только сейчас, дрожа всем телом, со странной полуулыбкой осторожно тянула руки к младенцу.

Мать, крепко прижимая к себе ребенка, в отчаянии шептала мужу:

— Диего, не надо, не надо... Я не могу этого сделать!

Муж нежно гладил ее по лицу:

— Луиза, мы же договорились. Ты ведь знаешь, что мы договорились. Нам и троих-то детей не прокормить, уж не говоря о четвертом.

Она лежала с закрытыми глазами, вцепившись костлявыми руками в застиранную больничную пеленку.

— Диего, вот увидишь, все наладится. У тебя будет больше работы. Умоляю тебя, любовь моя, не надо...

Лицо Диего исказилось. Склонившись над женой, он начал отрывать — палец за пальцем — ее руки от ребенка.

— Нет! Нет, Диего! Умоляю! — заголосила несчастная женщина.

Радость от появления на земле нового человека сразу испарилась, а когда я понял, что происходит, у меня противно заныло внизу живота. Я собрался было вмешаться, но Беатрис, с непривычно мрачным выражением лица, остановила меня, едва заметно покачав головой.

— Уже третий случай за этот год, — пробормотала она.

Диего удалось забрать ребенка. Не глядя на малышку, он крепко прижал ее к себе, а затем, зажмурившись, протянул блондинке.

— Мы будем очень-очень ее любить, — сказала она дрожащим от слез голосом с явно выраженным аристократическим выговором. — Мы так долго ждали...

Несчастная мать в диком приступе отчаяния попыталась встать с постели, однако Беатрис ее остановила.

— Ей нельзя шевелиться, — отчеканила акушерка, не скрывая своего неудовольствия необходимостью участвовать в этом деле. — Вы должны заставить ее лежать неподвижно до прихода врача.

Диего обнял жену, то ли успокаивая, то ли удерживая ее на месте.

— Луиза, они дадут ей все, что душе угодно, а мы получим деньги, чтобы прокормить детей. Ты должна подумать о наших детях, о Паоле, о Сальвадоре... Подумать, как туго нам пришлось...

— Это мой ребенок! — Женщина, придавленная всей тяжестью тела Беатрис, в отчаянии вцепилась в лицо мужа. — Вы не можете ее у меня отнять!

На лице у мужчины остались кровавые полосы от ее ногтей, но он, похоже, не чувствовал боли. Блондинка с мужем слегка попятились в сторону двери. У меня в ушах стояли душераздирающие крики роженицы, и я застыл возле раковины, не в силах даже посмотреть на ребенка, которому помог появиться на свет.

И с этого дня я напрочь забыл о красоте первого принятого мной младенца. Я помнил только истошные вопли той матери, ее страдальческое лицо, отмеченное печатью горя, которому, как я догадался, суждено навечно поселиться в ее душе. А еще я запомнил ту блондинку. Женщина была явно шокирована происходящим, но поступиться своим тоже не собиралась. Она воровато кралась к двери, приговаривая:

— Ее будут очень любить. — Она повторяла свои слова, наверное, уже в сотый раз, хотя то был глас вопиющего в пустыне. — Ее будут очень любить.

Глава 2

Фрамлингтон-Холл, Норфолк,
1963 год

Между Норвичем и Фрамлингтоном поезд сделал шесть остановок вне расписания, и, хотя еще не было и пяти вечера, холодная бескрайняя голубизна неба начала потихоньку темнеть. Виви заметила, что проводники, вооружившись лопатами, уже несколько раз спрыгивали с поезда, чтобы расчистить заваленные снегом пути, и почувствовала, как ее недовольство задержкой в дороге с лихвой компенсируется чувством извращенного удовлетворения.

— Надеюсь, те, кто за нами приедет, не забудут надеть на колеса цепи противоскольжения. — От ее дыхания вагонное окно моментально запотело, и ей пришлось протереть дырочку затянутым в перчатку пальцем. — Мне вовсе не улыбается толкать машину через сугробы.

— Тебе и не придется толкать, — не поднимая головы от газеты, ответил Дуглас. — Это мужская работа.

— Наверное, там ужасно скользко.

— В твоих сапожках уж точно.

Виви обратила взор на свои новые виниловые сапожки «Курреж», в глубине души страшно довольная, что он заметил. Совершенно непригодны для такой погоды, заявила ее мать, с грустью добавив, обратившись к отцу, что ей хоть кол на голове теши. Виви, всегда сговорчивая, проявила непривычное для себя упорство, решительно отказавшись надевать резиновые сапоги. Она впервые ехала на бал без сопровождения взрослых, и ей категорически не хотелось выглядеть как двенадцатилетний подросток. И это была не единственная баталия Виви с родителями. Волосы девушки, зачесанные наверх и замысловато уложенные на макушке тугими локонами, наверняка примялись бы под шерстяной шапкой, и теперь мать Виви раздирали сомнения, не слишком ли большую цену придется заплатить за сохранение прически, стоившей немалых трудов, если она все же разрешит дочери отправиться в такую непогоду, какой еще не бывало за всю историю наблюдений, с тонким шарфом на голове.

— Все будет отлично! — солгала Виви. — Мне даже жарко.

Слава богу, Дуглас не знает, что у нее под юбкой рейтузы!

Они ехали уже почти два часа, причем последний час в неотапливаемом вагоне: проводник сказал, что конвектор испустил дух еще до наступления холодов. Вообще-то, они планировали ехать с Фредерикой Маршалл в машине ее матери, но Фредерика подцепила инфекционный мононуклеоз (недаром, сухо заметила мать Виви, это называется поцелуйной болезнью), так что родителям волей-неволей пришлось отправить Дугласа и Виви на поезде, дав на прощание кучу противных наставлений, чтобы Дуглас за ней приглядывал. В течение многих лет Дугласа постоянно инструктировали приглядывать за Виви, но сегодня эти слова приобрели особую весомость, поскольку Виви предстояло появиться без взрослых на одном из самых значительных светских мероприятий года.

— Ди, ты точно не против, что я еду с тобой? — предприняла слабую попытку пококетничать Виви.

— Не будь дурой. — Дуглас продолжал злиться на отца за то, что тот отказался одолжить ему свой автомобиль «Воксхолл-Виктор».

— Я никак не могу понять, почему родители не разрешают мне путешествовать одной. Правда, они ужасно старомодные...

Виви можно смело отпустить с Дугласом, ободряюще сказал ее отец. Ведь Дуглас ей совсем как старший брат. И Виви в глубине своей исстрадавшейся души знала, что так оно и есть.

Она положила ногу в сапожке на сиденье рядом с Дугласом. На Дугласе было теплое шерстяное пальто, а на его туфлях, впрочем как и у большинства мужчин, виднелись белесые разводы от грязи.

— Там наверняка сегодня будут все, кто хоть что-нибудь собой представляет, — заметила Виви. — Куча народу, хотевшего получить приглашение, осталась с носом.

— Я бы с радостью отдал им свое.

— А еще там точно будет эта девица Афина Форстер. Та самая, что нагрубила герцогу Эдинбургскому. Ты когда-нибудь встречался с ней на танцах?

— Нет.

— Она производит ужасное впечатление. Мама, прочитав о ней в колонках светских сплетен, заявила, что хорошее воспитание ни за какие деньги не купишь. — Виви замолчала и задумчиво потерла нос. — Мама Фредерики полагает, будто светские сезоны скоро вообще исчезнут как класс. Она говорит, что девицы типа Афины убивают саму идею балов, вот почему все и зовут ее Последней Дебютанткой.

Дуглас презрительно фыркнул, не отрывая глаз от газеты:

— Последняя Дебютантка! Какой вздор! Да и сами эти светские сезоны — сплошное притворство. По крайней мере, с тех пор, как королева перестала принимать при дворе.

— Но это же прекрасный способ знакомиться с людьми.

— Прекрасный способ использовать этих прекрасных парней и девушек в качестве подходящего брачного материала. — Дуглас свернул газету и положил ее рядом с собой. Затем откинулся на спинку сиденья, сцепив руки за головой. — Ви, времена меняются. Через десять лет охотничьих балов не будет и в помине. Не будет и этих шикарных фраков с длинными фалдами.

Хотя Ви и не была до конца уверена, она решила, что подобная безапелляционность Дугласа объясняется его одержимостью так называемой социальной реформой, включающей самый широкий спектр идей — от концепции Джорджа Кэдбери о необходимости массового образования рабочего класса до идеалов коммунизма в России, — а также его увлечением поп-музыкой.

— И как же тогда людям знакомиться?

— Они получат возможность встречаться с теми, кто им нравится, невзирая на общественное положение. У нас будет бесклассовое общество.

По его тону трудно было сказать, одобряет он будущие изменения или, скорее, предупреждает о них. Поэтому Виви, которая редко заглядывала в газеты, а потому не знала, какие другие варианты можно предложить, ограничилась тем, что хмыкнула в знак согласия и снова уставилась в окно. В душе она молилась, и уже не в первый раз, о том, чтобы ее прическа выдержала испытания грядущего вечера и не развалилась во время танцев.

За квикстеп и «Веселых Гордонов» можно не волноваться, сказала мама, а вот с «Лихим белым сержантом», пожалуй, надо быть поосторожнее.

— Дуглас, сделаешь для меня доброе дело?

— Какое?

— Я знаю, что тебе не очень-то хотелось ехать...

— Да нет, я не против.

— И я знаю, что ты терпеть не можешь танцы, но, если будет подходящая мелодия, а меня никто не пригласит, обещаешь мне хоть один танец? Я не переживу, если мне весь вечер придется подпирать стенку. — Виви даже на секунду вынула руки из относительно теплых карманов. Лак «Жемчужный иней» идеально покрывал ногти. Он переливался и мерцал холодным блеском под стать морозной пелене, затянувшей окна. — Я усердно практиковалась. И обещаю, что не подведу тебя.

Дуглас улыбнулся, и Виви почувствовала, что, несмотря на ледяной холод, на душе у нее сразу потеплело.

— Тебе не придется подпирать стенку, — сказал Дуглас, положив ноги на сиденье рядом с Виви. — Но все равно да, глупышка. Конечно, я приглашу тебя на танец.

Фрамлингтон-Холл не относился к числу жемчужин архитектурного наследия Англии. Старинный облик здания был лишь видимостью. Любой человек, мало-мальски разбирающийся в архитектуре, смог бы с ходу определить, что готические башенки не сочетаются с палладианскими колоннами, что узкие окна со свинцовыми переплетами слишком зажаты остроконечной крышей над огромным бальным залом, что красные кирпичные стены явно не покрыты пылью столетий. Короче говоря, это был новодел, архитектурный ублюдок, воплотивший в себе худшие черты ностальгии по некоему мифическому прошлому. Дом окружала абсолютно ровная местность, что придавало ему особую внушительность.

Прилегающий к дому сад, когда не был погребен под толстым слоем снега, казался до невозможности строгим: лужайки тщательно выкошены, трава плотная и густая, будто дорогой ковер, в розарии розовые кусты росли не в естественной дикости, а словно по линейке, аккуратными рядами, когда каждый следующий куст казался точной копией предыдущего. А сами розы были не белыми и не чайными, а кроваво-красными, выведенными или привитыми в Голландии или во Франции. Участок со всех сторон окружали кипарисы Лейланда, еще молодые, но уже готовые надежно скрыть дом и его территорию от окружающего мира. По меткому выражению какого-то остряка, этот сад походил скорее на концентрационный лагерь для растений.

Но все это нимало не волновало гостей, шедших непрерывным потоком по посыпанной солью полукруглой дорожке перед домом. Некоторых гостей пригласили лично Блумберги (хозяева сами разработали дизайн дома, и их с большим трудом удалось отговорить от идеи в качестве завершающего штриха купить себе заодно и титул); некоторые получили приглашения через более удачно устроившихся друзей хозяев дома, но с их личного разрешения, для создания нужной атмосферы. А некоторые явились незваными, хитроумно рассчитав, что при таком количестве народу несколько гостей, с правильной внешностью и правильной речью, никому не помешают. Ведь Блумберги, с их недавно сколоченным состоянием в банковском деле и двумя дочерьми-близняшками на выданье, ради которых родители и решили поддержать традицию балов для дебютанток, слыли гостеприимными хозяевами. Да и вообще, сейчас на вещи смотрели гораздо проще и никто никого не собирался выкидывать на холодную улицу. Тем более при наличии заново отделанного интерьера, которым не терпелось похвастаться.

Виви немного поразмышляла на эту тему, сидя в отведенной ей комнате (полотенца, туалетные принадлежности, фен с двумя режимами скорости), расположенной через два коридора от комнаты Дугласа. Она оказалась в числе немногих счастливчиков, и все благодаря деловым связям отца Дугласа с Дэвидом Блумбергом. Большинство девушек разместили в отеле в нескольких милях отсюда, а вот ей, Виви, выпала честь остановиться в комнате в три раза больше ее спальни в родительском доме и по крайней мере вдвое роскошнее.

Лена Блумберг, высокая элегантная дама, чье утомленное выражение лица красноречиво говорило о том, что если у нее и есть интерес к супругу, то исключительно меркантильный, слегка приподняла брови, тем самым отреагировав на чересчур экстравагантные приветствия мужа, и сказала, что в гостиной есть чай и горячий суп для тех, кому надо согреться, а если Виви вдруг что-нибудь понадобится, то ей надо просто попросить, хотя, по-видимому, и не лично миссис Блумберг. Миссис Блумберг велела лакею проводить Виви в ее комнату — мужчины расположились в другом крыле дома, — и девушка, перепробовав все баночки с кремом и понюхав каждую бутылочку шампуня, решила, прежде чем начать переодеваться к балу, немного посидеть, чтобы сполна насладиться неожиданной свободой и прочувствовать, каково это — жить в такой роскоши.

Натягивая платье — тугой лиф, длинная сиреневая юбка, собственноручно сшитая ее мамой по выкройке из журнала «Баттерик», — и меняя сапожки на туфли, Виви прислушивалась к приглушенному гулу голосов гостей, проходивших мимо ее двери. Весь дом был буквально пропитан атмосферой предвкушения праздника. Снизу доносились звуки настраиваемых музыкальных инструментов, а с лестничной площадки — торопливые шаги прислуги, готовившей комнаты, и приветственные возгласы вновь прибывших гостей. Виви уже несколько недель жила ожиданием этого бала. И вот, когда ее мечта практически сбылась, она неожиданно испытала безотчетный ужас, совсем как перед походом к дантисту. И не только потому, что единственным, кого она здесь знала, был Дуглас, или потому, что после поезда, где она вела себя как зрелая и искушенная особа, она вдруг почувствовала себя совсем юной и неопытной, а скорее потому, что на фоне остальных девушек, стройных, тонконогих, ослепительных в своих вечерних нарядах, она вдруг ощутила себя плебейкой, девицей не того круга, и даже новые сапожки внезапно потускнели. Ведь при всех ее стараниях Веронике Ньютон так и не удалось стать шикарной женщиной. Она была вынуждена признать, что, несмотря на накрученные на бигуди волосы и корсет, ее внешность оставалась убийственно заурядной. Ее формы отличались приятной округлостью, тогда как эталоном красоты считалась крайняя худоба. На щеках Ви играл здоровый румянец, а ей хотелось иметь загадочную бледность и распахнутые глаза. Она носила широкие юбки в сборку и платья-рубашки на пуговицах, однако в моде были платья-трапеции и стиль модерн. Она была натуральной блондинкой, но ее волнистые, непослушные соломенные волосы категорически отказывались ложиться ровными, прямыми прядями, как у моделей в журналах «Хани» или «Петтикоат», и обрамляли лицо торчащими во все стороны патлами. И даже сегодня, уложенные искусственными локонами, волосы казались жесткими и неживыми, а вовсе не медово-конфетными, как она себе представляла. Ну и помимо всего прочего, ее родители в несвойственном им порыве фантазии прозвали ее Виви, вследствие чего при первом знакомстве с ней люди не могли скрыть своего разочарования, словно это имя подразумевало некую экзотичность, коей она отнюдь не обладала.

«Не каждая девушка может быть королевой бала, — успокаивала ее мама. — А вот ты непременно станешь кому-нибудь чудесной женой».

Не желаю быть чьей-то чудесной женой, думала Виви, с привычным неудовольствием глядя на себя в зеркало. Нет, я просто хочу быть предметом вожделения Дугласа. Виви даже позволила себе ненадолго предаться своей любимой фантазии, ставшей для нее вроде любимой зачитанной книги с загнутыми страницами, и представила, как, увидев ее в бальном платье, Дуглас, сраженный наповал ее неожиданной красотой, ошеломленно качает головой, а потом они, щека к щеке, до умопомрачения кружатся в вихре вальса, и она чувствует на пояснице приятную тяжесть его сильной руки... Честно признаться, многое из этого она позаимствовала из «Золушки» Уолта Диснея. Ну а кроме того, все, что было после поцелуя, оставалось в тумане. Да и вообще, с тех пор как она приехала в этот дом, в ее грезы безжалостно вторгались стройные загадочные девушки, все как одна точные копии Джин Шримптон, завлекавшие Дугласа призывными улыбками и сигаретами «Собрание», в связи с чем Виви решила придумать новую фантазию, в которой Дуглас после бала сопровождает ее до дверей этой огромной спальни, медлит на пороге, а потом подводит к окну, смотрит на ее лицо, освещенное таинственным лунным светом, и...

— Ви? Ты в приличном виде? — (Ви виновато подпрыгнула, когда в дверь нетерпеливо постучал Дуглас.) — Думаю, нам скоро пора спускаться вниз. Я тут встретил старого школьного приятеля, и он обещал посторожить для нас пару бокалов шампанского. Ну что, ты готова?

Радость от возможности слышать голос Дугласа несколько омрачил тот факт, что он уже успел найти с кем поговорить.

— Буквально две секундочки! — крикнула Виви, накладывая тушь на ресницы и моля Бога о том, чтобы сегодняшний вечер стал переломным и Дуглас посмотрел на нее другими глазами. — Я сейчас!

Черный галстук был ему к лицу, само собой разумеется. И если у отца Виви живот вечно нависал над камербандом, точно надутый ветром парус, то Дуглас во фраке казался еще выше и стройнее; широкие плечи, обтянутые темной тканью, цветущее лицо, отлично оттеняемое однотонной рубашкой. Дуглас наверняка понимает, что он очень красив. Когда она сказала ему об этом, вроде бы в шутку, чтобы скрыть, как на нее действует его внешность, он лишь, мрачно рассмеявшись, заявил, что чувствует себя идиотом, связанным по рукам и ногам. А затем, словно не желая остаться в долгу, решил в свою очередь отпустить ей комплимент.

— Что ж, и ты, старушка, отлично почистила перышки. — Дуглас положил ей руки на плечи и по-братски стиснул.

Конечно, это не поцелуй Прекрасного Принца, но какое-никакое, а прикосновение. И Виви чувствовала, как оно до сих пор буквально обжигает ее обнаженную кожу.

— А ты в курсе, что мы теперь совершенно официально отрезаны от мира?

Александр, школьный приятель Дугласа, бледный и веснушчатый, в очередной раз принес ей выпивку. У Виви это уже был третий бокал шампанского, и первоначальный ступор, в который она впала, увидев вокруг море прелестных женских лиц, постепенно прошел.

— Что? — не поняла Виви.

Он наклонился к ней поближе, чтобы им не мешали звуки оркестра:

— Снег. Он снова пошел. Похоже, никому не удастся уйти дальше подъездной дорожки, пока основную дорогу не посыплют песком.

На Александре, как и на многих других мужчинах, был красный охотничий пиджак («Алый», — поправил он Виви), к тому же парень, похоже потеряв чувство меры, явно переусердствовал с одеколоном.

— И где ж ты тогда остановишься? — Виви живо представила, как тысяча людей спит вповалку прямо на полу бального зала.

— Ой, за меня не беспокойся. Я, как и ты, ночую в доме. А вот насчет остальных — это еще вопрос. Возможно, будут гудеть всю ночь напролет. Хотя кое-кто из ребят в любом случае это сделает.

В отличие от Виви, большинство гостей выглядели так, будто для них было в порядке вещей не спать до зари. Они все казались невозмутимыми и уверенными в себе, словно им было не впервой видеть подобную роскошь, а манера держаться и непринужденно болтать свидетельствовала о том, что в этом шикарном особняке они чувствовали себя почти как дома. Их ни капельки не смущали ни целая армия слуг, чьим единственным желанием, похоже, было подавать гостям еду и напитки, ни неожиданно дарованная им свобода, ведь юношам и девушкам предстояло без должного присмотра провести целую ночь под одной крышей. Девушки носили свои изысканные вечерние туалеты с небрежным шиком, словно повседневную одежду.

Девушки эти вовсе не походили на статисток из фильмов Уолта Диснея. Тиары, жемчуга, подведенные черным карандашом глаза, сигареты и даже юбки от Эмилио Пуччи. И несмотря на элегантный зал, до неприличия похожий на свадебный торт, воздушные бальные платья и вечерние наряды, оркестру очень скоро пришлось сменить репертуар классических танцев на нечто более современное, а именно на инструментальную обработку «I Wanna Hold Your Hand», после чего девушки с визгом высыпали на танцпол, вихляя бедрами, качая головами с красиво уложенными волосами и заставляя стоявших в сторонке замужних дам тоже качать головами, но уже с оттенком неодобрения, и в этот момент Виви с горечью в душе осознала, что ей не суждено закружиться с Дугласом в вихре вальса.

Более того, он, кажется, вообще забыл о своем обещании. Как только они появились в бальном зале, Дуглас сделался на удивление рассеянным, точно учуял в воздухе нечто такое, чего Виви было не дано понять. И действительно, Дугласа будто подменили: он курил сигары и обменивался с друзьями им одним понятными шутками. Виви ни секунды не сомневалась, что в данный момент он явно не рассуждал о неминуемом крахе классового общества, — в любом случае, к ее тайному неудовольствию, он определенно чувствовал себя как дома среди мужчин в черных галстуках и охотничьих пиджаках. Виви пару раз порывалась сказать ему нечто личное, чтобы напомнить о том, что их связывает, и восстановить некую степень интимности. Она даже набралась смелости пошутить по поводу его сигары, но Дуглас не проявил к шутке особого интереса. Выслушав Виви, по выражению ее матери, вполуха, исключительно из вежливости, он снова присоединился к общей беседе.

Виви уже начала чувствовать себя немного не в своей тарелке, а потому даже обрадовалась, когда Александр решил оказать ей внимание.

— Ну что, станцуем твист? — предложил он, и ей пришлось признаться, что она знает только классические па. — Это совсем легко, — сказал он, выводя ее на танцпол. — Представь, что ты носком ноги тушишь окурок, а спину вытираешь полотенцем. Понятно?

Александр выглядел так комично, что Виви не выдержала и рассмеялась, а затем оглянулась проверить, заметил ли Дуглас. Но Дуглас уже в который раз за сегодняшний вечер куда-то исчез.

В восемь вечера распорядитель бала объявил, что гостей ожидает буфет, и Виви, ощущая легкое опьянение, встала в длинную очередь за камбалой «Вероника» и говядиной по-бургундски, одновременно пытаясь решить возникшую перед ней дилемму: она зверски проголодалась, но стеснялась демонстрировать на публике свой здоровый аппетит, поскольку девушки вокруг ели исключительно вареную морковку.

И тут по чистой случайности Виви оказалась в компании друзей Александра. Он представил им Виви с видом собственника, и она поймала себя на том, что невольно поправляет корсаж, который сполз вниз, выставив на всеобщее обозрение разгоряченную грудь.

— Были у Ронни Скотта? — спросил кто-то из них, придвинувшись к Виви так близко, что ей пришлось убрать тарелку подальше.

— Нет, никогда с ним не встречалась. Простите.

— Это джаз-клуб. На Джеррард-стрит. Вам непременно нужно заставить Ксандера сводить вас туда. Он знаком со Стэном Трейси.

— Ну, я, если честно, даже не знаю... — Виви слегка попятилась и извинилась, расплескав чей-то напиток.

— Черт, умираю с голоду! На прошлой неделе был на вечеринке у Этвудов, так они подавали только заливного лосося и консоме. Пришлось заплатить знакомым девицам за то, чтобы отдали мне свои порции. Я уж было испугался, что упаду в голодный обморок.

— Нет ничего хуже плохого буфета.

— Твоя правда, Ксандер. Ты едешь кататься на лыжах в этом году?

— В Вербье. Родители сняли дом у Элфи Бэддоу. Ты помнишь Элфи?

— Похоже, нам тоже понадобятся лыжи, чтобы выбраться отсюда.

Виви обнаружила, что пытается незаметно уйти от всех этих разговоров. Ее уже начало несколько беспокоить, что Ксандер вроде как случайно пару раз мазнул ее рукой по спине.

— А кто-нибудь видел Дугласа?

— Треплется с какой-то блондинкой в картинной галерее. Я даже сунул ему палец в ухо, когда проходил мимо. — Говоривший сделал вид, будто облизывает палец и сует его в ухо соседа.

— Виви, еще один танец? — Александр протянул ей руку и попытался снова затащить на танцпол.

— Я... я думаю, мне надо немного переждать. — Она потрогала волосы, обнаружив, к крайнему неудовольствию, что кудри развились и повисли унылыми прядями.

— Тогда давай пройдем к игральным столам, — сказал Александр, взяв Виви под локоток. — Будешь моим счастливым талисманом.

— Давай встретимся прямо там. Мне нужно... припудрить носик.

У дверей в уборную на нижнем этаже змеилась щебечущая очередь, и Ви, потерянно стоявшая среди этого шума и гвалта, внезапно обнаружила, что, когда она наконец оказалась у двери, ей действительно приспичило в туалет. И почувствовала себя ужасно неудобно, когда кто-то вклинился между ней и вожделенной дверью в уборную с радостным криком:

— Виви! Дорогая! Я Изабелла. Иззи! Из заведения миссис де Монфор! Боже, ты выглядишь просто сказочно! — Девушка, которую Виви с трудом припомнила, да и то смутно (хотя, возможно, дело скорее в количестве выпитого шампанского, нежели в провалах в памяти), пролезла перед ней, не слишком элегантно задрав одной рукой подол длинной розовой юбки, и чмокнула Виви где-то в районе уха. — Дорогая, ничего, что я встала перед тобой, да? Я просто *умираю*. Еще немножко — и я натурально описаюсь... Чудесно!

И когда перед ними распахнулась дверь, Изабелла исчезла внутри, а Виви обнаружила, что стоит скрестив ноги, ведь если поначалу она ощущала лишь смутные позывы, то теперь ее мочевой пузырь упорно посылал ей сигнал бедствия.

— Чертова корова! — услышала она за спиной чей-то голос. Виви виновато покраснела, отнеся эти слова на свой счет. — Она и эта девица Форстер уже весь вечер буквально монополизируют Тоби Даксворта и конногвардейцев. Маргарет ужасно расстроена.

— Тоби Даксворт даже не нравится Афине Форстер. Она просто водит его за нос, так как знает, что он на нее запал.

— Он и еще половина Кенсингтонских казарм.

— Я просто диву даюсь, почему они не видят, что она из себя представляет.

— Ну, ты же знаешь, что они видят более чем достаточно, а мужчины любят глазами.

Очередь всколыхнул легкий смешок, и Виви наконец набралась смелости оглянуться.

— Мне говорили, что родители с ней практически не разговаривают.

— И что тебя удивляет? Ведь у нее еще та репутация.

— А знаешь, ходят слухи, что она...

Голоса за спиной Виви понизились до шепота, и Виви снова повернулась к двери, чтобы не получилось, будто она подслушивает. Виви попробовала, без особого успеха, не думать о своем мочевом пузыре. Затем попыталась, правда еще с меньшим успехом, не думать, где сейчас Дуглас. Она опасалась, что у него может возникнуть ложное представление о ее отношениях с Александром. Да и вообще, на балу было не так весело, как она ожидала. Она практически не видела Дугласа, а если и видела, он казался ей каким-то недосягаемым незнакомцем, а вовсе не *ее* Дугласом.

— Ты собираешься входить или нет? — Стоявшая сзади девушка показала на открытую дверь.

Похоже, Изабелла покинула туалет, даже не поблагодарив Виви. Чувствуя себя форменной идиоткой, Виви вошла внутрь и в сердцах выругалась, когда подол ее юбки потемнел от струившейся по мраморному полу жидкости неясной этиологии.

Она пописала, затем недовольно подергала себя за волосы, припудрила компактной пудрой блестевшее от пота лицо, неумело наложила дополнительный слой туши на слипшиеся ресницы. Теперь в ее внешности больше не осталось ничего сказочного, с грустью констатировала Виви. А если и осталось, то это больше напоминало уродливых сестер из сказки «Золушка».

Тем временем стук в дверь стал таким настойчивым, что его невозможно было игнорировать. Виви вышла в коридор, приготовив на всякий случай слова извинения, но никто даже не удостоил ее вниманием.

Взгляды стоявших в очереди девушек были устремлены в сторону игорного зала, где творилось нечто такое, отчего их приподнятое настроение разом испарилось. Виви понадобилась пара секунд, чтобы более-менее разобраться в обстановке, и она, внезапно ощутив поток холодного воздуха, вслед за остальными повернула голову туда, откуда раздавался стук копыт и громкие возгласы. Послышался приглушенный звук охотничьего рожка, и Виви поначалу решила, что это началось соревнование по умению подавать сигналы с помощью охотничьего рожка, о котором говорил Ксандер. Но в данном случае исполнитель явно не отличался особым мастерством, воздух выходил из рожка одышливыми толчками, и создавалось полное впечатление, будто кто-то рядом задыхается или хрипло смеется.

Виви остановилась на пороге игорного зала, спрятавшись за спинами компании мужчин, и огляделась по сторонам. На противоположном конце огромной комнаты кто-то открыл французские окна, выходящие на лужайку перед домом, и хлопья снега залетали внутрь под косым углом. Виви скрестила руки на груди, чувствуя, как кожа покрывается мурашками. Она наступила какому-то мужчине на ногу и виновато подняла глаза, собираясь извиниться. Но тот, казалось, даже не заметил. Он с открытым ртом смотрел прямо перед собой, явно решив, что все это мерещится ему с пьяных глаз.

И действительно, было от чего прийти в изумление, поскольку в зале находилась огромная серая лошадь. Выпучив глаза, раздувая ноздри и стуча запорошенными снегом копытами, она нервной рысью шла между столами для рулетки и блэк-джека среди моря потрясенных лиц. На спине лошади сидела бледная девушка — таких бледных девиц Виви, пожалуй, еще никогда не видела, —

задранный подол ее платья обнажал длинные алебастровые ноги, обутые в расшитые блестками и камнями вечерние туфли без задника, густые темные волосы спускались ниже лопаток, в одной обнаженной руке девушка держала поводья, с помощью которых умело направляла лошадь между столами, а другой прижимала к губам охотничий рожок. И если у Виви на сквозняке кожа пошла красными пятнами, то незнакомка, казалось, вообще не чувствовала холода.

— Ату ее, ату! — Один из молодых людей в розовых пиджаках начал дуть в свой собственный рог.

Двое других забрались на стол, чтобы лучше видеть.

— Черт, поверить не могу!

— Давай прыгай через столы для рулетки! Мы составим их вместе.

Виви увидела в углу Александра: он смеялся и шутливо салютовал наезднице поднятым бокалом. Сидевшие рядом с ним дамы преклонного возраста о чем-то взволнованно перешептывались, оживленно жестикулируя и кивая в сторону наездницы.

— А можно, я буду лисой? Я охотно позволю тебе себя поймать.

— Хм... Боже мой, эта девица способна на любую выходку, лишь бы привлечь к себе внимание!

Афина Форстер. Виви узнала осуждающие интонации девушки из очереди в уборную. Но, как и все остальные, Виви была заворожена представшим перед ее глазами зрелищем. Афина остановила лошадь и, прильнув к ее шее, обратилась к компании молодых людей:

— Мальчики, у кого-нибудь из вас найдется выпить?

Ее низкий с хрипотцой голос говорил о том, что она немало повидала в этой жизни, причем такого, чего другим не дано понять. В ее голосе слышался некий надрыв, который не могли скрыть даже ликующие нотки победительницы. Вокруг нее тотчас же возник лес рук с изящными бокалами, сверкающими в ослепительном свете хрустальных люстр. Она уронила рожок, взяла бокал и под аплодисменты присутствующих осушила его одним глотком.

— А теперь, друзья, кто из вас прикурит мне сигаретку? Я потеряла свою, когда перепрыгивала через розовые кусты.

— Афина, дорогуша, ты же не собираешься изображать из себя леди Годиву, а?

По залу пробежал веселый смешок и внезапно оборвался. Оркестр перестал играть, и Виви оглянулась на звук приглушенных возгласов.

— Боже правый, что ты себе позволяешь?! — На середину зала вышла Лена Блумберг, в струящемся изумрудном платье, подчеркивавшем ее гордую осанку, и, сердито подбоченившись, так что побелели костяшки пальцев, остановилась прямо перед нервно перебиравшей ногами лошадью. Лицо хозяйки дома было красным от едва сдерживаемой ярости, а глаза блестели ярче, чем массивные камни у нее на шее. У Виви от предчувствия неладного скрутило живот. — Ты меня слышишь?

Афина Форстер, казалось, нимало не смутилась:

— Это ведь охотничий бал. И старина Форестер почувствовал себя обделенным.

По залу снова пробежал смешок.

— Ты не имеешь права...

— Насколько я понимаю, у него больше прав находиться здесь, чем у вас, миссис Блумберг. Мистер Би сказал мне, что вы даже не охотитесь.

Стоявший рядом с Ви мужчина восторженно выругался громким шепотом.

Миссис Блумберг открыла было рот, но Афина небрежно от нее отмахнулась:

— Ой, только не надо так кипятиться! Мы с Форестером просто подумали, что могли бы придать всему этому... немного аутентичности. — Афина потянулась за следующим бокалом шампанского и осушила его с усталым видом, а затем вполголоса добавила: — Чего явно не хватает вашему дому.

— А ну, слезай! Немедленно слезай с лошади моего мужа! Да как ты смеешь?! Так-то ты благодаришь за гостеприимство! Оскорбляя хозяев дома!

Лена Блумберг даже в лучшие времена, несомненно, была весьма импозантной дамой. Высокий рост и аура больших денег служили прекрасной защитой от хамства, с которым ей доселе явно не приходилось сталкиваться. И хотя во время перепалки с Афиной Лена стояла не шевелясь, ощущение исходящей от нее холодной ярости на корню истребило остатки веселья в зале. Гости встревоженно переглядывались, усиленно гадая, у кого из участниц словесной дуэли раньше сдадут нервы.

В воцарившейся тишине уже чувствовалось нечто нездоровое.

Оказалось, что у Афины. Несколько коротких секунд, показавшихся вечностью, она не сводила с миссис Блумберг пристального взгляда, а затем выпрямилась, направила лошадь назад, заставив лавировать между столами, и остановилась только затем, чтобы стрельнуть сигаретку.

И тогда миссис Блумберг решила нанести завершающий удар:

— Меня предупреждали, что тебя нельзя приглашать в приличный дом, но твои родители уверили, что ты наконец чуть-чуть повзрослела. Они откровенно заблуждались, и я обещаю тебе, что, когда все закончится, я сообщу им о твоем поведении, причем в весьма нелестных для тебя выражениях.

— Бедняга Форестер, — напевно произнесла Афина, приникнув к шее лошади. — Ему ведь так хотелось сыграть в покер.

— Ну а пока я больше не желаю тебя видеть. До конца вечера. Тебе еще крупно повезло, юная леди, что погода не позволяет вышвырнуть тебя на улицу, — ледяным тоном бросила миссис Блумберг вслед Афине, направившей лошадь к французскому окну.

— Ой, я вас умоляю, не беспокойтесь обо мне, миссис Блумберг! — Афина повернула голову, лениво улыбнувшись очаровательной улыбкой. — Меня вышвыривали из *гораздо* более аристократических домов, чем этот. — Сжав бока коня ногами в расшитых туфельках, она заставила его перепрыгнуть через низкие каменные ступени и исчезла в снежной мгле.

В зале повисла гнетущая тишина, но затем по сигналу несгибаемой миссис Блумберг оркестр заиграл снова. Гости, обмениваясь удивленными восклицаниями, показывали друг другу следы мокрых копыт на лакированном полу, а бал тем временем начал потихоньку оживать. Распорядитель бала объявил, что через пять минут в главном зале начнется соревнование по умению дуть в охотничий рожок, а для тех, кто проголодался, в столовой накрыт обеденный стол. И вот уже через несколько минут о дерзкой выходке Афины Форстер напоминали лишь лужицы растаявшего снега, а у невольных свидетелей инцидента он остался просто расплывчатым пятном в их памяти, поскольку мысленно они уже устремились навстречу новым развлечениям.

Виви тем временем смотрела на Дугласа. Он стоял возле огромного камина и не сводил глаз с уже закрытых французских окон, как до того не сводил глаз с Афины Форстер, когда та сидела на лошади в нескольких футах от него. Если остальные свидетели ее появления были явно потрясены или шокированы, то Дуглас, судя по восхищенному выражению его застывшего лица, испытывал нечто совершенно иное. Нечто такое, что испугало Виви.

— Дуглас? — Она направилась к нему, стараясь не поскользнуться на мокром полу. Но он, похоже, ее не слышал. — Дуглас? Ты обещал мне танец.

Однако Дуглас даже не сразу заметил Виви.

— Что? Ой, Ви. Да. Хорошо. — Его взор снова устремился к французским окнам. — Мне... мне только сперва надо выпить. Я принесу тебе бокал. Сейчас вернусь.

Именно в этот момент, как потом поняла Виви, она была вынуждена признать, что у ее вечера не будет сказочного конца. Дуглас так и не вернулся с напитками, и она битых сорок минут простояла у камина, рассеянно улыбаясь глянцевой улыбкой и стараясь выглядеть более-менее уверенно, чтобы не казаться балластом, за ненадобностью оставленным на обочине. Виви не хотелось покидать место у камина, ведь кругом сновали толпы народу, да и вообще, дом был слишком большим, и она боялась, что если паче чаяния Дуглас вспомнит о ней, то не сможет ее найти. Но когда Виви заметила, что расположившаяся возле цветочной композиции компания отпускает замечания по поводу ее одиноко стоящей фигуры, а какой-то официант уже трижды прошел мимо нее — первые два раза он предлагал ей напитки, а в третий раз поинтересовался, все ли у нее в порядке, — она решила принять повторное приглашение Александра на танец.

В полночь был провозглашен тост, а после началась некая странная неформальная игра, заключавшаяся в том, что молодой человек с прицепленным к пиджаку лисьим хвостом как сумасшедший носился по дому, азартно преследуемый своими приятелями в розовых пиджаках и с охотничьими рожками в руках. Один из них поскользнулся на натертом паркете и рухнул без чувств возле парадной лестницы. Но его дружок влил ему в рот бокал вина, и пострадавший моментально ожил: он встал на ноги, что-то бессвязно лопоча, и как ни в чем не бывало продолжил погоню. В час ночи Виви, мечтавшая вернуться в свою комнату, сказала Александру, что составит ему компанию за игровым столом, где он совершенно неожиданно выиграл семь фунтов в блэк-джек и в приступе непонятной щедрости заявил, что она должна забрать выигрыш себе. Виви уже мутило оттого, что он называл ее своим счастливым талисманом, хотя, возможно, ее тошнило от выпитого шампанского. В половине второго она застала миссис Блумберг за оживленной дискуссией с мужем в комнате, похожей на его личный кабинет. А еще Виви увидела вытянутые женские ноги в блестящих серовато-белых колготках. По ногам она сразу признала их обладательницу — это была та самая рыжеволосая девушка, которую Виви чуть раньше застала блюющей в окно.

Когда где-то вдалеке, на скрытой в снежной мгле церковной башне, часы пробили два раза, Виви была вынуждена признать, что Дуглас не собирается выполнять свое обещание, а значит ей не суждено покоиться в его объятиях и в конце вечера не будет никакого долгожданного поцелуя. Оказавшись среди всего этого хаоса: визжащих девиц с красными лицами и бессмысленными взглядами, пьяных парней, растянувшихся на диванах или затевающих нелепые драки, — Виви поняла, что единственное, чего ей сейчас хочется, — это остаться одной в своей комнате и всласть поплакать вдали от посторонних глаз, не заботясь о том, что о ней могут подумать.

— Ксандер, я, пожалуй, пойду к себе.

Он болтал с кем-то из друзей, а его рука небрежно лежала у нее на талии.

— Что? — удивленно посмотрел на нее Александр.

— Я действительно очень устала. Надеюсь, ты не против. Спасибо за чудесный вечер.

— Ты не можешь прямо сейчас пойти спать. — Он театрально покружился на месте. — Вечеринка только начинается.

Уши у него, заметила Виви, стали бордовыми, а глаза были наполовину прикрыты отяжелевшими веками.

— Прости. Ты был со мной ужасно милым. Если случайно наткнешься на Дугласа, тебя не затруднит сказать ему... что вечер для меня уже закончился?

— Дуглас? Не думаю, что Дуглас станет особо переживать, — раздался из-за плеча Александра чей-то лающий голос.

Стоявшие рядом парни многозначительно переглянулись и загоготали.

И что-то в выражении их лиц удержало Виви от дальнейших расспросов. Более того, поскольку она и так весь вечер ощущала себя чьей-то наивной, старомодной кузиной, ей не хотелось еще больше усиливать это впечатление. Виви зябко скрестила руки на груди и, уже не думая о том, что о ней скажут люди, пошла прочь из игрального зала. Впрочем, гости были слишком пьяны, чтобы обращать на нее внимание. Оркестранты сделали перерыв и, прислонив инструменты к стульям, угощались лежавшими на подносе канапе, а из динамиков звучал голос Дасти Спрингфилд, исполнявшей нечто томно-меланхоличное, отчего у Виви невольно навернулись слезы на глаза.

— Виви, ты не можешь вот так уйти. — У нее за спиной возник Александр. Он положил ей руку на плечо и развернул лицом к себе.

Судя по его порывистым движениям, он уже был под хорошим градусом.

— Александр, мне действительно очень жаль. Я замечательно провела с тобой время. Честное слово. Но я страшно устала.

— Пойдем... Пойдем поедим. Там уже собираются готовить на завтрак кеджери. — Он держал ее за руку немного крепче, чем допускали приличия. — Ты знаешь... а в этом платье ты... очень хорошенькая. — Он беззастенчиво пожирал глазами ее округлости. Видимо, под действием алкоголя у него отказали сдерживающие центры. — Очень мило, — произнес он и повторил на случай, если она вдруг не поняла: — Очень, очень мило.

Виви раздирали противоречивые чувства. Оттолкнуть Александра будет черной неблагодарностью со стороны Виви, ведь он весь вечер ее развлекал. И тем не менее Виви ужасно смущало то, как он смотрел на ее грудь.

— Ксандер, мы можем встретиться за завтраком.

Но он, похоже, ее не слышал.

— Проблема тощих женщин, — говорил он, обращаясь в основном к ее бюсту, — а в наше время полно тощих женщин...

— Ксандер?

— ...в том, что у них нет сисек. Я хочу сказать, нет сисек, заслуживающих внимания. — При этих словах он протянул к ней руку, явно нацелившись на предмет своего вожделения.

— Ой! Ты... — Хорошее воспитание не позволило Виви ответить ему должным образом.

Она прикрыла одной рукой грудь и, не обращая внимания на несущиеся вслед вялые увещевания, быстрым шагом вышла из комнаты.

Нет, ей непременно надо найти Дугласа. А иначе она не сможет заснуть. Виви нужно было убедиться в том, что, хотя Дуглас весь вечер и находился вне пределов досягаемости, как только они отсюда уедут, он снова станет ее Дугласом: добрым, милым Дугласом, учившим Виви кататься на велосипеде, дважды водившим ее в кино на «Тома Джонса», пусть они тогда сидели и не в заднем ряду, и бывшим, по выражению ее отца, исключительно порядочным молодым человеком. Виви хотелось рассказать ему о приставаниях Александра, причем у нее внезапно затеплилась надежда, что неподобающее поведение друга станет для Дугласа импульсом к тому, чтобы осознать, как много она для него значит.

Проводить поиски стало уже намного легче, поскольку толпа гостей поредела до небольших скоплений народа, а веселые компании сделались менее аморфными, превратившись в некие сплоченные формирования людей на последнем издыхании. Гости постарше разошлись по своим комнатам, чуть ли не волоком утащив за собой находившийся на их попечении протестующий молодняк, а во дворе первый трактор уже пытался расчищать подъездную дорожку. Дугласа не оказалось ни в игорном, ни в бальном зале, не было его и в проходе за парадной лестницей, ни в Лисьем баре, где кучковались розовые пиджаки. Теперь на Виви практически никто не обращал внимания, стоявшие в воздухе алкогольные пары́ делали ее невидимой, да и время было позднее. Но Дуглас, похоже, тоже стал невидимым. У Виви даже возникло подозрение, а не улизнул ли он, часом, отсюда, тем самым выразив свое неприятие помпезных мероприятий для избранных представителей классового общества. Виви уныло шмыгнула носом, горько пожалев, что не потрудилась узнать у Дугласа, где находится его комната. Девушка настолько увлеклась фантазией на тему, как они с Дугласом возвращаются рука об руку в ее спальню, что ей даже в голову не пришло поинтересоваться, куда его поселили. Я его найду, решила она. Разыщу миссис Блумберг, и она мне все скажет. Или буду стучаться в каждую дверь в другом крыле, пока кто-нибудь не поможет мне его отыскать.

Она прошла по парадной лестнице, перешагивая через устроившиеся на ступенях парочки и прислушиваясь к отдаленному визгу девушек, радующихся тому, что оркестранты снова отважно вступили в бой. Виви устало поплелась мимо галереи фамильных портретов с не потускневшими от времени красками и подозрительно яркими золочеными рамами. Ворсистый ковер у нее под ногами был сплошь усеян окурками сигарет и использованными салфетками. Возле двери на кухню, откуда исходили аппетитные ароматы свежевыпеченного хлеба, она встретила Изабеллу, та в приступе бессильного смеха прислонилась к плечу обходительного молодого человека. Но сейчас Изабелла, похоже, вообще не узнала Виви.

Всего несколько футов — и коридор закончился. Виви посмотрела на массивную дубовую дверь, оглянулась проверить, что ее никто не видит, и широко зевнула. Затем наклонилась, чтобы снять туфли, которые начали жать уже несколько часов назад. Ладно, пожалуй, стоит оставить их здесь, а надеть потом.

Именно тогда она прислушалась и услышала нечто странное: какой-то царапающий звук, хриплый стон, словно кто-то спьяну упал и теперь пытается подняться на ноги. Виви уставилась на дверь, откуда доносился шум, и поняла, что дверь слегка приоткрыта, поскольку из-под нее тянуло холодом. Виви, босиком, прокралась поближе; она стояла, зябко поеживаясь и удивляясь, почему не решается просто крикнуть и спросить, все ли в порядке. Помедлив, она нерешительно открыла дверь и заглянула внутрь.

Поначалу Виви решила, что женщина, должно быть, просто упала, поскольку мужчина, казалось, пытался ее приподнять, прислонив к стене. И первым порывом Виви было предложить свою помощь. Но затем притупленными от усталости органами чувств она уловила, что ритмичный шум, как от работающего поршневого насоса, исходит именно от этих двоих. И что длинные бледные ноги женщины отнюдь не подкашиваются, как у пьяницы, а, наоборот, наподобие змеи, обвивают его талию. А когда глаза Виви приспособились к темноте, она внезапно узнала длинные темные волосы, упавшие на лицо этой женщины, и одинокую, расшитую камнями и блестками бальную туфельку, все еще покрытую снежинками.

Виви застыла на месте от ужаса и отвращения, только через несколько секунд, к своему стыду, осознав, невольной свидетельницей чего ей пришлось стать. Она замерла, прислонившись спиной к полуоткрытой двери, и этот ужасный звук отдавался у нее в ушах, перекрывая громкий стук сердца.

Она собралась было уйти, но чем дольше она стояла, прислонившись к шероховатой поверхности, тем сильнее впадала в ступор, несмотря на то что у нее буквально зуб на зуб не попадал, а руки пошли красными пятнами от холода. Конечно, Виви надо было сломя голову бежать отсюда, но ноги почему-то стали ватными, и, хотя она никогда раньше не слышала звуков, подобных тем, что сейчас доносились до ее ушей, голос мужчины показался ей странно знакомым. А еще его затылок, уши с розоватыми мочками и четкая линия волос, в которую сзади упирался воротничок. Все это было до боли знакомым, таким, как двенадцать лет назад, когда она впервые в него влюбилась.

Глава 3

Она могла бы и не стать Дебютанткой года, а теперь, когда она сделалась вполне респектабельной, никто уже не упоминал, почему такое могло произойти. Впрочем, нашлось несколько светских обозревателей, сомневавшихся относительно того, что свадьбу Афины Форстер, которую называли Последней Дебютанткой, светской львицей, а иногда, особенно в кругу достопочтенных дам, — несколько менее лестно, и Дугласа Фэрли-Халма, сына крупного суффолкского землевладельца Сирила Фэрли-Халма, можно считать Бракосочетанием года.

В списке гостей было достаточно обладателей старых денег и двойных фамилий, чтобы отвести описанию знаменательного события вкупе с зернистыми черно-белыми фотографиями достойное место на страницах светской хроники. Прием организовали в одном из лучших элитарных мужских клубов на Пикадилли, его привычную помпезно-хвастливую атмосферу, пропитанную клубами табачного дыма, на сей раз несколько смягчили весенние первоцветы и обильные драпировки из белого шелка. Отец невесты, у которого после отставки Профьюмо[1] возникло стойкое убеждение о нравственном разложении общества, решил, что лучшей линией защиты против моральной анархии станет создание некоего оплота из уважаемых людей как доказательство того, что старая гвардия не сдается. В результате гости, в числе которых были политики, фронтовые товарищи и даже один епископ, оказались в основном пожилыми и непьющими, а с учетом неоднократно повторяющегося в речи отца невесты тезиса о необходимости «неукоснительно придерживаться высоких стандартов» все это не могло не вызвать насмешки у некоторых представителей молодого поколения. Однако присутствие молодежи, и тут гости были единодушны, делало мероприятие чуточку веселее. А новобрачная, вопреки ожиданиям, не стала эпатировать общество и нарушать каноны приличия; наоборот, она с легкой улыбкой сидела во главе стола и смотрела влюбленными глазами на своего молодого мужа.

Так вот, там был жених, бесспорно считавшийся завидной партией. Его хорошие манеры, приятная наружность и семейное состояние разбили сердца потенциальных тещ из нескольких графств. Даже когда он стоял, строгий и чопорный в своем свадебном костюме, а важность сегодняшнего события слегка давила на его широкие плечи, его безграничное счастье безудержно прорывалось наружу: он постоянно оборачивался на невесту и глаза его сразу теплели. И несмотря на то что рядом с ним были члены семьи, близкие друзья и сотня других людей, жаждавших передать свои наилучшие пожелания и поздравления, ему явно хотелось поскорее остаться наедине с невестой.

[1] Военный министр Великобритании, ушедший в отставку в 1963 г. из-за скандала с девушкой по вызову Кристен Килер, названного «Дело Профьюмо».

А еще там была невеста. Ее глаза с поволокой и скроенное по косой платье, буквально струившееся по фигуре, которая иначе казалась бы слишком тонкой, заставили даже самых ярых злопыхателей признать, что каким бы ни было ее поведение (а в данном случае диапазон мнений оказался достаточно широк), но эта девушка — редкостная красавица. Ее волосы, обычно в беспорядке разбросанные по плечам, сейчас были укрощены, покрыты лаком, изящно уложены на макушке и украшены тиарой с настоящими бриллиантами. И если у других девушек белый шелк наверняка придавал бы коже чуть-чуть сероватый цвет, то у нее она казалась гладкой и белоснежной, как мрамор. Ее аквамариновые глаза были умело подведены и подкрашены серебряными тенями, придававшими ее взору некий загадочный блеск. Она сдержанно улыбалась уголками губ, не разжимая рта, но, поворачиваясь к мужу, одаривала его широкой белозубой улыбкой. Иногда они незаметно обменивались сдержанными ухмылками, и в этом интимном жесте сквозила такая неприкрытая страсть, что гости начинали нервно смеяться и смущенно отводить глаза.

И если в ответ на замечание гостей, какой сегодня удивительный день и по какому замечательному поводу они здесь собрались, на лице матери невесты читалось нечто большее, чем просто облегчение, все считали своим долгом деликатно промолчать. В такой день было не слишком уместно вспоминать, как еще несколько месяцев назад общество вынесло единодушный вердикт, что ее дочери не суждено найти себе приличную партию. А если некоторые дамы искренне недоумевали, почему столь грандиозную свадьбу устроили в такой спешке — через четыре месяца после первого знакомства, — причем невеста была явно не в том положении, когда промедление смерти подобно, то присутствующие на свадьбе мужчины вполне справедливо замечали, с определенной долей игривости, что раз уж единственный законный способ получить свою долю удовольствий — это вступить в брак, ведь невеста и впрямь лакомый кусочек, тогда зачем ждать?

Жюстина Форстер храбро улыбалась, сидя во главе стола. Она старательно игнорировала то, что ее вечно недовольный супруг по-прежнему дулся, поскольку из-за свадьбы пропустил ежегодную встречу ветеранов в Ипре (как будто это ее вина!), о чем он уже три раза успел упомянуть (один раз во время своей речи!), а также то, что дочь, сидевшая через два человека от нее, похоже, давала своему молодому мужу устный отчет о разговоре «между нами, девочками», который мать имела неосторожность завести накануне вечером.

— Дорогой, она считает, что противозачаточные таблетки — это аморально, — давясь от смеха, шептала Афина. — Говорит, что если мы пойдем за рецептом к старому доктору Харкорту, то и оглянуться не успеем, как об этом тут же донесут новому папе, и мы будем вечно гореть в геенне огненной.

Дуглас, не привыкший к столь откровенному обсуждению интимной жизни, старался сохранять хладнокровие, одновременно пытаясь отогнать от себя привычную волну вожделения к сидевшей рядом женщине.

— Я сказала ей, что папа, наверное, слишком занятой человек, чтобы переживать из-за какой-нибудь малышки вроде меня, случайно проглотившей противозачаточную конфетку, но в ответ получила решительное «нет». Подобно Господу Богу, Павел Шестой, или Восьмой, или какой там еще, знает абсолютно *все:* посещают ли нас нечистые мысли, вступаем ли мы в половые отношения исключительно ради удовольствия, не слишком ли мало денег кладем в тарелку для сбора пожертвований. — Она наклонилась поближе к мужу и добавила трагическим шепотом, явно предназначенным для ушей матери: — Дуглас, милый, возможно, он даже знает, где сейчас лежит твоя рука.

Левая рука Дугласа непроизвольно дернулась, он попытался, правда без особого успеха, заставить жену замолчать, а затем, выставив напоказ обе руки, поинтересовался у новоиспеченной тещи, не желает ли она воды.

Но поскольку смущение новобрачного было не вполне искренним, он достаточно быстро оправился от неловкости и решил для себя, что ему даже нравится непосредственность жены, ее пренебрежение социальными устоями и тесными рамками, ограничивающими их жизнь. Афина полностью разделяла еще не вполне сформировавшиеся взгляды Дугласа насчет того, что общественное мнение, собственно, не имеет особого значения и они могут стать пионерами в деле борьбы за свободу личности, а именно выражать себя, как им нравится, и делать все, что захочется, не обращая внимания на условности. Дуглас собирался применить эти идеи при управлении отцовским поместьем, а Афина просто хотела жить посвоему. Обустройство нового дома ее не особо интересовало («Матери в этом лучше разбираются»), однако ей нравилось объезжать свою новую лошадь — предсвадебный подарок жениха, — лежать с книгой перед камином, ездить с мужем, если он был свободен, в Лондон на танцы, в кино, на шоу, ну а самое главное — проводить с ним время в постели.

Дуглас даже не представлял себе, что можно испытывать нечто подобное: дни проходили для него словно в тумане, впервые в жизни он оказался не в состоянии сосредоточиться на работе, семейных обязанностях и семейном бизнесе. Нет, все его органы чувств были настроены на плавные изгибы, тонкие ткани и соленые запахи.

Его при всем желании больше не занимали недостатки правящего класса или дискуссионный вопрос о том, вытекает ли из принципа перераспределения общественных благ необходимость отдать часть своих земель. По крайней мере, все это потеряло актуальность и занимало его уже гораздо меньше, чем плотские утехи с молодой женой. Дугласа, который однажды признался друзьям, что ни одна женщина не сможет увлечь его так же сильно, как новая машина, поскольку их обеих, заявил он тогда с юношеской самонадеянностью, в любом случае придется через год заменить более современной моделью, теперь закружило в водовороте страстей, и та, единственная, замене не подлежала. Молодой человек, который скептически относился к бурным любовным романам, стараясь не ввязываться в амурные авантюры, и гордился своей способностью сохранять роль беспристрастного наблюдателя, теперь оказался втянутым в безвоздушное пространство... чего? Вожделения? Наваждения? Невозможно подобрать правильные слова, чтобы выразить эту слепую бездумность, эту — кожа к коже — ненасытную потребность, это торжество сладострастия. Эти горячие толчки...

— Ты собираешься пригласить старушку на быстрый танец?

— Что? — Дуглас, покраснев, уставился на своего отца, возникшего у него за спиной.

Небольшого роста, жилистый, отец в своем выходном костюме, как всегда, держался очень прямо. Его обветренное лицо утратило привычно настороженное выражение, смягчившись под действием алкоголя и гордости за сына.

— Я о твоей матери. Ты обещал ей танец. Она мечтает немного покружиться, если, конечно, мне удастся уговорить оркестрантов сыграть квикстеп. Так что тебе, мой мальчик, пора выполнять свои обязательства. Тем более что твоя машина скоро будет здесь.

— Ах да. Конечно. — Дуглас встал с места, пытаясь изменить ход своих мыслей. — Афина, милая, ты меня простишь?

— Но только при условии, что твой неотразимый отец в свою очередь пригласит бедную девушку на быстрый танец.

Дуглас вздрогнул, заметив насмешливый блеск в ее невинно распахнутых глазах.

— С удовольствием, дорогая. Не возражаешь, если я проведу тебя пару раз мимо Дики Бентала? Хочу показать ему, что есть еще порох в пороховницах.

— Мамочка, я побежала.

Серена Ньютон отвлеклась от своего шницеля по-венски, прекрасно приготовленного, хотя грибная подливка могла вызывать определенные сомнения, и удивленно посмотрела на дочь:

— Дорогая, ты не можешь уйти, пока они не уедут. А им еще даже не подали машину.

— Я обещала миссис Тесиджер посидеть с детьми. Хотелось бы сперва заехать домой переодеться.

— Но ты мне ничего не говорила. Я думала, ты вернешься домой со мной и папочкой.

— Только не в эти выходные, мамочка. Обещаю, через неделю или две непременно приеду. Было очень приятно вас снова увидеть.

Мамина щека была мягкой, сладкой, слегка припудренной, чем-то напоминавшей зефир. На маме были сапфировые серьги, те самые, что папа купил ей в Индии, когда его отправили служить вскоре после того, как они поженились. Отец тогда пренебрег советом ювелира, гордо рассказывала мать, отказавшись от более ценных камней и выбрав именно ту пару, что идеально подходила к глазам Серены Ньютон. Сапфиры в обрамлении бриллиантов по-прежнему поражали своей необычайной глубиной, тогда как глаза той, под цвет которых подбирались камни, выцвели за долгие годы забот и тревог.

За спиной у Виви раздались аплодисменты. Это новобрачный пригласил молодую жену на танец. Виви не моргнув выдержала испытующий взгляд матери. За последние месяцы она замечательно преуспела в умении скрывать свои чувства.

— Ты уже тысячу лет не была дома. Нельзя же все время убегать, — потянулась к дочери миссис Ньютон.

— Мама, я никуда не убегаю. Я ведь тебе уже говорила. Сегодня меня попросили посидеть с детьми. — Виви успокаивающе улыбнулась матери широкой улыбкой.

Миссис Ньютон наклонилась вперед, положила руку на колено дочери и, понизив голос, сказала:

— Дорогая, я понимаю, что тебе пришлось очень нелегко.

— Ты о чем? — Виви внезапно покраснела.

— Я ведь тоже когда-то была молодой.

— Мамочка, я в этом и не сомневаюсь. Но мне действительно уже пора. Пойду попрощаюсь с папочкой.

Дав обещание позвонить и почувствовав легкий укол совести из-за расстроенного лица матери, Виви повернулась и начала выбираться из комнаты. Виви понимала причину маминого беспокойства: она стала выглядеть старше, она это знала наверняка, боль утраты оставила неуловимый, но заметный след на ее лице, лишив его детской пухлости и заострив черты. Какая ирония судьбы, размышляла Виви, что она начала достигать своего идеала красоты — худобы и нездоровой утонченности, — потеряв того, ради кого этого добивалась.

Более того, в последние несколько месяцев Виви, которая всегда была очень домашним ребенком, делала все возможное, чтобы как можно реже видеться с семьей. Сводила к минимуму телефонные разговоры, стараясь избегать упоминаний о ком бы то ни было за пределами семейного круга, общалась с родителями посредством коротких жизнерадостных посланий на открытках со смешными картинками, отказывалась от приглашения на папин день рождения, деревенский праздник, ежегодный теннисный турнир, устраиваемый семьей Фэрли-Халм, ссылаясь на плотный рабочий график, усталость или на несуществующие приглашения на светские мероприятия. Она устроилась на текстильную фабрику неподалеку от Риджентс-парка и отдалась новой работе с миссионерским рвением, не переставая удивлять своих работодателей способностью усердно трудиться, а семьи, где она в качестве подработки сидела с детьми, — своей безотказностью, в связи с чем Виви частенько возвращалась на свою съемную квартиру слишком усталая, чтобы думать. Что ее вполне устраивало.

После охотничьего бала Виви поняла: стоило ей упомянуть имя Дугласа, проявив нечто большее, нежели просто сестринский интерес, родители деликатно меняли тему разговора, возможно уже тогда зная, что она вовсе не та, кто ему нужен. Но Виви не слышала их; быть может, как поняла она позже, она не слышала *его*. Ведь, помимо всего прочего, он никогда ни взглядом, ни намеком не показывал, что его отношение к ней выходит за рамки невинных братских чувств.

Теперь, увидев, что он смотрит совсем в другую сторону, Виви покорилась судьбе. Нет, она не собиралась искать себе кого-нибудь другого, как неоднократно советовала ей мать. Виви Ньютон твердо знала, что принадлежит к несчастливому меньшинству. Она была девушкой, которая, потеряв любовь всей своей жизни и тщательно взвесив имеющиеся альтернативы, решила больше не вступать ни с кем в серьезные отношения.

Конечно, бесполезно было говорить родителям, которые начали бы сердиться, возражать и уверять ее, будто она еще слишком молода, чтобы считать, будто никогда не выйдет замуж, но она это знала наверняка. И не то чтобы Виви страдала так сильно, что потеряла надежду снова полюбить (хотя она действительно очень страдала и теперь не могла заснуть без своих «маленьких помощников», бензодиазепиновых транквилизаторов); более того, она отнюдь не считала себя обреченной на одиночество романтической героиней. Виви просто решила, в той непредвзятой манере, с какой принимала большинство решений, что она скорее будет жить одна, наедине со своей утратой, нежели тратить время на попытки приспособиться к другому человеку.

Она до смерти боялась этой поездки и тысячу раз пыталась найти подходящий предлог, чтобы отказаться от приглашения. Она только однажды разговаривала с Дугласом, когда он специально организовал встречу с ней в Лондоне. Ей было невыносимо видеть, что он неприкрыто счастлив и сексуально удовлетворен. Не замечая явного смятения Виви, Дуглас держал ее за руки, заставляя дать обещание, что она непременно придет: «Ви, ты мой самый старый друг. И я действительно хочу, чтобы ты была рядом со мной в такой день. Ты просто обязана прийти. Ну давай же, будь человеком!»

Итак, она вернулась домой, проплакала несколько дней — и стала человеком. Улыбалась, когда хотелось выть, рвать на себе одежду, совсем как в греческих трагедиях, срывать парчовые драпировки и свадебные баннеры, а еще царапать, царапать лицо этой ужасной девицы и бить ее по голове, по рукам, по груди, чтобы изуродовать все то, что так нравилось Дугласу. А затем, устыдившись своих кровожадных мыслей — однажды она проплакала целый день, случайно убив кролика, — Виви снова начинала улыбаться. Она улыбалась милой, лучезарной улыбкой, надеясь, вопреки очевидному, что если ей удастся сохранять безмятежный вид достаточно долго и уговорить себя, будто она живет нормальной жизнью, то в один прекрасный день видимость душевного равновесия станет явью.

Мать Афины застукала дочь, когда та курила на лестнице. В подвенечном платье, широко раздвинув колени, она дымила, будто посудомойка, сигареткой, которую стрельнула у кого-то из официантов. Жюстина доложила мужу о своем открытии с едва сдерживаемым негодованием, немало удивив даже такого старого вояку рассказом о колоритном ответе дочери.

— Что ж, Жюстина, я больше не несу за нее ответственности. — Полковник Форстер откинулся на спинку позолоченного стула, набил трубку, решительно отказываясь смотреть на жену, словно и она тоже в чем-то провинилась. — Мы выполнили свои обязательства перед этой девицей.

Миссис Форстер наградила его возмущенным взглядом и повернулась к Дугласу, который задумчиво вертел бокал с бренди, размышляя над тем, что коньячный бокал в руке, безусловно, придает человеку солидности.

— Надеюсь, ты понимаешь, какую обузу взвалил на свои плечи?

— Лучшую девушку во всей Англии, если хотите знать мое мнение.

Дуглас, пьяный от вина и желания, сейчас любил весь мир и даже своих новых родственников с их кислыми лицами.

Он вспоминал вечер, когда сделал ей предложение. Тогда был проведен четкий водораздел: Жизнь До Афины и Жизнь После Афины, причем последний этап ознаменовался не столько обрядом торжественного шествия по церковному проходу, сколько фундаментальным изменением его личности и его места в этом мире. Для него, теперь уже женатого джентльмена, этот день был среди прочего отмечен коренной сменой системы взглядов, а именно качественной трансформацией из человека, находящегося в поиске и неуверенно пробующего новые подходы, точки зрения и пути самореализации, в Мужчину с большой буквы. Поскольку Афина наградила его этим званием. Он ощущал себя монолитной опорой для своей изменчивой, непостоянной жены, а ее независимость придавала ему основательность и уверенность.

Она обвилась вокруг него, как плющ, прекрасный и цепкий, растение-паразит, но при этом желанное. В тот вечер, когда он впервые увидел ее, он сразу понял, что она предназначена ему судьбой. Она вызывала в нем щемящую боль, неожиданное ощущение пустоты и какой-то нереализованности, о чем он даже и не подозревал. Она настроила его на лирический лад, сделала фаталистом. Причем в его словарном запасе раньше вообще не было подобных слов. Ведь в свое время он думал о женитьбе как о начале конца: для него женитьба была тем, что принято делать, когда встретишь подходящую девушку. От него, естественно, именно этого и ждали, а Дуглас не привык обманывать ожидания. Но в тот вечер она стояла в лифте лондонского ресторана, где они ужинали, и, не обращая внимания на очередь за спиной, придерживала ногой двери, а потом, задыхаясь от смеха, словно он, произнеся дрожащими губами заветные слова, сказал нечто очень смешное, ответила «да». Почему бы и нет? Это ведь так забавно. Затем они поцеловались, радостно и жадно, двери лифта дергались туда-сюда в тщетной попытке закрыться, а очередь за их спиной все росла, и рассерженные посетители уже заняли всю лестницу. И тогда он понял, что его жизнь больше не пойдет по накатанной колее, а полностью изменится самым фантастическим образом.

— Ты должен хоть немного ее вразумить, — сказал полковник Форстер.

Дуглас удивленно вскинул голову.

— Энтони! — Жюстина Форстер недовольно поджала губы. Затем открыла пудреницу и проверила макияж. — Она... Просто иногда с ней бывают проблемы.

— Но она мне нравится такой, какая она есть. — В голосе Дугласа послышались воинственные нотки.

Она любила таскать его по дансингам, где заправляли чернокожие, в сомнительных районах Лондона, распекая его даже за сдержанные сомнения и предлагая вместе с ней танцевать, пить, смеяться и жить. А поскольку в подобных местах она чувствовала себя как дома, его худшие опасения крайне редко оправдывались, и в результате он волей-неволей проверил на практике свои концепции относительно бедняков, чернокожих или людей, непохожих на него. Помимо страхов, он преодолел с помощью Афины целый ряд внутренних запретов: курил и пил темный ром, а когда они оставались наедине, позволял себе заниматься с ней сексом такими способами, о каких раньше, в силу строгого воспитания, даже помыслить не мог, считая их не только вызывающими, но и, возможно, уголовно наказуемыми.

Потому что она не возражала. Ей было наплевать на шопинг, на моду, на меблировку и еще на целый ряд вещей, которые обычно волновали знакомых ему девушек, а его заставляли скучать. Если уж на то пошло, она наплевательски относилась и к собственным вещам: снимала туфли после танцев, ссылаясь на то, что они ей жмут, и забывала их снова надеть. А когда обнаруживался тот факт, что она осталась без обуви, Афина, в отличие от любой нормальной девушки, не оплакивала потерю и не переживала, как теперь доберется домой, а просто со смехом пожимала плечами. Дескать, найдется другая пара туфель. Да и вообще, какая тоска — беспокоиться о подобных вещах.

— Хорошо. Только потом не говори, дорогой, что мы тебя не предупреждали. — Жюстина Форстер смотрела на кусок свадебного торта с таким видом, словно опасалась, что тот ее укусит.

— Ужасно глупая девчонка, — зажигая трубку, заявил полковник Форстер.

— Что?

— Наша дочь. Впрочем, какой смысл ходить вокруг да около?! Ей еще крупно повезло, что она вообще вышла замуж.

— Энтони! — Миссис Форстер испуганно покосилась на Дугласа, словно опасаясь, что резкие комментарии полковника в адрес дочери могут заставить их новоиспеченного зятя передумать.

— Ой, да ладно тебе, Жюстина! Ее окружают никчемные молодые люди, да и она сама такая же никчемная. Неблагодарная, никчемная и неумная.

— А вот я вовсе не считаю ее никчемной. — Дуглас, которому было даже страшно подумать, что его родители могли бы так о нем говорить, решил вступиться за жену. — По-моему, она храбрая, единственная в своем роде и очень красивая.

Отец Афины посмотрел на Дугласа так, словно зять признался в том, что он скрытый либерал.

— Так, понятно. Значит, ты не собираешься ей ничего говорить. Ну, не знаю, куда это приведет. Попробуй хотя бы ее немного приструнить. А иначе все это плохо закончится. И она вообще будет никому не нужна.

— Дуглас, дорогой, он совсем другое имел в виду. Он просто хотел сказать, что в свое время мы ее слегка распустили.

— Кого это вы распустили? — За спиной Дугласа появилась Афина. От нее пахло коньяком и сигаретным дымом, и у Дугласа непроизвольно внутри все сжалось. Полковник, что-то пробурчав, отвернулся от дочери. — Вы, случайно, не обо мне разговариваете?

— Мы просто говорили о том, что страшно рады. Мы рады, что ты наконец остепенилась, — успокаивающим тоном ответила Жюстина Форстер и взмахнула рукой, дав понять, что разговор окончен.

— Кто сказал, что мы остепенились?

— Дорогая, не строй из себя дурочку. Ты прекрасно понимаешь, что я имела в виду.

— Нет, решительно не понимаю. Остепениться? Какой вздор! Мы с Дугласом отнюдь не собираемся этого делать. Да, дорогой? — (Дуглас почувствовал сзади на шее ее прохладную руку.) — По крайней мере, если это означает, что мы кончим так же, как и вы с папой.

— Афина, я не буду с тобой разговаривать, если ты продолжишь демонстративно говорить грубости.

— Мама, я вовсе не говорю грубости. В отличие от вас, когда вы обсуждали меня за моей спиной.

— Ужасно глупая девица, — пробормотал полковник.

Дуглас чувствовал себя страшно неловко.

— Полагаю, вы несправедливы к Афине, — вступился он за жену.

— Дуглас, дорогой, мы ценим твои благие намерения, но ты даже понятия не имеешь, через что нам пришлось из-за нее пройти.

Афина перегнулась через плечо мужа и взяла бокал с бренди, словно желая изучить его содержимое, а затем залпом выпила янтарную жидкость.

— Ой, Дуглас! Да не слушай ты их! — Она поставила бокал и потянула мужа за руку. — Они такие зануды! И вообще, сегодня наш день.

И буквально через минуту, проведенную на танцполе, Дуглас почти забыл о неприятном разговоре, поглощенный затянутыми в шелк округлостями, запахом ее волос, прикосновениями нежных рук. Когда она подняла голову, ее глаза были затуманены слезами.

— Теперь, когда мы уже женаты, нам вовсе не обязательно с ними видеться. — Похоже, она не просила, а скорее требовала от него заверений, что он согласен. — Нам вовсе не обязательно проводить половину времени, как эти напыщенные ничтожества, на жутких семейных сборищах.

— Дорогая, мы можем делать все, что захотим, — прошептал Дуглас, жарко дыша ей в шею. — Теперь есть только мы. И как мы захотим, так и будет.

Он наслаждался звуками собственного голоса, в котором слышались спокойствие и уверенность.

Она прижала Дугласа к себе — ее хватка оказалась неожиданно сильной — и уткнулась лицом в его плечо. И громкая музыка помешала ему расслышать ответ Афины.

— Это не займет и минуты, — пообещала гардеробщица. — Некоторые пальто почему-то оказались без номерков. Но мы сейчас разберемся.

— Отлично. — Виви притопывала ногой от нетерпения.

Отдаленные звуки свадебного приема поглощали ворсистые ковры, устилавшие лестницу и коридоры. Она смотрела, как мимо нее шествуют в туалет пожилые дамы с провожатыми и под неодобрительным взором одетой в униформу обслуги бегают вверх-вниз разутые ребятишки. Что ж, она не вернется домой до Рождества. И скорее всего, Дуглас и эта женщина — Виви до сих пор не могла заставить себя произнести ее имя, а тем более назвать ее его женой — на Рождество не приедут. Да и помимо всего прочего, его семья всегда уезжала кататься на лыжах.

Теперь, когда выяснилось, что мама все понимает, Виви стало немного легче. А если тоска по родителям будет уж совсем непереносимой, можно всегда пригласить их в Лондон, уговорив папу остаться там на уик-энд. Она покажет им блошиный рынок в Лиссон-Гроув, сводит в зоопарк, отвезет на такси в венское кафе в Сент-Джонс-Вуде, чтобы угостить кофе с пенкой и выпечкой с корицей. А к тому времени она, быть может, вообще перестанет думать о Дугласе. И не будет чувствовать ничего похожего на физическую боль.

Нет, видимо, она никогда не получит свое пальто. И тут она заметила, что рядом с ней, увлеченные разговором, курят двое мужчин с номерками в руках.

— И Элфи постарался приурочить к этому дню поездку в Уимблдон. Кто ж спорит, он поступил совершенно правильно. Я имею в виду, если ее поведет по проходу кто-то другой...

Виви даже не вздрогнула. Она притворилась, будто увлеченно изучает деревянную резьбу на стене, в очередной раз задавая себе вопрос: через сколько времени это внешнее спокойствие начнет отдаваться внутренней болью?

А спустя двадцать минут перед ней уже стояла мама в своем парадном костюме из шерстяного букле, прикрываясь сумочкой, как щитом.

— Я понимаю, что тебе было непросто, — говорила мама. — Но я не уверена, что ты должна вот так убегать. Ну давай поедем все вместе домой.

— Я же тебе говорила...

— Не стоит из-за них лишать себя дома. Машина уже уехала. Их не будет по крайней мере две недели.

— Мамочка, дело не в этом. Честное слово.

— Ладно, Виви. Настаивать не буду. Я просто не могла тебя отпустить, толком и не поговорив. Не надо нас избегать. Мне больно думать, что ты там одна в этом своем Лондоне. Ты ведь еще так молода. Ну а кроме того, мы с папой ужасно по тебе скучаем. Ты что, потеряла номерок? — (Виви смотрела невидящими глазами на свою протянутую руку, в которой ничего не было.) — А я уже было решила, что ты ушла. Ладно, мы в любом случае узнаем твое пальто.

Виви тупо покачала головой:

— Прости. Мне надо было... сходить в туалет.

— Папа действительно очень хочет тебя видеть. Ты должна помочь нам выбрать собаку. Видишь ли, он наконец-то согласился завести песика, но ему кажется, что было бы лучше, если бы вы с ним сделали это вместе. — Мамино лицо светилось надеждой, словно она считала, будто детские радости способны избавить человека от взрослой боли. — Может быть, спаниеля? Тебе ведь всегда нравились спаниели.

— Оно зеленое?

— Простите?

Гардеробщица тщательно прятала свое раздражение за вежливой улыбкой.

— Ваше пальто зеленое? С крупными пуговицами? — Она показала на вешалку у себя за спиной. Виви узнала знакомый бутылочный цвет.

— Да, — прошептала она.

— Ох, Виви, милая моя, поверь мне, я действительно все понимаю.

Глаза миссис Ньютон даже потемнели от сочувствия. От нее пахло знакомыми с детства запахами, и Виви с трудом поборола желание прижаться к маминой груди в поисках утешения. Но сейчас в мире не было ничего, что могло бы ее утешить.

— Я знаю, что ты испытывала к Дугласу. Но Дуглас... Он теперь выбрал свой жизненный путь, и ты должна с этим смириться. Постарайся оставить все это в прошлом.

Голос Виви стал неестественно ломким.

— Мама, я оставила все это в прошлом.

— Не могу видеть, когда ты такая. Такая грустная... и... ну, я просто хотела, чтобы ты знала... что даже если ты не хочешь со мной об этом говорить... а девушки не всегда делятся с матерями... я все понимаю. — Она погладила Виви по голове, убрав волосы с ее лица привычным материнским жестом.

Нет, мамочка, ничего ты не понимаешь, подумала Виви. У нее тряслись руки, она оставалась белой как полотно, поскольку до сих пор не оправилась от того, что услышала. Источником ее боли было не совсем то, о чем предполагала мама. Ту боль Виви еще как-то сумела бы перенести. Гораздо легче смириться с утратой любимого человека, находя утешение в том, что он, по крайней мере, счастлив. Ведь в этом и заключается настоящая любовь, разве нет? В любом случае, в пожелании счастья тому, кого любишь.

И даже если у матери и имелось некое представление о глубине страданий дочери и ее чувства утраты, маме не дано было понять невольно подслушанного Виви разговора. Или того, почему Виви, у которой снова открылась кровоточащая рана в душе, не могла никому его передать.

— Кто ж спорит, он поступил совершенно правильно, — сказал тогда тот мужчина. — Я имею в виду, если тебя поведет по проходу кто-то другой...

— Все верно, но...

— Но что?

— Чего уж там скрывать! За ней нужен глаз да глаз. Разве нет?

— Что?

— Ой, да ладно тебе! Эта девица еще та шлюшка.

Виви застыла как изваяние.

Говоривший понизил голос до шепота, явно придвинувшись поближе к собеседнику:

— Тони Уоррингтон встретил ее во вторник. Давай пропустим по стаканчику в память о старых временах, сказала она. Когда он жил в Виндзоре, они какое-то время встречались. Вот только под «старыми временами» она, скорее, подразумевала веселые времена, если ты понимаешь, о чем я.

— Ты шутишь!

— Представляешь, буквально за неделю до свадьбы! Тони сказал, что ему не больно-то и хотелось. В плохой форме и все такое. Но она набросилась на него как сумасшедшая.

У Виви зазвенело в ушах. Она схватилась за стенку, чтобы не упасть.

— Ни хрена себе!

— Вот такие дела. Только держи язык за зубами, старина. Зачем портить человеку праздник! И все же... остается только посочувствовать бедняге Фэрли-Халму.

Глава 4

Дуглас откинулся на спинку стула и, задумчиво посасывая кончик шариковой ручки, уставился на лежавшие перед ним плотно исписанные страницы с планами. У него ушло несколько недель работы до глубокой ночи, но теперь он был совершенно уверен, что справился.

Свою программу он основывал частично на идеях великих социальных реформаторов, своего рода практического руководства к действию, а также на американской концепции общественных работ, о которой когда-то читал. Да, получилось нечто весьма радикальное, спору нет, но это могло сработать. Нет, поправил себя Дуглас, это точно сработает. И полностью преобразит их поместье.

Сотни акров земли, где выпасали огромный табун лошадей фризской породы, правила содержания которых после вступления в силу Единой сельскохозяйственной политики, как неоднократно замечал отец Дугласа, могли превратить нормального человека в буйнопомешанного, можно отдать независимой сельскохозяйственной коммуне. Рабочие могли бы жить в полуразрушенных времянках, а для их починки использовать древесину из леса Мистли. Там имелся источник воды, а также старые сараи, которые можно было приспособить для содержания небольшого количества домашнего скота. Если в коммуне найдутся искусные ремесленники и кустари, то вполне можно будет открыть студию, чтобы потом продавать керамику или что-нибудь еще, а небольшой процент от дохода отдавать владельцам поместья.

Дальше четыре поля в Пейдж-Хилл, выделенные под сахарную свеклу, могут быть разделены на небольшие земельные участки, где местные жители смогут выращивать овощи. Рынок продуктов питания местного производства интенсивно развивается, и растет число людей, желающих вернуться к природе. Фэрли-Халмы будут взимать с них минимальную арендную плату, а в качестве частичной оплаты — брать продукты. Это станет своего рода возвращением к арендованному хозяйству, к образу жизни предков, но без феодального отношения к крестьянам. Такая схема обеспечит самоокупаемость, а быть может, и некоторый доход. Если план окажется эффективным, то сверхприбыль можно будет вложить в какой-нибудь другой проект, возможно в образовательную программу. Типа тех, что помогают правонарушителям в городах приобрести полезные знания, например в области землеустройства.

Поместье было слишком большим, чтобы им управлять в одиночку. Дуглас слышал это от отца, наверное, миллион раз. Как будто его, Дугласа, не брали в расчет. Конечно, у них был управляющий, старший скотник и сезонные рабочие, а еще егерь и разнорабочий, но основная ответственность за происходящее лежала на Сириле Фэрли-Халме — ответственность, которую он нес на своих плечах уже без малого сорок лет. Это означало не только управление землями, но и проведение сложных расчетов, включая дополнительные ассигнования, что подразумевало интенсивную механизацию, меньшую диверсификацию, более широкое использование химических гербицидов и удобрений. Отец Дугласа вечно брюзжал, что, вместо того чтобы постоянно выкорчевывать живые изгороди, не лучше ли продать скот, распахать поля под зерновые, наподобие американских ферм, и раз и навсегда покончить с этим, а местные старики, которые когда-то пахали на лошадях, вообще считали, что если механизация пойдет такими темпами, то скоро отпадет надобность не только в животных, но и в людях.

Короткий период самоанализа после знакомства с Афиной позволил Дугласу понять, что его, собственно, никогда не прельщала идея унаследовать поместье Диру-орд. Как ни крути, но Дуглас не заработал его собственным трудом: ему казалось в корне неверным брать на себя полномочия, подразумевающие власть и богатство, именно тогда, когда непотизм и феодализм начали постепенно отмирать. Дуглас не считал, что в свои двадцать с небольшим он имеет право распоряжаться поместьем и брать на себя обязательства за жизнь тех, кто работает на земле.

Когда Дуглас впервые поднял эту тему в разговоре с отцом, Сирил посмотрел на него так, будто обнаружил, что сын стал коммунистом. Возможно, старик и использовал это слово. А Дуглас, у которого хватило ума понять, что отец вряд ли способен принять всерьез недоработанный план, заткнулся и отправился проверять, как идет дезинфекция доильного помещения.

Однако сейчас у него уже был разработан целый набор конкретных предложений, рассмотрев которые даже его отец сможет признать, что с их помощью они сделают шаг вперед в будущее и их поместье станет новой моделью не только ведения сельского хозяйства, но и социальных перемен. А он, Дуглас, станет наследником традиций таких великих реформаторов, как Раунтри и Кэдбери, считавших, что сами по себе деньги не самоцель и зарабатывать их стоит главным образом для улучшения социальной и окружающей среды. Дуглас тут же нарисовал в воображении довольных рабочих, которые с удовольствием едят продукты собственного производства и, вместо того чтобы пропивать недельный заработок в «Белом олене», занимаются самообразованием. На дворе был 1965 год. Дул свежий ветер перемен, пусть даже обитатели Дир-Хэмптона отказывались это признавать.

Дуглас аккуратно собрал страницы, благоговейно положил их в картонную папку, а папку сунул под мышку, проигнорировав кипу писем, на которые предстояло ответить. Весь последний месяц ему пришлось отбиваться от жалоб туристов и собачников на то, что он перегородил свои поля, тянувшиеся до самого леса, деревянными изгородями для выпаса овец. Дуглас всегда любил овец. Он до сих пор с восторгом вспоминал о том, как гостил у фермера, который разводил овец камберлендской породы и считал их на древнем и совершенно непонятном диалекте: ян, тан, тетера, петера, пимп, сетера, летера, ховера, ковера, дик...[1] Деревенских жителей, которые могли по-прежнему ходить по полям, это тоже не устраивало. Им не нравилось чувствовать себя, как они выражались, взаперти. Дугласа так и подмывало ответить, что сельчанам вообще повезло иметь доступ к полям; более того, если бы не меры по обеспечению финансовой стабильности поместья, его вообще отдали бы на откуп девелоперам, как в свое время продали под застройку когда-то роскошное поместье Рамптон в четырех милях от них. Вот тогда бы он посмотрел, как бы они заплясали.

1 Система счета овец, изобретенная пастухами из Северной Англии, уходящая корнями в кельтские языки и базирующаяся на двадцатеричной основе.

Однако поскольку Дуглас, как представитель семьи Фэрли-Халм, должен был хотя бы внешне соблюдать приличия, он предложил всем недовольным представить ему претензии в письменном виде для дальнейшего рассмотрения.

Дуглас бросил взгляд на часы и нетерпеливо побарабанил пальцами по письменному столу. Когда отец удалится в свой кабинет, чтобы, как всегда, уделить полчаса бумажной работе (обычно это заканчивалось тем, что отец просто сидел с закрытыми глазами — ну, вы понимаете, чтобы снять усталость), Дуглас представит ему свой план. И тем самым, возможно, внесет свою лепту в модернизацию поместья Дируорд.

А тем временем мать Дугласа Фэрли-Халма сняла перчатки и шляпу, загнала собак в подсобное помещение и взглянула на висевшие в прихожей часы, отметив для себя, что вернулась домой за полчаса до ланча. Правда, никакой особой подготовки от нее не требовалось. Она отправилась в путь в надежде, что ее хотя бы пригласят на чашечку кофе, и соответственно приготовила все для ланча заранее. И хотя ей пришлось пройти пешком приличное расстояние и на пороге дома своего сына она появилась насквозь продрогшая — каждый год она почему-то напрочь забывала, какие сюрпризы может преподнести март, — и явно нуждалась в отдыхе, невестка решительно отказалась пригласить ее в дом.

У нее с самого начала не задались отношения с Афиной. Да и кто вообще сумел бы поладить с этой девицей?! Тем более что Афина была далеко не подарком: вечно предъявляла немыслимые претензии к Дугласу, а сама тем временем отказывалась быть ему хорошей женой. Но Сирил попросил жену постараться хоть немного подружиться с Афиной.

— Пригласи ее на утренний кофе или вроде того. Дуглас говорит, она скучает. Ему будет куда легче, если вы подружитесь.

Мать Дугласа никогда особо не любила женское общество. Слишком много сплетен и шума из-за пустяков. Но она была хозяйкой поместья, а это было сопряжено с определенными неудобствами. Ведь люди ожидали, что она будет болтать не закрывая рта, рассказывать о благотворительных утренниках и праздниках, хотя единственное, чего ей хотелось, — это заниматься домом и садом. Но поскольку Сирил не так часто ее о чем-то просил, она все же решила пройти две мили по сельской дороге, что вела к Филмор-Хаусу, внушительной резиденции в стиле королевы Анны, которую два года назад Сирил подарил своему единственному сыну на свадьбу.

Афина все еще разгуливала в неглиже, хотя время близилось к полудню. Но она, похоже, нимало не смутилась, что ее застали полуодетой.

— Я дико сожалею, — заявила Афина, всем своим видом давая понять, что ничуточки не сожалеет. На лице ее появилось выражение удивления, сменившееся равнодушной очаровательной улыбкой. — Но сегодня я никого не принимаю.

Она лениво зевнула, прикрыв рот рукой, ее халат из легкой ткани распахнулся, позволив увидеть тончайшую ночную рубашку, едва прикрывавшую бледную грудь, что отнюдь не смутило Афину, хотя в любую минуту мимо мог пройти кто-нибудь из местных мужчин.

Такое вопиющее нарушение приличий выбило у пожилой дамы почву из-под ног.

— Я надеялась, что мы сможем выпить вместе по чашечке кофе, — выдавила она слабую улыбку. — Последнее время мы тебя совсем не видим.

Афина с несколько раздраженным видом смотрела поверх головы собеседницы, словно та привела с собой толпу визитеров, требующих чая и светских разговоров.

— Сирил спрашивал... Словом, мы оба хотели знать, как ты поживаешь.

— Вы невероятно добры. Я была страшно занята. — Улыбка Афины несколько померкла, когда она увидела, что свекровь даже не думает уходить. — И сегодня чувствую себя немного усталой. Вот почему никого и не принимаю.

— Я надеялась, мы сможем немного поболтать. О вещах...

— Ой, я так не думаю. Но это очень мило с вашей стороны, что вы обо мне вспомнили.

— У нас есть пара вопросов, которые мы хотели бы с тобой...

— Была очень рада повидаться. Надеюсь, мы скоро встретимся.

После короткого обмена фразами, почти демонстративного прощания и без малейшего намека на извинения Афина демонстративно закрыла дверь. И ее свекровь, вообще-то имевшая обыкновение называть вещи своими именами, была настолько ошеломлена, что не успела обидеться.

И при всей уверенности в себе даже она не знала, как лучше представить мужу подобный поворот событий. Собственно, в чем она могла обвинить Афину? В том, что та встретила ее в ночной рубашке? Но Сирил вполне способен счесть это очаровательным — хуже того, он может дать волю своему воображению, а уж она-то знала, чем это могло закончиться. Что Афина отказалась угостить ее кофе? Но Сирил скажет, что жена сама виновата и ей следовало предупредить Афину заранее, хотя бы позвонить по телефону перед уходом. Кстати, именно упорное стремление всегда стоять на страже справедливости больше всего и раздражало ее в муже. И она мудро решила вообще ничего не говорить, но когда пришел Дуглас, отвела его в сторонку и без обиняков заявила, что если его жена отказывается ходить в приличном виде, то нечего тогда вообще открывать дверь посетителям. Ведь им как-никак надо думать о чести семьи. Однако Дуглас в ответ лишь удивленно заморгал, и она вдруг почувствовала острую жалость к сыну и в то же время некоторое раздражение из-за того, что он вылитый отец. Ты предупреждаешь сыновей об опасности чуть ли не с детских лет. Год за годом. Но как только дело доходит до подобных девиц, все материнские увещевания пропадают втуне.

Сирил Фэрли-Халм положил салфетку и посмотрел на часы. Это был своеобразный ежедневный ритуал в короткий промежуток времени между окончанием трапезы и вопросом жены, не хочет ли он выпить кофе, прежде чем уйти к себе в кабинет. По радио за его спиной, как обычно в конце обеда, диктор ровным голосом сообщал прогноз погоды, и все члены семьи замолкали, чтобы не мешать хозяину дома слушать.

— Отлично, — спокойно произнес Сирил. — Пирог с дичью выше всяких похвал.

— Изумительно вкусно. Спасибо, мама. — Дуглас снял с груди салфетку и, скомкав, положил на стол.

— Фирменное блюдо Бесси. Я передам ей, что тебе понравилось. Ну как, у вас найдется время выпить кофе?

Обеденный стол был, как всегда, тщательно накрыт, и, несмотря на заурядность события, мать поставила парадный сервиз. Она собрала тарелки и с прямой спиной вышла из комнаты.

Дуглас проводил ее глазами, слова будто застряли в горле, а эмоциям стало тесно в груди.

Его отец принялся сосредоточенно набивать и зажигать трубку, морщины на его худом загорелом лице привычно обострились. Затем он посмотрел на сына, словно удивляясь, что тот, по своему обыкновению, еще не ушел.

— Деннис сегодня сажает картошку, — сказал Сирил.

— Да, — кивнул Дуглас. — Я собирался от вас поехать прямо туда.

Отец погасил до половины обгоревшую спичку и едва слышно чертыхнулся, непроизвольно покосившись на дверь, за которой исчезла жена.

— Надо проверить, соблюдает ли он расстояние. А то в прошлом году картошка была посажена слишком тесно.

— Да, папа, ты уже говорил. Я непременно ему напомню.

Сирил снова уставился на свою трубку.

— Ну как, ждешь прибавления? — неожиданно спросил он.

— Что? Ой... — (У отца всегда было не разобрать, шутит он или нет.) — Ой, нет. На самом деле, папа, мне надо с тобой кое-что обсудить.

Трубку наконец-то удалось зажечь. Выдохнув тонкую струйку дыма, отец откинулся на спинку стула, морщины на его лице немного разгладились.

— Ну давай выкладывай, — добродушно произнес он.

Дуглас посмотрел на отца и принялся судорожно вспоминать, куда он положил свои записи. Затем встал, взял с буфетной полки папку и аккуратно выложил бумаги перед отцом на стол.

— А что это такое?

— То, о чем я как раз и собирался с тобой поговорить. Мои предложения. По поводу преобразования поместья.

Дуглас поменял местами странички и, отойдя в сторонку, принялся наблюдать за отцом, который, склонившись над столом, уставился на бумаги:

— Идеи по преобразованию поместья?

— Я работаю над этим уже много лет. Меня подстегнула эта история с Единой сельскохозяйственной политикой, ну а еще твои разговоры, что ты готов прекратить производство молочных продуктов. Мы можем прикинуть, как устроить все немного иначе.

Сирил безучастно слушал сбивчивую речь сына. Затем снова заглянул в бумаги:

— Передай мне очки, пожалуйста.

Дуглас, проследив направление отцовского указующего перста, нашел очки и протянул отцу. Судя по раздававшимся из кухни звукам выдвигающихся и задвигающихся ящиков, мама доставала и ставила на поднос чайную посуду. У Дугласа внезапно застучало в висках. Он сунул руки в карманы, затем снова вытащил, с трудом борясь с искушением подскочить к столу, чтобы показать отцу некоторые параграфы.

— Я тут еще приложил карту. — У Дугласа больше не осталось сил сдерживаться. — А поля специально обозначил разными цветами в соответствии с их использованием.

Время тянулось мучительно медленно, а потом как будто остановилось. Дуглас во все глаза смотрел на отца, изучавшего бумаги, но лицо Сирила оставалось абсолютно бесстрастным. В комнате было тихо, только за окном кого-то неистово облаивали собаки.

Наконец отец снял очки и выпрямился. Его трубка потухла, и, внимательно проверив ее, он положил трубку на стол возле себя.

— Так, значит, этому тебя научили в сельскохозяйственном колледже?

— Нет, — ответил Дуглас. — На самом деле это все мои собственные идеи. Словом, я очень много читал про кибуцы и все такое, ну и, сам понимаешь, естественно, о Раунтри, но...

— Потому что, если это так, значит мы просто пустили на ветер каждый чертов пенни, потраченный на твое обучение! — с напором произнес Сирил; и его слова были точно разящие пули, так что Дуглас даже подскочил, будто от физической боли.

Однако лицо отца по-прежнему ничего не выражало, только вспыхнувшие глаза да внезапная бледность обычно румяного лица говорили о сдерживаемом гневе.

Они сидели молча, пристально глядя друг на друга.

— Я всегда считал тебя здравомыслящим человеком. Мне казалось, мы с детства привили тебе понимание того, что правильно и что...

— Но это правильно, — перебил отца Дуглас, несколько повысив голос. — Правильно возвращать что-то людям. Правильно, что каждый имеет право на свою долю земли.

— Выходит, по-твоему, я должен все отдать, да? Разделить на участки и распределить между желающими? Сказать им, чтобы вставали в очередь?

— Папа, земля по-прежнему останется нашей. Мы просто дадим другим людям возможность работать на ней. Мы ведь даже не умеем правильно все это использовать.

— Так думаешь, будто люди вокруг спят и видят, чтобы работать на земле? А ты хоть кого-нибудь из них об этом спрашивал? Молодежь сейчас вовсе не жаждет пахать и сеять. Они не желают в любую погоду выпалывать сорняки и разбрасывать навоз. Они хотят жить в городах, слушать поп-музыку и все такое. А ты хоть представляешь, как долго мне пришлось в прошлом году искать работников для заготовки сена?

— Мы найдем людей. Всегда отыщутся люди, которым нужна работа.

Отец с отвращением пошелестел лежащими перед ним бумажками:

— Это не какой-то там социальный эксперимент. Эта земля полита нашим пóтом и кровью. Поверить не могу, что вырастил собственного сына, научив его всему, что знаю о нашем поместье, лишь для того, чтобы он отдал его в чужие руки. Заметь, даже не продал! А просто взял и отдал за просто так! Ты... ты хуже, чем любая девчонка!

Он выплюнул эти слова, будто у него внезапно разлилась желчь. Дуглас еще ни разу не слышал, чтобы отец повышал на него голос, и теперь буквально затрясся от обиды. Он попытался собраться с мыслями и урезонить отца, но тут заметил в дверях мать, застывшую с подносом в руках.

Отец молча прошел мимо нее и, нахлобучив на голову шляпу, выскочил из дому.

Мать Дугласа поставила кофе на стол и посмотрела на растерянное лицо сына, почти такое же несчастное, как тогда, когда ему, восьмилетнему мальчугану, отец всыпал по первое число за то, что тот пустил одну из собак в помещение для отела. С трудом поборов желание успокоить сына, мать осторожно поинтересовалась, что случилось.

Дуглас молчал, и матери показалось, будто сын пытается сдержать слезы. Он ткнул пальцем в лежавшие на столе странички:

— У меня имелись кое-какие идеи насчет поместья. — Он замолчал, а затем продолжил срывающимся голосом: — Отцу они не понравились.

— А можно мне взглянуть?

— Ради бога.

Она заняла стул мужа и принялась внимательно просматривать записи. У нее ушло всего несколько минут на то, чтобы вникнуть в суть предложений Дугласа, затем она уставилась в цветную карту, пытаясь воссоздать ход его мыслей.

Она подумала о муже, о нехарактерной для него вспышке ярости, и сочувствие к сыну неожиданно сменилось злостью. Молодые люди бывают такими беспечными. Им недосуг задуматься над тем, через что пришлось пройти предыдущим поколениям. Мир становится сборищем эгоистов, и, несмотря на свою беззаветную любовь к единственному сыну, она вдруг преисполнилась ярости: ее бесил Дуглас с его вопиющим инфантилизмом, его бесстыжая, никчемная жена, да и все их поколение в целом.

— Предлагаю тебе все это сжечь, — сгребая странички, заявила мать.

— Что?

— Избавься от этого. Если тебе повезет, то отец рано или поздно забудет о вашем разговоре.

На лице сына были написаны обида и разочарование.

— Ты что, даже не хочешь ознакомиться с моими идеями?

— Дуглас, я уже с ними ознакомилась, и они... неприемлемы.

— Мама, мне двадцать семь лет. И я заслужил право голоса в управлении поместьем.

— Ты заслужил?! — У нее сжало грудь, и слова вылетали пулеметными очередями. — Все, о чем беспокоится ваше поколение, так это то, что вы, дескать, заслужили! Твои идеи оскорбительны для отца, поэтому подумай о моем предложении и давай закончим разговор.

Дуглас, сраженный ее ответом наповал, беспомощно оперся о стол:

— Нет, я категорически не понимаю вашей бурной реакции.

При этих словах остатки материнской жалости, теплившейся в груди, моментально испарились.

— Дуглас, присядь! — скомандовала она, опустившись на стул напротив него. Сделала глубокий вдох, пытаясь подобрать нужные слова. — Так вот, молодой человек, я хочу рассказать тебе кое-что о твоем отце. Ты понятия не имеешь, через что ему пришлось пройти ради сохранения поместья. Ни малейшего понятия. Когда отец унаследовал поместье, оно было полностью разорено. Цены на пшеницу тогда были самыми низкими на нашей памяти, работники массово подались в город, поскольку мы не могли им платить, и нам не удавалось сбыть это несчастное молоко. Отцу тогда пришлось продать практически всю мебель, все картины, за исключением портретов, фамильные драгоценности своей матери, кстати единственную память о ней, лишь бы сохранить поместье. — Она заглянула сыну в глаза, чтобы понять, осознает ли он важность сказанного, и продолжила: — Конечно, ты тогда еще был слишком мал, чтобы хоть что-то помнить, но во время войны поместье реквизировали, и здесь даже жили немецкие военнопленные. А ты разве не знал? Брат твоего отца, летчик, погиб в воздушном бою, а нам пришлось взять к себе немцев, — она буквально выплюнула это слово, — чтобы удержаться на плаву. Грязные воры — вот кто они такие, таскали у нас еду и все такое. Украли даже детали от сельхозтехники.

— Ничего они не крали. Это сделали парни Миллера.

Мать горестно покачала головой:

— Дуглас, он денно и нощно работал на этих полях, по колено в грязи, под дождем, снегом и градом, и так всю свою сознательную жизнь. Он приходил домой с изодранными в кровь руками после прополки сорняков и с обожженной спиной после двенадцатичасовой работы под палящим солнцем. Я хорошо помню те вечера, когда после еды он засыпал прямо за обеденным столом. А когда я будила его, шел чинить крыши в домах арендаторов или разбираться с дренажем. И вот впервые у нас появились деньги, чтобы он мог немного расслабиться. Впервые он смог позволить себе нанять людей в помощь. И вот ты, его надежда и опора, его гордость, его единственный наследник, ты говоришь ему, что хочешь отдать поместье кучке битников или кому там еще.

— Это не совсем так, — покраснел Дуглас.

Но мать уже сказала свое веское слово. Она встала и налила кофе. Добавила молока и придвинула чашку поближе к сыну.

— Надеюсь, нам больше не придется возвращаться к этому разговору, — произнесла она уже более спокойным тоном. — Да, ты еще молодой человек, и у тебя полно грандиозных идей. Но поместье важнее твоих идей. И мы не для того за него боролись, чтобы позволить тебе уничтожить плоды наших усилий. Дуглас, оно не твое, а потому ты не имеешь права так бездарно его разбазарить. Ты пока доверительный собственник, попечитель. И твоя обязанность — проводить лишь те нововведения, что необходимы для его поддержания.

— Но ты же говорила...

— Мы говорили, что поместье будет твоим. А вот чего мы никогда не говорили, так это того, что можно менять его естественное назначение. А это, во-первых, сельское хозяйство, а во-вторых — обеспечение крова для следующих поколений Фэрли-Халмов. — В комнате повисла напряженная тишина. Чтобы успокоиться, она сделала большой глоток кофе и продолжила уже примирительным тоном: — Когда у тебя появятся свои дети, тогда ты, наверное, все сам поймешь.

Над домом пролетел самолет, и радио затрещало от внезапных помех. Она повернулась и настроила приемник. И все, казалось, снова потекло своим чередом.

Дуглас сидел с опущенной головой, невидящими глазами уставившись в чашку.

Когда Дуглас вернулся к себе, Афины дома не оказалось. Закрыв за собой дверь, он сразу понял, что можно и не трудиться ее звать. Она вечно забывала оставить свет, и дом застыл в холодной неподвижности, говорившей о том, что он уже много часов пустует.

Дуглас повесил куртку в гулкой прихожей и прошел на кухню; линолеум неприятно холодил ноги. В первый год их семейной жизни Дуглас нередко обнаруживал, что его ужин состоял из овсяных хлопьев для завтрака или хлеба с сыром. У Афины не было склонности к домашнему хозяйству, и после нескольких неудачных попыток заниматься домом она напрочь потеряла к этому делу даже притворный интерес. И вот недавно, не сказав матери, он нанял Бесси, местную старожилку, следить за запасами продуктов на кухне и время от времени класть в холодильник пирог или запеканку. Дуглас знал, что Бесси считает Афину ужасной. В беспомощной попытке защитить репутацию жены как хорошей хозяйки он говорил, что у нее от муки крапивница.

На полке его ждал пирог с сыром. Дуглас сунул его в духовку, закрыл дверцу и обшарил глазами кухонный стол в поисках записки с объяснением. Обычно ее записки были не слишком информативны: «Милый Дуглас, скоро вернусь. А.» Или: «Выскочила глотнуть свежего воздуха». Или: «Отправилась прокатиться». А со временем Афина и вовсе перестала их оставлять. Правда, сегодня его это не слишком огорчило. Он явно был не в том настроении, чтобы с кем-либо разговаривать, даже с собственной женой.

Он достал из буфета тарелку, бросив мимолетный взгляд на фото Афины, сделанное им во Флоренции. Первый год был сказочным. Они три месяца путешествовали по Италии на красном родстере «MGB» Дугласа, останавливаясь в маленьких пансионах и нередко шокируя своих хозяек непривычными проявлениями любви. Афина дала ему возможность почувствовать себя королем: восторженно визжала, когда он вел машину по горному серпантину, нежно прижималась к нему в уличных кафе, сладострастно обвивалась вокруг него в темноте. Но по возвращении в Англию, несмотря на прекрасный дом со свежим ремонтом, собственную лошадь, подаренную мужем машину и оплаченные им уроки вождения — как водитель она оказалась совершенно безнадежной: он уже давным-давно перестал возмущаться по поводу очередной вмятины на бампере, — она мало-помалу становилась чуть менее любящей, и ему все труднее было ее ублажить. И ее совершенно не интересовали его планы по распределению общественных благ. А ведь он так надеялся вдохновить ее своими замыслами. Как ни крути, именно она в свое время натолкнула его на эту идею.

«Давай все это отдадим, — предложила она одним чудесным летним днем, когда они устроили пикник на берегу форелевого ручья. — Выберем в деревне самых достойных и подарим им земельные наделы. Словом, сделаем так, как в Америке поступили с рабами».

Она шутила, конечно. Совсем как тогда, когда объявила, что мечтает стать джазовой певицей, и он, желая сделать сюрприз, оплатил ей занятия пением.

По правде говоря, в последнее время Афина стала страшно капризной, хотя он изо всех сил старался не обращать на это внимания. Он никогда не знал, чего от нее ждать. Она то кокетничала с ним, льнула к нему, пыталась очаровать нелепыми планами, то становилась холодна как лед, словно он нарушил какое-то неписаное правило. Но если он отваживался спросить ее, в чем дело, она взрывалась и просила оставить ее в покое. И тогда он не осмеливался прикасаться к ней даже в постели. У него до сих пор был жив в памяти тот случай, имевший место две недели назад, когда она буквально скинула его с себя, обозвав грязным животным.

Он бросил взгляд на фотографию улыбающейся, радостной жены. Снимок сделан за полмесяца до второй годовщины их свадьбы. Возможно, им стоит сменить обстановку и на недельку-другую вернуться в Италию. Чтобы пережить горечь разочарования, ему необходимо уехать подальше от поместья. Каникулы, возможно, пойдут ей на пользу, избавив от раздражительности и эмоциональной неустойчивости.

Она вернулась незадолго до восьми и удивленно подняла брови, увидев перед ним пустую обеденную тарелку. На Афине было бледно-голубое платье и новое белое пальто с высоким воротником.

— Вот уж не думала, что ты так рано вернешься домой.

— Решил, что тебе, возможно, захочется компании.

— Ой, дорогой, ради бога, извини! Если бы ты предупредил меня заранее, я постаралась бы остаться дома. А я вот на целый день уехала в Ипсуич. Ходила в кино. — Афина явно была в отличном настроении.

Она запечатлела у него на лбу поцелуй, оставив в воздухе тонкий аромат духов.

— Мама говорила, что заходила к тебе сегодня.

Афина снимала пальто, стоя спиной к нему.

— Полагаю, она по-прежнему хочет, чтобы я вручала призы на сельском празднике. Но я заявила ей, что это не мое амплуа.

Дуглас встал с места, подошел к бару и налил себе на два пальца виски.

— Афина, может, все-таки постараешься? Мама не так уж плоха. Постарайся, хотя бы ради меня.

— Ой, только не начинай! Дуглас, ты же знаешь, я не умею поддерживать семейные связи.

Бессмысленный разговор, который в последнее время что-то уж слишком часто повторялся.

— Я посмотрела совершенно сказочный фильм. Французский. Ты непременно должен на него сходить. Я была под таким впечатлением, что мне даже не хотелось возвращаться назад.

Дуглас наблюдал за порхающей по кухне Афиной. Она стала центром притяжения этого дома, который явно был ей чужим. И быть может, она навечно останется для него, Дугласа, неким неземным созданием, свободным от обязательств и разрывающим семейные оковы. Ему вдруг захотелось рассказать ей о стычке с отцом. Поведать о своем унижении, о неадекватной реакции отца, чье мнение так много значило для Дугласа. Положить ей голову на плечо и успокоиться. Однако, к сожалению, горький опыт подсказывал ему, что возникшее напряжение между ним и родителями лишь обрадует Афину, которая приложит максимум усилий, чтобы усугубить конфликт. Ее безумно раздражала привязанность мужа к семье, а потому она неустанно вела подрывную деятельность, пытаясь ослабить их кровные узы.

Дуглас залпом выпил виски:

— Полагаю, мы могли бы уехать.

Она резко повернулась, лицо ее было непроницаемым.

— Что?

— В Италию.

У него возникло такое чувство, будто он предложил ей утолить скрытый голод. Она подошла к Дугласу и заглянула ему в глаза:

— Обратно во Флоренцию?

— Если захочешь.

Резко выдохнув, она с детской непосредственностью обвила руками его шею:

— О да! Давай вернемся в Италию! О Дуглас, какая чудесная идея!

Дуглас поставил стакан и погладил ее по голове. Надо же, как все, оказывается, легко решается! От близости ее гибкого тела на него нахлынула волна непреодолимого желания. Афина обратила к нему сияющее лицо, и он жадно поцеловал ее.

— А когда мы уедем? Скоро? Нам ведь ничего не стоит вот так взять и собраться. — Она говорила торопливо, захлебываясь словами.

— Думаю, мы могли бы поехать на годовщину свадьбы.

Глаза Афины были устремлены куда-то вдаль. Похоже, мысленно она уже перенеслась за море, в солнечную Италию. Даже ее лицо словно изменило форму, став более мягким и расплывчатым. Дугласу показалось, что он смотрит на нее сквозь запотевшие очки.

— Мы даже можем остановиться на Виа Кондолиса.

— Но где мы будем жить?

— Жить?

— Да, жить в Италии.

Дуглас опустил подбородок и нахмурился:

— Афина, мы вовсе не собираемся там жить. Я полагал, что мы просто отправимся в путешествие. Отметим годовщину свадьбы.

— Но я думала... — Ее лицо замкнулось. Она догадалась, что муж явно увиливает от ответа. — Значит, ты не хочешь туда переезжать?

— Ты прекрасно понимаешь, что я не могу туда переехать.

В ее голосе прозвучало неприкрытое отчаяние.

— Но, дорогой, давай уедем отсюда! Подальше от твоей семьи. И моей тоже. Я ненавижу родственников. Они только губят нас своими непомерными ожиданиями. Давай уедем. Пусть не в Италию. В Италии мы уже были. Уедем в Марокко. Там, должно быть, сказочно красиво. — Она обняла мужа за талию, впившись в него горящими глазами.

Дугласа вдруг охватила смертельная усталость.

— Ты же знаешь, я не могу уехать в Марокко.

— Не понимаю почему. — Ее улыбка стала похожа на гримасу.

— Афина, у меня имеются определенные обязательства.

Она отстранилась от мужа. Затем резко попятилась, наградив его тяжелым взглядом:

— Господи, ты говоришь прямо как твой отец! Нет, хуже. Ты говоришь прямо как мой отец.

— Афина, я...

— Мне надо срочно выпить. — Повернувшись к нему спиной, она щедро плеснула себе виски.

Дуглас заметил, что недавно открытая бутылка заметно опустела. Афина осталась стоять, повернувшись к нему спиной. В любой другой день он непременно подошел бы к ней, положил бы ей руку на плечо, прошептал бы слова любви. Но сегодня у него на это не осталось сил. Он слишком устал, чтобы играть в подобные игры со своей невозможной, взбалмошной женой.

В конце концов Афина не выдержала и повернулась к мужу, бросив на него умоляющий взгляд:

— Дуглас... Любимый... Я ведь никогда тебя ни о чем не просила. Разве нет? Ну скажи!

Спорить с ней не имело смысла. Дуглас смотрел на ее бледное замкнутое лицо, на которое легла тень глубокой печали. Ему было больно думать, что, возможно, тут есть некая доля и его вины тоже, поскольку он не смог стать ей хорошим мужем.

— Прошу тебя, давай уедем! Уедем отсюда. Дуглас, скажи «да». Пожалуйста!

На мгновение у него возникло безумное желание побросать вещи в чемодан, посадить рядом сияющую от счастья жену и с ревом умчаться вдаль на его «MGB» навстречу прекрасному будущему в каком-нибудь экзотическом раю.

Афина не мигая смотрела на него.

— Мне надо принять ванну, — сказал Дуглас.

И устало поплелся наверх.

Глава 5

День, когда я разбила чье-то сердце

Ой, ну конечно, я отлично понимаю, что не похожа на роковую женщину. И вы, наверное, думаете, что я не могла пробудить в мужчине страсть. Но я могла, хотя было это давным-давно, пока возраст и седина не лишили меня даже тех скромных внешних достоинств, которыми я когда-то обладала. Его звали Том, очень милый и славный парень. Не писаный красавец, конечно, но вполне ничего. Надежный как скала. Из хорошей семьи. И он меня обожал.

Он не любил много болтать. Впрочем, как и большинство мужчин в мое время. По крайней мере, те, кого я знала. Но я была уверена, что он меня обожает. Ведь каждый вечер он поджидал меня на углу, чтобы проводить после работы домой, а еще дарил чудные ленты и кружево, которые специально для меня отбирал из кипы остатков на фабрике его отца. Видите ли, его семья занималась производством галантереи. И Том учился у отца управлять семейным бизнесом. Вот там-то мы и познакомились. Не слишком мужественная работа, возможно, подумаете вы, и да, среди работников иногда попадались гомики, как называл их мистер Холстейн, но если бы вы видели Тома... Ну, в нем не было ничего женоподобного.

Крупный парень, широченные плечи. Он приносил мне рулоны тканей, взвалив на плечо словно пушинку сразу по три или четыре.

Он обычно появлялся с подносами пуговиц и кусочков отделки, прелестным викторианским кружевом, спасенным им из начавших отсыревать коробок. А затем, ни слова не говоря, выкладывал все это добро передо мной, совсем как собака, которая приносит хозяину свою любимую косточку. В то время я, видите ли, шила себе одежду сама, и он непременно узнавал подаренные им пуговицы или бархатную отделку. И похоже, даже немного этим гордился.

Он меня никогда не подталкивал. Не делал громких заявлений и не анонсировал свои намерения. Видите ли, я объявила ему, что никогда не выйду замуж. Я ни секунды в этом не сомневалась, а потому решила, что будет честнее сразу предупредить его. Но он просто кивнул, словно давая понять, что это мое законное право, и остался моим воздыхателем. И мало-помалу я перестала волноваться, что вожу его за нос, да и вообще поступаю нечестно, и начала получать удовольствие от его общества.

Одиноким девушкам приходилось тогда очень нелегко, в эти самые шестидесятые. Ой, я знаю, вы считаете, что тогда были и Мэри Квант, и свободная любовь, и ночные клубы, и все такое прочее, но мало кто из нас действительно вел подобную жизнь. Для порядочных девушек вроде меня, которые не сумели, так сказать, взять быстрый старт, время было сложное. Некоторые девушки это делали, некоторые — не делали. Но я так и не смогла определиться, к какой именно категории себя отнести. Хотя я чуть было этого не сделала, с Томом. Несколько раз. Он понимал толк в подобных вещах, умел все предусмотреть, даже невзирая на то, что я сообщила ему о своем твердом решении остаться старой девой.

И еще в мое время все девушки жаждали быть в струе, носить платья последних фасонов, причем не важно, куплены они в «Бибе» или на Кингс-роуд или сшиты, подобно моим, по выкройкам из «Вог» или «Баттерик». Однако новая мода приводила наших родителей в ужас, в связи с чем многие из нас испытывали самый настоящий когнитивный диссонанс: с одной стороны, нам безумно хотелось носить мини-юбки и все такое, но с другой — мы чувствовали себя страшно неловко.

Возможно, я оказалась недостаточно раскрепощенной. В мое время скромницы еще встречались. Но Том, похоже, все понимал, и я нравилась ему такой, какая есть, или, по крайней мере, какой старалась быть, и мы с ним чудесно проводили время.

Поэтому мне было страшно неудобно, что я заставила Тома страдать при первом же знакомстве с моими родителями.

Я пригласила их приехать в Лондон на шоу. Мама страшно обрадовалась, папа тоже был весьма мил, хотя и немногословен, правда он не преминул сказать, что я уже практически год не появлялась дома. Я заказала билеты на «Хелло, Долли!» в Королевском театре Ковент-Гарден и столик в одном из новых ресторанов «Голден эгг». Ужин я собиралась оплатить из собственного кармана, так как мистер Холстейн на днях прибавил мне жалованье и перевел из секретарей в офис-менеджеры, что меня крайне воодушевило. Я размышляла над этим целую вечность, но в конце концов решилась пригласить и Тома тоже, потому что он такой душка, да и вообще, для него знакомство с моими родителями наверняка станет настоящим событием; более того, я не сомневалась, что он им понравится. Да он и не мог не понравиться. Шоу оказалось великолепным. Мэри Мартин в роли Долли

Леви была великолепна — я никогда не забуду ее эффектного выхода, хотя в глубине души мы надеялись, что увидим на сцене Ив Арден. А мама была настолько счастлива меня видеть, что незаметно сжимала мою руку, бросая многозначительные взгляды на Тома. Для нее было большим облегчением после стольких лет увидеть рядом со мной мужчину, тем более такого галантного. Ведь Том оказался достаточно любезен, чтобы преподнести ей коробку конфет. Итак, вечер проходил в очень милой обстановке, но только до тех пор, пока мы не приступили к ужину. Ох нет, с «Голден эгг» все было в порядке (мама сказала, озираясь по сторонам, что здесь действительно на редкость... живописно): еда выше всяких похвал, я даже разорилась на бутылку вина, хотя папа и заявил, что не позволит мне сорить деньгами, чтобы развлечь своих стариков. Том сидел, как обычно, тихо светясь от радости; он увлеченно беседовал с мамой о лентах и о довоенной жизни, а еще о том, как его отец однажды познакомился с женой премьер-министра, когда та заказывала бельгийские кружева.

А потом мама произнесла сакраментальную фразу:

— Дорогая, я давно собиралась тебе сказать. В семье Фэрли-Халм не все ладно.

На секунду я уставилась на лежавшую на тарелке рыбу, затем подняла голову, постаравшись выглядеть по возможности безразлично:

— Неужели?

— Она дала деру! — фыркнул папа.

— Кто дал деру?

— Боже мой, Генри! Это устаревшее выражение. Афина Форстер. Извиняюсь, Фэрли-Халм. И не просто сбежала, а с каким-то коммивояжером откуда-то с севера. Обе семьи отчаянно стараются скрыть всю эту историю от газетчиков.

Похоже, мама вполне искренне считала, что ее слова не произведут на меня впечатления.

— Ну, я не читаю газет. — Рыба у меня во рту сразу превратилась в порошкообразную массу.

Я с трудом заставила себя проглотить ее, запив стаканом воды. Том, бедняга, как ни в чем не бывало продолжал есть. Он явно ничего не заметил.

— А как... как там Дуглас?

— Надеется, что она вернется. Бедный мальчик. Он полностью раздавлен.

— И слепому было видно, что от этой вертихвостки только и жди беды. Она еще та штучка.

— Ну да. Но всем казалось, что она немного остепенилась.

— Девицы вроде нее на это не способны.

Их голоса внезапно стихли, и я подумала, не упала ли я, часом, в обморок. Затем я посмотрела на Тома и впервые заметила, не без отвращения, что он ест с открытым ртом.

— Ее родители, естественно, рвут и мечут. Практически лишили ее наследства. И теперь говорят, что она на время отправилась за границу, пока все не уляжется. Я хочу сказать, что ей тогда еще крупно повезло выйти замуж за Дугласа. Ведь у нее даже и друзей-то толком не было, разве нет? Уж не говоря о репутации! — Мама задумчиво покачала головой, стряхнув несуществующие крошки со скатерти. — Родители Дугласа ужасно переживают. Да и вообще, это просто ужасно на всех отразилось. Малый продавал пылесосы, ходил от двери к двери. Нет, ты представляешь? Пылесосы! А через несколько недель после побега у этой девицы хватило наглости позвонить им и попросить денег. Бедняжка Жюстина! Две недели назад я встретила ее у Тревельянов, на вечере игры в бридж. Она стала совсем седой.

Именно тогда мама, должно быть, заметила выражение моего лица. Окинув меня сперва озабоченным, а затем и суровым взглядом, она посмотрела на Тома:

— Ну хватит. Вам, наверное, не слишком интересно слушать наши разговоры о незнакомых людях, не так ли, Том?

— Не обращайте на меня внимания, — ответил Том; он по-прежнему ел с открытым ртом.

— Да. Хорошо. Давайте решим насчет пудинга. Кто хочет пудинга? Никто? — Ее голос поднялся чуть ли не на октаву. Она наградила меня очередным испепеляющим взглядом, из числа тех, которые матери специально приберегают для дочерей.

Не уверена, что я слышала, о чем она говорила дальше.

Я не поехала с ними домой. По крайней мере, не тогда. Но с моей стороны было бы непорядочно продолжать встречаться с Томом. Только не в сложившихся обстоятельствах.

Ну как, этого достаточно или вы хотите узнать о ребенке?

Часть II

Глава 6

2001 год

Они постоянно ссорились по дороге на вечеринки. Сюзанна и сама не знала почему, хотя всегда могла приписать это неудачному стечению обстоятельств: они жутко опаздывали, он в самую последнюю минуту шел проверять, закрыта ли задняя дверь, она вечно не могла найти ничего приличного, чтобы надеть на себя. Возможно, они просто устали напрягаться, изображая идеальную пару. А возможно, как ей иногда начинало казаться, это был ее способ раннего предупреждения, что по возвращении домой никакого секса между ними не будет. Хотя сегодня вечером они не поссорились. Правда, невелика победа — просто они прибыли к Бруксам поодиночке. Сюзанна приехала в деревню на машине, руководствуясь детальными указаниями хозяйки дома, а Нил, задержавшийся на работе, добирался сперва поездом, а затем на такси. Приветствуя его за обеденным столом, Сюзанна почувствовала, как улыбка буквально застыла на ее окаменевшем лице, в результате чего ей пришлось процедить сквозь стиснутые зубы шутливое «Мы уж думали, что ты не придешь».

— А вы знакомы с представителем сильной половины Пикоков? Нил, не так ли? — Хозяйка деликатно провела его на место.

Жемчуг, дорогая, но вышедшая из моды шелковая блузка, шерстяная трикотажная юбка; одежда хозяйки лучше любых слов говорила о том, какой вечер ожидает гостей. Сюзанна поняла, что ее городской стиль вряд ли вызовет особые восторги и отношение к ней будет скорее покровительственное. Тем более что пригласили их исключительно из-за ее родителей.

— Задержали на совещании, — извиняющимся тоном сказал Нил, а уже позже, когда она принялась отчитывать его в коридоре, прошептал: — Зачем делать из всего проблему? Остальным, похоже, вообще было наплевать.

— А вот мне не наплевать, — отрезала Сюзанна, поспешно приклеив на лицо улыбку, поскольку из гостиной вышла хозяйка и, тактично стараясь на них не глядеть, поинтересовалась, не желает ли кто-нибудь еще выпить.

Вечер тянулся бесконечно долго. Нил неуклюже маскировал неловкость не слишком уместными шутливыми замечаниями. Остальные гости, очевидно, давно знали друг друга и непринужденно беседовали, обсуждая незнакомых ей людей, деревенских «оригиналов», постоянно вспоминая какие-то события прошлых лет: отмененный из-за дождя сельский праздник двухгодичной давности, теннисный турнир, во время которого финалисты разругались в пух и прах, постыдное поведение учительницы из начальной школы, сбежавшей в Уорчестер вместе с мужем бедняжки Патрисии Энсли. Поговаривали, что учительница родила ребенка. А еще кто-то слышал, будто Патрисия Энсли стала мормонкой. В комнате было слишком натоплено, и к тому времени, как стали подавать основное блюдо, Сюзанна, сидевшая спиной к огромному камину, почувствовала, что у нее горит лицо, а по спине текут струйки пота, к счастью незаметные под ультрамодной блузкой.

Они знали, она была уверена. Несмотря на ее улыбки, заверения, что она счастлива вернуться в Дир-Хэмптон, что приятно иметь больше свободного времени, что это замечательно — переехать поближе к родственникам, они наверняка догадывались, что она лжет. И наверняка обратили внимание на несчастный вид ее мужа, отважно пытающегося поддержать беседу с сидевшими напротив самоуверенным ветеринаром и немногословной женой местного егеря. Да и вообще, Сюзанне казалось, будто у них с Нилом над головами ярко светится неоновая вывеска, на которой крупными буквами написано: «Мы Несчастливы! И Это Моя Вина».

За последний год она стала экспертом по несчастливым бракам, с ходу определяя это по вымученным улыбкам жен, отрывистым замечаниям, отстраненным лицам мужей. Иногда ей становилось легче, когда она встречала пары, еще более несчастливые, чем они, а иногда — тяжелее, словно это в очередной раз доказывало, что кипящие на медленном огне обида и разочарование — непременные атрибуты супружеской жизни.

Но ужаснее всего было видеть тех, кто был по-прежнему влюблен друг в друга. Нет, она имела в виду отнюдь не молодоженов — Сюзанна по своему опыту знала, что мишурный блеск со временем стирается, — а тех, кого совместная жизнь лишь сплотила, придав их чувствам еще больше глубины. Она узнавала их с первого взгляда: по слову «мы» в разговоре, по невольным ласковым прикосновениям, по мягким довольным улыбкам, с которыми они слушали любимого человека. Даже их перепалки сопровождались веселым смехом, как будто они до сих пор флиртовали друг с другом, и нежными пожатиями, намекающими на нечто большее. И Сюзанна ловила себя на том, что неприлично пялится на них, гадая про себя, чего же не хватает им с Нилом и как найти средство, способное склеить их брак.

— По-моему, все прошло очень даже неплохо, — храбро заметил Нил, включив двигатель.

Они ушли вторыми, что было вполне приемлемо. Он предложил сесть за руль, чтобы она могла выпить, — примирительный жест, она отлично понимала, но почему-то не находила в себе достаточно благородства принять его.

— Ну, они нормальные.

— Так это и хорошо... Я имею в виду, познакомиться поближе с соседями. И никто не стал резать свинью. Или кидать ключи от машины на середину комнаты. Меня предупреждали об этих деревенских праздничных обедах. — Он специально напускал на себя беззаботный вид, она знала.

Сюзанна попыталась подавить привычное раздражение:

— Их вряд ли можно назвать нашими соседями. Они живут в двадцати минутах езды.

— От нашего дома до любого места двадцать минут езды. — Он сделал паузу. — Приятно видеть, что ты потихоньку обзаводишься здесь друзьями.

— Звучит так, будто я первый день в новой школе.

Он пристально посмотрел на нее, явно прикидывая, насколько решительно она настроена на ссору.

— Я только хотел сказать, что очень рад... твоему желанию пустить корни.

— Нил, у меня есть корни. Насколько тебе известно, эти проклятые корни были у меня всегда. Просто в мои планы не входило пускать их здесь.

Он вздохнул, устало потер затылок:

— Сюзанна, только не начинай. По крайней мере, не сегодня. Ну пожалуйста!

Она была просто невыносима, Сюзанна это прекрасно понимала, отчего бесилась еще больше, будто обвиняя мужа в своем безобразном поведении. Она посмотрела на мелькавшие за окном машины темные живые изгороди. Изгородь, изгородь, дерево, изгородь. Бесконечная штрихпунктирная линия сельской местности. Консультант по задолженности посоветовал им обратиться к специалисту по семейным отношениям. Нил с энтузиазмом откликнулся на предложение. Можно подумать, что он бы пошел!

«Нет, нам это не нужно, — самонадеянно заявила она. — Мы вместе уже десять лет». Как будто это делало их брак более крепким.

— Очень славные детишки, да? — (Господи, до чего же он предсказуемый!) — А та девчушка, которая разносила чипсы, просто прелесть! Она рассказала мне об их школьной постановке. Бедняжке пообещали роль колокольчика, а дали роль овцы. Я ответил, что ей просто пудрили мозги...

— Ну вот, снова-здорово. А мне показалось, что ты сегодня не собирался заводить эту шарманку.

В разговоре возникла тягостная пауза. Нил еще крепче сжал руль.

— Я только сказал, что детишки очень славные. — Он покосился на жену. — Совершенно невинное замечание. Я просто хотел поддержать разговор.

— Нет, Нил. Когда дело касается детей, у тебя не бывает невинных замечаний.

— Ты ко мне несправедлива.

— Я тебя знаю как облупленного.

— Пусть так. Сюзанна, разве это такой уж большой грех? Мы ведь с тобой не вчера познакомились.

— Ну и что с того? И кто, интересно, установил временны́е рамки для рождения детей? Покажи мне такую должностную инструкцию, где написано: «Вы женаты энное количество лет, так что плодитесь и размножайтесь».

— Ты не хуже меня знаешь, что после тридцати пяти родить гораздо сложнее.

— Ой, я тебя умоляю! Мне еще нет тридцати пяти.

— Тридцать четыре. Тебе тридцать четыре.

— Я знаю, блин, сколько мне лет!

Количество выброшенного в кровь адреналина явно зашкаливало. Они с удовольствием дали волю эмоциям, перестав изображать счастливых супругов.

— Это потому, что ты боишься, да?

— Нет! И только не вздумай приплетать сюда мою мать!

— Если ты не хочешь детей, почему бы так прямо и не сказать? По крайней мере, тогда мы будем знать, на каком мы свете... *Я* буду знать, на каком я свете.

— Я не говорю, что не хочу детей.

— Тогда я отказываюсь понимать, что именно ты хочешь сказать. Стоит мне поднять данную тему, как ты набрасываешься на меня, словно я предлагаю нечто ужасное. А это всего лишь младенец.

— Тебе легко говорить. Но рожать-то его мне. И я вижу, как дети меняют жизнь людей.

— В хорошую сторону.

— Если ты мужчина. — Она сделала глубокий вдох. — Послушай, я еще не готова. Понятно? Хотя ни от чего и не зарекаюсь. Нил, я пока не разобралась со своей жизнью. Пойми, не могу я вот так с ходу обзавестись ребятишками, толком ничего не достигнув. Я ведь не какая-нибудь там домашняя клуша. — Она скрестила ноги. — И вообще, если честно, меня такая перспектива просто угнетает.

Нил покачал головой:

— Ладно, Сюзанна, я сдаюсь. Не знаю, что еще можно сделать, чтобы ты была счастлива. Прости, что пришлось переехать в деревню. О'кей? Прости, что нам пришлось покинуть Лондон, что тебя не устраивает наш здешний дом, что тебе скучно и что тебе не нравятся местные жители. Прости за сегодняшний вечер. Прости, что я стал для тебя таким чертовским разочарованием. Но я не знаю, что еще можно сказать. Что бы я ни говорил, тебя, черт возьми, ничего не устраивает!

В машине наступила напряженная тишина. Обычно он так легко не сдавался, и теперь Сюзанна чувствовала себя не в своей тарелке.

Нил включил фары на полную мощность и, распугивая кроликов, свернул с главной дороги на неосвещенный проселок.

— Позволь мне открыть магазин. — Она уставилась прямо перед собой, чтобы не видеть его реакции.

И услышала тяжелый вздох.

— У нас нет денег. И ты это прекрасно знаешь.

— Уверена, мы могли бы преуспеть, — сказала она, добавив с надеждой в голосе: — Я вот тут подумала... Мы могли бы продать мою картину, чтобы внести залог.

— Сью, мы только что разделались с долгами. И не можем позволить себе вновь попасть в долговую яму.

Тогда она повернулась к нему лицом:

— Нил, я понимаю, что ты, естественно, не одобряешь мою идею, но мне это нужно. Мне нужно хоть что-то, чем можно было бы заняться. Собственное дело. Что-то, не связанное с чертовыми утренними кофепитиями, и с деревенскими сплетнями, и с моей чертовой семьей. — (Нил молчал.) — Это мне и вправду поможет. — Ее голос сделался умоляющим, примирительным. Она сама от себя не ожидала такой страсти. — Наверняка поможет.

Было в тоне Сюзанны нечто такое, что Нил остановил машину и внимательно посмотрел на жену. За окном стоял густой туман, и фары слепо освещали лишь мельчайшие капельки влаги, взвешенные в воздухе.

— Дай мне год. Только один год, — взяв его за руку, проговорила она. — И если ничего не получится, я рожу тебе ребенка.

— Ну а если получится? — озадаченно спросил Нил.

— Я все равно рожу ребенка. Но тогда у меня будет, по крайней мере, что-то еще. И я не превращусь в одну из этих.

Сюзанна махнула рукой, словно желая указать на присутствовавших на ужине дам, которые обменивались отвратительными историями о родах и грудном вскармливании или рассказывали с плохо скрытым презрением о том, какие невоспитанные дети бывают у некоторых.

— Ага. Настоящий неонатальный нацизм.

— Нил...

— Ты что, это серьезно?

— Да. Ну пожалуйста! Мне просто кажется, что тогда я стану немного счастливее. Ты ведь хочешь, чтобы я стала счастливее, да?

— Ты отлично знаешь, что да. Это всегда было моим единственным желанием.

Когда он так смотрел на нее, у Сюзанны в душе пробуждались мимолетные воспоминания о том, что она некогда действительно чувствовала к нему, и отдаленные реминисценции на тему того, каково это — быть связанным с человеком, который вызывает у тебя не раздражение и глухую злобу, а исключительно предвкушение счастья и неутоленный сексуальный голод. Он был попрежнему хорош собой, более того, он явно принадлежал к тому типу мужчин, которые, как правило, красиво стареют. Никакого брюшка или редеющих волос. Нет, он наверняка останется стройным и подтянутым, а свидетельством прожитых лет будет лишь благородная седина, особенно эффектная на фоне задубевшей кожи лица.

И в такие минуты ей даже удавалось вспомнить то время, когда они еще были близки.

— По-моему, тебе не стоит продавать картину. Это слишком личное. Да и вообще, ее стоит попридержать как ценную инвестицию.

— А я не могу допустить, чтобы ты работал еще больше. — Хотя, если честно, ее скорее пугало не постоянное отсутствие мужа, а то, что она отлично к этому приспособилась.

— Я совсем другое имел в виду. — Он склонил голову набок, обратив на нее внимательный мягкий взгляд голубых глаз. — Ты всегда можешь попросить денег у отца. На залог. Ведь он, кажется, говорил, что отложил для тебя некоторую сумму.

Нил нарушил чары. Сюзанна убрала руку с плеча мужа и беспокойно заерзала на сиденье, стараясь отодвинуться подальше.

— Я не собираюсь снова проходить через все эти унижения. Нам и так пришлось взять у него приличную сумму. Мне больше не нужны его деньги.

Поначалу они вообще не считали это долгом: просто жили, как все, немного не по средствам. Две зарплаты, отсутствие детей. Они вели стиль жизни, рекламируемый роскошными магазинами, стиль жизни, на который, по их мнению, имели право. Они покупали интерьерные диваны из светлой замши, проводили уик-энды с друзьями из своего круга в шумных ресторанах Вест-Энда и уютных отелях, считали святой обязанностью побаловать себя после любого, даже малейшего разочарования: плохого дня на работе, неудачной попытки купить билеты на концерт, дождливой погоды, наконец. Сюзанна, успевшая привыкнуть к высоким доходам Нила, которому в глубине души всегда хотелось, впрочем так же как и ей, чтобы она больше времени проводила дома, успела сменить несколько мест работы на неполный рабочий день: она подвизалась в магазине женской одежды, развозила товар для подруги, открывшей цветочный магазин, продавала деревянные игрушки. Но, честно говоря, ничего из перечисленного выше не увлекло Сюзанну настолько, чтобы у нее возникло желание остаться, лишив себя утренних посиделок с подругами за кофе в уличном кафе, блужданий по Интернету, жрущему кучу времени, или кулинарных экспериментов в области приготовления сложных блюд. А затем буквально за считаные секунды все изменилось. Нил потерял работу в банке, его место заняла особа, которую он называл Мужиком в Юбке и Садисткой из Ада. Правда, когда иссяк денежный поток, ему почему-то сразу расхотелось шутить.

А Сюзанна подсела на шопинг.

Причем поначалу она занималась этим, просто чтобы выбраться из дому, поскольку Нил впал в депрессию и озлобился. Теперь он практически во всем находил следы женского заговора: в том, что в местной школе, согласно статистике, успеваемость у девочек гораздо выше, чем у мальчиков; в газетных статьях о случаях сексуальных домогательств, которые он зачитывал вслух; более того, менеджер из отдела кадров, позвонивший сообщить, что Нилу полагается в качестве выходного пособия не шесть месячных зарплат, а только три, тоже оказался женщиной. Приступы беспричинного гнева сменялись самобичеванием; он стал отвратительной пародией на самого себя, с ним невозможно было иметь дело. И в результате Сюзанна, предоставив мужа самому себе, принялась поднимать настроение, покупая дорогое мыло, готовые обеды, время от времени цветы — лилии для аромата, амариллис и стерлитцию для большей утонченности интерьера. Она считала, что вполне заслужила это, а мерзкий характер Нила позволял ей укрепиться в собственной правоте.

Сюзанна убедила себя, что им просто жизненно необходимы некоторые вещи: новое постельное белье — дорогущий египетский хлопок — отличная инвестиция, — ну а еще занавески в тон, антикварные стаканы. Она осуществила проект по переделке квартиры, заменила полы в кухне, полностью изменила отделку гостевой комнаты. В конце концов, это безусловно увеличит стоимость квартиры. Как-никак все вложения в недвижимость возвращаются сторицей.

Ну а затем, сделав небольшую передышку, она занялась преображением своей внешности. Ведь она вряд ли сможет найти работу, не обновив гардероба; волосы следовало постричь и слегка осветлить; стресс из-за работы Ника ужасающе повлиял на кожу, и теперь она отчаянно нуждалась в услугах опытного косметолога. Ее подруги подшучивали над ее расточительностью, поэтому она стала покупать кое-что и для них тоже. Ей было приятно демонстрировать щедрость: она объясняла себе, что это одна из тех немногих радостей жизни, которые у нее еще остались.

Поначалу Сюзанне становилось легче, поскольку шопинг давал ей определенную цель. Заполнял пустоту. Но, даже соря деньгами направо и налево, она понимала, что заразилась некой болезнью сродни сумасшествию, что ярко освещенные интерьеры и забитые кашемировыми джемперами полки, услужливые продавцы и красиво упакованные коробки с каждым днем все меньше помогали отвлечься от жестокой реальности. Покупки приносили все меньше радости. Первоначальный угар от шопинга прошел, и теперь она сидела дома в окружении хрустящих бумажных пакетов, растерянно глядя на свои приобретения или громко рыдая, если ей хватало мужества подсчитать расходы. Она стала ранней пташкой и всегда первой встречала почтальона.

К чему лишний раз расстраивать Нила?

Ему потребовалось почти шесть месяцев, чтобы сделать неприятное открытие. Справедливости ради стоит признать — впрочем, они и не пытались ничего отрицать, — их брак тогда переживал не лучшие времена, особенно когда Нил, борясь с собственной депрессией, усомнился в душевном здоровье жены и заявил, будто именно из-за нее и стал импотентом, а потеря работы здесь вообще ни при чем. А она, позволив в конце концов дать волю гневу, который так долго лелеяла, — возможно, ее агрессивность была вызвана угрызениями совести, — выложила в ответ все, что о нем думает, и это было не только жестоко, но и неразумно и несправедливо. Почему его проблемы так катастрофически повлияли на ее жизнь? Разве она не выполнила хоть какой-то пункт соглашения? Все сделанные изменения пошли на благо семьи. Однако Сюзанне все же удалось удержать себя в рамках приличия, чем она очень гордилась, и не произнести слово «неудачник», которое так и вертелось на языке, когда она смотрела на мужа.

А когда ее отец, на которого она безумно злилась из-за завещания, упомянул о доме, Нил убедил жену, что у них нет выбора. Если, конечно, они не собираются объявить себя банкротами. Это ужасное словосочетание до сих пор имело способность привести Сюзанну в чувство.

И вот, почти девять месяцев назад, Сюзанна с Нилом продали свою лондонскую квартиру. Причем выгодно. Они закрыли все долги по кредитным и платежным картам Сюзанны, а также выплатили мелкие задолженности

Нила, образовавшиеся у него до того, как он нашел себе работу, и купили маленькую неказистую машину, которую продавец несколько извиняющимся тоном описывал как автомобиль для определенной социальной прослойки. И вот, соблазнившись перспективой получить в свое распоряжение практически без арендной платы реставрированный сельский дом с тремя спальнями и отделанным кремнием фасадом, они переехали в Дир-Хэмптон, где выросла Сюзанна и где она не появлялась без малого пятнадцать лет.

Дома их встретил ледяной холод: Сюзанна в очередной раз забыла включить таймер отопления. Она все еще не могла привыкнуть к тому, насколько в деревне холоднее, чем в городе.

— Прости, — пробормотала она, когда Нил, присвистнув, подул себе на руки.

Слава богу, на сей раз он обошелся без комментариев!

Нил по-прежнему относился с энтузиазмом к прелестям английской глубинки, упорно убеждая себя, что их переезд — это не скатывание вниз по социальной лестнице, а улучшение качества жизни, и предпочитая видеть исключительно конфетные коттеджи и акры сплошной зелени, но не то, с чем приходилось сталкиваться его жене: с людьми, которые знают или, по крайней мере, считают, будто знают о тебе все, с клаустрофобией от тесных рамок совместных воспоминаний, с властными женщинами, у которых слишком много денег и слишком мало времени.

Автоответчик упорно моргал, и Сюзанна с тайным чувством вины подавила в себе лучик надежды, что это одна из ее лондонских подруг. Теперь они звонили гораздо реже. Тот факт, что она больше не имела возможности выпить с ними утренний кофе или пропустить вечером по стаканчику в баре, ослабил и без того не слишком прочные, как она только сейчас поняла, дружеские узы. Однако это не мешало ей скучать по своим подругам, по их свободным от обязательств отношениям, которые формировались годами. Она устала от необходимости взвешивать каждую фразу; нередко ей было гораздо легче, как, например, сегодня вечером, вообще по возможности молчать.

«Здравствуйте, мои дорогие! Надеюсь, вы сейчас хорошо проводите время. Я просто хотела узнать, помните ли вы о ланче в честь дня рождения Люси шестнадцатого числа. Мы с папочкой будем счастливы видеть вас у себя, хотя поймем, если этот день у вас уже занят. Сообщите мне о ваших планах».

Ни слова о том, будто мы что-то должны или обязаны. Этот жизнерадостный, слегка извиняющийся тон. И как всегда, тонкий намек: «Мы знаем о ваших проблемах, но держим за вас скрещенные пальцы». Сюзанна тяжело вздохнула. Они пропустили несколько празднований Рождества и множество других семейных сборищ, а значит, теперь, раз уж они живут так близко, им не отвертеться от встречи с семьей.

— Нам надо пойти. — Нил снял пальто и налил себе выпить.

— Да, надо.

— Твой папа в любом случае наверняка найдет предлог, чтобы слинять. Что-что, а избегать друг друга вы умеете.

— Знаю.

Ему нравилось быть частью ее семьи. Своей у него не было, разве что мать, которую он практически не навещал и по которой не слишком скучал, да и жила она довольно далеко. Именно поэтому Нил так сильно проникся к матери Сюзанны.

Нил поставил стакан и подошел к Сюзанне. Обнял ее и осторожно прижал к себе. Она почувствовала, что сдается, хотя ей так и не удалось избавиться от привычной скованности.

— Это очень важно для твоей мамы, — прошептал он.

— Да, знаю. — Она положила руки ему на талию, то ли удерживая, то ли отталкивая. — И знаю, что это ребячество. Просто меня пугает мысль, что все будут говорить, какая Люси фантастическая, какая у нее сказочная работа, какая она красавица, одним словом, бла-бла-бла, а потом все станут изображать из себя суперсчастливую семью.

— Пойми, мне тоже не слишком легко все это выслушивать. Я сразу начинаю ощущать себя не самым звездным зятем.

— Прости. Возможно, нам вообще не стоит туда идти.

Сюзанна слыла в семье первой красавицей. Родители считали, что Сюзанна красивая, но непрактичная, ее младший брат Бен не по годам умен и обладает настоящей крестьянской смекалкой, а Люси — очень смышленая, поскольку уже в возрасте трех лет она декламировала большие отрывки поэм и на полном серьезе спрашивала, почему первая книга какого-то писателя хуже его последнего произведения. А затем незаметно произошла некая метаморфоза: из Бена, как и надеялись, получилась точная копия, ну разве что помоложе и пожизнерадостнее, их прямолинейного, мужественного, временами напыщенного отца, Люси, вопреки ожиданиям, не превратилась в синий чулок, а, наоборот расцвела, стала пугающе амбициозной и теперь, в свои двадцать с хвостиком, возглавляла секцию Интернета какой-то иностранной медиакорпорации.

Сюзанна тем временем постепенно пришла к осознанию, что, когда тебе за тридцать, уже недостаточно быть первой красавицей и что ее стиль жизни, а также финансовая безграмотность не только не умиляют родственников, но и считаются в своем роде распущенностью. И эгоизмом. Она явно не думала о семье.

— Мы могли бы завтра сходить посмотреть помещение под магазин, — сказала Сюзанна. — Я нашла в городе подходящее место. Бывший книжный магазин, который сдается в аренду.

— Вижу, ты не теряла времени даром.

— А какой смысл откладывать в долгий ящик? Тем более что в моем распоряжении только год.

Нил неприкрыто наслаждался этой близостью, от которой успел отвыкнуть, возможностью снова обнять жену. Она предпочла бы вести этот разговор сидя, но ему не хотелось ее отпускать.

— Магазин на одной из тех узеньких мощеных улочек, что отходят от площади. А на фасаде георгианские окна. Совсем как в диккенсовской «Лавке древностей».

— Тебе это не нужно. Если уж собралась делать, то делай как следует. В магазине должна быть большая стеклянная витрина. Чтобы люди видели товар внутри.

— Но я собираюсь открыть совсем не такой магазин. Я ведь тебе уже рассказывала. И прежде чем говорить, сходи и посмотри сам. У меня в сумочке есть телефон риелтора.

— Вот это сюрприз.

— Я могла бы позвонить ему прямо сейчас. Оставить сообщение. Проявить заинтересованность. — Она вдруг перестала узнавать свой голос, в котором уловила непривычные возбужденные нотки.

— Позвонишь утром. Сейчас половина двенадцатого, и за ночь магазин никуда не убежит.

— Я просто боюсь его упустить.

— И не стоит ничего решать в спешке. Сью, мы должны быть крайне осмотрительны. Они могут запросить слишком много денег. Могут сдавать помещение лишь на длительный срок. И налагать огромные штрафы в случае досрочного расторжения договора. Сбавь обороты и сперва задай им несколько вопросов.

— Я просто хочу, чтобы у меня все получилось.

Он снова прижал ее к себе. От его рубашки, пахнущей стиральным порошком, исходил едва заметный несвежий запах человека после длинного трудового дня.

— Знаешь, Сью, мы непременно должны пойти на этот ланч. У нас все отлично. Мы снова зарабатываем. Ты можешь рассказать им о своем магазине.

— Но только даже и не заикайся о детях.

— Не буду.

— Я не хочу им ничего говорить раньше времени. Они начнут обмусоливать эту тему, мама благородно возбудится, но станет делать вид, будто ничего не происходит, а потом, если у нас не получится, они примутся ходить вокруг да около, мучительно выбирая выражения. Поэтому о детях ни слова.

Нил прошептал, уткнувшись ей в волосы:

— Спорим, у твоей сестры вопрос о детях вообще не стоит.

— Нил, нет.

— Да шучу я, шучу. Ладно, позвони им завтра утром. Мы придем и будем очень веселыми и отлично проведем время, черт побери!

— Ты хотел сказать, сделаем вид, будто отлично проводим время.

— Возможно, ты еще сама себя удивишь.

— Непременно, — фыркнула она.

Как ни странно, но в ту ночь они занимались любовью, чего не делали вот уже восемь месяцев. А потом Нил едва не заплакал и сказал ей, что действительно ее любит и теперь все будет хорошо.

Сюзанна лежала в темноте, уставившись в потолок с балками, который ненавидела. В отличие от мужа она не ощутила особой эмоциональной разрядки. Просто некоторое чувство облегчения, что они наконец сделали это. Ну а еще проблеск надежды, в чем ей не хотелось признаваться даже себе самой, что теперь она заслужила пару месяцев отсрочки от исполнения супружеских обязанностей.

Глава 7

В путеводителях Дир-Хэмптон обычно описывался как один из самых красивых ярмарочных городов Суффолка. К зданиям категории II здесь относятся нормандская церковь и антикварные магазины, как магнитом притягивающие туристов в летние месяцы и самых стойких прохожих в зимние. Старики привычно сокращали Дир-Хэмптон до лаконичного Дир, а молодежь, которая ночью по пятницам наливалась дешевым сидром и улюлюкала на рыночной площади, называла город вонючей мусорной свалкой, где вообще нечем заняться. И в чем-то они были по-своему правы. Справедливости ради стоит сказать, что город этот любил свое прошлое больше, чем будущее, к тому же в последнее время его наводнили семьи, вынужденные покинуть Лондон и зеленый пояс из-за галопирующих цен на недвижимость в поисках симпатичного места, где можно было бы растить детей. Высокие элегантные светлые здания в георгианском стиле соседствовали с тюдоровскими домами, с крошечными оконцами и балками, нависающими над мостовой, точно мачты кораблей в бушующем море, и все это было опутано причудливой сетью аккуратных двориков и узких мощеных улочек, ответвляющихся от площади. Тут располагались самые необходимые для жизни торговые точки, включая мясную лавку, булочную, газетный киоск и магазин скобяных товаров, а также растущие как грибы, но не самые необходимые для жизни магазины, где продавали масла для ароматерапии, магические кристаллы, сверхдорогие подушки и душистое мыло.

Примерно два месяца назад Сюзанна наконец поняла, что больше всего удивляло ее здесь: в рабочие часы Дир-Хэмптон становился городом женщин. Матроны в зеленых жилетках и с платками на голове покупали отбивные у мясников, с которыми были на «ты»; молодые мамочки катили коляски, а женщины неопределенного возраста с безупречной укладкой просто убивали время. Но если не считать продавцов мужского пола, торговцев и мальчиков школьного возраста, тут практически не было мужчин. Вероятно, все мужчины покидали город на заре, на утренних поездах до Сити, и возвращались к накрытому столу в своих ярко освещенных домах уже затемно. Такое чувство, раздраженно пробормотала Сюзанна, будто я перенеслась в 1950-е. Она сбилась со счету, сколько раз ее спрашивали, чем занимается муж, и даже год спустя напрягалась в ожидании этого вопроса.

И хотя поначалу она горячо уверяла, что у нее нет ничего общего с этими женщинами, в некоторых из них она невольно узнавала себя: они точно так же занимались шопингом, прогуливаясь по отделам единственного в городе универмага размеренной походкой людей, у которых есть время и деньги; точно так же не могли не записаться хотя бы в один из двух имеющихся в городе салонов красоты; для них точно так же кристаллы, и ароматические свечи, и тесты на пищевую аллергию были не приятным разнообразием, а скорее стилем жизни.

Сюзанна пока не определилась со специализацией своего магазина.

Она сидела среди коробок с товаром, ждала, когда заработает касса, а электрик наконец скажет, какие именно лампочки требуются для подсветки на потолке, и думала, что, возможно, это будет и не магазин вовсе. Нил уже два раза звонил, интересовался, зачем заранее делать такие запасы, тем более что из агентства по водопользованию уже прислали несколько писем с требованием заплатить за воду, а магазин еще даже не открылся.

Для человека, не так давно вылезшего из долговой ямы, Сюзанна держалась на удивление хладнокровно. Получив пару недель назад ключи от помещения, она с наслаждением занималась воплощением в жизнь своих идей, которые вынашивала вот уже несколько месяцев. Ей нравилось заниматься поисками потенциальных поставщиков, посещать выставки-продажи или крошечные мастерские на задворках лондонской Оксфорд-стрит, где она знакомилась с молодыми дизайнерами, жаждущими выставить свои работы, или с теми, кто, имея за плечами многолетний опыт, мог посвятить ее в секреты торгового дела. Ей нравилось иметь цель в жизни, возможность говорить «мой магазин» и принимать решения, выбирая на свой вкус только то, что она считала красивым и необычным.

А потом еще был сам магазин. Снаружи стены освежили белой краской, интерьер тоже постепенно обновлялся, чему в немалой степени способствовали постоянные визиты местных водопроводчиков и плотников, а также ее смелые эксперименты с малярной кистью. Она знала, что ее считают слишком разборчивой и слишком осмотрительной, но обустройство интерьера требовало чрезвычайно сложных решений, поскольку магазин был не совсем обычный. Он имел сразу несколько функций.

Там были крошечная кофейня с церковной скамьей, приставленной к задней стенке, несколько столиков и реанимированная итальянская кофемашина; стойка с секонд-хендом, где имелось несколько самых разных вещей — просто потому, что Сюзанне нравилось на них смотреть. Покупателю предлагались одежда, бижутерия, картины и аксессуары для декора. А еще кое-что современное. Словом, весьма специфичный набор товаров.

Затем Сюзанна начала потихоньку украшать окно, которое она выбрала под витрину. Чтобы витрина не выглядела слишком голой, Сюзанна выставила туда самые красивые вещи, приобретенные еще во времена ее увлечения шопингом, но так и не нашедшие применения: расшитые ярким бисером сумочки, крупные стеклянные кольца, абстрактный эстамп в антикварной раме. А когда прибыл заказанный товар, она, чтобы не нарушать уже созданную композицию, просто дополнила ее красивыми спиральными индийскими браслетами, ящиками от старинного комода, набитыми блестящими металлическими пишущими ручками, разноцветными бутылочками для специй с серебряными крышечками.

— Похоже на кукольный домик. Или на пещеру Аладдина, — заметил Нил, в выходной день заскочивший посмотреть, как идут дела. — Выглядит весьма... э-э-э... симпатично. Но ты уверена, что люди поймут, в чем тут идея?

— Что ты имеешь в виду?

— Ну, какой тип магазина ты собираешься открыть?

— Это будет мой тип магазина, — заявила Сюзанна, наслаждаясь растерянностью мужа.

Потому что Сюзанна создавала нечто прекрасное, претворяя в жизнь свою мечту, и ни муж, ни партнер по бизнесу ей был не нужен. Получив полную свободу действий, она с удовольствием развешивала вдоль полок дармовые китайские фонарики, расставляла таблички, написанные ее каллиграфическим почерком, красила половицы в бледно-фиолетовой цвет, потому что ей так захотелось. Расставляла столы и стулья, купленные по дешевке на распродаже и перекрашенные краской из пробников, совсем как в тех кафе, где она устраивала посиделки с подругами. Именно стулья помогли Сюзанне уловить самую суть: глядя на них, она поняла, что устраивает себе волшебный уголок, свободный от зашоренности и предрассудков, а именно место, где она, отгородившись от глаз окружающих ее провинциальных кумушек с их мещанскими суждениями, опять сможет чувствовать себя как дома.

— Так какой профиль у вашего магазина? — увидев старинную раму в витрине, с едва заметной насмешкой в голосе поинтересовался один из местных торговцев антиквариатом.

— У меня... У меня просто магазин, — ответила Сюзанна, решив не обращать внимания на его презрительно поднятые брови.

Но свое заведение она гордо назвала «Эмпориум Сюзанны Пикок»[1]. Название на вывеске было написано бело-голубыми буквами, а под ним нарисовано павлинье перо. Нил посмотрел на вывеску со странной смесью страха и гордости. Уже позже он признался жене, что пытался решить вопрос, сможет ли спокойно пережить еще одно банкротство, если магазин прогорит, учитывая, что над входом красуется его, Нила, фамилия.

— Не прогорит! — отрезала Сюзанна. — Не стоит смотреть на вещи так негативно.

— Тебе придется здорово попотеть, — сказал он.

[1] Фамилия Пикок в переводе с английского означает «павлин».

Но сомнения Нила ее нимало не волновали. У нее не было сил с ним спорить. Она теперь отлично спала.

И вообще, если не считать товара для магазина, она уже несколько недель ничего не покупала.

— Вы открыты?

Сюзанна оторвала глаза от пятна на полу. Церковные свечи показались ей хорошей идеей во время закупок у лондонского оптовика, но теперь, когда она смотрела, как дамы в зеленых стеганых жилетках одна за другой проходят мимо ее витрины, равнодушно или презрительно щурясь на выставленные за стеклом вещи, у нее невольно возник вопрос: а не слишком ли космополитичны ее вкусы? Да, расшитые бисером сумочки были очень нарядные и вполне в ее вкусе, но, как не уставал повторять Нил, нет никакого смысла приобретать красивые вещи, если никто в округе не будет готов их купить.

— Еще нет. Скорее всего, в понедельник.

И тем не менее женщина вошла внутрь, закрыла за собой дверь и принялась восторженно озираться по сторонам. Вместо зеленой жилетки на ней была красно-коричневая куртка с капюшоном, на голове — вязаная пестрая шапка, из-под которой торчали во все стороны седые космы. Поначалу Сюзанна решила, что перед ней обычная бомжиха, но, приглядевшись, заметила приличные туфли и не менее приличную сумку.

— Не правда ли, здесь очень славно? День и ночь по сравнению с тем, что было. — Сюзанна поднялась с пола.

— Да-да. Видите ли, когда я была еще маленькой, здесь был продуктовый магазинчик. Вон там лежали фрукты... — Женщина махнула рукой туда, где теперь стояли столы и стулья. — А вот тут овощи. Ой, а еще здесь торговали домашними яйцами. Они держали кур на заднем дворе. Но насколько я понимаю, разводить кур вы не станете. — И она рассмеялась собственной шутке.

— Вы правы. Я скорее...

— А зачем эти столы? Вы что, будете подавать здесь еду?

— Нет.

— Люди любят места, где можно поесть.

— Для этого нужна лицензия. Нет, я буду подавать кофе. Типа эспрессо.

— Эспрессо?

В такие моменты Сюзанна сразу теряла весь свой благоприобретенный оптимизм. Как можно продавать кофе в городе, жители которого не знают слова «эспрессо»?

— Это кофе такой. Очень крепкий. Подается в маленьких чашечках.

— Что ж, полагаю, неплохой способ увеличить прибыль. Я всегда говорила, что в кафе на Лонг-лейн чай наливают в слишком маленькие чашечки. Думаю, они таким образом тоже увеличивают прибыль.

— Эспрессо принято подавать в маленьких чашечках.

— Дорогая, не сомневаюсь, они говорят то же самое. — Женщина подошла к витрине и, что-то бормоча себе под нос, принялась перебирать выставленные там вещи. — Что бы это могло значить? — Она взяла в руки абстрактный рисунок в старинной раме.

— Да ничего. — В голосе Сюзанны послышались стальные нотки.

Женщина впилась глазами в картину.

— Это что, современное искусство? — произнесла она так, будто говорила на иностранном языке.

— Да.

Боже, если она сейчас скажет: «Так и ребенок сможет», я этого не переживу, подумала Сюзанна.

— Я тоже так смогу. А если я действительно что-нибудь нарисую, вы выставите это на продажу?

— У меня не художественная галерея. Вам стоит обратиться туда.

— Но вы же продаете эту.

— Это единичный случай.

— Но если вы ее продадите, почему бы вам тогда не продать еще одну? Я хочу сказать, спрос определяет предложение.

Сюзанна начала терять терпение. Она и в лучшие-то времена легко выходила из себя. А сейчас были далеко не лучшие времена.

— Было очень приятно побеседовать, но, боюсь, меня ждут дела. — Сюзанна вытянула вперед руку, явно собираясь выпроводить назойливую посетительницу, но так и осталась стоять посреди комнаты.

— Я действительно выросла в этом городе. По профессии я швея, но когда вышла замуж, пришлось уехать отсюда. Тогда многие из нас так делали. — (Господи! Она, кажется, собирается рассказывать тут историю своей жизни. Сюзанна в отчаянии огляделась по сторонам, выискивая предлог избавиться от странной тетки.) — Мой муж умер через три года после того, как мы поженились. От туберкулеза. Почти шесть месяцев провел в швейцарской клинике и все равно умер.

— Мне очень жаль.

— А вот мне нет. Он был довольно неумный человек. Но я поняла это лишь после свадьбы. Видите ли, у нас не было детей. Он предпочитал свою губную гармошку.

— Простите? — фыркнула Сюзанна.

Женщина рассеянно пригладила волосы:

— Милочка, он просто не знал, что нужно делать. А я знала, потому что мне мама объяснила. И в первую брачную ночь я его просветила, но он пришел в такой ужас, что сказал: нет-нет, спасибо, не надо, он лучше поиграет на губной гармошке. И вот целых два года каждую ночь мы только этим и занимались. Я читала книгу в постели, а он играл на губной гармошке.

Сюзанна не выдержала и рассмеялась:

— Сочувствую. А вы не пробовали найти себе... кого-нибудь другого?

— Ох нет! Никого такого, за которого я собралась бы замуж. У меня было много романов, что, конечно, весьма приятно, но мне не хотелось никого пускать к себе на ночь в постель. А что, если и они тоже оказались бы любителями музыкальных инструментов? Бог его знает, чем это могло бы закончиться! — Она едва заметно покачала головой, явно представив себе большой барабан и тубу. — Да, жизнь не стоит на месте. Я вернулась сюда всего шесть месяцев назад, а тут все изменилось до неузнаваемости... А вы местная?

— Я родилась здесь. Но вплоть до последнего года мы жили в Лондоне. — Сюзанна и сама толком не понимала, зачем делится с абсолютно незнакомым человеком, ведь внутренний голос подсказывал ей, что не стоит рассказывать о себе лишнего.

— Значит, вы тоже вернулись в родные края! Как волнительно! Выходит, мы с вами родственные души. Я миссис Крик. Джоанна Крик. Зовите меня миссис Крик. А вас как зовут?

— Пикок. Сюзанна Пикок.

— Там, где я выросла, у нас тоже были павлины. Дом находился за городом, на Ипсуич-роуд. Отвратительные птицы. Издают совершенно омерзительные звуки. И вечно гадили нам на подоконники. — Миссис Крик повернулась и потрогала свою шапку, словно желая убедиться, что та все еще на месте. — Ну ладно, Сюзанна Пикок, что-то я с вами заболталась. Боюсь, мне пора бежать. Надо еще забрать пастуший пирог в магазине при Женском институте. Я собираюсь сшить им передники и мешочки для мелочей. Это, конечно, не то, к чему я привыкла. Ну да ладно, не сидеть же сложа руки. Я непременно вернусь, когда вы откроетесь, и с удовольствием выпью чашечку вашего кофе.

— Очень хорошо, — сухо ответила Сюзанна.

Но прежде чем уйти, миссис Крик снова уставилась на картину, словно желая поподробнее запомнить каждую деталь, чтобы создать потом свою собственную версию.

Сюзанна вернулась домой чуть ли не в полдесятого вечера. Нил сидел, положив ноги на кофейный столик, на котором стояли пустая миска и тарелка с остатками еды.

— А я уже собирался разыскивать тебя с собаками, — отвернувшись от экрана телевизора, сказал он.

— Я пыталась получше расставить товар.

— Ведь я предупреждал. Надо было делать больше полок спереди.

— А что у нас на обед?

Нил явно удивился:

— Ничего. Я думал, ты вернешься вовремя и что-нибудь быстренько сварганишь.

Она устало сняла пальто, неожиданно почувствовав прилив злости.

— Нил, у меня через три дня открытие магазина. Я сбилась с ног. И мне казалось, что ты хотя бы раз в жизни вполне мог что-нибудь для меня приготовить.

— А почему ты не позвонила?

— А почему ты не позвонил? — Сюзанна швырнула пальто на спинку стула и прошла на кухню. Раковина была все еще забита оставшейся после завтрака посудой. —

Ладно, Нил, раз уж ты сам успел поесть, то зачем обо мне беспокоиться, да?

Она услышала из раздаточного окошка его голос, звучавший на повышенных тонах:

— Блин, я поел только хлеба с сыром! И вовсе не готовил себе разносолов.

Сюзанна принялась сердито хлопать дверцами шкафчиков в поисках чего-то такого, что можно было бы приготовить на скорую руку. Она не закупалась в супермаркете уже несколько недель, и сейчас на полках не было ничего, кроме просыпанной чечевицы и открытой упаковки бульонных кубиков.

— Мог хотя бы помыть посуду.

— Повторяю еще раз для непонятливых! Я вышел из дому без четверти шесть утра. И что, прикажешь мне ждать, пока ты соизволишь позавтракать?

— Ладно, Нил, проехали. Ты сам по себе, а я сама по себе. Так мы хотя бы внесем ясность в наши отношения.

Ответом ей было короткое молчание, а затем Нил возник в дверях их крошечной кухни. Двоим там было точно не разойтись, и он явно собрался вытолкать ее в гостиную.

— Сью, только не надо устраивать сцен! Послушай, давай ты сейчас спокойно сядешь, а я что-нибудь тебе состряпаю.

— Господи, ты даже хлеба мне не оставил! — увидев пустой пластиковый пакет, возмутилась Сюзанна.

— Там оставалось только два кусочка.

— Ой, ради бога, уйди! Лучше пойди полежи на диване.

Он в отчаянии вскинул руки. И она, пожалуй, только сейчас заметила, какой у него усталый вид, какое серое лицо.

— Нет, это ты уйди! — огрызнулся он. — И не надо изображать из себя чертову мученицу. Если твой чертов магазин делает тебя такой сварливой, то я, если честно, уже начинаю жалеть, что согласился на эту авантюру.

Нил снова плюхнулся на диван и, взяв пульт, принялся переключать каналы.

Еще немного потоптавшись на кухне, Сюзанна прошла в гостиную и с миской овсяных хлопьев в руках уселась на стул напротив Нила. Она решительно отказывалась на него смотреть, пытаясь таким образом дать ему понять, что сыта по горло.

Нил неожиданно выключил телевизор.

— Прости, — нарушил он повисшую в комнате тишину. — Я не подумал, что не мешало бы купить хлеба. Ведь когда я сошел с поезда, моим единственным желанием было поскорее попасть домой.

Сюзанна вдруг почувствовала, что у нее на руках больше не осталось козырей.

— Нет, это ты меня прости. Я вконец измоталась. Поверь, все наладится, когда магазин откроется.

— Я рад, что у тебя теперь есть магазин. Наверное, мне не стоило это говорить... но так приятно видеть тебя такой...

— Деловой?

— Воодушевленной. Мне нравится твоя увлеченность. Теперь тебя, похоже, гораздо меньше волнуют... мелочи жизни.

Овсяные хлопья не лезли в горло. Она чувствовала себя безумно усталой. И в конце концов поставила миску на стол:

— Просто сейчас мне некогда об этом думать.

— Угу. Если у человека остается много времени на размышления — это верный путь к катастрофе. Я и сам стараюсь не думать слишком много. — Он печально улыбнулся. — Ну а что, если мне взять отгул в день открытия магазина?

Она вздохнула, отметив про себя его просительную улыбку:

— Нет. Не беспокойся. Сомневаюсь, что открытие будет особо торжественным. При таких темпах я даже не слишком уверена, что это произойдет в понедельник. А тебе, пожалуй, не стоит лишний раз расстраивать своего босса. Тем более что ты не так давно там работаешь.

— Ну как знаешь. — И, в очередной раз неуверенно улыбнувшись, Нил устроился поудобнее на диване и принялся листать газету.

Сюзанна сидела напротив, мучительно пытаясь решить вопрос: почему она против его присутствия там? Конечно, это было глупо. И, более того, не слишком благородно. Но Сюзанне отчаянно хотелось иметь нечто свое. То, что доставляло бы удовольствие ей и не имело бы отношения к их с Нилом истории. Да и вообще, никаким боком не касалось бы других людей.

Глава 8

На пороге возникла старая дама в парадном твидовом пальто и залихватски сдвинутой набок соломенной шляпке с вишенками; узловатые пальцы сжимали сумочку из лаковой кожи.

— Я хочу съездить в Дир, — сообщила дама.

Виви обернулась; противень, который она держала в руках, сердито плевался жиром, и Виви пришлось поспешно искать свободное место на плите. Заметив шляпку и сумочку, Виви почувствовала, как у нее екнуло сердце.

— Что?

— И нечего чтокать. Это дурной тон. Я готова съездить в город. Если ты возьмешь себе за труд подогнать машину.

— Розмари, мы сейчас не можем ехать в город. Мы ждем детей на ланч.

На чело Розмари легла тень сомнения.

— Какие такие дети?

— Наши дети. Они все собираются приехать. На ланч в честь дня рождения Люси. Вы помните?

Кошка Розмари, настолько тощая и облезлая, что ее уже не раз принимали за сбитое на дороге животное, запрыгнула на рабочую поверхность и принялась на дрожащих лапах подбираться к ростбифу. Виви стащила кухонную рукавицу и осторожно сняла со столешницы протестующую кошку, обжегшись в результате о раскаленный противень.

— Тогда мы быстренько съездим туда и обратно до их прихода.

Виви с трудом подавила тяжелый вздох. Нацепив на лицо улыбку, она повернулась к свекрови:

— Розмари, я прошу прощения, но мне надо успеть приготовить ланч и накрыть на стол. А еще вытереть пыль в гостиной. Может, попросите...

— Ох, у него нет времени катать меня по округе. Ты ведь сама не любишь, когда его беспокоят. — Старая леди властно вскинула голову и посмотрела в окно. — Тогда довези меня хотя бы до «Высоких деревьев». А дальше я пойду пешком. — Она выжидающе посмотрела на невестку и, сделав трагическую паузу, добавила: — Опираясь на палку.

Виви проверила готовность мяса и снова сунула противень в духовку. Подошла к раковине, подставив обожженные пальцы под холодную воду.

— Неужели это так срочно? — нарочито небрежным тоном поинтересовалась она. — Почему нельзя поехать после чая?

— О, не стоит обращать на меня внимание, — ледяным тоном произнесла свекровь. — У меня ведь не бывает срочных дел, да, дорогая? Да и какие могут быть дела у такой старой развалины, как я! — Она бросила уничтожающий взгляд на стоящий рядом с плитой второй противень. — Ну конечно, несколько картофелин для тебя куда важнее.

— Розмари, оставьте, ради бога! Вы ведь знаете, что я...

Однако Розмари с силой, которую вряд ли можно было ожидать от столь немощной старушки, хлопнула дверью и скрылась в так называемом бабусином флигеле.

Виви закрыла глаза и сделала глубокий вдох. Теперь за это ей придется заплатить. Хотя в любом случае она каждый день за что-то расплачивалась.

При других обстоятельствах она наверняка бы капитулировала, отложила бы свои дела и, чтобы не создавать конфликтных ситуаций и не портить себе настроения, выполнила бы прихоть старой дамы. Но сегодня был особенный день: ее трое детей уже несколько лет не собирались все вместе под родительской крышей, а потому Виви не желала портить ланч в честь дня рождения Люси и, вместо того чтобы поливать картошку жиром, катать Розмари по окрестностям. Поскольку поездка в город со свекровью была чревата любыми неожиданностями: Розмари вполне могла предложить отклониться от привычного маршрута и заехать в новый торговый центр в нескольких милях от города, или попросить оставить машину и сходить с ней забрать вещи из химчистки, которые, естественно, затем понесет Виви, или сообщить, что ей необходимо сделать укладку, таким образом заставив себя ждать. Розмари сделалась совершенно несносной с тех пор, как родные уговорили ее больше не ездить самой на машине. Они ведь еще до сих пор не разобрались со страховкой за испорченный забор на ферме Пейджетов.

Из-за двери во флигель орал телевизор, включенный практически на полную громкость, поскольку, если верить Розмари, она только так, и не иначе, могла расслышать, что говорят ведущие.

— Дайте мне всего полчаса, — пробормотала себе под нос Виви, разглядывая покрасневшие пальцы и готовясь к очередному сражению с духовкой. — Если она останется у себя хотя бы на полчаса, то к их приезду у меня все будет под контролем.

— Могу я рассчитывать на чашку чая? Подделывание счетов всегда вызывает у меня дикую жажду.

Виви сидела за кухонным столом. Роясь в залежах использованных карандашей и компактной пудры в своей косметичке, она тщетно пыталась навести красоту и привести в порядок раскрасневшееся от долгого стояния у плиты лицо.

— Сейчас принесу, — ответила Виви, обреченно посмотревшись в зеркальце. — А папе тоже налить?

— Без понятия. Но думаю, да. — Ее сын, вымахавший до шести футов и четырех дюймов, привычно пригнув голову под низкой притолокой, вышел из кухни и уже в коридоре бросил через плечо: — Кстати, совсем запамятовал. Мы забыли забрать цветы. Прости.

Виви на секунду замерла, затем положила пудру на стол и направилась к сыну:

— Что?

— И нечего чтокать. Это дурной тон, — ухмыльнулся сын, передразнивая бабушку. — Мы с папой забыли утром заехать за цветами. Магазин кормов для животных нас малость утомил. Прости.

— Ох, Бен! — Она остановилась в дверях кабинета, руки бессильно повисли вдоль тела.

— Прости.

— Я раз в жизни вас обоих о чем-то попросила, а ты за пять минут до прихода гостей сообщаешь, что вы забыли.

— А мы разве что-то забыли? — Ее муж оторвался от бухгалтерских книг и потянулся за карандашом. И с надеждой в голосе спросил: — Выпить чая?

— Цветочные композиции для стола. Вы забыли о моей просьбе их забрать.

— Ой-ёй-ёй!

— Если хочешь, давай я схожу нарву. — Бен с тоской посмотрел в окно.

Всего час с небольшим он провел в кабинете, но, в силу неуемности натуры, уже рвался на улицу.

— Бен, какие цветы?! Боже правый, на дворе февраль! Ох, вы меня очень разочаровали.

— А зачем нам вообще цветочные композиции? Мы ими отродясь не пользовались.

— Для стола. — Ее тон вдруг сделался непривычно сварливым. — Мне хотелось, чтобы все было идеально. Ведь сегодня особенный день.

— Да Люси двадцать раз наплевать на все эти цветочные композиции. — И, пожав плечами, отец семейства провел черту под столбиком цифр.

— Ну а мне не наплевать! Да и вообще, заплатить за цветы и даже не потрудиться их взять — чистой воды расточительство. Это называется выбрасывать деньги на ветер.

Ладно, с ними точно каши не сваришь. Виви бросила взгляд на часы. У нее даже на секунду промелькнула мысль быстренько смотаться в город и забрать цветы. При наличии капельки везения и свободных парковочных мест она успеет обернуться за двадцать минут.

Но затем она вспомнила о Розмари, которая или увяжется за ней, или расценит короткую поездку Виви как очередное свидетельство того, что ее потребности остаются без внимания, а права самым варварским образом попираются.

— Что ж, на здоровье. Можешь за них заплатить, а заодно и объяснить мистеру Бриджману, почему мы заказываем цветы, которые нам в принципе не нужны. — Виви вытерла руки о передник и принялась развязывать тесемки.

Мужчины озадаченно переглянулись.

— Я вот что тебе скажу, — обращаясь к отцу, произнес Бен, — пожалуй, я съезжу в город. Если дашь мне свой «рейнджровер».

— Возьмешь мамину машину, — подал голос отец. — А заодно привезешь бабушке бутылочку шерри... Кстати, дорогая, ты не забудешь принести мне обещанную чашечку чая?

Виви отметила девятую годовщину свадьбы, когда к ним переехала свекровь, и пятнадцатую, когда муж наконец сдался и согласился пристроить к дому флигель, дабы иметь возможность смотреть какой-нибудь американский полицейский сериал, не прерываясь каждые пять минут на объяснения сюжета, готовить острую еду с чесноком и специями, а также хоть изредка спокойно читать с утра по воскресеньям в постели газету без непременного настойчивого стука в дверь и непосредственно следующего за ним вопроса, почему апельсиновый сок не стоит на своем обычном месте в холодильнике.

Вопрос об интернате для престарелых вообще не стоял. Этот дом принадлежал Розмари по праву: возможно, она здесь и не родилась, любила повторять старушка, но не видела причины, почему бы ей здесь не умереть. И хотя на земле сейчас хозяйничали арендаторы, да и скота осталось не слишком много, она любила смотреть в окно и вспоминать прошлое. В чем находила несказанное утешение. Да и вообще, должен же был кто-то рассказывать молодому поколению об истории семьи и обычаях прошлой жизни. Теперь, когда большинство подруг благополучно отбыли в мир иной, у нее осталась только семья. Ну а кроме того, в минуту мрачного раздумья говорила себе Виви, с какой стати Розмари куда-то переезжать, если она постоянно имеет в своем распоряжении кухарку, уборщицу и шофера в одном лице? Пожалуй, даже пятизвездочный отель не сможет предоставить ей такой набор услуг.

Дети, выросшие уже при бабушке, что жила дальше по коридору, подобно своему отцу, радостно позволили матери иметь дело со старой дамой и относились к последней со странной смесью благожелательности и не слишком почтительного юмора, который Розмари из-за глухоты, к счастью, пропускала мимо ушей. Виви отчитывала детей за передразнивание крылатых фраз Розмари и за их намеки на то, что от бабули пахнет отнюдь не пармскими фиалками, а чем-то более едким и явно органического происхождения — Виви сама еще толком не знала, как поставить это старушке на вид, — но она была благодарна своим отпрыскам за то, что, когда Розмари становилась совершенно невыносимой, они общими усилиями прочищали ей мозги.

Потому что даже собственный сын Розмари признавал, что его мать далеко не подарок. Вспыльчивая и безапелляционная, с твердой верой в традиции и плохо скрываемым разочарованием, что ее семья не способна их придерживаться, старушка смотрела на невестку, прожившую в их доме без малого тридцать лет, как на гостью, которая отрабатывает свой хлеб.

И при всей своей немощи и старческой деменции Розмари не так уж и легко сдалась, согласившись переехать дальше по коридору. Ее эмоциональный накал по поводу строительства флигеля еще больше усилили внутренние противоречия, поскольку, с одной стороны, Розмари была явно уязвлена тем, что ее отселили, чему она сопротивлялась с упорством, достойным лучшего применения, а с другой — втайне радовалась своей независимости и новой обстановке. Апартаменты Розмари были отделаны под чутким руководством Виви обоями в розовую полоску и тканью «жуи» (Розамари при всем желании не могла не признать, что в чем в чем, а в тканях Виви знала толк). Более того, бабушкины комнаты не были осквернены звуками столь любимой внуками непонятной музыки, нескончаемым потоком их неразговорчивых друзей, собаками, вечным шумом и грязной обувью.

Что, однако, не мешало Розмари не слишком явно, но постоянно пенять Виви на то, что она чувствует себя «изгоем» и «лишней» в этом доме, иногда в присутствии своих пока еще здравствующих друзей. Вот когда ее покойная бабушка совсем состарилась, по крайней мере раз в неделю со значением говорила Розмари, ей были отведены лучшие апартаменты в доме, а детям разрешалось раз в день навещать ее и даже изредка читать ей вслух.

— У меня есть «Путеводитель по Ибице для клаберов», — после очередного бабушкиного выступления жизнерадостно отозвался Бен. — А еще «Руководство по эксплуатации тракторов».

— Мы можем отыскать «Радости секса», — хихикнула Люси. — Папа с мамой обычно прятали эту книжку в шкафу.

— Кто это прячется в шкафу? — ворчливо поинтересовалась Розмари.

— Люси! — покраснев, одернула дочь Виви.

Она купила это пособие на свое тридцатилетие в надежде стать наконец для мужа сексуальным объектом. Тогда они пытались зачать еще одного ребенка, и плодом их усилий стал Бен.

Ее супруг был весьма шокирован иллюстрациями, вызвавшими у него неприкрытое отвращение.

«Теперь понятно, зачем у него на лице столько растительности, — осуждающе говорил он. — После такого мне тоже захотелось бы хоть как-то замаскироваться».

Виви отчаянно старалась не обращать внимания. И думать не о плохом, а исключительно о хорошем — ведь у нее прекрасный дом, замечательные дети, любящий муж, — поэтому она старалась игнорировать придирки и непомерные требования свекрови, предпочитая держать мужа в неведении относительно их истинного масштаба. Муж не переносил семейных ссор и, совсем как улитка, сразу уходил в свою раковину, недовольно выглядывая оттуда в ожидании, когда все само собой рассосется. Вот почему ему страшно не нравилась вся эта история с Сюзанной.

«Мне кажется, вы должны с ней сесть и все спокойно обсудить», — неоднократно предлагала Виви.

«Ну я ведь тебе уже говорил. Не желаю возвращаться к этой теме, — резко отвечал муж. — Я не обязан никому ничего объяснять. И тем более человеку, которому я только что отдал свой треклятый дом. Ей пора научиться с этим жить».

На улице начало моросить. Сюзанна стояла на крыльце, под относительной защитой козырька, а Нил тем временем доставал из багажника цветы и бутылку вина.

— Ты купил гвоздики, — поморщилась Сюзанна.

— И?..

— Они ужасные. Эти цветы смотрятся убого.

— Сью, повторяю еще раз для непонятливых: мы сейчас не в том положении, чтобы покупать редкие орхидеи. И твоя мама будет рада любому подарку.

Сюзанна понимала, что муж совершенно прав, но ей было не справиться со своим дурным настроением, возникшим, как только они свернули на подъездную дорожку и она увидела приземистый сельский дом горчичного цвета с огромной дубовой дверью, которая запомнилась ей с детства. Даже хорошенько порывшись в памяти, Сюзанна не смогла бы назвать хотя бы короткий период времени, когда ей было здесь легко и спокойно. Она понимала, что все произошло еще до того, как выяснилось, насколько она не похожа на брата и сестру, еще до того, как она поняла это по папиному напряженному взгляду и усиленным маминым стараниям сгладить бросающееся в глаза различие между детьми. Еще до того, как все это было официально записано в Книге Будущего их семьи. И теперь дом казался ей источником заразы, он словно отбрасывал ее в прошлое и одновременно отталкивал от себя. У нее вдруг скрутило живот, и она оглянулась на мужа.

— Поехали назад, — прошептала она, когда Нил подошел поближе.

— Что?

В доме истерически затявкала собака.

— Поехали. Прямо сейчас!

Нил закатил глаза, в отчаянии всплеснув руками:

— Ой, ради всего святого...

— Нил, это будет ужасно! Видеть их всем скопом... Нет, я не готова.

Но все, поезд ушел. Послышались чьи-то шаги, скрип отодвигаемого засова, на них пахнуло запахами жареного мяса и мокрой шерсти джек-рассел-терьера. Виви пинком ноги загнала скулящую собачонку обратно в дом и широко улыбнулась гостям. Вытерев руки о передник, она широко раскрыла объятия:

— Здравствуйте, мои дорогие. Ох, как же я рада вас видеть! Добро пожаловать домой.

— Только не кладите мне никаких моллюсков. От этих креветок у меня губы становятся совсем как у готтентотов.

— Бабуля, нельзя говорить «готтентоты». Это неполиткорректно.

— Однажды мне чуть было не пришлось обращаться к доктору. Кожа на губах так натянулась, что я два дня не могла выйти из дому.

— Да, выглядели вы тогда неважнецки, — согласилась Виви.

Виви раскладывала по тарелкам золотистый хрустящий картофель, радуясь про себя, что не поленилась полить его говяжьим жиром.

— Бабуля, некоторые женщины сейчас платят за это большие деньги, — сказал Бен. — Мам, а можно мне еще пару картошин? Вон тех, что поподжаристее.

— Имплантаты, — заметила Люси.

— Что?

— Женщины. Вставляют силиконовые имплантаты, чтобы рот казался больше. Возможно, им просто надо было поесть маминых креветок в горшочке. Мам, только не клади мне мяса. Я сейчас не ем мяса с кровью. Сью, а разве ты их не делала?

— Чего? Имплантатов?

— Да нет. Инъекций. В губы. Когда занималась самосовершенствованием.

— Люси, спасибо тебе большое!

— Так ты делала инъекции или нет?

— Ну, они дают только временный эффект. — Сюзанна уставилась в тарелку. — И вообще, это просто коллаген. От него губы становятся только чуть-чуть пухлее.

Потрясенная до глубины души, Виви повернулась к зятю:

— Но как ты мог это допустить?!

— А кто меня спрашивал? Вы ведь помните, что она тогда с собой вытворяла. Наращенные волосы, накладные ногти. Каждый раз, возвращаясь домой, я понятия не имел, кого там увижу. Шер или Анну Николь Смит.

— Ой, только не надо преувеличивать! Это ведь не на всю жизнь. Тем более что мне все равно не понравилось. — Сюзанна принялась сердито гонять овощи по тарелке.

— А я помню ее такой. Мне показалось, будто к ее лицу приделали две надувные камеры от шин. Жуткое дело.

— Надувные камеры? — переспросила Розмари. — На лице? А зачем они ей?

Сюзанна покосилась на отца, тот сидел с низко опущенной головой и делал вид, будто не слышит, как пикируются между собой его отпрыски. Отец в основном беседовал с Нилом, причем, как всегда, крайне любезно, словно до сих пор был благодарен зятю за то, что тот освободил его от бремени забот за непутевую дочь. Но когда Сюзанна говорила это мужу, он возмущался и просил ее не глупить, хотя, если честно, ей трудно было найти другое объяснение, почему родители так возбуждаются из-за того, что он всегда готов погладить себе рубашку, вынести мусор или отвести жену на обед. Точно она генетически должна была быть предрасположена к домашней работе.

— По-моему, Сюзанна достаточно красива и ее внешность не нуждается... в каких-либо улучшениях, — констатировала Виви, пустив по кругу подливку. — Не думаю, что ей нужно что-то там поправлять.

— Да, Сью. Твои волосы выглядят чудесно, — заметила Люси. — Мне нравится, когда они естественного цвета.

Волосы самой Люси, кстати гораздо светлее, чем у Сюзанны, были коротко пострижены в деловом стиле и тщательно мелированы.

— Вылитая Мартиша Аддамс, — вставил Бен.

— Кто-кто? — Розмари склонилась над своей тарелкой. — А мне кто-нибудь даст картофеля? Меня, как всегда, забыли.

— Картофель еще только раскладывают, — сказала Люси.

— Мартиша Аддамс. Из «Семейки Аддамс».

— Это, случайно, не те Аддамсы, что живут в Сток-Бай-Клэре?

— Нет, бабуля. Это Аддамсы из телика. Люси, а ты смотрела концерт группы «Радиохед»?

— Представляете, он был фашистом. Во время войны. Ужасная семейка.

— Угу. Они были супер. У меня в машине есть CD-диск, если хочешь сделать копию.

— На ужин они вечно подавали холодную нарезку. И никогда нормальную еду. А еще они держали свиней.

Виви повернулась к Сюзанне:

— Дорогая, и ты непременно должна рассказать нам о своем магазине. Умираю, как хочу послушать. Кстати, ты уже назначила дату открытия?

Сюзанна потупилась, затем сделала глубокий вдох и посмотрела на Нила, продолжавшего беседовать с ее отцом:

— На самом деле магазин уже открылся.

В комнате повисло неловкое молчание.

— Открылся? — озадаченно переспросила Виви. — Но я надеялась, что ты устроишь в честь открытия вечеринку.

Сюзанна бросила смущенный взгляд на Нила, всем своим видом показывавшего, что он здесь ни при чем, и, нервно сглотнув, сказала:

— Да мы ничего особенного и не устраивали.

Виви уставилась на дочь, и лицо ее едва заметно залилось краской, что не ускользнуло от внимания лишь тех, кто пристально за ней наблюдал, а именно сына, зятя и младшей дочери.

— О-о... — протянула Виви, методично размешивая подливку у себя на тарелке. — Что ж, не сомневаюсь, ты просто не хотела, чтобы мы там путались под ногами. Тебе ведь нужны реальные покупатели, да? Те, кто действительно собирается делать покупки... И что... Ну и как, все нормально прошло?

Сюзанна вздохнула, раздираемая противоречивыми чувствами. Ей было, конечно, стыдно, но одновременно и очень обидно, что обед еще только начался, а родственники уже успели разбудить в ней комплекс вины. Пытаясь найти оправдание своему решению, она убеждала себя, что поступает вполне разумно. Ей и так пришлось вернуться в лоно семьи, так неужели она не заслужила права оставить себе хоть немного личного пространства? Ведь в противном случае это уже будет не ее собственный магазин, а очередная сфера распространения семейных интересов. И тем не менее, услышав обиженные нотки в нарочито беспечном голосе Виви и оказавшись под прицелом укоризненных взглядов брата и сестры, Сюзанна поняла, что в двух словах всего и не объяснишь.

— Сью, а где находится этот твой магазин? — с ледяной вежливостью поинтересовался Бен.

— Неподалеку от Уотер-лейн. Через два дома от закусочной с продажей еды навынос.

— Надо же, как удобно, — ехидно заметил Бен.

— Ты непременно должен как-нибудь ко мне заскочить, — игриво улыбнулась Сюзанна.

— Ну, сейчас мы немного заняты. — Бен покосился на отца. — У нас имеются кое-какие задумки насчет амбаров. Да, папа?

— Пожалуй, мы все-таки выкроим время, чтобы заглянуть к тебе. — Голос отца был полностью лишен эмоциональной окраски.

Сюзанна вдруг почувствовала, как на глаза невольно наворачиваются слезы.

Виви вышла из-за стола, сославшись на неотложное дело на кухне. Дети слышали, как она идет по коридору и что-то сердито бормочет собаке.

— Сью, очень красиво, нечего сказать...

— Люси! — одернул ее отец.

— Неужели ей так трудно было пригласить маму? Пусть даже не всех остальных, но маму она обязана была пригласить. Сью, она ведь реально тобой гордилась. Ты что, не в курсе? И каждому встречному и поперечному рассказывала о твоем треклятом магазине.

— Люси!

— Ты выставила маму форменной идиоткой перед друзьями.

— Это кто идиотка? — заинтересовалась Розмари. Она повертела головой в поисках Виви. — А почему мне не положили горчицы? Мне одной, что ли, ее не дали?

— Я вовсе не хотела ее обидеть.

— Ну конечно. У тебя само собой так получается.

— Да и не было никакого торжественного открытия. Никаких спиртных напитков и вообще...

— Тем более. От тебя бы точно не убыло, если бы ты ее пригласила. Господи, и это после всего, что папа с мамой для тебя сделали!

— Люси!

— Послушайте, давайте не будем... — вмешался в разговор Нил, махнув рукой в сторону возникшей на пороге Виви. — Не сейчас...

— Я забыла про пудинг. Нет, ну разве можно быть такой растяпой? — Виви села на место и окинула стол оценивающим взглядом настоящей хозяйки. — У всех достаточно еды? Все в порядке?

— Изумительно вкусно! — похвалил угощение Нил. — Виви, на сей раз вы превзошли саму себя.

— У меня нет горчицы, — пожаловалась Розмари.

— Да есть у тебя горчица, бабуля. Она лежит с краю тарелки.

— Что ты сказал?

Перегнувшись через стол, Бен ткнул в тарелку ножом:

— Вот. Твоя горчица.

Виви явно была на грани слез, о чем свидетельствовали ее покрасневшие глаза. Посмотрев на Нила, Сюзанна поняла, что и он тоже заметил.

— У нас есть для вас кое-какие новости, — произнес Нил.

— Да неужели? — улыбнулась ему Виви. — И какие же?

— Сюзанна соблаговолила подумать о ком-то еще, кроме себя любимой, — провозгласила Люси. — Вот это была бы новость так новость!

— Люси, прекрати, ради бога! — Отец стукнул по столу ножом.

— Мы собираемся завести ребенка. Не сейчас, — поспешно добавил Нил. — В будущем году. Но мы решили, что это будет самое время.

— Ох, мои дорогие, как замечательно! — Виви, просияв, потянулась обнять Сюзанну. Окаменевшая Сюзанна буквально испепеляла мужа взглядом, а он упорно отказывался на нее смотреть. — Ой, как же я за вас рада! Как трогательно!

Люси и Бен многозначительно переглянулись.

— Что происходит? Почему вы все постоянно что-то бубните себе под нос? — рассердилась Розмари.

— Сюзанна собирается завести ребенка, — громко произнесла Виви.

— Не сейчас. — Сюзанна наконец-то обрела дар речи. — Пока еще нет. Если все-таки решусь, то не раньше будущего года. По правде говоря, я рассчитывала, что это... будет сюрприз.

— Что ж, по-моему, просто чудесно, — заметила Виви.

— Она что, беременна? — вытянула шею Розмари. — И какой срок?

«Я тебя убью», — повернувшись к Нилу, проартикулировала Сюзанна.

— Дорогой, ну разве не чудесно? — Виви положила руку мужу на плечо.

— Нет. Вовсе нет, — ответил отец.

Комната разом притихла, за исключением того края стола, где сидела Розмари, в животе у которой происходила серия мелких взрывов, сопровождаемых сдержанным хихиканьем Люси и Бена.

Их отец демонстративно положил нож с вилкой:

— Они по-прежнему фактически банкроты. Живут в съемном доме. Сюзанна только что открыла собственное дело, хотя у нее вообще нет опыта и ей пока даже с семейным бюджетом не справиться. Так что только детей ей сейчас и не хватает!

— Дорогой! — запротестовала Виви.

— Что? Неужели нам нельзя хоть раз сказать правду?! На случай, если она снова решит порвать все связи с семьей. Прости, Нил. При иных обстоятельствах это действительно было бы чудесной новостью. Но до тех пор пока Сюзанна немного не повзрослеет и не научится отвечать за свои поступки, о детях и речи быть не может.

Люси сразу прекратила хихикать. Она перевела взгляд с Сюзанны на Нила, побагровевшего до корней волос.

— Папа, это уже перебор.

— Люси, некоторые вещи не слишком приятно слышать, что отнюдь не означает, будто это уже перебор. — Исчерпав дневную норму произнесенных вслух слов, он снова принялся за еду.

Виви потянулась за йоркширскими пудингами, на ее лице застыло выражение плохо скрытого беспокойства.

— Ладно, давайте не будем о грустном. Мы ведь так редко собираемся вместе. Давайте попробуем просто получить удовольствие от еды, хорошо? — Она подняла свой бокал. — Может, все-таки выпьем за Люси? Двадцать восемь лет как-никак. Отличный возраст.

Но, кроме Бена, никто не рискнул поддержать Виви.

Сюзанна вскинула голову.

— Папа, мне казалось, вы обрадуетесь, что я решила начать собственный бизнес, — медленно произнесла она. — Мне казалось, вы обрадуетесь, что я решила хоть что-то сделать и для себя.

— Дорогая, мы рады, — сказала Виви. — Мы очень рады, разве нет? — Она накрыла рукой руку мужа.

— Ой, мама, только не надо лицемерить! Что бы я ни делала, ему все не так!

— Сюзанна, ты передергиваешь мои слова, — не поднимая голоса и продолжая методично жевать, произнес отец.

— Но не смысл сказанного. Почему ты не можешь дать мне хоть немного передохнуть? — Она с таким же успехом могла говорить в пустоту. — Я знала, что все так и будет.

Сюзанна вскочила с места и, заливаясь слезами, выбежала из-за стола. Ее шаги гулко разнеслись по коридору, затем громко хлопнула задняя дверь.

— С днем рождения тебя, Люси! — Бен иронично поднял бокал.

Нил отодвинул стул и вытер губы салфеткой:

— Простите, Виви. Все было очень вкусно. Исключительно вкусно.

— Сядь на место, Нил! — не глядя на него, приказал ему тесть. — Бегать за ней — бессмысленное занятие. Так ты никому не поможешь.

— А что с ней такое? — Розмари повернула голову на негнущейся шее в сторону двери. — Утренняя тошнота, да?

— Розмари... — Виви в отчаянии смахнула со лба прядь волос.

— Оставайся. — Люси положила Нилу руку на плечо. — Я сама за ней схожу.

— Ты уверена? — Нил покосился на тарелку, не скрывая своего облегчения оттого, что наконец-то получит возможность спокойно поесть.

— Кто бы сомневался, что ей удастся испортить день рождения Люси.

— Бен, не будь таким злюкой. — Виви тоскливо проводила глазами Люси.

Розмари потянулась за очередной картофелиной.

— Что ни делается, все к лучшему. — Дрожащей рукой она наколола картофель на вилку. — Если, конечно, она не станет похожей на свою мать.

Амбары совершенно преобразились. Там, где некогда на задворках фермы стояли полуразрушенные деревянные сараюшки для хранения сена, соломы и ржавеющих деталей сельскохозяйственной техники, теперь возвышались строения с двойным остеклением, посыпанными гравием парковками перед входом и скромными указателями «многопрофильные офисы». Заглянув в окно перестроенного зернохранилища, Сюзанна увидела какого-то мужчину, расхаживающего туда-сюда и что-то возбужденно говорящего в трубку. Тогда она решила найти укромный уголок, где можно было бы посидеть и спокойно поплакать.

— Ты в порядке? — Возникшая как из-под земли, Люси присела рядом с сестрой.

Несколько минут они просто молча наблюдали за мужчиной в офисе. Сюзанна обратила внимание на ровный, сияющий цвет лица Люси, что лучше любых слов говорило о ярком зимнем солнце и дорогих лыжных курортах, и тут же включила сестру в безразмерный список людей, которым завидовала.

— Интересно, откуда такие перемены? — Сюзанна прочистила горло и махнула рукой в сторону амбаров.

— Все началось пару лет назад. Теперь, когда папа сдает землю в аренду, они с Беном изыскивают способы увеличить прибыльность остальной части поместья.

Было в этом «они с Беном» нечто такое, отчего у Сюзанны на глаза снова навернулись слезы.

— Они также держат в дальней части леса охотничье хозяйство. Разводят фазанов.

— Никогда не представляла папу в роли охотника.

— Ой, ну конечно, он сам не стреляет. У него для этого есть Дейв Мун. А у того имеются собаки и все остальное. А мама готовит завтраки. Всякие там торговцы из Сити — большие любители побаловаться с ружьем, — сказала Люси и одобрительно добавила: — Они готовы платить за это целое состояние. Прошлый охотничий сезон позволил папе купить новую машину. — Люси поковыряла носком туфли покрывавший дорожку мох, а затем подняла голову и улыбнулась. — Ты не поверишь, но в молодости папа был буквально одержим идеей все раздать. Всю землю. Мне бабуля рассказывала. Нет, ты можешь представить себе нашего папу, ярого приверженца традиций, в образе некоего коммунистического Робин Гуда?

— Нет.

— И я тоже. Честно говоря, поначалу я решила, будто это все бабулин Альцгеймер, но она клянется, что говорит правду. Они с дедулей тогда еле-еле отговорили папу. Я бы дорого отдала, черт возьми, чтобы присутствовать при этом разговоре!

Вдалеке, в поле у реки, паслись черно-белые овцы. Голов двадцать, не больше. Отцу никогда особо не везло с овцами. Уж больно они подвержены разным отвратительным болезням, любил повторять отец. Чесотка, ценуроз, гельминты в печени, болезни со средневековыми названиями и жуткими симптомами, приводившими детей в священный ужас.

— Я ничего здесь не узнаю. — Голос Сюзанны звучал совсем слабо.

Люси, естественно, не задержалась с ответом:

— А тебе следовало бы почаще наведываться домой. Ты ведь живешь не за тридевять земель.

— Блин, думаешь, я об этом не жалею?! — Сюзанна снова закрыла лицо руками. Порыдав пару минут, она горестно всхлипнула и покосилась на младшую сестру. — Люси, у меня просто нет слов, как он со мной обращается.

— Он злится, что ты задела мамины чувства.

Сюзанна шмыгнула носом:

— Ну да, я знаю, что должна была ее пригласить. Мне просто... просто надоело жить в их тени. Конечно, они очень помогли нам, когда мы потеряли деньги и остальное, и тем не менее сейчас, когда...

Люси, повернувшись к сестре, покачала головой:

— Все дело в завещании, так? Ты по-прежнему дергаешься из-за завещания.

— Ничего я не дергаюсь.

— Знаешь, тебе придется смириться. Ты ведь не хочешь управлять поместьем. И никогда не хотела. Ты мне сама говорила, что это свело бы тебя с ума.

— Дело совсем в другом.

— Однако тем самым ты отравляешь наши отношения. И безумно расстраиваешь маму с папой.

— Нет, это они меня расстраивают.

— Неужели ты настолько зациклилась на том, что будет с папиными деньгами после его смерти?! Неужели ты готова внести разлад в семью из-за того, что тебе, вообще-то, не принадлежит?! Ты ведь знаешь, нас с тобой он тоже не обидит.

— Папины деньги тут ни при чем. Просто меня возмущает сам факт, что он продолжает придерживаться устаревших взглядов, будто мальчики гораздо важнее девочек.

— Право майората.

— Да какая разница! Люси, это несправедливо. Я ведь старше Бена. Это несправедливо и очень спорно, да и вообще, в наше время такого не должно быть.

— Но ты ведь не хочешь управлять поместьем. И никогда не хотела! — Люси дала волю своему раздражению.

— Блин, дело совсем не в этом!

— Значит, ты готова разделить и продать поместье, лишь бы получить равную долю?

— Нет, Люси. Нет. Я только хочу получить подтверждение того, что я... что мы... не менее важны, чем Бен.

Мужчина за окном закончил телефонные переговоры. Склонился над письменным столом. Затем дверь открылась, и мужчина появился на пороге. Коротко кивнул и сел в машину.

— Сюзанна, послушай меня. Я единственная в нашей семье способна без обиняков сказать все, что думаю, и хочу наконец расставить все точки над «i». Папино мнение о тебе не имеет к его завещанию никакого отношения. Более того, в юности ты всегда получала больше внимания, чем мы с Беном. — Люси взмахом руки остановила попытавшуюся возразить Сюзанну. —

Что совершенно нормально. Возможно, ты нуждалась в этом больше нас. Но ты не имеешь никакого морального права обвинять отца в том, что произошло с тобой после. Господи помилуй, он ведь отдал вам дом!

— Не отдал. Мы вносим арендную плату.

— Лишь номинальную. Ты не хуже моего знаешь, что если бы захотела, то получила бы дом бесплатно.

Сюзанна с трудом поборола детское желание сказать, что в гробу она видала папин дом. Она ненавидела этот домишко с его убогими комнатами и потолочными балками.

— Просто папа чувствует себя виноватым. И пытается хоть как-то компенсировать мне моральный ущерб.

— Боже мой, до чего же ты испорченная! Поверить не могу, что тебе тридцать пять.

— Тридцать четыре.

— Как будто это что-то меняет! — Люси, осознав, возможно, что выбрала слишком резкий тон в разговоре с сестрой, примирительно пихнула ее в бок локтем. Сюзанна, успевшая слегка подмерзнуть, обняла себя за коленки и задумалась. Интересно, как это Люси в ее двадцать восемь удается быть такой уверенной и хладнокровной? — Послушай. Папа может делить имущество так, как считает нужным. Он в своем праве. А тебе надо разобраться со своей жизнью, тогда все остальное уже будет не важно.

Сюзанна собралась возразить, но вовремя прикусила язык. Было нечто унизительное в том, чтобы выслушивать поучения из уст младшей сестры и ловить отголоски семейных разговоров, происходивших в ее, Сюзанны, отсутствие. И тем более осознавать, что сестра, в сущности, права.

— Постарайся раскрутить свой магазин, и папа будет смотреть на тебя совершенно другими глазами.

— Если мне удастся раскрутить магазин, папу хватит удар. — Теперь Сюзанну уже буквально трясло. Люси поднялась на ноги с легкостью человека, привыкшего к ежедневным физическим тренировкам. Но когда Сюзанна последовала примеру сестры, ей показалось, что она буквально слышит, как хрустят коленки. — Прости, — сказала она Люси и, помолчав, добавила: — С днем рождения.

Люси протянула ей руку:

— Ладно, пошли в дом. Я покажу тебе жестянку с печеньем, которое подарила мне бабуля. Похоже, то самое, что миссис Попльюэлл преподнесла ей на Рождество два года назад. Ну а кроме того, если мы хоть на минуту задержимся, бабуля решит, что у тебя уже начались роды.

Грузно опустившись на табурет, Виви потянулась за баночкой, чтобы стереть с лица следы трудного дня. Она не отличалась особым тщеславием: на ее туалетном столике было всего две баночки, с очищающим молочком и увлажняющим кремом из супермаркета, — но сегодня Виви посмотрела на свое отражение в зеркале и вдруг почувствовала себя безумно усталой, словно на ее плечах лежало невыносимое бремя. Я с таким же успехом могла бы быть невидимкой, подумала она, ведь в нашей семье мое слово вообще ничего не значит. В молодости она возила своих троих детей по стране, следила за тем, чтобы они читали хорошие книги, нормально питались и чистили зубы, была третейским судьей во время их вечных разборок, указывала им, какую одежду следует носить. Без лишних рефлексий и сомнений в собственных силах она выполняла материнские обязанности, подавляя протесты детей и устанавливая четкие границы дозволенного.

Теперь же она чувствовала себя абсолютно беспомощной, неспособной погасить их конфликты или облегчить душевные страдания. Виви старалась не думать о магазине Сюзанны. Новость о его открытии заставила Виви остро почувствовать свою никчемность, буквально оказавшись ударом под дых.

— Твоя собака опять охотилась на мои шлепанцы. — Виви резко обернулась. Ее супруг внимательно рассматривал хорошо пожеванную подметку шлепанцев. — По-моему, тебе не стоит пускать собаку наверх. Собакам тут вообще не место. А почему бы нам, собственно, не поместить ее в конуру?

— Во дворе слишком холодно. Бедняжка там непременно околеет. — Виви снова повернулась к зеркалу. — Пожалуй, завтра съезжу в город, куплю тебе новые.

Дальнейшие приготовления ко сну они закончили в полном молчании. Виви, надев ночную рубашку, горько пожалела, что успела дочитать свой роман. Сегодня вечером интересная книга стала бы для нее хорошей отдушиной.

— Кстати... Мама спрашивает, не могла бы ты выделить ей противень. Она хочет испечь ячменные лепешки, а готовить, как оказалось, не на чем.

— Она оставила противень в саду. Насыпала туда корм для птиц.

— Ну, тогда, может, сходишь за ним?

— Дорогой, по-моему, ты сегодня был к Сюзанне излишне строг. — Виви отчаянно старалась, чтобы в ее голосе не прозвучало упрека. Муж в ответ лишь протестующе хмыкнул. Тот факт, что он решил не тратить лишних слов, придал Виви смелости. — Знаешь, если она родит ребеночка, это будет первым шагом на пути к успеху. Ведь у них с Нилом были серьезные проблемы. А так у них появится цель в жизни. — (Муж сидел, уставившись на свои голые ноги.) — Дуглас? Она очень старается. Они оба стараются. — Виви показалось, что он не слышит ее. — Дуглас?

— А что, если мама права? А что, если она кончит точно так же, как Афина? — Он крайне редко произносил это имя. Виви почувствовала, что оно, материализовавшись, встало между ними стеной. — Виви, тебе стоит подумать об этом. Я серьезно. Хорошенько подумать. Потому что кто-то разбрасывает камни, а кому-то приходится их собирать.

Глава 9

Поместье Дируорд считалось одним из наиболее крупных в Суффолке. Расположенное в так называемой стране Констебля, оно было основано в 1600-х годах и передавалось по практически непрерывной наследственной линии из поколения в поколение. Несмотря на холмистый рельеф местности, поместье оказалось исключительно удобным для самых различных видов деятельности, начиная с пахотного земледелия и кончая рыболовством; более того, там имелось большое количество — по мнению некоторых, даже избыточное — времянок для сезонных рабочих. А в целом здания, расположенные на 450 акрах земли, отличались особой величественностью, и обитающие там семейства, чтобы подчеркнуть свой статус, даже обзаводились картинной галереей или бальным залом. Хозяева поместья Дируорд имели определенные основания гордиться его историей. Их галерея фамильных портретов получила широкую известность, и не потому, что там имелись портреты каждого наследника в течение последних четырехсот лет, а скорее потому, что живописцам удалось запечатлеть во всех подробностях, возможно даже чересчур натуралистических, кончину благородных предков.

Однако сам господский дом, горчичного цвета, с тяжелыми балками, восемью спальнями, перестраивался и разрастался довольно хаотично, в совершенно разных архитектурных стилях.

И тем не менее первоначально резиденция семейства Фэрли-Халм располагалась на каких-то шестидесяти акрах, но впоследствии границы владения были расширены единственно и исключительно как результат выигранного пари между Джейкобом Халмом (1743–1790; погиб вследствие неосторожного контакта с одной из первых в Суффолке молотилок) и вечно пьяным хозяином соседнего поместья Филмор. Как ни странно, семейство Халм, привыкшее трубить о славных вехах своей истории, предпочло забыть об этом ее фрагменте. И действительно, требование Джейкоба Халма вернуть ему выигрыш едва не обернулось восстанием местных жителей, испугавшихся потерять жилье и средства к существованию, однако Джейкоб, обладавший, в отличие от большинства представителей класса землевладельцев, довольно острым умом, утихомирил крестьян, обещав им уменьшить подати и построить новую школу под началом некоей Кэтрин Лис. Позднее мисс Лис родила при невыясненных обстоятельствах ребенка, при этом Джейкоб, проявив неслыханную щедрость, предложил незамужней директрисе материальную помощь и обеспечил ей крышу над головой.

Филмор-Хаус по большей части пустовал и, как поговаривали, служил местом тайных увеселений мужской половины семейства Халм, правда до тех пор, пока некая Арабелла Халм (1812–1901; умерла, подавившись засахаренным миндалем), чей брат, прямой наследник поместья, погиб в Крыму и замужеству которой семейство обязано двойной фамилией Фэрли-Халм, дабы не вводить мужа во искушение, не положила конец существованию этого гнезда разврата. Она наняла необычайно суровую экономку и посодействовала распространению жутких слухов о способности якобы населяющих дом призраков лишать представителей сильной половины человечества потенции. Впрочем, у почтенной дамы не имелось другого выхода, ведь к этому времени Филмор-Хаус стал притчей во языцех. Поговаривали, будто стоит мужчине открыть входную дверь, как у него тотчас же возникают похотливые помыслы. Так вот, благодаря решительным действиям Арабеллы Халм многие семейства выбрали окрестности Филмор-Хауса в качестве постоянного местожительства в расчете на то, что редкий дар местных призраков гарантирует безопасность их дочерям.

Итак, Арабелла Халм оказалась единственным облаченным в кринолины исключением в бесконечном ряду властных мужских лиц, хотя и была обладательницей выдающейся нижней челюсти и отнюдь не нежного профиля, вследствие чего распознать в ней женщину можно было разве что со второго взгляда. С начала двадцатого века были предприняты попытки запечатлеть несколько представительниц прекрасного пола из семейства Халм, причем исключительно на фоне протестов в связи с возможностью наследования поместья по женской линии. Однако на портретах жёны и дочери смотрелись не слишком убедительно, словно сомневались в своем праве быть увековеченными кистью художника. Женские портреты в менее вычурных золоченых рамах висели не на самых видных местах и со временем обычно бесследно исчезали. Фэрли-Халмы, как не уставала повторять Розмари, не просуществовали бы четыреста лет, если бы отдавали дань моде и политкорректности. Необходимость соблюдения традиций требовала от них быть сильными и придерживаться незыблемых правил. Для столь верного приверженца многовековых устоев Розмари на удивление мало рассказывала об истории своей собственной семьи, и не без оснований: Бен раскопал в Интернете ее генеалогическое древо, обнаружив при этом, что предки Розмари в свое время владели скотобойней в Блэкберне.

Однако по мере изменения общественных нравов помпезность несколько упала в цене, и галерея фамильных изображений закончилась на отце Сюзанны: его жуткий концептуальный портрет, написанный маслом, висел, без особой торжественности, на стене того, что из поколения в поколение именовалось берлогой: уединенного кабинета с огромным камином из неотесанного камня и низкими потолками. Именно здесь детишки разбрасывали игрушки, подростки смотрели телевизор, а собаки мирно дремали на полу. Последним должен был стать портрет матери Сюзанны. Для этой цели на ее восемнадцатилетие был приглашен молодой художник, ставший несколько десятилетий спустя весьма знаменитым. И теперь портрет, принадлежащий Сюзанне, нашел приют в ее скромном коттедже, хотя Виви неоднократно заверяла падчерицу, что будет более чем счастлива, если портрет Афины займет свое законное место в хозяйском доме.

«Она прекрасна, дорогая, и если для тебя так важно видеть ее перед глазами, пусть так и будет. Мы можем отреставрировать раму, и картина будет смотреться восхитительно». Бедняжка Виви вечно из кожи вон лезла, стараясь разделить чувства других людей. Как будто у нее не было своих.

Сюзанна объяснила Виви, что решила оставить портрет в своем доме исключительно потому, что он красивый. И не то чтобы она тосковала по Афине: Виви была единственной матерью, которую она знала. Нет, Сюзанна не могла сформулировать истинную причину. Наверное, дело было в чувстве вины, обиды и в невозможности упрекнуть отца за то, что у него некогда была другая жена, поскольку он решительно не желал говорить о ней. Более того, когда Сюзанна снова отрастила длинные черные волосы и своей неистовой, как любил говорить Нил, красотой стала напоминать мать, отец вообще отказался на нее смотреть. «Афина Форстер» — гласила надпись на раме с облезшей позолотой. К счастью для Сюзанны, ее мать на картине была изображена не в момент смерти.

— Вы что, собираетесь выставить это на продажу? — (Сюзанна увидела незнакомую девушку, стоявшую, склонив голову, на пороге.) — Она очень похожа на вас, — жизнерадостно произнесла девушка.

— Это моя мать, — неохотно призналась Сюзанна.

В коттедже картина вообще не смотрелась: уж больно она была роскошной. Афина, с ее сияющими глазами и бледным треугольным личиком, заполняла собой все пространство гостиной, практически не оставляя жизненного пространства кому-то еще. Но, повесив портрет в магазине, Сюзанна поняла, что здесь ему тоже не место. Тот факт, что совершенно незнакомый человек разглядывает портрет, нервировал Сюзанну, она чувствовала себя уязвимой. Повернув картину лицом к стене, Сюзанна направилась к кассе.

— Я как раз собиралась забрать портрет домой. — Сюзанна всем своим видом давала понять, что тема закрыта.

Девушка тем временем принялась стягивать пальто. И хотя она явно вышла из школьного возраста, ее светлые волосы были заплетены в две аккуратные косички.

— Я чуть было не лишилась девственности на этой лестнице. Напилась до поросячьего визга. Вы подаете кофе?

Сюзанна подошла к кофемашине и, не оглядываясь, бросила через плечо:

— Вы, должно быть, что-то путаете. Раньше здесь был книжный магазин.

— Десять лет назад здесь был винный бар. «Красная лошадь». Продержался всего пару лет. Когда мне было шестнадцать, мы любили собираться в субботу вечером, напиваться на рыночной площади до положения риз, а потом приходили сюда потусоваться. Здесь я и встретила своего парня. Обжималась с ним на этих ступеньках. Прикиньте, если бы я тогда знала... — рассмеялась она и, сделав паузу, спросила: — А можно мне эспрессо? Вы ведь готовите кофе?

— О да. — Сюзанна принялась бороться с кнопками и дозаторами, радуясь про себя, что рев кофемашины освобождает ее от необходимости поддерживать беседу.

Ведь она искренне надеялась, что люди будут приходить сюда попить кофейку и пообщаться друг с другом. А она сможет спокойно наблюдать за ними из-за прилавка. Но за два месяца, прошедшие с момента открытия, Сюзанна успела обнаружить, что посетители, невзирая на ее сдержанность, предпочитают общаться скорее с ней, нежели друг с другом.

— В результате им пришлось закрыть бар. И неудивительно, если учесть слишком низкую цену на напитки.

Сюзанна положила на блюдце два кусочка сахара и осторожно поставила перед девушкой чашечку кофе.

— Запах изумительный. Я уже несколько недель собираюсь зайти в ваше заведение. Мне нравится, как вы тут все устроили.

— Спасибо, — сказала Сюзанна.

— А вы, случайно, не знакомы с Артуро из соседнего магазина деликатесов? Здоровый такой. Вечно прячется за своими салями, если в магазин входит женщина. Так вот он перестал подавать кофе месяцев восемнадцать назад. Потому что у него постоянно ломалась кофемашина.

— Я знаю, о ком вы говорите.

— А с Лилианой? Из «Уникального бутика»? Это магазин одежды по соседству. Прямо на углу.

— Нет, с ней я не знакома.

— Оба одиноки. Оба не первой молодости. По-моему, они уже давным-давно сохнут друг по другу.

Сюзанна, представив, что ей точно так же могут начать перемывать косточки, предпочла промолчать. Девушка, которая невозмутимо прихлебывала кофе, неожиданно увидела в углу стопку глянцевых журналов:

— Ой, а можно мне посмотреть журналы?

— Они тут для этого и лежат.

Сюзанна обзавелась ими неделю назад в тайной надежде, что это избавит ее от необходимости болтать с посетителями. Девушка бросила на нее странный взгляд, потом беззаботно улыбнулась и принялась листать «Вог». Она изучала журнал с нескрываемым удовольствием, свидетельствовавшим о том, что ей не часто приходится брать в руки глянец.

Девушка просидела за столиком минут двадцать, в течение которых в магазин заскочили выпить крепкого кофе двое парней, державших магазин запчастей для мотоциклов, а также миссис Крик, совершавшая дважды в неделю традиционный набег на полки. Она еще ни разу ничего не купила, но зато успела посвятить Сюзанну в историю своей жизни. Сюзанне пришлось выслушать о карьере миссис Крик в качестве портнихи в Колчестере, о несчастном случае, произошедшем с ней в поезде, о ее бесчисленных аллергиях, в том числе на собак, пчелиный воск, синтетические волокна и мягкий сыр. Причем бóльшую часть жизни миссис Крик, естественно, понятия не имела о наличии у нее аллергии. Поскольку у нее не было особенных проявлений. Однако как-то раз она зашла посмотреть гомеопатические товары в маленьком магазинчике за углом, где ей сделали ряд тестов с помощью пищалок и маленьких бутылочек, в результате чего обнаружилось, что миссис Крик следует остерегаться бесчисленного множества вещей.

— Надеюсь, у вас здесь нет воска? — шмыгая носом, поинтересовалась она.

— Или мягкого сыра? — с готовностью подхватила Сюзанна.

Миссис Крик заказала чашечку кофе и, скривившись, посетовала, что, на ее вкус, кофе слишком горький.

— В «Трехногой табуретке» на шоссе они, если попросите, кладут в кофе «Кофе мейт». Ну, вы знаете, вроде сухого молока. А еще бесплатное печенье, — с надеждой в голосе произнесла она, но, не увидев ответной реакции Сюзанны, добавила: — Кстати, для печенья не требуется лицензия на продажу продуктов питания.

В результате миссис Крик покинула магазин незадолго до двенадцати, сообщив блондинке с косичками, что обещала одной пожилой даме из центра партию в джинрамми.

— Она, конечно, зануда, — трагическим шепотом призналась миссис Крик, — но, по-моему, ей очень одиноко.

— Не сомневаюсь, она будет страшно рада вас видеть, — ответила девушка. — В нашем городе полно одиноких людей.

— Именно так, дорогая. Разве нет? — Миссис Крик поправила шляпку, бросила на Сюзанну многозначительный взгляд и резво выскочила на улицу, залитую водянистым весенним солнцем.

— А можно мне еще кофе? — Девушка встала с места и подошла с чашкой в руках к прилавку.

Сюзанна заправила кофемашину. И уже собралась было ее запустить, но внезапно поймала на себе спокойный, оценивающий взгляд девушки.

— Какой странный выбор — открыть кофейню, — сказала девушка. — Я имею в виду, для человека, который не любит людей.

Сюзанна застыла на месте.

— Это не совсем кофейня, — отрезала она и, бросив взгляд на девушку, добавила: — Да и вообще, я не мастер вести пустопорожние разговоры.

— Тогда советую вам поскорее научиться, — заявила девушка. — А иначе вы долго на плаву не продержитесь, каким бы распрекрасным ни был ваш магазин. Зуб даю, вы приехали из Лондона. Эти лондонцы никогда не разговаривают в магазинах. — Она огляделась по сторонам. — Вам тут нужна музыка. Музыка, как ничто другое, поднимает настроение.

— Да неужели? — Сюзанна с трудом подавила раздражение.

Надо же, эта шмакодявка, которая лет на десять моложе ее, еще смеет учить ее бизнесу!

— Я не слишком бестактна? Простите. Джейсон вечно бранит меня за бестактность. Просто это реально чудесный магазин, просто волшебный, и, по-моему, вы действительно сможете преуспеть, если научитесь не вести себя с покупателями так, будто вас от них тошнит. А можно мне сахара?

Сюзанна подтолкнула поближе к ней сахарницу.

— Неужели я произвожу именно такое впечатление?

— Да уж, приветливой вас точно не назовешь. — Заметив, что у Сюзанны вытянулось лицо, девушка поспешно поправилась: — Я хочу сказать, мне, вообще-то, плевать, потому что я умею разговорить любого. Впрочем, так же как и та старая дама. Правда, здесь найдется куча других людей, которым это не слишком понравится. Вы ведь из Лондона?

— Да, — ответила Сюзанна, решив не вдаваться в подробности.

— А я выросла в жилом комплексе рядом с больницей. Мидвилл. Может, знаете? У нас здесь забавный старый городишко. Жуткие зеленые веллингтоны. И все всегда в курсе. Понимаете, о чем я? Я вам вот что скажу. Здесь полно тех, кто на вас во второй раз даже не взглянут, потому что вещи в вашей витрине кажутся им донельзя странными. Но здесь есть люди, выделяющиеся из общей массы. Люди, не желающие есть яблочный пирог и пить чай лапсан сушонг за соседним столиком с какой-нибудь крикливой старухой в платочке и с сединой, подкрашенной синькой. Спорим, будь вы чуть-чуть поприветливее, то наверняка смогли бы сделать их своими постоянными покупателями.

Сюзанна почувствовала, что у нее помимо воли рот расползается в улыбке.

— Похоже, вы считаете, что я могу стать у вас чем-то вроде социальной службы.

— Если это поможет привлечь покупателей. — Девушка бросила в рот сахарный кубик. — Вам ведь нужно зарабатывать деньги, да? — Она наградила Сюзанну лукавым взглядом. — Или магазин просто ваше маленькое хобби?

— Что?

— Ну, типа муженек работает в Сити. И дамочке нужно маленькое хобби.

— Нет, я не из таких.

— Когда ваши клиенты поймут, что они здесь желанные гости, тогда, ради бога, делайте что хотите. Можете даже повесить объявление: «Просьба не доставать меня разговорами». Постоянные покупатели уж точно не обидятся... Я имею в виду, если вам действительно настолько неприятно разговаривать с людьми...

Они посмотрели друг на друга и, не сговариваясь, ухмыльнулись. Похоже, они оказались родственными душами, хотя обе были не в том возрасте, чтобы признаваться в готовности вот так с ходу заводить друзей.

— Джесси.

— Сюзанна. Не уверена, что смогу запросто трепаться с посторонними.

— Неужели у вас столько заказов, что вы можете себе позволить быть букой?

Сюзанна задумалась. Вспомнила о своей пустой кассе. О сурово сдвинутых бровях Нила при проверке счетов.

— Не совсем.

— Ладно. С вас бесплатный кофе, и я буду приходить к вам на пару часов по утрам. Немного подсобить. Мама берет малышку Эмму на пару часов перед занятиями в моей вечерней школе, а мне куда интереснее побыть здесь, чем пылесосить дом. Хоть какое-то разнообразие.

Сюзанна внутренне напряглась, мысль, что ею пытаются манипулировать, вывела ее из равновесия.

— Не уверена, что здесь достаточно работы для двоих.

— Ой, уж я как-нибудь постараюсь, чтобы работы хватило. Ведь я здесь всех знаю. Ладно, мне пора бежать. Подумайте над моим предложением, а завтра утром я к вам загляну. Если вы решите, что не нуждаетесь в моих услугах, то просто выпью кофе и уйду. Ну как, по рукам?

— Если вы так уверены, то да, — пожала плечами Сюзанна.

— Черт! Мне надо бежать. Его милость уже заждался. До скорого.

Джесси швырнула на прилавок пригоршню мелочи — как выяснилось, нужную сумму, — набросила на плечи пальто и выскочила на улицу. Она выглядела совсем крошечной. Проводив Джесси глазами, Сюзанна подумала, что со спины ее новая знакомая кажется ребенком. Надо же, такая малышка уже успела родить, а она, Сюзанна, все еще не готова!

Сюзанна боялась признаваться в этом даже себе самой, но, похоже, она снова увлеклась. Но как иначе объяснить, что за несколько минут до того, как закрыть магазин, чтобы купить сэндвич в соседнем магазине деликатесов, она непроизвольно смотрится в зеркало, подкрашивает губы, приводит в порядок одежду? Хотя для нее это было не впервой: за время своей супружеской жизни она влюблялась в среднем раз в год. Причем в самых разных мужчин: начиная с инструктора по теннису с удивительно мускулистыми руками и кончая братом ее подруги Дины, а также боссом маркетинговой компании, где она работала, который однажды сказал ей, будто она одна из тех женщин, что лишают мужчин сна. Она была совершенно уверена в том, что он выразился вполне недвусмысленно.

Однако до сих пор все как-то обходилось. Она или любила издалека предмет своих воздыханий, рождая в своем воображении нечто вроде его параллельной жизни и новой личности, нередко куда более привлекательной, нежели в действительности, или вступала с ним в дружеские отношения, когда невысказанные вопросы висят в воздухе, а затем моментально испаряются, когда до ее нового друга внезапно доходит, что на большее она не способна. Правда, однажды, с боссом по маркетингу, она позволила себе запретное удовольствие поцелуя украдкой — было так романтично, когда он закрыл за ними дверь своего кабинета и молча окинул ее страстным взглядом, — но, после того как он признался ей в любви, она настолько перепугалась, что вообще решила уволиться. И потом, в глубине души ей было безумно обидно, что Нил усмотрел в этом ее поступке неспособность серьезно относиться к своим служебным обязанностям. Нет, она вовсе не является неверной женой, уговаривала она себя, для нее это просто как разглядывание витрин без намерения что-либо купить, как желание пощекотать себе нервы, которое моментально исчезает, стоит ей снова оказаться в домашней обстановке.

Вот, правда, в данном случае она не была уверена, кто именно ее привлекает. В магазине деликатесов Артуро, о невероятной застенчивости которого ей поведала Джесси, работали трое мужчин, причем таких красавцев Сюзанна, пожалуй, еще не встречала. Стройные, темноволосые, полные бьющего через край жизнелюбия, свойственного людям, которые не только хорошо знают цену своей внешности, но и отлично понимают, что они здесь вне конкуренции. С шутками и прибаутками они швыряли друг другу головки сыра и банки с оливками, а Артуро тем временем топтался, как добродушный медведь, за прилавком.

Когда Сюзанна вошла в торговый зал, помощники Артуро выкрикивали какие-то непонятные цифры. То ли вес продуктов, то ли результаты замеров.

— Семь целых восемь десятых!

— Нет-нет. Восемь целых две десятых.

У местных жителей, которые считали чересчур экстравагантными любые предложения, выходящие за рамки убогого меню местной китайской забегаловки с обедами навынос, и благоразумно воздерживались от посещения индийского ресторана, заведение Артуро, как ни странно, пользовалось особой популярностью. Жительницы городка, стоявшие в длинной очереди за сырной тарелкой или рассыпчатым печеньем к утреннему кофе, вдыхали пряные ароматы салями с перцем, сыра стилтон, молотого кофе и с вежливым удивлением взирали на молодых людей, время от времени инстинктивно поправляя прядь тусклых волос. А молодые девушки нервно хихикали, перешептывались и уже у самого прилавка неожиданно вспоминали, что забыли дома деньги.

Что ж, они действительно были красивыми, смуглыми и гладкими, точно тюлени. А их глаза загадочно блестели, намекая на звенящие смехом летние вечера, сумасшедшую езду на стильных мопедах и жаркие ночи, полные лукавых заверений. Нет, я для них слишком старая, совсем как солидная матрона, уговаривала себя Сюзанна, мысленно гадая, компенсирует ли уверенная манера держаться морщинки на лице и расплывшуюся задницу.

— Девять. Девять целых одна десятая.

— Ты или тупой. Или слепой. Все твои цифры — бред сивой кобылы.

— А можно мне сэндвич с мортаделлой, помидором, оливкой, на черном хлебе? И без масла, пожалуйста.

Артуро принял у нее заказ, густо покраснев. Что было несомненным достижением для человека с такой смуглой кожей.

— Я смотрю, у вас сегодня полно народу, — заметила Сюзанна, когда один из продавцов залез на стремянку, чтобы достать панеттоне в яркой обертке.

— А у вас? — Артуро говорил так тихо, что Сюзанне пришлось наклониться к нему поближе.

— Да нет, не слишком. По крайней мере, сегодня. Хотя мы ведь только недавно открылись, — ослепительно улыбнулась Сюзанна.

Артуро протянул ей бумажный пакет:

— Завтра зайду посмотреть. Утром к нам забегала малышка Джесси. Приглашала нас зайти. Вы не против?

— Что? Ну конечно нет. Приходите. Джесси помогает мне справиться с делами.

Артуро одобрительно кивнул:

— Славная девчушка. Я ее давно знаю.

И пока Сюзанна ломала голову, кого из троих своих помощников имел в виду Артуро под этим «мы», он, тяжело ступая, подошел к концу прилавка, достал с верхней полки ярко раскрашенную жестяную коробку печенья с амаретто.

— Вот, к вашему кофе, — сказал он Сюзанне.

Она растерянно посмотрела на коробку:

— Нет, я не могу это принять.

— Возьмите на счастье. Для удачи в бизнесе. — Он застенчиво улыбнулся, обнажив два ряда мелких белых зубов. — Попробуете, когда я к вам загляну. Печенье отличное.

— Ух ты! Артуро явно подбивает под кое-кого клинья. — За спиной у Сюзанны раздалось дружное улюлюканье. Двое подручных, сложив руки на белых передниках, смотрели на Артуро с шутливым неодобрением. — Дамы, советуем вам держать ухо востро. Ведь дальше он предложит вам бесплатно попробовать его салями... — (По очереди пробежал сдержанный смешок, а Сюзанна почувствовала, что краснеет.) — А ты знаешь, Артуро, что они говорят об итальянской салями?

Артуро повернулся к кассе, поднял руку толщиной с окорок и ответил обидчикам залпом итальянских ругательств.

— Чао, сеньора.

Сюзанна, красная как рак, покинула магазин деликатесов, изо всех сил стараясь сдержать улыбку, чтобы, упаси господи, не походить на тех женщин, которые приходят в экстаз от мужского внимания.

Вернувшись к себе, она обнаружила, что забыла взять сэндвич.

Джесси Картер, родившаяся в роддоме Дира, была единственной дочерью Кэт, местной пекарши, и Эда Картера, работавшего городским почтальоном до тех пор, пока не скончался два года назад от инфаркта. Справедливости ради стоит сказать, что жизнь Джесси не отличалась особой экзотикой. Она росла вместе с друзьями в жилом массиве Мидвилл, ходила в начальную школу Дира, затем перешла в хэмптонскую среднюю школу, которую окончила в шестнадцать лет с аттестатами о среднем образовании в области искусства и экономики домашнего хозяйства, а также с бойфрендом по имени Джейсон, ставшим два года спустя отцом ее дочери Эммы. Эмма не была запланирована, но оказалась желанным ребенком, и Джесси нисколько не жалела о ее рождении; более того, Кэт Картер оказалась на редкость самоотверженной бабушкой, благодаря чему Джесси, в отличие от большинства девушек в аналогичном положении, могла свободно распоряжаться своим временем.

Нет, ее жизнь осложняла отнюдь не Эмма. Если уж быть до конца откровенной, это был Джейсон. Для Джесси он оказался камнем на шее и, что самое глупое, был у нее первым, но она не собиралась менять его ни на кого другого. И тем не менее ей не хотелось создавать превратное впечатление. Когда он не вел себя как последний засранец, с ним было реально весело, и он оказался отличным отцом, да и вообще он ее любил, а это уже дорогого стоит. Самая настоящая страсть, видите ли. Вот в том-то и весь фокус. Да, они ссорились, но всегда мирились. Иногда ей казалось, что они, в сущности, и ссорились-то ради бурного примирения. Впрочем, на то должны были быть свои причины. Ну а теперь, когда городской совет предоставил им жилье не слишком далеко от дома ее матери, а Джейсон не только смирился с тем, что Джесси ходит в вечернюю школу, но и сам стал немного зарабатывать, сидя за баранкой фургона доставки со склада электротоваров, дела стали помаленьку налаживаться.

Обо всем этом Сюзанна была проинформирована в течение первых сорока минут пребывания Джесси в магазине. Впрочем, Сюзанну не слишком раздражала болтовня новой помощницы. Джесси в процессе разговора незаметно убрала магазин, подмела пол под стульями, навела порядок на двух полках и помыла чашки после утреннего кофе. И в магазине стало как-то теплее. Более того, Джесси — хотя, возможно, более располагающая атмосфера — обеспечила магазину Сюзанны максимальную со времени открытия дневную выручку, поскольку местные жители, словно притягиваемые невидимым магнитом, потянулись непрерывной чередой. Артуро, пришедший без своих помощников, с видом знатока продегустировал кофе и со сдержанным удовольствием ответил на бесконечные вопросы, которыми его засыпала Джесси. После его ухода Джесси сообщила Сюзанне, что он всю дорогу смотрел в окно на «Уникальный бутик» в тщетной надежде, что Лилиана откроет тонированную стеклянную дверь своего заведения и присоединится к нему.

Пришли дамы из универмага, где работала тетя Джесси. Они охали и ахали по поводу настенных панно, подныривали под блестящие мобили, восхищались предметами из стеклянной мозаики, которые в результате и приобрели, не устояв перед столь экстравагантными вещицами. Пришли бывшие школьные друзья Джесси — Тревор и Мартина, работающие в парикмахерской, что за зданием почты; они купили метелочку для пыли цвета воронова крыла, по стилю подходящую к интерьеру их салона. Пришли молодые люди, должно быть соседи, поскольку Джесси звала их по имени, и, наконец, пришли ее мама и маленькая дочка. Они провели в магазине не меньше сорока пяти минут, разглядывая выставленный товар с открытым ртом. Эмма, точная копия своей матери, весьма уверенная в себе розовощекая семилетняя особа, нашла печенье с амаретто странным, но вкусным и заявила, что когда вырастет, то откроет точно такой же магазин.

— Только я буду давать людям бумагу, чтобы они могли рисовать разные картинки и вешать их на стенке.

— Отличная идея, солнышко! А потом ты повесишь рисунки своих любимых покупателей на самое видное место. — Джесси, похоже, вполне серьезно относилась к заявлениям своей дочери.

— Надо вставить рисунки в рамочки. Людям нравится, когда их рисунки в рамочках.

— Ну вот и все, — сказала Джесси, наведя окончательный блеск на кофемашину. — Психология розничной торговли. Как заставить покупателя почувствовать, что его ценят.

И хотя Сюзанну радовало явное оживление бизнеса, она уже начала изрядно уставать от Джесси и ее семейства. Сюзанне было трудно смириться с тем, что за прилавком стоит кто-то другой и этот кто-то перекладывает по-своему, причем довольно удачно, товар на полках. С появлением Джесси Сюзанна перестала чувствовать себя полноправной хозяйкой собственного магазина.

На самом деле сегодняшний наплыв покупателей после продолжительного затишья неожиданно привел к тому, что у Сюзанны возникло ощущение некоторой нереальности происходящего; более того, она испытывала смутную зависть к этой девчонке, которая легко и непринужденно смогла сделать то, чего не удалось самой Сюзанне.

Боже мой, как глупо, уговаривала она себя, спускаясь в подвал за очередной партией пакетов. Это ведь всего-навсего магазин. Ты не можешь заниматься всем в одиночку. Она тяжело опустилась на ступеньки, оскверненные призраками обжимающихся подростков, и обвела глазами нижние полки, где некогда хранились атрибуты нелегальной игры, которые можно было заказать вместе с овощами. Возможно, дело было вовсе не в Джесси. Возможно, Сюзанне претила сама мысль о принадлежности к местному обществу, да и вообще, у нее не было желания завязывать тесные взаимоотношения с покупателями. Уж больно все это смахивало на одну большую семью.

Не уверена, что я на это гожусь, размышляла Сюзанна. Возможно, мне просто нравится заниматься дизайном, создавая нечто прекрасное. Возможно, мне следует найти себе такую работу, где практически не придется иметь дело с людьми.

Она вздрогнула, увидев на верхней ступеньке Джесси.

— Вы в порядке?

— Все отлично.

— Мама принесла нам сказочного апельсинового сока. Решила, что кофе вам уже до смерти надоел.

Сюзанна вымучила бледную улыбку:

— Спасибо. Сейчас поднимусь.

— Может, вам помочь?

— Нет, спасибо, — ответила Сюзанна, своим тоном стараясь дать понять, что предпочитает побыть в одиночестве.

Джесси бросила взгляд куда-то в сторону, а затем снова перевела глаза на Сюзанну:

— Тут кое-кто пришел, с кем вам непременно стоит познакомиться. Лилиана из бутика через дорогу. Я когда-то занималась у нее уборкой. Она только что купила серьги. Те самые, что в коробочке.

Серьги были самым дорогим предметом в магазине. Прогнав прочь мрачные мысли, Сюзанна вихрем взлетела по лестнице.

В отличие от Джесси, смотрящей на мир широко распахнутыми глазами, Лилиана Макартур оказалась на редкость неприветливой особой. Эта высокая, худая дама с волосами, выкрашенными в сдержанно-рыжий цвет, столь любимый женской половиной населения Дир-Хэмптона, окинула Сюзанну тяжелым взглядом человека, не привыкшего доверять другим женщинам, особенно тем, кто лет на двадцать моложе.

— Добрый день, — сказала Сюзанна, моментально почувствовав неловкость. — Я рада, что вам подошли серьги.

— Да. Люблю топазы. Всегда их носила.

— Викторианская эпоха. Это видно по коробочке.

Джесси уже завернула коробку с серьгами в папиросную бумагу, перевязав лентой из рафии.

— Лилиана, это для вас? — спросила она и, получив утвердительный ответ, добавила: — Они замечательно подойдут к вашему синему пальто. Тому, что с воротником стойкой.

Суровое лицо Лилианы немного смягчилось.

— Да, я об этом думала.

— Лилиана, а как поживает ваша матушка? — поинтересовалась Кэт Картер, мать Джесси.

— Ох, да все так же... Последнее время не может даже чашку в руках удержать.

— Бедняжка. Но сейчас есть масса приспособлений и специальных держателей, чтобы хоть как-то облегчить больным жизнь. Я сама по телику видела. Особенно удобно при артрите. Спросите преподобного Ленни. Он в курсе, где можно взять такие вещи, — сказала Джесси.

— Это наш священник, — объяснила Кэт. — Но он у нас точь-в-точь мистер Фиксит. Сделает все, что в его силах. А если он чего-то и не знает, то проверит по Интернету.

— Ладно, поживем — увидим.

— Жуткая штука этот самый артрит, — покачала головой Кэт.

— Да уж, — понурившись, сказала Лилиана. — Да, так оно и есть. Ну ладно, пожалуй, пора возвращаться в свой магазин. Рада была познакомиться, миссис Пикок.

— Пожалуйста, зовите меня просто Сюзанна. — Сюзанна, беспомощно опустив руки, с застывшей на лице улыбкой проводила глазами Лилиану, осторожно прикрывшую за собой дверь.

Ей казалось, что даже после ухода хозяйки бутика она слышит повисшее в воздухе сакраментальное «бедняжка».

— Первый муж Лилианы умер, — прошептала Джесси. — Он был любовью всей ее жизни.

— Нет. То был Роджер.

— Роджер? — переспросила Сюзанна.

— Второй муж, — сказала Кэт. — Он не хотел иметь детей, а она так безумно его любила, что согласилась. А за два дня до ее сорокашестилетия он сбежал с двадцатипятилетней сикильдявкой.

— Мама, ей было двадцать четыре.

— Да неужели? И вообще она оказалась беременной. Боже мой, нет в мире справедливости! А ведь Лилиана отдала этому человеку восемнадцать лет жизни. С тех пор она уже никогда не была прежней.

— Живет теперь с мамой.

— Просто у нее не оставалось выбора. При таком-то раскладе...

Лилиана направилась через дорогу к своему бутику, и тут на горизонте возникла массивная фигура Артуро.

При виде Лилианы Артуро, явно не привыкший к заданному темпу, прибавил шагу, нелепо размахивая на ходу руками. Должно быть, он ей что-то сказал, поскольку Лилиана на секунду остановилась, а потом, небрежно кивнув, исчезла в своем магазине.

Артуро застыл в не слишком элегантной позе лицом к «Уникальному бутику», совсем как большой автомобиль, которому не хватает пространства для парковки. Затем, бросив виноватый взгляд на магазин Сюзанны, он открыл дверь и вошел внутрь.

Джесси, которая все прекрасно видела, включив кофемашину, невинным тоном спросила:

— Ну как, Артуро, пришел за дозаправкой?

— Если не возражаете, — сказал он, грузно опустившись на табурет.

— Я так и знала, что ты вернешься за второй чашкой. Итальянцы любят свой кофе. Разве нет?

Сюзанна, которая поначалу с неприязнью слушала этот шутливый разговор, внезапно почувствовала, что ее опасения тают, точно прошлогодний снег. Бросив взгляд в окно, она удостоверилась, что Лилиана снова вернулась в свое царство пуговиц, воротничков и экипировки из дорогих тканей. Было нечто такое в уязвимости Лилианы, ее зажатости и чопорности, что Сюзанне на секунду показалось, будто она воочию узрела призрак будущего Рождества[1].

— Ты придешь снова? — проводив Кэт и Артуро, поинтересовалась она у Джесси. Они, перевернув стулья, уже водрузили их на столики, и теперь Джесси подметала пол, а Сюзанна подсчитывала выручку. — Я была бы этому очень рада, — почти искренне добавила она.

1 Персонаж книги Чарльза Диккенса «Рождественская песнь в прозе».

Джесси, по своему обыкновению, улыбнулась широкой беспечной улыбкой:

— Если вас устраивает, я могу приходить до начала занятий в школе.

— После сегодняшнего дня мне вообще трудно представить, как я теперь буду без тебя обходиться.

— Ой, оставьте, ради бога! У вас все будет в порядке. Вам просто надо пообвыкнуть и познакомиться поближе с жителями нашего городка. Сделать так, чтобы в вашем магазине всегда толпились покупатели.

Отсчитав несколько банкнот, Сюзанна протянула их Джесси:

— Пока я не могу платить больше, но, если выручка с твоей помощью увеличится, я тебя достойно отблагодарю.

После секундного колебания Джесси взяла деньги и сунула в карман:

— Если честно, сегодня я ни на что не рассчитывала, но все равно спасибо. Я вас не слишком достала своей болтовней? Джейсон иногда от этого просто звереет. Говорит, будто я похожа на заезженную пластинку.

— Нет, мне даже нравится. — Сюзанна искренне надеялась, что со временем сможет в это поверить. — А если мне надоест, я всегда смогу воспользоваться твоим советом и повесить ту самую табличку: «Просьба не доставать меня разговорами». Ну или как ты там предлагала?

— Я попробую прозондировать почву. Хотя Джейсон точно не сможет сказать, будто нам не нужны деньги. — И с этими словами Джесси принялась ставить стулья на место.

Сюзанна проверила кассу и, начав ежевечернюю процедуру подготовки к закрытию, непроизвольно отметила, что сегодня вечером она впервые увидела на небе нежно-розовые закатные краски, которые мало-помалу становились насыщеннее. Вечернее солнце заливало помещение загадочным светом, смягчая темно-синие тени и озаряя красным сиянием пришпиленные к стене документы. Улочка за окном уже практически опустела: в этом городе все заведения закрывались довольно рано, и с наступлением вечера обычно только хозяева топтались у дверей своих магазинов, чтобы пожелать друг другу доброй ночи. Сюзанна любила это время суток: ей нравилась тишина, нравилось ощущение того, что день прожит не зря, нравилось знать, что утром найдет магазин именно в том виде, в каком оставила его накануне. Она беззвучно скользила по магазину, вдыхая витавшие в воздухе запахи мыла в вощеной бумаге и духов в причудливых бутылочках, прислушиваясь к тишине, наполненной отголосками смеха и болтовни сегодняшних покупателей, голоса которых, казалось, оставили после себя некое призрачное эхо. Магазин был для нее сладостной мечтой, но сегодня мечта эта наполнилась магической силой, словно покупатели и магазин поделились друг с другом всем самым хорошим, чем они обладали. Она присела на табурет и задумалась. Будущее уже более не казалось сплошной чередой запретов и разочарований; нет, перед ней открывались новые возможности, поскольку она оказалась в центре притяжения прекрасных вещей и самых разных людей. Она оказалась там, где могла оставаться самой собой, проявив при этом свои лучшие качества.

Удивительно, но магазин наполняет меня странными фантазиями, подумала она и невольно улыбнулась. В вечера, подобные этому, ей не хотелось уходить отсюда: она лелеяла тайную мечту поменять церковную скамью на старый диван, чтобы иметь возможность оставаться на ночь. В отличие от их семейного коттеджа, она чувствовала себя здесь как дома.

Очнувшись от грез, Сюзанна принялась убирать рекламную раскладушку с тротуара, но проходивший мимо Артуро, ни слова не говоря, забрал у нее раскладушку и так же молча занес внутрь.

— Прекрасный вечер, — заметил он, уткнувшись подбородком в мягкий красный шарф.

— Божественный! — ответила она. — Настоящий сицилийский закат. — (Он со смехом помахал ей огромной ручищей.) — Артуро! — окликнула его Сюзанна. — Скажите, а что это вы такое взвешиваете целый день? Я о тех цифрах, что выкрикивают ваши парни. Это ведь не вес сыров, да? Сыры вы взвешиваете на прилавке.

Артуро потупился и густо покраснел, что было видно даже на фоне оранжевых красок заката:

— Да так, ничего.

— Ничего?

— Это не совсем взвешивание...

— Ну, все эти «семь целых две десятых», «восемь целых одна десятая». Нет, вы наверняка что-то взвешиваете.

Он поднял на нее виноватые глаза, в которых играли озорные искорки:

— Мне пора идти. Честное слово.

— Ну признайтесь!

— Да тут и говорить-то особо не о чем.

— Тогда почему бы не сказать?

— Ну, я здесь ни при чем. Понятно? Это мои парни... Я велел им прекратить, но разве они послушают?! — (Сюзанна терпеливо ждала.) — Они оценивают... э-э-э... — (Сюзанна вопросительно подняла брови.) — ...покупателей по балльной системе.

У Сюзанны глаза полезли на лоб, ее самолюбие было задето. Нет, это ж надо так опростоволоситься! Но потом она вспомнила женщин, терпеливо ожидающих своей очереди, и отрывисто расхохоталась. Она смотрела вслед Артуро, который, посмеиваясь, уходил от нее в ночь, и пыталась вспомнить цифры, озвученные при ее появлении у прилавка с деликатесами. Ладно, довольно глупостей! Пора домой. Нил собирался вернуться пораньше и приготовить ей ужин, хотя она прекрасно знала, что он просто-напросто не хочет пропустить футбольный матч. Ну да бог с ним! Она в любом случае мечтала о горячей ванне.

Сюзанна обошла магазин, поправила товар, вытерла пыль и кинула грязную тряпку в раковину. Проверила кассу и неожиданно замерла перед портретом, по-прежнему стоявшим лицом к стене. Поддавшись внезапному порыву, Сюзанна перевернула портрет, и Афина вновь предстала перед ней во всей своей ослепительной красоте. Последние лучи заходящего солнца рождали причудливые блики на живописном полотне, отражаясь от старой рамы с облупившейся позолотой.

Сюзанна задумчиво посмотрела на портрет.

— Спокойной ночи, мама, — сказала она, обвела глазами магазин, выключила свет и направилась к двери.

Глава 10

Трусы лежали в центре обеденного стола в столовой. Запакованные в целлофан, сложенные, как блинчики на завтрак, и декларирующие свою «разумную надежность», они были в том самом виде, в каком миссис Абрахамс утром оставила их под дверью Розмари, а то, что их придавили венецианским канделябром, свидетельствовало о молчаливом, но яростном протесте.

За прошедшие годы между Виви и Розмари, естественно, возникали определенные трения, но на памяти Виви ссора, вспыхнувшая после очередного визита Леди Недержание, оказалась самой серьезной. Виви не помнила, когда в последний раз так долго и пронзительно орала, а лицо Розмари так багровело и искажалось от ярости, не говоря уже об угрозах, оскорблениях и раздраженном хлопанье дверьми. Розмари более двух часов не подавала признаков жизни, и только включенный на полную громкость телевизор свидетельствовал о ее присутствии в доме.

Виви убрала трусы со стола и, пройдя по коридору, засунула их под старую скамью. Затем неуверенно постучалась.

— Розмари, вы сегодня будете кушать? — Она постояла несколько минут, прижавшись ухом к деревянной двери. — Розмари? Как насчет рагу?

После непродолжительной паузы телевизор завопил еще громче. Виви отпрянула и нервно покосилась на дверь.

А ведь поначалу идея показалась ей вполне разумной. Виви не находила в себе достаточно сил, чтобы ставить перед Розмари вопрос ребром, но, как человек, осуществляющий всю стирку в доме, Виви сделала для себя неприятное открытие, что самоконтроль — более уместного слова ей было не подобрать — свекрови оставляет желать лучшего. Не уставая благодарить фирму «Гувер» за стиральную машину-автомат, Виви уже несколько раз в течение месяца ловила себя на том, что закладывает в стирку постельное белье Розмари в резиновых перчатках, скривившись от отвращения. Причем дело было не только в постельном белье: Виви неожиданно для себя обнаружила, что количество исподнего Розмари стало катастрофически уменьшаться. Итак, Виви дождалась, когда свекровь ненадолго отлучится, и тщательно обшарила флигель, надеясь найти недостающие вещи в корзине для грязного белья. И в конце концов выявила местонахождение искомых предметов: они отмокали в раковине ванной комнаты старухи. Однако в последнее время Розмари уже не справлялась с умственным напряжением, необходимым для застирывания, и начала прятать загаженное белье. Виви находила его под диваном Розмари, в шкафчике под раковиной и даже в консервной банке из-под резаных томатов, стоявшей на полочке в ванной комнате.

Когда Виви попыталась обсудить это с Дугласом, он посмотрел на нее с таким неприкрытым ужасом, что она тут же сдалась, пообещав не впутывать его в это грязное дело. Несколько раз, сидя с Розмари за ланчем, Виви пыталась набраться мужества, чтобы узнать у свекрови, нет ли у той, случайно, проблем с мочеиспусканием. Однако свекровь обладала весьма резкими манерами; более того, у нее появилась малоприятная привычка агрессивно кричать «что?!», если ее не устраивала тема разговора, который пыталась завести с ней Виви. И вот наконец лечащий врач Розмари, прагматичная молодая шотландка, порывшись в своем письменном столе, предъявила Виви длинный перечень предоставляемых государством услуг, что вселяло определенную надежду на возможность утрясти вопрос без неприятных объяснений со свекровью.

Миссис Абрахамс — пухленькая, знающая, с уверенными манерами, говорящими о том, что она не только всякого навидалась, но и имеет в своем распоряжении пластиковое, не вызывающее потливости решение проблемы в фабричной упаковке, — прибыла незадолго до одиннадцати. Виви объяснила ей всю деликатность ситуации, признавшись, что так и не собралась с духом объяснить свекрови причину визита миссис Абрахамс.

— Гораздо проще, если инициатива исходит не от членов семьи, — заявила миссис Абрахамс.

— Мне, конечно, нетрудно постирать, но... — начала Виви и осеклась, почувствовав себя предательницей.

— Но здесь необходимо учитывать и гигиенические аспекты.

— Да...

— И вы ведь не хотите, чтобы старая дама роняла свое достоинство.

— Нет, конечно.

— Тогда, миссис Фэрли-Халм, предоставьте это дело мне. Насколько мне известно, как только дамам, столкнувшимся с данной проблемой, удается преодолеть психологический барьер, они с огромным облегчением принимают протянутую им руку помощи.

— О... очень хорошо. — Виви постучалась к Розмари и прижала ухо к двери проверить, как там свекровь.

— Иногда даже более молодые дамы, те, что только вступают в преклонный возраст, с радостью берут у меня по нескольку упаковок.

Виви в очередной раз прислушалась, но так и не услышала знакомых шагов Розмари.

— И что?

— Я хочу сказать, что после рождения парочки детей у женщин кое-что меняется. И упражнения на полу для укрепления органов малого таза здесь бесполезны. Вы понимаете, о чем я?

Дверь распахнулась, и Виви была вынуждена присесть на корточки.

— Что ты здесь делаешь?! — Розмари злобно уставилась на невестку.

Виви поспешно выпрямилась:

— Розмари, к вам пришла миссис Абрахамс.

— Что?!

— Пойду пока приготовлю кофе и принесу вам сюда. — Виви позорно ретировалась на кухню, почувствовав, что у нее вспотели ладони.

Первые три минуты все было спокойно. Затем земля разверзлась, выпустив наружу столб вулканического пламени, и секунду спустя под мощный аккомпанемент чудовищных ругательств, каких Виви, наверное, в жизни не слышала, миссис Абрахамс, прижимая сумку к груди и испуганно оглядываясь на дом, рысцой пробежала по дорожке к своему аккуратному маленькому «хетчбэку», а вслед ей летели запечатанные в пластик предметы.

— Дуглас, дорогой, мне надо поговорить с тобой о твоей матери.

Бен ушел на ланч, Розмари по-прежнему сидела, запершись в своей пристройке. А Виви мучилась сомнениями, понимая, что не сможет до вечера держать это в себе.

— Мм? — Он читал газету, попутно набивая рот едой, словно ему не терпелось снова уйти.

Ну конечно, посевная в самом разгаре, надо было срочно засеивать вспаханные поля, и Дуглас старался особо не задерживаться дома.

— Я приглашала к Розмари одну женщину. Поговорить о... том, что мы с тобой уже обсуждали. — (Дуглас удивленно поднял бровь.) — Розмари отнеслась к этому весьма негативно. По-моему, она не хочет ни от кого принимать помощь.

Дуглас опустил голову и раздраженно махнул рукой:

— Тогда отправляй ее белье в прачечную. Мы заплатим. Лучший выход из положения.

— Не уверена, что в прачечной возьмут... настолько испачканные вещи.

— Тогда, что это, на хрен, за прачечная?! Ведь они вряд ли могут рассчитывать, что им станут отправлять в стирку чистые вещи.

Однако Виви была отнюдь не уверена, что сможет пережить, если работники прачечной станут обсуждать грязное белье Фэрли-Халмов.

— Сомневаюсь... Сомневаюсь, что это хорошая идея.

— Ладно, Виви. Я уже сказал все, что думаю по этому поводу. Если ты не хочешь отправлять белье в прачечную и не хочешь стирать его сама, ну тогда я не знаю, каких еще предложений ты от меня ждешь.

Виви этого тоже не знала. Ведь если она скажет, что ждет только каплю сочувствия, понимания, крохотного намека на то, что ее не оставят один на один с проблемой, ответом ей наверняка будет лишь безучастно-удивленный взгляд мужа.

— Хорошо, я сама как-нибудь разберусь, — угрюмо проронила она.

Вот уже почти пять недель, как Сюзанна и Нил ни разу не поссорились. Ни единого резкого выпада, язвительной ремарки или слова поперек. Ничего. И когда Сюзанна это поняла, у нее, естественно, возник вопрос: неужели на ее брак, благодаря некоей специфической диффузии молекул, повлияло то удовлетворение, что она получала от своего магазина? Ведь впервые в жизни Сюзанна, просыпаясь по утрам, ощущала нечто вроде сладостного волнения при мысли о предстоящем дне и о людях, которых она встретит. И когда она, повернув ключ в двери магазина, видела жизнерадостный, нарядный интерьер с яркими украшениями и вдыхала ароматы меда и фрезий, у нее моментально поднималось настроение. Нет, в этих стенах было просто невозможно пребывать в унынии. Более того, несмотря на первоначальное предубеждение, она не могла не признавать благотворное влияние Джесси, причем не только в том, что касалось привлечения новых покупателей, а значит, и увеличения прибыли: неисправимый оптимизм девушки невольно передавался и самой Сюзанне. Она даже поймала себя на том, что начала насвистывать.

И по зрелом размышлении Сюзанна пришла к выводу, что она вовсе не сблизилась с мужем. Нет, поскольку теперь оба они трудились в поте лица, у них не оставалось ни времени, ни сил на ссоры. На этой неделе Нил уже три раза возвращался около десяти вечера. А она несколько раз уходила из дому чуть ли не в семь утра, даже не успев толком понять, что они с Нилом спали в одной постели. Возможно, размышляла Сюзанна, именно на этом и держатся некоторые браки, например у папы с мамой. Они просто стараются занять себя настолько, чтобы не оставалось времени думать. А утешение можно найти и в чем-то другом.

Однако Нил, естественно, все испортил, в очередной раз подняв тему детей.

— Я наводил справки по поводу детского сада, — сказал он. — При больнице есть садик, куда принимают всех, а не только детей медперсонала. Если мы запишемся прямо сейчас, то у нас будут все шансы получить место. И тогда ты сможешь, как и хотела, продолжить работу.

— Но я еще даже не беременна.

— Сью, строить планы никогда не вредно. Более того, я подумал, что смогу завозить ребенка в садик по дороге на работу, чтобы не нарушать твой рабочий график. Дела в магазине идут неплохо, поэтому все это вполне разумно.

Нил едва скрывал свое воодушевление. Сюзанна понимала, что он закрывает глаза на множество вещей, которые раньше его буквально бесили: это и ее одержимость своим внешним видом, и несдержанность с Виви, и, наконец, раздражительность и отсутствие полового влечения в результате переутомления, — поскольку примерно через семь месяцев ожидал от нее обещанного огромного одолжения.

Однако Сюзанна отнюдь не разделяла восторгов мужа, несмотря на искренние заверения Джесси, что рождение ребенка стало самым радостным событием в ее жизни, что дети заставляют вас смеяться, чувствовать и любить так, как вы и не мечтали. И Сюзанну беспокоил не только секс, ведь для того, чтобы зачать ребенка, им придется наладить свою сексуальную жизнь. Нет, ее убивало осознание того, что своим обещанием она загнала себя в угол, связала себя по рукам и ногам обязательством подарить жизнь неизвестному существу, приютить его в теле, до сих пор принадлежавшем ей, и только ей. Она старалась не думать о своей матери. Поскольку эти мысли лишь травили душу.

И вот именно в такую минуту очередных душевных терзаний Нил обнял ее со словами, что она всегда может обратиться за помощью к психологу, причем Сюзанна едва удержалась от того, чтобы не ударить мужа.

— Это вполне объяснимо, — продолжил он. — Я хочу сказать, нет ничего удивительного, что тебя мучают сомнения.

Она вывернулась из его объятий:

— Нил, меня мучают сомнения исключительно потому, что ты мне уже все уши прожужжал.

— Я не против заплатить за консультацию психолога. На сегодняшний день дела у нас идут совсем неплохо.

— Ой, оставь, ради бога!

Выражение его лица стало сочувственным. Что еще больше вывело ее из себя.

— Знаешь, — неожиданно сказал он, — ты даже не представляешь, как похожа на своего отца. Вы оба только и делаете, что носитесь со своими чувствами.

— Нет, Нил. Я просто хочу наладить жизнь, не зацикливаясь на ребенке, которого пока еще даже не существует в природе.

— Маленький Пикок, — задумчиво произнес он. — Нил Пикок-младший.

— Даже и не мечтай! — отрезала Сюзанна.

Во всех школах Дир-Хэмптона перерыв на ланч начинался в половине первого и заканчивался без четверти два, и этот отрезок дня обычно был ознаменован для Сюзанны появлением за окном стаек голенастых школьниц в плохо подогнанной форме, раздраженных мамаш, тянущих за руку капризных отпрысков подальше от кондитерских магазинов, и, наконец, постоянных посетителей, нигде толком не работающих и ищущих даже не места, где можно было бы выпить кофе, а просто живого человеческого общения. Она впервые решила провести переучет и в честь этого события, а также потому, что сегодня был первый по-настоящему жаркий день, оставила распахнутой дверь магазина, выставив на тротуар (возможно, не совсем легально) стол со стульями. Правда, стулья лишь дважды использовались законным образом, чаще всего они служили местом непродолжительного отдыха престарелых дам, а еще постоянно опрокидываемым барьером для бега с препятствиями детей младшего и среднего возраста.

Еще немного — и можно представить, что ты на континенте, сказала себе Сюзанна, отвлекшись от кропотливой работы. Ей по-прежнему нравилось смотреть в окно, словно магический кристалл преломляющее солнечный свет, нравилось стоять в белом, по-старомодному накрахмаленном переднике за кассой. Иногда Сюзанна задавала себе вопрос: притерпелась ли она наконец к Дир-Хэмптону? Хотя, если честно, создав свое жизненное пространство, носящее отпечаток ее индивидуальности, Сюзанна вдруг обнаружила в себе собственнические чувства, причем не только по отношению к магазину.

Джесси, довольно быстро усвоившая распределение ролей в магазине, сегодня стояла за прилавком в цветастом платье и ботинках на толстой подошве, время от времени выскакивая в зал, чтобы перемолвиться словечком со строителями в заляпанных цементом сапогах или с опрятными пожилыми дамами. Сюзанна тем временем обходила помещение с блокнотом в руке и вносила в список оставшиеся товары, с легким разочарованием отмечая про себя слишком низкий уровень продаж за предыдущие несколько недель. Оглушительным успехом это точно не назовешь, однако, уже в который раз уговаривала себя Сюзанна, магазин мало-помалу начнет окупаться. Если оборот чуть-чуть увеличится, говорил ей Нил, они смогут начать погашать заем на капитальные затраты. Нил обожал оперировать подобными фразами. В их семье финансы оставались, пожалуй, единственной областью, где он пользовался непререкаемым авторитетом.

Пришел Артуро, выпил подряд две чашки эспрессо и удалился. Затем в дверь заглянул преподобный Ленни — по всей видимости, чтобы узнать у Джесси, вернется ли Эмма в воскресную школу, а заодно познакомиться с Сюзанной и сообщить, что, если ей нужны еще китайские фонарики, он знает кое-кого в Бери-Сент-Эдмундсе, кто продает их оптом.

Миссис Крик заказала кофе с молоком, сняла шляпку, подставила патлатую голову солнцу и полчаса просидела за столиком на улице, немного напоминая побитую морозом ломкую траву. Она сказала Джесси, что такая погода напоминает ей о первой поездке за границу, в Женеву, где лежал в больнице ее муж. Самолет оказался для нее настоящим приключением — тогда стюардессами были настоящие медсестры, не то что эти размалеванные юноши, которых нынче нанимают, — а прибытие в иностранное государство настолько волнительным, что она забыла, зачем приехала, и в первый день даже пропустила приемные часы. Сюзанна, время от времени позволявшая себе выйти на улицу собрать пустые кофейные чашки и почувствовать на лице первые теплые лучи солнца, слышала, как миссис Крик делится воспоминаниями с Джесси, которая, подперев подбородок рукой, впитывала вместе с солнечным теплом каждую деталь повествования. Он, муж миссис Крик, тогда так рассердился, что два дня с ней не разговаривал. Уже после она сообразила, что надо было схитрить и сказать ему, будто самолет задержался. Но она никогда не умела врать. Ведь пока будешь вспоминать, что кому говорила, непременно сядешь в лужу.

— А Джейсон считает, что я вру, даже если это не так, — бодро заявила Джесси. — Однажды мы вдрызг разругались, потому что я не пропылесосила дом, так как плохо себя чувствовала. Понимаете, ему нравится видеть светлые полосы на ковре, ну просто как доказательство того, что я пылесосила. Но у меня тогда было пищевое отравление, похоже цыпленком, и я просто осталась лежать в постели. А когда он вернулся домой, мне уже немного полегчало, и тогда он заявил, будто я целый день бью баклуши, и это несмотря на то, что я все же приготовила для него ужин. Ну, я, естественно, здорово разозлилась и зафигачила ему сковородкой. Вы даже не представляете, как мне хотелось блевать, когда я чистила ему картошку. — Джесси виновато засмеялась.

— Дорогая, все мужчины одинаковы, — туманно заметила миссис Крик так, словно говорила о тяжелом недуге.

— А что сделал он? — Сюзанна была потрясена будничным тоном Джесси, описывающей столь очевидный акт насилия, хотя и сомневалась, стоит ли принимать рассказ за чистую монету.

— Он, естественно, дал мне сдачи. Тогда я снова треснула его сковородкой и сломала ему зуб. — Она ткнула пальцем в уголок рта, чтобы показать, какому именно из зубов Джейсона был нанесен урон.

Миссис Крик невозмутимо смотрела прямо перед собой. После неловкой паузы Сюзанна неопределенно улыбнулась с таким видом, будто вспомнила о важном деле, повернулась и вошла в магазин.

— А ты его боишься? — спросила она немного погодя, когда миссис Крик наконец удалилась.

Она пыталась представить, как Нил, налившись злобой, ее бьет. Но это оказалось невозможным.

— Кого?

— Твоего... Джейсона.

— Боюсь ли я его?! Не-а. — Джесси снисходительно, но ласково покачала головой. Однако, заметив озабоченное выражение лица Сюзанны, поняла, что необходимо прояснить ситуацию. — Послушайте, проблема в том, что у меня лучше подвешен язык, чем у него. И я умею реально его завести. А когда он начинает огрызаться, я передергиваю его слова и припираю Джейсона к стенке, отчего он чувствует себя форменным дураком. Я понимаю, что не стоит этого делать, но... Вы ведь наверняка знаете, как они иногда действуют на нервы? — (Сюзанна кивнула.) — А иногда меня немного заносит. И я не оставляю ему... — Ее улыбка померкла. — Похоже, я реально не оставляю ему выхода.

На секунду они обе притихли.

На улице два пацана школьного возраста гоняли через дорогу чей-то вещмешок.

— Мне нравится этот магазин. Ваш магазин, — сказала Джесси. — Уж не знаю, в чем тут дело, ведь когда здесь находилась «Красная лошадь», все было иначе, но, по-моему, вам удалось создать очень хорошую ауру. Понимаете, о чем я? — (Сюзанна все еще не могла собраться с мыслями.) — Ну да. Когда я впервые сюда пришла, то сразу почувствовала запах кофе и остального. Может, всех этих красивых вещей. Немного смахивает на пещеру Аладдина, правда? Но мне кажется, есть нечто особенное в самом магазине. Он мне всегда поднимает... — Она замолчала. — Настроение, что ли.

Мальчишки остановились и, тихо бормоча, принялись изучать нечто извлеченное у одного из них из кармана.

Сюзанна с Джесси наблюдали за ними в окно.

— Это не то, что вы думаете, — наконец сказала Джесси.

— Нет. — Сюзанна неожиданно почувствовала себя чересчур буржуазной и немного наивной. — Конечно нет.

Джесси потянулась за пальто, отошла от Сюзанны и, повернув голову, уставилась на полки у себя за спиной:

— Пожалуй, мне следует их хорошенько отдраить. Тряпки для пыли тут явно недостаточно, да?

Джесси ушла в четверть третьего, чтобы, с разрешения директрисы, пораньше забрать дочку из школы и порадовать ее чем-нибудь вкусненьким в честь дня рождения. Если Эмма захочет, сказала Джесси, они могут купить фруктовое мороженое на палочке и съесть за столиком возле магазина.

— На будущий год школа собирается отправить детей в поездку во Францию, — перед самым уходом сообщила Джесси. — А я сказала Эмми, что французы едят именно так, и теперь она спит и видит, чтобы вытащить все стулья на улицу.

Уже почти спустившись в подвал, Сюзанна услышала, как кто-то вошел в магазин. Она крикнула, что будет буквально через секунду, и проворно поднялась по лестнице, едва не выронив на верхней ступеньке стопку записных книжек в замшевом переплете. Нет, с Джесси дело определенно идет быстрее.

Ее отец стоял посреди магазина со скрещенными на груди руками, словно желая дистанцироваться от окружавших его вещей, и задумчиво рассматривал что-то позади прилавка. Заметив Сюзанну, он едва не подпрыгнул от неожиданности.

— Папа... — Сюзанна даже покраснела от смущения.

— Сюзанна, — коротко кивнул отец.

И оба на время замолчали. Сюзанна строила самые невероятные предположения. А что, если отец пришел извиниться за нелестные замечания в ее адрес? Но ей хватило ума понять, что его приход в магазин — это единственный жест примирения, на который он был способен.

— Ты меня просто чудом застал, — изобразив улыбку, затараторила Сюзанна. — Я вернулась всего полчаса назад. Меня подменяла Джесси... моя помощница.

Отец был без головного убора, шляпу он со старомодной учтивостью держал в руке.

— Да вот проходил мимо. Приехал в город встретиться со своим бухгалтером. Ну и решил заодно взглянуть на твой магазин.

Сюзанна нервно сжимала в руках записные книжки:

— Что ж, все перед тобой.

— Да, действительно.

Она вытянула шею, пытаясь заглянуть ему за плечо:

— А что, мамы с тобой нет?

— Она дома.

Сюзанна положила записные книжки на стол и невольно обвела взглядом расставленные вокруг предметы, словно желая увидеть их глазами отца. Она ждала, что он вот-вот скажет: «Дешевые безделушки и прочая мишура». Ведь какой нормальный человек захочет выкладывать немалые деньги за мозаичный подсвечник или подержанные вышитые салфетки?

— Тебе Нил не рассказывал? Дела идут совсем неплохо. — Она решила сделать вид, будто Нил тоже участвует в ее начинании, поскольку отец всегда считал его вполне здравомыслящим парнем.

— Нет, не рассказывал. Но это хорошо.

— За первый квартал товарооборот вырос... э-э-э... на тридцать процентов. И я только что закончила свою первую в жизни инвентаризацию.

Слова эти звучали вполне солидно, весомо и убедительно и уж точно не походили на бессвязное бормотание пустой и легкомысленной вертихвостки. Отец молча кивнул.

— Возможно, мне придется посоветоваться с тобой насчет налога на добавленную стоимость. Пока это для меня темный лес. Ума не приложу, как ты с ним справляешься.

— Тут все дело в практике. — Отец не отрываясь смотрел на портрет ее матери.

Сюзанна оглянулась и тоже заметила портрет, видневшийся в просвете между высокими ножками прилавка. Загадочная улыбка, в которой не было ничего материнского, здесь, в этом торговом зале, казалась неуместно интимной. Джесси, которой безумно нравился портрет, поскольку она еще никогда в жизни не видела такой шикарной женщины, уговаривала Сюзанну повесить его на стенку. И теперь Сюзанну грызло чувство вины, хотя она толком и не понимала почему.

— Что здесь делает эта картина? — судорожно сглотнув, поинтересовался отец.

— Я ее не продаю, если тебя это волнует.

— Я был...

— Мы не настолько нуждаемся в деньгах.

Отец замолчал, явно пытаясь взвесить свои слова. Затем коротко вздохнул:

— Сюзанна, мне просто интересно знать, что делает в магазине этот портрет.

— Папа, это не какой-то там магазин. Ты говоришь так, будто я хочу поскорее сбыть портрет с рук. Это мой магазин... И я собираюсь повесить портрет на стенку, — огрызнулась Сюзанна.

— Но с чего вдруг это взбрело тебе в голову?

— Я подумала, что здесь ему самое место. Дома... дома он смотрится как-то неуместно. Дом для него маловат, — сказала Сюзанна, не сумев отказать себе в удовольствии съязвить.

Отец, прищурившись, осторожно взглянул на портрет так, точно ему было тяжело смотреть на изображение бывшей жены:

— По-моему, его не следует здесь оставлять.

— Ну, тогда я не знаю, где еще его можно повестить.

— Если хочешь, мы можем снова отнести портрет в банк. Они положат его в сейф, — покосился на Сюзанну отец. — Как-никак картина стоит приличных денег, а я что-то сомневаюсь, что ты ее застраховала.

В разговоре с Сюзанной отец вообще не демонстрировал никаких эмоций. Похоже, после смерти Афины он решил, что она будет для него не бо́льшим эмоциональным раздражителем, нежели какой-нибудь дальний родственник или далекий предок, один из тех, чьи портреты украшали галерею на верхнем этаже. Согласно семейным преданиям, с которыми в урезанном виде сочли нужным ознакомить Сюзанну и ее брата с сестрой, после той печальной истории отец довольно быстро женился на Виви. А может, воспоминания об Афине были для отца настолько травматичными, что он решил подавить в себе все эмоции. При этих мыслях Сюзанна невольно краснела, чувствуя свою косвенную вину. В доме не было ни коробок с одеждой, ни замусоленных фотографий. И только Виви удалось сохранить жалкие крохи воспоминаний об Афине: пожелтевшую статью из газеты о бракосочетании Последней Дебютантки и парочку фотографий Афины на лошади. Да и те извлекались на свет божий лишь тогда, когда Дуглас куда-нибудь уезжал.

И вот теперь его присутствие в магазине и абсолютно бесстрастная манера держаться оказали на Сюзанну обратный эффект. Неужели так трудно проявить свои чувства?! Сюзанне вдруг захотелось заорать. Даже если все это, предположительно, ради ее же, Сюзанны, блага, зачем делать вид, будто Афины вообще не существовало?!

— Ты мог бы повесить портрет в картинной галерее. — Слова, прозвенев, повисли в воздухе. В голосе Сюзанны слышался откровенный вызов. — Виви будет не против. — (Но отец, уже отвернувшись от нее, с деланым интересом наклонился над куском китайского шелка.) — Я сказала, Виви будет не против. На самом деле она сама мне это предлагала. Починить раму и повесить портрет. Причем совсем недавно.

Отец взял в руки миниатюрный шелковый кошелек, внимательно посмотрел на цену и осторожно положил обратно. Его размеренные движения и молчаливое неодобрение, которое в них явно сквозило, вызвали в душе Сюзанны приступ чего-то такого, что неистово рвалось наружу и с чем ей при всем желании уже было не справиться.

— Папа, ты слышал, что я тебе сказала?

— Отлично слышал, спасибо. — Он по-прежнему отказывался на нее смотреть. Последовала мучительная пауза. — Я просто... Я просто не считаю это уместным.

— Пусть так. И тем не менее, даже если это всего-навсего живописные полотна, ты явно не хочешь, чтобы женщины нарушали фамильную линию, разве нет?

Она сама толком не поняла, каким образом у нее это вырвалось. Отец медленно повернулся и расправил плечи, лицо его оставалось бесстрастным. И она внезапно почувствовала себя маленькой девочкой, которая в чем-то провинилась и теперь в ужасе ждала неминуемого наказания.

Однако отец лишь все тем же размеренным движением надел шляпу и повернулся к двери:

— Боюсь, у меня закончилось время парковки. Я просто хотел сказать тебе, что твой магазин смотрится очень мило. — Он поднял руку и едва заметно кивнул.

Глаза Сюзанны вдруг наполнились слезами.

— Только и всего? Это все, что ты хочешь мне сказать? — Она уловила в своем голосе визгливые подростковые нотки и с горечью осознала, что он их тоже услышал.

— Сюзанна, картина твоя, — уже на пороге произнес отец. — Можешь делать с ней все, что пожелаешь.

К тому моменту, как вернулась Джесси, от красных пятен на лице Сюзанны не осталось и следа. Джесси вихрем ворвалась в магазин, явно продолжая начатый разговор, хотя рядом с ней никого не было.

— Вы не поверите, какое мороженое сейчас продают! Когда я была в ее возрасте, то для нас было счастьем получить клубничное «Мивви» или «Ракету». Помните такое? С разноцветными полосками. А теперь сплошь батончики «Марс», «Баунти» и «Корнетто». Невероятно. И все дороже фунта. Но батончики такие огромные, что вполне могут заменить ланч. — Она направилась к кассе собрать случайные чеки, практически машинально смахивая на ходу крошки со столиков. — Мы купили вам «Кранчи». А вы в курсе, что теперь есть такое мороженое? Мы с Эммой решили, что оно вам больше всего понравится.

— Спасибо, — спрятавшись за папкой со счетами, ответила Сюзанна. — Не могла бы ты сунуть его в холодильник?

Она уже битых двадцать минут тупо таращилась на счета, поскольку забыла, зачем они ей понадобились. Визит отца выбил Сюзанну из колеи, напрочь лишив драйва и энтузиазма.

— Только не оставляйте его там надолго. А не то растает. — Джесси окинула взглядом столики, проверить, нет ли там пустых чашек. — Кто-нибудь был?

— Да так, никого такого особенного.

Нет, в самом деле, до чего противная вещь слезы! Ты можешь проплакать всего несколько минут, но даже полчаса спустя тебя непременно выдадут распухший нос и красные пятна на лице.

Джесси задержала на Сюзанне взгляд разве что чуть-чуть дольше, чем положено.

— Пока я гуляла, у меня родилась идея. Насчет Артуро, — сообщила она.

— Неужели?

— Я хочу свести его с Лилианой.

— Что?!

— Да, вот такая идея. Ну, что скажете?

Джесси продолжала тарахтеть под звук льющейся из крана воды, в которой она смачивала тряпку для пыли. И когда Сюзанне все это надоело, она перебила Джесси и, обращаясь к своей папке со счетами, сказала:

— Послушай, Джесс! Если тебе нужно мое мнение, то я считаю, что не стоит лезть в дела других людей.

— Ну да, конечно. Но по-моему, одиночество Артуро и Лилианы слишком затянулось. Оно уже вошло у них в привычку, которую они боятся перебороть.

— Может, им так лучше.

— Нет, не думаю.

Ох, да уйди ты, бога ради! — устало подумала Сюзанна. Кончай убеждать меня, что я совсем не та, какой кажусь. Кончай представлять окружающих в радужном свете. И есть масса людей, которые, в отличие от тебя, не смотрят на мир сквозь розовые очки. Однако она промолчала, оставив свои мысли при себе.

— Сюзанна, они созданы друг для друга. Мне кажется, их надо чуть-чуть подтолкнуть, и они сами это поймут. — Затем последовало короткое молчание, и Сюзанна услышала, как Джесси передвигается вдоль полок. — Да ладно, все нормально. Вам вовсе не обязательно в этом участвовать. Я просто хотела попросить вас не путать мне карты, когда я начну действовать. — В голосе Джесси не было ни обиды, ни злости.

— Не буду.

Джесси окинула ее долгим взглядом:

— Почему бы вам не сделать перерыв? Сходите погуляйте. На улице сказочная погода.

— Джесси, послушай! Я в порядке. Только дай мне хотя бы небольшую передышку, договорились? — Слова эти прозвучали несколько резче, чем ей хотелось бы. На лице Джесси промелькнуло обиженное выражение, которое, впрочем, быстро исчезло, сменившись широкой понимающей улыбкой. — Ладно-ладно. Ты совершенно права. Я, пожалуй, пойду. — Сюзанна схватила кошелек, испытав некоторую досаду, что в ней в очередной раз разбудили чувство вины. — Прости, пожалуйста. И вообще, не обращай на меня внимания. Это все гормоны или типа того. — Она ненавидела себя за эти жалкие оправдания.

Почти двадцать пять минут Сюзанна бродила вокруг площади: был базарный день, и она имела возможность укрыться в тени между аккуратными ларьками, радуясь шансу хотя бы на время стать невидимой. Она рассматривала дешевую импортную галантерею, прилавки с натуральными продуктами и зеленью, а внутренний голос тем временем непрерывно нашептывал, что в Лондоне рынки намного интереснее, ярче и разнообразнее по выбору товаров.

Нет, ничего не получится, призналась она себе, проходя мимо красиво разложенных костей, самых разных семян и лакомств для собак на прилавке с кормами для животных. Даже если мне и удастся раскрутить магазин, я всегда буду мечтать о переезде в другое место. Мне всегда будет противно находиться в тени Фэрли-Халмов. И хотя я с самого начала решительно не желала сюда переезжать, Нил, папа и остальные родственники увидят в стремлении покинуть это место очередное свидетельство моей полной неспособности доводить до конца начатое дело.

И уже в который раз Сюзанна задала себе вопрос: испытывала бы она подобные чувства, будь жива ее мать? Иногда Сюзанне казалось, что ее постоянные метания объясняются именно тем, что матери нет в живых.

— Что-нибудь желаете, дорогуша?

— Ой нет! Спасибо.

Сунув руки в карманы, Сюзанна двинулась дальше. Если еще утром на душе было легко и спокойно, то сейчас там лежала свинцовая гиря. Может, Нил прав. Может, стоит все бросить и родить ребенка. Тогда, по крайней мере, она хоть как-то оправдает ожидания родственников. Возможно, ей даже понравится быть матерью. Это ведь всем нравится, да? Поскольку ей так и не удалось до сих пор найти рецепт счастья.

Но если это мое предназначение, моя биологическая функция, спросила она себя, медленно направляясь в сторону магазина, тогда почему каждый раз, как я думаю о ребенке, все мое естество буквально вопиет?!

— Знаете, что вам нужно сделать?

Сюзанна закрыла глаза и медленно их открыла. За два часа до закрытия магазина она строго-настрого приказала себе не срывать свое плохое настроение на Джесси. Даже несмотря на то, что Джесси нацепила на себя детские ангельские крылья, а на голову — идиотские розовые солнцезащитные очки.

— Что? — невозмутимо поинтересовалась Сюзанна.

— Я тут все думаю насчет того, что давеча сказала Эмма. Насчет этих рисунков.

— Ты считаешь, я должна заставлять людей рисовать? — Сюзанна, наполнявшая сахарницы, изо всех сил пыталась скрыть сарказм.

— Нет. Но у меня никак не выходит из головы наш предыдущий разговор. О том, что надо привлекать покупателей в магазин и обзаводиться постоянными клиентами. Вам это здесь непременно понадобится. Вы можете даже провести что-то типа конкурса на Постоянного покупателя недели.

— Ты надо мной издеваешься?!

— Нет. Вовсе нет. Посмотрите, что у вас наклеено на стенах? Нотные листы и завещания. И каждый раз, когда к нам в магазин днем кто-нибудь заходит, он непременно останавливается прочесть завещание. Я права?

Одна из самых удачных ее идей. Когда-то она нашла в мусорном баке в Лондоне пачку пожелтевших завещаний, написанных каллиграфическим почерком, и, сложив их в папку, убрала до лучших времен, чтобы использовать вместо обоев.

— А если они столько времени проведут в магазине, то обязательно что-нибудь да купят, верно?

— И?..

— А вы сделайте что-нибудь аналогичное в витрине. Но посвятите это кому-нибудь, кто часто заходит в ваш магазин. Люди здесь не в меру любопытные, любят посудачить, узнать, как живут другие. Так что вы вполне можете устроить типа небольшой презентации, посвященной, скажем, Артуро. Ну, я не знаю... написать о его жизни в Италии и о том, как он открыл свой магазин деликатесов. Или, наоборот, взять какой-нибудь факт из его жизни — самый плохой и самый хороший день на его памяти — и сделать нечто вроде обзора. Люди остановятся у витрины, чтобы почитать о нем, и если они тщеславны, а все люди тщеславны, то захотят, чтобы написали и о них тоже.

Сюзанна с трудом поборола желание сказать Джесси, что, учитывая ее, Сюзанны, нынешний настрой, магазин вряд ли слишком долго просуществует.

— Не уверена, что люди захотят выставлять свою жизнь на всеобщее обозрение.

— Вы, возможно, и нет. Но вы выбиваетесь из общей массы. — Сюзанна резко вскинула голову, но лицо Джесси сохраняло бесхитростное выражение. — Я привлеку в магазин побольше покупателей. Постараюсь их заинтересовать. Спорим, у меня получится. Позвольте мне только попробовать.

— Не понимаю, как это будет работать. Да и вообще, что ты будешь делать с Артуро? Ведь из него и слова не вытянешь. А я вовсе не хочу вывешивать в витрине салями.

— Просто позвольте мне попробовать.

— Но люди в этом городе, похоже, и так знают друг о друге больше, чем нужно.

— Я сама все устрою. И если вам покажется, что это не работает, я остановлюсь. Вам это ничего не будет стоить.

Сюзанна скорчила недовольную гримасу. Ну зачем, зачем выставлять напоказ жизнь каждого местного жителя?! — раздраженно подумала она. Почему абсолютно все здесь суют нос не в свое дело? Нет, жизнь в этом городишке была бы гораздо терпимей, если бы никто не пытался нарушить личное пространство других.

Джесси продолжала мельтешить перед глазами. С широкой, сочувственной улыбкой на лице. Проволочные крылья небрежно болтались у нее за спиной.

— Я покажу вам, как это будет. Дождусь первого, кто войдет в магазин, и уговорю его поделиться со мной воспоминаниями. Обещаю. Вы узнаете такое, о чем даже не подозревали.

— Ну смотри.

— Да ладно вам, будет весело!

— Боже мой, а что, если сейчас появится миссис Крик? У нас тогда точно не хватит места на витрине.

Сюзанна потянулась за пустой картонкой из-под молока, и тут дверь распахнулась. Женщины чуть ли не виновато переглянулись. После секундного колебания Джесси расплылась в довольной улыбке.

Стоявший на пороге мужчина посмотрел на них с сомнением, словно не решаясь войти.

— Не хотите ли кофе? Мы еще не закрываемся.

Он был смуглым, как итальянец, но гораздо выше типичных представителей этой нации, и, судя по выражению его лица, теплый английский денек явно казался ему слишком холодным. Под старой кожаной курткой на нем были синие медицинские брюки местной больницы, а его угловатое лицо оставалось практически неподвижным, словно этот человек слишком устал, чтобы напрягать лицевые мышцы.

Сюзанна непроизвольно вытаращилась на посетителя и, опомнившись, поспешно потупилась.

— Вы готовите эспрессо? — У него был иностранный акцент, но точно не итальянский.

Он бросил взгляд на доску для объявлений, затем обвел взглядом обеих женщин, явно пытаясь понять причину едва сдерживаемой веселости той, что помоложе, и свою невольную роль в этом странном спектакле.

— Да-да, конечно, — просияв, откликнулась Джесси. Она схватила чашку и демонстративно подставила ее под кран кофемашины, одновременно взмахом руки пригласив мужчину присесть. — На самом деле, если вы готовы уделить мне несколько минут, обещаю кофе за мой счет.

Глава 11

Пятнистый окунь-павлин, или большеротый окунь, известен своей агрессивностью и воинственностью. Несмотря на обманчивую радужную красоту, эта коварная рыба способна выпрямить крючок и пополам согнуть спиннинг. Даже особь весом четыре-пять фунтов может всего за час напрочь измотать здорового мужика. Окунь-павлин обитает в тех же водах, что и пираньи, аллигаторы или гигантская пирарукy, размером с хороший автомобиль, и время от времени вступает в бой с соперником нередко более крупным и опасным, чем он. Однако, в отличие от других видов южноамериканских рыб, чем крупнее окунь-павлин, тем труднее его одолеть, поэтому в бурных водах Амазонки, естественного места его обитания, вес этого вида нередко достигает тридцати фунтов, позволяя ему стать достойным спарринг-партнером самому Моби Дику.

Короче говоря, рыба эта на редкость агрессивная, и когда она выпрыгивает из воды на несколько футов вверх, то в ее первобытных глазах сверкает неукротимый боевой дух. Таким образом, вполне понятно, почему окунь-павлин так притягивает молодых парней, горящих желанием доказать свою доблесть. Или людей постарше — для укрепления своего авторитета у сыновей.

Возможно, именно поэтому Хорхе и Алехандро де Маренас любили рыбачить. Они упаковывали спиннинги, садились в большой внедорожник Хорхе, ехали в аэропорт и брали билеты на ближайший рейс до Бразилии, где проводили два-три дня, тренируя мускулы в ловле цихлидов, а затем возвращались домой со сломанным снаряжением, ободранными руками и с чувством естественного удовлетворения мужчин, принявших участие в извечной борьбе с природой. Подобные паломничества, хотя они никогда не называли так свои вылазки, отец и сын совершали дважды в год. Ведь, пожалуй, только на рыбалке, нередко думал Алехандро, они чувствовали себя комфортно в обществе друг друга.

Хорхе де Маренас считался одним из лучших пластических хирургов Буэнос-Айреса: в списке его клиентов значилось более трех тысяч имен, в том числе выдающихся политических деятелей, певцов и телезвезд. Так же как и сын, Хорхе был обязан своей восточной внешности прозвищу Турко, однако, когда речь заходила об отце, прозвище это произносилось с почтительным вздохом. К нему стояла очередь из все более молодых женщин, жаждущих получить грудь попышнее, бедра поуже или нос, как у модной телеведущей, и припухшие губы, как у старлетки. В подкупающей пациентов манере, столь же мягкой, что и воссозданная им кожа, он делал инъекции, растягивал, заполнял и разглаживал, нередко на протяжении многих лет по нескольку раз перелицовывая одних и тех же людей и тем самым превращая их в собственные версии десятилетней давности. Всех, за исключением матери Алехандро. Он никогда не касался скальпелем собственной жены. Ни ее пухлых бедер пятидесятилетней женщины, ни ее обрюзгшего лица с горящими яростью усталыми глазами, которое она с религиозным рвением разглаживала дорогущими кремами, скрывая морщины под толстым слоем не менее дорогой косметики. Хорхе был даже против того, чтобы она красила волосы. Она гордо заявляла подругам, будто это все потому, что муж и без того находит ее идеальной. А сыну говорила, что, ничего не поделаешь, сапожник всегда без сапог. Алехандро не знал, какая из двух версий более достоверна: отец относился к матери с тем же бесстрастным уважением, что и ко всем остальным.

И если его мать была типичной латиноамериканкой — романтичной, страстной, склонной к драматическим эффектам, — то они с отцом явно страдали недостаточной эмоциональностью, оба были непривычно уравновешенными и — особенно Алехандро — обладали, так сказать, обескураживающей сдержанностью. Отец по мере сил ограждал Алехандро от наветов недоброжелателей, заявляя, что мужчины из семьи Маренас никогда не испытывали потребности вести себя словно в мыльных операх, с гневными перепалками или экстравагантными заверениями в любви. Может, подобная сдержанность объяснялось тем, что Алехандро с семи лет учился в закрытом пансионе, а может, тем, что Хорхе привык держать себя в руках — качество, необходимое для хорошего хирурга. И проходившая дважды в год рыбалка стала для отца с сыном, облаченных в болотные сапоги и жилеты с набитыми крючками карманами, единственной отдушиной, возможностью расслабиться, дать в этих бурных водах волю эмоциям, смеху, гневу, радости и отчаянию.

Обычно, но не сейчас. На сей раз, по крайней мере для Алехандро, чисто физическое удовольствие от поездки было испорчено ожиданием неминуемого разговора, осознанием того, что ему предстояло еще сильнее огорчить родителей, ведь выбранная им профессия и так стала для них жестоким ударом.

Поездка не задалась с самого начала: Хорхе сомневался, стоит ли ему афишировать свой отъезд, поскольку многие из его друзей не только лишились возможности уехать на рыбалку или уединиться в семейных поместьях, но и вообще оказались в настолько щекотливой ситуации, учитывая потерю нажитых состояний и неудачные инвестиции, что им ничего не оставалось, как покинуть страну. У него самого дела шли неплохо, говорил он, но зачем тыкать друзьям в нос своим благополучием? Негоже хвастаться преуспеванием, когда другие страдают.

Может, я немного уравновешу шансы? — с замиранием сердца думал Алехандро.

Алехандро собирался все рассказать отцу по дороге из рыбачьего домика, однако Хорхе был слишком озабочен укусом какой-то твари, отчего у него распухла нога. В результате Алехандро пришлось нести отцовское снаряжение, и он шел молча, в низко надвинутой на лоб шляпе от солнца; его мозг буквально кипел от аргументов и вероятных контраргументов. Он собирался сказать Хорхе после того, как тот привязал блесну, безвкусную штуковину размером с подкову, с индейскими украшениями, словом, приманку, при виде которой рыбаки из Европы удивленно качают головой, но, естественно, лишь до тех пор, пока к ним на крючок не попадает их собственный окунь.

Он хотел сказать отцу, когда они спустились к воде, но его отвлекли звуки стремительного потока и сосредоточенное выражение лица Хорхе, и в результате удобный момент был упущен. Затем, когда они устроились в своем любимом месте, между полуразвалившейся хижиной и штабелем древесины, Алехандро уже собрался было, давясь аккуратно подобранными словами, изложить ситуацию, отец подцепил на крючок не рыбину, а настоящую зверюгу, глаза которой на секунду встретились с их глазами, на мгновение опалив Алехандро с расстояния в тридцать футов такой же молчаливой яростью, какая сверкала во взгляде его матери, когда муж сообщал ей по телефону, что снова задерживается. Нет смысла сердиться, говорила она, положив трубку. По крайней мере, учитывая нынешнее положение дел, да и вообще, он единственный мужчина из всех, кого она знает, кто зарабатывает деньги. По крайней мере, учитывая всех этих шлюх, что вокруг него крутятся, с их похожими на грейпфруты пластиковыми сиськами и молодыми задницами.

Этот tucunare, как называли окуня-павлина бразильцы, оказался довольно крупным даже по меркам отца Алехандро. Отец едва не взвизгнул, точно испуганный ребенок, при появлении рыбины, которая заглотила блесну со звуком, похожим на маленький взрыв, и судорожно мотнул сыну головой, вцепившись в спиннинг двумя руками. И Алехандро, естественно, сразу забыл о запланированном разговоре.

Алехандро выронил спиннинг и бросился к отцу, не сводя глаз с яростно бьющейся на глубине рыбины. Окунь выскочил из воды, словно желая оценить своих противников, и мужчины удивленно ахнули, увидев, какого он размера. Затем буквально в доли секунды, пока они пребывали в оцепенении от удивления, окунь с пронзительным звуком, напоминающим шум приземляющегося самолета, стремительно нырнул в просвет между гниющими в воде стволами.

— Mas rapido! Mas rapido![1] — закричал отцу Алехандро, когда отец принялся наматывать леску, напрочь забыв обо всем, кроме рыбы.

[1] Быстрее! *(исп.)*

Мотая головой, окунь освободился по крайней мере от одного крючка, его ярко-оранжевая и изумрудно-зеленая чешуя переливалась на солнце, черный с золотым ободком глазок хвостового плавника, словно дразня Алехандро с отцом, показался над водой, такой же агрессивный и одновременно соблазнительный, как хвост павлина, в честь которого и назван этот вид. Алехандро почувствовал, как Хорхе на секунду заколебался в предчувствии яростной битвы, и схватил отца за плечо, испытывая прилив несказанного счастья оттого, что именно его старик поймал на крючок великолепную рыбу и в очередной раз доказал свое превосходство.

Кстати сказать, победа далась отнюдь не легко. На самом деле они сомневались в успехе: наматывали и разматывали леску, по очереди держали спиннинг, давая друг другу передышку. Туда-сюда, взад-вперед, и вот рыба, яростно мотая головой, чтобы освободить рот от цветных крючков, и сердито взбивая пену на блестящей поверхности воды, все ближе к берегу.

Алехандро ухватил Хорхе за талию, прижавшись грудью к его напрягшейся от усилия широкой спине, и ему внезапно пришло в голову, что он, пожалуй, не может припомнить, когда в последний раз обнимал отца. Вот мать, наоборот, сплошные руки и губы, постоянно обнимала и целовала Алехандро, причем настолько часто, что, когда сын повзрослел, это стало его даже отталкивать. И только сейчас Алехандро понял, что она нуждалась в чем-то таком, чего отец, в силу неспособности или неуступчивости, отказывался ей дать: в мужском внимании, некой игривости в дань уважения, в любви, наконец. Учитывая, сколько разочарования принес ей муж, это было самым малым, что он мог для нее сделать.

— Mierde, Ал, ты взял камеру?!

Когда все было кончено, они без сил повалились на землю, а между ними лежала, подобно спящему рядом с гордыми молодыми родителями ребенку, пойманная рыба. Хорхе перевел дух и с трудом поднялся на ноги. И когда он держал рыбу, с белыми глазами, яростную даже после смерти, его немолодое загорелое лицо сияло от гордости триумфатора и столь несвойственной ему безудержной радости, а израненные руки сгибались под тяжестью протянутой к небесам добычи. Это его лучший день за долгие годы, сказал он. Незабываемый день. Посмотрим, что будет, когда об этом узнают в клубе. Ал уверен, что сделал снимки?

И с тех пор Алехандро неоднократно задавал себе вопрос: имел ли он право портить отцу такой момент?

Перед тем как отправиться домой, Хорхе де Маренас собирался заскочить к себе в офис. В это время суток поток транспорта в сторону Северной зоны был особенно плотным, а поскольку обстановка оставалась неспокойной, даже такой человек, как Хорхе, не мог чувствовать себя в безопасности, застряв в пробке.

— У Луиса Касиро угнали новый «мерседес». Я тебе говорил? Он даже не успел вытащить пушку из кармана, как его выкинули из машины. И так зверски избили, что пришлось наложить четырнадцать швов. — Хорхе, покачав головой, обвел глазами скопление машин. — Фернандо де ла Руа[1] придется за многое ответить.

[1] Президент Аргентины в 1999–2001 гг. от альянса партий Гражданский радикальный союз и FREPASO. Досрочно ушел в отставку из-за массовых беспорядков на фоне обострения экономического кризиса, который сопровождал все его президентство.

Через запотевшее стекло Алехандро увидел «матерей площади Мая»[1]; их косынки с вышитыми именами исчезнувших детей белели на фоне окружающей зелени. Миролюбивое поведение этих женщин было довольно обманчивым, если учесть украсившие парк за последние двадцать лет тысячи фотографий сыновей и дочерей, убийцы которых, и это знал буквально каждый, возможно, преспокойно шли себе мимо. Экономический спад не охладил пыл матерей исчезнувших детей, более того, жители Буэнос-Айреса получили новый центр притяжения, но теперь все они, герои вчерашних новостей, выглядели усталыми и никому не нужными.

Алехандро вспомнил о новорожденной девочке, которую принял почти три месяца назад — крещенной слезами и отданной приемным родителям, — и поспешно отогнал от себя тени прошлого.

— Папа?

— Только не вздумай сказать матери, сколько нам пришлось выпить вечером. У меня и так до сих пор болит голова. — У отца был довольный голос хорошо отдохнувшего человека.

Неподалеку от них colectivo[2], рыгающий дизельными выхлопными газами, снизил скорость до четырех-пяти миль в час, дав возможность одним пассажирам спрыгнуть на тротуар, а другим — запрыгнуть внутрь. Какой-то мужчина, не успевший сесть в автобус, заорал дурным голосом, погрозив водителю кулаком.

1 Общественное движение, ассоциация аргентинских матерей, чьи дети исчезли во время проведения политики «Грязной войны» в период военной диктатуры между 1976 и 1983 г. в Аргентине. Свое название движение получило от названия центральной площади Буэнос-Айреса, где прямо напротив дома правительства начиная с 30 апреля 1977 г. стали собираться женщины, дети которых бесследно пропали.

2 Рейсовый микроавтобус *(исп.)*.

— Похоже, у нее сейчас происходят определенные изменения в организме, — задумчиво продолжил отец.

— Мне нужно с тобой поговорить.

— В этот период женщины часто становятся не в меру раздражительными. Твоя мать настолько помешалась на безопасности, что ее из дому поганой метлой не выгонишь. Хотя она, естественно, ни за что в этом не признается. Даже если ты у нее спросишь. Найдет тысячу отговорок, скажет, будто ждет дам из благотворительного общества или сегодня слишком жарко для прогулок, но она действительно больше не выходит из дому. — Отец по-прежнему пребывал в благодушном состоянии духа. — И это сводит меня с ума. — Успешная рыбалка сделала отца словоохотливым. — А поскольку она безвылазно сидит в четырех стенах, то зацикливается на разных вещах. Понимаешь, о чем я? И не только на экономической ситуации в стране. И не только на ситуации с безопасностью, которая, можешь мне поверить, хуже некуда. Кстати, ты в курсе, что в Северной зоне риск быть ограбленным больше, чем в трущобах? Эти ублюдки знают, где еще водятся деньги. Они не настолько глупы. — Хорхе тяжело вздохнул, его взгляд был по-прежнему прикован к дороге. — Нет, у нее просто бзик по поводу того, где я и что делаю. Почему вернулся с работы на десять минут позже? Разве я не знаю, как сильно она за меня волнуется? — Отец посмотрел в зеркало заднего вида, машинально проверяя, не опрокинулся ли ящик-холодильник с рыбой. — Похоже, она считает, будто у меня любовная интрижка. Интересуясь, почему я задержался, она тут же спрашивает об Агостине. Агостина! Больно ей нужен такой старый пень, как я! — Отец явно кокетничал, отнюдь не считая себя вышедшим в тираж.

Но Алехандро сейчас думал исключительно о том, как снять камень с души.

— Папа, я уезжаю за границу.

— Она вечно все преувеличивает. Согласен? А все потому, что у нее слишком много свободного времени. Вот она и мается дурью. Она всегда была такой.

— В Англию. Я уезжаю в Англию. Работать в больнице. — На сей раз Хорхе определенно его услышал. Повисла томительная пауза, которую не могла заполнить передаваемая по радио информация о дорожной ситуации. Алехандро поерзал на кожаном сиденье, затаив дыхание в преддверии неминуемой бури, но когда ожидание стало невыносимым, тихо продолжил: — Я этого не планировал...

Алехандро предполагал, как все примерно будет, и тем не менее оказался не готов к тяжести придавившей его вины, к объяснениям, к извинениям, которые буквально рвались наружу. Он уставился на свои ладони, сплошь в пузырях и красных рубцах от нейлоновой лески.

Отец дождался конца информационной сводки.

— Что ж... По-моему, правильное решение.

— Что?

— Ал, тебе здесь ничего не светит. Ничего. Гораздо лучше уехать и начать наслаждаться жизнью в другом месте. — Отец понурился и устало вздохнул.

— Значит, ты не против?

— Об этом вопрос вообще не стоит. Ты молодой человек, тебе надо посмотреть мир. Тебе нужны перспективы, знакомства с новыми людьми. Господь свидетель, в Аргентине сейчас ловить абсолютно нечего. — Он поспешно отвел взгляд, что не ускользнуло от внимания сына. — Тебе надо хоть немного пожить полной жизнью. — (Алехандро настолько растерялся, что все заготовленные слова разом выскочили из головы.) — А когда ты собираешься поговорить с матерью?

— Сегодня. На прошлой неделе я получил все нужные документы. И хочу уехать как можно раньше.

— Дело... только в экономической ситуации, да? У тебя ведь нет... других причин для отъезда?

Алехандро понимал, что в воздухе повисли оставшиеся без ответа молчаливые вопросы.

— Папа, государственная больница на грани нищеты. Поговаривают даже, будто у администрации нет денег, чтобы до конца года рассчитаться с персоналом.

На лице отца Алехандро прочел явное облегчение.

— Пожалуй, я не поеду на работу. Тебе необходимо поговорить с матерью. Я тебя подвезу.

— Она ведь воспримет это в штыки, да?

— Мы разберемся, — лаконично ответил отец. Они объехали площадь и снова остановились в пробке перед домом правительства. Отец ласково положил Алехандро руку на колено. — Итак, и кто мне теперь поможет охотиться на окуня-павлина? — Его былое оживление как-то сразу улетучилось. Хорхе снова надел на лицо профессиональную маску непробиваемого спокойствия.

— Па, приезжай ко мне в Англию. Будем ловить лосося.

— Ха! Рыба для детишек, — беззлобно ответил отец.

«Матери площади Мая» заканчивали свое еженедельное стояние. Машина тронулась, и Алехандро стал смотреть, как они аккуратно складывают в сумки ламинированные плакаты, поправляют белые косынки, обмениваются приветствиями и, нежно обняв друг друга, как давние, испытанные товарищи по борьбе, идут к воротам, за которыми их ждет тоскливый путь домой.

Особняк семьи Маренас, как и многие в Северной зоне, не походил ни на типичные для центра Буэнос-Айреса дома в испанском стиле с закрытыми ставнями окнами на фасаде, ни на современные постройки из стекла и бетона. Это было занятное, богато украшенное здание, расположенное в глубине улицы и по своему архитектурному стилю скорее напоминавшее швейцарские часы с кукушкой.

Тщательно прополотые бордюры окаймляли скульптурно подстриженные живые изгороди, которые маскировали автоматические ворота, новенькие решетки на окнах и скрывали от любопытных глаз будку сторожа и охрану в конце дороги. Внутри деревянные полы были давным-давно заменены холодным блестящим мрамором, уставленным дорогой французской мебелью в стиле рококо, отполированной и раззолоченной так, что дальше некуда. Дом отнюдь не выглядел удобным для жизни, парадные комнаты явно говорили о социальном превосходстве хозяев, предлагая гостям скорее восхищаться, нежели располагаться с удобством, однако на кухне, где семья проводила бóльшую часть времени, сохранился видавший виды кухонный стол, а также несколько удобных обшарпанных стульев. И как клятвенно заверяла служанка Милагрос, их исчезновение будет означать конец ее двадцатисемилетней работы на эту семью. Если они рассчитывают, что после тяжелого дня уборки и чистки она еще будет втискивать свою задницу в одну из этих модерновых пластиковых штуковин, то пусть ищут себе другую прислугу. А поскольку все признавали, что только благодаря Милагрос мать Алехандро еще не попала в реабилитационный центр для нервнобольных, стулья оставались на своих местах, к обоюдному молчаливому согласию сторон. И таким образом, кухня была самой обитаемой комнатой в этом роскошном доме с семью спальнями.

Поэтому Ал решил поговорить с матерью именно на кухне, тем временем отец под предлогом срочных дел скрылся у себя в кабинете, а Милагрос, со шваброй в руках, навострив уши, ошивалась поблизости и время от времени в нужный момент ахала. Мать Ала сидела как истукан за обеденным столом. С этим шлемом белокурых волос она теперь даже близко не напоминала ту темноволосую красавицу, свадебные фотографии которой были расставлены в позолоченных рамочках по всему дому.

— Так куда ты уезжаешь? — переспросила она Алехандро.

— В Англию.

— Учиться? Ты передумал? Хочешь стать доктором?

— Нет, мама. Я по-прежнему собираюсь быть акушером.

— Ты будешь работать в частной клинике? Чтобы сделать карьеру?

— Нет. В государственной больнице.

Милагрос явно надоело притворяться, будто она занимается уборкой. Встав столбом в центре комнаты, она принялась внимательно слушать.

— Выходит, ты уезжаешь на другой край света, чтобы делать ту же самую работу, что и здесь? — (Алехандро кивнул.) — Ну и чего ради? И почему так далеко?

Он уже тысячу раз успел прокрутить в голове правильные ответы.

— Здесь мне ничего не светит. А в Англии предлагают хорошую работу и достойную зарплату. В лучших больницах.

— Но ты ведь можешь работать здесь! — В голосе матери слышались истерические и чуть ли не панические нотки. — Мало того что я потеряла одного ребенка, так я должна потерять и второго, да?!

И хотя Алехандро предвидел все, что могла сказать ему мать, легче от этого не становилось. Всякий раз, когда речь заходила об Эстеле, Алехандро чувствовал, как в воздухе начинает носиться нечто недоброе.

— Мама, ты меня вовсе не теряешь. — Сейчас он говорил с ней уже как врач с пациентом.

— Ты уезжаешь за тридевять земель! И после этого еще смеешь утверждать, будто я тебя не теряю?! Почему ты меня покидаешь?! — Она повернулась к Милагрос, которая участливо качала головой.

— Я уезжаю вовсе не от тебя.

— Но почему не в Америку? Почему не в Парагвай? В Бразилию, наконец? И чем тебя, ради всего святого, не устраивает Аргентина?

Алехандро попытался объяснить, что в английских больницах острая нехватка акушеров и что приехавшим из других стран предлагаются существенные бонусы. Он попытался объяснить, что это будет полезно для карьеры, что в результате он сможет устроиться на работу в одно из прославленных учебно-лечебных заведений. Что в Англии перинатальная служба лучшая в мире. И вообще, мама всегда любила распространяться на тему своих европейских предков. Тогда почему бы не разрешить сыну познакомиться с Европой поближе?

Он собирался рассказать ей о троих новорожденных, отданных на его глазах чужим людям, поскольку экономический кризис в Аргентине лишил их родителей возможности прокормить лишний рот, о страдальческих криках матерей, у которых еще даже не успело остановиться кровотечение, о сведенных судорогой бессилия лицах отцов. О том, что он, выбрав для себя работу на ниве помощи городской бедноте и став свидетелем той пучины отчаяния, в которую погружается человек вследствие нищеты и болезней, оказался не подготовлен к окружающему его беспросветному унынию и горькому чувству соучастия в передаче новорожденных чужим людям.

Но Алехандро не рассказывал ей о младенцах. Никогда.

Опустившись на колени, он взял мать за руку:

— Мама, мне здесь нечего делать. Больницы медленно, но верно загибаются. На свою зарплату я не могу позволить себе даже жилье в трущобах. Неужели ты хочешь, чтобы я до старости жил с тобой? — Он тотчас же пожалел о своих словах, поскольку прекрасно знал, что подобная перспектива устраивала ее как нельзя лучше.

— Я так и знала, что твоя работа до добра не доведет.

Когда он решил пойти в медицину, его мать им очень гордилась. Ведь разве есть в Буэнос-Айресе более статусная профессия, чем эта? Ну, может, пластическая хирургия и психоаналитика, но в семье уже имелись представители обеих профессий. А затем, два года спустя, он сообщил, что передумал. И что во врачебной среде ему неуютно. Его будущее в чем-то другом. Поэтому он хочет заняться акушерством.

— Так ты собираешься стать врачом — акушером-гинекологом? — Чело матери омрачила легкая тень волнения.

— Нет, я буду просто акушером. То есть средним медицинским персоналом.

На памяти Милагрос это было вторым случаем, когда хозяйка прямо на ее глазах упала в обморок. В первый раз такое случилось, когда ей сообщили о смерти Эстелы. Нет, подобная профессия решительно не годилась для сына самого известного пластического хирурга Буэнос-Айреса. И при чем тут так называемое призвание?! Подобная профессия решительно не годилась настоящему мужчине, что бы там ни болтали о гендерном равенстве и сексуальной свободе. Да и вообще, такой новостью она даже не могла поделиться с друзьями, приходилось туманно говорить, будто сын работает в области медицины. Нет, это просто неприлично! Но самое главное, уже позже призналась она Милагрос, возможно, именно в этом и крылась причина, почему ее красавец-сын никогда не приводил домой девушек, почему не демонстрировал грубое мужское начало, которым, по идее, должен был обладать первенец в столь знаменитой семье. Его мужские инстинкты, признавалась она служанке, притупились от постоянного соприкосновения с самой неприглядной стороной женской физиологии. И что еще хуже, он предпочел работать в государственной больнице.

— Ну и когда ты собираешься уехать?

— На следующей неделе. Во вторник.

— На следующей неделе?! На той, что после этой? И к чему подобная спешка?

— Мама, им срочно требуется персонал. Нельзя упускать такую возможность.

Она словно оцепенела от потрясения. Затем подняла руку, лицо ее плаксиво сморщилось.

— Если бы твоя сестра выбрала в свое время такую профессию, захотела бы переехать на другой континент... то я бы еще как-то смирилась. Но ты... Ал, это неправильно.

Но тогда что правильно? И в чем правда? — вертелось у него на языке. Разве это не правда, что я решил посвятить свою жизнь благополучному рождению детей в нашем неблагополучном мире? Или что моя профессия в качестве оплаты дает возможность видеть настоящие чувства, настоящую жизнь, настоящую любовь, тогда как существование всей нашей страны основано на секретах и дутых авторитетах? Или что, как бы там ни было, каждая вторая хирургическая процедура под руководством моего прославленного отца направлена именно на усовершенствование самых интимных частей женского тела? Но Алехандро, как всегда, промолчал. Он закрыл глаза, чтобы не видеть страданий матери.

— Мама, я смогу приезжать два, а может, три раза в год.

— Мой единственный сын станет гостем в родном доме! И ты считаешь, мне от этого будет легче? — Она обращалась даже не к Алехандро, а скорее к Милагрос, которая с шумом втянула в себя воздух.

В кухне повисло тяжелое молчание. А затем, как и ожидал Алехандро, мать разразилась громкими рыданиями. Она протянула к нему руку, ее пальцы беспомощно и слепо ловили воздух.

— Ал, не уезжай! Мне без разницы, где ты работаешь. Можешь оставаться в этой своей клинической больнице. Я тебе ни слова не скажу.

— Мама...

— Ну пожалуйста!

В его молчании мать почувствовала каменную непреклонность, и, когда она снова заговорила, захлебываясь рыданиями, в ее голосе прозвучала неприкрытая горечь:

— Мне хотелось только одного: чтобы ты преуспел в жизни, женился, родил детишек. А я бы за ними присматривала. Но сейчас ты отказываешь мне не только в этом, но даже в том, чтобы остаться рядом со мной!

Неминуемая разлука сделала его великодушным. Он опустился на колени, взяв мать за руку, ее кольца с драгоценными камнями странно холодили кожу.

— Мама, я вернусь. Я надеялся, ты поймешь, что это мой единственный шанс.

Нахмурившись, она осторожно убрала волосы у него со лба:

— Ал, ты такой холодный. Такой бесчувственный. Разве ты не видишь, что разбиваешь мне сердце?

Алехандро, как всегда, оказался бессилен против маминой странной логики.

— Мама, ну хоть порадуйся за меня.

— Как я могу за тебя радоваться, если я убита горем?!

Именно поэтому я от тебя и сбегаю, мысленно произнес Алехандро. Потому что, насколько я помню, ты вечно убита горем. Потому что ты меня этим достала. И уже давно. А так я наконец смогу хоть на время обрести покой.

— Ладно, поговорим позже. Мне сейчас надо идти. — Он улыбнулся терпеливой, отстраненной улыбкой, которую приберегал специально для матери, а затем, нежно поцеловав ее в лоб и оставив всхлипывать на руках у служанки, вышел из кухни.

Поскольку единственным назначением отеля «Любовь Венеры» было способствовать плотским утехам, а именно сексуальным излишествам и прочим непристойностям, здесь, как и в других аналогичных заведениях, неукоснительно соблюдали множество правил и ограничений. И если различные сексуальные услуги можно было заказать одновременно с ужином в номер, а видео для взрослых предоставлялись на любой вкус и с учетом самых различных половых извращений, то отель, можно сказать, оставался до нелепого чопорным в том, что касалось правил поведения и сохранения внешней респектабельности. Скромный фасад частного дома, и никакой наружной рекламы. Ни мужчинам, ни женщинам не дозволялось находиться в номерах в одиночестве, что вызывало некоторое неудобство, поскольку парочкам приходилось встречаться в ближайших кафе, где они рисковали попасться на глаза соглядатаям. Тонированное стекло стойки администратора исключало возможность идентификации посетителей.

Правда, было маленькое исключение. Один из посетителей был хорошо известен человеку за стеклом, но он щедро платил за свою анонимность. Фото этого посетителя настолько часто появлялось на страницах журналов со светскими сплетнями, что даже тонированное стекло и темные очки не могли позволить ему сохранить инкогнито.

Одним словом, Алехандро было достаточно кивнуть темному силуэту за стойкой администратора, чтобы получить возможность, перепрыгивая разом через две-три ступеньки, постучать в условленный час в дверь без номера, за которой он вот уже как восемнадцать месяцев, два-три раза в неделю, обретал рай для двоих.

— Ал? — Никакой романтики. Ни намека на amor. Но ему так нравилось.

— Да, это я.

Эдуардо Гишане был одним из наиболее высокооплачиваемых аргентинских телеведущих. В своем еженедельном телешоу он неизменно появлялся в окружении нескольких практически обнаженных латиноамериканских красоток, подававших неуклюжие, плохо продуманные реплики на тему его легендарного сексуального аппетита. Эдуардо, высокий, темноволосый, всегда безупречно одетый, явно гордился тем, что практически не изменился с тех пор, как много лет назад оставил карьеру профессионального футболиста. Любимый аргентинский глянцевый журнал «Люди» регулярно публиковал сделанные якобы тайком фотографии, где Эдуардо обхаживает молодую девушку, причем явно не Софию Гишане, или помещал статьи с различными спекуляциями на тему ставшей притчей во языцех супружеской неверности Эдуарда всем его женам, включая и последнюю подругу жизни — бывшую Мисс Венесуэла. Надо сказать, что данная идея упорно внедрялась издателем в сознание доверчивого читателя.

— Все это враки, — с горечью бормотала София, прикуривая очередную сигарету.

У Эдуардо было либидо деревянного кресла. И хотя его любимым предлогом была усталость, у Софии уже начали возникать некоторые подозрения насчет того, что именно его возбуждает.

— Мальчики? — осторожно поинтересовался Алехандро.

— Нет! Мальчиков я бы еще как-нибудь пережила. — София пустила в потолок колечко дыма. — Боюсь, больше всего его возбуждает гольф.

Они познакомились в клинике Хорхе в тот день, когда после уличных волнений мать попросила Алехандро проверить, благополучно ли отец добрался до работы. София тогда в очередной раз пришла на прием: вынужденная соблюдать целибат в течение четырех из шести лет замужества, она надеялась, что новая упругая попка и более стройные бедра, уменьшившиеся на несколько дюймов, позволят возродить былую страсть мужа. «Боже, какая пустая трата американских долларов!» — уже позже скажет она. Алехандро, пораженный ее красотой и голодным взглядом, не мог отвести от Софии глаз, но потом выкинул ее из головы. Однако позже они столкнулись в вестибюле, и она, окинув его все тем же алчным взглядом, сообщила, что никогда прежде не делала подобных вещей, а затем нацарапала на визитке номер своего телефона и сунула ему.

Три дня спустя они встретились в отеле «Феникс», в этом гнезде порока и сладострастия, где стены были украшены затейливыми картинками из «Камасутры», а кровати при желании вибрировали. Назначенное Софией место встречи не оставляло у Алехандро ни малейших сомнений относительно ее намерений, и они в полном молчании практически одновременно достигли оргазма в процессе неистового соития, после которого Александро целую неделю ходил точно в тумане.

Постепенно их свидания приняли несколько стереотипный характер. Она неизменно твердила, что им нельзя больше встречаться, что Эдуардо о чем-то догадывается, устраивает допросы и ей с трудом удалось выпутаться. Александро садился рядом, успокаивал ее, говорил, что все понимает, и тогда она начинала плакать, спрашивать, почему ей, еще совсем молодой женщине, которой нет и тридцати, приходится жить в браке без секса, без страсти. Оба прекрасно знали, что это не совсем так — по крайней мере, в том, что касалось ее возраста, — но Александро осмотрительно воздерживался от комментариев. И когда он наконец приводил Софию в чувство, соглашаясь с ней, что это действительно несправедливо, что она слишком привлекательная, слишком страстная, чтобы становиться лежалым товаром, словно старая сморщенная фига, она сжимала его лицо ладонями и говорила, что он такой красивый, такой добрый, да и вообще он единственный мужчина, который ее когда-либо понимал. Потом они обычно снова занимались любовью (и это еще мягко сказано применительно к тому, что между ними происходило). После чего она откатывалась в сторону, жадно закуривала и сообщала, что теперь точно все кончено. Риск слишком велик. Александро должен понять и простить.

Через несколько дней, максимум через неделю, она звонила ему снова.

Александро испытывал смешанные чувства по поводу интрижки с Софией: он отличался определенной разборчивостью в выборе сексуальных партнеров, его смущала идея, что рано или поздно он может влюбиться. Конечно, ему было жаль бедняжку Софию, попавшую в столь затруднительное положение, но вместе с тем он твердо знал, что больше не любит ее, если вообще хоть когда-нибудь любил. Насколько он понимал, ее заверения в любви были своеобразным способом подчеркнуть, что, несмотря на недостойное поведение, она по-прежнему считает себя доброй католичкой, и если в ее взгляды на религию романтическая страсть более-менее вписывалась, то найти оправдание страсти животной было невозможно. Единственное, что их объединяло, но в чем у обоих не хватало смелости признаться, было неистовое сексуальное влечение на химическом уровне. Софии оно помогало укрепить веру в свою неотразимость, а Алехандро — выбраться из своей обычной скорлупы, хотя по нему этого было не видно.

— Почему ты никогда не смотришь на меня, когда кончаешь?

Алехандро осторожно закрыл за собой дверь и склонился над распростертой на кровати Софией. Он уже привык к ее открывающим гамбитам, словно мимолетный характер их встреч не оставлял пространства для деликатности.

— Я на тебя смотрю. — Алехандро собрался было снять куртку, но неожиданно передумал.

София перекатилась на живот, чтобы дотянуться до пепельницы. От резкого движения юбка задралась на ляжках. По телевизору шла какая-то порнушка. Алехандро покосился на экран. Неужели София до его прихода крутила эту дрянь?

— Нет, не смотришь. Только не когда кончаешь, — парировала она. — Я за тобой наблюдаю.

Он знал, что София права. В такой момент он никогда не смотрел на свою партнершу, кем бы она ни была. Его дядя, известный психоаналитик, наверняка сказал бы, что это свидетельствует об эмоциональной скупости, о нежелании полностью раскрыться.

— Ну тогда не знаю, — ответил он. — Я как-то не задумывался.

София села на кровати и прижала колено к груди, продемонстрировав длинную обнаженную ногу. Раньше этого было вполне достаточно, чтобы вызвать у него волну животного желания, но сегодня он не испытывал ничего, кроме странного равнодушия, словно их уже разделяли тысячи миль.

— Эдуардо считает, нам следует завести ребенка.

В соседнем номере кто-то открыл окно. Через стенку доносились приглушенные голоса.

— Ребенка, — повторил Алехандро.

— А ты не хочешь спросить меня, каким образом?

— Полагаю, я уже достаточно хорошо изучил физиологию, чтобы не задавать подобных вопросов.

Однако София даже не улыбнулась.

— Он хочет сделать это в клинике. Говорит, так будет надежнее и быстрее. Но мне кажется, он просто не хочет заниматься со мной любовью.

Алехандро присел на краешек кровати. Пара по телевизору упоенно занималась самым разнузданным сексом. Надеюсь, София не будет против, если он выключит это безобразие, подумал Алехандро. Он уже несколько раз говорил ей, что подобные фильмы его абсолютно не возбуждают, но она в ответ лишь многозначительно улыбалась, словно была уверена, что рано или поздно он подсядет на порно и изменит мнение.

— Сомневаюсь, что ребенка можно сделать в одиночку.

Она скинула туфли, которые полетели в разные стороны. Эдуардо любит порядок, в свое время объяснила она Алехандро. И поэтому, оставаясь наедине с любовником, она разбрасывала одежду как попало в знак своеобразного тайного протеста.

— А тебя это совершенно не волнует, да?

— Если это волнует тебя.

— Сомневаюсь, что он действительно хочет ребенка. Все эти подгузники, разбросанные пластиковые игрушки, ребенок, срыгивающий ему на плечо... Ему просто хочется выглядеть более мужественным. Ты в курсе, что он начинает лысеть? Я сказала ему, что нам обоим дешевле обойдется процедура по наращиванию волос. Но он говорит, что хочет ребенка.

— А чего хочешь ты?

Она бросила на Алехандро проницательный взгляд, ее явно позабавил его тон, как в кабинете у психоаналитика.

— Чего хочу я? — София помрачнела и затушила окурок. — Не знаю. — Она рывком поднялась с кровати, вплотную подошла к Алехандро, окутав его ароматом духов, и медленно провела прохладной рукой по его щеке. Ее волосы, свободно рассыпавшиеся по плечам, были слегка примяты, ведь перед его приходом она лежала. — Я думаю о тебе. — Она наклонилась и поцеловала Алехандро, оставив на его губах привкус губной помады и табака. Затем задумчиво склонила голову набок. — Что происходит?

Время от времени София его здорово удивляла: Алехандро искренне считал ее донельзя испорченной и самовлюбленной, хотя иногда она чуяла едва заметные изменения в атмосфере, точь-в-точь как собака.

Он гадал, нельзя ли хоть как-то помягче преподнести ей неприятную новость.

— Я уезжаю.

У Софии округлились глаза. Женщина на экране встала в такую позу, что Алехандро стало за нее неудобно. Ему не терпелось поскорее выключить телевизор.

— Надолго?

— На год... Может, больше. — Алехандро ожидал взрыва негодования и даже подготовился морально. Однако София на секунду застыла, затем вздохнула, села на кровать и потянулась за сигаретами. — По работе. Я нашел место в больнице в Англии.

— В Англии.

— Я уезжаю на следующей неделе.

— О...

Он придвинулся поближе, накрыв ее руку своей:

— Я буду скучать по тебе.

Они долго сидели так, безразличные к сдавленным звукам порочной любви за стенкой. А ведь какое-то время назад это наверняка могло бы смутить Алехандро.

— Почему? — повернулась к нему София. — Почему ты уезжаешь?

— В Буэнос-Айресе... слишком много призраков.

— Там всегда было полно призраков. И всегда будет, — поежилась София. — Надо только научится их не видеть.

Он тяжело сглотнул:

— У меня не получается.

Алехандро потянулся к Софии: его неожиданно возбудило то, что она отреагировала совсем не так, как он ожидал. Почувствовав непреодолимое желание, он вдруг отчаянно захотел раствориться в ее объятиях. Однако она проворно вывернулась из кольца жадных рук Алехандро, резко встала с кровати, пригладила волосы, подошла к телевизору и выключила его.

И когда она заговорила, в ее глазах он не увидел ни слез, ни детской ярости, а только некую смиренную мудрость, которой раньше за ней явно не водилось.

— По идее, я должна рвать и метать, что ты вот так меня бросаешь, — сказала она, прикуривая очередную сигарету. — Но, Ал, на самом деле я рада. — Она кивнула, словно в подтверждение своих слов. — Я впервые вижу, что ты хоть что-то делаешь, принимаешь настоящее решение. Ведь ты всегда был... таким пассивным.

Алехандро стало немного не по себе. Что, если она жаждет унизить его как любовника? Но София зажгла сигарету, взяла его руку, поднесла к губам и поцеловала. Очень странный жест.

— Так ты бежишь к какой-то цели? Или просто убегаешь? — Она продолжала крепко держать его за руку.

Он не мог ответить ей честно, а потому промолчал.

— Все, Турко, иди.

— Вот так просто?

— Да, уходи прямо сейчас. Не стоит давать друг другу дурацкие обещания встретиться вновь.

— Если хочешь, я буду писать.

— Да ладно тебе...

Он посмотрел на ее прекрасное грустное лицо, внезапно почувствовав нежность, удивившую его самого. И все заранее отрепетированные слова показались ему до нелепого затертыми.

Она поняла. Сжала его руку, затем указала на дверь:

— Иди давай. Знаешь, я ведь так или иначе собиралась положить конец нашим отношениям. Да и вообще, ты не мой тип.

Уловив в ее голосе нарочитую суровость, Алехандро послушно направился к двери.

— Ну что за непруха?! — горько рассмеялась она. — Муж, холодный, точно мертвец, и любовник, настолько одержимый призраками, что не может жить.

Хитроу с его окрестностями оказался самым безобразным местом, которое он когда-либо видел в жизни. Роддом в Дире был чуть посимпатичнее, но еще менее дружелюбным, особенно для людей, как с горечью понял Алехандро, со смуглой кожей. Акушерки отказывались с ним разговаривать, искренне оскорбленные появлением мужчины в их сугубо женской епархии. Через две недели после его приезда от пронзительного одиночества Алехандро переспал с молодой медсестричкой, а когда потом принялся извиняться, получил суровую отповедь: «Господи, все вы, мужчины, одним миром мазаны!» Мама всякий раз, как он звонил, интересовалась, не завел ли он себе подружку. «Молодой человек твоего возраста, — грустно говорила она, — должен быть всегда в поиске».

Он увидел вывеску «Эмпориум Сюзанны Пикок» и, движимый ностальгией не менее сильной, чем усталость после четырнадцатичасового дежурства (остальные акушерки уверяли его, что только ненормальный не сменяется на дежурстве во время родов, однако он считал непорядочным бросать женщину в самый ответственный момент ее жизни), открыл дверь. Он отнюдь не был суеверным человеком, но иногда просто необходимо следовать за знаками судьбы. Ведь то, что он до сих пор от них отмахивался, явно не пошло ему на пользу.

Само собой, он не рассказал об этом тем двум женщинам. И о Софии тоже. Ну и естественно, об Эстеле. И если бы не та блондиночка с улыбающимся лицом, которая оказалась первым человеком здесь, в Англии, желающим его выслушать, он, быть может, вообще ничего не рассказал бы.

Глава 12

Проблема старения состоит не в том, что ты живешь прошлым, а скорее в том, что мучительные воспоминания мало-помалу накапливаются и затягивают тебя в свою трясину. Виви разбирала бюро в гостиной, чтобы вставить в альбом пожелтевшие от времени фотографии. Она рассчитывала справиться до прихода мужчин, но время летело незаметно, и вот часы уже показывали половину шестого. Виви внезапно обнаружила, что сидит без движения на маленьком диванчике, разглядывая свои изображения на старых снимках, которые она не доставала уже много-много лет: вот она, нарядно одетая, застенчиво позирует под руку с Дугласом на различных светских мероприятиях, вот гордо держит на руках своих новорожденных детей; правда, с годами она выглядела все менее уверенной в себе, а ее улыбка становилась все более натянутой. Хотя, возможно, она чрезмерно строга к себе. Или слишком сентиментальна. Возможно, она проецирует на себя тогдашнюю те эмоции, что захлестнули ее сейчас.

Сюзанна была спокойным ребенком. Теперь, вспоминая детские годы дочери и свои мучения из-за полного отсутствия материнского опыта, Виви сама удивлялась, как им удавалось настолько хорошо ладить. Да, в детстве Сюзанна не доставляла особых хлопот, чего нельзя было сказать о ее отрочестве, когда неуклюжие, длинные конечности вдруг, словно по мановению волшебной палочки, приобрели элегантную грациозность, а эти почти славянские скулы подчеркнули прежде неприметные черты лица, неожиданно ставшего для Дугласа напоминанием о давно забытых днях, и тем самым нарушили мир и покой в его душе. После чего Сюзанна, будто почувствовав некие невидимые вибрации атмосферы, слетела с катушек.

Здравый смысл подсказывал Виви, что она здесь ни при чем. Вряд ли кто-то другой мог бы подарить Сюзанне, с ее противоречивой натурой, столько бескорыстной любви и понимания. Но материнство и здравый смысл — вещи несовместимые. Даже сейчас, когда Сюзанна, казалось бы, остепенилась, ведь Нил поистине чудесный муж, Виви терзало чувство вины из-за того, что она так или иначе не смогла сделать дочь счастливой. «У нее нет ни малейших оснований чувствовать себя несчастной, — говорил Дуглас. — Мы предоставили ей самые широкие возможности».

«Да, но иногда все не так просто, как кажется», — заявляла Виви, не решаясь углубляться в психологию семейных отношений. Дуглас не любил поддерживать подобные разговоры и по-своему был прав. У Сюзанны действительно имелось практически все. Как, впрочем, и у остальных. Тот факт, что двое родных детей Виви казались вполне довольными жизнью, ничуть не снимал с нее бремени ответственности; скорее, наоборот, оно становилось еще тяжелее. Виви уже много лет задавала себе вопрос: а что, если она все-таки относилась к детям по-разному и неосознанно давала Сюзанне понять, что она идет в семье вторым сортом?

А кому, как не Виви, было не знать, насколько соблазнительным может быть столь простое объяснение возникших проблем.

Правда, Дуглас считал, что это чушь собачья. Его взгляд на отношения между людьми был достаточно примитивным. Если ты относишься к другим по-человечески, то и к тебе будут относиться так же. Если ты любишь своих детей, то и они тебя тоже любят. Если ты помогаешь им по мере сил, то и они стараются сделать так, чтобы ты ими гордился.

Или, как в случае Сюзанны, ты любишь их, а они прикладывают максимум усилий, чтобы стать несчастными.

Не уверена, что у меня хватит сил и дальше выносить эту пытку, думала Виви, глядя полными слез глазами на фото, где одиннадцатилетняя Сюзанна обнимала Виви за преждевременно расплывшуюся талию. Нет, нельзя сидеть сложа руки. И я возненавижу себя, если хотя бы не попытаюсь хоть что-нибудь предпринять.

А что бы сделала на моем месте Афина? Виви уже давным-давно перестала задавать себе этот вопрос. Афина была настолько загадочной личностью, что при ее жизни никто не знал, чего от нее можно ожидать. И теперь, спустя тридцать с лишним лет, Афина казалась настолько призрачной, а память о ней — настолько будоражащей и в то же время эфемерной, что ее вообще невозможно было представить в роли матери. И смогла бы Афина понять сложный характер своей дочери, являвшийся, честно говоря, отражением ее собственного? Или же наоборот: не причинила ли Афина непоправимого ущерба Сюзанне, то появляясь в жизни дочери, то надолго исчезая? Ведь трагическая неспособность Афины сыграть роль матери стала еще одним наглядным свидетельством роковой изменчивости ее натуры.

Тебе здорово повезло, мысленно обратилась Виви к Афине, вспомнив о том, как отмахнулся Дуглас, когда она, Виви, пыталась поднять вопрос о Розмари с ее грязным бельем. Что ж, оставаться призраком куда проще. Тогда твой образ постепенно окутывается романтическим флером и становится лишь ярче, а не тускнеет, как у некоторых, под действием суровой реальности. И на этой грустной ноте Виви посмотрела на часы и усилием воли поднялась со стула, попутно отругав себя за то, что пытается найти себе столь странное оправдание и завидует упокоившейся с миром.

Алехандро появился в четверть десятого. Он приходил теперь практически каждый день, но всегда в разное время, в зависимости от расписания дежурств. Говорил мало. И даже не читал газету. А просто сидел в углу, прихлебывая кофе и время от времени улыбаясь жизнерадостной болтовне Джесси.

Джесси, умевшая, наверное, и мертвого разговорить, поставила перед собой задачу узнать все о человеке, которого окрестила Гаучо-Гинеколог, и задавала ему вопросы, порой вгонявшие Сюзанну в краску. Он что, всегда хотел стать акушером? Нет, только после того, как понял, что не попадет в национальную футбольную команду. Ему нравится помогать роженицам? Да. А женщины не против мужчины-акушерки? Как правило, нет. А если роженицы стесняются, то он благородно удаляется. Хотя пациенты обычно не стесняются человека в форменной одежде медика. А у него есть девушка? Нет. При этих словах Сюзанна поспешно отвернулась, проклиная себя за то, что явно зарделась.

Алехандро, казалось, не возражал против вопросов, которыми засыпала его Джесси, хотя обычно уходил от прямого ответа. И, как успела заметить Сюзанна, всегда садился поближе к прилавку, тем самым демонстрируя, что ему вполне комфортно в обществе хозяйки магазина и ее помощницы. А вот Сюзанна, наоборот, старалась держаться от Алехандро подальше. Поскольку у нее возникло такое чувство, будто этот человек уже в некотором роде собственность Джесси. И она, Сюзанна, пытаясь проявить дружелюбие, только усугубляет неловкость ситуации.

— Сколько новорожденных вы сегодня уже успели принять?

— Только одного.

— Сложности были?

— Кажется, нет. Если не считать того, что новоиспеченный папаша упал в обморок.

— Фантастика. А вы что сделали?

Алехандро потупился:

— Ну, он выбрал не самое удачное время. Поэтому мы были вынуждены убрать его с дороги.

— Вам пришлось тащить его волоком?

— Руки у нас были заняты. Мы отпихнули его в сторону ногами, — смутился Алехандро.

Джесси обожала подобные истории. А вот Сюзанне, с ее щепетильностью, приходилось включать музыку на полную громкость или подыскивать себе срочное дело в подвале. Уж больно неформальными становились все эти разговоры. И тем не менее Сюзанна нередко ловила себя на том, что исподтишка разглядывает Алехандро. В Лондоне его жгучая красота вряд ли привлекла бы внимание Сюзанны. Откровенно говоря, там она наверняка приняла бы его за представителя безликой массы низкооплачиваемых эмигрантов. Однако в захолустном городишке, населенном исключительно бледнолицыми представителями, и тем более в этом тесном магазинчике Алехандро стал для Сюзанны глотком свежего воздуха, экзотическим растением, напоминавшим об огромном мире вокруг.

— Боже, неужели отец пропустил момент появления ребенка на свет?!

— Не совсем. Но по-моему, он был изрядно смущен. — Алехандро улыбнулся своим мыслям. — Очнувшись, он попытался меня стукнуть, а затем назвал мамашей.

Алехандро рассказал им еще одну историю: о мужчине, который, пока его жена корчилась и кричала от боли, преспокойно сидел на ее кровати и читал газету. Алехандро сгибался под тяжестью навалившейся на него женщины, промокал капельки пота у нее на лбу, утирал ее слезы, а супруг роженицы даже не потрудился оторвать глаз от газеты. К тому моменту, как ребенок появился на свет, Алехандро, по его словам, уже реально хотелось хорошенько вмазать этому горе-папаше. Однако жена, со своей стороны, казалось, вовсе не держала обиды на мужа. И когда новорожденного наконец положили ей на руки, супруг встал, окинул их обоих спокойным взглядом, поцеловал жену в мокрый от пота лоб и вышел из палаты. Алехандро, вне себя от ярости, поинтересовался у роженицы, не смущает ли ее столь вялая реакция мужа. Нисколько, ответила женщина. И, увидев плохо скрытое изумление на лице акушера, все подробно объяснила. Оказывается, ее муж до смерти боится больниц. И они пришли к соглашению. Муж обещал просто посидеть в палате, а жена сказала, что, если он будет рядом, она непременно справится. А так как он ее очень любил, то смог пересилить себя и побороть свой страх.

— Итак, мораль этой истории... — начала Джесси.

— Никогда не судите мужчину по его газете, — заявил преподобный Ленни, оторвавшись от кроссворда.

Джесси до смерти хотелось сделать в витрине нечто вроде презентации, посвященной Алехандро, и услышать от него рассказ о некоем чуде рождения («Это типа в тему, ведь магазин тоже новый и вообще»), но расколоть Алехандро ей так и не удалось. По его мнению, произнес Алехандро своим тихим, приятным голосом, он пока не имеет права считаться постоянным посетителем магазина. Было в его тоне нечто непререкаемое, и Джесси в результате пришлось пойти на попятную. И несмотря на всю ее неотразимость — Сюзанне казалось, что Джесси могла флиртовать с кем угодно, даже с деревяшкой, — Алехандро удалось устоять, тем самым развенчав миф о болтливости латиноамериканцев. Он никогда не хвастался и не бросал женщинам призывных взглядов. У него, похоже, даже не было врожденного чувства ритма.

— Наверное, он гей, — сказала Джесси, когда Алехандро, вежливо попрощавшись, ушел на работу.

— Нет, — ответила Сюзанна, которая отнюдь не была уверена, не выдает ли она желаемое за действительное.

Джесси ушибла руку. Сюзанна, честно говоря, поначалу ничего не заметила, в отличие от Артуро, который, по обыкновению, зашел выпить свой утренний эспрессо.

— Ты что, поранилась? — Артуро оторвал руку девушки от прилавка, очень бережно и с тем же почтением, с каким он относился к еде, и, повернув к свету, обнаружил огромный фиолетово-коричневый кровоподтек, тянувшийся через три пальца.

— Прищемила дверью машины. — Джесси с улыбкой спрятала руку за спину. — Нет, ну надо же быть такой растяпой!

В магазине неожиданно воцарилось неловкое молчание. Кровоподтек выглядел ужасающе, синевато-багровое свидетельство болезненной травмы. Сюзанна посмотрела на Артуро и, заметив, что Джесси упорно прячет глаза, устыдилась своей невнимательности. Она хотела предложить Джесси довериться ей и теперь ломала голову над тем, как бы потактичнее завести разговор, однако вскоре поняла, что Джесси может обидеться, причем не только за вторжение в личную жизнь, но и за покровительственное отношение.

— Мазь «Арника», — наконец нашлась Сюзанна. — Она отлично заживляет кровоподтеки.

— Ой, ради бога, не беспокойтесь! Я уже помазала. У нас дома этой «Арники» навалом.

— А ты уверена, что у тебя нет перелома? — спросил Артуро. — Сдается мне, что пальцы слегка припухли.

— Нет. Я могу ими пошевелить. Вот смотрите. — Джесси помахала пальцами и поспешно отвернулась. — Ну и кому тогда мы посвятим первую выставку в витрине? Я реально хотела сделать ее об Алехандро, но, думаю, история о младенце, от которого отказались родители, получится уж больно душещипательной.

— Это ведь не он, да? — уже позже, когда все ушли, спросила Сюзанна.

— Вы о ком? — с невинным видом поинтересовалась Джесси, которая, не откладывая дела в долгий ящик, уже занялась витриной.

В качестве героя дня Джесси выбрала преподобного Ленни, который с радостью согласился, но только при условии, если она упомянет, что в данный момент у него имеется на продажу почти двести массажеров для спины на батарейках. («Они что-то не слишком похожи на массажеры для спины», — взяв один из них в руки, с сомнением произнесла Джесси. «Я священник! — вознегодовал преподобный Ленни. — А чем еще, по-твоему, это может быть?»)

— О твоем парне. Он повредил тебе пальцы.

Некая недоговоренность оставалась между ними весь день, и Сюзанна чувствовала настоятельную потребность расставить наконец все точки над «i», хочет того Джесси или нет.

— Я прищемила их дверью машины, — упорствовала Джесси.

— Ты хочешь сказать, *он* прищемил тебе пальцы дверью машины, — после короткой паузы произнесла Сюзанна.

Джесси, стоявшая в витрине, поднялась с колен и осторожно попятилась, чтобы ничего не нарушить. Поднесла руку к глазам, посмотрев на нее так, будто видела впервые, и прошептала:

— Это действительно очень трудно объяснить.

— А ты попробуй.

— Ему хочется, чтобы я сидела дома с Эммой. Все началось, когда я пошла в вечернюю школу. Он исходит на дерьмо просто потому, что чувствует себя неуверенно.

— Тогда почему ты от него не уйдешь?

— Уйти?! — Джесси была искренне удивлена, можно сказать, обижена. — Сюзанна, он вовсе не из тех мужиков, что занимаются рукоприкладством. — (Сюзанна выразительно подняла брови.) — Послушайте, я хорошо знаю его, и он был явно не в себе. Он боится, что я могу получить образование. Боится, что тогда я просто возьму и свалю. А теперь вдобавок и ваш магазин. Это для него уже что-то совсем новенькое. Ну а я только порчу все дело... Вы же знаете, я ужасная болтушка. И не всегда думаю о том, как ему все это видится со стороны... — Джесси задумчиво обозрела свою незаконченную композицию. — Когда он поймет, что ничего не меняется, то снова станет прежним. Сюзанна, не забывайте, что я знаю его как облупленного. Мы уже десять лет вместе. Но сейчас Джейсона словно подменили.

— Что, с моей точки зрения, его нисколечко не оправдывает.

— А я и не ищу для него оправданий. Я объясняю. А это две большие разницы. Послушайте, он отлично понимает, что поступает плохо. И не стоит делать из меня жертву. Мы просто деремся, а когда мы деремся, то ходов не пишем. И я плачу ему той же монетой. Вы ведь знаете, за мной не заржавеет.

Повисла длинная пауза, и атмосфера в магазине словно сгустилась. Сюзанна молчала из страха наговорить лишнего, но даже ее молчание можно было принять за осуждение.

Джесси прислонилась спиной к одному из столиков и посмотрела Сюзанне прямо в глаза:

— Ладно, а теперь выкладывайте, с чего это вдруг вы стали за меня переживать.

— Но как это скажется на Эмме? Какой жизненный урок она получит? — едва слышно проговорила Сюзанна.

— Неужто вы считаете, будто я кому-нибудь позволю поднять руку на Эмму? Неужто вы считаете, будто я останусь в доме Джейсона, если хоть на секунду поверю, что он способен ударить Эмму?

— Я имела в виду совсем другое.

— Тогда что?

— А то... Ну, я не знаю... Мне просто становится не по себе от любого проявления насилия, — пробормотала Сюзанна.

— Насилия? Или страсти?

— Что?

Сюзанна увидела, как лицо Джесси помрачнело. Наверное, впервые за все время их знакомства.

— Сюзанна, страсть — это не для вас. Ведь вы любите, чтобы все было аккуратно упаковано и завернуто. Наглухо застегнуто. Ну и отлично! Каждый решает сам.

Но мы с Джейсоном честны в том, что касается наших чувств. Если мы кого любим, то действительно любим. А если и ссоримся, то уже не по-детски. Для нас не существует полутонов. И я вам вот что скажу. Да, у меня повреждена рука. Ничего, до свадьбы заживет. Но я ни за какие коврижки не променяю свою жизнь на холодное, вежливое, стерильное сосуществование параллельно друг другу. На секс раз в неделю. Черт, раз в месяц! На перебранки вполголоса, чтобы не разбудить детей. И чему хорошему все это может научить?!

— Но совершенно не обязательно смешивать... — начала Сюзанна и осеклась.

Сюзанна понимала, что может в пух и прах разбить аргументы Джесси, несмотря на весь ее молодой задор, и тем не менее Джесси невольно задела Сюзанну за живое, на время лишив ее дара речи. В описании семейных отношений, которые для Джесси были страшнее домашнего насилия, страшнее травмированной руки, Сюзанна без труда узнала черты их с Нилом супружества.

И когда после полудня в магазине появилась Виви, Сюзанна почувствовала даже некоторое облегчение, поскольку их отношения с Джесси при внешней корректности утратили былую непринужденность, словно такой откровенный разговор оказался несколько преждевременным и нанес сокрушительный удар по их неокрепшей дружбе. Артуро выпил свой кофе непривычно быстро и, нервно поблагодарив, поспешно удалился. Двое других покупателей, как ни в чем не бывало беседовавшие в углу, на время заполнили громкими голосами напряженную тишину. Но теперь, когда они ушли, Сюзанна еще острее ощутила, что Джесси как будто напрочь утратила способность без умолку болтать и тщательно взвешивает каждую фразу. В результате Сюзанна, которой, чтобы разрядить напряженную обстановку, впервые пришлось самой занимать покупателей, встретила Виви в дверях с непривычной теплотой, и Виви, раскрасневшаяся от удовольствия, ответила Сюзанне жаркими объятиями.

— Значит, это он и есть! — застыв на пороге, несколько раз воскликнула Виви. — Ну разве ты у нас не умница?

— Да ладно. Было бы о чем говорить! Всего-навсего несколько столов со стульями.

— Боже, какие прелестные цвета! Сколько чудесных вещиц! — Виви принялась изучать товар на полках. — Все такое изысканное. И так мило расставлено. Мне давно хотелось к тебе зайти, но ты ведь не любишь, когда тебе дышат в спину. Я пару раз проходила мимо, но ты выглядела такой занятой... «Эмпориум Сюзанны Пикок». — Виви задумчиво прочла надпись на этикетке. — Ох, Сюзанна, я так тобой горжусь!

Теплые чувства Сюзанны, похоже, начали потихоньку испаряться. Виви никогда не умела контролировать свои эмоции. Именно поэтому объект ее избыточного энтузиазма не мог воспринимать это с должной благодарностью.

— Как насчет чашечки кофе? — Сюзанна, стараясь скрыть свои чувства, показала на доску с меню.

— С удовольствием. Ты сама его готовишь?

Сюзанна с трудом поборола желание иронично поднять брови.

— Ну да. Конечно.

Виви осторожно уселась на синий стул и принялась рассматривать подушки на скамье.

— Значит, ты все же использовала ту ткань с чердака, которую я тебе отдала.

— Ах, ты об этом! Ну да.

— Здесь она смотрится просто великолепно. Тебе не кажется, что рисунок выглядит почти современным? В жизни не скажешь, что этой материи больше тридцати лет. Мне ее когда-то подарил бывший ухажер. Ничего, что я заняла этот стул? Я никому не мешаю? — Виви, очень похожая сейчас на экзальтированную незамужнюю тетушку, обеими руками прижимала к животу сумочку.

— Мама, тут магазин. И ты вправе сидеть где угодно. Ой, Джесси, это Виви, моя мама. Мама, это Джесси.

— Очень приятно. Я приготовлю вам кофе, — отозвалась Джесси, стоявшая за кофемашиной. — Вы какой любите?

— А что вы посоветуете?

Боже правый! — подумала Сюзанна.

— Ну, если вы предпочитаете не слишком крепкий, то вам подойдет латте. А еще мы готовим мокко, с шоколадом.

— Тогда, наверное, мокко. Пожалуй, побалую себя.

— Сюзанна, нам надо пополнить запасы шоколадной крошки. Не хотите, чтобы я сходила за ней?

— Все в порядке. — Сюзанну неприятно задел официальный тон Джесси. — Я сама принесу.

— Нет проблем. Я мигом.

— Не стоит. Я отлично справлюсь. — Сюзанна явно взяла неверный тон, слишком начальственный.

— Это просто потрясающе! Ты здесь преобразила буквально все. У тебя такая яркая индивидуальность! — Виви покрутила головой. — И мне нравятся запахи кофе и... Что тут еще? О, мыло. И духи. Разве это не прекрасно? Я посоветую своим подругам покупать мыло только здесь.

В обычной ситуации, отметила Сюзанна, Джесси наверняка уже уселась бы рядом с Виви и засыпала бы ее вопросами. Но Джесси, спрятав ушибленные пальцы под длинным рукавом, сосредоточенно колдовала над кофемашиной.

Виви взяла Сюзанну за руку:

— У меня нет слов, чтобы передать, в каком я восторге. У тебя такое богатое воображение! Отличная работа, дорогая! По-моему, это замечательно, что ты решила все от и до сделать сама.

— Еще рано о чем-то судить. У нас пока нет прибыли, да и вообще...

— О, за этим дело не станет. Не сомневаюсь. Тут так... оригинально.

Джесси со сдержанной улыбкой принесла кофе и, извинившись, сказала, что ей надо распаковать новую бижутерию.

— Вы не против, Сюзанна?

— Конечно нет.

— Кофе бесподобный. Спасибо, Джесси. Определенно лучший кофе во всем Дире.

— Ну, это совсем не трудно, — пошутила Сюзанна в надежде заставить Джесси улыбнуться, поскольку терпеть напряженную обстановку стало просто невыносимо.

Хотя, возможно, так мне и надо, решила Сюзанна. Не судите, и не судимы будете. Ведь Джесси не сделала ничего плохого. А просто честно изложила свою позицию.

Сюзанна повернулась к Виви, лицо ее оживилось.

— Мама, угадай, что мы задумали. Мы решили взять на себя роль Купидона. Идея Джесси. Тайно соединить два одиноких сердца.

Виви сделала очередной глоток кофе:

— Звучит интригующе, дорогая.

— Кстати, Джесс. Совсем забыла тебе сказать. Посмотри, что я купила. Чтобы ты отдала это... ну, сама знаешь кому. — Сюзанна порылась под прилавком и достала коробочку шоколада в золотой обертке. — По-моему, блестящая идея. Мне кажется, ты непременно должна осуществить свой план. Передай шоколад вечером, перед тем как она уйдет. Или прямо с утра. — (В глазах Джесси застыл немой вопрос, но только на секунду, а затем между ней и Сюзанной снова восстановилось молчаливое понимание.) — Ну что скажешь?

— Замечательно! — Лицо Джесси озарила знакомая широкая улыбка. — Лилиане понравится.

Сюзанна сразу расслабилась. В магазине словно раздался вздох облегчения и даже стало чуть-чуть светлее.

— А давайте-ка все вместе попьем кофе, — предложила Сюзанна. — Джесс, я сама приготовлю. И еще немного печенья Артуро. Тебе капучино?

— Нет. Я пока не хочу. — Джесси снова положила коробку под прилавок. — Пожалуй, лучше убрать шоколад от греха подальше. Здесь его никто не найдет. Миссис Пикок, а почему вы молчите?

— Ой, я не миссис Пикок, — мягко поправила девушку Виви. — Это фамилия Сюзанны по мужу.

— Да? А как ваша фамилия?

— Фэрли-Халм.

Джесси удивленно повернулась к Сюзанне:

— Значит, вы из Фэрли-Халмов?

— Да, так оно и есть, — кивнула Виви. — Она старшая из наших троих детей.

— Из поместья Дируорд? Сюзанна, вы никогда не говорили!

Сюзанна вдруг почувствовала, будто ее загнали в ловушку.

— А зачем? — несколько нервно спросила она. — Я не живу в поместье. И, строго говоря, я миссис Пикок.

— Да, но...

— Это всего-навсего фамилия.

Радость оттого, что отношения с Джесси снова наладились, мгновенно испарилась. У Сюзанны внезапно возникло странное ощущение, будто семья в очередной раз грубо вторглась в ее жизненное пространство.

Джесси удивленно перевела взгляд с Виви на Сюзанну и снова уставилась на прилавок.

— И тем не менее теперь мне все ясно. Мне нравится картина, — сказала она Виви.

— Картина?

— Портрет. Сюзанна собиралась повесить его здесь. Но потом решила, что в магазине ему не место. Я слышала о вашей галерее семейных портретов. Вы по-прежнему пускаете туда летом посетителей? — Джесси бросила взгляд на портрет, видневшийся между ножками прилавка.

Виви смущенно покраснела:

— Ох нет, дорогая. На портрете не я. Это... Афина.

— Виви мне не родная мать, — вмешалась Сюзанна. — Моя мать умерла при родах.

Джесси замолчала, словно ожидая дальнейших разъяснений. Однако Виви как завороженная смотрела на портрет, а Сюзанна, казалось, думала о чем-то своем.

— Да, теперь я вижу. Волосы другие. И остальное... — начала Джесси и осеклась, заметив, что ее никто не слушает.

Наконец Виви оторвала глаза от портрета, встала со стула и осторожно поставила пустую чашку на прилавок перед Джесси.

— Да... Ну, мне, пожалуй, пора. Я обещала отвезти Розмари в Клэр к старинной подруге. Розмари наверняка уже заждалась меня. — Она покрепче затянула на шее шелковый шарф. — Я, вообще-то, собиралась лишь на минуту заскочить, чтобы поздороваться.

— Было очень приятно познакомиться, миссис Фэрли-Халм. Заходите почаще. Вам непременно стоит попробовать наш кофе с ароматизированными добавками.

Виви потянулась за кошельком, но Джесси замахала на нее руками:

— Что за глупости! Вы ведь член семьи.

— Вы... вы... очень добры. — Виви взяла сумочку и направилась к двери. Но остановилась и повернулась к Сюзанне. — Послушай, дорогая. Я вот тут подумала... Почему бы вам с Нилом на этой неделе не прийти к нам на ужин? Ничего торжественного. Самый обычный ужин. Будет очень приятно снова повидаться с вами.

Сюзанна сосредоточенно поправляла журналы на стойке:

— Нил возвращается домой очень поздно.

— Тогда приходи одна. Ты же знаешь, мы тебе всегда рады. В последнее время у Розмари... возникли некоторые проблемы. А ты умеешь поднять ей настроение.

— Прости, мама. Но я очень занята.

— Тогда просто посидим вдвоем. Хорошо?

Сюзанне не хотелось обижать Виви, однако разговоры о фамилиях, а возможно, и о портрете выбили ее из колеи.

— Послушай, мама, я ведь тебе уже говорила. После работы мне надо заниматься бухгалтерией, да и вообще, у меня куча других дел. У меня на себя-то времени практически не остается. Давай как-нибудь в другой раз, а?

Виви скрыла свое разочарование за дрожащей улыбкой. Положила ладонь на дверную ручку и убрала подальше от уха трезвонящий мобильник.

— Да-да, конечно. Джесси, была очень рада познакомиться. Удачи вам с магазином.

Сюзанна снова с головой зарылась в журналах, отказываясь встречаться с Джесси глазами. Виви вышла на улицу, громко бормоча себе под нос:

— Да, выглядит просто грандиозно...

— Джесс, будь добра, сделай мне одолжение. — Сюзанна наконец подняла глаза на Джесси, которая, стоя за прилавком, продолжала сверлить ее взглядом. — Не стоит об этом говорить. Я имею в виду покупателей. Что я из семьи Фэрли-Халм. Ужасно не хочется... чтобы обо мне судачили.

Лицо Джесси абсолютно ничего не выражало.

— Вы босс, — сказала она.

— Ни за что не догадаешься, куда я собираюсь! — выпалил Нил.

Сюзанна, сидевшая в ванне, вдруг почувствовала себя голой, хотя густая пена почти полностью закрывала тело. Самое большое неудобство переезда из лондонской квартиры состояло именно в том, что им приходилось делить одну ванную комнату на двоих. Сюзанна с трудом подавила желание попросить Нила закрыть дверь с той стороны.

— И куда же?

— На охоту. С твоим братом. — Нил поднял руки, изобразив воображаемое ружье.

— Сейчас же не сезон.

— Не сейчас. А в первую неделю нового сезона. Бен позвонил мне сегодня утром. Сказал, у них есть свободное место. Обещал одолжить ружье и экипировку.

— Но ты ведь не умеешь стрелять.

— Сью, он прекрасно знает, что я новичок в этом деле.

Сюзанна хмуро посмотрела на свои торчавшие из воды ноги:

— Просто, по-моему, это немножко не твое.

Нил ослабил узел галстука и, состроив гримасу своему отражению в зеркале, принялся изучать старый порез после бритья.

— По правде говоря, я уже жду не дождусь. После того как мы перестали ходить в спортзал, мне ужасно не хватает возможности встряхнуться. И немного физической активности точно не повредит.

— Ну, охоту вряд ли можно приравнять к спринтерскому бегу.

— И тем не менее это свежий воздух. И ходьба по пересеченной местности.

— И обильный ланч. В окружении жирных банкиров, набивающих себе брюхо. Не самый удачный способ сохранить форму.

Нил намотал галстук на руку и присел на унитаз рядом с ванной:

— В чем проблема? Тебя ведь по выходным вообще не бывает дома. Ты вечно торчишь в своем магазине.

— Но я ведь тебя предупреждала, что эта работа требует усилий.

— Да я в принципе и не жалуюсь, а просто говорю, что вправе распоряжаться своими выходными, раз уж ты все равно работаешь.

— Прекрасно.

— Тогда в чем проблема?

— Никаких проблем, — пожала плечами Сюзанна. — Как я уже сказала, по-моему, это не твое.

— Раньше, может, так оно и было. Но сейчас мы живем в деревне.

— Что отнюдь не означает, будто мы должны облачиться в твид и болтать исключительно о ружьях и силках для фазанов. Если честно, Нил, нет ничего хуже горожанина, изображающего из себя сквайра.

— Но если кто-то предлагает мне попробовать что-то новенькое, причем задаром, надо быть дураком, чтобы отказаться. Да ладно тебе, Сью, в последнее время у нас с тобой было не слишком много развлечений. Я тебе вот что скажу. Почему бы тебе не оставить кого-нибудь присмотреть за магазином и не пойти со мной? У тебя впереди еще куча времени, чтобы все организовать. Ты можешь быть загонщиком, или как там это у вас называется? — Нил встал и резко взмахнул рукой. — Ты будешь классно смотреться с длинной палкой в руке, и, чем черт не шутит, может, это сотворит с нами чудеса... — многозначительно ухмыльнулся он.

— Угу. Именно так я и представляю себе ад. Спасибо большое, но, пожалуй, я смогу придумать себе более интересное занятие, чем убивать крошечных пернатых созданий.

— Прошу прощения, Линда Маккартни. Пожалуй, мне стоит отпустить жареного цыпленка на свободу, да? — (Сюзанна знаком велела подать полотенце и, поспешно прикрывшись, чтобы Нил, не дай бог, не увидел ее обнаженного тела, вышла из ванны.) — Послушай, разве не ты вечно пилила меня за то, что я зануда и слишком предсказуемый? Тогда почему ты наезжаешь на меня, когда я хочу попробовать что-нибудь новенькое?

— Просто я ненавижу людей, которые строят из себя тех, кем не являются.

Нил остановился перед ней, наклонив голову, чтобы не стукнуться о балки потолка:

— Сью, мне надоело постоянно за себя извиняться. За то, что я — это я. За любое треклятое решение, которое принимаю. Ведь рано или поздно тебе придется принять, что мы теперь живем здесь. И здесь наш дом. И если твой брат приглашает меня на охоту, или на прогулку, или на стрижку овец, это отнюдь не означает, будто я выдаю себя за кого-то другого. Нет, я просто пытаюсь принять сложившиеся обстоятельства. И по мере сил получать удовольствие от жизни. Даже если ты твердо вознамерилась видеть во всем только плохое, черт побери!

— С чем тебя и поздравляю, фермер Джайлс[1], — парировала Сюзанна, не найдя более остроумного ответа.

В разговоре возникла мучительная пауза.

— А знаешь что? — наконец произнес Нил. — Если уж быть до конца откровенным, то, по-моему, твоя затея с магазином вовсе не идет нам на пользу. Я, конечно, рад, что магазин доставляет тебе удовольствие, да и вообще не стану ничего говорить, поскольку знаю, как много он для тебя значит, но в последнее время у меня возникают нехорошие предчувствия. Боюсь, вся эта история может плохо для нас закончиться. — Нил взъерошил волосы и посмотрел Сюзанне прямо в глаза. — И самое смешное, я уже начинаю сомневаться, а в магазине ли, собственно, дело.

Сюзанна выдержала взгляд мужа, который смотрел на нее, казалось, целую вечность. А затем, протиснувшись мимо него, пробежала по узкому коридору в спальню, где включила фен на полную мощность и долго сушила волосы, крепко зажмурившись, чтобы сдержать слезы.

Дуглас нашел Виви на кухне. Виви совершенно забыла, что обещала испечь парочку тортов для субботней ярмарки в Женском институте, в результате чего ей, как это ни жаль, пришлось расстаться с сонным уютом мягкого дивана и телевизора напротив. Тем более что планы на утро, имеющие отношение к Розмари, не оставляли ей другого времени для стряпни.

— Ты вся в муке.

Дуглас только что вернулся из бара, куда ходил пропустить стаканчик с одним из местных оптовых торгов-

1 «Фермер Джайлс из Хэма» — юмористическая сказка Дж. Р. Р. Толкина.

цев зерном. Он наклонился поцеловать жену в щеку, и на Виви пахнуло запахом пива и трубочного табака.

— Да. По-моему, мука мне просто мстит. Так как понимает, что я терпеть не могу печь. — Виви ножом разровняла смесь в форме для выпекания.

— Ума не приложу, почему бы не купить кондитерские изделия в супермаркете. Куда меньше возни.

— Дамы в возрасте предпочитают домашнее. И если я принесу готовую выпечку, то мне потом перемоют все кости... — Она махнула рукой на микроволновку. — Твой ужин здесь. Я не знала, когда ты вернешься.

— Прости. Надо было позвонить. Если честно, то я совсем не хочу есть. Сыт по горло чипсами, арахисом и прочей ерундой. — Дуглас достал из верхнего шкафчика стакан, тяжело опустился на стул и налил себе виски. — Но думаю, Бен точно не откажется от добавки.

— Он уехал в город.

— В Ипсуич?

— Полагаю, в Бери. Взял мою машину. Нет, ему определенно скоро понадобится новая.

— Ну, он наверняка надеется, что рано или поздно я отдам ему свой «рейнджровер».

Из коридора донеслось злобное шипение. Это терьер в очередной раз попробовал напасть на старую кошку Розмари. Они услышали, как он, обиженно царапая когтями каменный пол, убегает в другую комнату. На кухне снова воцарилась тишина, нарушаемая лишь тиканьем венских часов, преподнесенных ее родителями им на свадьбу, — один из немногочисленных свадебных подарков, поскольку свадьба отнюдь не была пышной.

— Кстати, я видела сегодня Сюзанну, — продолжая ровнять смесь для торта, заметила Виви. — Держалась холодно. Но магазин очень красивый.

— Я знаю.

— Что? — вскинула голову Виви.

Дуглас сделал большой глоток виски:

— Совсем забыл тебе сказать. Я заходил к ней на прошлой неделе.

Виви собиралась было поставить форму в духовку, но остановилась на полдороге:

— Она мне не говорила.

— Да. Кажется, во вторник... Я подумал, что наша дурацкая ссора слишком затянулась.

Дуглас держал стакан обеими руками. Руки у него были обветренными, с красными костяшками, хотя погода стояла на редкость теплая.

Виви повернулась к плите, сунула форму в духовку и осторожно закрыла дверцу.

— Так ты с ней помирился? — Виви изо всех сил старалась не показывать своего недовольства, однако в душе буквально кипела от ярости, что ее в очередной раз отодвинули на задний план.

Конечно, это было чистой воды ребячество, но она не знала, что именно задело ее сильнее: то, что, невзирая на ее отчаянные попытки навести мосты, ни отец, ни дочь даже не потрудились поставить Виви в известность, или то, что Дуглас посетил магазин раньше ее.

— Дуглас?

Муж упрямо молчал, и Виви, еще больше разозлившись, задалась вопросом, как долго Дуглас смотрел на тот портрет.

— Нет, — наконец сказал он. — Не совсем.

Он протяжно вздохнул — печальный, унылый звук — и поднял на нее усталые глаза. Виви знала: в глубине души муж ждет, что она сейчас обнимет его, успокоит, заверит, что дочь рано или поздно одумается. Что он поступил правильно. И вообще, все будет хорошо. Но впервые за их совместную жизнь Виви решительно не хотела этого делать.

Глава 13

День, когда я понял, что вовсе не обязан походить на своего отца

За всю жизнь я, кажется, ни разу не видел отца с ненапомаженными волосами. И так и не узнал, какого цвета у него волосы: они были похожи на скользкую черную раковину, разделенную на узкие бороздки черепаховым гребнем, хранившимся в заднем кармане. Отец был флорентийцем, как говаривала бабушка, словно это могло объяснить его чрезмерное тщеславие. И опять же, моя мать совсем не походила на типичную итальянскую маму, по крайней мере в представлении англичан. Она была очень стройной, очень красивой, даже на склоне лет. Что хорошо видно на этой фотографии: они, точно два киноактера, слишком шикарные для нашей деревушки. За всю свою жизнь она, похоже, ни разу не приготовила обеда.

Мне было шесть лет, когда меня впервые оставили с бабушкой. Родители трудились в городе, в месте, неподходящем для ребенка, как мне постоянно твердили. Они брались за самую различную работу, в основном связанную с развлекательным бизнесом, но серьезных денег не зарабатывали, по крайней мере таких, что были необходимы для поддержания их внешнего вида. Они посылали домой конверты с лирами на мое содержание — этого не хватало даже на корм для кур, пренебрежительно говорил дедушка. Дедушка сам выращивал практически все продукты для стола — единственный способ, шлепая меня по спине, говорил он, вырастить отличного парня.

Каждые полгода они приезжали проведать меня. Поначалу я прятался за бабушкиной юбкой, так как едва их узнавал, и мой отец цокал языком и строил мне рожи у бабушки за спиной. Мама сюсюкала со мной и отчитывала бабушку за то, что одевает меня, как крестьянина, а я прижимался к материнской груди, вдыхая аромат духов и гадая про себя, как эти экзотические существа смогли произвести на свет такое безобразное животное, как я. Ведь отец именно так обзывал меня за толстый живот и двойной подбородок, а мама бранила его с улыбкой, адресованной вовсе не мне. И иногда я и сам не мог разобрать, люблю я их или ненавижу. Я точно знал лишь одно: мне не суждено оправдать их ожиданий и, возможно, это из-за меня они стараются держаться подальше от дома.

«Не обращай внимания, — утешала меня бабушка. — Город сделал их жестокими».

А затем в тот год, когда мне исполнилось четырнадцать, они уже в пятый раз вернулись с пустыми руками, без единого гроша на мое содержание. И поскольку я не должен был об этом знать, меня отослали в мою комнату, где я подглядывал в щелку двери и напрягал слух, чтобы слышать их разговор на повышенных тонах. Дедушка в сердцах обозвал моего папу бездельником, а маму проституткой.

— У вас по-прежнему достаточно денег на ваше дерьмо для лица и на блеск для новой обуви. Вы оба абсолютно никчемные, — сказал дедушка.

— Я не обязан все это выслушивать, — прикуривая сигарету, ответил отец.

— Нет, обязан. Называешь себя отцом? Ты даже цыпленка не способен убить, чтобы прокормить семью.

— Так, по-твоему, я не способен убить цыпленка?! — возмутился отец, и я понял, что он расправил плечи и выпрямился, в этом своем полосатом костюме.

— Ты ни на что не годишься, кроме как наводить красоту, точно педик.

Хлопнула дверь в комнату. Я подбежал к окну и увидел, как отец размашисто шагает по двору. Не сразу, после нескольких попыток, он умудрился схватить, под возмущенное кудахтанье, Кармелу, нашу старую курицу, которая уже давным-давно не несла яйца. Он схватил ее за шею и швырнул бедняжку через весь двор в сторону дедушки.

Во дворе воцарилась мертвая тишина, и неожиданно я увидел нечто угрожающее в позе отца. Увидел в нем нечто такое, чего не замечал ранее, некую злобную импульсивность. Бабушка это тоже заметила. Она принялась заламывать руки, умоляя всех вернуться в дом и выпить граппы.

Мама нервно переводила взгляд с отца на мужа, пытаясь понять, кого следует утихомиривать в первую очередь.

Сам воздух вокруг, казалось, застыл.

А затем, с полузадушенным квохтаньем и бессильно болтающейся головой, Кармела вдруг возникла у папиных ног, причем вид у нее был до крайности недовольный. Она помедлила, слегка качаясь на дрожащих ногах, и неуверенно заковыляла мимо отца в сторону курятника. Никто не проронил ни слова.

Затем бабушка показала на папин костюм:

— Она тебя обосрала.

Папа опустил глаза и обнаружил, что его отутюженные брюки испачканы тем, что явно можно было расценить как знак последнего протеста Кармелы.

Мама, прикрыв рот рукой, начала хихикать.

Дедушка с гордо поднятой головой развернулся и ушел в дом, его презрительное «ха!» еще долго висело в воздухе.

— Даже твой сын способен свернуть шею цыпленку, — не оглядываясь, пробормотал он.

После этого мой отец появлялся крайне редко. Но мне было наплевать. Дедушка научил меня разбираться в мясе, понимать, в чем разница между панчетто и прошутто, между дольче латте и панна-коттой, как делать паштет с инжиром и заливать его гусиным салом. И дедушка ни разу не прошелся насчет моей внешности. Десять лет спустя я открыл свой первый магазин, и теперь настала моя очередь кормить дедушку, что я и делал с превеликим удовольствием до самой его смерти.

Кармела стала единственной курицей, которую мы не стали есть.

Лилиана вставила ключ в дверь «Уникального бутика», когда на часах уже было без двадцати десять. Опустила глаза и, распахнув дверь ногой, подняла со ступеньки коробочку шоколада в золотой обертке. Лилиана повертела коробку в руках и, склонив голову сперва налево, потом направо, окинула взглядом переулок; полы ее длинного пальто развевались на ветру. Затем сделала два шага назад, чтобы получше рассмотреть магазинчик Артуро. Подождала еще минутку и, прижав коробку шоколада к груди сумочкой, вошла в свой бутик.

А через дорогу Сюзанна и Джесси, устроившие наблюдательный пункт у витрины с выставкой, посвященной Артуро, дружно переглянулись и совсем по-девчоночьи захихикали, причем одна из них словно помолодела на двадцать лет.

Это был четвертый подарок, который они уже успели оставить на ступеньках «Уникального бутика»: раз в неделю, как и договаривались. Если чаще, это было бы некоторым перебором, если реже — то вполне могло сойти за случайность. Однако они решили не останавливаться на достигнутом. Быть может, дело было в неожиданно теплой погоде, пробуждающей первобытные инстинкты и заставляющей девушек обнажать плечи и ноги, а юношей — бесцельно колесить под неодобрительными взглядами представителей старшего поколения по узеньким улочкам Дира в ревущих тюнингованных тачках, но Сюзанна с Джесси с удвоенной энергией принялись изыскивать способы свести Лилиану и Артуро. Когда у Лилианы упала полка для дамских сумочек, они уговорили Артуро предложить Лилиане свою помощь, убедив его в том, что Лилиана всегда восхищалась полками в его магазине. Они рассказали Лилиане, что оливковое масло отлично помогает при артрите, в результате чего Лилиана зашла к Артуро за бутылочкой для матери. Сюзанна и Джесси изобретали самые различные поводы: начинали вытирать совершенно чистые столики или убирали лишние стулья якобы для починки, — чтобы усадить Лилиану с Артуро вдвоем, когда те одновременно заходили на чашечку кофе. И в конце концов усилия двух посланниц Купидона были вознаграждены: Артуро с Лилианой уже обменивались застенчивыми, но довольными взглядами или смущенно краснели, когда, заскочив в магазин Сюзанны, в очередной раз обнаруживали, что один из них уже сидит за столиком. Надо же, работает! — оставаясь вдвоем, говорили друг другу новоиспеченные сводни восторженным шепотом. И прятали под прилавком очередную коробку со сластями.

А тем временем в Дир-Хаусе Виви была озабочена собственными кухонными проблемами: ей не давал покоя холодильник Розмари. В последние время, когда она заходила к Розмари навести порядок в холодильнике, что происходило два раза в неделю (Розмари не могла вынуть полку, не сломав ее), то обнаруживала там среди размокших овощей и бутылочек с просроченными лекарствами несколько открытых йогуртов, рядом вскрытые упаковки бекона, а возле них — тарелку с сырым цыпленком, кровь из которого капала прямо в открытую картонку с молоком внизу. Слова «листерия» и «сальмонелла» вдруг прозвучали со всей ужасающей очевидностью, и Виви заметила, что начинает невольно дергаться всякий раз, как Розмари сообщала, что собирается приготовить себе маленький сэндвич или немножко перекусить.

Виви хотелось обсудить это с Дугласом, но после истории с Сюзанной он стал страшно неразговорчивым. К тому же наступила пора сенокоса, и Дуглас теперь редко возвращался домой раньше девяти. Виви начала подумывать о том, чтобы подключить своих деревенских знакомых, однако она была с ними недостаточно близка, чтобы довериться в столь деликатном деле. Виви никогда не относилась к числу тех женщин, которые умели создавать собственный круг, а учитывая то, что она носила громкую фамилию Фэрли-Халм, любое признание в том, что у тебя есть домашние проблемы, было равносильно проявлению нелояльности. Виви смотрела по телевизору утренние ток-шоу, где молодые люди с легкостью делились самыми интимными подробностями своей сексуальной жизни, рассказывали о нарко- или алкогольной зависимости, и искренне удивлялась. Как так получилось, что в ее время все скелеты следовало оставлять в шкафу, а уже следующее поколение считает подобный взгляд на вещи старомодным? В конце концов Виви позвонила Люси. Дочь выслушала ее с холодной отстраненностью хорошего аналитика, благодаря чему и добилась столь впечатляющих успехов на работе, и в результате заявила матери, что, по ее разумению, Розмари достигла того критического возраста, когда ее пора отдавать в дом престарелых.

— Я даже не представляю, как предложить это твоему отцу, — приглушенным голосом сказала Виви, словно Дуглас, находящийся сейчас в поле, мог каким-то образом услышать их разговор и тем самым узнать о ее предательстве.

— Но тебе придется что-то предпринять, — отрезала Люси. — Сальмонелла — это убийца. А как насчет социальной службы?

Виви не хотелось признаваться в наличии мелких проблем с Леди Недержание.

— Она слишком упрямая. Ей вообще не нравится, когда я появляюсь на ее кухне. И мне приходится изобретать кучу самых разных предлогов, чтобы выбросить еду из ее холодильника.

— Она должна быть тебе только благодарна.

— Ну конечно, дорогая. Но ты ведь знаешь, что этого слова нет в лексиконе Розмари.

— Плохо дело. А нельзя просто взять и завернуть бабулины продукты в пищевую пленку?

— Я пыталась. Но она решила, что пленку можно использовать несколько раз. И поэтому завернула в пленку из-под цыпленка чеддер, а в результате мне пришлось выбросить продукты на помойку.

— Тогда скажи ей, что она создает угрозу своему здоровью.

— Я пыталась, дорогая. Правда. Но она жутко разозлилась и не стала меня слушать. Просто замахала на меня руками и выбежала вон.

— Должно быть, она понимает, — задумчиво протянула Люси. — Я хочу сказать, что у нее крыша едет.

— Да. Полагаю, что понимает, — горестно вздохнула Виви.

— Я бы тоже разозлилась. А бабуля никогда не отличалась... мягким характером.

— Что есть, то есть.

— Хочешь, чтобы я поговорила?

— А с кем?

— Ну, я не знаю... С бабулей? С папой? Представителям разных поколений иногда проще общаться.

— Конечно, дорогая. Попробуй, если не боишься. Но сомневаюсь, будет ли толк. Твой папа сейчас немножко... В данный момент у него слишком много семейных проблем.

— Что ты имеешь в виду?

Виви замялась, инстинктивно почувствовав, что ведет себя не слишком лояльно.

— Ох, понимаешь... Эта дурацкая история с Сюзанной...

— Ты, наверное, шутишь! Неужели все та же волынка?

— Она действительно страшно обижена. И боюсь, их отношения сейчас в такой стадии, что дальше может быть только хуже.

— Боже правый, поверить не могу, что они до сих пор не помирились! Ой, подожди минуточку. — (Виви услышала какой-то приглушенный разговор и чье-то поспешное «да», а затем — снова голос своей младшей дочери.) — Ну ладно, мама. Пора положить этому конец. Они ведут себя как пара форменных идиотов. И оба упрямые, точно бараны.

— Но что я могу поделать?

— Даже и не знаю. Столкнуть их лбами. Это не может тянуться вечно. Тебе придется что-то предпринять. Послушай, мам, мне надо идти. Опаздываю на встречу. Позвони мне вечером, хорошо? Скажешь, что решила насчет бабули.

И Люси отключилась так быстро, что Виви не успела даже прошептать слова любви. Виви осталась сидеть, уставившись на гудящий телефон. На нее вдруг снова нахлынуло знакомое чувство собственной неуместности. Впрочем, я никому ничего не обязана, сердито подумала Виви. Почему я должна улаживать семейные проблемы или переживать из-за их последствий? И за что мне такое наказание?!

Надин и Алистер Палмер разводятся. По мере наступления лета спокойные часы отдыха между закрытием магазина и возвращением Нила, когда Сюзанна, лениво потягивая вино, могла позволить себе спокойно полистать за кухонным столом кулинарную книгу, все чаще нарушались телефонными звонками Надин: «Как он может так со мной поступать... Если он рассчитывает, что я отпущу детей на весь уик-энд, значит он ненормальный... Знаешь, адвокат утверждает, что я тоже имею право на летний домик... Я занималась отделкой, хотя полдома и принадлежит его брату...»

Поначалу Сюзанне даже польстил звонок подруги, поскольку ей казалось, что Надин, которая по-прежнему жила в Лондоне, о ней забыла. Но спустя несколько недель Сюзанна уже была сыта по горло этими звонками с бесконечным нытьем о несправедливости бракоразводных дел и примерами того, как некогда любящие пары после развода стараются мелочно отомстить и нагадить друг другу.

«Тебе и не передать, как мне одиноко по вечерам... Я слышу малейший шум... Мама считает, что я должна завести собаку, но кто ее будет выгуливать, если мне придется снова пойти работать?»

Из их компании Надин с Алистером поженились самыми первыми, за шесть недель до Сюзанны с Нилом. И вот теперь Надин уже в третий раз спрашивала у Сюзанны, как у той дела с Нилом, словно ожидая услышать, что не одной ей плохо. Однако Сюзанна предпочитала не распространяться, ограничиваясь сдержанным: «Прекрасно». Развод подруги удивил Сюзанну, но поскольку в кругу их старых друзей Надин с Алистером стали уже четвертой парой, решившей разбежаться, она мало-помалу успела привыкнуть, а потому отреагировала не так бурно, как могла бы. Иногда, положив трубку, она размышляла о предопределенности судьбы знакомых семейных пар: первоначальная сумасшедшая влюбленность постепенно перерастает в более стабильные отношения, возможно с менее диким сексом, затем — супружество и создание дома, когда на смену сексуальному голоду приходит страсть к мягкой мебели. Венцом супружеских отношений становится рождение ребенка, и вот тут-то все и начинается. Женщины, выполнив свою основную миссию, становятся одержимыми и раздраженными, причем секс вообще отходит на второй план, и тогда пути супругов кардинально расходятся: она начинает отпускать едкие шуточки по поводу никчемности мужчин, а он, в свою очередь, по возможности устраняется, стараясь подольше задерживаться на работе, и в конце концов оказывается в объятиях девицы помоложе, посексапильнее и пожизнерадостнее.

«Он говорит, что больше меня не хочет. С тех пор, как у нас появились дети. Ну а я честно призналась, что уже давным-давно не хочу его, но брак ведь — это не только секс, да? Двадцатидвухлетняя профурсетка... Он соображает, что делает? Боже мой, Сюзанна! Когда принц Чарльз женился на Диане, ее еще и на свете-то не было!»

Конечно, в лучшие времена Сюзанна понимала, что так происходит далеко не со всеми, а рождение детей укрепляет некоторые браки и становится источником радости. На самом деле она не знала, не утрируют ли подруги минусы материнства: бессонные ночи, испорченные фигуры, разбросанные пластиковые игрушки и рвоту — из своеобразного сочувствия к ней, поскольку она еще не успела познать эти радости. И как ни странно, бесконечные горестные причитания подруг вызывали у нее несколько противоречивые чувства. Выслушивая жалобы Надин на то, что двое ее детишек будут проводить время с папочкиной подружкой, и на то, как тяжело просыпаться утром в притихшем доме, Сюзанна начинала понимать, что за всеми этими рассказами о домашней рутине и прозе жизни кроется глубокая, полная ревности страсть. И было нечто такое в этой страсти, несмотря на всю глубину страданий израненной женской души, что казалось Сюзанне даже заманчивым, особенно на фоне ее собственной жизни, размеренной и предсказуемой.

Впервые Нил встретил Сюзанну, когда та подавала ему суши. Она работала в ресторанчике в Сохо и, обнаружив, что сырая рыба с рисом практически не содержит жира, подсела на эту еду и на «Мальборо лайтс» в надежде похудеть с десятого размера до восьмого (сейчас она горько сожалела о том, что, вместо того чтобы в свои двадцать лет переживать насчет несуществующего целлюлита, не расхаживала в бикини). Нил пришел с клиентами. Нил, родившийся в деревушке Чим и придерживавшийся несложной диеты игрока в регби из привилегированной частной школы для мальчиков, ради интереса попробовал все предложенное Сюзанной и уже гораздо позже признался, что, попытайся кто-нибудь другой накормить его сырым морским ежом, он бы сделал этому человеку двойной нельсон.

Нил был высоким, широкоплечим и красивым, всего на несколько лет старше ее. Его кожа отличалась здоровым блеском, говорившим о том, что хорошая зарплата в Сити и частые поездки за границу способны с лихвой компенсировать скуку и однообразие офисной работы. Он заплатил ей щедрые чаевые — тридцать процентов от суммы счета, — и она не могла не признать, что он сделал это вовсе не ради того, чтобы пустить пыль в глаза своим спутникам. Она внимательно к нему пригляделась, выслушала его сделанное шепотом признание насчет гастрономических предпочтений и поняла, что готовность экспериментировать в данной области, возможно, свидетельствует о широте взглядов и во всем остальном.

Как она обнаружила в течение последующих месяцев, Нил был целеустремленным, легким в общении и, в отличие от ее предыдущих парней, не отличавшихся особой верностью, надежным как скала. Он дарил ей вещи, которые теоретически и должен был дарить хороший бойфренд: цветы регулярно, духи после заграничных командировок, романтические уик-энды время от времени и, наконец, с соответствующими интервалами, внушительные помолвочное и обручальное кольца, а также кольцо вечности. Ее родители его любили. Подруги бросали на него многозначительные томные взгляды, причем весьма настойчивые, из чего она сделала вывод, что он долго один не останется. Французские окна в его квартире выходили на железнодорожный мост Барнс. Нил с легкостью вошел в ее жизнь, и она поверила, что они предназначены друг другу судьбой.

Они поженились молодыми. Слишком молодыми, переживали ее родители, которые были не в курсе бурного романтического прошлого своей дочери. Сюзанна отмела их опасения с безапелляционностью обожаемого ребенка, не оставляющего в душе места для сомнений. Она выглядела потрясающе в платье из кремового шелка.

И если чуть позже она иногда и задавалась вопросом, суждено ли ей еще раз испытать прилив радостного возбуждения, ощутить себя, с затаенным трепетом, предметом вожделения другого мужчины, то здравый смысл помогал отогнать прочь несвоевременные мысли. Однако для такой женщины, как Сюзанна, обожающей прицениваться к вещам, да к тому же пребывающей в вечном поиске, было вполне естественно рано или поздно захотеть некой экзотики. А поскольку муж теперь скорее напоминал ей занудного старшего брата, нежели пылкого любовника, Сюзанна, естественно, начала потихоньку бросать жадные взгляды по сторонам. Ведь она лучше, чем кто бы то ни было, знала, насколько затягивает состояние поиска.

После той памятной размолвки из-за охоты Нил замкнулся в себе. Ничего явного, просто несколько более холодная атмосфера в доме. И в каком-то смысле это было самым умным, что он мог сделать. Сюзанна тотчас же становилась шелковой, когда ей приходилось завоевывать внимание мужа. Некоторая зыбкость их отношений рождала в ней подсознательный страх его потерять. Слушая рассказы Надин об ужасах знакомства с холостыми мужчинами на званых обедах, о потере близких друзей, поскольку семейные пары непременно принимают сторону кого-то одного из бывших супругов, словно сохранять хорошие отношение с обоими требует непомерных умственных усилий, а также о дешевом жилье на богом забытой окраине, Сюзанна чувствовала в душе некий тревожный провидческий холодок, совсем как тогда, когда Лилиана поведала им с Джесси о своей жизни с матерью. Таким образом, хотя Нил, быть может, и придерживался несколько другого мнения, их семейная жизнь худо-бедно налаживалась, пусть и со скрипом. Сюзанне удалось достичь определенного равновесия. И у нее не было ни желания, ни сил начинать все заново.

Возможно, Нил это тоже понимал. Возможно, именно поэтому в день рождения Сюзанны он привез ее в Лондон на суши.

— Я съем все, что ты положишь мне на тарелку, — сказал Нил, — но только при условии, что ты не станешь заставлять меня есть один из этих пудингов.

— Ты имеешь в виду розовые яички?

— Вот именно. — Нил вытер рот салфеткой. — А помнишь, как ты заставила меня съесть их тогда, в китайском квартале, и мне пришлось втихаря выплюнуть их в спортивную сумку. — (Сюзанна улыбнулась, довольная, что воспоминания не вызвали у них ни раздражения, ни отвращения.) — Все дело в текстуре. Ума не приложу, как можно есть нечто такое, что по плотности больше похоже на подушку.

— Но ты же любишь пастилу.

— Пастила — совсем другое дело. Уж не знаю почему, но другое.

Это был первый вечер на ее памяти, когда они общались легко и непринужденно, без молчаливых упреков и контробвинений, которые каждый из них мысленно выдвигал другому. Может, причина в том, что им обоим было приятно снова оказаться вместе в центре Лондона? — спрашивала себя Сюзанна. И в результате решила, что основная ее проблема в том, что она слишком глубоко копает и все анализирует. Короткая память и чувство юмора — вот залог успешного брака. Именно так говорила ей бабушка, хотя сама явно не обладала ни тем ни другим.

— Хорошо выглядишь, — сказал Нил, бросив на жену взгляд поверх пиалы с зеленым чаем.

И Сюзанна простила ему банальность комплимента.

В четверть одиннадцатого, когда они уже шли по оживленной, благоухающей Лестер-сквер, он сказал жене, что сегодня они не вернутся в Дир-Хэмптон.

— Почему? — Сюзанне пришлось повысить голос чуть ли не до крика, так как рядом задорно скакали со своими бубнами кришнаиты. — А куда мы идем?

— Сюрприз, — ответил он. — Потому что наши финансовые дела налаживаются. Потому что ты так много работаешь. И потому, что моя жена заслужила, чтобы ее немного побаловали.

И он отвел Сюзанну в отель в Ковент-Гардене, где даже ящики для цветов на окнах свидетельствовали о сдержанной роскоши, хорошем вкусе и внимании к гостям, что, несомненно, гарантировало отличную ночь, хотя, положа руку на сердце, Сюзанна не испытывала особых восторгов по поводу того, как обернулся для нее сегодняшний вечер. А в номере ее ждала сумка со спальными принадлежностями, которую Нил предусмотрительно собрал и тайком отправил сюда. Забыв, правда, положить увлажняющий крем.

В супружеской жизни страсть похожа на приливы и отливы. Все так говорят. И если, ради разнообразия, Сюзанна уделит мужу максимум внимания, постарается не замечать того, что ее раздражает и незаметно сеет свои ядовитые семена, подспудно отравляя тонкие струны души, если Сюзанна постарается сконцентрироваться исключительно на положительных моментах, то не лишено вероятности, что они сумеют возродить угасшие чувства.

— Я люблю тебя, — сказала Сюзанна, и у нее словно гора с плеч свалилась, когда она поняла, что после всех прожитых лет почти верит в это.

Он прижал ее к себе и, что было отнюдь не характерно для него, не произнес ни слова.

В четверть двенадцатого, когда они потягивали заказанное в номер шампанское, Нил повернулся к жене, покрывало сползло, обнажив тело. Очень бледное, как успела заметить Сюзанна. Первый год, когда им пришлось отказаться от отпуска за границей. Через пятнадцать месяцев мне стукнет сорок, сказал он.

И?..

Он всегда мечтал стать отцом до сорока лет.

Она ничего не ответила.

И он вот о чем подумал. Если на то, чтобы зачать ребенка, в среднем уходит восемнадцать месяцев, почему бы не попробовать прямо сейчас? Лишний шанс, только и всего. Ему просто ужасно хочется стать отцом, тихо произнес он. Иметь собственную семью. Он поставил бокал и сжал ее лицо в теплых ладонях. В глазах у него притаился страх, словно он понимал, что, поднимая этот вопрос, может нарушить условия их соглашения, а тем самым — и тот хрупкий мир, благодаря которому сегодняшний вечер стал настолько волшебным.

Однако он не знал, что просит у нее то, о чем она уже приняла решение. Она ничего не сказала, а только откинулась на спину, поставив бокал рядом с собой.

— Тебе нечего бояться, — ласково произнес он.

В голове шумело от шампанского, и Сюзанна вдруг почувствовала себя выброшенной на берег рыбой. Бьющейся, задыхающейся, но в конце концов смирившейся со своей судьбой.

Виви шла по коридору, сгибаясь под тяжестью двух не слишком равномерно набитых пакетов из магазина, и думала о том, что когда нужно, то сына никогда нет на месте. Оказавшись на кухне, она бросила пакеты на пол и принялась изучать в угасающем свете дня красные рубцы на пухлых ладонях.

Обычно Виви не ездила в супермаркет в такое время, но надо было срочно восстановить запас продуктов, которые утром она выбросила из холодильника Розмари. Ревизию холодильника свекрови теперь приходилось производить дважды в неделю. По этому случаю Виви залезла в верхние шкафчики, где нашла не только мясные консервы, срок годности которых истек три года назад, но и, что более тревожно, среди чистой посуды — убранные в шкаф грязные тарелки. Виви пришлось для надежности с полчаса подержать тарелки в содовом растворе. Затем, дабы быть уверенной в отсутствии застарелых следов плесени, она залезла на стул и вынула содержимое четырех верхних шкафчиков.

Из-за всей этой суеты Виви пришлось отменить свою еженедельную поездку в Уолсток, где она помогала дамам из общества верховой езды для инвалидов, однако к ней отнеслись с должным пониманием. Линн Гарднер, руководительница программы, недавно поместила отца в дом престарелых, и Виви, еще не успевшая оправиться от утренних хлопот, впервые изменила себе, честно признавшись, почему не смогла приехать в Уолсток.

— Боже мой, бедная вы моя, бедная! Советую проверить ящик под духовкой. Там, где вы греете тарелки, — загудела Линн Гарднер. — В свое время мы нашли в нем чуть ли не ведро личинок. Он ставил туда грязную посуду, точно в посудомойку. — (Виви в ужасе оглянулась на свою духовку.) — А она у вас, случайно, лунатизмом не страдает?

— Что?

— Ох! По ночам они начинают бродить по дому. Что страшно нервирует, уж можете мне поверить. Пришлось под конец посадить папочку на таблетки, так как я ужасно переживала, что он в конце концов выберется во двор и случайно окажется в загоне для овец.

Мужчины, как всегда, не потрудились убрать кружки из-под чая в раковину, и Виви, давно переставшая укоризненно вздыхать по этому поводу, убрала кружки сама. Она подмела крошки, оставленные на память об их ланче, поставила грязные тарелки в посудомойку, аккуратно разгладила смятые бумажки. Когда она разбирала покупки на кухонном столе, до ее слуха донесся властный голос Розмари, которая о чем-то беседовала с Дугласом в гостиной. Розмари была слишком упрямой и полной жизни; пожалуй, она не шла ни в какое сравнение с отцом Линн, бродившим, точно бестелесный дух, в пижаме по дому, и Виви сама толком не знала, радоваться этому или нет. Она решила заглянуть в гостиную, чтобы поздороваться, но, к своему стыду, поняла, что ее туда как-то не слишком тянет; ей хотелось лишние пять минут побыть в одиночестве. Посмотрев на часы, Виви с удовольствием обнаружила, что еще успеет дослушать по радио свою любимую мыльную оперу «Арчеры».

— Мы просто немножко насладимся миром и спокойствием. Ведь так, Манго?

Услышав свое имя, терьер, пребывавший в состоянии перманентного ожидания упавшего со стола лакомого кусочка, затрясся от нетерпения и посмотрел на хозяйку преданными глазами.

— Не судьба, малыш, — сказала Виви, укладывая в холодильник мясные продукты. — Ты свое уже получил.

Она выложила бараньи отбивные на поднос, аккуратно срезав жир с той, что предназначалась Розмари. Свекровь вечно ворчала, когда ей попадалось мясо с жиром. Затем Виви поставила варить молодой картофель с мятой и начала резать салат. Они наверняка будут недовольны, что ужин слишком легкий, однако на этот случай она специально купила ягодный бисквит. И если заранее вынуть его из упаковки, то у Розмари не будет повода пройтись на тему преимуществ домашней выпечки.

Когда «Арчеры» закончились, Виви на секунду застыла у окна и выглянула наружу. В это время года кухонный садик выглядел лучше всего: тонкий аромат трав волнами просачивался в окна, лаванда, колокольчики и лобелия пышно разрослись на старых клумбах с подложкой из кирпича, вьющиеся и ползучие растения, зимой превратившиеся в темно-коричневые мертвые стебли, сейчас радовали глаз буйством зеленых красок. Розмари разбила кухонный садик сразу после замужества. Сад был одной из тех немногих вещей, за которые Виви не уставала благодарить свекровь. В свое время Виви очень надеялась, что Сюзанна заинтересуется садоводством, ведь, подобно Розмари, она обладала верным глазом, а также талантом аранжировщика и умением подать товар лицом.

Вдыхая под ленивое жужжание пчел вечерние ароматы примулы, Виви расслабилась, но неожиданно расслышала в голосе Розмари непривычно воинственные нотки. Голос Дугласа звучал гораздо мягче, словно он пытался урезонить мать. И у Виви невольно возник неприятный вопрос: а не ее ли они прямо сейчас обсуждают? А что, если Розмари обиделась на невестку за генеральную уборку кухонных шкафов? Или до сих пор не простила ей неудачный визит докторши по поводу Леди Недержание?

Виви отвернулась от окна и положила отбивные на плиту. Вытерла руки о передник и с тяжелым сердцем направилась к двери.

— Поверить не могу, что ты даже рассматриваешь такую возможность.

Розмари сидела в кресле-качалке, которое облюбовала себе, хотя практически не могла самостоятельно встать с него. Она чопорно сложила на коленях руки и отвернула от сына искаженное злобой лицо, словно давая ему понять, что решительно не желает его слушать. Виви, войдя в комнату, сразу заметила, что свекровь застегнула блузку сикось-накось, но, к своему огорчению, не посмела ей этого сказать.

Дуглас стоял возле фортепьяно со стаканом виски в руке. Фамильные часы, висящие на стене еще со времен рождения Сирила Фэрли-Халма, с ненавязчивой регулярностью пробили четверть часа.

— Мама, я очень много об этом думал.

— Очень может быть, Дуглас. Но, как я тебе уже неоднократно говорила раньше, ты не знаешь, что лучше, а что хуже для нашего поместья.

На губах Дугласа появилась легкая улыбка.

— Мама, если мне не изменяет память, последний раз мы беседовали на эту тему, когда мне было двадцать семь.

— Я отлично помню. У тебя голова тогда была забита дурацкими идеями.

— Просто с финансовой точки зрения Бену невыгодно наследовать все поместье. И мы сейчас говорим не о традициях, а о финансовой стороне вопроса.

— Может, кто-нибудь из вас меня просветит, о чем речь? — Виви перевела взгляд с мужа на свекровь, которая по-прежнему сидела, упрямо уставившись в окно.

Виви попыталась улыбнуться, но улыбка мгновенно увяла, поскольку была сейчас явно неуместной.

— Я хотел обсудить с мамой кое-какие новые идеи...

— Дуглас, пока я жива и имею право голоса в том, что касается управления поместьем, все останется так, как было.

— Я только предлагаю некоторые...

— Я прекрасно знаю, что ты предлагаешь. Ты уже в который раз об этом заговариваешь... И я тебе заявляю: мой ответ — нет.

— Ответ на что? — Виви подошла поближе к мужу.

— Дуглас, я не собираюсь больше обсуждать данную тему. Ты отлично знаешь, что в этом вопросе твой отец был непреклонен.

— Но я уверен, что папа не хотел бы, чтобы кто-нибудь из членов его семьи был несправедливо обижен тем...

— Нет, нет и еще раз нет! Можешь даже не рассчитывать на мое согласие. — Розмари сжала руки. — Ну-с, Виви, а когда у нас ужин? Мне всегда казалось, что мы ужинаем в половине восьмого, а сейчас уже явно позднее.

— Быть может, вы потрудитесь объяснить мне, что вы обсуждаете?

Дуглас поставил стакан на фортепьяно:

— У меня тут возникли кое-какие мысли. Насчет изменения завещания. Насчет учреждения некоего фонда, который даст детям равные права в управлении поместьем. Возможно, еще при моей жизни. Но... — понизил он голос, — мама категорически против этой идеи.

— Равные права? Для всех троих? — Виви удивленно уставилась на мужа.

— Кто-нибудь поможет мне подняться? С этого дурацкого кресла невозможно встать.

Дуглас пожал плечами. Судя по выражению его лица, он пребывал в состоянии крайнего раздражения.

— Я попытался. Не могу сказать, что меня сильно радует эта ситуация.

— Ты попытался?

Розмари решила встать с кресла без посторонней помощи, перенеся вес тела на костлявые руки. Но упала обратно и раздраженно проворчала:

— Ты что, игнорируешь меня? Дуглас?! Дай мне руку! Руку!

— Значит, ты идешь на попятную?

— Я не иду на попятную, старушка. Просто боюсь, как бы не получилось хуже. — Дуглас подошел к матери и взял ее под руку, чтобы помочь подняться.

— Хуже?! Все так плохо, что хуже некуда.

— Ви, это и мамино решение тоже. Мы все здесь живем.

Розмари с трудом выпрямилась.

— Твоя собака, — начала она, сверля Виви глазами, — снова лежала на моей кровати. Я нашла шерсть.

— Розмари, в следующий раз не забудьте закрыть дверь на свою половину, — спокойно ответила Виви, продолжая смотреть на Дугласа. — Но, дорогой, это разом решило бы наши проблемы. И Сюзанне стало бы легче. Ведь единственное, чего ей хочется, — это почувствовать себя равной. Она отнюдь не жаждет управлять поместьем. И остальные тоже не будут возражать. По-моему, они всегда чувствовали себя немного неловко из-за подобного расклада.

— Я знаю, но...

— Довольно! — вмешалась в разговор Розмари, направляясь к дверям. — Довольно. Мне бы хотелось наконец получить свой ужин. Все, разговор закончен.

Дуглас легонько коснулся рукой плеча жены:

— Прости, старушка. Я сделал все, что мог.

И когда Розмари прошла мимо Виви, той показалось, что у нее перехватило дыхание. Она увидела, как Дуглас открывает перед матерью дверь, и поняла, что эти двое исчерпали тему, а значит вопрос закрыт. И неожиданно

Виви услышала собственный голос, непривычно злой и достаточно громкий, чтобы Розмари застыла на месте.

— Полагаю, вы оба страшно довольны собой. Теперь вы окончательно оттолкнули от себя бедную девочку.

Оторопевшие муж и свекровь не сразу поняли, о чем она говорит.

— Что? — Розмари вцепилась в руку сына.

— Ну, она ведь не знает всей правды, разве нет? И не надо на меня так смотреть! Никто не сказал Сюзанне правды о ее матери. И после этого вы еще можете удивляться, почему она выросла такой обиженной и неуравновешенной. — Виви наконец-то удалось заставить их себя слушать. — Хватит! Я сыта этим по горло! Дуглас, или ты делаешь Сюзанну своей наследницей, или учреждаешь для нее специальный фонд, или говоришь ей правду о ее матери, включая и то, чего мы не знаем, — заявила Виви и, тяжело дыша, добавила: — Вот так-то. Я все сказала.

В гостиной повисла напряженная тишина. Затем Розмари гордо вскинула голову и начала говорить так, словно обращалась к кому-то, у кого явно не в порядке с головой:

— Виви, в нашей семье не принято...

— Розмари, — перебила ее Виви, — если вы, грешным делом, запамятовали, я тоже член этой семьи. Я готовлю еду, глажу одежду, поддерживаю порядок в доме, причем без малого тридцать лет. Так что я тоже, черт бы вас побрал, член вашей семьи! — У Дугласа отвисла челюсть, но Виви уже понесло. Ее словно охватило какое-то безумие. — Все верно. Да-да, я именно тот человек, кто стирает ваше грязное белье, кто вечно служит мальчиком для битья, кто убирает за чужими домашними животными, кто отчаянно пытается сохранить в этом треклятом доме мир и порядок. Я член этой семьи. Да, быть может, у Дугласа я и вторая жена, но это отнюдь не означает, что меня можно держать за второй сорт...

— Никто никогда и не говорил тебе...

— И я заслуживаю право высказать свое мнение. Я... тоже... заслуживаю... право... высказать... свое мнение. — Виви задыхалась, слезы застилали глаза. — Сюзанна и моя дочь тоже, а не только чья-то там еще, и мне противно, противно, говорю я вам, что эта семья, что *моя* семья раскололась из-за дома и нескольких акров треклятой земли. А ведь это такая ерунда. Да, Розмари, по сравнению с моим счастьем, счастьем моих детей — это действительно ерунда. Вот так-то, Дуглас. Я все сказала. Или ты делаешь Сюзанну такой же наследницей, или говоришь ей чертову правду! — Стянув через голову передник, Виви швырнула его на спинку дивана, затем посмотрела на мужа и добавила: — Кстати, не смей называть меня старушкой. Мне это не нравится.

И на удивленных глазах мужа и свекрови Виви Фэрли-Халм прошла через кухню, где престарелая кошка Розмари с юношеским задором грызла бараньи отбивные, а оттуда — прямо на вечернее солнце.

Глава 14

День, когда моя мама получила ангельские ногти

У мамы были ужасно короткие ногти. Нет, она их не обкусывала, но, по ее словам, во время уборки ей приходилось пользоваться едкими химикатами, и поэтому ногти ужасно слоились. И хотя она каждый вечер старательно мазала руки кремом, ногти ее оставались короткими и постоянно ломались. Она всякий раз чертыхалась, а затем просила: «Ой! Только не говори папе, что я такое сказала». И я, конечно, не говорила.

Иногда, если я хорошо себя вела, мама садилась рядом, брала мою руку, совсем как в салоне, втирала в ногти крем и подпиливала. А я хихикала, так как ужасно боялась щекотки. Потом мама показывала мне бутылочки с лаком, позволяя выбрать цвет, и аккуратно, чтобы не было потеков, красила мои ногти. После этого мне приходилось целую вечность сушить лак, а мама готовила какой-нибудь напиток, и я осторожно, чтобы не смазать лак, пила через соломинку.

Правда, перед уроками в школе лак приходилось снимать, но по вечерам и по выходным мама разрешала этого не делать. И уже в кровати я поднимала руки и любовалась своими пальцами, которые казались мне ужасно красивыми даже в темноте.

За день до смерти мама записалась в салон сделать накладные ногти. Мама показала, как это выглядит на картинке в журнале: ногти были действительно длинными, с белыми кончиками, под которыми не видно грязи, потому что настоящие ногти оставались внизу. Мама сказала, что всегда мечтала о длинных ногтях, и вот теперь, когда удалось скопить немного деньжат, ей хочется себя побаловать. Ее не слишком волновала модная одежда, или туфли, или стильные стрижки. Но вот красивые ногти были тем, что ей реально хотелось. Она даже разрешила мне пойти вместе с ней после школы, ведь я действительно была хорошей девочкой, и разрешила посидеть рядом, почитать книжку, и я обещала, что буду паинькой, а мама сказала, что она это знает, так как я ее радость.

И когда бабушка встретила меня после школы и сообщила, что мама умерла, я даже не заплакала, так как не поверила ни единому слову. Я решила, будто они что-то напутали, ведь мама отвела меня в театральный кружок, обещав зайти за мной, купить чипсов и потом попить вместе чайку. Но когда учительница ужасно расстроилась и заплакала, я поняла, что это не розыгрыш. И уже позже, оказавшись в бабушкиных объятиях, я спросила, что нам делать с маминой записью к маникюрше. Наверное, это было глупо с моей стороны, но я ужасно переживала, что мама уже не попадет в салон, хотя она так об этом мечтала.

Бабушка долго-долго на меня смотрела, и я подумала, будто она сейчас заплачет; по крайней мере, глаза у нее стали мокрыми. А потом она взяла меня за руки и сказала:

— А знаешь что? Мы постараемся привести в порядок ногти твоей мамочки, чтобы она выглядела красиво, когда попадет на небо.

В день похорон я не решилась посмотреть на маму в гробу, хотя бабушка говорила, что мама выглядела очень мило, как будто она мирно спит. Я спросила бабушку, получила ли мама свои накладные ногти, и бабушка ответила, что та милая дама из салона сделала ей ногти и вышло действительно очень красиво, поэтому если я ночью посмотрю на небо, то, возможно, увижу, как они сказочно мерцают. Я ничего не ответила, но подумала, что если у мамочки на небе нет никого, кому можно было бы помахать рукой, как я не раз делала, лежа в кровати, то там, по идее, не должны узнать, что она раньше убирала чужие дома.

Папа не умеет красить ногти лаком. Правда, я все равно собиралась его попросить, но так как пока я живу у бабушки, она обещала сделать это для меня, когда все немного уляжется. Бабушка постоянно плачет. Я часто слышу ее всхлипывания, когда она думает, будто я уже сплю. А вообще-то, она всегда старается говорить веселым голосом, если ей кажется, что я слушаю.

Иногда я тоже плачу.

Я ужасно скучаю по маме.

Стивен Арнольд утверждает, что мамины ногти уже не сверкают. Он говорит, что они стали черными.

На самом деле я больше не хочу красить ногти.

Глава 15

Когда Сюзанна была подростком, то в дни, подобные сегодняшнему, Виви говорила, что та все немного усложняет. Нет, ничего конкретного, собственно, ничего страшного, однако в такие дни Сюзанна просыпалась, будто окутанная невидимым черным облаком, с ощущением, что весь ее мир летит в тартарары и еще немного — и она разрыдается. В такие дни неодушевленные предметы непременно падали или взлетали в воздух: кусочек хлеба застревал в тостере, и приходилось раздраженно выковыривать его ножом; она обнаруживала, что течет труба в ванной, и, выходя, стукалась головой о низкую притолоку, а Нил, несмотря на обещание, забывал вынести мусор. В магазине деликатесов, куда Сюзанна по договоренности с Джесси забежала купить засахаренный миндаль как очередной «символ любви», она наткнулась на Лилиану, и пришлось спрятать коробку с миндалем в сумку, словно она, Сюзанна, магазинная воровка, каковой она себя и почувствовала, когда вышла из магазина, забыв заплатить. А вернувшись к себе, она подверглась атаке миссис Крик, которая сообщила с каким-то извращенным удовлетворением, что торчит тут уже битых двадцать минут, поскольку явилась попросить каких-нибудь ненужных безделушек для благотворительной распродажи в пользу пенсионеров.

— У меня нет ненужных безделушек, — твердо заявила Сюзанна.

— Ой, только не надо меня уверять, будто все, что у вас тут выставлено, исключительно для продажи, — глядя на витрину, осуждающе покачала головой миссис Крик.

После чего она как ни в чем не бывало перешла к рассказу о праздничных обедах с танцами в Ипсуиче, а также о том, как еще подростком вносила свою лепту в семейный доход, обшивая подруг.

— Когда я стала шить себе платья, то это был, можно сказать, «Новый взгляд», совсем как у Кристиана Диора, — заявила миссис Крик. — Пышные короткие юбки и рукав три четверти. На них уходила прорва ткани. Когда местные жители увидели такие платья, они были просто скандализированы. Видите ли, после войны нам приходилось экономить на всем, в том числе и на тканях. Тогда ведь вообще невозможно было ничего достать. Даже на купоны. Мы ходили на танцы в туалетах, сшитых из занавесок.

— Надо же, — заметила Сюзанна, включая свет в магазине и гадая, куда это запропастилась Джесси.

— Первое платье, которое я сшила, было из изумрудного шелка. Шикарный цвет, очень богатый. Совсем как одеяния Юла Бриннера в фильме «Король и я». Ну, вы знаете, о чем я?

— Не совсем, — отозвалась Сюзанна. — Кофе будете?

— Очень мило с вашей стороны, дорогуша. Я вовсе не против составить вам компанию. — Устроившись за столиком поближе к журналам, миссис Крик принялась вытаскивать из сумки какие-то бумажки. — У меня тут где-то есть кое-какие фото. Хочу показать вам, как мы выглядели. Я и моя сестра. В те времена мы постоянно менялись платьями. У нас были такие тонкие талии, что их спокойно обхватывали руками. — Миссис Крик тяжело вздохнула. — Мужскими руками, естественно. А у меня тогда вообще была осиная талия. Естественно, приходилось нещадно затягиваться в корсет, чтобы выглядеть соответствующим образом, но красота требует жертв, ведь так?

— Мм... — промычала Сюзанна.

Вспомнив о засахаренном миндале, она убрала коробку под прилавок. Джесси потом ее заберет. Если, конечно, соизволит явиться.

— Ей, бедняжке сделали колостомию.

— Что?

— Моей сестре. Болезнь Крона. Право слово, доставляет ей ужасные неудобства. Сестре приходится носить мешковатую одежду и стараться, не дай бог, ни на кого не наткнуться. Вы понимаете, о чем я?

— Полагаю, да, — отозвалась Сюзанна, пытаясь сконцентрироваться на заваривании кофе.

— И она сейчас живет в Саутхолле. Вот такие дела... Самая настоящая катастрофа. Хотя могло бы быть и хуже. Она работала кондуктором автобуса.

— Простите, я опоздала. — На пороге появилась Джесси. Сегодня она надела обрезанные джинсы, голову украсила бледно-сиреневыми очками, словом, выглядела совершенно по-летнему и казалась невероятно хорошенькой. Следом за ней шел Алехандро, который остановился в дверях. Оглянувшись на него, Джесси жизнерадостно произнесла: — Он просил показать мне лавку хорошего мясника. Бедняга буквально в шоке от качества мяса в супермаркете.

— Ваша правда, там есть от чего прийти в шок, — поддакнула миссис Крик. — Угадайте, сколько я давеча заплатила за свиную грудинку?

— Простите. — Алехандро заметил, что Сюзанна недовольно поджала губы. — После дежурства я обычно уже не успеваю походить по магазинам. Ведь когда я освобождаюсь, все они уже закрыты.

В его глазах была немая мольба, и у Сюзанны немного отлегло от сердца, хотя раздражение продолжало сидеть в ней, точно заноза.

— Я вам отработаю эти несколько минут, — заявила Джесси, запихивая сумку под прилавок. — Зато теперь я знаю все об аргентинских стейках. Оказывается, они жестче, чем наши, но более вкусные.

— Да нет, все нормально, — ответила Сюзанна. — Не имеет значения. — Ее неприятно задело то, как Джесси с Алехандро переглянулись.

— Двойной эспрессо? — Джесси принялась заправлять кофемашину. А когда Алехандро кивнул, усевшись за столик возле прилавка, обратилась к Сюзанне: — Вам тоже?

— Нет, — ответила Сюзанна. — Спасибо, не надо.

Сюзанна уже сто раз пожалела, что надела эти штаны. На них постоянно налипал пух, да и покрой, как она только сейчас заметила, придавал им дешевый вид. Хотя чего другого она ожидала? Они и были дешевыми. С тех пор как они уехали из Лондона, она не купила себе ни одной фирменной вещи.

— Мы в принципе не едим мяса, — тараторила Джесси. — По крайней мере, по будням. Нам не по карману, ну разве что цыплята. Да и вообще, мне даже представить страшно, как их там содержат во всех этих клетках. И Эмма к нему равнодушна. Хотя я люблю ростбиф. На воскресный ланч.

— Тогда я постараюсь найти для вас хорошую аргентинскую говядину, — сказал Алехандро. — У нас в Аргентине не принято забивать молодых животных. Вы сразу почувствуете разницу.

— А мне почему-то всегда казалось, что мясо старых бычков слишком жилистое, — заметила Сюзанна и сразу же пожалела о своих словах.

— Дорогая, мясо надо как следует отбить, — вмешалась в разговор миссис Крик. — Такой деревянной штуковиной.

— Если мясо хорошее, то его вовсе не нужно отбивать, — поправил ее Алехандро.

— Вы наверняка считаете, что корове и так порядком досталось.

— Говяжий смалец... — начала миссис Крик. — Его в наше время вообще невозможно найти в магазине.

— А разве это не то же самое, что лярд?

— Нельзя ли поговорить о чем-нибудь другом? — Сюзанну уже стало подташнивать. — Джесси, ты закончила с кофе?

Джесси, облокотившись на прилавок, повернулась к Алехандро:

— Ты никогда не рассказывал нам о своей жизни на родине.

— Тут и рассказывать особо нечего.

— Почему, например, ты решил стать акушером? Без обид, конечно, но это не совсем мужская профессия.

— А какая, по-твоему, мужская?

— По-моему, в такой стране настоящих мачо, как Аргентина, мужчина должен обладать мужеством, чтобы заниматься этим делом. И не комплексовать по поводу наличия у него женского начала. Так почему ты стал акушером?

— Джесси, ты явно понапрасну растрачиваешь свой талант в магазине. Тебе следовало стать психотерапевтом. На моей родине это одна из самых престижных профессий. После пластического хирурга, естественно... Ну, может быть, мясника, — улыбнулся Алехандро, приняв из рук Джесси чашку кофе.

Ну что ж, подумала Сюзанна, разбиравшая коробку с пакетами, красивый способ уйти от прямого ответа.

— А я вот тут, пока вас не было, рассказывала Сюзанне, что в свое время шила платья.

— Я знаю, — отозвалась Джесси. — Вы мне показывали фотки. Миленькие платьица.

— А эти я тебе показывала? — Миссис Крик сложила веером потрепанные фотографии.

— Очень симпатично, — с готовностью согласилась Джесси. — Какая вы молодец!

— В наше время девушки были более рукастыми. Современные девицы, похоже... не столь изобретательны. Хотя недаром говорят: голь на выдумки хитра. Война и все такое.

— Сюзанна, а вы чем занимались? До того, как открыли магазин. — Его низкий голос с ярко выраженным акцентом ласкал слух. И наверняка безотказно действовал на рожениц. — Кем вы были в прошлой жизни?

— Тем же самым человеком, что и сейчас. — Сюзанна и сама не слишком-то верила своим словам. — Пожалуй, мне стоит сходить за молоком.

— Нет, все люди так или иначе меняются. И в прошлой жизни были совершенно другими, — возразила Джесси.

— А я вот точно нет, хотя, возможно, тогда я более терпимо относилась к тем, кто лезет не в свое дело, — отрезала Сюзанна, с лязгом задвинув ящик кассы.

— Видите ли, я прихожу сюда, потому что тут особая атмосфера, — призналась миссис Крик Алехандро.

— Сюзанна, с вами все в порядке? — Джесси перегнулась через прилавок, чтобы получше ее разглядеть.

— Все прекрасно. Просто слегка замоталась. У нас сегодня еще куча дел.

Уловив в голосе хозяйки недовольные нотки, Джесси вздрогнула.

— Кстати, та рыба, — начала она, стараясь не обращать внимания на то, как Сюзанна бесцельно передвигает кружки на полке над кассой, — которую вы тогда ловили с отцом, как она называлась? Какой-то там павлин, что ли?

— Окунь-павлин?

— Говорят, он жутко вредный, да?

Миссис Крик тихонько кашлянула.

В разговоре возникла длинная пауза.

— Полагаю, ему приходится быть вредным, чтобы выжить в суровых природных условиях, — с невинным видом заметил Алехандро.

Сюзанна, окинув их сердитым взглядом, громко хлопнула дверью магазина и торопливо зашагала по улице с низко опущенной головой, точно прячась от порывов ветра.

Джесси облегченно выдохнула и восторженно покачала головой:

— Блин, Ал! Похоже, я тут не единственный человек, кто понапрасну растрачивает свой талант.

Преподобный Ленни спустился по Уотер-лейн, свернул налево, кивнул, бросив взгляд на витрину, посетителям магазина Сюзанны и, увидев жизнерадостное личико с белокурыми косичками по бокам, приветственно взмахнул рукой. И тотчас же вспомнил разговор, состоявшийся не далее как сегодня утром.

Парнишка — для преподобного Ленни он по-прежнему был парнишкой, хотя и считал себя вполне зрелым человеком, поскольку уже успел стать отцом, — привез в дом священника электрообогреватель. Центральное отопление практически не работало, однако скромные фонды епархии не позволяли установить новую отопительную систему. Тем более что прохудившаяся крыша церкви нуждалась в срочной починке. Однако в епархии отлично знали о репутации преподобного Ленни и о его обширных связях, которыми он при желании мог воспользоваться. За последние двадцать лет там научились закрывать глаза на некую коммерческую активность, которую при ближайшем рассмотрении можно было бы счесть несовместимой с деятельностью, направленной на служение Господу нашему Иисусу Христу. Итак, фургон для доставки свернул на подъездную дорожку, и преподобный Ленни приготовился лично принять заказ.

Все началось с того, что Кэт Картер срочно понадобился его совет. В последнее время Кэт повадилась приглашать преподобного Ленни попить чайку и перекусить, а на самом деле попросить его совета по поводу постоянно пополняющейся коллекции синяков и «случайных» ушибов ее дочери. И не то чтобы у нее самой был ангельский характер, сказала Кэт, или она, покривив душой, стала бы утверждать, будто они с Эдом за всю их совместную жизнь ни разу не поцапались, но здесь дело другое. Парень ее дочери переступил черту. Но каждый раз, как Кэт пыталась поднять эту тему, Джесси затыкала ей рот и велела не лезть не в свое дело. «Матери и дочери, а?» — живо отреагировал священник. Но ему, собственно, было нечего предложить бедной женщине. Кэт опасалась, что дочь обидится, если узнает, что о ней говорили за ее спиной, поэтому преподобный Ленни не мог обратиться к Джесси напрямую. А серьезных оснований вмешивать сюда полицию, в общем-то, не имелось. В прежние времена, когда святой отец был еще мальчиком, в подобных ситуациях собиралось несколько мужчин постарше поучить парня уму-разуму и задать ему хорошую трепку. И как правило, это помогало. Однако рядом не было ни Эда Картера, ни кого-то еще, если не считать социальных работников, кто захотел бы заняться данным вопросом. Да и Кэт с Джесси категорически не желали предавать дело огласке. Одним словом, у преподобного Ленни оказались связаны руки.

Правда, на своей территории он мог действовать свободно. Поскольку о том, что нельзя поговорить с парнем с глазу на глаз, речи не было.

— Ну и как тебе твоя новая работа, а?

— Вовсе не плохо, святой отец. Твердый график. Хотя платить могли бы и побольше...

— Ну нет в мире справедливости. Это ведь прописная истина.

Парнишка посмотрел на преподобного Ленни, словно пытаясь понять, что тот имеет в виду, затем с легкостью поднял обогреватель и понес, следуя указаниям святого отца, в гостиную, где вдоль стены выстроились коробки с уцененной посудой и будильниками, частично закрыв двух Дев Марий и одного святого Себастьяна.

— Может, вы хотите, чтобы я сразу собрал обогреватель? Тут делов-то не больше чем на пять минут.

— Было бы здорово. У меня, к сожалению, руки не из того места растут. Может, сходить за отверткой?

— У меня есть своя.

Парнишка поднял руку с отверткой, и преподобный Ленни неожиданно для себя оказался неприятно удивлен размахом его плеч и силой, таящейся в его уверенных движениях.

Вся ирония сложившейся ситуации заключалась в том, что он был вовсе не плохим малым: с приличной репутацией, вежливым, выросшим в приличном месте. А его родители, хотя и не считались прихожанами, были вполне достойными людьми. Брат, насколько помнил преподобный Ленни, уехал работать волонтером за границу. Кажется, у него еще имелась сестра, но этого преподобный точно не помнил. Однако сам парнишка ни разу не попадал в беду, его ни разу не подбирали на рыночной площади рано утром в воскресенье в бессознательном состоянии от дешевого сидра или, одному Богу известно, от чего еще. Он никогда не катался при свете луны по сельским дорогам на угнанных машинах.

Однако это отнюдь не значило, что он был *хорошим*.

Преподобный Ленни наблюдал за тем, как опытные руки парнишки легко и непринужденно прикрепили к обогревателю металлические ножки, затянув все болты и винты. А когда он уже приготовился установить обогреватель, Ленни наконец решился открыть рот:

— Ну как там твоя женщина? Довольна своей новой работой?

Не поднимая головы, парнишка сухо ответил:

— Говорит, вроде бы нравится.

— Чудесный магазин. Всегда приятно увидеть в нашем городишке хоть что-то новенькое. — (В ответ парень что-то недовольно пробурчал.) — И подзаработать немного деньжат тоже неплохо. Какое-никакое, а подспорье в доме.

— Мы и до этой ее работы в магазине в принципе неплохо жили. — Парнишка поставил обогреватель на коврик и для верности пихнул ногой.

— Не сомневаюсь, что так оно и было.

На дороге возле церковного двора пытались безрезультатно разъехаться две машины. Ленни смотрел, как они упрямо стояли друг перед другом, не желая сдать назад, чтобы уступить дорогу.

— Наверное, тяжеловато ей приходится. — (Джейсон поднял на святого отца удивленные глаза.) — Сдается мне, что работа у нее скорее физическая, нежели какая-то другая. — Ленни не спускал с парня глаз, пытаясь выглядеть непринужденнее, чем было на самом деле. Он тщательно подбирал слова повесомее, имеющие свое последействие, чтобы парню показалось, будто его мул лягнул. — Да и как иначе, учитывая травмы, которые, по моей информации, у нее регулярно появляются!

Джейсон встрепенулся, поспешно отвернулся от священника и снова обратил на него смущенный взгляд. Поспешно поднял отвертку, положив в верхний карман. И хотя лицо парня оставалось бесстрастным, его выдавали покрасневшие уши.

— Я, пожалуй, пойду, — пробормотал он. — Надо развезти оставшиеся заказы.

— Что ж, премного тебе благодарен, — произнес преподобный Ленни, проследовав за парнем по узкому коридору, и уже на пороге продолжил: — И все же ты с ней как-нибудь полегче. Она хорошая девушка. И я уверен, при поддержке такого мужчины, как ты, она сумеет найти способ уберечься от травм.

Уже на крыльце Джейсон вдруг набычился и резко повернулся к Ленни. Его лицо горело от обиды и скрытой ярости.

— Это совсем не то, что вы...

— Ну конечно.

— Я люблю Джесс.

— Знаю, что любишь. Всегда можно найти способ избежать подобных вещей. Разве нет? — (Джейсон продолжал молчать, затем выдохнул, словно собирался что-то сказать, но передумал и зашагал с напускной бравадой в сторону своего фургона.) — Мы ведь не хотим, чтобы весь город переживал за нее, да? — крикнул вслед парню святой отец, но услышал только, как громко хлопнула дверь фургона, который рванул с места и выехал на дорогу.

Бывают такие случаи, когда невольно жалеешь, что жизнь коротка, а ее горизонты недостаточно широки, с чувством выполненного долга подумал преподобный Ленни, который возвращался в свой запущенный, требующий ремонта дома, прикрывая рукой бледную кельтскую кожу от солнца. Хотя иногда в том, что живешь именно в маленьком провинциальном городке, безусловно, есть свои преимущества.

Лилиана Макартур дождалась, пока молодые люди, небрежно закинув на обтянутые футболкой крепкие плечи сумки, торопливо не выкатятся на площадь. После чего осторожно заглянула в магазин, дабы удостовериться, что там никого нет, неуверенно открыла дверь и вошла внутрь.

Артуро чем-то занимался в подсобке. Услышав звон колокольчика, он крикнул, что будет через минуту, и Лилиана, зажатая между пресервами и пакетами с пастой, неловко пригладила волосы и застыла посреди магазина, прислушиваясь к тихому гулу холодильников.

И вот наконец появился Артуро. Он вытер руки о белый передник и широко улыбнулся:

— Лилиана! — В устах Артуро ее имя звучало так, будто он произносил тост.

Она уже собралась было улыбнуться в ответ, но вовремя вспомнила, что привело ее в магазин деликатесов.

Лилиана достала из сумки коробку с засахаренным миндалем, предусмотрительно проверив, не помялись ли углы от соседства с бутылочками только что полученных из аптеки лекарств.

— Я просто хотела сказать спасибо за... за конфеты и все остальное. Но по-моему, это уже некоторый перебор...

Артуро смотрел на Лилиану с озадаченным видом. Он бросил удивленный взгляд на коробку и послушно протянул руку, чтобы забрать ее.

Лилиана ткнула пальцем в шоколад, лежавший на полке, и сказала, понизив голос, словно из опасения, что ее могут подслушать:

— Артуро, вы очень добрый человек... И мне... было весьма приятно... Ведь мне не так часто делают сюрпризы... Очень мило с вашей стороны. Но мне бы хотелось, чтобы вы... положили этому конец. — Она крепко прижимала к себе сумочку, держась за нее, словно за соломинку. — Понимаете, я не уверена... чего именно вы ждете от меня. Понимаете, мне надо ухаживать за матерью. Я категорически не могу... ни при каких условиях оставить ее одну. — (Артуро сделал шаг ей навстречу, растерянно провел рукой по волосам.) — По-моему, будет нечестно вам не сказать. Я, конечно, очень тронута. И тем не менее вы должны знать.

Когда Артуро наконец открыл рот, голос его прозвучал до странного хрипло и неуверенно:

— Простите, Лилиана...

Лицо Лилианы мучительно исказилось, она взмахнула дрожащей рукой:

— Ой нет! Только не надо извиняться... Я просто...

— ...но я ничего не понимаю.

В магазине вдруг стало совсем тихо.

— Шоколад? Все эти подарки? — И поскольку Артуро продолжал выжидающе смотреть на нее, Лилиана наконец вгляделась в его лицо и с жаром воскликнула: — Это ведь вы оставляли шоколад? Под моей дверью.

Артуро уставился на коробку, которую держал в руках:

— Куплено здесь... Да.

Лилиана густо покраснела. Бросила взгляд на коробку, затем снова на Артуро:

— Значит, это были не вы? Вы ничего мне не дарили?

Артуро медленно покачал головой.

Лилиана непроизвольно прижала руку к губам. Обвела глазами магазин и ринулась к двери.

— Ой! Ради бога, простите! Я... Это просто недоразумение. Ради всего святого, забудьте все, что я вам тут говорила... — И, продолжая крепко держаться за сумку, словно за спасательный круг, выскочила из магазина, да так быстро, что Артуро услышал только дробный стук ее каблуков.

Артуро, с коробкой в руках, остался стоять посреди торгового зала, где еще не развеялся аромат духов Лилианы. Он задумчиво смотрел на оккупированную голубями практически опустевшую рыночную площадь, откуда собирались уезжать последние фургончики службы доставки.

Затем он уставился на висевшие возле двери три белых передника, и лицо его помрачнело.

А за несколько сотен ярдов оттуда Сюзанна готовилась закрывать свой магазин. Джесси ушла полчаса назад, и Сюзанна по рассеянности не сразу заметила, что Алехандро, у которого был выходной, не ушел вместе с Джесси. Он уже успел написать кучу открыток и теперь просто читал газету, время от времени поглядывая на улицу, причем видно было, что мысленно он явно далеко отсюда.

По какой-то странной причине из-за его присутствия у Сюзанны буквально все валилось из рук. Она уронила вазу из цветного стекла именно в тот момент, когда вручала ее покупателю, и ей пришлось уже совершенно бесплатно заменить ее на другую. Она упала с двух последних ступенек в подвал, подвернув лодыжку, в результате чего ей пришлось какое-то время просидеть на полу, чертыхаясь про себя, прежде чем собраться с силами, чтобы подняться в торговый зал. Она дважды ошпарилась паром от кофемашины. Если Алехандро что-то и заметил, то ничего не сказал. Он сидел, медленно прихлебывая кофе, и молчал.

— А разве вам совсем некуда пойти? — спросила Сюзанна, когда они остались вдвоем.

— Вы что, хотите, чтобы я ушел?

Сюзанна, невольно покраснев от собственной бестактности, поспешила поправиться:

— Нет, извините, ради бога! Мне просто интересно, что вы считаете своим домом?

Он хмуро посмотрел в окно:

— Я еще не нашел такого места, где мне хотелось бы надолго задержаться.

У него были женские ресницы. Темные, шелковистые, загнутые. Она только сейчас заметила, насколько у него женские глаза.

— А больница предоставляет жилье? — Сюзанна, сама того не понимая, практически устроила ему допрос.

— Да, но не сразу. — (Сюзанна ждала.) — Только когда до больничного начальства доходит, что местные домовладельцы отнюдь не горят желанием сдавать жилье иностранцам. — Алехандро улыбнулся и иронично поднял брови, словно ожидая, что смутит Сюзанну своим признанием. — Вы, Сюзанна, пожалуй, тот редкий человек из всех встреченных мной в вашем милом городке, у кого нет ни голубых глаз, ни светлых волос.

И Сюзанна почувствовала, что невольно краснеет под его взглядом. Она заставила себя отойти от прилавка и принялась составлять ровными рядами баночки с цветными пуговицами и яркими магнитиками, а также коробочки с булавками. Неожиданно для себя она даже немного обиделась за обитателей Дир-Хэмптона:

— И все же местных жителей вряд ли можно назвать истинными арийцами. Более того, не все ведут себя подобным образом.

— Что просто отлично. Мне дали жилье при больнице.

А тем временем город впал в послеполуденную дрему. Матери отвели своих маленьких подопечных домой и теперь сновали вокруг них на кухне, морально готовясь к последнему броску, а именно к чаю, ванне и постели. Пенсионеры тащили с рынка авоськи или катили тележки с овощами, грудинкой или мясным пирогом на одного. А где-то далеко, в Лондоне, оживленные улицы готовились к часу пик, под землей грохотали переполненные поезда метро; душные бары и пабы потихоньку оживали, наполняясь страждущими расслабиться и промочить горло офисными служащими из Сити в рубашках с расстегнутыми воротничками.

Сюзанна оглядела свой магазин и внезапно почувствовала, что ее душат стены этого неестественно идеального помещения, неожиданно показавшегося ей стоячим болотом.

— Как вы можете все это выносить? — спросила она.

— Выносить — что? — искренне удивился Алехандро.

— Все это. После Буэнос-Айреса. Жизнь в захолустном городке. И то, что домовладельцы, как вы сами признались, вас боятся, поскольку вы другой. — (Он нахмурился, пытаясь понять.) — Что каждый считает себя вправе судить обо всем. Что каждый считает себя уполномоченным разбираться в твоем бизнесе. Что на тебя навешивают ярлыки и относят к определенной категории исключительно для собственного успокоения. Неужели вы не скучаете по большому городу? По той свободе, что он вам дает?

Алехандро отставил в сторону пустую кофейную чашку:

— Полагаю, у нас с вами разные представления о свободе.

Сюзанна внезапно смутилась, почувствовав себя наивной идиоткой. Ведь она вообще ничего не знала об Аргентине, за исключением расплывчатой информации, полученной из теленовостей: какие-то волнения, какой-то финансовый кризис. Мадонна в роли Эвы Перон. Господи, с горечью подумала Сюзанна, и у меня еще хватает наглости упрекать других, что они не видят дальше собственного носа!

Тем временем Алехандро поднял с пола свою сумку-укладку и посмотрел в окно. Стекло по-прежнему сверкало, отражая лучи вечернего солнца, что чертило параллелограммы света, подбиравшегося к выставке в витрине, которая купалась в бледном золоте.

И тут что-то словно вскипело в груди Сюзанны.

— А вы в курсе, что у нее есть парень?

— Вы о ком? — Алехандро по-прежнему сидел, склонившись над своей сумкой.

— О Джесси.

Но он даже глазом не моргнул:

— Да, в курсе. — (Сюзанна, сгорая от стыда, отвернулась и принялась яростно отдраивать раковину.) — Но, клянусь Богом, я не представляю для Джесси совершенно никакой опасности!

Довольно неожиданная формулировка, и тем более странная за счет экспрессивной манеры выражения. Словно Алехандро пытался убедить в этом в первую очередь самого себя.

— Я вовсе не хотела... Простите. — Сюзанна пристыженно склонилась над раковиной, с трудом поборов желание рассказать Алехандро о Джейсоне, все объяснить, чтобы загладить свою детскую ревность, которую она оказалась не в силах скрыть. Однако попытка объяснить семейное положение Джесси непременно поставила бы ее, Сюзанну, в один ряд с теми людьми, которых она же и критиковала, с теми, кто использовал чужие секреты в качестве своего рода разменной валюты для социальных контактов. И неожиданно для себя Сюзанна призналась: — Я всегда ненавидела здешнюю жизнь. И смирилась с ней только тогда, когда открыла этот магазин. Понимаете, я была самой настоящей горожанкой. Мне нравится шум, суета, анонимность. И мне тяжело жить там, где прошло мое детство, в таком городишке, как этот. Ведь тут каждый знает о тебе буквально все. Кто твои родители, в какую школу ты ходила, где работала, с кем гуляла. Как свалилась с табурета, когда играла на фортепьяно во время репетиции в школе. — Поймав пристальный взгляд Алехандро, Сюзанна неожиданно почувствовала чуть ли не физическую потребность облегчить душу, и слова вдруг полились бурным потоком. — А так как люди в курсе твоих дел — по крайней мере, некоторые из них, — они считают, будто знают тебя как облупленную. И уже не представляют тебя другой. Для них я та же самая девчонка, какой была в двенадцать, тринадцать, шестнадцать лет. Законсервированная. Такая, какой они меня считают. Но что самое смешное, на самом деле я совершенно другая. — Сюзанна замолчала, положив руки на раковину, и помотала головой, будто старалась избавиться от назойливого шума в ушах. Затем выдохнула и попыталась собраться с мыслями. Ее слова звучали крайне глупо, даже для нее самой. — Ну да ладно. Магазин все изменил. Потому что даже если я не способна изменить себя, то, по крайней мере, могу изменить этот магазин. Сделать его таким, как мне заблагорассудится. Ведь никто не ждет от него чего-то особенного. Для всех это всего-навсего коммерческое предприятие, удачное или неудачное. Причем масса людей в округе считает, будто мой магазин — дурацкая затея. И тем не менее он стал... он стал... — Сюзанна уже сама не знала, что хочет сказать.

— Я встретил ее в больнице. — Алехандро выпрямился, перекинув сумку через плечо. — Иногда мне приходится возить мамочек на кресле-каталке из других отделений. Тех, кто не может ходить. И я видел, как она ждала...

С блестящей поверхности кранов из нержавеющей стали на Сюзанну смотрело ее отражение — карикатурное, искаженное.

— Тут вот какое дело. Она любит Джейсона... — уныло констатировала Сюзанна и, не дождавшись ответа, посмотрела на Алехандро.

Алехандро не сводил с нее глаз. Затем, аккуратно задвинув стул, он сказал:

— Я видел только то, что видел. И категорически не понимаю такой любви.

— Я тоже, — отозвалась Сюзанна.

Они стояли напротив друг друга, совсем близко. Его руки лежали на спинке стула. Однако Сюзанне так и не удалось толком разглядеть выражение его лица, остававшегося в тени.

Громко хлопнувшая дверь фургона нарушила хрупкую тишину. Алехандро посмотрел в окно, затем окинул Сюзанну долгим взглядом и повернулся к двери.

— Спасибо за гостеприимство, Сюзанна Пикок, — произнес он.

Глава 16

Дуглас закрыл за собой дверь и укоризненно посмотрел на любимца Виви. Отправившись на поиски жены, он обошел в сопровождении терьера парк, территорию вокруг новых офисов и молочной фермы, а затем лесок за зернохранилищами. Но пес, будь он неладен, так и не сумел взять след.

Эх, мне бы сейчас собаку-ищейку! — подумал Дуглас и грустно вздохнул, поняв абсурдность ситуации.

Искать с собаками собственную жену! Последнее время она постоянно была чем-то занята, еду оставляла с сопроводительными записками, поздно ложилась в постель, находя тысячу неотложных дел в той части дома, которой они практически не пользовались. И Дуглас никогда не знал наверняка, где ее искать. Или в каком настроении застанет, если все же найдет. И такое нарушение привычного ритма семейной жизни напрочь выбивало его из колеи.

Собака, путавшаяся под ногами, жалобно заскулила. Мать из-за двери флигеля дважды окликнула его. Но Дуглас, к своему стыду, сделал вид, будто не слышит. Не то настроение, чтобы бегать по ее поручениям. Он и так уже дважды возил ее утром в город, а в целом — третий раз за неделю. Его мать, по-прежнему обиженная на Виви за отповедь, сделанную во время последней семейной разборки, демонстративно не интересовалась невесткой, как будто, вступив с Розмари в словесную перепалку, Виви нарушила некое неписаное правило и тем самым перестала существовать для свекрови. Если бы Дугласу не было сейчас так себя жалко, он непременно расхохотался бы. К сожалению, до него только теперь дошла суть претензий, предъявляемых в последнее время женой к свекрови. Подтверждением чего, кстати, служил слабый, но весьма отчетливый запашок, исходивший от пассажирского сиденья его внедорожника.

Не обращая внимания на собаку, которая послушно ждала любой команды, лишь бы получить за это лакомый кусочек, Дуглас взял записку с кухонного стола. Когда он уезжал утром из дому, записки еще не было, впрочем, как и час назад, когда он благополучно доставил Розмари обратно, и теперь, глядя на послание жены, Дуглас рассердился и одновременно расстроился. У него вдруг возникло такое чувство, что его брак под угрозой из-за нелепого ребячества.

В записке аккуратным почерком Виви было написано, что она ненадолго отлучилась. Ланч в микроволновке, разогревать двадцать минут. Что касается самой Виви, то, к сожалению, она не может точно сказать, когда вернется.

Дуглас перечитал записку, раздраженно скомкал и швырнул через всю кухню, словно приглашая собаку погоняться за бумажным шариком.

Заметив, что ключи от машины жены висят на крючке, Дуглас выглянул в окно, натянул на голову шляпу и вышел из дому через кухонную дверь, не обращая внимания на доносившийся из-за двери властный голос матери, твердившей его имя.

Александро достал из отделения для корреспонденции письмо, отправленное авиапочтой, отметил знакомую марку, сунул письмо в карман и устало зашагал по территории больницы в свою квартиру, а точнее, к своей кровати, которую он в последний раз видел двадцать два часа назад. По идее, Александро поначалу должен был нести исключительно ночные дежурства, но поскольку больничное руководство не уставало трубить на каждом шагу о том, что у них организация равных возможностей, то он, благодаря своему полу, вполне неплохо устроился. Его начальство пришло к мнению, что сестрам и акушеркам будет неудобно делить жилье с мужчиной, даже с таким хорошо воспитанным. И когда стало очевидным, что снять для Александро жилье в городе не представляется возможным (для домовладельцев слово «акушерка» явно ассоциировалось исключительно с особами женского пола), наверху было принято решение предоставить Александро квартиру, которая вполне могла бы принадлежать смотрителю сестринского общежития, если бы эта должность по-прежнему имелась в штатном расписании больницы. Возможно, Александро время от времени придется прочистить чью-нибудь раковину или поменять у кого-нибудь пробки, пошутил менеджер, ответственный за размещение персонала, но Александро в ответ только пожал плечами. Он не мог позволить себе иметь собственную квартиру на родине. Он не знал, что его ждет в Англии, и дополнительная работа по хозяйству казалась вполне справедливой платой за две спальни и кухню, достаточно большую, чтобы там поместился кухонный стол.

И тем не менее он так и не смог привыкнуть к новой квартире. Она угнетала его даже в такой яркий день, как сегодня, когда комнаты были залиты теплым солнечным светом. Его всегда удивляла способность женщин привнести черты собственной индивидуальности в любое жилье, но поскольку эта квартира была для него лишь временным приютом, то у Алехандро не возникало желания попытаться хоть что-то изменить. Тусклая бежевая краска на стенах и практичная мебель придавали квартире стерильный и неуютный вид. А дробный перестук каблучков, веселая болтовня и хихиканье женщин, непрерывно сновавших туда-сюда по лестнице, делали квартиру Алехандро еще более унылой. Только два человека побывали у Алехандро в гостях: медсестра, которую он имел неосторожность пригласить к себе через пару недель после приезда и которая демонстративно игнорировала его при дальнейших встречах, ну и молодая испанка с курсов иностранных языков — с ней он познакомился в поезде, и она сообщила ему в самый ответственный момент, когда он, по идее, должен был позабыть обо всем, что у нее есть парень, после чего прорыдала чуть ли не три четверти часа. Тех денег, что пришлось дать ей на такси, в Аргентине хватило бы на месяц семье из четырех человек.

Когда я уезжал, размышлял Алехандро, причем чаще, чем хотелось бы, то в первую очередь думал о том, чего хочу избежать.

Он налил себе стакан чая со льдом, подложил под шею подушку и лег на диван, неожиданно остро почувствовав исходящий от одежды въевшийся запах пота. У него болела буквально каждая косточка, поскольку во время дежурства роженица, дама весьма корпулентная, носилась по палате, как бешеный слон, и Алехандро пришлось буквально повиснуть на ней всем телом. Вообще-то, в момент рождения ребенка он всегда чувствовал только безграничное облегчение. И только потом, после дежурства, синяки и ссадины давали о себе знать. Он вытащил из кармана письмо и прочел адрес. Алехандро получал не так много писем, и при виде собственного имени в сопровождении непривычных английских слов испытал знакомое щемящее чувство.

Сын, я собирался написать тебе, будто у нас все прекрасно, но, положа руку на сердце, должен признать, что это справедливо только для крохотной горстки избранных. И твой отец, хвала Господу, в их числе. Поговаривают о новом правительстве, хотя я не очень хорошо понимаю, что это может изменить. Теперь в нашей округе созданы два «районных совета», и большинство наших соседей участвуют в акциях протеста — размахивают ключами перед правительственными зданиями. Ума не приложу, какой в этом толк, но Висенте Тресса, у которого раньше были офисы рядом с моим, теперь целый день только и делает, что звенит ключами, гремит кастрюлями — словом, всем тем, что способно издавать шум. Но меня пугает сложившаяся ситуация. Твоя мать отказывается покидать дом с тех пор, как наш местный супермаркет был ограблен бандой из трущоб. Только не пойми меня превратно, сын. Я счастлив иметь возможность сказать, что в Англии у тебя все хорошо. И с нетерпением жду, когда мы вместе поедем ловить лосося.

Твой отец

P. S. Ко мне на прием записалась дама, которая утверждает, будто ты ее знаешь: София Гишане. Она еще замужем за этим негодяем Эдуардо Гишане, парнем с телевидения. Она хочет сделать липосакцию и подтяжку груди. Но я согласился только на липосакцию, так как она не оставляет мысли родить ребенка. Да и вообще, у нее фантастические груди. Только не говори матери, что я такое сказал.

Малыш, моя дорогая матушка (да упокой Господь ее душу!) обычно говаривала: «В Аргентине можно просто плюнуть на землю, и сразу расцветет пышный цветок». Но теперь мне приходится твердить Милагрос, что мой цветочек собрал чемоданы и исчез. Я каждый божий день плачу о тебе.

Сантьяго Лозано сумел получить работу в швейцарском банке и теперь каждый месяц присылает своему отцу доллары. Ана Лаура, девушка Дуальде, собирается в США к сестре отца. Хотя не думаю, что ты ее помнишь. Похоже, скоро здесь вообще не останется молодых людей.

Невестка Милагрос ожидает двойню. Я молюсь о том, что когда ты вернешься в Аргентину, то подаришь мне внуков. В моей жизни осталось так мало любви, и единственное, о чем я прошу, — это наполнить ее смыслом.

Я непременно пришлю несколько упаковок мате, как ты и просил (Милагрос ходила за ним в супермаркет, но сказала, что полки абсолютно пустые). И тем не менее посылаю тебе через океаны, которые нас разъединяют, драгоценный подарок. Чтобы ты не забывал свою семью. Береги себя. И стерегись английских женщин.

С любовью,

твоя мама.

Алехандро невольно задумался, не появились ли у мамы проблемы с головой. Насколько он помнит, никаких посылок на полке для писем не лежало, это он, несмотря на недосып, мог утверждать с полной уверенностью — кроме письма, там точно ничего не было. В глубине души Алехандро надеялся, что мама просто-напросто перепутала: он чувствовал себя виноватым, когда она присылала ему подарки, пусть даже дешевые упаковки с его любимым напитком. Он повертел письмо в руках и потер будто засыпанные песком глаза. Затем взял конверт и почти машинально открыл пошире.

И действительно, в самом углу лежало это. Легкое как перышко, практически нематериальное. Перевязанное тоненькой розовой ленточкой. Прядь волос Эстелы.

С бьющимся сердцем Алехандро закрыл конверт и положил обратно на стол. Усталость как рукой сняло. Он встал, сел, снова встал и, чертыхаясь себе под нос, подошел к телевизору. Тупо посмотрел на экран, потом оглядел комнату, словно в поисках каких-то знаков, которые он упустил. И, схватив ключи, выскочил из квартиры.

Заслонив рукой глаза от солнца, Виви смотрела на знакомую фигуру вдалеке, которая по мере приближения становилась все отчетливее. За те тридцать лет, что прошли с того времени, как они поженились, поступь ее мужа стала разве что чуть-чуть тяжелее.

Он замялся, точно сомневаясь, стоит ли просить разрешения, а затем присел рядом с ней, отряхнув прилипшие к брюкам семена травы.

— Твой ланч в микроволновке, — сказала она.

— Знаю. Спасибо. Я прочел записку.

На ней были темные очки. Она снова принялась глядеть вдаль, но предварительно одернула юбку, словно смутившись, что ее застали с голыми ногами.

— Подходящий денек. Посидеть на свежем воздухе. — (Продолжая смотреть куда-то за горизонт, Виви небрежно отмахнулась от назойливой мухи.) — Ты у нас тут редкая гостья, — шутливо заметил Дуглас.

— Да, полагаю, ты прав.

— Решила устроить пикник или типа того?

— Нет, просто захотелось немножко посидеть.

Дуглас переваривал ее слова, задумчиво наблюдая за кружащейся над головой птицей.

— Погляди на небо, — наконец нарушил он тишину. — Каждое лето оно застает тебя врасплох, да? Такое синее-синее.

— Дуглас, неужели ты проделал такой путь, чтобы говорить со мной о погоде?

— Э-э-э... нет. — (Виви молча ждала.) — Я только что из дому. Мама просила узнать, не сможешь ли ты отвезти ее кошку к ветеринару.

— А твоя мать договорилась о времени приема?

— По-моему, она рассчитывала, что это сделаешь ты.

— А почему бы ради разнообразия ей самой этим не заняться или тебе, например?

Подобная резкость была отнюдь не типична для Виви. Вконец растерявшийся Дуглас удивленно посмотрел на жену, затем — на серо-коричневые поля вдали.

— У меня сейчас куча дел... дорогая.

— Собственно так же, как и у меня, Дуглас.

По нижнему полю разъезжала вверх-вниз огромная красная сельскохозяйственная машина. Из-под ее лопастей вылетали тучи пыли, оседавшие на аккуратно засеянные борозды. Водитель, заметив две сидевшие рядом фигуры, приветственно поднял руку.

Дуглас рассеянно помахал в ответ. И печально вздохнул:

— Знаешь, Виви, ты не можешь нам всем диктовать, как себя вести. — Он наклонил голову проверить, расслышала ли его жена. — Ви?

Она сдвинула очки на макушку, показав покрасневшие усталые глаза.

— Дуглас, я здесь ничего никому не диктую. Ни тебе, ни Розмари, ни Сюзанне, ни даже своей чертовой собаке.

— Я не имел в виду...

— Я просто пытаюсь сделать так, чтобы в доме была тишь да гладь. И раньше это мне вполне удавалось.

— Но?

— А вот сейчас уже нет.

Выждав пару секунд, Дуглас спросил:

— Ну и чего ты от меня хочешь?

Виви сделала глубокий вдох, совсем как человек, который собирается произнести заготовленную речь:

— Я хочу, чтобы ты наконец понял: Розмари — это и твоя обязанность тоже. Ты должен объяснить ей, что я не могу справляться с ней — с ее проблемами — в одиночку. Я хочу, чтобы со мной советовались по вопросам, касающимся нашей семьи, причем независимо от вашего с Розмари мнения насчет того, имею я на это право или нет. Хочу чувствовать, что я для вас не просто предмет обстановки. — Она вгляделась в лицо мужа яростными глазами, словно предупреждая, чтобы не смел говорить, будто это всего-навсего гормональный сбой.

— Но я никогда... никогда не смотрел на тебя как на...

Она сердито откинула волосы со лба:

— Я хочу, чтобы ты передал основную часть дел по управлению поместьем кому-нибудь другому.

— Что?

— Да, я хочу проводить время с тобой. Только вдвоем. Пока я еще не стала слишком старой, чтобы получать удовольствие от общества мужа. — А если тебе этого не нужно, мысленно сказала она себе, значит свершится то, чего в глубине души я боялась больше всего. Дуглас сидел, уставившись в одну точку. Виви закрыла глаза, стараясь никак не истолковывать молчание мужа и отчаянно пытаясь собраться с духом, чтобы продолжить. — Но самое главное, Дуглас, ты должен вернуть Сюзанну. Должен дать ей понять, что она для тебя так же важна, как и остальные.

— Я позабочусь о том, чтобы Сюзанна получила равные финансовые...

— Нет, ты меня не понял. Речь не о деньгах. Ты должен дать Сюзанне возможность почувствовать себя членом семьи, почувствовать свою принадлежность к роду Фэрли-Халм.

— Я никогда не подвергал ее ни малейшей дискриминации...

— Дуглас, ты меня не слушаешь...

— Я всегда любил Сюзанну не меньше остальных детей. Ты ведь знаешь, — огрызнулся Дуглас.

— Это Афина.

— Что?

— Ты должен прекратить вести себя так, будто имя Афина — ругательное слово.

Может, я и не самый замечательный человек, сказала себе Виви. Розмари меня в этом убедила. Но хоть что-то я могу сделать правильно. Пусть даже поступившись собственными чувствами. Она неожиданно вспомнила, как ее официально представили Афине на приеме в честь свадьбы Дугласа. Как эта девушка, изысканная и нереальная в своем подвенечном наряде, рассеянно улыбнулась и посмотрела сквозь Виви. Словно Виви была невидимкой.

Рев мотора на нижнем поле стих, и теперь они слышали только шепот ветра, жужжание пчел, пение птиц и глухой гул бесконечного транспортного потока где-то вдали.

Дуглас осторожно положил руку на руку Виви. Она открыла глаза, моментально узнав и эту натруженную ладонь, и эти сильные мозолистые пальцы. Дуглас смущенно кашлянул в кулак:

— Виви, уж не знаю, как тебе втолковать, но ты меня... неправильно поняла. У меня нет к ней ненависти. Даже учитывая то, что она сделала. — Он крепко стиснул зубы, пытаясь унять горькие воспоминания. — Ты права. Я действительно не хотел говорить об Афине... но не из-за неловкости и отнюдь не из-за боязни, что Сюзанна может почувствовать себя хуже других... Ну, возможно, отчасти в силу и этих причин тоже, но в основном потому, что не желал причинить тебе боль. Афина вольно или невольно травмировала множество людей. А ты... ты защищала нас всех. Долгие годы. Ты стала стержнем нашей семьи, и я... — Он запнулся и растерянно провел рукой по редеющим волосам. — Я люблю тебя, ты знаешь. — Его пальцы крепко сжали руку жены. — Действительно люблю. И я просто не хотел позволить ей... травмировать и тебя тоже.

Она сидела в одиночестве на улице, подставив длинные бледные ноги солнцу, лицом к безбрежному синему небу, и, как ни странно, радовалась отсутствию покупателей. Миссис Крик, наверное, не меньше часа просидела за чашкой кофе с молоком, негромко сетуя на отсутствие печенья, а Джесси тем временем весело щебетала о костюме для школьного спектакля, который ей нужно срочно сделать. В результате Сюзанна отправила обеих заниматься шитьем. Да и вообще, сегодняшний день отнюдь не располагал к продуктивной работе. Слишком жарко. Слишком влажно. Даже солнце сегодня казалось слишком ленивым. Похоже, я напрочь растеряла свои лондонские привычки, думала Сюзанна, глядя на других торговцев, которые или сидели на стульях возле своих магазинов, или стояли на пороге, не беспокоясь об отсутствии торговли и радуясь возможности поболтать с людьми, которые, может, купят что-нибудь, может, и нет, а может, все-таки купят, но когда-нибудь потом. Сюзанне так и не удалось толком объяснить этот феномен мужу. Ведь в столице магазины процветали или разорялись в зависимости от прибыли и убытков, а об их успешности судили по колонкам цифр с использованием такой терминологии, как «товарооборот» и «финансовые риски». А здесь, продолжала размышлять Сюзанна, вспоминая свой давешний разговор с Джесси, магазины — это скорее нечто вроде социальной службы. Центр притяжения для людей, ведущих порой чересчур замкнутую жизнь.

Увидев Алехандро, шагающего стремительной походкой, слишком целеустремленной для этого ленивого полдня, Сюзанна поспешно подобрала под себя ноги и одернула блузку, словно ее застукали за чем-то недозволенным. Алехандро еще издалека помахал ей рукой, давая понять, дескать, не стоит беспокоиться, но Сюзанна уже удалилась в прохладную полутьму магазина заправить кофеварку.

Она не решилась поднять глаза при звуках его шагов. А когда все же собралась с духом окинуть Алехандро равнодушным взглядом, то ужаснулась при виде его небритых щек и теней под глазами.

— Эспрессо?

— Да. Нет. У вас, случайно, не найдется чая со льдом?

Когда из-за жары спрос на кофе стал падать, Сюзанна включила в меню чай со льдом.

— Конечно.

Для человека, всегда выдержанного и спокойного, сегодня он вел себя непривычно суетливо, почти нервозно.

— Вы не против, если я закурю? — спросил Алехандро, когда она протянула ему высокий стакан.

— Пожалуйста, но только на улице.

Он посмотрел на нераспечатанную пачку сигарет, затем на залитую солнцем улицу и решил воздержаться.

— А где Джесси?

— Ушла домой шить костюм маргаритки.

Он удивленно поднял брови, но воздержался от дальнейших расспросов, и Сюзанна почувствовала себя глупо, тотчас же пожалев о своих словах. Алехандро выпил чай жадными глотками и попросил еще.

Возможно, все дело было в ослепительно-ярком дне за окном, но в полумраке магазин, казалось, стал меньше.

Сюзанна неожиданно обнаружила, что остро чувствует каждое свое движение. Она осторожно покосилась на Алехандро, невольно отметив его помятую футболку. На фоне душистого мыла и фрезий в вазе около кассы эта пропотевшая футболка выглядела чересчур маскулинной и бередила душу. Сюзанна неожиданно пожалела, что они одни и в магазине нет других покупателей.

— Если хотите, курите здесь, — небрежно предложила она. — Я оставлю дверь открытой. По-моему, сигаретка вам сейчас точно не повредит.

— Да нет. Не стоит. Я бросил курить. Сам удивляюсь, зачем купил эту пачку.

— Вы в порядке? — пододвигая к нему стакан, поинтересовалась Сюзанна, но Алехандро лишь грустно вздохнул в ответ. — Тяжелое дежурство?

— Типа того.

— Ладно. Если что, я буду снаружи, — сказала Сюзанна и, сама толком не понимая, с чего вдруг решила оставить его в одиночестве, вернулась на улицу.

Стороннему наблюдателю, окажись он сейчас рядом, Сюзанна, которая, потягивая за столиком воду со льдом, следила за тем, как жители города снуют туда-сюда по рыночной площади, показалась бы спокойной и расслабленной. Однако Сюзанна была как туго натянутая струна. И буквально кожей чувствовала устремленный ей в спину взгляд Алехандро, притаившегося в полумраке магазина. Поэтому, когда он наконец вышел и сел рядом, она с трудом подавила вздох облегчения, словно только что прошла сложнейший экзамен на выдержку.

— А она вам кем приходится? — Алехандро держался менее скованно, а маниакальный блеск в его глазах, слава богу, исчез. — Девушка на портрете. Это ведь не вы? Наверное, ваша сестра?

Сюзанна покачала головой:

— Нет. На картине моя мать. Родная мать. — Впервые в жизни эти два слова слетели с ее губ легко и спокойно.

— А почему портрет не висит у вас дома?

— Ну, так просто и не объяснишь. Портрет когда-то висел в нашем фамильном доме. В доме моего отца. Он женился во второй раз. И когда я переехала сюда, отец отдал портрет мне.

— Они что, не захотели оставить его у себя?

— Не в этом дело... Просто... просто портрет там теперь не к месту.

Разговор принял уже менее приятный для нее оборот. Сюзанна горько пожалела, что не оставила портрет стоять лицом к стене. Беспокойно поерзав на стуле, она потянулась за шляпой от солнца и поспешно надела ее, чтобы под широкими полями спрятать глаза.

— Извините. Я не хотел задеть ваши чувства.

— Ничего страшного. Джесси наверняка успела вам доложить. Я ведь знаю, что Джесси вам... то есть буквально каждому, — поспешно поправилась Сюзанна, — обо всем рассказывает. У меня с папой крайне непростые отношения. И сейчас у нас с ним возникли определенные сложности.

Алехандро развернул стул так, чтобы получше ее видеть. Сюзанна тоже немного подвинулась, понимая, что, как бы ей того ни хотелось, неприлично сидеть к нему вполоборота. В душе у Сюзанны шла тяжелая внутренняя борьба: ей был крайне неприятен весь этот разговор, однако она испытывала непреодолимую потребность высказаться.

— Все дело в наследстве, — наконец призналась она. — Кто что получит. Моя семья владеет здесь большим поместьем. И отец категорически не желает, чтобы я унаследовала землю. Поместье достанется моему младшему брату. А у вас в Аргентине тоже так?

— В Аргентине это не подлежит обсуждению, — сухо улыбнулся Алехандро. — Сыновья получают все.

— Жаль, что я не родилась в другой стране. Или хотя бы мой папа.

— Неужели тема наследства вас так сильно волнует?

Сюзанна слегка смутилась:

— Вы наверняка считаете меня слишком жадной, да? Ведь я хочу получить то, что не заработала.

— Нет...

Сюзанна на секунду представила, как он мог воспринять ее слова.

— Я вовсе не жадина. Да, я, конечно, люблю красивые вещи, но в данном случае это не вопрос денег. А... его отношения ко мне. — Алехандро слушал ее настолько внимательно, что ей даже стало немного не по себе. Сюзанна опустила глаза и обнаружила, что незаметно для себя осушила стакан с водой. — Иногда мне кажется, что причина в том, что я похожа на нее. Понимаете, я видела старые фотографии. И я ее точная копия. — Она посмотрела на свои бледные ноги, не поддававшиеся загару, потом скосила глаза на концы рассыпавшихся по плечам черных волос.

— И что?

— Мне кажется, он заставляет меня расплачиваться.

Алехандро коснулся ее руки, едва заметно, и Сюзанна решила, будто ей почудилось.

— За то, что вы — это не она?

Глаза Сюзанны необъяснимым образом наполнились слезами. Она прикусила губу, изо всех сил стараясь не разрыдаться.

— Вам не понять, — горько рассмеялась она, чувствуя неловкость за столь явный всплеск эмоций.

— Сюзанна...

— За то, что я виновата. В ее смерти. Ведь, как ни крути, она умерла из-за меня. — Голос Сюзанны дрожал, а улыбка на застывшем лице напоминала гримасу. — Видите ли, она умерла при родах. Конечно, вслух об этом не говорят, но факт остается фактом. Если бы не я, она до сих пор была бы с ним. — Сюзанна яростно потерла нос и вздохнула. — Простите. Сама не знаю, что на меня нашло. И зачем я вам это рассказываю? Наверное, потому, что вы акушер... Ну да ладно. Обычно я воспринимаю вещи гораздо спокойнее. — Улица опустела, солнечные зайчики, отсвечивая расплавленным металлом, прыгали по булыжной мостовой. Сюзанна повернулась к Алехандро и храбро улыбнулась. — Ох уж эти наследственные дела!

И Алехандро неожиданно сжал ее руку своими ладонями, положил голову на их переплетенные пальцы и остался в таком положении, словно мысленно посылал молитву Богу. Она почувствовала тяжесть его костистого лба, и от странности происходящего у нее даже высохли слезы.

Когда Алехандро наконец поднял глаза, Сюзанна решила, что он собирается извиниться. Однако он лишь кивнул, едва заметно, словно заранее знал, что она скажет, и ее признание его нисколько не удивило.

Сюзанна, от изумления забывшая о приличиях, точно обжегшись, отдернула руку.

— Пожалуй, пойду принесу еще чая. — И с этими словами Сюзанна поспешила укрыться в спасительных стенах своего магазина.

Алехандро возвращался в больницу, ему казалось, будто ноги вязнут в патоке. Идти до больницы было всего ничего, каких-то полторы мили, но он так устал, что его даже начало мутить. Он шел короткой дорогой через жилой массив, механически передвигая ноги по раскаленному тротуару. Поэтому только с третьего раза услышал, что его окликнула Джесси.

— Господи, ну и видок у вас! Краше в гроб кладут.

Джесси держала дочь за руку, лица обеих были открытыми и ясными, как солнышко в небе. И при виде этих двух особ женского пола, таких простых и милых, Алехандро сразу стало легче.

— Мы готовим костюмы для спектакля в честь окончания учебного года. Миссис Крик нам помогает. — Эмма продемонстрировала пластиковый пакет.

— А сейчас идем в парк. Если хотите, можете составить нам компанию. Покачаете Эмму на качелях. А то у меня вряд ли получится, — сообщила Джесси. — Повредила руку.

Алехандро собрался было пройтись насчет ее травм, которые уже давно не давали ему покоя, но из-за тумана в голове не смог четко сформулировать мысль.

— Простите, — сказал он, — я не сразу расслышал.

В вечернем солнце волосы Сюзанны казались иссиня-черными. А взгляд аквамариновых глаз был сердитым, словно она отчитывала его за некий проступок. И ему казалось, будто его пальцы до сих пор хранят память о прикосновениях к ее коже, росисто-прохладной и прозрачной.

— Бедняга, вы едва стоите на ногах. — Джесси положила ему руку на плечо. — Эм, ты только посмотри на него! Спит прямо на ходу. Почему бы вам не пойти домой?

— У вас щетина на подбородке. — Эмма кружилась вокруг колонны, взбрыкивая ногами от брызжущей через край энергии, которая в данный момент тянула ребенка в сторону нарядной детской площадки, видневшейся за деревьями.

Ведь я никогда не встречал ее раньше. Я точно знаю, что мы не встречались. Но тогда почему?..

— А сколько младенцев сегодня родилось?

Джесси ласково погладила дочь по голове:

— Эм, отстань от него. Он слишком устал, чтобы говорить о новорожденных. Ну ладно, Ал. Ступайте домой. Вам срочно нужно немного поспать.

— Я не знаю... — пробормотал он, причем так тихо, что, как уже позже Джесси призналась матери, она не сумела ничего толком расслышать. А даже если бы и сумела, то все равно ничего бы не поняла. — Я не уверен, что знаю, где мой дом.

Сюзанна вернулась домой намного позже Нила, когда тени стали длиннее, а ленивый летний вечер до неприличия растянулся. Их коттедж представлял собой идиллическую картинку, хотя в этом уж точно не было заслуги Сюзанны. Клематис обвивал перила крыльца, заходящее солнце золотило верхушки пробивавшихся на заброшенных клумбах многолетников: сон-травы, манжетки, наперстянки — ярко-фиолетовой, розовой и синей, — непристойно разросшихся даже без прополки и подкормки.

Однако Сюзанна ничего этого не видела. Она вошла в дом и обнаружила мужа на диване, с ногами на кофейном столике, перед телевизором.

— А я уж собирался тебе звонить, — сказал он, подняв пульт. — Ты что: а) застряла в пробке; б) устроила раннюю рождественскую распродажу, о которой я не в курсе, или в) оказалась зажатой между предметами обстановки и не смогла дотянуться до телефона? — Он оторвал глаза от экрана и, ухмыльнувшись, послал ей воздушный поцелуй. — Обед в микроволновке. Я подумал, что ты, должно быть, проголодалась. Прости, но я не стал тебя дожидаться и уже поел.

— А что на обед?

— Ничего особенного. Спагетти болоньезе из банки. У меня как-то не было настроения готовить.

— На самом деле я не очень-то и голодная. — Она принялась снимать туфли, попутно пытаясь решить два вопроса. Почему муж с его довольным видом так ее раздражает, несмотря на то что он приготовил ей обед? И как это ее характеризует?

«Ну разве он не прелесть?! — так и слышались ей восторженные слова родителей. — Он даже готовит для нее. Нет, похоже, она просто не понимает своего счастья!» На секунду-другую Сюзанна задержалась на кухне возле буфета, пытаясь быть милой и ругая себя за то, что замечает, впрочем как всегда, оставшиеся после завтрака крошки, цветастые занавески, которые ненавидела всей душой, но не меняла на другие, поскольку это означало бы ее эмоциональный вклад в их общий дом, и, наконец, заляпанные в результате кулинарных авантюр Нила сковородки и кухонные поверхности. Неужели я всегда буду такой дрянью? — спрашивала она себя. Неужели я вечно буду чем-то недовольна?

— Если хочешь пропустить стаканчик, — донесся из соседней комнаты голос Нила, — там есть открытая бутылка вина.

Сюзанна достала бокал из кухонного шкафчика и прошла в гостиную. Опустилась на диван возле Нила, и тот погладил ее по бедру.

— Удачный день? — не отрываясь от телевизора, спросил он.

— Нормальный.

— А как тут погода? В Лондоне погода была просто роскошной. По крайней мере тогда, когда мне в конце концов удалось вырваться на свежий воздух.

— Прекрасная. Но довольно жарко.

— Ну да, здесь тоже ничего себе. Нет, ты только посмотри на этого парня. У него прямо-таки натуральная истерика, — снова уставившись в телевизор, рассмеялся Нил.

Сюзанна заметила, что муж уже успел поймать немного солнца. У него появились веснушки.

Она сидела, не воспринимая шедшую по телевизору дурацкую комедию, и потягивала вино, которое ей налил муж.

— Нил, — наконец сказала она, — а ты когда-нибудь волновался за нас?

После секундной задержки он неохотно оторвался от телевизора. Нил догадывался, что его ждет Тот Самый Разговор, но в глубине души явно надеялся, что сия чаша его минует.

— Теперь уже нет. Да и с какой стати? А что, появился повод?

— Нет.

— Ты ведь не собираешься сбежать с фермером из соседнего дома?

— Буду иметь в виду. А ты никогда не задавал себе вопрос: неужели это все? Неужели это самое большее, на что мы можем рассчитывать?

— Самое большее — что?

— Ну, я не знаю. Счастье? Приключение? Страсть? — Последнее слово Сюзанна произнесла немного невнятно, чтобы муж, не дай бог, не принял бы его за приглашение.

Она услышала, как Нил подавил тяжелый вздох. А быть может, просто зевок. И увидела, что он незаметно косит глазом на экран телевизора.

— Не уверен, что улавливаю ход твоих мыслей.

— Нил, посмотри на нас. Ведь нам уже за тридцать, а в нашей жизни не было ни одного волнующего события. — Она замолчала, проверяя его реакцию и мысленно заклиная выключить этот чертов телевизор.

— Так ты утверждаешь, что несчастлива?

— Я ничего не утверждаю. Просто... просто хотела узнать, что ты сам думаешь обо всем этом. О нас. И счастлив ли ты.

Он взял пульт и выключил телевизор:

— Счастлив ли я? Без понятия. Но по крайней мере, сейчас я счастливее, чем раньше.

— И этого достаточно?

Он едва заметно покачал головой, тем самым выдав свое раздражение:

— Я не знаю, какого ответа ты от меня ждешь. — (Она поморщилась. Правда, она и сама этого не знала.) — Сью, а ты никогда не задумывалась о том, что человек сам делает себя счастливым? Или несчастным?

— Что?

— Все эти бесконечные вопросы. Все это самокопание. Я счастлива? Я несчастна? Этого достаточно? Тебе не кажется, так недолго себя и в могилу свести? Словно... ты вечно ищешь повод, чтобы попереживать. Вечно меряешь себя по меркам других.

— А вот и нет.

— Все дело в Надин и Алистере, да?

— Нет.

— Это должно было с ними случиться. Рано или поздно. И не говори, будто не замечала происходящего, когда мы с ними встречались в гостях. Они ведь и общались-то через живущую у них девушку-иностранку.

— Дело не в них.

— Разве нельзя просто наслаждаться моментом? Тем фактом, что впервые в жизни мы кредитоспособны, мы оба работаем, живем в чудесном доме? И я хочу сказать, что мы оба здоровы. И впереди нет ничего плохого. Наоборот, нас ждет только хорошее. Твой магазин, ребенок, светлое будущее. По-моему, нам стоит ценить подарки судьбы.

— Я и ценю.

— Тогда почему бы не остановиться на этом и не прекратить выискивать проблемы на свою задницу? Хотя бы изредка?

Сюзанна окинула мужа долгим взглядом, и он, успокоившись, снова включил телевизор.

— Конечно, — сказала она, поднялась с дивана и медленно прошла на кухню.

Глава 17

Лето полностью вступило в свои права в Дир-Хэмптоне, сжав город в жарких объятиях и подняв столбик термометра еще на пару градусов. Узкие улочки потели и плавились, машины лениво ползли вокруг рыночной площади, увязая колесами в липком асфальте. Группы американских туристов с натертыми до кровавых мозолей ногами любовались лепным декором фасадов и восторженно ахали, заглядывая в путеводители. Торговцы на площади потягивали под сенью тентов баночные напитки, а собаки лежали прямо посреди тротуаров, высунув шершавые языки, ярко-розовые на фоне городской грязи.

В магазине было пусто: покупатели побогаче уехали на каникулы в другие тихие городки, остальные приглядывали за детьми, очумевшими от предоставленных им после школьной муштры шести недель свободы. Сюзанна и Джесси, расслабленно и неторопливо навели порядок на полках и витринах, по-новому разложили товар, поболтали с туристами и приготовили кувшины ледяного чая, который по мере таяния кубиков льда становился все более водянистым.

Сюзанне вконец разонравилась выкладка товаров в торговом зале, и она жутко злилась на себя, не понимая, что тут не так. И вот однажды утром они с Джесси повесили табличку «Закрыто», отодвинули столы и стулья к стене и по рекомендации преподобного Ленни пригласили плотника, с тем чтобы тот переставил полки на противоположную стену. Однако полученный результат не оправдал ожиданий Сюзанны, и она заплатила мастеру ту же сумму — к крайнему неудовольствию Нила, проверявшего бухгалтерские книги, — попросив переставить полки обратно. Она решила больше не продавать бижутерию (слишком уж часто, пока Сюзанна варила кофе, мелкие вещи незаметно оказывались в чьем-то кармане) и сделать раскладку товара внизу, в подвале. Но как только она осуществила задуманное, нашлись по меньшей мере три покупательницы, интересовавшиеся винтажными ожерельями. Завещания на стене она заменила цветными картами Северной Африки. Черную стену сделала бледно-бирюзовой и тут же пожалела, что выбрала этот цвет. На весь этот кавардак с загадочной улыбкой Моны Лизы взирала Афина; ее портрет, временно стоявший на лестнице, казался неуместным ни в магазине, ни в доме, а потому служил Сюзанне вечным напоминанием о ее неспособности гармонизировать свой мир более-менее приемлемым образом.

В конце концов, словно поддавшись какому-то безумному порыву, Сюзанна взяла выходной и отправилась в Лондон. Поначалу она намеревалась навестить Надин, но затем, по странной прихоти, отменила встречу, сославшись на семейные обстоятельства, и отправилась на Бонд-стрит, где, поочередно ныряя на немыслимой при такой жаре скорости в различные магазинчики, купила две пары босоножек, но впору ей оказалась только одна, серую блузку с коротким рукавом, дизайнерские солнцезащитные очки и бледно-голубой льняной костюм, который оказался бы вполне уместным, случись ей пойти на свадьбу. Она также купила флакон своих любимых духов, неприлично дорогой увлажняющий крем и губную помаду именно того цвета, что видела у какой-то знаменитости в глянцевом журнале. За все покупки, кроме блузки, она расплатилась кредитной картой, которую Нил считал давным-давно ликвидированной. Ладно, потом все выплачу по частям, успокаивала себя Сюзанна, но уже на обратном пути она с трудом сдерживала слезы.

Алехандро исчез на три дня, а затем стал приходить ежедневно. Иногда, поднявшись из подвала, она заставала Алехандро сидящим за столиком. Он выжидающе поворачивал к ней смуглое лицо с орлиным профилем, и она заливалась краской, пряча неловкость за неестественно громкими замечаниями о погоде, о кофе в кофемашине, о бардаке, царящем в магазине. Затем она смущенно умолкала, яростно прокручивая в голове свои неуместные ответы и тем самым чувствуя себя еще более глупо.

Если Джесси была поблизости, Сюзанна в основном помалкивала. Ей вполне хватало ловить обрывки их разговора и получать драгоценные крупицы сведений, которые Джесси сумела выудить из Алехандро: что он получил письмо от отца, что впервые приготовил английский завтрак, что в родильное отделение накануне вечером поступила «роженица», у которой вместо беременного живота под ночной рубашкой оказалась подушка. Иногда у Сюзанны создавалось впечатление, что Алехандро через Джесси передает ей, Сюзанне, информацию о себе, выдавая ее мелкими порциями. Иногда Сюзанна ловила себя на том, что делает то же самое. Она пускалась в непривычные для себя откровения, поскольку ей очень хотелось продемонстрировать себя с наилучшей стороны, чтобы он наконец обнаружил личность гораздо более привлекательную, нежели та особа, которую он, как она подозревала, имел счастье обычно созерцать.

Несколько раз он появлялся, когда Джесси уходила на ланч, и у Сюзанны от неловкости все валилось из рук. И даже если в магазине находились другие покупатели, ей казалось, будто они с ним наедине. Она запиналась, срочно искала себе какое-нибудь занятие, намеренно лишая себя возможности с ним поговорить, а когда он уходил, проклинала себя за малодушие. Но время от времени, если Алехандро был целиком погружен в чтение газеты или книги, Сюзанне удавалось взять себя в руки, и они начинали разговаривать. Иногда чуть ли не целый час, пока с ланча не возвращалась Джесси.

Как-то раз Алехандро сказал Сюзанне, что хочет посетить городской музей — анфиладу тесных комнат, где была детально представлена малосимпатичная средневековая история Дира, — и Сюзанна согласилась сопровождать Алехандро. Она на целый час закрыла магазин, чтобы не спеша обойти вместе с ним пыльные экспозиции, а он поведал ей свою историю и историю Буэнос-Айреса. Конечно, это был не лучший вариант ведения бизнеса, но Сюзанне было полезно узнать мнение человека со свежим взглядом на вещи. Напомнить себе, что есть другая жизнь и другие места.

Когда он улыбался, его лицо сразу менялось.

Да, просто здорово получить нового друга. Сюзанна была абсолютно уверена, что кто-то когда-то вроде говорил, будто друзей много не бывает.

Джесси, украшавшая витрину китайскими фонариками, время от времени приветствуя прохожих, неожиданно крикнула Сюзанне:

— Вон там идет ваш старик!

— Мой папа?

— Нет, ваш муж. Простите. — Джесси с ухмылкой оглянулась, рот у нее был набит канцелярскими кнопками. — Ой, я и забыла, что вы у нас дама из высшего общества.

— Интересно, что ему нужно? — Сюзанна остановилась на пороге и увидела, что Нил машет ей рукой.

— Отменили встречу. А в офисе мне нужно быть только после ланча, — поцеловав жену в щеку, объяснил Нил. Он снял пиджак и повесил его на руку. Оглядел столики, за которыми болтали посетители, затем бросил взгляд на стену за прилавком. — Магазин смотрится очень миленько. А куда подевался портрет?

— Если я тебе расскажу, ты не поверишь! — Сюзанна и сама толком не знала, что и думать. Два дня назад в магазин зашли ее родители. Они вдруг решили, что портрет следует привести в порядок. — Представляешь, тридцать лет портрет пылился на чердаке, а теперь, оказывается, он «срочно» нуждается в реставрации.

Да и вообще, родители вели себя крайне странно. Папа поцеловал ее и сказал, что магазин выглядит грандиозно. А мама, изменив себе, в основном молчала и скромно стояла в сторонке, восторженно сияя, словно именно она все это организовала. Мама призналась, что папа наконец-то согласился обзавестись пылесосом. А она, Сюзанна, ответила, что не понимает, почему они так долго тянули с покупкой. Они ни словом не обмолвились о завещании, но у Сюзанны возникло смутное подозрение, что они решили использовать портрет в качестве дымовой завесы, чтобы надуть ее с завещанием.

— Ну ладно, а ты что здесь делаешь? — наконец вспомнив о неожиданном появлении мужа, спросила она.

— А разве нужен какой-то повод? Я просто подумал, а почему бы перед работой не выпить кофе со своей женой.

— Как романтично! — воскликнула Джесси, разглаживавшая какую-то ленту. — Следующим номером будут цветы.

— Сюзанна не любит цветы, — усаживаясь за прилавок, заметил Нил. — Потому что приходится мыть вазу.

— Тогда драгоценности...

— Ой нет! Драгоценности еще надо заслужить. Тут имеется целая балльная система.

— Я даже не буду спрашивать, что ей пришлось сделать, чтобы заработать вот это бриллиантовое кольцо.

— Ха! Если бы кольцо оценивалось по балльной системе, то ей бы пришлось носить на пальце жестяное ушко крышки от консервной банки.

— Смейтесь, смейтесь! — хмыкнула Сюзанна, заправляя кофемашину. — Вас послушать, так можно решить, что никакого феминизма нет и в помине.

И хотя Нил видел Джесси всего три раза, Сюзанне показалось, что муж немного влюблен в ее помощницу. Однако Сюзанна не переживала: все местные мужчины в той или иной степени были без ума от Джесси. Такой жизнерадостной и раскованной. И очень хорошенькой. Сияющей здоровой красотой юности. Персиковая кожа и сплошные улыбки. Она явно повышала у мужчин уровень тестостерона: ее миниатюрность и хрупкость рождали практически у любого из них первобытное желание ее защитить. Так или иначе, практически у каждого. Плюс Джесси понимала чувство юмора Нила, которое дома, по его мнению, оставалось явно недооцененным.

— Сюзанна, вот уж никогда бы не подумала, что вы из тех женщин, что принципиально не носят лифчики.

— Нет, моя супруга, конечно, не столь воинственна... Ну, если не считать того случая, когда вовремя не открыли «Харви Николс».

— Некоторые из нас, — заметила Сюзанна, — зарабатывают себе на жизнь, а не просто попивают кофеек.

— Зарабатывают? — Нил изумленно поднял брови. — Сплетничая в магазине? Я бы не назвал это работой в поте лица в угольной шахте.

Сюзанна непроизвольно поджала губы:

— Ну куда уж мне! Ведь для того, чтобы продавать финансовые продукты, просто необходим дублер для выполнения сложных трюков. Пока ты не появился, *мой дорогой*, здесь вообще никто не сплетничал. — И это ее «мой дорогой» было острым как бритва.

— О-хо-хо! Если уж разговор зашел о сплетнях, угадайте что? Наш Гаучо вовсе не гей. У него в Аргентине была подружка. Естественно, замужняя. — Джесси снова забралась в витрину и села, грациозно, как кошечка, поджав под себя ноги.

— Что? Он был женат?

— Да нет же! Его подружка была замужем за какой-то аргентинской телезвездой. Вот уж никогда бы не подумала. Да?

— Ваш Гаучо?!

— Ну да. Это мужчина-акушер. Приехал сюда из Аргентины. Умереть не встать, правда?

Нил поморщился:

— Похоже, ваш парень немного с приветом. Какой нормальный мужик согласится весь день заниматься вот этим?!

— А мне почему-то казалось, что в нашей семье именно тебя в первую очередь интересовали роды.

— Да. Роды у моей собственной жены. Но я в любом случае предпочел бы заняться поршневой полостью, если вы понимаете, о чем это я.

— Фу, какой ты пошлый!

— Ну, старый добрый гинеколог — совсем другое дело. Прелести такой работы еще можно как-то понять. Хотя лично я теряюсь в догадках, как им удается делать свое дело.

Джесси хихикнула, а Сюзанна от смущения не знала, куда девать глаза.

— Темная лошадка, да? Я имею в виду Алехандро. Джейсон всегда говорит, что в тихом омуте черти водятся.

— А откуда ты это узнала?

— О... В воскресенье я водила Эмму в парк и встретила там Алехандро. Я присела на скамейку, и мы немножко поболтали.

— А что он там делал?

— Да, в общем-то, ничего. Просто грелся на солнышке и наслаждался теплом. Хотя нет, не наслаждался. Когда я к нему подошла, вид у него был довольно несчастный. — Джесси подняла глаза на Сюзанну. — Ну, может, он просто находился в мрачной задумчивости. Как все эти латиноамериканцы.

— А мне почему-то всегда казалось, что акушерками бывают только женщины. — Нил с удовольствием прихлебывал кофе. — Если бы мне пришлось рожать, то мне было бы неприятно принимать помощь от мужчины.

— Если бы тебе пришлось рожать, это волновало бы тебя меньше всего. — Сюзанна принялась налеплять фотографии покупателей поверх карт Африки.

— Коли на то пошло, я бы точно не хотел, чтобы роды у тебя принимал мужчина.

— Если мне придется пройти через весь этот ад, то сомневаюсь, что решение будет за тобой.

— Я хочу найти эту женщину в Интернете. Интересно посмотреть, как она выглядит. Он назвал ее имя, но сказал, что я вряд ли о ней слышала, — заявила Джесси, прислонив стремянку к стене.

— Он что, по-прежнему в нее влюблен? — поинтересовалась Сюзанна.

— А вот это тайна, покрытая мраком. Но знаете, Сью, у меня есть смутное подозрение, что он предпочитает замужних.

— Если мне не изменяет память, ты вроде говорила, будто вы здесь не сплетничаете, — усмехнулся Нил.

— Потому что в этом случае его эмоциональная сфера остается нетронутой.

— Что ты имеешь в виду? — Сюзанна наблюдала за тем, как Джесси тащит стремянку к лестнице.

— Ну, он довольно пассивный, ведь так? Трудно представить, чтобы он кого-нибудь домогался или отдавался порыву страсти. Некоторым мужчинам нравится спать с женщинами, у которых уже кто-то есть. Им так спокойнее. Ведь такие женщины менее требовательные. Нил, я права?

— Неплохая стратегия, — согласился Нил. — Хотя мне и не довелось ею воспользоваться.

Сюзанна фыркнула, изо всех сил пытаясь скрыть предательский румянец:

— Джесси, ты читаешь слишком много журналов.

— Вы сами их сюда положили. — Джесси сняла с крючка на двери в подвал свою сумку и достала оттуда накрахмаленный белый передник. — Вот поглядите-ка, что мне сшила миссис Крик. Правда миленький? Если хотите, могу попросить, чтобы она и вам такой же сделала.

— Нет. Да. Как знаешь.

Джесси завязала тесемки на талии и расправила передник:

— Ой, надо обслужить вон ту даму с детьми! Я ими займусь... Нет, под меня он клинья не подбивал... И я тоже... Ну, я не знаю... Мне просто нравятся мужчины, в которых чуть-чуть больше жизни.

Она замолчала и бросила взгляд на Сюзанну, которая поспешно отвела глаза. Нил просматривал газету, а посему не обратил внимания на последние слова Джесси или на то, что его жена, натянуто улыбнувшись, тут же нырнула под прилавок, чтобы разобрать коробку с пергаментной бумагой, и занималась этим гораздо дольше, чем требовалось.

Речь шла вовсе не о Джейсоне, несмотря на туманные намеки Джесси. И явно не о Ниле. Джесси больше не обмолвилась с Сюзанной ни словом. Но обе женщины прекрасно все поняли.

Артуро уволил всех работавших в магазине парней. Вот так с ходу, без предупреждения, без выходного пособия. Первой это обнаружила миссис Крик, проходившая мимо по пути на рынок. И естественно, оперативно доложила обо всем Сюзанне с Джесси вскоре после ухода Нила:

— Я услышала жуткие крики и бог знает что еще, а у него раздувались ноздри, как у разъяренного быка в поле. Я собиралась зайти купить кусочек этого чудного сыра, ну того, что с курагой, но, честно говоря, решила дать ему шанс маленько остыть.

Сюзанна с Джесси, окаменев, слушали нескончаемый рассказ миссис Крик, сопровождаемый различными модуляциями голоса и выразительными жестами, дабы произвести максимальное впечатление на неожиданно благодарную аудиторию. Когда миссис Крик закончила, слушательницы переглянулись.

— Ну, я пошла, — сказала Джесси.

— А я возьму на себя Артуро, — отозвалась Сюзанна.

Однако он так и не появился.

Джесси отправилась к Лилиане — конечно, не выпытывать подробности, а просто пустить пробный камень, одним словом, понять что да как. Ведь поначалу Джесси решила, что миссис Крик несколько драматизирует события. Лилиана, дама весьма уравновешенная, вела себя, как обычно, вежливо и сдержанно. Но когда Джесси упомянула магазин деликатесов, хозяйка «Уникального бутика» явно слетела с катушек. Ноги моей там больше не будет, заявила она. Некоторые люди поступают с покупателями крайне подло. Да-да, крайне подло.

— А поконкретнее? — уточнила Джесси.

— Скажем так, — заявила Лилиана, мрачно сжав в тонкую полоску губы; ее волосы были такими же жесткими, как линия подбородка, — от иных ты ожидаешь джентльменского поведения, а они взамен шутят шутки, более уместные на спортплощадке.

— Блин! — вернувшись, воскликнула Джесси. — У меня нехорошее предчувствие.

— По-твоему, нам стоит признаться? — спросила Сюзанна, которую уже слегка подташнивало от волнения.

— Похоже что да, если парни потеряют работу. Ведь это наша вина.

И у Сюзанны невольно возник вопрос: почему она так отстраненно думает о тех, кто еще совсем недавно вызывал у нее нездоровый интерес?

— Тогда иди и все честно скажи.

— Нет, вы.

И обе нервно захихикали.

— Это была твоя идея.

— Засахаренный миндаль купили вы. Ведь до этого все шло хорошо.

— Поверить не могу! Мне тридцать пять лет, а у меня такое чувство, будто меня вызывают на ковер к директрисе школы... Нет, я решительно не могу. Нет-нет, не могу. — Сюзанна задумчиво прислонилась к прилавку. — А что, если я тебе заплачу?

Джесси воинственно подбоченилась:

— Десять штук. Вот моя цена. — (Сюзанна театрально вздохнула.) — Ну ладно, одна из нас идет к Артуро, другая — к Лилиане.

— Но ты ведь знаешь их лучше, чем я.

— Вот потому-то мне есть что терять.

— Я ужасно боюсь ее. По-моему, она меня не любит. По крайней мере, с тех пор, как я стала продавать футболки. Ей кажется, будто я отбиваю у нее покупателей.

— С чего это вдруг? Она что-то говорила?

— Дело не в том, говорила она что-то или нет, а в том, как она на эти футболки смотрела.

— Сюзанна Пикок, вы ведете себя недостойно. Вообще-то, вы на десять лет старше меня и...

— На самом деле только на девять. Мне тридцать пять. Всего лишь тридцать пять.

— Если верить вашему мужу, то вам уже лет десять как тридцать пять.

Теперь обе уже находились в истерическом состоянии. И возбужденно хихикали, цепляясь друг к другу.

— Ну ладно, так и быть, схожу... схожу завтра, если сегодня вы отпустите меня пораньше. Нужно купить Эмме туфли. А иначе я опоздаю в вечернюю школу.

— Это ведь самый настоящий шантаж.

— Вы хотите, чтобы я поговорила с Артуро? Тогда вы у меня в неоплатном долгу. Значит, завтра. — Джесси принялась писать ценники розовым фломастером. — Если, конечно, он не остынет до завтра и не вернет парней.

Но на следующий день Джесси так и не появилась. Сюзанна была дома, сушила волосы феном, когда раздался телефонный звонок.

— Простите. — Голос Джесси звучал непривычно подавленно. — Вы ведь знаете, я вас еще ни разу не подводила, но сегодня никак не смогу прийти.

— Что-то с Эммой?

Сюзанна принялась лихорадочно соображать. Она собиралась отправиться в Ипсуич встретиться с поставщиком. И вот теперь придется ломать все планы.

В трубке повисла длинная пауза.

— Нет-нет, Эмма здорова.

— Тогда в чем дело? Ты простудилась? Летом вечно гуляют разные вирусы. Преподобный Ленни говорил, что вчера ему было как-то нехорошо. И та женщина с собаками тоже жаловалась на плохое самочувствие.

Если позвонить поставщику прямо сейчас, прикидывала Сюзанна, то можно без особых проблем отменить встречу. В противном случае придется оставить магазин до обеда закрытым.

— Знаете что? Пожалуй, мне понадобится несколько дней...

Сюзанна только сейчас обратила внимание на странный тон своей помощницы.

— Джесс? Ты в порядке? — (Молчание.) — Может, отвезти тебя к доктору?

— Нет, мне всего-навсего нужно несколько дней. Я вас больше не подведу. Обещаю.

— Не глупи. Что случилось? Ты заболела?

Снова длинная пауза и наконец:

— Сью, давайте не будем устраивать из этого целое дело. Пожалуйста.

Сюзанна застыла, уставившись на фен в руке. Положила фен и поднесла трубку к другому уху.

— Он тебя ударил? — шепотом спросила она.

— Это смотрится хуже, чем есть на самом деле. Но не слишком красиво. Продавщице шикарного магазина уж точно не пристало так выглядеть. — Джесси сопроводила свои слова неестественным смехом.

— Что он сделал?

— Ох, Сью! Оставьте, ради бога! Просто все немножко пошло наперекосяк. Он собирается научиться управлять гневом. Он мне обещал.

В маленькой спальне вдруг стало нестерпимо холодно.

— Джесс, так больше не может продолжаться, — едва слышно произнесла Сюзанна.

В голосе Джесси неожиданно зазвучали стальные нотки.

— Я сама с этим разберусь. Хорошо? А теперь, Сюзанна, сделайте мне одолжение, не лезьте в мои дела. И если мама случайно зайдет, ничего ей не говорите. Скажите, что я вышла куда-то с покупателем или типа того. Не хочу, чтобы она стала на меня наезжать.

— Джесс, я...

Но связь уже прервалась.

Сюзанна сидела на краешке кровати и тупо смотрела в стенку. Затем собрала мокрые волосы в конский хвост, спустилась вниз за ключами от машины и поехала в центр Дир-Хэмптона.

Жизнь в маленьком городке, с точки зрения Сюзанны, имела только одно неоспоримое преимущество: найти нужного человека не составляло труда, так как ходить в таком городишке было особо некуда. Она нашла преподобного Ленни в кафе, святой отец как раз подносил ко рту сэндвич с беконом. Заметив Сюзанну, преподобный Ленни шутливо вжал голову в плечи, словно его застукали за чем-то недозволенным.

— Я зайду к вам выпить кофе чуть позже, — сообщил он, когда Сюзанна села напротив него. — Обещаю. Просто время от времени мне приходится снимать пробу с того, что предлагают конкуренты.

Сюзанна выдавила вялую улыбку, пытаясь держаться по возможности непринужденно:

— Преподобный Ленни, вы, случайно, не в курсе, где живет Джесси?

— В Мидвилле. Неподалеку от ее матери. А что случилось?

Сюзанна вспомнила о просьбе Джесси держать язык за зубами.

— Да так, ничего особенного. Джесси немного простудилась и отпросилась домой, а я забыла узнать у нее насчет последнего заказа. Вот и решила заскочить к ней и заодно принести цветы. Одним словом, убить двух зайцев сразу, — с невинным видом улыбнулась Сюзанна.

Преподобный Ленни впился в нее глазами и, должно быть, узнав все, что хотел, перевел взгляд на тарелку с сэндвичем.

— И что, сильно простудилась? — растягивая слова, произнес он.

— Трудно сказать. Похоже, придется пару деньков посидеть дома.

Святой отец кивнул, переваривая полученную информацию.

— Может, составить вам компанию? — осторожно поинтересовался он. — Утром у меня обычно не слишком много дел.

— Ой нет! — испугалась Сюзанна. — Я справлюсь.

— Я с удовольствием зашел бы буквально на пять минут. И боже упаси, не стану отнимать у вас время... если вам с ней надо кое-что обсудить.

— Вы очень добры, но сами знаете, каково это — схватить простуду. Люди в таком состоянии не любят, когда их лишний раз беспокоят.

— Да, — согласился преподобный Ленни. — Не любят. — Он выпрямился и отодвинул тарелку. — Ее адрес: Кресент, сорок шесть. Пойдете по дороге к больнице, свернете направо и слева увидите ее дом.

— Спасибо. — Сюзанна поспешно встала с места.

— Передайте ей от меня привет. Хорошо? Скажите, что я с нетерпением жду встречи с ней в магазине.

— Непременно.

— Сюзанна, и вот еще что...

— Ну что? — Сюзанна не собиралась его обидеть. — Простите. Слушаю вас.

Преподобный Ленни кивнул, словно в подтверждение чего-то важного.

— Я рад, что у нее появился друг, — сказал он и, замявшись, добавил: — Кто-то, с кем она могла бы поговорить.

Но одно дело — раздобыть адрес, размышляла Сюзанна, сидя на ступеньке под дверью своего магазина, и совсем другое — прийти туда незваным гостем и, вполне возможно, попасть в самый настоящий дурдом. А вдруг он там?! И что она, Сюзанна, сможет ему сказать? И что вообще принято говорить в подобных случаях? И надо ли притворяться, будто не видишь, в каком состоянии его сожительница? Поддержать вежливый разговор? Ответить согласием на предложение выпить чашечку чая? А что, если он действительно будет там и не захочет впустить Сюзанну? Пожалуй, своим появлением она только испортит дело.

За всю свою жизнь Сюзанне лишь единожды пришлось столкнуться с домашним насилием: ее учительница географии в школе — забитая женщина в очках —

постоянно пыталась замаскировать багровые отметины на лице и руках. «Ее муж дома колотит», — со знающим видом говорили друг другу одноклассницы и сразу же забывали об этом. Теперь-то Сюзанна понимала, что они обезьянничали, бездумно перенимая родительскую мудрость. Всякое бывает. Такова жизнь. Но в любом случае миссис Натан выглядела типичной жертвой насилия.

Но сейчас ситуация была несколько иной.

Сюзанна уткнула голову в колени. Она чувствовала себя слабой и нерешительной. Конечно, в принципе можно никуда не ходить, думала она. Ведь Джесси явно не желала никого видеть. Пожалуй, самый легкий путь. А через день-другой Джесси и сама объявится. Однако было в этом выборе нечто столь недостойное, что Сюзанне сразу стало стыдно за свое малодушие.

И само собой, судьба распорядилась так, что он пришел. Не мог не прийти. Сюзанна подняла голову, продолжая вертеть в руках ключи, и увидела перед собой Алехандро — впервые за все время в светлых брюках и футболке вместо привычных форменных штанов и куртки.

— Вы что, захлопнули дверь и не можете войти?

Теперь он казался более спокойным, словно за время отсутствия сумел набраться сил, восстановив душевное равновесие.

— Не совсем. — Сюзанна ждала, что он попросит чашечку кофе или захочет пройти внутрь, но он спокойно стоял и смотрел на нее. — Я переживаю из-за Джесси. Вот сижу и ломаю голову, стоит ли сходить к ней домой. — Сюзанна рассеянно пнула случайный камешек. — Я не знаю... имею ли право вмешиваться. — Она была уверена, что Алехандро не нуждается в дальнейших объяснениях.

Алехандро присел перед ней на корточки, лицо его стало мрачным и сосредоточенным.

— Вы боитесь?

— Если бы знать, чего она хочет! Я готова ей помочь, но она, кажется, категорически против. — Увидев, что Алехандро задумчиво смотрит куда-то вдаль, Сюзанна продолжила: — Она трещит без умолку, наша Джесс, но на самом деле она очень скрытная. Я не знаю... как с этим быть... возможно, ей неловко... из-за сложившегося положения вещей. А может, наоборот, она втайне надеется, что кто-нибудь придет на помощь. И... — Сюзанна задумчиво потерла нос, — у меня не слишком-то хорошо получается выведывать чужие секреты. Выслушивать исповеди, откровения и прочее. Честно говоря, Ал, мне с этим не справиться. Я могу все испортить.

Сюзанна не рискнула признаться в своем малодушии: положа руку на сердце, она отчаянно боялась столкнуться с изнанкой жизни, боялась, что чужое несчастье может нарушить ее собственное хрупкое благополучие.

Алехандро едва коснулся кончиками пальцев ее колена. Успокаивающий, ласковый жест.

Несколько минут они оставались сидеть вот так.

— А знаете что? — Он поднялся на ноги и протянул ей руку. — Закрывайте свой магазин. Думаю, нам стоит туда сходить.

Вопреки ожиданиям Сюзанны дом оказался вполне миленьким, даже лучше, чем могло быть, если учесть его безрадостное унылое окружение, поскольку солнце, синее небо и роскошные суффолкские пейзажи оказались бессильны сгладить гнетущее впечатление от убогой послевоенной застройки.

Дом Джесси выделялся из общего ряда ящиками для цветов на окнах и ярко-фиолетовой входной дверью. Сюзанна опасалась обнаружить внутри зону военных действий, но гостиная, с пухлыми клетчатыми подушками на диване и до блеска протертыми полками, выглядела безупречно. Остальные, не парадные, комнаты были выкрашены яркими красками и обставлены дешевой, но модифицированной мебелью, хозяева, несомненно, вложили немало любви и стараний, чтобы ее облагородить. На стенах висели семейные фотографии и рисунки, явно сделанные Эммой на разных этапах ее школьной биографии. На каминной полке выстроились шутливые поздравительные открытки, а на полу лежала пара уморительных тапок в виде плюшевых мишек, гордо заявлявших о своей «косолапости». Единственными свидетельствами непорядка были швабра и газетный сверток, предположительно содержавший битое стекло или фарфор. Но вот что в принципе не мог скрыть даже самый жизнерадостный интерьер, так это царящее в комнатах мертвое спокойствие, одним словом, то, что принципиальным образом отличается от мирной тишины обычного полупустого дома, как будто сама атмосфера здесь пропиталась той ненавистью, вспышка которой произошла накануне.

— Чая? — предложила Джесси.

Сюзанна заметила, что Алехандро резко выдохнул, когда Джесси открыла им дверь, и тут же попытался скрыть свое замешательство, быстро пройдя в дом. Тонкие черты лица девушки безобразно расплылись, рот исказила уродливая гримаса, поскольку губы были разбиты в кровь. Правую скулу украшал багровый кровоподтек, а указательный палец левой руки был зафиксирован самодельной шиной.

— Он не сломан, — перехватив взгляд Алехандро, смутилась Джесси. — А иначе я непременно сходила бы к врачу. — Она немного прихрамывала, хотя и пыталась это скрывать. — Проходите в гостиную. Присаживайтесь и располагайтесь поудобнее. — Жалкая пародия на гостеприимную хозяйку.

Они молча сидели на длинном диване, накрытом светлым пледом, прислушиваясь к доносящимся с улицы веселым голосам маленьких велосипедистов. Сюзанна старалась не думать о происхождении следов на диване, которые пришлось так срочно маскировать.

Джесси внесла в гостиную поднос с кружками и, решительно отказавшись от предложенной помощи, села напротив гостей.

— Сахар кому-нибудь нужен? — Из-за распухших губ ее голос казался чужим.

Сюзанна неожиданно икнула и расплакалась, размазывая слезы в безнадежной попытке их скрыть. Видеть Джесси в столь прискорбном состоянии оказалось выше ее сил. Да и вообще, Сюзанна была бесконечно далека от тех женщин, с которыми могло произойти нечто подобное.

Алехандро достал носовой платок. Сюзанна беспрекословно его взяла, устыдившись своих слез, неуместных перед лицом такой боли.

— Сью, пожалуйста, не плачьте! — произнесла Джесси неестественно веселым голосом. — Все это выглядит хуже, чем есть на самом деле. Честно.

— А где твоя дочь?

— Слава богу, ночевала у мамы. А теперь мне надо придумать отмазку оставить ее там еще на одну ночь, но так, чтобы мама не отдала концы.

— Хочешь, посмотрю, что там у тебя с рукой? — предложил Алехандро.

— Пустяки, просто сильный ушиб.

— Тебе не мешало бы наложить швы на губу.

— Нет. Кожа внутри не повреждена. Я проверяла.

— А еще, возможно, сделать рентген. Проверить, в порядке ли голова. — Алехандро подошел к Джесси и, осторожно повернув ее лицо к свету, принялся рассматривать раны. — Хочешь, принесу с работы хирургический пластырь? Заживление пойдет быстрее. А может, тебе нужны болеутоляющие таблетки?

— Ал, я скажу, что вы можете для меня сделать. Объясните, как уменьшить опухоль. Мне надо поскорее забрать Эмму домой, но ужасно не хочется пугать ее до мокрых штанов. Я уже прикладывала лед, мазала «Арникой», но если есть что-то еще...

Алехандро продолжал изучать ее лицо.

— Нет, ничего лучше пока не придумали, — ответил он.

В комнате повисла тягостная тишина. Сюзанна уставилась в свою кружку с чаем, не в силах найти нужных слов. Джесси — стойкий оловянный солдатик, мужественно преодолевающий боль, — предстала перед Сюзанной в совершенно ином свете.

— Хочешь, я с ним поговорю?

Сюзанна невольно подняла голову. Лицо Алехандро было мрачнее тучи, голос буквально звенел от напряжения.

Джесси покачала головой.

— Я сказала ему, — наконец выдавила она, — что он слишком далеко зашел. — Знаю, о чем вы оба думаете, но обещаю, я положу этому конец. И в первую очередь ради Эммы. Я объяснила ему, что если он еще раз хоть пальцем до меня дотронется, то больше меня не увидит. — (Алехандро сидел, опустив глаза.) — Нет, я серьезно. Можете мне не верить, но я не шучу. Просто надо посмотреть, будет ли толк от занятий по управлению гневом, а потом я собираю вещи и ухожу.

— Джесси, тебе надо уходить прямо сейчас, пожалуйста! Я тебе помогу. Мы все тебе поможем.

— Сью, вы не понимаете. Он ведь мне не чужой человек, а мужчина, которого я любила с тех пор... с тех пор, как сама еще была совсем ребенком. И я знаю его настоящего, и он совсем не такой. И я не могу вот так запросто выкинуть десять лет жизни из-за нескольких тяжелых месяцев. Боже правый, ведь он, в конце концов, отец Эммы! И хотите верьте, хотите нет, но когда он... не такой, как сейчас, нам очень хорошо вдвоем. Мы много лет были счастливы.

— Ты просто пытаешься его оправдать.

— Ага, так оно и есть. И я прекрасно понимаю, как это выглядит со стороны. Жаль, что вы не знали его раньше, до того как все началось. Жаль, что вы не видели нас вместе.

Сюзанна кинула осторожный взгляд в сторону Алехандро. Она думала, что, учитывая его явную слабость к Джесси, он разозлится и вмешается, несмотря на полученные инструкции этого не делать, но он преспокойно сидел с кружкой в руках и слушал. И Сюзанна неожиданно почувствовала нечто вроде разочарования.

— Знаете, а ведь я его совсем не боюсь. Мне, конечно, слегка страшновато, когда он выходит из себя, но не подумайте, будто я не решаюсь войти в дом из боязни еще больше его завести. — Джесси перевела взгляд с Сюзанны на Алехандро. — Я ведь не идиотка. Так что это его последний шанс. А иначе получается, будто человек не имеет права получить шанс исправить свои ошибки, да?

— Это не то, что...

— Послушайте, хотите узнать, кто заварил всю эту кашу? — Джесси подняла раненую руку с зажатой в ней кружкой, потом поменяла руки и отхлебнула чая. — Преподобный Ленни. Наехал на Джейсона из-за того, что тот не умеет держать себя в руках. И в результате Джейсон решил, что буквально каждый против него. Решил, будто я рассказываю о нем небылицы и потому весь город на него ополчился. Вы же знаете, как это у нас бывает. Просто ужасно, когда на тебя смотрят сверху вниз. Уж кому, как не мне, этого не знать! Куча народу перестала со мной разговаривать, когда я пошла в уборщицы. Словно я стала какой-то другой. Так что позвольте мне самой все уладить. А иначе вы сделаете только хуже. Если я пойму, что у него действительно испортился характер и мне с ним небезопасно, я соберу вещи и уйду. — Она попыталась улыбнуться. — Сюзанна, я перееду жить в ваш магазин. Тогда вы от меня точно никогда не избавитесь.

Перебирайся прямо сейчас, хотелось сказать Сюзанне, но ее остановило выражение мрачной решимости на лице Джесси.

— Вот номер моего телефона. — Алехандро быстро черкнул что-то на листке бумаги. — Если передумаешь насчет руки или тебе понадобятся хирургические пластыри или еще что-нибудь... — и это его «что-нибудь» прозвучало, как показалось Сюзанне, довольно многозначительно, — позвони мне. Договорились?

— Я вернусь на работу уже послезавтра.

— Когда будешь готова. Это не важно. — Сюзанна поднялась, обняла Джесси и только потом поняла, что, возможно, бередит раны, о которых не знает. Она отстранилась, попытавшись выразить все свои чувства взглядом, которым обменялась со своей помощницей. — И мне тоже звони. В любое время.

— Я в порядке. Честное слово. А теперь проваливайте, вы оба! Пора открывать магазин, а не то мне некуда будет возвращаться. — Джесси подталкивала их к входной двери. Сюзанна собралась было запротестовать, но вовремя сообразила, что у Джесс могут быть свои причины избавиться от гостей, поскольку с минуты на минуту может прийти Джейсон. — До скорого! — донесся им вдогонку жизнерадостный голос Джесси.

Они молча дошли до отеля «Лебедь» на центральной улице, погруженные в собственные мысли; звук их ритмичных шагов отдавался от мостовой, уже успевшей нагреться, хотя до полудня было еще далеко.

Сюзанна остановилась на углу улицы.

— Мне что-то не хочется открывать сегодня магазин, — сказала она.

— Ну и куда мы пойдем? — небрежно сунув руки в карманы, спросил он.

Есть совершенно не хотелось, жара и напряжение сегодняшнего утра начисто отбили у обоих аппетит, поэтому, миновав немногочисленные городские заведения общепита, они направились в сторону рынка. Никто из них не знал, куда, собственно, направляется: просто оба категорически не желали ни оставаться в одиночестве, ни возвращаться к рутине жизни. По крайней мере, именно так говорила себе Сюзанна.

Они дружно обошли рыночные ряды, периодически прикладываясь к бутылкам с водой, пока он наконец не признался с виноватым видом, что ему надоела рыночная площадь.

— Я провожу здесь практически каждый свой выходной, — сказал Алехандро и добавил, что после приезда в Англию практически ничего не успел посмотреть.

Вообще-то, Алехандро представлял себе все совершенно иначе. Он предполагал, что в свободное время будет путешествовать по разным городам, осматривая местные достопримечательности, однако поездки по железной дороге оказались ему не по карману, да и вообще, он так изматывался на дежурствах, что у него практически не оставалось сил на что-либо героическое. Правда, один раз он побывал в Кембридже, а еще на экскурсии для акушерок в Лондон, устроенной больничным начальством. Они успели по-быстрому осмотреть Музей мадам Тюссо, Тауэр и Лондонский глаз, в результате практически ничего не запомнив. Люди различных национальностей говорили с разным акцентом и с трудом понимали друг друга, женщины или хихикали, разбившись на группы, или исподтишка разглядывали его: тот факт, что он был среди них единственным мужчиной, не позволял ему принять участие в разговоре.

— Я был рад, когда нашел ваш магазин, — сказал он, еще глубже сунув руки в карманы. — Это единственное место, которое отличается от всех остальных.

— Так что вы хотите посмотреть? — спросила Сюзанна, слегка зардевшись при мысли, что ее вопрос может быть воспринят как приглашение.

— Покажите места, откуда вы родом. Покажите ваше прославленное поместье. То самое, что принесло вам столько ненужных переживаний. — Он явно решил подразнить Сюзанну, и она не смогла сдержать улыбку.

— Ну, estancia[1] — слишком громкое слово для него, — сказала Сюзанна. — Площадь поместья — четыреста пятьдесят акров. Не такое уж и большое по аргентинским меркам. — (Хотя поместье было достаточно большим, чтобы получить удовольствие от хорошей прогулки.) — Пожалуй, отведу вас к реке. Если вы любите рыбалку, наша река вам точно понравится.

Казалось, оба пришли к негласному соглашению выйти из морока сегодняшнего утра, чтобы вся эта история

1 Здесь: скотоводческое ранчо в Южной Америке *(исп.)*.

с Джесси, это чувство беспомощности и отвращения не стали для них наваждением. Или, возможно, размышляла Сюзанна, пока они, держась края кукурузного поля, шли по изрытой лошадиной тропе в сторону леса, стыдно впадать в уныние, когда над головой такое роскошное синее небо, птицы звонко поют, раздувая пестрые грудки, и ароматный полдень пьянит и кружит голову, а ты в разгар рабочего дня валяешь дурака, чувствуя себя абсолютно свободной.

Алехандро уже дважды брал ее за руку, помогая перейти через дорогу.

И во второй раз ей пришлось сделать над собой усилие, чтобы отпустить его руку.

Они расположились на пригорке, на краю большого поля, с видом на долину. Это была одна из немногих точек, откуда можно было рассмотреть поместье практически целиком, с его волнистой линией холмов и темно-зелеными заплатками лесов до самого горизонта. Сюзанна показала на большой дом в окружении многочисленных построек:

— Это Филмор-Хаус. Сейчас он сдается в аренду, но когда-то здесь жили папа с мамой. Сразу как поженились. — Она встала и махнула рукой в сторону леса в пяти милях к западу от дома. — Видите дом горчичного цвета? Теперь в нем живут мои родители. А еще мой младший брат Бен и бабушка.

Потом, когда они уже успели пройти треть пути через поле, как будто падающее вниз, к долине и скрытой за деревьями реке, Сюзанна неожиданно сказала:

— В детстве мы с братом обычно приходили сюда и скатывались вниз. Мы останавливались вот тут, делая вид, будто не знаем, что нас ждет дальше. Затем один из нас толкал другого, и мы кувырком катились под горку.

И в результате оказывались внизу с травой во рту и в волосах. — И Сюзанна, погрузившись в воспоминания, подняла руки локтями внутрь, демонстрируя нужную позу. — Но однажды летом папа решил выпасать здесь овец. А мы об этом как-то не подумали. В общем, когда Бен приземлился, он был похож на булочку с изюмом.

Сюзанна вдруг поняла, что невольно коснулась темы своей семьи, и замолчала. Похоже, от этого вопроса ей, как ни крути, было не уйти.

Алехандро стоял рядом и, заслонив глаза рукой, вглядывался в даль:

— Тут очень красиво.

— Да, наверное. Но я не замечаю здешней красоты. Полагаю, когда с детства к чему-то привыкаешь, то уже не ценишь. — (Над полем, нацелившись на невидимую жертву, кружила пустельга. Алехандро молча смотрел, как хищник пикирует вниз.) — Даже в такие дни, как этот, я все равно предпочла бы оказаться в городе.

Алехандро повернулся к Сюзанне:

— Тогда почему вы позволяете себе грустить из-за этого поместья?

Ему явно было не дано понять ее чувства, что невольно будило его любопытство.

— Я не грущу. И это поместье меня абсолютно не трогает. Просто я не согласна с системой. Вот и все. — Сюзанна села на землю, выдернула травинку и принялась задумчиво жевать. — Нет, поместье для меня, конечно, не главное в жизни или типа того. И я не сижу в темной комнате, втыкая булавки в куклу вуду своего брата.

Алеандро хмыкнул и устроился рядом с Сюзанной, подогнув под себя ноги. Услышав тихий шелест травы, Сюзанна осторожно покосилась на его колени, внезапно оказавшиеся рядом с ее.

— Поместье ведь никогда не было вашим, так? Оно принадлежит вашему отцу?

— А раньше его отцу. И до этого отцу его отца.

— Значит, оно никогда не было вашим и никогда не будет. Ну?

— Что — ну?

— Вот именно. Ну и что с того?

Сюзанна трагически закатила глаза:

— По-моему, вы слишком наивны.

— Потому что уговариваю вас не травить себе душу из-за фамильной земли, да?

— Все не так просто.

— Почему?

Сюзанна мрачно стряхнула с ноги какое-то насекомое:

— Надо же, каждый почему-то считает себя крупным специалистом в чужих делах! Каждый знает, что я чувствую. Что *должна* чувствовать. И советует мне принять сложившееся положение вещей и прекратить жаловаться на жизнь. Нет, Алехандро, все не так просто, как кажется. Дело не только в том, чтобы уговорить себя перестать что-то очень сильно желать. Нет, тут дело в семье, и в семейных отношениях, и в несправедливости, и... — Сюзанна осеклась и бросила на Алехандро осторожный взгляд. — Но отнюдь не в этой земле, понятно? Хотя нет, именно в земле, с которой давным-давно следовало разобраться.

— Тогда в чем же дело?

— Ну, я не знаю. Во всем. — Сюзанна неожиданно вспомнила о тех ужасах, которых наверняка навидался Алехандро, об истории с Джесси, и собственный голос вдруг показался ей по-детски капризным. — Послушайте, почему бы нам не сменить тему?

Алехандро, подтянув колени к груди, осторожно покосился на Сюзанну:

— Только не надо злиться, Сюзанна Пикок.

— Я и не думала злиться! — огрызнулась Сюзанна.

— Ну ладно... По-моему, вам следует принять решение. По-моему... вы выбираете самый легкий путь, позволяя вашей семье и семейной истории поглотить себя.

— Ну вот, теперь вы говорите точь-в-точь как мой муж. — Сюзанна вовсе не собиралась упоминать о Ниле: его незримое присутствие могло нарушить возникшую между ними хрупкую атмосферу доверия.

— Значит, мы с ним думаем одинаково, — тряхнул головой Алехандро. — Мы оба не хотим, чтобы вы были несчастны.

И только сейчас Сюзанна рискнула открыто взглянуть на Алехандро, рассмотреть его в профиль, а когда он повернулся к ней, то увидела молчаливый вопрос, таящийся в этих карих глазах и умудренной складке в углах рта. Выражение его лица было слегка озадаченным, словно он пытался, но не мог что-то решить для себя.

Ну вот и все, ты в очередной раз села в лужу, подумала Сюзанна и вздрогнула, испугавшись, что могла озвучить свои мысли.

— Я вовсе не несчастна. — Она вдруг почувствовала острую необходимость убедить в этом Алехандро.

— Хорошо, — согласился он.

— Не хочу, чтобы вы так думали.

Он молча кивнул. И бросил на Сюзанну понимающий взгляд. Алехандро, казалось, знал, что она чувствует себя виноватой и поэтому очень несчастна. Он словно разделял с Сюзанной ее страдания и готов был снять камень у нее с души, взвалив его на свои плечи.

Что ж, мечтать не вредно, но наверняка все обернется для нее лишь очередным разочарованием, подумала она, уронив голову на колени, чтобы скрыть навернувшиеся на глаза слезы. Должно быть, у меня слишком разыгралось воображение, я приписываю ему чувства, которые он, возможно, и не испытывает.

Она сидела понурившись, но тут ее как будто пронзило электрическим током — она почувствовала на плече руку Алехандро.

— Сюзанна? — услышала она и резко вскинула голову, но солнце било прямо в глаза, размывая его силуэт. — Сюзанна...

Она взяла предложенную руку и попыталась подняться, ослепленная безжалостным летним солнцем, бессознательно принимая в этот странный дремотный полдень, что обречена так или иначе следовать за сидевшим рядом мужчиной, что ей суждено быть втянутой в орбиту его вращения. Однако Алехандро лишь слегка притянул к себе Сюзанну и откинулся на траву. У Сюзанны на секунду перехватило дыхание, когда она прочла в его глазах, с пляшущими в них озорными искорками, нечто похожее на предложение. И тут совершенно неожиданно для нее Алехандро как-то по-детски гикнул, оттолкнулся и кубарем покатился со склона, отталкиваясь для ускорения обеими ногами.

Сюзанна ошеломленно смотрела на падающую вниз фигуру, а затем, словно разорвав оковы невыносимого напряжения, держащего ее в плену все это время, последовала примеру Алехандро: небо и земля растворились в зеленовато-голубой дымке, и Сюзанна забыла обо всем, кроме пряного запаха травы и ощущения полета. Сюзанна смеялась до слез от нелепости происходящего, выплевывая траву, маргаритки и бог знает что еще, смеялась и закидывала за голову руки, снова чувствуя себя ребенком, который знает, что его непременно поймают внизу.

Она лежала в траве, хихикая и тяжело дыша, не в силах справиться с головокружением. Алехандро склонился над ней с протянутой рукой, и Сюзанна увидела его сияющее лицо и пятна от травы на светлых штанах.

— Ну что, теперь ты счастлива, Сюзанна Пикок?

Однако сейчас она была не в состоянии подобрать сколько-нибудь разумный ответ. А потому со смехом пьяно откинулась на спину и зажмурила глаза от пронзительной синевы неба.

В город они вернулись около семи вечера. Они вполне могли бы сделать это и раньше, однако по молчаливому согласию шли неторопливо, возможно, чтобы иметь возможность вдоволь наговориться. Теперь они общались легко и непринужденно, как будто, дав волю своим детским инстинктам, уничтожили разделявшую их преграду. Сюзанне удалось чуть больше узнать об Алехандро: о домоседке-матери, о служанке, о политической ситуации в Аргентине, а ему — об истории семьи Сюзанны, о ее брате и сестре, о нежелании покидать большой город. Уже позже Сюзанна поняла, что за несколько часов разговоров ни разу не упомянула о Ниле, но совесть ее почему-то не сильно мучила.

Когда они переходили площадь, Сюзанна увидела, как из магазина деликатесов, беспечно болтая, с сумками на плече, вышли трое молодых парней. Они покосились на заляпанные штаны Алехандро, переглянулись, сказали что-то непристойное по-итальянски и отсалютовали.

Алехандро с Сюзанной в ответ помахали рукой.

— Он взял их обратно! — обрадовалась Сюзанна.

— Кто?

— Слишком долго объяснять, но это хорошие новости. Джесси будет довольна.

Сюзанна чувствовала, как губы сами собой расплываются в широкой улыбке. Ведь это был последний штрих для отличного завершения так неудачно начавшегося дня.

— Я, пожалуй, пойду, — сказал Алехандро, бросив взгляд на часы. — У меня сегодня ночное дежурство.

— А мне надо заглянуть в магазин, — сообщила Сюзанна, стараясь не показывать, что упала духом. — Проверить, нет ли чего от поставщиков. — Ей ужасно не хотелось уходить, но утешало лишь осознание того, что если барьеры между ними так быстро пали, значит до завтра они уж точно не восстановятся. Она подняла глаза на Алехандро и прошептала: — Спасибо тебе. Спасибо, Ал. — Сюзанна надеялась, он поймет, что именно она этим хотела сказать.

Он убрал у нее со лба случайную травинку. От него по-прежнему пахло травой, а кожа пропиталась солнцем.

— Ты похожа на свою мать, — улыбнулся он.

— Не понимаю, что бы это могло значить, — нахмурилась Сюзанна.

Алехандро посмотрел ей прямо в глаза:

— А вот мне почему-то кажется, что знаешь.

Когда она вернулась домой, Нила еще не было. Судя по сообщению на автоответчике, домой он вернется поздно. Он ведь еще утром говорил ей, что собирается поиграть в сквош с приятелями по работе, о чем, как ему кажется, она наверняка забыла. И добавил шутливо, чтобы она постаралась не слишком сильно по нему скучать.

Ужинать она не стала. У нее почему-то напрочь пропал аппетит. Она попыталась посмотреть телевизор, но там шла обычная ерунда. Она не могла найти себе места и беспокойно бродила по дому, а затем, устроившись у окна, до темноты смотрела на поля, по которым сегодня гуляла.

И вот наконец Сюзанна оказалась в своей крошечной спальне. Села перед зеркалом, которое с трудом уместилось на стене под скошенным потолком. Посмотрела на свое отражение и, поддавшись внезапному порыву, зачесала наверх волосы и уложила короной на голове. Подвела глаза черным карандашом, а на веки нанесла льдисто-голубые тени.

Ее кожа, такая же бледная, как и у матери, оказалась нетронута солнцем. Ее волосы были сейчас естественного иссиня-черного цвета. Заглянув в глаза незнакомке в зеркале, она приподняла уголки губ в некоем подобии той улыбки.

И застыла, когда из зеркала на нее посмотрела Афина.

— Мне так жаль, — сказала Сюзанна своему отражению. — Мне очень, очень жаль.

Глава 18

У Изадоры Камерон были вьющиеся рыжие волосы. Подобные в наше время нечасто увидишь: когда-то обладательниц столь буйных кудряшек нещадно дразнили в школе или мучили парикмахерши, пытаясь укротить волосы с помощью заколок, но сейчас, с появлением нового поколения кондиционеров и релаксантов, непокорные морковные кудри, что обрамляли ее личико, можно сказать, остались в прошлом. Однако Изадора, похоже, не сильно переживала по этому поводу. Когда она впервые появилась в Дир-Хаусе, волосы, этакий красно-коричневый взрыв, торчали во все стороны, удлиняя лицо, которое в противном случае казалось бы абсолютно круглым.

«Эта женщина напоминает ржавую мочалку для посуды», — впервые увидев ее, презрительно фыркнула Розмари. Впрочем, Розмари была обречена невзлюбить Изадору вне зависимости от ее прически.

Миссис Камерон была представлена Розмари как уборщица, нанятая в помощь Виви, проводившей теперь гораздо больше времени с мужем. Ведь дом, честно говоря, имел весьма внушительные размеры. Уму непостижимо, как это Виви удавалось так долго справляться самой. Для всех остальных миссис Камерон работала на Розмари: была ее личным шофером, уборщицей, прачкой и домработницей. «Женщина, которая снимет с тебя часть забот», — сказал Дуглас Виви, когда объявил, что нанял помощницу. Миссис Камерон и глазом не моргнула, столкнувшись с нарушением гигиены хранения продуктов в буфете или бардаком в холодильнике. Она не позволяла траченным молью котам или плутоватым терьерам омрачать свое безоблачное настроение. Для нее загаженные простыни и нижнее белье были просто-напросто частью повседневной рутины. И вот теперь, впервые с момента рождения детей и с тех пор, как в дом переехала Розмари, наверное впервые за все время замужества, Виви получила возможность четыре часа в день делать все, что душе угодно.

Поначалу свобода ее слегка испугала. Она навела порядок во всех шкафах, поработала в саду, испекла парочку лишних тортов для Женского института. («Ты же терпеть не можешь печь!» — удивился Бен. — «Я знаю, — ответила Виви. — Просто не хочу тратить впустую деньги твоего отца».) Но постепенно Виви научилась получать удовольствие от свободного времени. Она начала мастерить покрывало из лоскутков любимой одежды детей, которые хранила много, много лет. Она ездила одна в город, чтобы выпить чашечку чая, приготовленную чужими руками, и насладиться роскошью без помех почитать журнал. Она брала собаку на длинные прогулки, заново открывая для себя поместье и получая удовольствие от земли, которую ей до сих пор так и не удалось толком узнать. А еще она проводила время наедине с Дугласом, ела вместе с ним сэндвичи в его тракторе, краснея от удовольствия, когда кто-то из рабочих заметил, что она и ее «старик» точь-в-точь парочка молодоженов.

— Мне она не нравится, — ворчливо пожаловалась Розмари сыну с невесткой. — Уж больно дерзкая.

— Мама, она очень милая, — возразил Дуглас. — Более того, я готов признать, что она самое настоящее сокровище.

— Она держится со мной слишком фамильярно. И мне не нравится, как она делает уборку.

Виви с Дугласом молча переглянулись. Миссис Камерон явно оставалась нечувствительна к грубости Розмари и встречала ее брюзжание с неизменным безмятежным спокойствием, с каким, вне всякого сомнения, относилась к старикам в доме престарелых, откуда Дуглас и переманил ее. Она счастлива, что ушла оттуда, призналась миссис Камерон Виви. Из этих стариканов уже песок сыплется, и тем не менее они так и норовят при любом удобном случае ущипнуть ее за задницу. А дать им в ответ хорошую затрещину нет возможности, поскольку в них и так-то в чем душа держится.

— Мама, я с ней потолкую. Постараюсь попросить ее быть повнимательнее.

— И пусть что-нибудь сделает с волосами, — пробурчала Розмари, ковыляя к себе во флигель. — Меня безумно раздражает, что она не удосужится хоть немного привести себя в порядок. — Розмари повернулась и с подозрением уставилась на сына и невестку. — И здесь вообще происходит что-то странное. Волосы и прочее. И мне это совсем не нравится.

Сегодня, поняла Виви, впуская миссис Камерон в дом, у Розмари будет особый день. Удушливая жара предыдущих недель внезапно закончилась грозой: прямо перед завтраком небеса предательски почернели и после зловещей тишины неожиданно разверзлись и пролились потоками дождя. Непогода явно застала миссис Камерон врасплох, без зонтика, и, пока она шла от машины к дому, ее волосы встали дыбом, завившись штопором, как пружинки, извлеченные из внутренностей испорченных часов. Примерно так детишки обычно рисуют львиную гриву, рассеянно подумала Виви, стараясь открыто не глазеть на миссис Камерон.

— Нет, вы только подумайте! — воскликнула миссис Камерон, снимая с головы шарф, вытирая носовым платком мокрое лицо и осматривая рукава своего алого жакета.

— Хвала Господу! — произнес возникший у них за спиной Дуглас. — А я уже начал подумывать о проведении мелиорации, если в ближайшее время не будет дождя.

— Может... может, одолжить вам фен? — предложила Виви, деликатно показав на волосы миссис Камерон.

— Боже мой! Конечно нет. Если вам кажется, что мои волосы сейчас в беспорядке, то вы даже не представляете, на что они будут похожи после нескольких вольт! Нет, пусть сами высохнут. Если не возражаете, я просто высушу свой жакет у плиты. — И миссис Камерон, чем-то похожая на перевернутый пухлый восклицательный знак, быстрым шагом прошла на кухню.

Дуглас, ждавший возле окна, повернулся к жене:

— Ты не забыла, что мы с Беном сегодня собираемся в Бирмингем взглянуть на трейлеры? Ничего, если мы возьмем твою машину?

«Рейнджровер» отправили на ежегодный сервис, и чтобы планы Дугласа с Беном не были нарушены, Виви предложила им свою машину.

— Я отлично обойдусь без нее. В такую погоду лучше займусь чем-нибудь дома. Ну а кроме того, если мне вдруг что-нибудь понадобится, я всегда могу попросить миссис Камерон подкинуть меня до Дира.

Дуглас дотронулся до щеки Виви — жест, без лишних слов говоривший о его признательности. Он немного задержал руку, тем самым заставив Виви покраснеть, а затем кивнул в сторону картинной галереи:

— Кстати, ты звонила Сюзанне? — Дугласа явно умилил почти девичий румянец на лице жены.

— Нет, пока еще не успела.

— А может, пригласишь ее к нам? Сегодня вполне подходящий день. Дождь и все такое. Сомневаюсь, что у нее будет наплыв покупателей.

— Ой, тут никогда не угадаешь! Возможно, завтра. — Она заглянула ему в глаза. — Но по-моему, позвонить все же лучше тебе. Ей будет приятнее, если инициативу проявишь ты.

Он надел шляпу и потянулся обнять Виви. Она почувствовала его руки у себя на талии, уютную надежность его широкой груди и сама удивилась тому, что может быть так неприлично счастлива именно сейчас, когда ее жизнь уже клонится к закату.

— Ты правда замечательная женщина, Виви Фэрли-Халм, — прошептал он ей на ухо, сделав акцент на слове «правда», словно Виви была единственной, кто в этом сомневался.

— Ну ладно, ступай. — Виви распахнула входную дверь, и плитки пола мгновенно потемнели от дождя. — А не то Бен опять исчезнет и тебе придется целый час его разыскивать. Он еще после завтрака куда-то намыливался.

К обеду дождь уже успел всем порядком надоесть. Даже тех, кто плакался по поводу страждущих влаги садов или угнетающей жары, уже начали утомлять бесконечные потоки воды. Ну прямо-таки тропический ливень, говорили немногочисленные посетители магазина Сюзанны, глядя на грязно-серые небеса и блестящие от воды мостовые.

— Однажды я попала в Гонконг во время сезона дождей, — сказала Сюзанне миссис Крик, уже успевшая откушать камбалы и вареного картофеля в Пятничном ланчклубе для пенсионеров. — (Ресторанная кухня! По ценам кафе!) — Лило как из ведра, вода по щиколотку. Я испортила туфли, напрочь. И даже решила, что это тамошний способ выставить нас на деньги.

— Что? — Сюзанна оставила безуспешные попытки хоть чем-то заняться и просто смотрела из окна на плотную стену дождя.

— Ну, это же отличный способ заставить нас купить побольше туфель, ведь так?

— Что? Вызывать дождь? — Округлив глаза, Сюзанна выразительно посмотрела на Джесси.

— Что за глупости, моя дорогая! Это же полнейший абсурд! Нет, я говорю об отсутствии ливневой канализации. Чтобы уходила вода.

Сюзанна с трудом оторвалась от окна и попыталась уловить суть разговора. Если ты будешь гипнотизировать взглядом чайник, он никогда не закипит, в свое время говорила ей мама. Однако это не помешало Сюзанне высматривать гибкую темную фигуру, уже успевшую стать хорошо знакомой, по крайней мере по воспоминаниям. Фигуру человека, который сегодня решительно отказывался попадаться ей на глаза. Нет, я не должна о нем думать, уговаривала себя Сюзанна, наверное, уже в тридцатый раз за сегодняшний день.

Сюзанна заставила себя вернуться в уют своего магазина, с тихой джазовой музыкой и приглушенной болтовней сидевших в углу посетительниц; для них дождь стал отличным предлогом, чтобы наговориться всласть. Миссис Крик, что-то бормоча себе под нос, склонилась над ящиком со старинными тканями, причем она не ленилась каждую разворачивать, дабы исследовать на наличие дырочек и выдернутых ниток. Какая-то молодая парочка рылась в коробке с викторианскими бусами и украшениями в стиле ар-деко, к которым Сюзанна так и не собралась прикрепить ценники. Именно в такой дождь ее магазин становился неким подобием пещеры Аладдина, яркой и сверкающей на фоне серой булыжной мостовой, что давало Сюзанне возможность представить, будто она сейчас где-то в совсем другом месте. Однако сегодня Сюзанну одолело странное беспокойство, словно ветер принес со стороны Северного моря не только свинцовые тучи, но и смутную тревогу, просочившуюся в магазин.

Сюзанна бросила взгляд на Джесси, которая уже не меньше получаса писала ценники для разноцветных букв из плексигласа, хотя в этом не было никакой необходимости, поскольку можно было просто написать на коробке: «75 пенсов каждая».

И только сейчас Сюзанна обратила внимание, что Джесси за все утро практически не проронила ни слова. С тех пор как Джесси вышла на работу после того случая, она была сама не своя: не то чтобы подавленная, но слишком рассеянная, она даже не сразу реагировала на шутки, на которые в свое время была большой мастерицей. Джесси, казалось, напрочь забыла о Лилиане с Артуро, а Сюзанна за делами тоже выпустила эту историю из головы. Да, синяки и ссадины рано или поздно заживают, глядя на Джесси, думала Сюзанна, но вот душевные раны затягиваются куда дольше.

— Джесс? — осторожно спросила она, когда миссис Крик наконец удалилась. — Не пойми меня превратно, но, может, тебе нужно отдохнуть еще пару деньков? — Джесси резко вскинула голову, и Сюзанна сразу пожалела, что заикнулась об этом. — Не то чтобы ты мне была здесь не нужна... Я просто подумала... ну, сейчас у нас некоторое затишье, и тебе, возможно, хочется побыть с Эммой.

— Нет-нет. Все нормально.

— Я серьезно. Ты только скажи. Никаких проблем.

Джесси секунду сидела потупившись, затем медленно подняла голову, незаметно оглядела немногочисленных покупателей и неохотно повернулась к Сюзанне.

— На самом деле мне нужно с вами поговорить, — отводя глаза, сказала она.

На секунду Сюзанна замялась, но затем молча обогнула прилавок и села напротив Джесси.

— Похоже, мне придется уволиться, — сказала Джесси.

— Что?!

Джесси тяжело вздохнула:

— Я решила, что не стоит ломать из-за этого копья. Он с каждым днем становится все хуже и хуже. Мы в листе ожидания на курсы по управлению гневом и к семейному консультанту, или как там у них называется. Но в любом случае это может занять недели, даже месяцы, и я должна хоть что-то сделать, чтобы его стимулировать. — На ее лице появилось извиняющееся выражение. — Если честно, я ужасно боялась вам говорить. Правда. Но семья для меня превыше всего. И если мне чуть-чуть повезет, это надолго не затянется. Пока он немного не поостынет. Ну, вы понимаете.

Сюзанна ничего не ответила. От одной только мысли, что Джесси исчезнет из магазина, ей стало дурно. Несмотря на некоторую рассеянность, которой Сюзанна страдала в последнее время, она не могла не заметить, что без Джесси у нее все валилось из рук, да и вообще, без привычных шуток и доверительных бесед часы тянулись бесконечно долго. А если Джесси исчезнет, мрачно размышляла Сюзанна, сколько покупателей испарится вместе с ней? Дела и так шли ни шатко ни валко, и Сюзанна отлично понимала, что без Джесси она никогда бы не справилась, поскольку из них двоих драйвером была именно Джесси, с ее улыбчивой мордашкой и неиссякаемым интересом к людям.

— Не сердитесь на меня, Сью.

— Я вовсе не думаю сердиться. Не говори глупости! — Сюзанна накрыла рукой ладонь Джесси.

— Ну, я останусь на неделю или две, если это поможет вам удержаться на плаву. Но пойму, если вы захотите нанять кого-то другого. Я, само собой, не рассчитываю, что вы станете держать для меня место.

— Не смеши меня. — Сюзанна увидела, как на прилавок капнула слеза, и тихо сказала: — Это место твое. Ты прекрасно знаешь, что место остается за тобой.

Они замолчали, прислушиваясь, как за окном фургон развозчика товаров с шумом катится по лужам, поднимая фонтаны воды.

— Кто бы мог подумать, а? — На лице Джесси снова сияла улыбка.

Сюзанна еще крепче сжала руку Джесси. Плохих новостей на сегодня, пожалуй, больше чем достаточно. Еще одну Сюзанна точно не выдержит.

— Что?

— Сюзанна Пикок. Нуждается в людях.

Дождь яростно барабанил по тротуару, за окном — свинцово-серое расплывчатое пятно.

— Не в людях. — У Сюзанны болезненно сжалось сердце. — Джесс, у тебя, возможно, и наблюдается некое раздвоение личности, но тебе пока рано говорить о себе во множественном числе.

Джесси ухмыльнулась, на миг снова став прежней, и осторожно убрала руку:

— Но дело, похоже, не только во мне, а?

Несносная девица ушла в четверть четвертого, так что, слава богу, можно было больше не видеть эти патлы, торчащие в разные стороны, словно их обладательница продиралась сквозь живую изгородь. И вообще, миссис Камерон взяла моду кричать на Розмари, словно та глухая, и Розмари, раздраженная столь покровительственным отношением, начала кричать в ответ — показать, насколько это отвратительно. Некоторые молодые люди бывают иногда просто невыносимы!

И когда эта вульгарная девица уже собралась уходить, Розмари так прямо и сказала: дескать, если та хочет удержать своего мужа, ей придется обзавестись корсетом.

— Приведите себя хоть немного в порядок, — заявила Розмари. — Ни один мужчина не будет терпеть рядом с собой женщину, у которой буквально все висит и колышется.

В глубине души Розмари лелеяла надежду, что миссис Камерон обидится и уйдет. Но та вместо этого накрыла руку Розмари пухлой короткопалой ладошкой (недопустимая фамильярность!) и разразилась смехом:

— Господь с вами, Розмари! Я скорее заставлю мужа затянуться в корсет, нежели надену его сама. С его-то пивным брюшком ему это явно не повредит!

Нет, просто невозможная особа! И должна была уйти в два — в два! — а не в четверть четвертого. Розмари, которая то и дело поглядывала на часы, уже не могла дождаться, когда миссис Камерон наконец удалится. Виви всегда после ланча выгуливала собаку, и Розмари рассчитывала, что дом на время окажется в ее полном распоряжении.

Она окликнула Виви на случай, если та вдруг вернулась и вошла через заднюю дверь, а затем на негнущихся ногах начала подниматься по лестнице, цепляясь за перила костлявыми руками. Они небось рассчитывали, что она не узнает, с горечью размышляла Розмари. Из-за того что она перестала подниматься наверх, они теперь считают себя вправе игнорировать ее желания. Словно преклонный возраст позволяет сбрасывать ее со счетов. Но она не настолько глупа. И ей точно известно, какую игру они затеяли: она заподозрила неладное еще тогда, когда сын снова завел разговор насчет дележки поместья. Ему ведь уже за шестьдесят, а здравого смысла ни на грош, коли он по-прежнему потакает женским прихотям и капризам.

Наконец Розмари добралась до предпоследней ступеньки, остановилась и повисла на перилах, проклиная боль в суставах и головокружение, заставляющее срочно искать место, куда бы присесть. Старость, будь она неладна, — это отнюдь не мудрость и статус, а бесконечная череда унижений и физических немощей, в результате чего приходится не только терпеть явное неуважение, но и тщательно планировать любое действие, которое раньше можно было выполнить не задумываясь. Например, сможет ли она достать из кухонного шкафа банку томатов? А если и сможет, к тому же не перепутав с соседней банкой бобов с похожей этикеткой, сумеет ли донести банку до стола, не уронив себе на ногу?

Розмари сделала глубокий вдох и обвела глазами обширную ровную поверхность пола галереи. Еще две ступеньки — и она у цели. Если уж она сумела пережить две мировые войны, то с парой ступенек как-нибудь справится. Розмари упрямо вздернула подбородок, еще крепче ухватилась за перила, с глухим стоном преодолела последнюю ступеньку и оказалась в галерее.

Затем она медленно выпрямилась и оглядела помещение, в котором не была без малого семь лет. Похоже, за это время здесь ничего не изменилось, отметила она с некоторым удовлетворением: тот же ковер, тот же электрический радиатор, тот же запах воска и старинной парчи. Все осталось по-прежнему, за исключением недавно появившегося портрета в простенке напротив большого окна. Одетый в новую позолоченную раму, портрет будто светился злобным торжеством.

Афина.

Афина Форстер.

Она не заслуживала фамилии Фэрли-Халм.

Розмари посмотрела на холст, на самодовольную женщину с бледным лицом. Даже сейчас, спустя более тридцати лет, казалось, что она насмехается над бывшей свекровью. Она вообще насмехалась над всем, эта особа. Над родителями, которые воспитали ее потаскушкой, над Дугласом, который дал ей все и которому она отплатила, ославив своим аморальным поведением чуть ли не на три графства, над Розмари с Сирилом, которые сделали все возможное для продолжения рода Фэрли-Халм и сохранения поместья. И вне всякого сомнения, в очередной раз над Дугласом, у которого не хватило характера держать портрет подальше от фамильной галереи.

Розмари глядела на девушку, на ее лукавую усмешку, на ее глаза; если они и были зеркалом души, то души темной и порочной.

Дождь стучал в окна, воздух в галерее стал влажным, липким и слишком густым.

Розмари с трудом повернулась и окинула цепким взглядом резное готическое кресло, стоявшее возле балюстрады. Бросила взгляд на свои ноги и проковыляла к креслу. И, схватившись за ручки узловатыми пальцами, с трудом потащила его по ковру к стене.

Чуть ли не несколько минут преодолевала она расстояние в пару футов, а когда в результате достигла цели, ей пришлось сесть, чтобы справиться с головокружением и приготовиться к финальному броску. Отдышавшись, она решительно поднялась и, держась одной рукой за спинку кресла, снова бросила взгляд на девушку на портрете, которая не только когда-то низвергла их семью в пучину отчаяния, но и до сих пор продолжала бередить старые раны.

— Ты не заслужила права находиться здесь, — громко произнесла Розмари.

И хотя в последние десять лет единственным гимнастическим упражнением Розмари было налить воды в кошачью миску, старая дама с решительным выражением лица подняла, стиснув зубы, изуродованную артритом тощую ногу и принялась забираться на кресло, что было крайне неосмотрительно с ее стороны.

Часы показывали почти без четверти четыре, когда он наконец пришел. Она уже давным-давно перестала смотреть в мокрое от дождя окно и даже перестала себя ругать, осознав всю бесполезность этого занятия. В результате она решила сделать то, что неделями откладывала, — разобрать подвал. В самом магазине царил безупречный порядок, но они с Джесси завели манеру складывать в подвале пустые картонки, забивая ящиками с товаром и коробками с кофе любое свободное место. Но сейчас, когда они ожидали поступления товаров осеннего ассортимента, причем основная доставка была назначена на завтра, Сюзанна поняла, что коробки и мусор будут мешать, а потому необходимо более рационально организовать пространство, и срочно.

Она трудилась внизу уже почти полчаса, когда внезапно услышала, как Джесси что-то удивленно, но радостно воскликнула, и на секунду замерла, пытаясь понять, что за нежданный гость вызвал у ее помощницы такую бурю эмоций. Но затем она узнала голос Алехандро, низкий, немного запинающийся. Он со смехом приносил слова извинения. Сюзанна остановилась, пригладила волосы, пытаясь унять волнение в груди. Сюзанна вспомнила, что еще утром записалась на прием к доктору, и закрыла глаза: ей вдруг стало совестно, что она связала сей факт с появлением Алехандро. Затем глубоко вдохнула и стала подниматься по лестнице, специально задерживая шаг.

— Ой! — сказала она уже на верхней ступеньке. — Это вы! — Она попыталась, правда безрезультатно, изобразить удивление.

Алехандро сидел за столиком на своем привычном месте, но взгляд его был направлен не в окно, как обычно, а на прилавок. На Джесс. На Сюзанну. Его черные волосы блестели от дождя, густые ресницы слиплись. Он улыбнулся ленивой обаятельной улыбкой и мокрой рукой вытер лицо в каплях дождя.

— Ну здравствуй, Сюзанна Пикок!

Виви провела терьера через заднюю дверь, стряхнула воду с зонтика на кухонный пол и поспешила позвать пса к себе, чтобы тот, не дай бог, не испачкал грязными лапами светлые ковры в доме.

— Ну иди же ко мне, глупое животное! — воскликнула она.

Виви рассчитывала, что ботинки на шнуровке и зонтик спасут ее от непогоды, но этот дождь был совсем иного разряда. Она промокла насквозь, буквально до нитки. Придется срочно переодеваться, подумала Виви, изучая мокрую одежду. Ладно, поставлю чайник, и к тому времени, как он вскипит, я все успею.

Хмурое небо делало кухню непривычно темной, и Виви, включив потолочные светильники, стала ждать, когда они разгорятся. Она прислонила зонтик к двери, наполнила чайник, сняла ботинки, положила их поближе к огню, раздумывая, стоит ли вставить распорки, чтобы те не скукожились. Кошка Розмари спала без задних ног возле плиты, и Виви погладила ее по спинке — проверить, не умерла ли та, грешным делом. Ведь сейчас ни в чем нельзя быть уверенным. И Виви страшно боялась, что, если кошка и вправду умрет, они могут обнаружить это только через несколько дней.

Виви достала из буфета чайник, наполнила его горячей водой, поставила на поднос греться, достала чашки с блюдцами. Будь она одна, то с удовольствием выпила бы чай из кружки, но Розмари любила, чтобы все было как положено, а Виви на этом этапе их отношений благородно прощала свекрови маленькие слабости.

Стягивая свитер и вешая его на рейлинг плиты, Виви бросила взгляд на кухонный ежедневник. Сегодня вечером у Бена встреча в регби-клубе: он наверняка снова захочет взять ее машину. Миссис Камерон напоминала, что у них закончились резиновые перчатки и средство для мытья ванны. Слава богу, что у них теперь есть миссис Камерон, подумала Виви. И как только они раньше без нее обходились? Оказывается, иногда самое простое решение может полностью изменить жизнь.

Виви взяла чайник и принялась заваривать чай.

— Розмари! — крикнула она, повернувшись в сторону двери флигеля. — Как насчет чашечки чая?

Виви отнюдь не удивилась, не получив ответа: Розмари нередко из-за глухоты или упрямства не сразу откликалась на призывы. Более того, Виви знала, что свекровь до сих пор не простила ей ту вспышку гнева. Однако после третьей неудачной попытки Виви поставила поднос на крышку плиты и постучалась в дверь флигеля.

— Розмари? — позвала она, приложив ухо к двери.

Затем осторожно повернула ручку и вошла.

Розмари во флигеле не было. Виви дважды проверила все комнаты и, остановившись в холле, принялась гадать, куда могла деться ее несносная свекровь. Миссис Камерон уже уехала, значит Розмари сейчас не с ней. А в такую ужасную погоду в саду явно делать нечего.

— Розмари? — снова позвала Виви. И вот тогда сквозь монотонный шум дождя до Виви донесся какой-то странный звук: слабое кряхтение и едва слышное шарканье, свидетельствующие о каких-то невидимых действиях. Виви замерла и повернула голову, чтобы определить, откуда исходит непонятный звук. Ошеломленно посмотрела на потолок и повторила: — Розмари?

Ответом ей была тишина, которую Виви никогда не забудет, а затем, когда она уже направилась к двери, до ее слуха откуда-то сверху донесся сдавленный возглас и после короткой паузы — ужасающий грохот, леденящий душу треск и наконец полный ярости полузадушенный вопль.

— Я кое-что принес. — Алехандро опустил глаза, и Сюзанна толком не поняла, к кому, собственно, он обращается.

— Подарок? — встрепенулась Джесси, которая буквально ожила с появлением Алехандро: его присутствие всегда действовало на нее благотворно.

— Не совсем, — извиняющимся тоном произнес он. — Аргентинский национальный напиток. Мате. Наша версия вашей чашечки чая, если вам будет угодно. — Алехандро вытащил из внутреннего кармана мокрой куртки яркий пакетик и протянул вставшей за прилавок Сюзанне. — Напиток горький, но, думаю, вам понравится.

— Мате, — повторила Джесс, словно опробуя слово на вкус. — «La Hoja Yerba Mate», — прочла она название на пакете. — Сью, как насчет чашечки мате? С молоком и двумя кусочками сахара, правильно?

— Никакого молока, — поморщился Алехандро. — А вот сахар добавить можно. Или пару долек апельсина. Возможно, лимона или грейпфрута.

— Ну что, поставить чайник?

— Нет-нет. Никаких чайников. Вот. — Алехандро зашел за прилавок, и Сюзанну словно ударило током. — Мате готовят в специальном сосуде. — Он извлек из другого кармана куртки роскошный серебряный сосуд, напоминающий миниатюрный кувшин. — Вот. Позвольте мне. Вы обе потом попробуете и поделитесь со мной, что вы об этом думаете. А пока для разнообразия давайте я вас обслужу.

— Похоже на китайский чай, — уставившись на содержимое пакета, заявила Джесси. — Терпеть не могу китайский чай.

— Похоже на кучку сухих листьев и веточек, — заметила Сюзанна.

— Я вам его подслащу, — сказал Алехандро, положив смесь в сосуд.

Сюзанна прислонилась спиной к доске с меню, не подозревая, что список предлагаемого сегодня кофе отпечатался на ее черной футболке. Алехандро был совсем близко, и от него пахло мылом и дождем, а еще чем-то таким, отчего Сюзанна непроизвольно внутренне напряглась. Она вдруг почувствовала себя страшно уязвимой.

— Мне все-таки надо наконец разобраться с этими коробками внизу, — произнесла она, отчаянно желая сменить дислокацию. — Крикните, когда будет готово. — Она посмотрела на Алехандро и совсем некстати произнесла: — Мы завтра получаем новую партию товара. А свободного места нет. Совсем нет. — Она поспешно сбежала по шаткой лестнице и с тяжело бьющимся сердцем села на нижнюю ступеньку, проклиная себя за трусость.

— В такое время тебя обычно здесь уже не застать.

Она услышала, как Алехандро беседует с Джесси, причем, судя по его голосу, в отличие от Сюзанны, он был абсолютно спокоен.

Хотя, если честно, Сюзанна понятия не имела, что он сейчас чувствует. Так чего же я от него жду? И чего хочу? — держась за голову, думала она. Боже правый, я ведь замужняя женщина, а готова броситься головой в омут! Готова на что угодно, лишь бы забыть о своей унылой жизни.

— Эмма сейчас в театральном кружке, — донесся до Сюзанны голос Джесси. Сюзанна слышала, как Джесси, скрипя половицами, расхаживает по залу, видела сквозь щели между деревянными досками ее тень, мелькающую то в одном, то в другом углу. — Вот и решила немного задержаться, ведь меня здесь так долго не было.

— А как твоя голова? Выглядит вроде получше.

— Ой, да все нормально! Я буквально облепила себя «Арникой». А под помадой вообще не видно, что у меня с губой... Вот поглядите.

Возникла длинная пауза, — должно быть, Алехандро проверял, как идет заживление. И Сюзанне мучительно захотелось оказаться на месте своей помощницы, чтобы почувствовать его пальцы на своем лице. Джесси что-то пробормотала, а Алехандро ответил, что это уже пустяки. Неожиданно голоса стихли, и Сюзанна на время потеряла способность соображать. А затем услышала веселый смех Джесси:

— Боже, как воняет! Просто ужас.

Алехандро тоже рассмеялся:

— Погоди. Я добавлю сахару. А потом можешь попробовать.

Нет, пора брать себя в руки, подумала Сюзанна, поднимая увесистую коробку с викторианскими фотоальбомами, которые купила на аукционе. Она собиралась вынуть старые фотографии, вставить их в рамочки, но все как-то было недосуг. И тут, застав Сюзанну врасплох, в подвал заглянула Джесси:

— Вы подниметесь наверх? А то мы уже собираемся травиться.

— А может, стоит пригласить наших любимых покупателей? — отозвалась Сюзанна. — Пусть присоединяются.

— Нет-нет, — рассмеялся Алехандро. — Только вы двое. Ну пожалуйста, я вас очень прошу! Попробуйте.

Взбежав по лестнице, Сюзанна обнаружила, что на улице по-прежнему стоит плотная серая стена дождя. Однако в магазине, где витали незнакомые ароматы, оказалось неожиданно тепло и уютно, а яркое освещение приятно контрастировало с безрадостной картиной за окном. Сюзанна собралась было достать чашки, но Алехандро ее остановил:

— Не надо. Мы пьем мате по-другому. — (Сюзанна бросила на него удивленный взгляд и перевела глаза на сосуд для мате, из которого торчала изогнутая, как леденец, серебряная соломинка.) — С помощью вот этого, — уточнил Алехандро.

— Как? Мы все? — удивилась Джесси.

— Ну да. Только по очереди. Но обязательно через соломинку.

— Это так негигиенично!

— Нормально, — кивнул Алехандро. — Я ведь дипломированный медработник.

— Надеюсь, ни у кого из вас нет герпеса, — рассмеялась Джесси.

— Видишь ли, у нас в стране считается оскорблением отказаться выпить с кем-нибудь на пару мате, — пояснил Алехандро.

Сюзанна уставилась на соломинку:

— Ладно, я не против. — Откинув назад волосы, она взяла в рот соломинку и поморщилась — жидкость оказалась горькой. — Что-то непонятное.

Тогда Алехандро предложил ей попробовать еще раз:

— Вспомните свои ощущения, когда вы впервые попробовали кофе. С мате та же самая история. Совсем неплохо, просто немного непривычно.

Сюзанна, не сводя с него глаз, взяла в рот соломинку и положила руку на сосуд, то ли чтобы его удержать, то ли чтобы найти точку опоры, она и сама толком не поняла. Она смотрела на свои пальцы, бледные и гладкие по сравнению с его рукой, которая под покрывалом ее темных волос казалась загорелой, чужеземной и очень мужской. Эти руки принимали роды, утирали слезы, видели и смерть, и рождение новой жизни, а когда-то неустанно трудились за миллион миль отсюда. Да, по руке можно узнать историю ее обладателя, рассеянно подумала Сюзанна. За многие десятилетия работы в поле руки ее отца покрылись шрамами и загрубели, а руки Виви состарились от занятия домашним хозяйством. Ее собственные руки, размышляла Сюзанна, были белыми и эфемерными, не испорченными тяжелой работой или подвигами во имя человечества. Руки человека, который еще даже толком не жил. И под невнятное бормотание Джесси, что, пожалуй, надо сходить за сахаром, Сюзанна сделала еще один глоток мате и увидела, как его широкая ладонь едва заметно сдвинулась и накрыла ее тонкие пальцы.

Бездумная легкость предыдущих минут моментально сменилась чем-то странно будоражащим душу, намагничивающим. Сюзанна с трудом проглотила жгучий напиток, не сводя глаз с руки Алехандро. Она чувствовала, как буквально каждая клеточка ее тела реагирует на прикосновение этой горячей сухой ладони, и с трудом подавила желание прижаться к ней губами.

Сюзанна растерянно заморгала, пытаясь собраться с мыслями. Он, должно быть, случайно накрыл ее руку своей, уговаривала она себя. Наверняка.

Она судорожно вздохнула и посмотрела прямо на Алехандро. Их взгляды встретились. Однако в его глазах не было ни игривости, ни сексуального подтекста, не было в них и удивления, как она втайне рассчитывала, а только странная озадаченность человека, который ищет и не находит ответа.

Его упорный взгляд пронзил ее насквозь, словно удар током. Насмешка над здравым смыслом, обратившая в прах все моральные запреты. Я тоже не знаю, мысленно протестовала она. И ничего не понимаю. Но затем, будто повинуясь чьей-то воле, ее пальцы переплелись с его.

Она услышала, как Алехандро тяжело сглотнул, и поспешно перевела глаза на стоявшую к ним спиной Джесси. Сюзанна, явно не в силах справиться с разбуженными эмоциями, испытывала одновременно и восторг, и смятение, отлично понимая, что сейчас ее способна погубить такая малость, как одно неосторожное движение.

Он не убрал руку.

Сюзанна даже почувствовала нечто вроде облегчения, когда тишину комнаты нарушил пронзительный звонок телефона. Не глядя на Алехандро, она поспешно отдернула руку. Вытерла губы и повернулась, чтобы ответить, но Джесси ее опередила. У Сюзанны кружилась голова, земля уходила из-под ног. Растерявшись, она не сразу поняла, что пытается сказать ей Джесси. И, только окончательно придя в чувство, смогла взять трубку.

— Это ваша мама. — Вид у Джесси был встревоженный. — С вашей бабушкой произошел несчастный случай.

— Мама? — Сюзанна прижала трубку к уху.

— Сюзанна? Дорогая, ради бога, прости, что беспокою, но Розмари упала, и мне срочно нужна помощь.

— Что случилось?

— Я осталась без машины. Мальчики уехали на моей, причем твой папа отказался взять с собой мобильник, а мне нужно срочно отвезти Розмари в больницу. Похоже, она сломала ребро.

— Сейчас приеду, — сказала Сюзанна.

— О, дорогая, в самом деле?! Я бы не стала тебя просить, но тогда придется вызывать «скорую», а Розмари категорически против. А мне самой не спустить ее вниз по лестнице.

— А что она делала наверху?

— Это длинная история. Боже мой, Сюзанна, я тебя не слишком напрягаю?

— Не говори глупости. Я постараюсь приехать как можно скорее. — Сюзанна положила трубку и повернулась к Джесси. — Мне надо ехать. Джесс, пожалуй, лучше закрыть магазин. Господи, где мои ключи?!

— А что делать с коробками? — спросила Джесс. — Ведь завтра у нас доставка. И куда, спрашивается, мы все положим?

— Мне сейчас некогда. Надо срочно отвезти бабулю в больницу. Об этом я подумаю завтра. А может, еще успею вернуться, если не застряну в отделении неотложной помощи.

— Хочешь, я поеду с тобой? — спросил Алехандро.

— Нет, спасибо. — И Сюзанна невольно улыбнулась, представив, как будет объяснять Розмари, кто он такой и что здесь делает.

— А что, если мне позвонить маме? — предложила Джесси. — Попрошу ее забрать Эмму, ну а сама пока все здесь закончу. И на обратном пути закину вам ключи.

— Ты уверена? А ты справишься? Некоторые коробки ужасно тяжелые.

— Я помогу, — заявил Алехандро. — Ты поезжай. И ни о чем не волнуйся. Мы разберемся.

Уже на улице Сюзанна побежала к своей машине, подняв руки над головой в тщетной попытке защититься от дождя. По дороге она мучительно пыталась решить вопрос, как такое может быть, что, несмотря на безусловную порядочность Джесси и ее преданность другому мужчине, она, Сюзанна, переживает не из-за бабушки, а скорее из-за того, что оставляет этих двоих наедине в пустом магазине.

Выставка в витрине была посвящена Саре Силвер. Справедливости ради стоит отметить, это была самая неинтересная история из всех, что доселе предлагал покупателям магазин Сюзанны Пикок, а именно повествующая о том, как Сара переехала в просторный георгианский дом приходского священника Брайтмир, впоследствии переименованный в Брайтмир-Мэнор, на окраине Дир-Хэмптона. Заинтересовавшиеся этой темой могли узнать, как Саре пришлось целых восемь дней напряженно ждать результата закрытых торгов и как она, новоиспеченная хозяйка дома, долгими мучительными неделями выбирала ткани и мягкую мебель (ох уж эти муки выбора!), а также устраивала, наступив на горло собственной песне, бесконечные благотворительные утренники с кофе и ежегодные сельские праздники. В витрине был также представлен образчик коллажа, так сказать, доски настроения. Такими досками Сара украсила каждую комнату, позаимствовав идею у хозяев различных замков и фешенебельных домов, знакомством с которыми весьма кичилась. И уже в самом конце повествования можно было найти несколько строчек о ее бракосочетании. Подобная расстановка приоритетов не удивляла никого, кто знал Сару. Посвященная Саре презентация украшала витрину уже почти две недели, и Сюзанна с Джесси находили тайное удовольствие в том, что немного меняли экспозицию в витрине, поскольку, честно говоря, устали от неприкрытого бахвальства Сары и ее постоянных хождений, якобы случайных, мимо магазина с целью похвастаться перед знакомыми. Однако она так и не сумела уговорить их купить хоть что-нибудь. Поэтому Сюзанна с Джесси поместили мебельный каталог и рекламу по очистке септика между тщательно подобранными Сарой интерьерными журналами, вместо «древесного» хирурга написали «пластический» в пассаже о незаменимости хорошего садовника и добавили несколько нулей к цене, уплаченной Сарой за дом. И наконец, для пущего эффекта, обширный раздел, посвященный первому обеду, что Сара дала в качестве хозяйки Брайтмир-Мэнора, Джесси иллюстрировала банкой «Брейнс фагготс»[1].

— Я бы никому не сделала такой пакости, — сказала Джесси Алехандро, когда принесла из подвала очередную коробку, — но в жизни не встречала такой напыщенной коровы. И когда она заходит сюда, то даже кочан головы не повернет в мою сторону, а разговаривает исключительно с Сюзанной. Когда-нибудь я пущу слух, что она и старина Неженка, это ее муж, считают себя и Фэрли-Халмов одной большой аристократической семьей. А знаете, на чем ее муженек делает деньги? На порно в Интернете. Хотя сама-то она говорит: «Он у меня имеет дело с компьютерами». Мы ни за что с ней не связались бы, но у меня иссякли все темы, а я обещала Сюзанне, что буду следить за обновлением экспозиции.

Алехандро задумчиво посмотрел на витрину:

— А что такое «Брейнс фагготс»?

Часы показывали всего лишь начало седьмого, но черные грозовые облака, которые заволокли небо, словно накрыли город темным покрывалом, так что Джесси при-

1 *Фаггот* — традиционное английское блюдо: колбаса, которая готовится из свиной печени, сердца, мясных обрезков и измельченных потрохов с добавлением сухарей, перца и лука, а затем помещается в свиные кишки.

шлось постепенно включить все освещение. Чтобы было удобнее поднимать наверх мусор, она сложила его в черные пластиковые мешки. Но когда дело дошло до коробок с посудой и книгами, оказалось, что сдвинуть их с места не так-то легко.

— Бог его знает, что она там напокупала, — сказала Джесси, затаскивая наверх одну из коробок, чтобы обеспечить проход к остальным. — Похоже, она и сама толком не в курсе. — Джесси даже охнула от боли.

Алехандро поспешно принял у нее коробку:

— Ты в порядке?

— Да нет, просто не рассчитала нагрузку на больную руку. Все нормально, — ответила Джесси, разглядывая палец, к которому была по-прежнему привязана самодельная шина.

Алехандро поставил коробку на пол и взял Джесси за руку:

— Пожалуй, тебе все же неплохо было бы сделать рентген.

— Перелома нет. Иначе рука точно распухла бы.

— Совершенно не обязательно.

— Ал, я больше видеть не могу эту больницу. Мне кажется, сестры уже смотрят на меня как на идиотку. — Джесси вздохнула. — Он такой дурак! Да я в жизни не взглянула на постороннего мужчину. Ну, может, и взглянула разок-другой, но уж точно ничего такого не имела в виду. — Она сморщила нос. — Меня все считают вертихвосткой, но на самом деле я из тех зануд, кого принято считать однолюбами.

— Знаю. — Алехандро повернул ее руку, осторожно раздвинув пальцы. Синяк был нездорового зеленоватого цвета. — Если у тебя все же перелом и вовремя не принять меры, то ты потом просто не сможешь пользоваться этим пальцем.

— Ладно, я все-таки рискну. — Она бросила взгляд на больную руку и выдавила некое подобие улыбки. — Эй, этот палец у меня вообще практически не задействован.

Алехандро поднял коробку:

— Ладно. Но теперь коробки поднимаю я. А ты будешь мной руководить. Тогда мы оба быстрее попадем домой. Эту куда?

Джесси села на табурет возле прилавка:

— На синий стол. Похоже, это летний товар, а, насколько мне известно, товары летнего ассортимента она планирует или распродать, или убрать обратно в подвал.

Алехандро без труда отнес коробку в дальний угол, его энергичные движения свидетельствовали о том, что он рад немного размяться. Тем временем дождь зарядил по новой, причем с такой силой, что серая пелена скрыла стену дома напротив. Джесси зябко поежилась, вода уже начала просачиваться под дверь.

— Не переживай, — успокоил ее Алехандро. — Дальше она не пойдет. Просто ливневая канализация переполнена. — Он непринужденно похлопал ее по плечу. — Да ладно тебе, Джесси! Нет времени рассиживаться. Ты ведь должна показать мне, что еще надо передвинуть.

А в тридцати футах дальше по переулку Джейсон Берден сидел в своем фургоне, скрытом от глаз находившихся в магазине. Он уже успел прилично принять на грудь и, по идее, не должен был садиться за руль, но когда он зашел к Кэт, чтобы забрать Джесси с Эммой, та доложила ему, что Эмма в театральном кружке, а Джесси вроде бы собиралась на маникюр в салон красоты. Но обе должны скоро вернуться, сказала мать Джесси. Она даже предложила ему выпить с ней по чашечке чая, чтобы потом вместе сходить за Эммой. Но он, Джейсон, предпочел отправиться в паб.

Джейсон и сам толком не понимал, что заставило его приехать сюда. Возможно, дело было в том, что в последнее время его отношения с Джесси совершенно разладились. И все стало каким-то зыбким и ненадежным. Особенно Джесси, с ее необычными друзьями и книгами. Джесси, которая каждый вечер запиралась от него, с головой уходя в учебу, а скорее всего, готовясь построить новую жизнь, уже без него, Джейсона. Джесси, которая отказывалась пропустить с ним по кружечке в пабе, ссылаясь на усталость, но при этом непрерывно болтала о каких-то незнакомых людях, в частности о девице из поместья Фэрли-Халмов, да и сама теперь задирала нос и что-то из себя корчила. Джесси, которая постоянно пыталась зазвать его в свой чертов магазин, чтобы познакомить с новыми друзьями, одним словом, затащить его туда, где ему явно не место. Да-да, особенно Джесси, с этим ее немым укором в глазах, выставлявшая напоказ свои синяки, словно не она в свое время изрядно помучила Джейсона.

Возможно, дело было в преподобном Ленни, который шел к дому Кэт с таким видом, будто он пуп земли, черт бы его побрал, а Джейсон для него — не больше чем грязь под ногами, хотя преподобный мог и напустить туману для отвода глаз.

Возможно, дело было в номере телефона, который он нашел у нее в кармане. А когда Джейсон набрал этот номер, то, прежде чем положить трубку, услышал голос какого-то парня с иностранным акцентом.

Впрочем, он и сам толком не знал, почему приехал сюда.

Джейсон сидел в кабине, прислушиваясь к равномерному постукиванию двигателя, к скрипу дворников, скребущих по ветровому стеклу и каждые несколько секунд демонстрирующих этих двоих в ярко освещенном магазине, — то самое зрелище, которое он, Джейсон, меньше всего хотел видеть.

Мужчина держит ее за руку.

Разговаривает с ней, приблизив лицо чуть ли не вплотную к ее.

С улыбкой машет ей рукой, приглашая спуститься в подвал, то есть туда, где Джейсон с Джесси впервые поцеловались. Туда, где она впервые ему отдалась.

Обратно они уже не вернулись.

Джейсон опустил голову на руль.

А затем, целую вечность спустя, положил руку на ключ зажигания.

Последняя коробка была аккуратно поставлена на самодельный стеллаж, и Алехандро с чувством выполненного долга вытер руки о штаны. Джесси, сидевшая на ступеньке лестницы (тут, внизу, двоим было не развернуться, тем более с коробками), оглядела подвал и удовлетворенно улыбнулась:

— Она будет счастлива.

— Надеюсь, что так. — Алехандро ухмыльнулся, поднял с пола кусок мятой бумаги и отправил в мусорное ведро.

Джесси, склонив голову набок, внимательно наблюдала за ним:

— Знаете, вы ничуть не лучше его.

— Кого? Твоего парня? — Алехандро был явно сбит с толку.

— Ни один из вас не способен признаться в своих чувствах. Разница лишь в том, что он выпускает пар, давая волю рукам, а вы держите все в себе.

— Не понимаю, о чем ты. — Он подошел к Джесси, его голова оказалась на одном уровне с ее.

— Черта с два вы не понимаете! Ал, вы должны поговорить с ней. Если хоть один из вас не сделает решительного шага, я не выдержу тяжести той недосказанности, что буквально висит в воздухе.

Алехандро посмотрел на нее в упор:

— Джесс, она замужем. И мне казалось, будто ты всегда верила в судьбу. В единственного мужчину в жизни женщины, так?

— Да, так. Но человек в первый раз ведь может и ошибиться, да?

Магнитофон, игравший джазовую подборку, внезапно выключился, магазин погрузился в тишину, и только дождь с новой силой забарабанил по крыше.

— По-моему, ты неисправимый романтик, — заметил Алехандро.

— А вот и нет. Просто мне кажется, некоторым людям иногда не мешает дать хорошего пинка под зад. И мне, кстати, тоже. Ну ладно, пора выбираться отсюда. А то Эмма наверняка уже заждалась. Я обещала взять ее с собой в салон красоты — посмотреть, как мне будут делать накладные ногти. Впервые в жизни. Вот только никак не могу решить, какой цвет выбрать. То ли сдержанный розовый, то ли вызывающий алый.

Он протянул ей руку и помог встать со ступеньки.

— Боже мой! — воскликнула Джесси, когда они оказались в ярко-освещенном торговом зале. — Я грязная как чушка.

Алехандро в ответ только пожал плечами, отряхнулся от пыли и бросил взгляд на запотевшее окно:

— А ты взяла с собой зонтик?

— Дождевик, — сказала Джесси, показав на клеенчатый плащ цвета фуксии. — Типично английский предмет летней одежды. Да вы скоро и сами поймете. — Она направилась к двери.

— Как думаешь, может, все-таки стоит позвонить Сюзанне? — как бы невзначай спросил Алехандро. — Узнать, все ли в порядке.

— Ой, она наверняка застрянет в приемном покое на несколько часов. — Джесси звякнула ключами. — Но мне надо будет забросить ей вот это. Я непременно скажу, что вы о ней спрашивали, если хотите, конечно... — Она лукаво ухмыльнулась.

Он не ответил, а только с притворным недовольством укоризненно покачал головой:

— По-моему, Джесси, тебе следует оставить свои уловки для Артуро с Лилианой. — Он наклонился, чтобы снять кусок скотча, прилипший к штанине.

Уже позже он будет вспоминать, как услышал смех Джесси, жизнерадостный смех, внезапно прерванный жутким скрежетом, от которого закладывало уши и который шел по нарастающей, словно крик огромной сердитой птицы. Алехандро поднял голову и увидел какое-то белесое расплывчатое пятно, услышал леденящий душу треск, похожий на громовые раскаты, а затем фасад магазина будто взорвался, утонув в чудовищном грохоте. Алехандро поднял руку, чтобы защититься от осколков стекла, взлетевших на воздух полок, тарелок, картин, и упал за прилавок; последнее, что он видел, был кусок клеенки цвета фуксии, исчезавший, словно мокрый пакет для покупок, под передним бампером фургона.

Это уже был четвертый стаканчик кофе из автомата, и Сюзанна поняла, что еще один — и у нее начнут трястись руки. И тем не менее, учитывая утомительное ожидание в боксе, поход к автомату за кофе был единственным законным способом избавиться от непрерывного нытья Розмари.

— Если она еще раз скажет «служба национального здравоохранения уже не та, что раньше», — прошептала Сюзанна сидевшей рядом Виви, — я ее точно прибью подкладным судном.

— Что ты там такое бормочешь? — ворчливо спросила Розмари, лежавшая на кровати. — Говори громче, Сюзанна!

— Даже и не пытайся, дорогая, — едва слышно отозвалась Виви. — В наше время их делают из того же материала, что и коробки для яиц.

Они находились в больнице почти три часа. Розмари уже успела пройти осмотр у медсестры, сортировавшей больных, а также побывать на рентгене, и в результате у нее диагностировали перелом ребра, ушибы и растяжение запястья. После чего Розмари перевели из неотложной помощи в отделение травматологии, поставив в конец длиннющей очереди пациентов с бытовыми травмами и плюнув тем самым прямо ей в душу. Да еще этот дождь, сказала им молоденькая медсестричка. Придется подождать час, не меньше. Ведь во время дождя несчастных случаев всегда больше.

Сюзанна то и дело поглядывала на обручальное кольцо, словно кричащее о ее двуличности. Ведь всякий раз, как она думала о мужчине, вероятно оставшемся в магазине, ее сердце болезненно сжималось. Так нельзя, говорила она себе. Ты опять играешь с огнем. Переступаешь черту. А затем, снова и снова вспоминая события предыдущих часов, прислушивалась к тому, как учащается пульс.

Виви наклонилась к ней и тихо сказала:

— Ты поезжай, дорогая. Я доберусь домой на такси.

— Нет, мама, я еще побуду. Не хочу оставлять тебя здесь одну, — отрезала Сюзанна, мысленно добавив: *«С этой самой»*.

Виви благодарно сжала руку дочери:

— Я непременно должна рассказать тебе, что отчудила Розмари.

Сюзанна повернулась к ней, и Виви уже открыла рот, чтобы поделиться информацией, но тут кто-то резко отодвинул занавеску бокса.

Перед ними стоял полицейский с потрескивающим уоки-токи. За его спиной женщина-офицер что-то передавала по рации.

— Вам, должно быть, нужен последний бокс, — заговорщицки произнесла Виви. — Это там вроде бы произошла драка.

— Сюзанна Пикок? — поинтересовался полицейский, переводя глаза с Виви на Сюзанну.

— Вы что, собираетесь меня арестовать? — громогласно спросила Розмари. — Неужели несколько часов ожидания в больнице считается преступлением?

— Это я, — лихорадочно соображая, отозвалась Сюзанна. Боже, все как в плохом фильме! — Что-то с Нилом?

— Мэм, произошел несчастный случай. Полагаю, вам лучше проехать с нами.

Виви испуганно зажала рот рукой:

— Господи, Нил?! Он попал в аварию, да?

Сюзанна застыла на месте, похолодев от чувства вины:

— Что? Что случилось?

Полицейский выразительно посмотрел на Виви с Розмари.

— Это мои родственники, — объяснила Сюзанна. — Скажите же наконец, в чем дело!

— Мэм, мы здесь по поводу не вашего мужа, а вашего магазина. Серьезное происшествие. Поэтому и предлагаем вам проехать с нами.

Глава 19

Сюзанна провела почти час сорок за беседой с сержантом криминальной полиции. За это время она успела узнать, что он пьет черный кофе, что он вечно голодный из-за неправильного питания, что к женщинам следует обращаться «мэм», причем с утрированным почтением, свидетельствующим о том, что сам сержант придерживается ровно противоположного мнения. С самого начала он решительно отказывался ввести ее в курс дела, как будто, несмотря на ее упорные заверения, что она хозяйка магазина и внутри находились ее друзья, информация эта предназначалась исключительно для служебного пользования. И в результате она смогла получить лишь отрывочные сведения, крайне неохотно предоставленные мелкими клерками, когда сержант на время отлучился. Она сумела извлечь нужную информацию исключительно благодаря тому, что в данный момент из всех притупившихся органов чувств у нее сохранилась лишь способность замечать малейшие нюансы. И действительно, она могла с закрытыми глазами перечислить подробнейшие детали обстановки комнаты: оранжевые пластиковые стулья, канцелярские столы с приставными тумбами, дешевые вонючие пепельницы, сложенные горкой возле двери.

Однако Сюзанна оказалась решительно не способна осознать то, что ей говорили.

Они хотели узнать все о Джесси. Как долго она работала в магазине? Были ли у нее — тут они замялись и многозначительно посмотрели на Сюзанну — *проблемы* в семье? Сюзанне так и не сообщили, что случилось, но по характеру вопросов она догадалась, что дело каким-то образом связано с Джейсоном. Сюзанна, лихорадочно перебиравшая в уме возможные варианты, не желала ничего говорить, предварительно не посоветовавшись с Джесси, поскольку знала, что девушка остерегалась людей, которым было известно об их отношениях с Джейсоном, не меньше, чем самого Джейсона.

— Она что, сильно избита? — время от времени спрашивала Сюзанна. — Я хочу знать, как она себя чувствует!

— Всему свое время, мадам Пикок, — ответил сержант, записывавший что-то неразборчивым почерком в блокнот. Из верхнего кармана пиджака у него торчал батончик «Марса». — А теперь скажите, знаете ли вы что-нибудь о друзьях... — он бросил на Сюзанну многозначительный взгляд, — мужского пола мисс Картер?

И наконец Сюзанна все рассказала, разумно решив, что для Джесси так будет определенно лучше. Она взяла с сержанта слово, что, если поделится с ним имеющейся информацией, он введет ее в курс дела насчет того, что случилось с Джесси. Ведь, в конце концов, Сюзанна не обязана быть лояльной по отношению к Джейсону. И она несколько сумбурно выложила им то, что знала о синяках и ссадинах Джесси, о ее преданности своему партнеру, о ее желании вместе с ним пройти курс семейной психотерапии. Сюзанна рассказала, стараясь, чтобы

Джесси не выглядела в их глазах жертвой, о целеустремленности Джесси, о ее смелости и о том, что в городе она была всеобщей любимицей. А закончив, Сюзанна поняла, что после неудержимого словоизлияния совсем выдохлась, и потом она несколько минут ломала голову, не наговорила ли чего лишнего.

Сержант аккуратно запротоколировал ее рассказ, покосился на сидевшую рядом женщину-полицейского, а затем, когда Сюзанна собралась было спросить, как пройти в дамскую комнату, сообщил ей тем особенным тоном, призванным скрыть шок и ярость за маской холодной отстраненности, что Джесси Картер погибла сегодня вечером, когда кто-то разнес фургоном фасад магазина.

У Сюзанны внутри все оборвалось. Она посмотрела невидящими глазами на лица сидящих перед ней людей — людей, которые, насколько она понимала, сейчас изучали ее реакцию.

— Простите? — произнесла Сюзанна, когда к ней вернулся дар речи. — Не могли бы вы повторить?

Когда полицейский повторил, Сюзанне почудилось, будто она куда-то проваливается, совсем как тогда, когда кубарем катилась с Алехандро со склона горы: ей вдруг показалось, будто земля в бешеном вращении сорвалась со своей оси. Но если тогда она чувствовала радостное возбуждение, то сейчас — лишь тупую боль от слов полицейского, эхом отдававшихся в голове.

— По-моему, вы ошибаетесь, — прошептала она.

Но затем полицейский встал, протянул ей руку и сказал, что сейчас им следует отправиться в магазин определить размер ущерба. Она может взять с собой кого-нибудь из родственников для моральной поддержки. Более того, он готов подождать, пока она попьет чая. Ведь он прекрасно понимает, какой это для нее шок. От сержанта пахло, заметила Сюзанна, сыром и чипсами с луком.

— Кстати, а вам, случайно, не знаком некий Алксандро де Маренас?

Сержант прочел имя по бумажке, заменив «х» на «кс», и Сюзанна тупо кивнула, а в голове у нее вдруг промелькнула мысль: а не думают ли они, что это сделал Алехандро? Сделал — что? — одернула себя Сюзанна. Да и вообще, они постоянно ошибаются, подумала Сюзанна, внезапно почувствовав, что ноги ее не слушаются. Взять хотя бы «гилфордскую четверку» или «бирмингемскую шестерку». Кто сказал, что полицейские всегда знают, о чем говорят? Нет, Джесси никак не могла умереть. Совсем умереть.

А затем они вышли в коридор, пропахший антисептиком и сигаретным дымом, и она увидела его: он сидел на пластиковым стуле, обхватив руками темноволосую голову, рядом с полицейским, неуклюже положившим ему руку на плечо, чтобы успокоить.

— Ал? — окликнула его Сюзанна.

Он поднял голову, лицо — маска застывшего ужаса, — и его запавшие глаза встретились с ее, подтверждая самое худшее, и у Сюзанны из груди вырвался низкий утробный стон. Она непроизвольно зажала рукой рот, когда звук этот гулко разнесся по пустынному коридору.

Оставшаяся часть ночи прошла точно в тумане. Сюзанна помнила, как ее привезли к магазину и она стояла, дрожа точно осиновый лист, перед желтой лентой рядом с что-то непрерывно говорившей женщиной-полицейским и смотрела на разрушенный фасад, разбитую витрину. Как ни странно, георгианские окна второго этажа уцелели, словно отрицая жуткую реальность того, что произошло внизу. Электрические сети тоже выдержали удар, и магазин неприлично ярко, по-праздничному, сиял огнями, точно гигантский кукольный домик. Нетронутые полки аккуратно выстроились вдоль задней стены, украшенной картами Северной Африки, упрямо отрицая сам факт жестокого вторжения в переднюю часть магазина.

Дождь внезапно прекратился, в лужах отражались неоновые огни пожарных прожекторов. Пожарные стояли там, где некогда находился дверной проем, и беседовали с дежурными полицейскими.

— Стойте здесь. — Женщина-офицер подвела Сюзанну к дверям. — Дальше нельзя.

А вокруг суетились пожарные и полицейские. Они что-то бормотали в свои рации, фотографировали место происшествия, отгоняли зевак. Часы на рыночной площади пробили десять. Сюзанна поплотнее запахнула пальто и осторожно направилась по мокрому тротуару туда, где в грязи среди битого стекла лежали записные книжки в замшевой обложке, вышитые вручную салфетки и раскисшие от дождя ценники. А над головой уныло повисла сломанная вывеска, наполовину снесенная фургоном. Сюзанна машинально шагнула вперед, будто желая ее выровнять, но остановилась, увидев обращенные к ней усталые лица, выражение которых говорило ей, что она не имеет на это права. Ведь магазин ей больше не принадлежал.

И это было очевидно.

— Мы постарались убрать оставшийся товар подальше, — сообщила женщина-полицейский. — Но до приезда строителей невозможно гарантировать безопасность здания. Боюсь, я не смогу вас туда пропустить.

Сюзанна стояла, как она машинально отметила, на остатках экспозиции, посвященной Саре Силвер. На мебельном каталоге, который Джесси находила забавным.

Сюзанна подняла каталог, стерев с обложки мокрый след своей подошвы.

— Если дождь прекратится, ваши убытки будут не столь велики. Надеюсь, вы застрахованы.

— Она не собиралась задерживаться сегодня вечером, — прошептала Сюзанна. — И осталась только потому, что мне пришлось везти бабушку в больницу.

Сотрудница полиции сочувственно похлопала Сюзанну по плечу:

— Не стоит себя винить. Вы тут ни при чем. Хорошие люди почему-то всегда считают, что они в ответе за все.

Хорошие? — подумала Сюзанна. Затем в футах тридцати от себя она увидела эвакуатор с белым фургоном, передняя часть которого была смята чудовищным ударом. Сюзанна подошла поближе, пытаясь прочесть надпись на боку искореженной машины.

— Это фургон Джейсона, да? Ее парня?

Женщина-полицейский смущенно отвела глаза в сторону:

— Мне очень жаль. Но я не знаю. А даже если бы и знала, то не смогла бы ответить. Не имею права. Ведь официально это считается местом преступления.

Сюзанна уставилась на зажатый в руке каталог, пытаясь наполнить слова женщины хоть каким-то смыслом. Интересно, а что бы сказала насчет всего этого Джесси? Сюзанна живо представила себе лицо подруги, ее горящие от возбуждения глаза, неподдельную радость оттого, что хоть что-то нарушило сонный покой их захолустного городка.

— А он жив? — внезапно спросила Сюзанна.

— Кто?

— Джейсон.

— Мне действительно очень жаль, миссис Пикок. Но в данный момент я не имею права ничего говорить. Если завтра вы позвоните в полицейское управление, то наверняка сможете получить необходимую информацию.

— Я решительно не понимаю, что произошло.

— Похоже, пока никто не может толком понять, что тут произошло. Но мы непременно выясним, не беспокойтесь.

— У нее ведь маленькая дочка, — произнесла Сюзанна. — У нее есть маленькая дочка.

Сюзанна, застыв точно изваяние, смотрела, как эвакуатор, направляемый круговыми движениями руки полицейского, под аккомпанемент неумолчного треска раций и отрывистых команд повез свой злополучный груз вниз по неестественно ярко освещенной улице.

— Скажите, а там остались ваши личные вещи? Самые необходимые? Мы можем сходить принести? Ключи? Бумажник?

От этих слов на Сюзанну вдруг повеяло ледяным холодом, ведь она впервые в жизни услышала вопрос, на который не смогла ответить. И заплакать она тоже не смогла: глаза по какой-то неясной причине оставались сухими. Она вновь подошла к сопровождавшей ее женщине, по пути осторожно положив каталог на выступ стены.

— А теперь я, пожалуй, предпочла бы уйти, — сказала Сюзанна.

Полицейские позвонили Виви и сообщили, что Сюзанна, возможно, задержится в участке. Виви взволнованно поинтересовалась, не нужна ли дочери ее помощь, и обещала предупредить Нила. В полиции сказали, что отпускают Сюзанну до завтра. Они могут подбросить ее домой при желании и даже приставить к ней человека на случай, если она еще не оправилась от шока. Время близилось к полуночи.

— Я подожду, — заверила Сюзанна.

И когда через сорок пять минут появился Александро — голова опущена, загорелое лицо пепельное от горя, на одежде бурые пятна крови, — Сюзанна осторожно поддержала его под локоть забинтованной руки, предложив проводить домой. Ведь рядом не было никого, с кем бы ей хотелось быть. По крайней мере, сегодня вечером.

Минут десять они молча шли в свете натриевых фонарей по спящему городу. Шаги гулко разносились по пустынной мостовой, окна темнели черными пятнами, жители городка спали сном праведников, пребывая в счастливом неведении относительно последних событий. Дождь оставил после себя пряный запах листвы, и Сюзанну, вдохнувшую полной грудью сказочный аромат, внезапно пронзила мысль, что Джесси не суждено насладиться сладостью сегодняшнего утра. Вот, значит, каково это, когда реальное смешивается с нереальным: странное ощущение обыденности происходящего перемежается приступами неподдельного ужаса. Вероятно, мы просто не в состоянии осмыслить происходящее, подумала Сюзанна, удивляясь собственному спокойствию. Вероятно, это защитная реакция психики, чтобы человек мог выдержать подобный удар. Впрочем, Сюзанна и сама толком не знала, ведь у нее не было такого опыта. Поскольку до сих пор ей не приходилось сталкиваться со смертью близких людей.

И она на секунду попыталась представить реакцию родных на смерть ее матери. Но не смогла: не хватило воображения. Сколько Сюзанна себя помнила, сердцевиной их семьи была славная добрая Виви, и, пока Виви была с ними, Сюзанна даже гипотетически не могла вообразить, что это такое — потерять мать. Наконец они дошли до общежития медсестер. И когда свернули на асфальтовую дорожку к корпусу, сторож, охранявший периметр со своей мерзкой брехливой собачонкой, приветливо помахал им рукой. Сюзанна взглянула на себя с Алехандро глазами сторожа. Вполне привычная картина: медсестра возвращается с парнем после пьяной вечеринки. Алехандро долго возился с замком — не мог вставить ключ в замочную скважину. Сюзанна решительно забрала у него ключ и открыла дверь. Квартира поразила ее своей пустотой и безликостью, словно Алехандро считал себя всего лишь гостем. Или, возможно, просто не хотел привносить сюда черты собственной индивидуальности.

— Я приготовлю нам кофе, — сказала Сюзанна.

Послушно следуя ее указаниям, Алехандро помылся, переоделся и сел на диван. Сюзанна посмотрела на него, представляя, каких ужасов, он, должно быть, успел натерпеться, но так и не решилась спросить его прямо в лоб.

Беспомощное состояние Алехандро стало для Сюзанны сигналом к действию, неожиданно зарядив ее пусть нездоровой, но неуемной энергией. Она отправилась на кухню готовить кофе, а заодно принялась мыть и без того чистые рабочие поверхности, надраивая их с фанатичной решимостью, словно это могло хоть как-то упорядочить хаос безумной ночи. Закончив, Сюзанна присела на диван с чашечкой сладкого кофе и принялась терпеливо ждать, когда Алехандро заговорит.

Однако Алехандро упорно молчал, мысленно он явно был сейчас где-то далеко отсюда.

— А знаешь что? — осторожно начала Сюзанна, будто разговаривая сама с собой. — Джесс, пожалуй, была единственным человеком, кому я нравилась такая, какая есть. Ее абсолютно не волновало, из какой я семьи и сколько у меня денег. Поначалу она даже не знала моей девичьей фамилии. И я, наверное, только сегодня поняла, что она единственная не считала меня занозой в заднице. В отличие от остальных. Моей семьи, моего мужа. В отличие от меня. Живущей в тени своей матери. Магазин был единственным местом, где я могла оставаться сама собой. — Сюзанна разгладила воображаемую складку на брюках. — Я сейчас стояла на твоей кухне и пыталась убедить себя, что Джесс больше нет и моего магазина тоже нет. Ничего не осталось. Я просто озвучила произошедшее. Но странное дело, я не смогла заставить себя в это поверить. Хочешь, я тебя сейчас посмешу? А ведь я ей завидовала. Из-за того, что ей удавалось так хорошо с тобой ладить. В Джесс было нечто такое особенное, ты ведь знаешь? Она умела найти общий язык буквально с каждым. Я думала, что ревную, но слово «ревность» здесь неуместно. Разве можно ревновать к Джесси?!

— Сюзанна... — Алехандро поднял руку, желая остановить поток ее слов.

— И в какой-то момент, — упрямо продолжила Сюзанна, — я решила, что это моя вина. В том, что случилось. Ну зачем, зачем я разрешила ей задержаться?! Хотя, с другой стороны, я понимаю, что так и рехнуться недолго...

— Сюзанна...

— Потому что, если взять голые факты, она осталась из-за меня. Значит, это я толкнула ее под колеса фургона. Да-да, именно я. Так как уехала раньше времени. Тут выбор очень простой. Посмотреть правде в глаза или убедить себя в том, что от судьбы не уйдешь. Ведь если все дело в Джейсоне, то рано или поздно беда непременно случилась бы. — Она смахнула непрошеную слезу. — И мне придется в это поверить, разве нет? Чтобы не сойти с ума. Но, честно говоря, сомневаюсь, что у меня получится.

— Сюзанна... Это моя вина.

— Ал, нет...

— Это моя вина, — уверенно заявил он, словно обладал неким тайным знанием.

Сюзанна устало покачала головой:

— Но если посмотреть на вещи здраво, дело отнюдь не в нас с тобой. Ты не хуже меня понимаешь, что все дело в Джейсоне. В любом случае это было его решение и его вина. Не моя и не твоя.

Однако Алехандро, казалось, не слышал Сюзанну. Понуро опустив плечи, он смотрел мимо нее. У Сюзанны тревожно сжалось сердце. Ей вдруг показалось, будто Алехандро стоит на краю бездонной пропасти, которую ей, Сюзанне, не дано увидеть. И, захлебываясь словами, Сюзанна принялась торопливо говорить, еще толком не зная, что именно собирается сказать:

— Ал, Джесс любила Джейсона. В том-то и весь ужас ситуации. Ведь мы все прикладывали титанические усилия, пытаясь уговорить Джесс оставить его. Да и она сама в принципе собиралась переломить ситуацию. Послушай, мы были у нее дома буквально неделю назад, так? Нет, ты ничего не мог сделать. Ничегошеньки. — Сюзанна сама не слишком верила в свои слова, но перед ней стояла задача растормошить Алехандро, вытащить на свет божий хоть какие-то чувства, пусть гнев или сомнения, лишь бы избавить его от этой убийственной черноты безысходности. — Думаешь, Джесси одобрила бы такой ход мыслей? Она ни в чем не сомневалась. И всегда утверждала, что полностью отдает себе отчет в происходящем. Ну а мы доверяли ее суждению. У нее даже и мысли такой не было, что это хоть как-то может быть связано с тобой. Она любила тебя, Ал. И всегда радовалась твоему приходу. Послушай, даже та женщина-полицейский давеча сказала мне, что хорошие люди вечно себя винят...

Алехандро мрачно поджал губы:

— Сюзанна...

— Тут нет твоей вины. И глупо упорствовать.

— Ты не понимаешь...

— Все я понимаю. Никто лучше меня не может понять.

— Ты... не... понимаешь. — Его тон вдруг сделался странно резким.

— Что?! У тебя что, монополия на страдание? Да, все произошло на твоих глазах. О'кей? Да, ты был там. И можешь мне поверить, мысль о том, что ты видел, будет преследовать меня вечно. Но от этого не станет легче. Никому из нас.

— Это *моя вина*...

— Ал, ради бога... — Голос Сюзанны дрогнул. — Сейчас же прекрати это повторять!

— Но ты же меня не слушаешь!

— Потому что ты не прав! Не прав! — в отчаянии воскликнула Сюзанна. — Ты не можешь просто...

— ¡Carajo! Хрена с два! Нет, ты должна меня выслушать! — Его голос буквально взорвал комнату.

Алехандро резко встал и отошел к окну.

— Ты хочешь сказать, что сидел за рулем фургона, да? И ты ее погубил? Ну что? — (Он обреченно покачал головой.) — Тогда ты должен...

— Сюзанна, я всем приношу несчастье.

— Что?! — Сюзанна не верила своим ушам.

— Ты меня отлично слышала. — Он резко отвернулся, его плечи дрожали от едва сдерживаемой ярости.

Сюзанна шагнула к нему:

— Ты серьезно?! Ради всего святого, Ал! Ты ничего не сделал. И дело не в том, приносишь ты несчастье или нет. Ты не должен...

Александро остановил ее порывистым движением руки:

— Помнишь, Джесс как-то спрашивала меня, почему я стал акушером? — (Сюзанна машинально кивнула.) — Чтобы это понять, психоаналитик не нужен. Когда я появился на свет, у меня была сестра-близнец. Но она родилась совершенно синей. Моя пуповина запуталась вокруг ее шеи.

— Она умерла? — дрогнувшим голосом спросила Сюзанна.

— Мама после этого так и не сумела оправиться. Сохранила ее кроватку, покупала ей одежду. Даже открыла на ее имя счет в банке. На имя Эстелы де Маренас. Он до сих пор существует, хотя деньги те уже ничего не стоят, — произнес Александро с такой горечью, что у Сюзанны на глаза невольно навернулись слезы. — Они никогда не говорили, что это моя вина. По крайней мере, мне в лицо. Но факт остается фактом. С тех пор призрак Эстелы живет в нашем доме, преследуя мою семью. И нас буквально душит ощущение этой потери. Я не знаю... Может, если бы мама сумела родить еще одного ребенка... может... — Александро сердито потер глаза, голос снова стал сердитым. — Понимаешь, я только хотел обрести мир и покой в душе. И в какой-то момент мне показалось, будто у меня получилось. Я надеялся, что если сумею помогать женщинам дарить миру новую жизнь, то смогу... смогу заставить ее уйти. Но fantasma, ее призрак, преследует меня повсюду... Каким же я был глупцом! В Аргентине, Сюзанна, мертвые живут среди живых. — Александро теперь говорил словно терпеливый учитель, пытающийся объяснить вещи, которые не каждый может понять. — Их призраки бродят среди нас. Эстела тоже живет со мной. Всегда. Я чувствую ее, чувствую ее присутствие, она напоминает мне, обвиняет меня...

— Но ты ни в чем не виноват. И тебе лучше, чем кому бы то ни было, должно быть это известно. — Сюзанна взяла Алехандро за руку, пытаясь донести до него смысл своих слов.

Однако Алехандро попытался выдернуть руку.

— Ну как ты не можешь понять?! Я боюсь даже приближаться к тебе! — упрямо качал он головой.

— Все это пустые суеверия...

— Ну почему ты меня не слушаешь?! — в отчаянии воскликнул он.

— Ты тогда был младенцем. — (Алехандро молчал.) — Ты... тогда... был... просто младенцем, — настойчиво повторила Сюзанна задыхающимся голосом.

Она медленно поставила чашку на стол. Наклонилась вперед и нерешительно обняла Алехандро, чувствуя, как напряглось его тело. Ей страстно хотелось облегчить его страдания, подставить ему дружеское плечо, взять на себя хоть крупицу его боли. Голос Алехандро теперь заглушала густая завеса волос Сюзанны.

Он отстранился, и она почувствовала, что ее решимость пошатнулась, не выдержав бремени его горя и чувства вины. Глаза Алехандро горели фанатичным огнем.

— Иногда, Сюзанна, ты причиняешь людям вред самим фактом своего существования.

Сюзанна вдруг вспомнила о своей матери. О белых лошадях и сверкающих в лунном свете бальных туфельках без задников. И у Сюзанны внезапно промелькнула мысль — возможно, под влиянием сегодняшней безумной ночи, — что в нее вселилась душа ее матери и, быть может, именно это смущало ее отца. У Сюзанны тоскливо защемило сердце.

— Тогда... Я так же виновата, как и ты.

Александро взял лицо Сюзанны в ладони и посмотрел на нее так, будто видел впервые, а затем поднял забинтованную руку и провел большим пальцем по мокрой от слез щеке. Он был так близко, что она видела золотистые искорки в его глазах, чувствовала горячее прерывистое дыхание. Помедлив, он прижался губами к соленой дорожке, закрыл глаза и поцеловал, словно хотел поцелуями утереть ее слезы.

Сюзанна крепко зажмурилась и, не в силах остановить рыдания, погладила Александро по коротким темным волосам, плотно облегавшим череп. Она вдруг почувствовала его губы на своих губах, вдохнула запах антисептика, въевшийся в полицейском участке, запах мягкой кожаной куртки — и прильнула к нему, впившись в его рот в неистовом желании забыться. Прислушиваясь к словам, эхом отдававшимся в обволакивающей их тишине, они сжимали друг друга в объятиях, а вокруг кружили не находившие покоя неистовые бестелесные призраки.

Я так же виновата, как и ты.

Глава 20

Устроительной компании ушло два дня на укрепление фасада, у дознавателей — столько же на оценку размера ущерба, еще три дня потребовалось для начала восстановительных работ. Страховая компания не стала прибегать к обычным уловкам, поскольку в случае серьезных повреждений конструкции здания страховку принято выплачивать без лишних проволочек. И хотя дверная рама была сильно повреждена, кирпичная кладка разрушена, а окна частично вылетели, первоначальные оценки повреждения двутавровых балок и объема предстоящего ремонта, требующего закрытия магазина на два месяца, оказались слишком пессимистичными. Ну а еще через два дня Сюзанне разрешили начать расчищать эти авгиевы конюшни.

И все это время люди непрерывным потоком несли цветы, скромные букетики и обернутые в целлофан пышные букеты, оставляя их перед желтой лентой. Для многих оказалось легче почтить память безвременно ушедшей Джесси цветами, нежели неловкими словами. Все началось с того, что на следующий день после несчастного случая кто-то скромно привязал к фонарному столу два одиноких букетика. Прохожие останавливались и читали надпись на лентах, вполголоса сетуя на жестокость судьбы. А затем, когда новость потихоньку расползлась по городу, цветы уже стали прибывать охапками. Местный флорист поддержал начинание, и в скором времени перед магазином раскинулся ковер из цветов.

Сюзанне казалось, будто ее горе нашло зеркальное отражение в скорби других людей. И хотя небо расчистилось, лето снова вступило в свои права и в город приехала ежегодная ярмарка, атмосфера в Дир-Хэмптоне по-прежнему была мрачной, и даже кипучая рыночная площадь уже не казалась веселой и оживленной. По Дир-Хэмптону пробежала странная рябь, подобно приливной волне, которая в большом городе непременно осталась бы незамеченной. Местные слишком хорошо знали Джесси, и первоначальный шок от ее внезапной смерти, естественно, не мог слишком быстро пройти. Городские газеты отдали этой новости первые полосы, осторожно упомянув, что полиция допрашивает двадцативосьмилетнего местного жителя. Однако теперь буквально каждый был в курсе: и те, кто действительно знал Джесси, и те, кто только претендовал на это, строили домыслы насчет ее отношений с Джейсоном, неожиданно ставших всеобщим достоянием. Директрисе школы, где училась Эмма Картер, уже дважды пришлось выставлять газетчиков с территории учебного заведения. Сюзанна, едва удостоившая репортеров своим вниманием, лишь небрежно заметила, что ее отец был бы весьма благодарен, если бы о ней писали как о Сюзанне Пикок.

В течение первой недели она посетила магазин дважды: в первый раз в сопровождении сержанта уголовной полиции, который хотел обговорить с ней меры предосторожности, а во второй — с Нилом, не устававшим твердить, что это невероятно, просто невероятно. Нил попытался завести речь о финансовых последствиях этой истории для магазина, однако Сюзанна наорала на него и продолжала орать до тех пор, пока он не покинул помещение, закрывшись от нее рукой, точно щитом. Впрочем, Сюзанна понимала: столь неадекватная реакция обусловлена исключительно чувством вины. Хотя природу этой вины она и сама не могла толком объяснить. И вот теперь она наконец получила разрешение навести порядок и даже возобновить торговлю. Однако сейчас, стоя в дверном проеме в новой железной раме, с заколоченными окнами по бокам, и вертя в руках сделанную Нилом табличку с информацией о возобновлении работы магазина, Сюзанна не знала, с чего начинать. Ей казалось, что эта работа именно для Джесси, что единственно возможный способ навести порядок — взяться за дело вместе с ней и начать дружно орудовать швабрами и тряпками для пыли.

Сюзанна наклонилась поднять изуродованную вывеску, которую какой-то доброхот аккуратно прислонил к двери. «Эмпориум Сюзанны Пикок». Ее собственный магазин. Сюзанна вдруг со всей очевидностью осознала нереальность стоявшей перед ней задачи, и ее лицо жалобно сморщилось.

И тут кто-то осторожно кашлянул у нее за спиной.

Мощная фигура Артуро заслонила свет с улицы.

— Я подумал, что вам, пожалуй, не помешает моя помощь. — В руке он держал ящик с инструментами, а под мышкой — корзинку с сэндвичами и прохладительными напитками.

И Сюзанна, уже совсем сникнувшая, на секунду представила себе, каково это — оказаться в объятиях его больших теплых рук, получить возможность поплакаться в передник, пропахший сырами и кофе из магазина деликатесов, опереться на этого надежного как стена мужчину.

— Мне кажется, я никогда не справлюсь, — прошептала она.

— Мы просто обязаны это сделать, — заявил он. — Людям ведь надо куда-то ходить.

Сюзанна кивнула и тотчас же выбросила его слова из головы. Но через пару часов она поняла. Несмотря на испорченный интерьер, несмотря на ковер из цветов и полицейское ограждение перед входом, в магазине стало оживленно, как никогда. За неимением чего-то иного магазин стал точкой притяжения для тех, кто знал Джесси и хотел разделить с другими горе утраты. Люди приходили выпить кофе, уронить тихую слезу над руинами сделанной руками Джесси экспозиции, оставить подарки для ее семьи или, руководствуясь менее альтруистическими соображениями, просто поглазеть.

И Сюзанне ничего не оставалось, как пускать всех желающих.

Артуро встал за прилавок и взял на себя приготовление кофе, стараясь не вступать в лишние разговоры, а когда с ним все же заговаривали, он, растерянно моргая, делал вид, будто занят с кофемашиной. Сюзанна, которой казалось, будто она сидит внутри мыльного пузыря, с остекленевшим взглядом наводила порядок, отвечала на вопросы, принимала соболезнования, открытки в пастельных тонах и мягкие игрушки для Эммы и позволяла посетителям, равнодушным к разгрому в магазине, удовлетворить потребность излить душу и поговорить сдавленными голосами о несомненных достоинствах Джесси и шепотом обвинить Джейсона во всех смертных грехах. Посетители строили домыслы и насчет Александро: все слышали, как он двадцать минут пытался спасти Джесси и что его нашли в луже ее крови, между колесами фургона, из-под которого он безуспешно пытался вытащить девушку. Соседи рассказывали, как они оттаскивали Алехандро, что-то кричавшего по-испански, от Джейсона, когда стало понятно, что спасти Джесси уже невозможно. Все сидели, и плакали, и разговаривали, совсем как в былые времена с Джесси.

К концу дня Сюзанна буквально валилась с ног. Она сидела обмякнув на табурете и смотрела, как Артуро составляет стулья и прибивает последние полки.

— А теперь вам, пожалуй, пора закрываться, — сказал он, убирая молоток в ящик с инструментами. — Вы и так сделали более чем достаточно. А завтра народу только прибавится.

Через открытую дверь она видела лежащие на земле букеты в запотевшем целлофане, поблескивавшем на вечернем солнце. Не мешало бы вынуть цветы из упаковки, чтобы дать им подышать, но это было бы явным вторжением на запретную территорию.

— Мне прийти завтра?

Голос Артуро звучал сегодня как-то особенно... Очнувшись от грустных мыслей, Сюзанна обратила на него страдальческий взгляд:

— Боже мой, Артуро! Я должна сказать вам что-то ужасное. — (Что может быть ужаснее того, что случилось? — казалось, говорили его глаза.) — Джесс... Джесс и я... Мы собирались вам сказать, но... — Сюзанна готова была провалиться сквозь землю. — Я о тех коробках конфет, которые так сильно расстроили Лилиану. Из-за которых вы едва не уволили парней. Конфеты были от нас. Мы с Джесси посылали их Лилиане с тем, чтобы она думала, будто они от вас. Понимаете, мы хотели вас свести. Джесс... Она считала... Она считала, что вы созданы друг для друга...

Сейчас эта история казалась страшно нелепой, словно все происходило в другой жизни, с другими людьми, словно подобное легкомыслие было частью прежнего существования, возврата к которому больше нет.

— Простите, — сказала Сюзанна. — Мы честно хотели как лучше. Конечно, прошлого не воротишь, но, ради всего святого, не надо думать о ней плохо. Она действительно верила, что вы будете счастливы вместе. Она собиралась сказать вам правду... но произошло несчастье... ну и теперь это уже моя задача. Понимаю, это было ужасно глупо и необдуманно, а я опрометчиво поощряла Джесси в ее затее. И если уж вы хотите искать виноватого, то вините меня.

Сюзанна не осмелилась поднять на Артуро глаза; более того, она не была до конца уверена, стоило ли признаваться в той авантюре. Ведь он был таким хорошим, таким великодушным. И сегодня она без него точно не справилась бы. Хотя, как ни крути, он заслуживает того, чтобы знать правду.

С замиранием сердца Сюзанна ждала от него повторения того легендарного взрыва эмоций, о котором в свое время рассказывала миссис Крик, однако Артуро невозмутимо убрал инструменты в ящик и закрыл крышку, а затем положил Сюзанне руку на плечо:

— Я передам Лилиане. — Потрепав Сюзанну по спине, Артуро тяжело зашагал в сторону двери и уже у самого выхода добавил: — Увидимся завтра, Сюзанна.

Сюзанна закрыла магазин в половине пятого, а придя домой, легла прямо в одежде на кровать и проспала беспробудным сном до восьми утра.

Алехандро не пришел. Она была даже рада. Слишком много событий для одного дня.

Прощальная церемония должна была состояться в католической церкви Святого Беды Достопочтенного, расположенной на западной стороне площади. Поначалу

Кэт Картер просила преподобного Ленни провести поминальную службу исключительно для своих, чтобы не было праздных зевак и пустых разговоров по поводу безвременной кончины ее дочери, тем более что полицейское расследование еще не закончилось. Однако преподобный Ленни деликатно объяснил Кэт, что смерть ее дочери буквально всколыхнула их городок и множество людей интересуется, где и как они могут почтить память Джесси. И что в сложившихся обстоятельствах малышке Эмме, безусловно, станет легче, когда она увидит, как все любили ее бедную мамочку.

Сюзанна сидела перед зеркалом, затягивая волосы тугим узлом. Преподобный Ленни сообщил, что служба будет посвящена прославлению жизни Джесси, поскольку он не хочет, чтобы церемония получилась слишком мрачной. Однако Сюзанна решительно не желала никаких шумных прославлений, поэтому и оделась подобающе случаю. Мама, которая сказала, что придет с папой, причем скорее ради Сюзанны, нежели прощания с Джесси, одолжила дочери черную шляпу.

— Поступай так, как считаешь нужным. — Виви погладила Сюзанну по щеке. — Правда, официальный стиль не бывает неуместным.

— Ты вроде говорила, будто купила мне черный галстук? — Пригнув отработанным движением голову, чтобы не стукнуться о низкую притолоку, в комнату вошел Нил. — Мне его никак не найти.

— В моей сумочке. — Сюзанна надела серьги и посмотрела на свое отражение в зеркале. Она, в общем-то, редко носила серьги и теперь сомневалась, не слишком ли они нарядные. Нил стоял столбом посреди комнаты, словно рассчитывая, что сумочка Сюзанны сама прыгнет ему в руки. — На лестничной площадке.

Она услышала, как Нил поднялся по скрипучим ступенькам.

— Отличный денек для этого. То есть я хочу сказать, не то чтобы день сегодня отличный, но нет ничего хуже похорон под проливным дождем. Одним словом, для Джесси это было бы как-то неправильно.

Сюзанна закрыла глаза. Теперь проливной дождь всякий раз ассоциировался у нее с мчащимся фургоном, со скрежетом тормозов, со звоном бьющегося стекла. Алехандро утверждал, будто не слышал криков, но Сюзанна представляла, как Джесси смотрит в глаза неминуемой смерти и...

— Все нашел. Господи, похоже, прежде чем надеть этот галстук, его не помешает немного прогладить!

Сюзанна отогнала страшный образ и полезла в ящик столика за часами. Она слышала, как Нил что-то бурчит насчет гладильной доски, потом все стихло.

— Что это такое?!

Она надеялась, что Джесси так и не успела ничего понять. Алехандро говорил, что она не страдала, ведь, когда он пробирался к ней через обломки дерева и битое стекло, она уже была мертва.

Нил стоял у Сюзанны за спиной.

— Что это такое?! — повторил он, изменившись в лице.

Она повернулась на табурете и уставилась на направление к врачу, которое он держал в руке. На направлении было отчетливо написано: «Клиника планирования семьи». На лице Сюзанны невольно появилось виноватое выражение.

— Я собиралась тебе сказать. — (Он ничего не ответил, а только продолжал трясти у нее перед носом этой бумажкой.) — Ну, я записалась к врачу.

Бумажка была розовой — при данных обстоятельствах явно не самый уместный цвет.

— Чтобы...

— Чтобы вставить спираль. Прости.

— Спираль? — (Она смущенно кивнула.) — Спираль?!

— Послушай, я ведь там даже еще не была. Учитывая то, что произошло с Джесс, и вообще. Я пропустила прием.

— Но ты собиралась пойти. — Голос у Нила был совершенно убитый.

— Да. — Она подняла голову. И, встретившись с ним взглядом, поспешно отвела глаза. — Да, собиралась. Нил, пойми, я еще не созрела. Мне казалось, что я готова, но ошибалась. Слишком много всего происходит. И мне надо сперва утрясти дела.

— Утрясти дела?

— Да. С отцом. С мамой. Я хочу сказать, с моей родной матерью.

— Значит, ты хочешь утрясти дела с родной матерью.

— Да.

— И как, по-твоему, сколько времени это займет?

— Что?

Сюзанна поняла, что он в ярости. Он повернулся к ней и с маниакальной настойчивостью повторил саркастическим тоном:

— Сколько. Времени. Это. Займет.

— Откуда мне знать? Столько, сколько потребуется.

— Значит, сколько потребуется. Боже мой, я должен был догадаться! — Он нервно мерил шагами комнату, словно детектив из телесериала, объясняющий принцип хорошо распланированного преступления.

— Что?

— Единственная вещь, которую я безумно хотел! Единственная вещь, насчет которой, как мне казалось, мы договорились. И вот нате вам, получив все, что хотела, Сюзанна вдруг передумала!

— Я вовсе не передумала!

— Нет? Нет?! Тогда зачем тебе эта проклятая спираль? Ведь после нее тебе вряд ли придется рассчитывать на устрицы с шампанским в честь долгожданной беременности!

— Я вовсе не передумала.

— Тогда зачем тебе это, черт побери?!

— Не ори на меня! Послушай, мне очень жаль. Понятно? Нил, мне действительно жаль. Но прямо сейчас я не могу этого сделать. Не могу.

— Ну конечно не можешь...

— Давай не будем. Договорились?

— Не будем — что? Что я такого, черт возьми, делаю?!

— Ты на меня наезжаешь. Я еще не успела похоронить лучшую подругу. Понятно? И я вообще не знаю, что будет дальше.

— Лучшую подругу? Да вы знакомы-то всего ничего! Меньше чем полгода.

— Неужели для дружбы теперь необходимы временные границы?

— Но ты вообще сомневалась в ней, когда она еще только начинала работать. Тебе казалось, будто она тебя использует.

Сюзанна резко поднялась и протиснулась мимо Нила к двери:

— Поверить не могу, что мы сейчас ведем этот разговор!

— Нет, Сюзанна, это я поверить не могу, что именно сейчас, когда, как мне казалось, мы вернулись на правильный путь, ты в очередной раз все саботируешь! И я тебе больше скажу. По-моему, здесь происходит что-то еще. Что-то такое, что ты от меня скрываешь.

— Ой, я тебя умоляю! Не будь смешным!

— Не быть смешным?! Тогда что, по-твоему, я должен сказать? «Боже мой, значит, ты все же не хочешь ребенка! Не волнуйся, дорогая! Я как-нибудь переживу... Мои чувства не в счет. Впрочем, как всегда».

— Нил, давай не будем. Не сейчас. — Сюзанна порывисто надела пальто, заранее зная, что непременно сопреет в нем.

Нил продолжал стоять перед женой, упрямо не давая ей пройти:

— Итак, Сюзанна, когда ты перестанешь думать только о себе, а? И вспомнишь наконец, что у тебя все-таки есть муж? И что он тоже живой человек?

— Ради бога, Нил...

— Сюзанна, я не святой. И мне надоело с тобой нянчиться. Надоело проявлять понимание. Я иссяк. Реально иссяк. И я не вижу выхода из этого положения...

Сюзанна неожиданно заметила, какой у Нила потерянный вид. И погладила мужа по щеке, бессознательно скопировав материнский жест:

— Послушай, поговорим об этом после похорон. Договорились? Я обещаю...

Нил стряхнул ее руку и пошел открывать дверь, поскольку на улице уже сигналило прибывшее такси.

— Поживем — увидим, — не оглядываясь, пробормотал он.

По всеобщему мнению, похороны оказались просто ужасными. И не то чтобы преподобному Ленни не удался его панегирик, нет, он был и цветистым, и уместным, и достаточно остроумным, а значит способным вызвать слабую улыбку на устах скорбящих; и не то чтобы церковь выглядела недостаточно нарядной: дамы из супермаркета приложили максимум усилий для украшения ее цветами, так что сторонний наблюдатель вполне мог решить, будто попал на свадьбу. И не то чтобы солнце светило недостаточно ярко: небо было лазурным, тем самым позволяя надеяться, что место, куда должна попасть Джесси, будет поистине чудесным — безоблачным, светлым и звенящим от пения птиц, одним словом, полностью соответствующим нашим представлениям о рае.

Нет, просто вне зависимости от антуража было нечто ужасное, нечто неправильное в самом факте похорон Джесси. И в том, что Господь забирает лучших из нас, тогда как гораздо менее достойные остаются жить. А еще в этой крошечной бледной девочке, которая неподвижно стояла за передней скамьей и крепко сжимала бабушкину руку, и в пустом месте рядом с малышкой, свидетельствовавшем о том, что, хотя у нее умер только один из родителей, она теперь круглая сирота.

Кэт попросила Сюзанну встать рядом с ней у гроба. И Сюзанна, ответившая, что почтет за честь, заняла место среди дальних родственников Джесси и ее школьных друзей, старясь не чувствовать себя самозванкой и не вспоминать о том, где Джесси встретила свою смерть.

Он даже не сделал попытки прийти, сообщил ей накануне преподобный Ленни, навестивший парня в больнице. И хотя святому отцу это явно претило, он сказал, что его священный долг состоит среди прочего в том, чтобы утешать грешников. (А ведь ни один человек не навестил парня, да и преподобному Ленни стоило больших трудов отговорить соседей Джесси от самосуда.)

Преподобного Ленни потряс внешний вид парня. Лицо, сплошь в наложенных швах, распухшее и израненное после свободного полета через ветровое стекло, кожа покрыта синяками и багровыми ссадинами, что в некотором роде служило не слишком приятным напоминанием о следах от побоев у Джесси неделю назад. И парень всю дорогу упрямо твердил, что он любил Джесси и ему просто было не остановить фургон. А доктор заявил, что, судя по состоянию психики пациента, тот не отдает себе отчета в содеянном.

— Было бы лучше для всех, если бы он тогда тоже погиб, — заметил преподобный Ленни с нехарактерной для него горечью в голосе.

И вот заупокойная молитва со знакомыми словами «земля к земле, пепел к пеплу, прах к праху» была прочитана. Сюзанна увидела, как Кэт, положив Эмме руки на плечи, прижимает ее к себе, и у нее невольно возник вопрос насчет того, кто из этих двоих сейчас больше нуждается в столь тесном физическом контакте. Сюзанна вспомнила, что в первый же день после того, как она снова открыла магазин, бабушка с внучкой появились в переулке. Они отклонили приглашение Сюзанны зайти внутрь, а просто стояли, держась за руки, и смотрели широко раскрытыми глазами, казавшимися огромными на их пепельно-серых лицах, на искореженные внутренности магазина.

Теперь Эмма будет расти без матери, подумала Сюзанна. Совсем как я. Однако, бросив взгляд на Виви, поджидавшую ее возле машины, почувствовала привычный укол совести за неподобающие мысли.

И вот когда они уже отошли от могилы, Сюзанна увидела его. Он стоял чуть поодаль, за спиной у преподобного Ленни, и тихо беседовал с Кэт. Кэт, с удивительным достоинством несшая бремя утраты, держала его смуглые руки в своих и понимающе кивала. Он почувствовал на себе упорный взгляд Сюзанны, поднял голову, их глаза встретились, на короткий миг отразив целую гамму чувств: печаль, шок... тайную радость встречи. Она собралась было подойти к нему, но почувствовала на своем плече чью-то руку.

— Сью, твои родители приглашают нас к себе. — (Нил. Она смотрела на него, удивленно моргая, словно не в силах сообразить, кто этот чужой мужчина.) — По-моему, это хорошая идея и нам непременно стоит поехать.

Сюзанна попыталась сосредоточиться:

— К маме? — До нее наконец дошел смысл его слов. — Ой нет, Нил. Только не к ним. Сегодня мне этого точно не выдержать.

— Ладно, поступай как знаешь. Лично я еду.

— Ты едешь?!

Но Нил, оставив Сюзанну стоять, где стояла, уже отошел от нее, непривычно чопорный в своем темном костюме.

— В такие дни семья должна быть вместе, — бросил он через плечо так, чтобы она слышала. — И твои родители были настолько добры, что пришли тебя поддержать. Да и вообще, честно говоря, нам с тобой не стоит оставаться наедине. Лично я не вижу в этом никакого смысла. А ты?

Алехандро шел рядом с Кэт и Эммой. Когда Сюзанна повернулась, они уже стояли у ворот кладбища. Алехандро наклонился, чтобы сказать Эмме пару слов, а затем вложил что-то ей в руку. И, уже уходя, вроде бы кивнул Сюзанне, хотя на таком расстоянии было не разобрать.

— Когда умер твой отец, на похороны пришли шестьсот человек, не меньше. В церкви было не протолкнуться, некоторым пришлось даже сидеть на траве. — Розмари пила уже вторую чашку чая. Речь была адресована Дугласу, устало откинувшемуся на спинку кресла. — Я до сих пор жалею, что не устроила поминальную службу в соборе. Тогда наверняка народу собралось бы гораздо больше.

Виви, сидевшая рядом с Сюзанной на диване, незаметно сжала ее руку. Сюзанна действительно казалась ужасно бледной.

— Чудесный торт, миссис Камерон, — заметила Виви. — Отлично пропитан. Вы что, положили туда лимонную цедру?

— Архиепископ сказал, что сам проведет службу. Помнишь, Дуглас? Он еще жутко шепелявил.

Дуглас кивнул.

— И четыре яйца, — сообщила миссис Камерон. — Экологически чистых. Чтобы цвет получился действительно желтым.

— Но мне казалось, что твой отец предпочел бы викария. Видишь ли, викарий всегда был хорошим другом нашей семьи. А Сирил, несмотря на свое положение в обществе, не любил лишней помпезности. — И словно в подтверждение своих слов, Розмари кивнула сама себе и покосилась на миссис Камерон, доливавшую воду в чайник. — Сэндвичи с ветчиной мне совершенно не понравились. Ветчина какая-то неправильная.

— Ветчина хорошая, — примирительно сказала Виви. — Я специально заказывала у мясника.

— Что?

— Ветчина нормальная, — несколько повысила голос Виви.

— А на вкус точно прессованная. Сделанная из ошметков, подобранных с пола на колбасной фабрике и склеенных бог знает чем.

— Я самолично срезала ее с кости, миссис Фэрли-Халм. — Стоявшая в дверях миссис Камерон подмигнула Виви. — Если хотите, в следующий раз нарежу ветчину прямо при вас.

— Нет уж, даже близко не подходите ко мне с разделочным ножом! — фыркнула Розмари. — Уж кто-кто, а я наслышана о так называемых сиделках. От вас всего можно ожидать. Еще, не дай бог, заставите меня под гипнозом изменить завещание...

— Розмари! — Виви едва не поперхнулась чаем.

— А затем подстроите мне несчастный случай. Типа того, что произошел с маленькой подружкой Сюзанны.

Присутствующие ошеломленно притихли, пытаясь понять, какую из реплик Розмари считать наиболее оскорбительной. Но успокоенные добродушным хохотом миссис Камерон, которая сразу исчезла на кухне, обратили свои взоры на Сюзанну, однако та, похоже, мысленно была далеко, пропустив разговор мимо ушей. Она сидела с опущенными глазами, замкнувшись в своем несчастье, впрочем так же как и ее непривычно притихший муж.

— Мама, по-моему, это не слишком уместно... — наклонился вперед Дуглас.

— Мне восемьдесят шесть лет, и я могу говорить все, что захочу, — устраиваясь поудобнее, отрезала Розмари. — Единственное преимущество моего преклонного возраста.

— Розмари, пожалуйста... — взмолилась Виви. — Сюзанна только что похоронила подругу.

— Ну а я следующая на очереди. И по-моему, имею больше прав, чем другие, говорить о смерти. — Розмари сложила руки на коленях, обвела взглядом притихших родственников и торжественно произнесла: — Смерть. Смерть. Смерть. Смерть. Вот так-то.

— Мама, я тебя умоляю! — не выдержал Дуглас, поднявшись с кресла.

— Что? — вызывающе посмотрела Розмари на сына, на ее испещренном морщинами лице в сосудистой сетке не дрогнул ни один мускул. — Смерть. Смерть. Смерть, — отрывисто повторяла она, щелкая челюстями, точно разъяренная черепаха.

— Мама, не сегодня. Ради бога! — Дуглас подошел к Розмари. — Может, попросить миссис Камерон вывезти тебя в сад? Посмотреть, как там поживают твои цветы.

— Что ты сказал? Не желаю видеть эту женщину возле себя!

— А по-моему, глоток свежего воздуха тебе не повредит, — продолжал стоять на своем Дуглас. — Миссис Камерон!

— Не хочу в сад! Дуглас, нечего выгонять меня в сад!

Виви повернулась к дочери, весьма вяло реагировавшей на то, что ее держат за руку:

— Дорогая, ты в порядке? Ты сегодня какая-то слишком тихая.

— Мама, все нормально, — безжизненно отозвалась Сюзанна.

Виви подняла глаза на Нила.

— Нил, может, еще чая? — с надеждой в голосе спросила она. — Или сэндвич? Ветчина действительно была на кости. Я в жизни не купила бы эту прессованную дрянь!

Нил выдавил некое подобие улыбки:

— Я вполне сыт. Большое спасибо, Виви.

Из сада до них донеслись вопли Розмари, звучавшие под аккомпанемент скрипа колес кресла-каталки и перемежавшиеся добродушными возгласами миссис Камерон.

— Прошу прощения. — Дуглас вернулся в гостиную, вытирая взмокший лоб. — С ней иногда... бывает довольно трудно. Она здорово изменилась после того падения.

— А по-моему, она просто не желает лицемерить, — заметил Нил.

Виви могла поклясться, что при этих словах Нил бросил выразительный взгляд на жену, однако он быстро отвернулся, и невозможно было ничего утверждать. Виви умоляюще посмотрела на Дугласа, намекая, что она не знает, как быть дальше.

— На самом деле, Сюзанна, — многозначительно откашлявшись, начал Дуглас, — мы пригласили тебя не просто так.

— Что?

— Понимаю, у тебя сегодня был тяжелый день. Мы с твоей матерью... хотели бы кое-что тебе показать.

В душе Виви затеплился огонек надежды. Она нежно сжала руку дочери и поспешила забрать у нее пустую чашку с блюдцем.

Сюзанна бросила взгляд на Нила, затем перевела глаза на родителей. И, словно лунатик, встала с дивана. Виви, прекрасно понимая важную роль зятя в предстоящем событии, приобняла его за талию, втайне жалея, что еще ни разу не видела, чтобы Сюзанна сделала нечто подобное.

— Наверх, — махнул рукой Дуглас.

Они молча поднялись в картинную галерею. Виви увидела из окна, как Розмари яростно трясет головой, а миссис Камерон что-то пытается ей показать, склонившись над клумбой.

— Мы собираемся сделать здесь новое освещение, правда, дорогая? — послышался голос Дугласа. — Специальную подсветку на полу. А то здесь уж больно мрачно.

Они остановились на лестничной площадке тесной кучкой. Сюзанна, казалось, витала где-то в облаках, Нил вглядывался в лицо Виви в поисках разгадки.

— Что? — наконец спросила Сюзанна дрожащим голосом и, заметив, что отец смотрит на нее с улыбкой, повторила: — Что?

Отец жестом показал на дальнюю стену. И Сюзанна наконец увидела.

Она застыла перед портретом матери, уцелевшим после нападения Розмари. Теперь картина была подсвечена узким латунным светильником. Точеный профиль Сюзанны, так похожий на профиль Афины, казался изваянным из мрамора, точно у греческой статуи. Виви вздрогнула, глядя на зачесанные назад темные волосы на портрете. И это после стольких-то лет! Но Виви тут же мысленно напомнила себе о своих сбывшихся молитвах. Это ведь для Сюзанны, сказала она себе. Для счастья Сюзанны.

Почувствовав на плече руку Дугласа, Виви переплела свои пальцы с его в поисках успокоения. Нет, они все сделали правильно. Что бы там ни говорила Розмари, они все сделали правильно.

Но когда Сюзанна повернулась к родителям, ее глаза горели от ярости, а на щеках пылали алые пятна.

— И вы... вы считаете, будто таким способом можно все уладить?!

Виви обратила внимание на сердито сжатый рот Сюзанны — совсем как у Афины, когда та демонстрировала худшие стороны своей противоречивой натуры. И поняла, к сожалению слишком поздно, что душевная травма Сюзанны настолько глубока, что ее вряд ли можно излечить, повесив на стену картину в новой раме.

— Мы просто подумали... — начал Дуглас, растеряв остатки привычной уверенности. — Мы надеялись, что ты обрадуешься.

Взгляд Нила метался от жены к ее родителям, лицо его стало растерянным.

— Я обрадуюсь? — переспросила Сюзанна.

— Ну да. Что мы повесили здесь этот портрет, — пояснил Дуглас.

— Мы думали, это будет напоминанием... — Виви бросила на Сюзанну беспомощный взгляд.

Голос Сюзанны разорвал повисшую тишину:

— О еще одном человеке, в смерти которого, пусть даже невольно, я виновата?!

Дуглас вздрогнул, и Виви еще крепче сжала его руку.

— Ты ни в чем не...

— Так вы считаете, что раз я пережила смерть матери, то спокойно переживу и смерть Джесси? Так, по-вашему?

Виви прижала руку к губам:

— Нет-нет, дорогая!

— Ой, я вас умоляю! Типа давайте попытаемся этой ерундой замаскировать тот факт, что считаем Сюзанну менее достойной, чем ее младший брат!

Дуглас резко шагнул вперед:

— Сюзанна, ты...

— Все. Я больше ни секунды здесь не останусь! — Сюзанна с мокрыми от слез глазами протиснулась мимо родителей к лестнице.

Нил после некоторого колебания ринулся за ней.

— Убирайся от меня! — истерически закричала Сюзанна, когда он поймал ее уже на лестнице. — Пошел вон! — В ее словах было столько ненависти, что он невольно разжал объятия.

Виви не часто искренне сопереживала свекрови, но, видя озадаченное, страдальческое лицо стоявшего рядом мужа, слыша приглушенные вопли дочери и зятя, оравших друг на друга на подъездной дорожке, глядя на искривленный в ухмылке рот женщины на портрете, на эти холодные аквамариновые глаза, словно смеющиеся над тем, что не утратили своей роковой способности доставлять неприятности, Виви поставила себя на место Розмари и поняла, что та чувствовала в свое время.

Сюзанна обошла по периметру поле площадью в сорок акров. Она брела через лес по конной тропе, которую все называли Шорт-Уош, вверх по холму, переходившему в свекольное поле, и наконец остановилась на вершине, где сидела с Алехандро менее двух недель назад.

Свежий ветерок с побережья принес живительную прохладу, пришедшую на смену жаре. Земля неторопливо готовилась к вечеру, на лугу лениво жужжали пчелы, в воде крякали и плескались утки, ветер разносил по застывшему воздуху семена душистых трав.

Сюзанна думала о Джесси. Думала об Артуро с Лилианой, которых встретила возле церкви. Лилиана опиралась на его руку, а он, склонившись, протягивал ей носовой платок. Господи, до чего же жаль, что Джесси не могла видеть этой картины! Сюзанна вспомнила, как отец прикрыл глаза, когда она от него отвернулась, лицо его исказилось от боли на какой-то короткий миг, так что, похоже, никто, кроме нее, ничего не заметил. Но Сюзанна узнала эту страдальческую гримасу: точно такая же была утром на лице Нила.

Совсем рядом от нее по полю, смешно переваливаясь по рыхлой земле, прыгал скворец, его гладкие перья масляно блестели в лучах вечернего солнца. Она услышала внизу, в долине, бой курантов на рыночной площади — пять, шесть, семь ударов; куранты эти били всегда: и тогда, когда она жила в Лондоне, устраивая свою жизнь, и тогда, когда ее даже и на свете-то не было. Ладно, пора вставать. Пора двигаться дальше.

Сюзанна уткнула голову в колени и глубоко вдохнула, с грустью подумав о том, скольким людям хотела бы сказать «прости».

Но к сожалению, не всем из них суждено ее услышать.

Глава 21

Магазин оставался закрытым больше недели. Сюзанна собралась было открыть его на следующий день после похорон, но, простояв почти семь минут на пороге и вызвав живейшее любопытство хозяйки углового магазина товаров для животных, заботливо поинтересовавшейся, все ли у нее в порядке, положила ключи в сумку и вернулась домой. Ей позвонили поставщики — узнать, нет ли каких проблем. Она вежливо ответила, что проблем нет, но в ближайшее время новый товар не потребуется. Ей позвонили строители — узнать, нельзя ли на время поставить перед дверью мусорный контейнер, и она, немало их удивив, охотно согласилась. Ей позвонил Артуро — узнать, все ли у нее в порядке. И у Сюзанны возникло нехорошее подозрение, что Артуро опасается, как бы с ней тоже чего не случилось.

Всю эту неделю Сюзанна ничем особенно не занималась. Правда, переделала кучу домашних дел, до которых после открытия магазина у нее не доходили руки: помыла окна, повесила занавески, покрасила стенку на кухне. И даже пару раз приготовила обед, как ни странно вполне съедобный, хотя сама к еде не притронулась. Она не сообщила Нилу о временном закрытии магазина.

А когда Нил случайно узнал об этом от одного знакомого, который поинтересовался, скоро ли откроется магазин, то ни слова не сказал Сюзанне. Если Нил и заметил, что жена в последнее время непривычно притихшая, то тоже предпочел промолчать. Ведь у обоих был сейчас тяжелый период. Горе — странная штука. Да и вообще, после той памятной ссоры установившееся между ними перемирие казалось крайне непрочным. Более того, Нил уже успел понять, что семейная жизнь — это настолько непознанная область человеческих отношений, что иногда лучше промолчать.

И вот в понедельник, ровно девять дней спустя, Сюзанна встала в половине восьмого. Наполнила ванну (в коттедже не было душа), вымыла голову, наложила макияж и надела свежевыглаженную блузку. В этот прекрасный день, правда достаточно ветреный для того, чтобы волосы растрепались, а на лице появился румянец, она согласилась на предложение Нила, у которого выдалось свободное утро, подбросить ее до магазина. Недрогнувшей рукой она вставила ключ в замок стальной двери и открыла магазин. Предложила строителям горячего чая, рассортировала почту, отметив — со смешанными чувствами, — что засохшие цветы, стоявшие в огромных количествах, исчезли, но появились новые букеты, включая элегантный букетик от Лилианы, вытащила из сумки вещи, которые собирала в течение недели, вещи, которыми в свое время дорожила, вещи, когда-то выбранные ею именно из-за их внешнего вида. Она сосредоточенно выложила все на розовый столик и принялась собирать то, что некогда принадлежало Джесси.

Первым покупателем оказалась миссис Крик, в чем, впрочем, не было ничего удивительного. А тот факт, что миссис Крик появилась сразу после открытия, навел

Сюзанну на мысль, что ее постоянная клиентка последние несколько дней явно сидела неподалеку в засаде, не спуская глаз с магазина, в ожидании момента, когда его дверь вновь распахнется. Ветер потрепал миссис Крик не меньше, чем Сюзанну; серебристые волосы почтенной дамы, словно наэлектризованные, торчали во все стороны из-под вязанного крючком берета.

— Вы не говорили, что собираетесь закрыться, — положив сумку на соседний столик, осуждающе заявила миссис Крик.

— Я и сама точно не знала. — Сюзанна пыталась найти любимую кружку Джесси, ради чего сдвинула всю посуду на полке.

— Это плохо для торговли.

Слава богу, нашла! Синяя с белым, с нарисованным бульдогом и словами «chien méchant»[1] с другой стороны. Джесси говорила, что надпись напоминает ей о том, каким иногда по утрам бывает Джейсон. Она находила это забавным.

— Пока вас не было, мне пришлось ходить в «Кофейник». А у них невкусные сэндвичи. Но вы не оставили мне выбора.

— Но я же не подаю сэндвичи!

— Не в этом дело, дорогая. После половины одиннадцатого вам подадут кофе, если только вы закажете какую-нибудь еду. Нет, но вы только подумайте: сэндвич с самым дешевым сыром и помидором стоит у них более двух фунтов!

— Скажи, тебе нужны эти коробки, заклеенные скотчем? — Нил поднялся из подвала, отряхивая штаны. — На них написано «Рождество», так что, полагаю, их пока еще рановато доставать.

[1] Осторожно, злая собака *(фр.)*.

— Нет. — Сюзанна повернулась к мужу. — Пусть полежат в подсобке. Чтобы не мешали проходу к другому товару.

— Тебе еще стоит сказать спасибо, что строители внесли все обратно. — Нил махнул рукой в сторону подвала, где ровными рядами выстроились упаковочные коробки, словно заставляя забыть о том, что там совсем недавно был наведен идеальный порядок и сделана перестановка. — А не то коробки наверняка растащили бы прохожие.

— Нет, здесь это не принято, — ответила Сюзанна, в данный момент не испытывавшая ни к кому особой благодарности. В частности, к строителям, которые обошлись ей в лишних четыреста фунтов, полученных по страховке, и за день уничтожали чуть ли не половину ее запаса самого лучшего бразильского кофе. — Ну как, выпьешь еще кофе или тебе уже надо бежать?

— Нет, пока достаточно. Хочу до ухода постараться сделать как можно больше, чтобы ты наконец смогла спокойно разобраться наверху, — заявил Нил и снова исчез внизу.

— Это ваш муж? — Миссис Крик вертела в руках старый журнал.

И то, с каким видом она проводила глазами Нила, словно Сюзанна, отправив мужа в подвал, поступила не слишком благородно, привело Сюзанну в крайнее раздражение.

— Да, — бросила она, продолжив раскладывать товар.

— Я заметила его на похоронах.

— О...

— А вы ее видели?

— Кого?

— Эмму, ее дочку. Славная девчушка. Я сшила ей костюм маргаритки.

— Я в курсе, — ответила Сюзанна, обращаясь скорее к лежавшим перед ней розовым бумажным цветам.

— Сидел на ней просто идеально, что есть, то есть. У меня ушел целый отрез старого крепдешина. А я ведь лет двадцать — нет, тридцать — не шила крепдешиновых платьев, — заявила миссис Крик, прихлебывая кофе. — Бедная девочка. Это все как-то очень неправильно. — (Тем временем Сюзанна пыталась восстановить в памяти экспозицию, придуманную Джесси. Когда Сюзанна выходила из дому, она точно знала, что собирается сделать, но сейчас, за пустыми разговорами, ее идеи несколько расплылись, утратив определенность.) — Бальные и подвенечные платья. Крепдешин подходил для них идеально. Хотя, конечно, свадебные платья в мое время шили из шелка — по крайней мере, те, кто мог позволить себе подобную роскошь. Правда, иметь дело с тонкими тканями было сплошным мучением. Приходилось два, три, четыре раза прошивать швы, чтобы они не морщились и ткань не раздергивалась.

Тщательно продуманная картина полностью исчезла из ее воображения. Ой, уйдешь ты наконец или нет?! — подумала Сюзанна. Она уже была готова биться головой о прилавок. Просто оставь меня в покое! Я не в состоянии сегодня выслушивать твои бредни.

А в переулке бесчинствовал ветер, гоняя по тротуару пустые бумажные стаканчики и опавшие листья — предвестники осени. Сюзанна слышала за окном громкие разговоры строителей, пытавшихся перекричать рев электродрели. Окна будут готовы на следующей неделе. Их делает вручную местный столяр. Получится даже лучше, чем было. Однако сейчас Сюзанна, как ни странно, предпочла бы заколоченные досками оконные проемы. Она сомневалась, что готова снова выставить себя на всеобщее обозрение.

— Дорогуша, не могла бы ты приготовить нам еще кофе? — В дверях появился прораб, который, несмотря на седину на висках, открыто заигрывал с Сюзанной. — Тут, наверху, уже начало здорово пробирать, так что не мешало бы немного согреться.

Сюзанна изобразила любезную улыбку. Примерно такую же, что предназначалась для миссис Крик.

— Конечно, — кивнула Сюзанна. — Кофе скоро будет готов.

Несколько минут спустя дверь отворилась. Но когда Сюзанна повернулась от кофемашины, то она увидела перед собой вовсе не того докучливого прораба, а совсем другого человека.

— Сюзанна, — сказал он, и она уже не замечала никого, кроме этой синей больничной робы, потрепанной сумки, опущенных длинных ресниц. Он обвел глазами магазин и, покосившись на миссис Крик, погруженную в чтение журнала, потянулся к Сюзанне через прилавок. — Магазин был постоянно закрыт. И я не знал, как с тобой связаться.

От его близости у Сюзанны на миг перехватило дыхание. Она растерянно заморгала, глядя на стоявшие перед ней кружки с кофе.

— Мне нужно отнести это строителям, — проронила она дрогнувшим голосом.

— А мне нужно с тобой поговорить.

Бросив осторожный взгляд на миссис Крик, Сюзанна посмотрела прямо на него.

— У меня сейчас полно дел в магазине, — отчеканила Сюзанна. Своим тоном она явно хотела ему что-то сказать, толком не зная, что именно.

— Кстати, а они платят вам за кофе? — подала голос из своего угла миссис Крик.

Сюзанна с трудом оторвала глаза от Алехандро:

— Что? Нет. Я не беру с них денег.

— Разве можно? Так они вам вообще на шею сядут.

Сюзанна судорожно сглотнула:

— Миссис Крик, если вы поможете мне вставить новые окна, или составить страховую претензию, или, быть может, привести в порядок счета, я с удовольствием угощу вас бесплатным кофе.

— Сюзанна, — настойчиво прошептал он ей на ухо.

— Вы сегодня что-то не слишком дружелюбны. Сомневаюсь, что Джесс... — начала было миссис Крик, но осеклась. — Надеюсь, рано или поздно все вернется на круги своя. — Миссис Крик явно не одобряла подобного отношения к постоянным клиентам.

— Я не переставал думать о тебе... — (Боже, его губы были так близко от ее лица!) — С тех пор я практически не сомкнул глаз... Меня мучили угрызения совести, что я могу быть счастливым... когда все кругом... так ужасно. — Слова эти были проникнуты грустью, но лицо его сияло от радости долгожданной встречи.

Сюзанна покосилась на миссис Крик, которая снова закрылась от них журналом. С улицы доносились незнакомые голоса, кто-то разговаривал со строителями. Неужели люди до сих пор продолжают нести цветы? — подумала Сюзанна. Она даже не сразу услышала, как Нил что-то насвистывает на лестнице. И только потом узнала мелодию. «You Are My Sunshine».

— Ты считаешь, это неправильно? — Алехандро дотронулся до ее руки. Едва заметное прикосновение. — Быть таким счастливым.

— Ал... я...

— Кстати, а что ты собираешься делать с этим мешком для мусора? Я могу попросить парней снаружи бросить его в их контейнер. — Сюзанна подпрыгнула от неожиданности, резко обернулась, отдернув руку, и увидела рядом Нила. Нил потер нос, задумчиво посмотрел на грязную ладонь и сказал: — Ой! Простите, что перебил.

— Все нормально, — смутился Алехандро. — Я только попросил налить мне кофе.

Нил удивленно уставился на него:

— Ага, испанский акцент. Вы, должно быть, тот самый Гаучо. Простите, девушки вроде бы говорили, как вас зовут.

Сюзанна так сильно сжала поднос, что у нее побелели костяшки пальцев. Ей стало не по себе.

— Алехандро.

— Значит, Алехандро. Если не ошибаюсь, вы работаете в больнице?

— Совершенно верно.

— Отличная работа, — кивнул Нил и повторил: — Отличная работа. Да, Джесси рассказывала мне о вас. Она вас любила, малышка Джесс.

— Я тоже ее любил.

Алехандро пристально смотрел на Нила, словно пытаясь прикинуть, как далеко простираются его права на Сюзанну. У Алехандро даже изменилась манера держаться: теперь он немного напоминал бойцового петуха. Сюзанну, все чувства которой обострились до предела и уже, казалось, вибрировали, подобная метаморфоза не только ошеломила, но и напугала. Но Нил, похоже, ничего не заметил. Сюзанне захотелось поскорее оказаться с подносом на улице, где угодно, лишь бы не здесь. Однако ноги будто приросли к полу.

— Ужасно. Просто ужасно, — произнес Нил и снова повернулся к Сюзанне. — Перед уходом постараюсь успеть снять полки. За них завалились выпавшие кирпичи. Бог его знает как. — И он, насвистывая, начал спускаться в подвал.

Алехандро покосился на дверь в подвал, из-за которой снова послышался шум передвигаемых коробок, и придвинулся поближе к Сюзанне.

— Я должен признаться тебе в своих чувствах, — прошептал он. — Мне надо с тобой объясниться. Впервые за все это время я действительно готов говорить.

Сюзанна подняла голову, ее тело напряглось, попав в плен воспоминаний.

— Не надо, пожалуйста...

— Сюзанна, она все знала. Знала еще до того, как мы это сделали.

— Ал, я замужем.

Он бросил презрительный взгляд на дверь в подвал:

— Ты замужем не за тем человеком.

Миссис Крик из своего угла наблюдала за ними с неподдельным интересом. Сюзанна отошла на безопасное расстояние, поближе к полкам, и принялась рассеянно перебирать бутылочки с кофейными сиропами.

— Сюзанна...

— Я замужем, — едва слышно произнесла она. — И возможно, ношу под сердцем его ребенка. — (Он посмотрел на ее живот и покачал головой.) — Ал, я не могу игнорировать этот факт. Прости.

Алехандро подошел еще ближе и прошептал ей на ухо:

— Значит, ты хочешь сказать, что остаешься с ним? После всего, что было?!

— Прости.

— Я не понимаю. — Его голос вдруг зазвучал неожиданно громко.

Миссис Крик навострила уши и закрылась журналом, притворившись, что ничего не слышит.

Сюзанна умоляюще посмотрела на Алехандро:

— Ал, послушай, я и так всю жизнь поступала неправильно. О чем сильно жалею.

Она вспомнила, как предыдущей ночью лежала без сна в гостевой комнате, а потом в половине четвертого забралась в их супружескую кровать, свернулась калачиком, закинула на себя руку Нила, словно утверждая его право собственности и предлагая ему себя в качестве извинения. Они занимались любовью, и акт этот был полон смирения и печали. И Сюзанна тихо молилась, чтобы он не стал ничего говорить.

Снизу послышался голос Нила:

— Сью, а что делать с постерами? Оставить их здесь, внизу? Те, что за столиком на колесиках.

Сюзанна изо всех сил пыталась взять себя в руки.

— Оставь их там, пожалуйста! — крикнула она в ответ и, повернувшись к Алехандро, тихо сказала: — Я очень много думала. И поняла, что мне нужно менять отношение к браку и семье.

— Сюзанна, но ведь ты мне сама говорила! Ты говорила, что пора избавляться от призраков прошлого. Ты сама говорила, что пора начинать жить! — Он взял ее руки в свои, не заботясь о том, что скажут люди. — Ты не можешь отыграть все назад. И ты это знаешь. Ты не можешь, и я не могу.

— Нет, могу. — Она уставилась на свои руки так, будто они принадлежали кому-то другому.

— Сюзанна, мы уже переступили черту.

— Нет.

— Ты должна меня выслушать.

— Ал... я тебя совсем не знаю. Я вообще ничего о тебе не знаю. А ты ничего не знаешь обо мне. Единственное, что нам точно известно, так это то, что мы любили одну и ту же чудесную девушку, которую потеряли. А этого едва ли достаточно, чтобы строить отношения, ведь так? — Она осторожно попятилась, прислушиваясь к шагам Нила в подвале, к его тихому бормотанию под шорох передвигаемых коробок.

— Вот как ты о нас думаешь? Значит, по-твоему, нас связывает только это? — Алехандро наконец разжал руки и смотрел на Сюзанну так, будто не верил своим глазам.

Сюзанна изо всех сил пыталась сохранять спокойствие:

— Прости, но ты не первое мое увлечение. Со мной такое уже бывало.

— Увлечение?! Выходит, я для тебя лишь увлечение?! — Теперь он подошел к ней практически вплотную. Тем временем строители начали прибивать обшивку, и каждый стук молотка отдавался в ее теле. Алехандро положил ей руки на плечи, практически прижав к заколоченному окну, его лицо пылало от едва сдерживаемой ярости. — Ты ошибаешься, Сюзанна! Я все о тебе знаю.

— Нет! — отрезала она. — Ничего ты не знаешь.

— Я знаю тебя так же хорошо, как себя. Я понял это с первого взгляда, когда увидел тебя за прилавком, такую прекрасную... и неистовую, загнанную в угол.

Сюзанна отчаянно трясла головой, ее тело содрогалось от ударов молотков, наполнявших своим грохотом магазин. Но она ничего не видела и не слышала. Близость Алехандро притупляла все остальные чувства.

— Я не могу...

— Скажи, что не знаешь меня, — хрипло произнес Алехандро, и Сюзанна беззвучно заплакала, уже не беспокоясь о том, что ее увидит миссис Крик. — Скажи мне. Скажи, что не знаешь, кто я такой.

— Нет... я...

С досады он саданул кулаком по обшивке окна над ее головой. Стук молотков сразу стих.

— Сюзанна, пожалуйста, скажи, что не знаешь меня!

Ее лицо некрасиво сморщилось, и она неохотно кивнула, закрыв глаза; от его запаха, от его близости у нее кружилась голова.

— Я знаю... Я знаю тебя, Ал. Знаю.

Он резко выдохнул и удовлетворенно отвернулся от нее, вытирая рукой взмокшее лицо.

А ему в спину летели слова Сюзанны:

— Но от этого никому из нас не легче.

Он покинул магазин минуту спустя с таким оскорбленным видом, что Сюзанне показалось, что ее сердце не выдержит и разорвется. Однако все, что ни делается, все к лучшему. По крайней мере, ему не придется больше на нее смотреть. А секундой позже на стук хлопнувшей двери выглянул Нил, весь в пыли, но страшно довольный собой.

— Ты будешь счастлива, когда сможешь сделать им ручкой, — произнес Нил, демонстративно затыкая уши. — Всякий раз, как хлопает эта чертова дверь, возникает такое чувство, будто ты в тюрьме. Ладно. Я закончил. Ну как, будешь принимать работу?

— Нет, — глотая слезы, ответила Сюзанна. — Я тебе доверяю.

— Вот и глупо. Доверяй, но проверяй. — Нил подмигнул миссис Крик и уже на пороге дружески обнял Сюзанну. — Ты выглядишь вконец измочаленной. Почему бы тебе не подыскать кого-нибудь себе в помощь на ближайшие пару недель? Везти такой воз в одиночку — реально непосильный труд.

Нил так и не понял, почему при этих словах Сюзанна вдруг разрыдалась.

Часть III

Глава 22

Говорят, по крайней мере те немногие, кому довелось такое испытать, будто утопающим последние секунды жизни кажутся, как это ни парадоксально, даже приятными. Сопротивление закончено, вода попадает в легкие, жертва становится безвольной и получает от своего состояния некое извращенное удовольствие.

Последние несколько недель Сюзанна постоянно об этом думала. Ведь иногда ей действительно казалось, будто она тонет. А иногда — будто ходит точно лунатик и чисто механически совершает определенные телодвижения, не отдавая себе отчета в том, что говорит или делает. Некоторые наверняка сочтут это прогрессом, с горечью думала Сюзанна. Она убирала дом, следила за тем, чтобы в холодильнике была еда, и даже не жаловалась на низкие потолки. Они с Нилом относились друг к другу корректно, внимательно, признавая, что прошедшие недели им обоим дались нелегко, и не желая усугублять причиненный каждому из них моральный ущерб. Сюзанна по крайней мере раз в день говорила Нилу, что любит его, и Нил, надо отдать ему должное, живо отзывался на ее ласку. Странное дело, но затрепанные слова, которые в начале супружеской жизни произносятся с вопросительной интонацией, скорее как провокация, становятся заверением, необходимым для мира и согласия в семье.

Она не думала об Алехандро. По крайней мере, сознательно. Однако ночью нередко просыпалась в слезах и пугалась, что проговорилась во сне. Нил относил ночные инциденты на счет переживаний из-за смерти Джесси, а Сюзанна мучилась угрызениями совести и молча просила у Джесси прощения за то, что не стала лишать Нила иллюзий.

Алехандро больше не заходил в магазин. Да и вообще, народу там поубавилось. И когда страсти улеглись, цветы унесли, охи и вздохи иссякли, у Сюзанны остались лишь постоянные покупатели. И среди них, естественно, миссис Крик, которая, как подозревала Сюзанна, исчерпала кредит доверия в других местах. Сюзанна однажды случайно заметила, как в кафе на рыночной площади после упоминания имени почтенной дамы посетители и персонал выразительно закатили глаза, и ей даже стало немножко жаль миссис Крик. Хотя сочувствие — вещь преходящая, если учесть неуемную говорливость миссис Крик и ее неоправданные претензии.

А еще приходил преподобный Ленни, который мрачно сообщил Сюзанне, что если она хочет поговорить, серьезно поговорить — тут он многозначительно поднял брови, — то он всегда к ее услугам. Ой, а еще если ей нужны лампы со стеклярусом по хорошей цене, очень симпатичные, то он знает, где их достать. Время от времени появлялась Лилиана, светившаяся тихим счастьем новой любви. Лилиана купила бумажник из свиной кожи для Артуро и несколько открыток ручной работы. Лилиана держалась весьма сдержанно, и Сюзанна поняла, что, несмотря на столь положительный результат их с Джесси усилий, Лилиана так или иначе не простила

Сюзанну за ту злополучную коробку шоколада, хотя наверняка простила бы Джесси.

Артуро заходил по крайней мере раз в день выпить эспрессо, в чем, похоже, уже не нуждался. До Сюзанны дошли слухи, будто Артуро подумывает обзавестись собственной кофемашиной и не делает этого исключительно из лояльности Сюзанне, возможно полагая, что ее магазин и так потерпел большие убытки. Артуро был бесконечно добр к ней, предлагал любую помощь, например подежурить вместо Сюзанны за прилавком, отпустив ее на ланч. Однако Сюзанна по возможности старалась не злоупотреблять его любезностью. В последнее время из-за отсутствия аппетита у нее редко появлялось желание сбегать на ланч; более того, она опасалась, и не без оснований, что если Артуро будет околачиваться в ее магазине, то это вряд ли понравится Лилиане, которая и без того косо смотрела на Сюзанну.

Время от времени она ловила на себе его грустный, настороженный взгляд и вымучивала в ответ беззаботную улыбку. Улыбку, которая означала: «Я в порядке, честное слово». Улыбку, которую Сюзанна в последнее время так часто надевала на лицо, что уже успела забыть, каково это — искренне улыбаться.

Нил сообщил ей, что магазин терпит убытки. Правда, счел за благо особо не распространяться на эту тему. Ему не хотелось расстраивать ее еще больше. Он всего-навсего каждые несколько дней проверял бухгалтерию, и то, как после изучения счетов он горестно подпирал рукой голову, лучше любых слов говорило Сюзанне об истинном положении дел.

Она понимала, что должна стараться еще больше, но новый жизнерадостный интерьер магазина, а также постеры, которые кто-то повесил, чтобы замаскировать заколоченные окна, больше не могли увлечь ни ее, ни кого бы то ни было. Ярко раскрашенные столы казались убогими и самопальными, а столешницы теперь были украшены разноцветными разводами от мокрых чашек. На стенах вместо некогда приклеенных там фотографий и картинок остались унылые заплатки, на которые Сюзанна не могла смотреть без душевной боли, а карты она сама, поддавшись минутному порыву, закрасила белой эмульсионной краской; да и вообще, из-за нехватки товара на полках магазин теперь казался совсем другим. Более скучным. Более безликим. И менее всего похожим на то, что она представляла себе год назад.

Сюзанна это понимала. Впрочем, так же как и остальные. Выражаясь высокопарно, магазин лишился души.

Погода определенно меняется. Именно так сказали Виви милые дамы из Женского института, когда она приехала утром забрать овощи, которые заказывала каждую неделю. Бесконечные недели безоблачного синего неба и удушающей жары сменились часами, а затем и днями с порывистыми ветрами, свинцовыми тучами и проливными дождями. Цветы уже отцвели, их головки побурели и поникли, словно в ожидании неизбежной участи сгнить на земле, а деревья прежде времени начали сбрасывать листву, проливаясь золотым дождем на тротуары и обочины. Конечно, за все в этой жизни приходится платить, и непогода — расплата за такое чудесное лето, подумала Виви. Пожалуй, не стоит вывешивать белье во дворе.

— Ну что, затарилась? — Появившийся за спиной у Виви муж поцеловал ее в щеку.

— Более-менее. Кстати, ловлю тебя на слове. Ты, кажется, говорил, что не претендуешь на полноценный ланч.

— Сэндвичи в кабинете — то, что нужно. Сомневаюсь, что кому-нибудь из них захочется задержаться. Ну, может, разве что Люси, если она взяла выходной.

— Нет. Она сказала, что ей надо успеть на дневной поезд, а затем — в офис.

— Наша девочка — настоящий трудоголик, — заметил Дуглас, подходя к столу проверить сэндвичи. — Ума не приложу, и в кого она такая уродилась.

Амбары были доверху забиты сеном и соломой. Урожай собран, а поля распаханы. Виви заметила, как Дуглас привычно поглядел в окно на хмурое небо, чтобы оценить вероятность дождя. И дождь не заставил себя ждать. Первые капли застучали по оконному стеклу, и Виви с грустью поняла, что лето закончилось. Зима в деревне тянется почему-то гораздо дольше. А все из-за темноты и холода, вечной слякоти и бурой земли, необходимости постоянно кутаться от ледяного холода. Поэтому нет ничего удивительно, что фермеры часто впадают в депрессию. И тем не менее в этом году перспектива все более коротких дней и кромешной тьмы почему-то казалась менее тяжким испытанием, чем прежде.

— Ты что-нибудь говорил своей матери? — спросила Виви, снимая обертку с торта из магазина.

Виви даже не потрудилась понизить голос, поскольку Розмари настолько оглохла, что уже не могла принять участия в обычном разговоре.

— Да, — ответил Дуглас. — И сказал ей, что в любом случае учтем ее пожелания. Хотя она, возможно, и придерживается другого мнения. Я объяснил ей, что это своего рода хороший компромисс, и если она хорошенько подумает, то наверняка согласится.

— И?..

— И я сказал ей, что для меня счастье членов моей семьи, включая и ее, важнее всего.

— И?..

— Она захлопнула у меня перед носом дверь.

— Бедненький. — Виви дружески обняла мужа.

Сюзанна приехала первой, и Виви, бросившись открывать дверь, наступила на кошку. Кошка мяукнула, но так слабо, что сразу стало понятно: у нее не осталось сил даже жаловаться.

— Похоже, я едва не раздавила кошку Розмари, — открыв дверь, сообщила Виви.

Но Сюзанна, казалось, ее не слышала.

— Я ненадолго. — Сюзанна чмокнула мать в щеку. — Мне надо вернуться в магазин.

— Знаю, дорогая. Очень мило с твоей стороны, что нашла для нас время. Папочка тебя не задержит, обещаю. Я приготовила вам сэндвичи. Чтобы ты смогла перекусить, пока он будет говорить. Сделай милость, проверь, все ли в порядке с кошкой Розмари. Не сломала ли я ей, грешным делом, лапу.

— Трудно сказать, — попыталась улыбнуться Сюзанна. — Кошка всегда была кривоногой. Ой, посмотри, она ходит! На твоем месте я не стала бы волноваться.

Сюзанна очень похудела, заметила Виви, проводив дочь на кухню, где миссис Камерон выкладывала сэндвичи на поднос. Но дело было не только в худобе: она выглядела посеревшей и измученной, словно жизненные силы покинули ее. Виви пожалела, что в это тяжелое для нее время дочь не сумела найти утешения в муже. Хотя, с другой стороны, Виви не могла дать голову на отсечение, что проблемы дочери отчасти не связаны с Нилом.

— Может, стоит приготовить что-нибудь специально для миссис Фэрли-Халм? Если я ничего не путаю, она не большой любитель сэндвичей, — сказала миссис Камерон.

— Миссис Камерон, вы знакомы с Сюзанной? Моя старшенькая. Сюзанна. На самом деле, миссис Камерон, я как раз собиралась попросить вас приготовить Розмари яичницу. — Виви понизила голос. — Сегодня она наверняка останется у себя во флигеле.

— В знак протеста? — Сюзанна прислонилась к плите, словно желая согреться.

— Полагаю, вся ее жизнь — это сплошной протест, — ответила Виви и сразу почувствовала себя предательницей. — Ладно, разберусь с выглаженным бельем и сама соберу для нее поднос.

Через пару минут она отнесла поднос во флигель, затем собрала еще один, поставив туда чайник и четыре кружки. Вернувшись на кухню, Виви обнаружила, что Сюзанна тоскливо смотрит в окно. Убитое лицо дочери привело Виви в состояние крайнего уныния. И она вдруг осознала, что именно эта эмоция стала для нее самой привычной. Но какая мать может быть счастлива, если ее ребенок страдает?! Виви вытерла руки о передник и повесила его на дверь, борясь с желанием обнять дочь точно так же, как до этого обнимала Дугласа.

— Кстати, дорогая, у тебя есть какие-нибудь мысли по поводу портрета Афины? Ты хочешь, чтобы мы оставили его в галерее?

— Никаких, — ответила Сюзанна. — На самом деле мне как-то было не до того.

— Ну конечно. Я все понимаю. Если захочешь еще раз на него взглянуть, ты знаешь, где он висит.

— Спасибо, мама. Не сегодня.

Безжизненный голос Сюзанны невольно заставил Виви задаться вопросом: неужели дочь до сих пор скорбит по погибшей подруге? Ведь как бы там ни было, та умерла совсем недавно. Виви хорошо помнила, какой эффект произвела тогда смерть Афины на их семью — узкий круг людей, знавших правду о «затянувшихся заграничных каникулах» последней. И хотя сама Виви была не слишком убита горем — но кто ее за это осудит? — она до сих пор помнит тот невероятный шок, который испытала от осознания того, что молодую и красивую женщину — мать, в конце концов! — злая судьба так несправедливо лишила жизни.

И, в очередной раз почувствовав свою несостоятельность, она задумалась о том, как облегчить страдания дочери. Ей хотелось узнать у Сюзанны, что ее так сильно тревожит, предложить ей свою поддержку. Однако горький опыт научил Виви, что Сюзанна заговорит только тогда, когда будет готова. Чему, скорее всего, не суждено случиться.

— Люси приедет через минуту, — сказала Виви, доставая салфетки. — Бен встречает ее на станции.

Виви не собиралась присутствовать на их встрече, ведь, в конце концов, она знала, о чем пойдет речь. Но Дуглас сказал, что ему нужна ее поддержка, и Виви устроилась в дальнем конце комнаты, возле книжных полок, испытывая тихую материнскую радость при виде своих детей. За лето волосы Бена, работавшего на свежем воздухе, совсем выгорели, и теперь он слегка смахивал на деревенского простака. Люси, сидевшая справа от него, выглядела загорелой и цветущей, что, впрочем, неудивительно, ведь она только что провела каникулы в каком-то экзотическом месте. Сюзанна, со своей молочно-белой кожей, темными волосами, тенями под глазами, резко выделялась на их фоне. Она всегда будет красивой, подумала Виви, но сегодня, похоже, она меньше всего думала о своей внешности.

— Сью, а я как раз собирался тебе звонить, — произнес Бен, сунув в рот сэндвич. — Передай Нилу, что у нас уже готов список участников охоты начала сезона. Если он захочет пойти, я забью ему место.

— Не уверена, что у нас есть на это деньги, — отозвалась Сюзанна.

— Обижаешь, подруга. Неужели ты думаешь, что я возьму с него деньги?! — Учитывая добродушный нрав Бена, его негодование казалось немного наигранным. — Я тебе вот что скажу. Коли уж Нил такой щепетильный, он может отплатить мне, почистив наш старый свинарник.

— Или прибравшись в твоей комнате, — пихнула брата локтем в бок Люси. — Так как между ними нет большой разницы. И когда ты наконец отсюда съедешь, маменькин сынок?

— А когда ты наконец заведешь себе парня?

— А ты девушку?

— Когда ты начнешь жить по-настоящему?

— Хмм... — задумчиво протянула Люси. — Восемьдесят тысяч в год плюс бонусы, офис с видом на Темзу, собственная квартира, членство в двух частных клубах и каникулы на Мальдивах. Или карманные деньги от папы с мамой, комната, в которой живешь с двенадцати лет, старая развалюха вместо машины, в связи с чем приходится постоянно брать мамину, и зажигательные вечера на дискотеке для юных фермеров. Хм... И кому из нас действительно нужна настоящая жизнь?

Это была их обычная манера пикироваться. Виви знала: таким способом они укрепляют семейные узы. Но пока Люси и Бен добродушно подкалывали друг друга, Сюзанна не проронила ни слова. Она постоянно поглядывала то на часы, то на отца, рывшегося в бумагах на столе в поисках очков.

— Итак, в чем дело, папа? — не выдержала Люси. — Мы что, ставим сегодня «Короля Лира»? А я, должно быть, Корделия?

Дуглас нашел очки в тонкой серебряной оправе, нацепил их на нос и посмотрел на младшую дочь поверх стекол:

— Очень остроумно, Люси. На самом деле я решил, что пора посвятить вас в тонкости управления поместьем. Я немного изменил завещание. Поместьем будет управлять Бен, но вы обе будете иметь в этом определенный финансовый интерес, а также право голоса в принятии решений относительно его будущего. Поэтому, полагаю, будет лучше, прежде чем со мной что-то случится, ознакомить вас с текущим состоянием дел.

Люси выглядела заинтересованной:

— А можно взглянуть на финансовые отчеты? Мне всегда хотелось узнать, какую прибыль приносит поместье.

— Сомневаюсь, что она обеспечит тебе отдых на Мальдивах, — сухо заметил Дуглас. — Но я сделал несколько копий. Они в синей папке. Правда, я попросил бы их никуда не уносить. Хотелось бы, чтобы вся информация находилась в одном месте.

Люси подошла к столу и углубилась в электронные таблицы, которые для Виви были темным лесом. Виви знала, что жены некоторых фермеров ведут бухгалтерию своих мужей, хотя лично она буквально на заре их отношений с Дугласом честно призналась ему, что не отличит дебета от кредита.

— Во-первых, я собирался сказать вам, что мы получили разрешение перестроить амбары возле Филмор-Хауса в летние домики. — (Бен поерзал на стуле, тем самым давая понять, что он в курсе.) — Нам кажется, что это перспективный рынок и при условии нормальной заполняемости мы сможем за несколько лет компенсировать затраты на перестройку.

— Гости на уик-энд, — произнесла Люси. — Кейтеринг для верхнего сегмента рынка, и вы будете смеяться.

— И те, кто приедет на неделю. Меньше стирки и уборки, — заметил Бен.

— По словам моего босса, людям с деньгами нереально найти нормальный коттедж. Он говорит, пластиковые столовые приборы и нейлоновые простыни.

— Мама, возьми, пожалуйста, на заметку, что нам не нужны нейлоновые простыни.

— Поверить не могу, что их до сих пор продают! — ужаснулась Виви. — И от них дико потеешь.

— Бен будет руководить строительными работами. — Дуглас испытующе посмотрел на детей. — Он будет отвечать за бронирование, уборку, а также за финансовую сторону вопроса. Если не справится, придется его пристрелить.

— И тем самым сэкономить на фазанах.

— Представляю себе, как Бен голышом бежит по лесу, а его преследуют банкиры в твидовых костюмах, — рассмеялась Люси. — Ой, но только ланч мне сейчас точно в рот не полезет.

— Ведьма! — не остался в долгу Бен. — Передай мне сыр и маринованный огурец.

— Остаются еще кое-какие проблемы, в частности вопрос субсидий. Но сегодня, так и быть, не стану вас этим грузить, тем более что вы спешите. Но, Сюзанна, есть еще одна вещь, на которую я хочу обратить твое внимание. — (Сюзанна сидела с кружкой чая на колене. Виви заметила, что она даже не прикоснулась к сэндвичам.) — Когда я обсуждал судьбу амбаров, у меня был длинный разговор с Аланом Рэндоллом, ну ты знаешь, с тем риелтором. И он сообщил мне, что владелец твоего магазина вроде бы собирается продавать помещение. Вот мы и подумали, может, ты захочешь, чтобы мы это профинансировали?

Сюзанна аккуратно поставила кружку на столик возле себя:

— Что?

— Твой магазин. Нил говорил мне, что на данный момент дела идут не блестяще, но я знаю, ты вложила в него немало труда. По-моему, это неплохой маленький бизнес, по крайней мере, у него есть потенциал, и я хочу помочь тебе развернуться.

Не успел Дуглас открыть рот, как Виви, не сводившая глаз с дочери, поняла, что они совершили очередную ошибку.

Сюзанна тяжело вздохнула, вскинула голову, ее лицо мучительно напряглось.

— Папа, тебе вовсе не обязательно это делать.

— Делать — что?

— Выплачивать мне компенсацию. За плачевное состояние наших дел. За летние домики Бена. Ну да ладно.

— Сюзанна! — ахнула Люси.

— Это законное деловое предложение, — сказал Дуглас.

— Я вовсе не хочу быть невежливой. Честное слово. Но лучше бы вам держаться подальше от моего бизнеса. Я сама решу, что с ним делать.

— Господи боже мой! — рассердился Бен. — Они просто пытались помочь.

Сюзанна ответила с ледяной вежливостью:

— Знаю. Очень мило, что вы обо мне подумали, но я не нуждаюсь в помощи. Правда. И предпочитаю, чтобы вы оставили меня в покое. — Она обвела глазами комнату. — У меня реально нет никаких проблем. И я настоятельно прошу вас позволить нам с Нилом самим решить, как жить дальше.

Лицо Дугласа мгновенно стало замкнутым.

— Отлично, Сюзанна, — произнес он, склонившись над бумагами. — Как пожелаешь.

Люси нашла Сюзанну там, где и рассчитывала: на каменных ступеньках перед офисами. Сюзанна курила, поджав коленки к груди, словно у нее были рези в животе. Когда Люси закрыла за собой дверь, Сюзанна кивнула ей в знак подтверждения.

— Мне нравится прическа. — (Сюзанна вяло махнула рукой.) — Но зачем ты подстриглась? Мне казалось, тебе нравятся длинные волосы.

Сюзанна сморщила нос:

— Захотелось сменить имидж. В самом деле, — ответила она, затушив сигарету. — Хотя, если честно, не совсем так. Меня уже тошнит от постоянных разговоров, что я похожа на этот дурацкий портрет.

— О... — В ожидании разъяснений Люси потянулась к пачке сестры за сигаретой.

— Нилу нравится, — наконец произнесла Сюзанна. — Он всегда предпочитал короткие стрижки.

Небо было затянуто тучами, грозившими пролиться новым дождем, и сестры поплотнее закутались в куртки, чувствуя, как холод от сырых каменных ступенек неумолимо проникает под одежду.

Люси сделала длинную затяжку:

— Представляешь, вот уже два года, как я бросила курить, а все равно иной раз приятно иногда выкурить сигаретку.

— Так же как и целую пачку.

Ее странный тон насторожил Люси. Передумав, она затушила сигарету и сунула улику за цветочный горшок, совсем как тогда, когда они были подростками.

— Небось собираешься устроить мне выволочку?

— За что?

— За то, что отказалась от папиной помощи. Бен уже сказал свое «фе».

— С какой стати?

— Ну, других это, похоже, не останавливает.

Они сидели молча, погруженные в свои мысли, и смотрели, как в небе резвятся облака, оставляя время от времени ярко-голубые просветы.

— Сью, что происходит?

— Ничего. — Сюзанна уставилась на амбары прямо перед собой.

Повисла томительная пауза.

— Я в курсе того, что тогда случилось в магазине. И даже пару раз пыталась до тебя дозвониться. Убедиться, что ты в порядке.

— Знаю. Прости. Забыла перезвонить.

— Ты уже полностью вернулась к делам?

— Теоретически. Нил говорит, что с такими продажами мне долго не протянуть. У меня сейчас фактически нет никакой прибыли. И я не знаю, как снова привлечь покупателей. — Сюзанна виновато улыбнулась сестре. — Похоже, на данный момент я не самый дружелюбный человек. Каюсь. Даже в лучшие времена у меня это не слишком-то хорошо получалось. Вот почему я и не вижу смысла, чтобы папа вкладывался в мое предприятие.

Люси наклонилась вперед, положив подбородок на коленки:

— А как у тебя с Нилом?

— Прекрасно.

— Но я так понимаю, что сигналов о появлении Пикока-младшего пока что нет...

— Думаю, здесь более уместно выражение «будь что будет». Полагаю, я приложу чуть больше усилий, когда стану... чуть жизнерадостнее... — Ее голос угас.

— Приложишь чуть больше усилий? — скорчила рожу Люси. — Кем ты хочешь стать? Степфордской женой? — Она покосилась на сестру, но, сообразив, что той сейчас явно не до шуток, сразу стала серьезной. — Сью, ты сама на себя не похожа. Ты похожа... — Люси тщетно пыталась подобрать правильное слово, — на женщину, вышедшую замуж просто для разнообразия.

Сюзанна подняла на сестру полные слез глаза:

— Люси, не стоит так шутить. Я очень стараюсь. Правда. Стараюсь изо всех сил.

Ветер взъерошил ее коротко стриженные волосы.

После секундного колебания Люси Фэрли-Халм обняла свою прекрасную, несчастную, запутавшуюся сестру и прижала к себе так крепко, как не делала этого даже в далеком детстве.

Сюзанна собиралась закрывать магазин. Ей не было никакой необходимости возвращаться туда после ланча у родителей. Поскольку прибыль от проданного кофе не компенсировала затрат на бензин. Небо угрожающе нахмурилось, окутав город тьмой, разыгравшийся не на шутку ветер с шумом гонял в сточных канавах пустые консервные банки.

Сюзанна знала, что снаружи магазин выглядит таким же негостеприимным, как и внутри. Несмотря на клятвенные заверения строителей, новые окна до сих пор не прибыли, и закрывавшие оконные проемы доски, выцветшие и обшарпанные, служили не слишком приятным напоминанием о судьбе Джесси. Накануне днем Сюзанне пришлось отдирать с фасада стикеры с предложением надомникам заработать «десятки тысяч», если они позвонят по указанному номеру мобильного телефона, а также объявление о гаражной распродаже рядом с Уайт-Харт.

У Сюзанны не было ни желания, ни сил бегать за строителями. Она обвела глазами ненужные товарные запасы, полупустые полки, на которые так и не удосужилась выставить новые поступления, и у нее невольно возник вопрос: будет ли она скучать по всему этому, когда магазин закроется? Если бы она не охладела к своему начинанию, то предложение отца стало бы для нее спасительной соломинкой. Но сейчас оно казалось очередным унижением в длинной череде обид, которые она была не в состоянии пережить.

Сюзанна проверила коробки с молоком в холодильнике и чисто по привычке заправила кофемашину, подумав, что все мамаши уже встретили своих отпрысков после школы и теперь благополучно разошлись по домам, а значит торговли на сегодня больше не будет. Но Сюзанну это не волновало. Она чувствовала себя бесконечно усталой. Она подумала о своей холодной постели, о неотвратимости возвращения в пугающий уют родного дома, где она сразу же заберется под одеяло. Пожалуй, стоит поставить будильник на половину восьмого вечера, чтобы встать к приходу Нила. Да, так будет лучше всего.

Дверь открылась.

— Вы видели, что творится на рыночной пощади? — спросила миссис Крик.

— Я собиралась закрываться.

— Там натуральный затор из машин. На всем парковочном пространстве. И все орут друг на друга. — Миссис Крик сняла шапку и села за синий стол. — А рыночные торговцы над ними смеются. Старые дураки. А все потому, что им жаль раскошелиться на сорок пенсов и припарковаться за церковью. — Она устроилась поудобнее и сощурилась на доску с меню, как будто со вчерашнего дня там могло что-то измениться и Сюзанна решила предложить что-то еще, помимо обычных семи видов кофе. — Мне, пожалуйста, капучино, с коричневым кусковым сахаром. Тем, что из красивой коробки. На вкус он совсем другой, чем тот, что продают в супермаркете.

Возражать было бессмысленно. Да и у Сюзанны сейчас не хватило бы на это сил. Она решила показать Нилу чеки, свидетельствующие о том, что за сегодняшний день она продала аж три чашки кофе, по одной в час, пока магазин работал.

Она принялась возиться с кофемашиной, прислушиваясь вполуха к болтовне миссис Крик и кивая в нужных местах, поскольку пожилая дама обычно нуждалась в небольшом поощрении. Сюзанна с Джесси давным-давно поняли, что миссис Крик отчаянно требуется аудитория. «Кивайте и улыбайтесь, — в свое время посоветовала Джесси Сюзанне. — Тогда создастся полное впечатление, будто вы ее внимательно слушаете».

— Кстати, я вам говорила, что меня попросили сшить свадебное платье?

Сюзанна никогда не спрашивала Джесси, хочет ли та выйти замуж. Однако Сюзанна хорошо представляла подругу в роли невесты; безумный ярко-розовый наряд, сплошь в бисере, перьях и цветах. Сюзанна вспомнила, что говорила на похоронах Кэт Картер о ногтях дочери, и горько пожалела, что Джесси в свое время не представился шанс надеть свадебное платье. Хотя, с другой стороны, законный брак стал бы для Джесси оковами, намертво соединившими ее с Джейсоном. Вспомнив о Джейсоне, Сюзанна в очередной раз представила себе, как его фургон врезается в фасад магазина, и постаралась выкинуть из головы навязчивый образ.

— Вы забыли про сахар. Мне, пожалуйста, тот коричневый, что из коробочки.

— Что?

— Сахар, Сюзанна. Я просила два кусочка.

Сюзанна подумала, что она, возможно, уже в том самом состоянии, когда ее больше ничего не волнует. Нет, боль от утраты Джесси, конечно, никуда не исчезла, однако теперь ее притупило состояние оцепенения, ощущение, что сопротивляться бессмысленно, так как она, Сюзанна, больше не хозяйка своей судьбы. Все, чем она обладала, ускользало между пальцев, а сил бороться уже не осталось. Гораздо проще было просто плыть по течению. Даже забавно, думала Сюзанна, что она стала пассивным наблюдателем именно тогда, когда Алехандро сумел скинуть с себя этот морок. У нее, казалось, до сих пор стоял в ушах грохот от мощного удара по доске, свидетельствующего о том, что Алехандро стал другим человеком. Но она уже не думала об Алехандро.

— Платье для девушки из библиотеки. Той самой, с торчащими зубами. Вы ее знаете? Жуткие волосы. В наши дни девушки больше не ухаживают за собой так, как когда-то. В прежние времена мы делали укладку дважды в неделю.

— Неужели? — Сюзанна поставила кофе перед миссис Крик, подошла к единственному уцелевшему окну и принялась наблюдать за прохожими, торопливо пробегавшими мимо с низко опущенной головой.

— Представляете, я не шила подвенечных платьев... дай бог памяти, наверное, лет тридцать пять, не меньше. Я разговаривала с ней об одной книжке в библиотеке. Обо всех этих голливудских звездах пятидесятых годов, ну вы знаете. И она сказала, что ей очень нравится один фасон, но таких платьев больше никто не делает. Тогда я ответила, что могу сшить ей его. В любом случае получится дешевле, чем во всех этих магазинах для невест. Просто уму непостижимо, сколько сейчас стоят подвенечные платья!

Снова зарядил дождь. Совсем как в тот день, когда Алехандро вошел в магазин и уговорил их выпить мате. Она оглянулась на полку и увидела, что его серебряный чайник все еще там, засунутый между вещами, не рассортированными после того ужасного происшествия, которое все вежливо называли несчастным случаем. Господи, как же она могла не заметить чайника раньше?!

— Угу, лет тридцать пять назад. Последнее сшитое мной подвенечное платье. Кстати, свадьба тоже проходила в нашем городе.

— Мм... — пробормотала Сюзанна.

Она осторожно взяла серебряный чайник обеими руками, чувствуя его тяжесть и гладкие очертания. Прости, Ал, мысленно сказала она.

— Очень красивое платье. Белый шелк, скроено по косой. Очень простое, немного похоже на то, что нравится современным девушкам. Я скопировала фасон с платья, что было на Рите Хейворт... Ой, как же назывался фильм, где она была настоящей женщиной-вамп? «Гильда», что ли?

— Я не знаю, — ответила Сюзанна.

Она подняла чайник и прижала к щеке, ощущая, как металл холодит кожу, а затем — как начинает постепенно нагреваться.

— Если хорошенько подумать, Рита Хейворт была очень даже неплохой моделью. Хотя невеста тоже оказалась еще той штучкой. Сбежала — вроде бы так? — через два года после свадьбы.

— О... — Сюзанна закрыла глаза.

— А как, бишь, ее звали? Необычное такое имя. Атланта? Ариадна? Нет, кажется, Афина. Именно так. Вышла замуж за одного из Фэрли-Халмов.

Сюзанна только через несколько секунд отреагировала на знакомое имя. Она медленно повернула голову к миссис Крик, небрежно вертевшей чашку, рядом с которой на столе лежала шерстяная шапка.

— Повторите, что вы сейчас сказали?

— Красивая девушка. Закрутила роман с коммивояжером и все такое, а ребенка подкинула мужу. Хотя и ребенок-то был не его. Ой, они держали это в секрете, но все знали. — (Время остановилось. Слова миссис Крик камнем падали между ней и Сюзанной, а стены магазина вдруг начали стремительно сжиматься.) — Вот именно. Афина Форстер. Вы вряд ли помните Фэрли-Халмов, слишком долго жили в Лондоне, да и вообще, но когда я была еще молоденькой, они считались здесь крупными землевладельцами. — Миссис Крик сделала глоток кофе, не замечая окаменевшую у окна фигуру. — Изумительное платье. Я им очень гордилась. У меня вроде где-то даже завалялось его фото. Но потом я страшно переживала, потому что шила платье в дикой спешке и забыла вшить в кромку голубую ленту. На счастье. Мы обычно всегда так делали. Просто на счастье. «Что-то старое, что-то новое, что-то взятое взаймы и что-то голубое». — Старая дама скрипуче хихикнула. — И когда я услышала, что та девица дала деру, то сказала мужу: «Ну вот, нате вам! Наверное, это я во всем виновата».

Глава 23

Кошка Розмари умирала. И от понимания неизбежности наступления печального конца, которого ждали вот уже несколько лет, легче не становилось. Измученное костлявое животное, сейчас легкое как перышко, с изъеденной многочисленными опухолями плотью, в основном пребывало в состоянии анабиоза и просыпалось только для того, чтобы проковылять к миске с водой, нередко пачкая пол кухни. Виви безропотно замывала грязные следы, несмотря на нескрываемое отвращение, которые они вызывали у Дугласа. Похоже, Розмари понимала, что кошку придется усыпить, и, видя, как сильно опечалена свекровь, Виви не хотела лишний раз на нее давить, тем более что Розмари была уже практически готова согласиться на кардинальное решение вопроса.

На следующее утро после визита детей, когда ветер завывал особенно зловеще и было так холодно, что впервые за всю осень пришлось растопить камин, Розмари появилась в дверях флигеля и велела Виви вызвать ветеринара. После приезда ветеринара Розмари попросила посадить кошку ей на руки и погладила животное изуродованными артритом пальцами. Затем ворчливо сказала невестке, что теперь и сама отлично справится. По крайней мере, уж с ветеринаром как-нибудь разберется, большое спасибо.

Виви попятилась, на секунду встретившись глазами с ветеринаром, и с тяжелым сердцем закрыла за собой дверь.

Ветеринар до неприличия быстро вышел обратно, сообщил, что пришлет счет, а тело оставил, следуя инструкциям Розмари, в специальном мешке у задней двери. Он предложил Розмари самому утилизировать тело, но та заявила, что хотела бы похоронить кошку в саду.

— Я позову Бена. Он поможет, — сказала Виви.

И вот прямо с утра они с сыном надели ветровки и, не обращая внимания на непогоду, выкопали яму, достаточно глубокую, чтобы туда не добрались лисы, а затем под наблюдением стоявшей с бесстрастным лицом у окна Розмари проводили старую кошку в последний путь.

— Ты наверняка считаешь меня эгоисткой. Ведь я слишком долго тянула. Не решалась ее усыпить, — изрекла Розмари, когда Виви, с покрасневшими от холода ушами, разливала чай в гостиной.

Виви поставила чашку с блюдцем на стол поближе к свекрови, чтобы той не пришлось тянуться.

— Нет, Розмари. По-моему, вы, и только вы могли знать, когда должен был пробить ее последний час.

Может, стоит попросить Люси позвонить Сюзанне? — размышляла Виви. Девочки сейчас, похоже, стали более близки, чем когда бы то ни было. И возможно, Сюзанна доверится сестре.

— Она понимала, что доставляет массу неприятностей, — обратив лицо к французским окнам, продолжила Розмари. — Понимала, что путается у всех под ногами, что от нее много грязи. Но иногда очень тяжело... выбрасывать вещи...

Ручка чайника обжигала ладонь. Виви осторожно поставила чайник на поднос, забыв налить себе чая.

— Розмари...

— И то, что вещь старая, еще не является свидетельством ее бесполезности. Иногда она кажется более бесполезной, чем это есть на самом деле.

А тем временем во дворе шла своя жизнь. В центральные ворота въезжал трактор, разворачиваясь в сторону амбара. Они прислушивались к скрежету коробки передач, заглушаемому уютным потрескиванием дров в камине и мерным тиканьем настенных часов.

— Никто не считал вашу кошку бесполезной, — осторожно заметила Виви. — По-моему... мы будем вспоминать ее такой, какой она когда-то была. Здоровой и веселой.

— Ну да ладно. — Розмари поставила чашку на стол. — Ведь каждый из нас рано или поздно кончит именно так.

— Конечно.

— Чертовой старой развалиной.

— Да.

Розмари вздернула подбородок:

— Представляешь, она укусила меня, когда ветеринар ввел иглу.

— Он мне говорил. Сказал, что это весьма нетипично.

Дрожащий голос Розмари звучал воинственно:

— А я даже рада, что у нее оставались силы... послать нас всех к черту. До самой последней минуты... она сохраняла силу духа. — Свекровь многозначительно посмотрела на Виви слезящимися глазами старой черепахи, и Виви поняла намек.

— А знаете, Розмари? — Виви проглотила ком в горле. — Я тоже этому рада.

Розмари уснула прямо в кресле. Должно быть, переволновалась, глубокомысленно заметила миссис Камерон. Смерть иногда может оказывать такое воздействие. Когда у сестры умер пудель, ее с трудом удержали от попытки броситься за ним в могилу. Хотя, с другой стороны, она всегда была помешана на этой собаке, вставляла ее фото в рамки, покупала ей курточки и всякое такое. И — вы не поверите! — даже похоронила ее на специальном кладбище. Интересно, а Виви в курсе, что там даже лошадей хоронят? Виви кивнула, потом покачала головой. Она чувствовала, как печаль старой дамы пропитывает, точно сыростью, стены дома.

Виви предстояла еще куча самых разных дел, в том числе в городе, включая посещение собрания местного благотворительного общества, управляющего городскими богадельнями, участие в работе которого Дуглас ей перепоручил сразу, как они поженились. Однако Виви почему-то не хотелось уходить из комнаты — тяжелое моральное состояние свекрови после потери любимого животного волей-неволей заставляло опасаться за ее здоровье. Виви, конечно, ничего не сказала миссис Камерон, но та поняла все без лишних слов.

— Может, мне лучше погладить белье в гостиной? Чтобы приглядеть что да как, — тактично предложила она.

Виви решила, что глупо объяснять причину своего волнения, а потому с нарочитым оживлением одобрила предложение миссис Камерон. И, выбросив из головы плохие предчувствия, направилась в подсобное помещение разобрать яблоки для заморозки.

Виви сидела на старом деревянном ящике из-под чая и минут двадцать сортировала пластиковые мешки с яблоками: отделяла пригодные для готовки от сгнивших, находя странное умиротворение в этом бессмысленном ежегодном ритуале. И тут кто-то позвонил в дверь, и миссис Камерон, насвистывая, побежала в прихожую открывать. Послышался какой-то приглушенный разговор, и Виви, бросив гнилое яблоко в картонную коробку, решила пойти проверить, не пришла ли распространительница благотворительных пакетов ненароком на день раньше.

— Она здесь? — послышался за дверью властный, настойчивый голос, и Виви, вздрогнув, машинально выпрямилась.

— Сюзанна? — (Дверь распахнулась, и перед Виви возникла Сюзанна. Ее лицо было мертвенно-бледным, темные глаза мрачно пылали, на крыльях носа темнели два пятна, нечесаные волосы стояли дыбом, словно после бессонной ночи.) — Дорогая, с тобой все...

— Это правда?! Она бросила папу и родила ребенка?

— Что?

Прочитав на лице дочери убийственную правду, Виви вдруг поняла, что та давняя история снова возникла из небытия, чтобы затянуть ее, Виви, в свою трясину. Выходит, ее дурные предчувствия не имели ничего общего с кошкой Розмари. Виви резко встала, шагнула вперед и споткнулась, яблоки раскатились по полу.

— Моя мать? Она говорила о моей матери?

Они стояли в каморке, пропахшей стиральным порошком и гниющими яблоками. И Виви неожиданно показалось, что она слышит голос Розмари: «Вот видишь! От нее одни неприятности, даже после смерти».

Руки Виви безжизненно повисли вдоль тела, она сделала глубокий вдох и постаралась ничем не выдать внутреннюю дрожь. Она всегда знала, что рано или поздно этот день наступит, но ей даже в страшном сне не могло присниться, что придется сражаться с тенями прошлого в одиночку.

— Сюзанна, мы с твоим отцом уже собирались тебе все рассказать. Буквально во вторник. Может, стоит позвать отца? Он сейчас распахивает поле на Пейдж-Хилл.

— Нет. Скажи ты.

Виви собралась было ответить, что это не ее история, да и вообще, история безумно тяжелая. Хотя даже под прицелом этих горящих яростью и гневом глаз она может смело сказать, что ей не в чем себя винить. Но ведь родительский долг в том и состоит, разве нет? В торжественных заверениях в любви, в сбивчивых объяснениях, что они хотели как лучше и поступали так для ее же блага... и в понимании того, что нередко одной любви бывает недостаточно.

— Ты скажи.

— Дорогая, я...

— Здесь. И сейчас. Я хочу знать. — В глазах Сюзанны плескалось отчаяние, а в голосе звучала смертельная тоска.

Тогда Виви осторожно опустилась на ящик из-под чая, показав дочери на свободное место рядом с собой.

— Хорошо, Сюзанна, — сказала она. — Но тогда тебе лучше присесть.

Звонок раздался совершенно неожиданно, в один из тех редких случаев, когда он вернулся в то самое место, которое только два коротких года называл своим домом. Он вошел в гулкий холл в поисках своей твидовой куртки, стараясь не думать о том, что его окружает, и тут телефон на столике у входной двери внезапно ожил. Он несколько секунд удивленно смотрел на аппарат, затем неуверенно подошел. Никто другой не стал бы сюда звонить. Все остальные знали, что он здесь больше не живет.

— Дуглас?

Боже, этот низкий, проникающий прямо в сердце голос!

— Ты где? — спросил он, рухнув на стул.

Но она, казалось, не слышала его.

— Я пытаюсь поймать тебя уже несколько недель, — заявила она. — Ты ужасный непоседа.

Словно они были просто мужчиной и женщиной, флиртующими на вечеринке. Словно это не она разбила ему сердце, превратив его будущее, его жизнь в дорожную пыль.

Он тяжело сглотнул:

— Сейчас пора сенокоса. С утра до вечера. Ты сама знаешь.

— Я подумала, что ты все же уехал в Италию, — сказала она. — Подальше от гнилой английской погоды. — Ее голос, заглушаемый шумом транспорта, звучал странно, наверное, она стояла в телефонной будке. — Разве можно жить в таком ужасном климате? Не поверю, что тебе все это не осточертело.

Он так долго представлял себе эту минуту, прокручивал в голове аргументы, извинения, слова примирения, и вот теперь она на другом конце телефонной линии. От избытка чувств ему стало трудно дышать.

— Дуглас?

Он заметил, что у него дрожит рука.

— Я скучал по тебе, — прохрипел он.

В разговоре вдруг возникла короткая пауза.

— Дуглас, дорогой, я сейчас не могу долго говорить, но мне надо с тобой встретиться.

— Вернись домой, — сказал он. — Вернись сюда.

На что она ласково ответила, что если он не против, то ей бы этого не хотелось. Может быть, в Лондоне? Где-нибудь, где они смогут поговорить наедине.

— Рыбный ресторан «Хантлис», — предложил он, немного придя в чувство.

В ресторане имелись отдельные кабинки, где можно было укрыться от посторонних глаз.

— Ну разве ты у меня не умница, дорогой? — Похоже, она не отдавала себе отчета в том, что этой бездумно брошенной фразой раздувает в его сердце тлеющий уголек надежды. Значит, «Хантлис». Во вторник.

И вот теперь, спустя четыре бесконечных дня, он сидел в кабинке в задней части ресторана, по заверению официанта, заговорщицки подмигнувшему Дугласу, наиболее уединенной во всем заведении.

— Я жду жену, — холодно бросил Дуглас.

— Конечно, сэр, конечно, — отозвался официант.

Дуглас приехал на полчаса раньше и нервно прохаживался мимо ресторана, борясь с желанием войти внутрь. Строители, работавшие на лесах в доме напротив, наверняка приняли его за городского сумасшедшего. В глубине души он ужасно боялся ее пропустить, боялся, что коварная судьба снова разведет их пути, поэтому он купил газету и сел за столик; у него отчаянно потели ладони, а газетный текст расплывался перед глазами.

А тем временем за окном, натужно кряхтя, да так, что задребезжали стекла, отъехал от обочины двухэтажный автобус. Под одобрительный мужской свист мимо прошли девушки в коротких юбках, их яркие куртки, казалось, бросали вызов свинцовому лондонскому небу и серому тротуару. Дугласа даже немного успокоил тот факт, что она согласилась встретиться с ним именно здесь, в месте, где его костюм не казался слишком провинциальным, слишком правильным, как сейчас принято говорить, — в месте, где он не чувствовал себя олицетворением всего того, против чего она восставала.

— Что-нибудь выпьете, сэр? Пока ждете.

— Нет. Пожалуй, да. Стакан воды.

Он бросил взгляд в сторону открывшейся двери, в которую только что вошла очередная стройная брюнетка. Проклятый ресторан, похоже, специализируется на клиентках исключительно с такой внешностью.

— Лед и лимон, сэр?

Дуглас раздраженно потряс газетой.

— Господи боже мой, мне без разницы! — огрызнулся он, но затем взял себя в руки и добавил: — На ваше усмотрение.

Он пригладил упавшие на лицо волосы, поправил галстук и попытался выровнять дыхание.

Он не стал докладывать родителям о поездке в Лондон, поскольку отлично знал мамину реакцию. После того как он сообщил родителям о бегстве Афины, мать категорически запретила произносить в доме ее имя. Несколько месяцев назад он вернулся в родительский дом, оставив Филмор-Хаус — совсем как команда «Марии Селесты» — в том самом виде, в каком он был в момент отъезда Афины, включая пепельницы, полные окурков со следами губной помады. Более того, он строго-настрого приказал слугам ничего не трогать.

До тех пор, пока он не будет знать.

До тех пор, пока он не будет знать наверняка.

— И все-таки я, наверное, не откажусь от бренди, — обратился он к официанту, когда тот принес на серебряном подносе стакан воды. — Большую порцию.

Официант задержал на нем взгляд на секунду дольше, чем позволяли приличия.

— Как скажете, сэр, — произнес он и исчез.

Она опаздывала, но Дуглас ничего другого и не ждал. Он прикончил бокал бренди, а потом — за те мучительные полчаса, что прошли с назначенного часа, — еще один. И когда он наконец оторвал глаза от газеты и увидел перед собой Афину, алкоголь уже успел немного затуманить его сознание, притупив беспокойство.

— Дуглас, — сказала она, и он не отрываясь смотрел на нее несколько минут, будучи не в силах осознать, что он не грезит и призрак, являвшийся ему во сне едва ли не год, наконец материализовался. — Боже, какой ты элегантный!

Он поспешно оглядел свой костюм, проверить, нет ли на нем пятен от бренди. А затем уставился на нее, понимая, что переходит черту, но не имея сил остановиться.

— Давай-ка лучше присядем. — Ее улыбка была нервной, манящей. — А то на нас уже смотрят.

— Да-да, конечно, — пробормотал он и вернулся в кабинку.

Она тоже изменилась, хотя, возможно, дело было в том, что Афина из его грез была идеальным, совершенным созданием. А эта женщина, сидевшая напротив, — да, очень красивая, да, несомненно, его Афина — несколько отличалась от той богини, которую ему рисовало воображение. Она выглядела усталой, а кожа — не такой гладкой, чуть более растянутой, чем раньше; волосы уложены на затылке небрежным узлом. На ней был костюм, с изумлением заметил Дуглас, который она купила во время их медового месяца и который, один раз надев, назвала ужасным и поклялась выбросить на помойку. И по сравнению с яркими нарядами девушек, шедших по улице, костюм выглядел убийственно старомодным. Она прикурила сигарету. Дуглас заметил, с некоторым облегчением, что у нее дрожали руки.

— Можно мне выпить, дорогой? — спросила она. — Умираю, как хочется пропустить стаканчик.

Дуглас помахал официанту, который посмотрел на нее со сдержанным интересом. И когда тот демонстративно уставился на ее левую руку, Дуглас вдруг с содроганием обнаружил, что Афина больше не носит обручального кольца. Он поспешно пригубил бренди, стараясь не думать о том, что бы это могло значить.

Главное, что она была тут.

— Ты... ты хорошо себя чувствуешь? — спросил он.

— Просто сказочно. Если не считать этой мерзкой погоды.

Он попытался хоть что-то понять по ее внешнему виду, набраться смелости задать безжалостно терзавшие его вопросы.

— А ты часто приезжаешь в Лондон?

— Ой, Дуглас, ты же меня знаешь! Театры, ночные клубы. Мне без этого города никак! — В ее голосе звучала наигранная веселость.

— Я был на свадьбе Тома Гарднера. Думал, может, встречу тебя там.

— Томми Гарднер? — Она презрительно пустила колечко дыма накрашенными губами. — Фи! Терпеть их обоих не могу!

— Полагаю, ты была очень занята.

— Да, — ответила она. — Была.

Официант принес Афине спиртное и два меню в кожаном переплете. Она заказала джин с тоником, но, получив напиток, похоже, потеряла к нему интерес.

— Может, хочешь поесть? — Он надеялся, что еще не успел ее разочаровать, и молил Бога, чтобы она не ушла.

— Закажи за меня, дорогой. Мне ужасно лениво все это читать.

— Мне, пожалуйста, камбалу, — сказал Дуглас, неохотно оторвав взгляд от жены, чтобы отдать официанту меню. — Две камбалы. Спасибо.

В ней чувствовалось какое-то странное беспокойство, заметил Дуглас. И хотя Афина сидела неподвижно и, как всегда, казалась несколько апатичной, она была вся как натянутая струна. Возможно, она так же нервничает, как и я, подумал он и тотчас же попытался подавить вспыхнувшую при этой мысли надежду.

Они сидели напротив друг друга в тягостной тишине, время от времени встречаясь глазами и неловко улыбаясь. В соседней кабинке компания бизнесменов разразилась раскатистым хохотом, и Афина едва заметно приподняла брови, словно давая понять, что эти люди слишком нелепы, чтобы тратить на них слова.

— Ты даже не объяснилась со мной. — Он старался говорить беззаботно, будто бросая мягкий упрек. — Ты просто оставила записку.

Она едва заметно стиснула зубы:

— Знаю, дорогой. Но разговоры такого рода мне почему-то всегда трудно давались.

— Разговоры такого рода?

— Дуглас, давай не будем! Не сейчас.

— А почему ты не захотела встретиться в Дире? Я ведь мог приехать к твоим родителям.

— Не желаю их видеть. И вообще никого не желаю видеть. — Она прикурила вторую сигарету от первой и смяла пустую пачку. — Дуглас, будь лапочкой, попроси принести мне еще сигарет, хорошо? У меня, похоже, закончилась мелочь. — (Дуглас послушно выполнил ее просьбу.) — Ой, ты такой милый, — промурлыкала она, хотя ему показалось, будто она не отдает себе отчета в том, что говорит.

Официант принес заказанную еду, но ни у кого из них не было аппетита. Рыба постепенно теряла товарный вид в остывающем масле, и Афина отодвинула свою тарелку, прикурив очередную сигарету.

Дуглас испугался, что Афина сейчас встанет и уйдет. Он больше не мог ждать. И ему, собственно, нечего было терять.

— Почему ты решила позвонить? — спросил он дрогнувшим голосом.

У нее слегка округлились глаза.

— Мне что, теперь и поговорить с тобой больше нельзя? — ответила она вопросом на вопрос.

Она явно хотела казаться кокетливой, но напряженное лицо и осторожные взгляды, которые она то и дело бросала в сторону входа в ресторан, сводили эти неуклюжие попытки на нет.

— Ты кого-нибудь ждешь?

Дугласа внезапно обуял страх, что *Он* тоже может быть здесь. А что, если это какой-то коварный ход, чтобы выставить его еще бóльшим дураком?

— Не говори глупости, дорогой.

— Афина, я тебе не дорогой! Я так больше не могу. Реально не могу. Я должен знать, зачем ты здесь.

— Знаешь, так приятно видеть тебя таким красавчиком. Ты всегда выглядел роскошно в этом костюме.

— Афина! — возмутился он.

И тут к их столику подошла какая-то женщина. Кажется, гардеробщица. Должно быть, собирается сказать им, что Афину просят к телефону. Ну и как поступить? Наверняка это *Он*. Может, выхватить у нее трубку? Потребовать, чтобы этот мужчина оставил его жену в покое? Или сделать что-то еще?

— Простите, мадам, но ваш ребенок плачет. Вы должны пойти забрать малышку.

Дуглас не сразу понял, о чем говорит эта женщина.

Афина бросила на него испуганный взгляд, ее лицо вдруг сделалось беззащитным. Затем, взяв себя в руки, она повернулась к гардеробщице:

— Простите. Не будете ли вы так любезны принести ее сюда? Я долго не задержусь.

Гардеробщица тотчас же испарилась.

Афина затянулась сигаретой. Взгляд ее мерцающих глаз казался абсолютно непроницаемым.

— Дуглас, ты должен кое-что для меня сделать, — спокойно сказала она.

— Ребенок?! — Он в отчаянии схватился за голову.

— Я хочу, чтобы ты присмотрел за Сюзанной.

— Что? Ребенок? Но ты никогда...

— Я действительно не могу это обсуждать. Но она спокойный ребенок. И я уверена, будет тебя обожать.

Гардеробщица вернулась с укутанным в одеяло младенцем, который жалобно хныкал, словно обессилев от слез. Афина затушила сигарету и, не глядя, взяла малышку. Небрежно покачала ее, продолжая наблюдать за Дугласом.

— Ее коляска у входа в ресторан. На первое время там есть все, что нужно. Дуглас, у тебя не будет с ней никаких проблем.

Малышка снова захныкала, и Афина, все так же не глядя, похлопала ее по спинке.

— Афина, поверить не могу, что ты...

Она стремительно поднялась и протянула ему ребенка прямо через стол, и Дугласу ничего не оставалось, как взять у нее орущий сверток.

— Пожалуйста, пожалуйста, Дуглас, дорогой! Я не могу сейчас ничего объяснять. Честное слово! — Она говорила торопливо, настойчиво. Огромные умоляющие глаза — словно напоминание о прошлом. — С тобой ей будет гораздо лучше.

— Ты не можешь вот так взять и оставить у меня ребенка...

— Ты ее полюбишь.

— Афина, я не могу просто...

Она накрыла его ладонь прохладной рукой:

— Дуглас, дорогой, разве я когда-нибудь тебя хоть о чем-нибудь просила? В самом деле?

Он на секунду онемел от потрясения. И даже не сразу сообразил, что посетители из соседней кабинки таращатся на них.

— Но как же ты? — пролепетал он, не понимая, что говорит. — И как насчет нас с тобой? Я не могу возвратиться домой с ребенком на руках.

Но она уже отвернулась от него и теперь сосредоточенно рылась в сумке, должно быть в поисках компактной пудры.

— Ладно, мне действительно пора бежать. Дуглас, я буду на связи. Огромное тебе спасибо.

— Афина, ты не можешь оставить меня с...

— Я уверена, ты будешь чудесно к ней относиться. Ты будешь чудесным папочкой. Лучшим родителем, чем я.

Дуглас смотрел на невинное личико, видневшееся в складках одеяла. Малышка умудрилась найти свой большой палец и теперь с сосредоточенным видом увлеченно его сосала. У нее были угольно-черные ресницы, совсем как у Афины, и такие же изогнутые, наподобие лука Купидона, губы.

— Неужели ты даже не хочешь сказать «до свидания»? — спросил Дуглас.

Но Афина уже торопливо шла к выходу, ее спина, обтянутая ужасным костюмом, была абсолютно прямой, высокие каблуки звонко цокали по выложенному плиткой полу.

— Ее коляска у гардеробщицы! — крикнула она напоследок и, ни разу не обернувшись, исчезла.

Больше он ее не видел.

Он рассказал эту историю Виви несколько месяцев спустя. До этого семья Дугласа говорила всем, что Афина еще немножко «поживет за границей», но для ребенка, по ее мнению, английский климат будет полезнее. Они говорили «ребенок» как бы между прочим, словно все должны были знать о его существовании. И некоторые действительно верили, что им об этом говорили, но они, грешным делом, запамятовали. А если кто-нибудь не принимал подобную интерпретацию событий, то предпочитал помалкивать. Бедный парень и так натерпелся унижений.

Он рассказал Виви все как есть, не глядя ей в глаза, вскоре после того, как им стало известно о смерти Афины. И Виви обнимала его, пока он плакал от злости, обиды и горя. Уже гораздо позже она поняла, что он так и не успел спросить, его ли это ребенок.

Сюзанна, которая сидела окаменев на ящике из-под чая, казалась еще более бледной, если, конечно, такое возможно, чем до прихода сюда. Она молчала, и Виви решила ее не трогать, чтобы дать дочери переварить услышанное.

— Значит, она не умерла при родах? — наконец нарушила тишину Сюзанна.

Виви протянула к ней руки:

— Нет, дорогая, она...

— Она бросила меня? Просто передала меня из рук в руки? В чертовом рыбном ресторане?

Виви нервно сглотнула. Какая жалость, что Дугласа нет рядом!

— Мне кажется, она знала, что не сможет стать тебе хорошей матерью. В юности я пару раз видела ее и хочу сказать, характер у нее был необузданный. И она не ладила с родителями. И вполне возможно, мужчина, с которым она убежала, мог оставить ее из-за ребенка... Некоторые мужчины терпеть не могут детей, особенно чужих. Дуглас всегда думал, что тот человек, быть может, жестоко обращался с Афиной. Поэтому не стоит судить ее слишком строго. — К сожалению, слова Виви прозвучали не так убедительно, как хотелось бы. — Ведь времена были другие.

Сразу после исчезновения Афины Виви вернулась в Дир. И отнюдь не для того, чтобы поймать Дугласа в свои сети: она всегда знала, что он страстно хотел вернуть Афину, и, пока в душе у него теплилась надежда, у других женщин не было ни малейшего шанса. Однако Виви с детских лет питала к Дугласу нежные чувства и решила подставить ему в трудную минуту дружеское плечо.

— Конечно, мне приходилось выслушивать бесконечные рассказы о том, как он любит твою мать, — как бы между прочим заметила Виви. — Но он нуждался в поддержке. Он не мог ухаживать за младенцем. Тем более при такой загруженности. Ну и начнем с того, что его родители... особо не горели желанием помочь. И вот через два месяца после смерти Афины Дуглас предложил мне выйти за него замуж. — Виви откинула упавшие на лицо волосы. — Прости, что не открыли тебе правду раньше. Мы очень долго верили, что тем самым оберегаем твоего отца. На его долю выпало столько унижений, столько страданий. А затем... ну, я не знаю... наверное, нам казалось, что мы оберегаем тебя. И в наше время, в отличие от дня сегодняшнего, было не принято все рассказывать. — Виви пожала плечами. — Мы просто считали, что так будет лучше.

Сюзанна плакала — плакала уже несколько минут.

Виви неуверенно протянула к ней руки:

— Мне так жаль.

— Но ты же должна меня ненавидеть, — всхлипнула Сюзанна.

— Что?

— Все это время я стояла у тебя на пути, напоминала тебе о ней.

И тогда Виви набралась наконец смелости обнять Сюзанну и крепко прижать к себе:

— Не говори глупости, дорогая. Я любила тебя. Даже больше, чем родных детей.

Сюзанна подняла полные слез глаза:

— Я не понимаю.

Виви обняла дочь за худенькие плечики, чтобы передать ей, хотя бы отчасти, свои чувства. И когда Виви заговорила, голос ее звучал непривычно уверенно и мощно:

— Я полюбила тебя, потому что в жизни не видела более красивого ребенка. Я полюбила тебя, потому что ты была ни в чем не виновата. Я полюбила тебя, потому что влюбилась в тебя с первого взгляда. — Она замолчала, ее душили слезы. — И отчасти я полюбила тебя, потому что без тебя, моя дорогая, дорогая девочка... потому что без *тебя* я никогда не получила бы *его*.

А потом, высвободившись из объятий Сюзанны, Виви рассказала, как на самом деле умерла Афина, и Сюзанна вновь разрыдалась; она плакала по Эмме, по Алехандро, но в основном оплакивала Афину, которая умерла вовсе не из-за нее.

Глава 24

Первая ночь, что Сюзанна Фэрли-Халм провела со своей семьей, вызвала настоящий переполох в поместье Дир, сопровождавшийся накалом эмоций, бессонницей, волнением и плохо скрытым страхом. Все ожидали, что малышка, оторванная от всех, кого она знала, лишенная привычной обстановки, окружавшей ее первые несколько месяцев жизни, будет вести себя беспокойно, но она сразу заснула и спала мирным сном с вечера до семи тридцати утра. А вот появившимся в ее жизни новым взрослым людям было явно не до сна.

Розмари Фэрли-Халм, уже успевшая привыкнуть к постоянному присутствию сына в родительском доме, запаниковала, когда тот не вернулся домой к вечеру, а еще больше — когда поняла, что ни она, ни ее муж не в курсе, где сын провел день. Розмари до полуночи мерила шагами скрипучие половицы, то и дело глядя в окна со свинцовыми переплетами в тщетной надежде увидеть зажженные фары подъезжающего к дому автомобиля. Экономка, поднятая с постели, сообщила Розмари, что видела, как мистер Дуглас в десять утра сел в такси и направился в сторону станции. Начальник станции, которому по настоянию жены позвонил Сирил, сказал, что Дуглас вырядился в выходной костюм.

— Небось собрался на шоу? — добродушно спросил он у Сирила. — Парню не худо немножко расслабиться.

— Что-то вроде того, Том, — ответил Сирил Фэрли-Халм и положил трубку.

После чего они позвонили Виви, надеясь вопреки здравому смыслу — Виви теперь ходила к ним как на работу, но Дуглас проявлял к ней не больше интереса, чем к предмету обстановки, — что сын, возможно, в виде исключения пригласил девушку в город.

— Уехал? — Виви смертельно испугалась, когда поняла, что Дуглас, ее Дуглас, который все последние месяцы тайком плакал у нее на груди, признаваясь в самых темных чувствах, разбуженных предательством жены, явно что-то скрывает от своей подруги детства.

— Мы очень надеялись, что он с тобой. Представляешь, он не ночевал дома. Сирил взял машину и поехал его искать, — заявила Розмари.

— Я немедленно к вам приду, — ответила Виви, которая, несмотря на крайнее волнение, была весьма довольна тем, что Розмари сочла вполне уместным ее приход в столь поздний час.

Виви помчалась в поместье, так толком и не поняв, чего она больше боится: того, что Дуглас, возможно, сейчас лежит где-то, израненный, в кустах, или того, что его исчезновение связано с неожиданным появлением кого-то другого. Он все еще любил Афину, тут у Виви не было сомнений. Последние несколько месяцев он только об этом и твердил. Однако худо-бедно его излияния еще можно было терпеть, пока оставалась слабая надежда, что его чувства угасают, точно угли в камине. Зная подробности бегства Афины, Виви рассчитывала, что к прежнему возврата нет.

Итак, обитатели поместья, разбившись на мелкие группы и вооружившись фонариками, с полуночи до зари обшаривали окрестности на случай, если Дуглас случайно напился и свалился в канаву. Несколько лет назад один местный парень, наклюкавшись, утонул. Сирила до сих пор преследовало воспоминание о том утопленнике, лежавшем лицом вниз на отмели.

— Последнее время он стал гораздо меньше пить, — заметил Сирил, когда они стояли, сгрудившись, в лунном свете. — Похоже, мальчик уже переболел. И потихоньку приходит в себя.

— Мистер Фэрли-Халм, Дуглас наверняка у какого-нибудь приятеля. Пропустил стаканчик-другой и заночевал в Лондоне.

Егерь, который сейчас совершал обход ближайшего леса с уверенностью и ловкостью человека, даже в темноте бывшего на короткой ноге с колючими ветками и корнями деревьев, оптимистично смотрел на исход дела. И несколько раз бросил фразу, что мальчишки есть мальчишки.

— А может, он пошел в Ларксайд, — пробормотал один из парней. — Рано или поздно там все оказываются.

Виви вздрогнула. О доме на окраине деревне говорили или трагическим шепотом, или в шутку, с пьяных глаз, и мысль о том, что Дуглас мог опуститься до общения с падшими женщинами, тогда как она, Виви, находилась совсем рядом и ему надо было лишь протянуть руку, чтобы...

— У него достаточно здравого смысла, чтобы обходить стороной злачные места.

— Если он только как следует не набрался. Ведь бедняга уже почти год как один.

Егерь, похоже, зацепился сапогом за какую-то тряпку и тихо чертыхнулся.

— Это бесполезно. Чтоб ему пусто было, этому Дугласу! Черт бы побрал этого безответственного мальчишку! — У Сирила заходили желваки на скулах.

Виви поплотнее запахнула шерстяную кофту в напрасной попытке защититься от холода. Ясное дело, Сирил проклинал Дугласа, чтобы скрыть свое беспокойство. Ведь он не хуже Виви понимал всю глубину отчаяния сына.

— Он непременно объявится, — тихо проронила Виви. — Он ведь очень благоразумный. Честное слово.

Но никто из них почему-то не сообразил проверить Филмор-Хаус. Да и с какой стати, если после побега жены Дуглас там практически не бывал? И вот уже на рассвете, когда две поисковые партии, продрогшие до костей и странно притихшие, встретились в холодном утреннем свете возле амбаров рядом с Филмор-Хаусом, в чью-то умную голову наконец пришла здравая мысль.

— Мистер Фэрли-Халм, там свет, — показал рукой один из парней. — В верхнем окне. Посмотрите.

И пока под сладкоголосое пение птиц они переминались с ноги на ногу на покрытой росой лужайке, устремив взгляды на верхний этаж старого дома, входная дверь отворилась. И на пороге возник он, в мятых брюках от выходного костюма, в рубашке с закатанными рукавами, с безмятежно спящим младенцем на руках.

— Дуглас! — В голосе Розмари можно было услышать и испуг, и облегчение.

Все словно онемели, пытаясь осмыслить представшую их глазам картину.

Дуглас наклонил голову и поправил шаль, в которую был завернут младенец.

— Что происходит, сын?

— Это... Сюзанна, — спокойно ответил он. — Мне ее отдала Афина. Это все, что я могу сказать по данному поводу. — Он походил на побитую собаку, но вид у него был вызывающий.

У Виви отвалилась челюсть. Егерь едва слышно чертыхнулся.

— А мы уже было подумали... Боже мой, Дуглас, объясни, ради всего святого, что...

Сирил положил жене руку на плечо:

— Не сейчас, Розмари.

— Но, Сирил! Посмотри на...

— Не сейчас, Розмари! — Он кивнул сыну и, повернувшись, сказал: — Нам всем не помешает немного отдохнуть. Мальчик цел и невредим. — (Виви почувствовала, как Сирил осторожно подталкивает ее в сторону дорожки. Значит, ей тоже лучше уйти. Она оглянулась на Дугласа, который по-прежнему не сводил глаз с личика ребенка, освещенного первыми лучами солнца.) — Если пожелаете вернуться в Дир-Хаус, полагаю, мы сможем выпить по чашечке кофе. А поговорить мы всегда успеем. Когда выспимся.

Он отправился в Филмор-Хаус, уже позже рассказал Виви Дуглас, потому что ему надо было побыть одному, ведь даже самому себе он не мог сказать правду о том, что на самом деле произошло в тот день. А возможно, он пошел туда с малышкой на руках, потому что испытывал первобытную потребность быть ближе к матери этого ребенка, отнести его в дом, по-прежнему хранящий память о ней, пусть даже следы ее пребывания там практически стерлись. Так или иначе, но в Филмор-Хаусе он пробыл только два дня, поскольку обнаружил, что в одиночку ему с ребенком не справиться.

Розмари поначалу была сама не своя от ярости. Она не оставит ребенка этой женщины в своем доме, заявила она, когда Дуглас вернулся к родителям. Она не могла поверить, что у нее такой глупый, такой доверчивый сын. Она не могла поверить, что он не побоялся выставить себя на всеобщее посмешище. Ну и что дальше? Может, он ждет, что они приютят и любовников Афины тоже?

На этом месте Сирил прервал жену и предложил ей пойти немного проветриться. И уже более спокойным тоном попытался урезонить сына. Ему надо включить мозги. Он еще совсем молодой человек и не имеет права взваливать на себя подобную обузу. Ведь у него вся жизнь впереди. Тем более что эта особа... Однако Сирил так и не смог закончить. Он прочел в глазах сына такую непреклонную решимость, что слова замерли у него на губах.

— Она остается здесь, — заявил Дуглас. — Все, разговор закончен. — Он держал малышку на руках со сноровистостью молодого отца.

— А как ты собираешься за ней ухаживать? — поинтересовался Сирил. — На нас можешь не рассчитывать. С этим поместьем у меня и так работы непочатый край. А твоя мать тут тебе не помощница. Впрочем, ты и сам знаешь.

— Я что-нибудь придумаю, — ответил Дуглас.

Уже позже он признался Виви, что столь твердое решение было продиктовано отнюдь не желанием оставить ребенка, хотя он успел привязаться к малышке. Нет, он боялся признаться отцу, что даже если бы, исполняя волю родителей, и собрался вернуть Сюзанну Афине, то при всем желании не сумел бы этого сделать, поскольку забыл узнать у бывшей жены, как с ней связаться.

Первые несколько дней все было как в дешевой мелодраме. Розмари демонстративно игнорировала ребенка и с утра до вечера возилась в саду. Местные женщины оказались не настолько непреклонными, а если и осуждали Дугласа, то исключительно у него за спиной, и, узнав последние новости, натащили старых детских стульчиков, слюнявчиков, пеленок — одним словом, обеспечили его полным арсеналом того, что необходимо для маленького человеческого существа. Дуглас попросил Бесси обучить его основам ухода за ребенком, и она целое утро объясняла, как правильно надеть подгузник, как нагревать бутылочки с молоком, как с помощью вилки делать пюре из твердой пищи. Бесси наблюдала издалека, с неодобрением, смешанным с беспокойством, за неловкими попытками Дугласа накормить Сюзанну. Малышка упорно отталкивала от себя полную ложку, а новоявленный папаша чертыхался и оттирал еду с одежды.

Буквально через несколько дней Дуглас вконец иссяк. Отец, нуждавшийся в помощи сына, начинал терять остатки терпения, в кабинете копилась гора бумаг, люди жаловались, что не получают указаний насчет полевых работ.

— Что ты собираешься делать? — спросила Виви, глядя, как он с младенцем под мышкой пытается говорить по телефону с поставщиком кормов. — Почему бы тебе не взять кормилицу или кого-нибудь еще, кто присматривает за детьми?

— Она уже слишком большая для кормилицы, — огрызнулся Дуглас; хроническое недосыпание сделало его раздражительным.

Правда, он не сказал того, что оба и так отлично понимали: ребенку нужна была мать.

— Ты в порядке? Выглядишь жутко усталым.

— У меня все прекрасно.

— Но ты не сможешь справиться в одиночку.

— Не начинай, Виви. И ты туда же! Не уподобляйся всем остальным.

Виви замолчала, обидевшись, что ее приравняли ко всем остальным. Она смотрела, как он расхаживает по комнате, вполголоса повторяя список дел и звеня ключами перед носом у малышки, которая тянула к ним жадные ручки.

— Я тебе помогу, — заявила Виви.

— Что?

— В настоящий момент я сижу без работы. И присмотрю за девочкой. — Виви и сама толком не понимала, что заставило ее это сказать.

У Дугласа округлились глаза, лицо озарила надежда.

— Ты?

— Я уже имела дело с малышами, то есть сидела с детьми в качестве приработка. Когда жила в Лондоне. Причем один был как раз ее возраста. Так что дело знакомое.

— Ты действительно будешь за ней присматривать?

— Ради тебя — да. — Виви покраснела. Она явно выбрала не те слова, но он, похоже, не обратил внимания.

— Боже мой, Виви! Так ты действительно будешь за ней присматривать?! Каждый день? Естественно, пока я не разберусь с делами. Пока не придумаю, что делать дальше. — Он направился к Виви, приготовившись сдать Сюзанну с рук на руки.

Виви вдруг заколебалась, словно эти темные шелковистые волосы, эти распахнутые голубые глаза стали болезненным напоминанием о тех тяжелых временах, что ей пришлось пережить. Затем она посмотрела на Дугласа и увидела на его лице облегчение и безмерную благодарность.

— Да, — ответила Виви. — Да, буду.

Ее родители были в ужасе.

— Ты не можешь! — уговаривала ее мать. — Это ведь не твой ребенок.

— Мамочка, нельзя наказывать детей за грехи отцов. — По крайней мере, внешне Виви держалась вполне уверенно, но внутри дрожала как овечий хвост. — Она чудесный ребенок.

Виви только что позвонила мистеру Холстейну сообщить, что не вернется в Лондон.

Миссис Ньютон в своем крайнем возбуждении зашла так далеко, что решилась связаться с Розмари Фэрли-Халм, которая, как оказалось, тоже была категорически против этой безумной затеи. Похоже, молодые люди уже все решили без нас, убитым голосом сообщила Розмари. Кто бы мог ожидать, что Дуглас выкинет такой номер?

— Но, дорогая, подумай хорошенько. Я имею в виду, она может вернуться в любой момент. А ведь у тебя работа, карьера. Это может затянуться на годы. — Ее мать была на грани истерики. — Подумай, Виви. Вспомни, как ты из-за него настрадалась.

Мне наплевать. Я нужна Дугласу, про себя сказала Виви, наслаждаясь ощущением, что они вдвоем против целого мира. И мне этого более чем достаточно.

Но в конце концов родственники сменили гнев на милость. Впрочем, а как могло быть иначе? Кто способен устоять против невинного, прелестного, лучезарного ребенка? Спустя несколько месяцев, когда присутствие Сюзанны в доме перестало быть значительным событием, а деревенские пересуды насчет ее появления прекратились, Виви обнаружила, что, заслышав плач малышки, Розмари тотчас же появляется из кухни, якобы убедиться, что дитя в порядке, а Сирил при виде малышки на руках у сына перед купанием гладит ее по головке, надувает щеки и показывает ей язык. Тем временем сама Виви влюбилась в девочку без памяти, эти вечные улыбки, цепкие пальчики и наивная доверчивость покорили ее настолько, что она практически не чувствовала усталости. Более того, ребенок помог ей сблизиться с Дугласом: теперь каждый вечер, когда он возвращался с полей, они садились пропустить по стаканчику джина с тоником и вместе смеялись над детскими проказами или переживали по поводу режущихся зубиков Сюзанны и ее ртутного темперамента. Когда Сюзанна сделала первые шаги, Виви сломя голову помчалась в поле, чтобы сообщить Дугласу, а потом они уже вместе бежали назад, запыхавшиеся, окрыленные, к оставленной на попечение экономки Сюзанне, которая с довольным видом балованного ребенка умилительно таращила веселые глазки. А в один прекрасный день Виви с Дугласом решили вывезти Сюзанну на прогулку в огромной старой коляске. Они прошли через все поместье, чтобы устроить пикник, и Виви в глубине души представляла себе, будто они одна семья.

Дуглас, непривычно жизнерадостный, не отходил от малышки, показывал ей амбары, трактор, птиц, разрезавших небо на бреющем полете. Эта пасторальная сцена и состояние безоблачного счастья оказали на Виви столь расслабляющее воздействие, что с ее губ сорвался сакраментальный вопрос:

— А что, если она захочет ее забрать?

— Ви, я должен тебе кое-что сказать. То, что еще не говорил никому. — Выражение его глаз, только что весело блестевших, стало страдальческим.

И, показав на сидевшую между ними девочку, Дуглас поведал Виви о том, как этот ребенок попал под его опеку, как он, Дуглас, точно последний дурак помчался в ресторан в надежде, что Афина собирается с ним помириться, как он, прекрасно осознавая свою глупость, свою наивность, не смог ей ни в чем отказать.

Виви наконец поняла: причина, по которой он так страстно любил Сюзанну, заключалась в том, что ребенок этот оставался единственной связующей нитью между ним и бывшей женой. Дуглас надеялся на то, что, пока малышка с ним, Афина еще может вернуться. И совершенно не важно, насколько он доверяет Виви, насколько зависит от нее и как много времени они провели, разговаривая о детях, словно были настоящей семьей; ей, Виви, не суждено преодолеть стоявший между ними барьер.

Я не должна к ней ревновать, подумала Виви и, притворившись, будто ей что-то попало в глаз, поспешно отвернулась. Боже правый, я не должна ревновать ребенка к его матери! С меня довольно и того, что он нуждается во мне и я стала частью его жизни.

Но это было сильнее ее. И дело было не только в Дугласе, думала она, укладывая вечером Сюзанну в кроватку и осыпая поцелуями лицо девочки, которая, с довольным видом засунув в рот пальцы, готовилась отойти ко сну. Виви никого из них не желала отдавать.

Через шесть месяцев после появления Сюзанны прямо перед завтраком неожиданно позвонила Розмари. Она в курсе, что Виви собирается поехать в город, но не могла бы Виви взять к себе на день Сюзанну? — довольно резко спросила Розмари.

— Ну конечно, Розмари, — ответила Виви, мысленно перекраивая планы.

— Тут такое дело... эта...

Уже после Виви поняла, что даже тогда Розмари не желала произносить запретное имя.

— Нам позвонили. Все очень сложно... — Розмари сделала паузу. — Афина... скончалась.

Ответом ей было ошарашенное молчание. У Виви перехватило дыхание. Мне так жаль, качая головой, сказала она, неспособная осознать до конца слова Розмари.

— Виви, она умерла. Нам только что позвонили Форстеры.

И когда Розмари в очередной раз повторила печальную новость, Виви почувствовала себя гораздо увереннее, причем настолько, что смогла принять услышанное как данность.

Виви, сидевшая обмякнув на кресле в холле, поначалу даже не обратила внимания на мать, которая, спустившись вниз в ночной рубашке, поинтересовалась, в чем дело.

— Ты в порядке, дорогая? — Миссис Ньютон попыталась поймать взгляд дочери.

Афине больше не суждено вернуться. Ей не суждено вернуться, чтобы отнять у Виви Дугласа и Сюзанну. Виви, еще не успевшая оправиться от потрясения, неожиданно поняла, к своему стыду, что испытывает не только шок, но и нечто похожее на эйфорию.

— Виви? Ты еще тут?

— А как Дуглас? Он в порядке?

С тех пор ее неустанно мучила совесть, что она в первую очередь подумала о Дугласе и даже не поинтересовалась обстоятельствами смерти Афины.

— Он будет в порядке, — ответила Розмари. — Виви, спасибо, что спросила. Он будет в порядке. Через полчаса мы завезем ребенка.

Дуглас скорбел два месяца, демонстрируя глубокую печаль, которую многие сочли явно избыточной, если учесть, что его жена сбежала от него больше года назад, причем, насколько всем было известно, с другим мужчиной.

Многие, но только не Виви. Она находила скорбь Дугласа трогательным свидетельством его способности на сильные чувства и подлинную страсть. Теперь, когда Афина ушла в мир иной, Виви могла позволить себе быть великодушной. Виви не собиралась зацикливаться на смерти Афины, поскольку невозможно было найти баланс между жалостью и осуждением, поэтому Виви сосредоточилась на Сюзанне и, словно желая искупить свою вину за столь низменные чувства, постаралась излить на малышку свою безграничную любовь. Виви взяла на себя все заботы о Сюзанне, обнаружив, что теперь, когда тень Афины уже не нависала над ней дамокловым мечом, она могла щедро потратить на осиротевшего ребенка все запасы неизрасходованной нежности.

Сюзанна, казалось, отвечала тем же на столь безграничную привязанность. Она сделалась еще жизнерадостнее и с удовольствием прижималась упругой бархатистой щечкой к щеке Виви, доверчиво вкладывая пухлую ладошку в руку своей воспитательницы. Итак, Виви теперь приезжала в Дир-Хаус около половины восьмого утра и тотчас же уводила Сюзанну на прогулку по поместью, подальше от Дугласа, с его горем, словно черным покрывалом накрывшим дом, подальше от его родителей и слуг, для которых, судя по их тревожным шепоткам, присутствие Сюзанны становилось все более серьезной проблемой.

— Мы не можем избавиться от нее прямо сейчас, — как-то раз, проходя мимо кабинета, услышала Виви голос Розмари. — Мы ведь сказали всем, что это ребенок Дугласа.

— Это ребенок Дугласа! — отрезал Сирил. — И только ему решать, что делать с Сюзанной. Надо сказать мальчику, чтобы взял себя в руки. Пора принимать решение.

Они сделали генеральную уборку Филмор-Хауса. Дом, скорее напоминавший храм Афины — шкафы попрежнему ломились от платьев, а пепельницы были переполнены окурками в губной помаде, — перешел в ведение Розмари. Дуглас с Сюзанной успели прочно обосноваться в Дир-Хаусе. И Розмари, у которой уже давно чесались руки уничтожить все физические следы присутствия этой девицы в поместье, решила воспользоваться пассивностью сына, чтобы раз и навсегда покончить с этим делом.

Виви наблюдала с вершины холма за тем, как мужчины выносили из дома охапки ярких платьев, выкладывая их на центральной лужайке, в то время как женщины ползали на коленках по раскатанным коврам и, ежась от холода, восхищенно разбирали коробочки с украшениями и пакеты с дорогостоящей косметикой.

Для человека, декларировавшего полное равнодушие к собственности, у Афины оказалось слишком большое, просто непомерное количество личных вещей, и среди них не только платья, пальто и туфли, но и пластинки, картины, лампы — все это было куплено в спешке или получено в качестве подарков, а затем брошено.

— Не стесняйтесь, берите все, что хотите. Остальное — в костер и сжечь! — донесся до Виви командный голос Розмари, явно довольной тем, что удалось снова взять бразды правления в свои руки.

И Виви невольно задалась вопросом: а не испытывает ли и она такого же радостного возбуждения при мысли о кардинальном устранении всех следов пребывания Афины в доме? Да-да, прилива злобной радости, в которой она даже себе боялась признаться. Этого недостойного, низменного чувства, что привело ее сюда понаблюдать за происходящим, совсем как старую ведьму — за казнью.

— Ты ничего не хочешь взять? — крикнула Розмари, заметив Виви, медленно катившую коляску с Сюзанной.

Виви посмотрела на костюм для медового месяца, на расшитые блестками туфельки без задников, что были на Афине во время охотничьего бала, а теперь лежали в груде бесполезных вещей возле бордюра из герани.

— Нет, спасибо, — ответила она.

Родители Афины от всего отказались. Виви случайно подслушала, как папа с мамой это обсуждали. Форстеры были настолько шокированы поведением Афины, что предпочли дистанцироваться от нее, даже усопшей. Они кремировали ее тело на закрытой церемонии и не поместили объявления в «Таймс», трагическим шепотом сказала миссис Ньютон. И не захотели увидеть свою внучку. Более того, они даже не упомянули о Сюзанне.

Виви неторопливо катила коляску мимо горы пожитков, время от времени склоняясь над спящей Сюзанной, чтобы проверить, хорошо ли она защищена от порывов ветра. И неожиданно краем глаза заметила ящик с нижним бельем Афины, воздушными вещицами из шелка и кружев — вещицами, которые говорили о ночах, полных интимных секретов и неведомых удовольствий, а сейчас неряшливой кучей валялись на земле, выставленные на всеобщее обозрение. Словно после Афины не осталось ничего, что заслуживало уважительного к себе отношения.

Виви полагала, что это зрелище принесет ей тайное удовлетворение. Но столь решительное, столь поспешное уничтожение личных вещей Афины казалось ей сейчас почти непристойным. Как будто все до единого твердо вознамерились вычеркнуть ее из своей памяти. Дуглас больше о ней не говорил. Розмари и Сирил запретили упоминать ее имя. Сюзанна была слишком мала, чтобы помнить Афину: благодаря своему возрасту Сюзанна спокойно двигалась дальше, получая обожание окружавших ее незнакомцев в качестве более-менее удачной замены материнской любви. Впрочем, с другой стороны, никто толком не знал, как сильно Сюзанну любили до того.

Виви прошла мимо груды дорогих шерстяных пальто и остановилась на краю лужайки пропустить мужчину с коробкой фотографий на выброс. Впоследствии Виви так и не смогла понять, что заставило ее это сделать. Возможно, мысли о том, что у Сюзанны не оказалось корней, возможно, чувство неловкости из-за того, что все люди, когда-либо знавшие Афину, буквально горели желанием вычеркнуть ее имя из анналов истории. Возможно, дело было в этом красивом нижнем белье, разрозненном, выставленном напоказ, словно тоже замаранном ею.

Виви нагнулась, чтобы взять из коробки пачку фотографий, а также вырезку из газеты, и положила их в коляску, прикрыв сумкой. Виви не была уверена, как поступит со всем этим добром. Она не была уверена, что вообще хочет оставить фото себе. Просто ей вдруг показалось важным, что при всей щекотливости ситуации и возможности возникновения неудобных вопросов Сюзанна, когда вырастет, захочет узнать о своей матери.

— А кто моя самая красивая девочка? — Виви снова поднялась на холм, и тут Сюзанна неожиданно заплакала. Виви взяла девочку на руки и закружила. Щечки ребенка раскраснелись от ветра. — Кто моя самая красивая девочка?

— Конечно она.

Резко обернувшись, Виви обнаружила у себя за спиной Дугласа и покраснела.

— Извини, — пролепетала она. — Я не знала... Я не знала, что ты здесь.

— Не надо извиняться. — Дуглас поднял от холода воротник твидовой куртки, его уставшие глаза были обведены красными кругами. Он подошел поближе, поправил вязаный чепчик Сюзанны. — Она в порядке?

— В полном порядке, — просияла Виви. — Очень здоровенькая. Кушает все подряд. Да, моя сладенькая? — (Малышка протянула пухлую ручку и схватила Виви за длинный золотистый локон, выбившийся из-под шляпки.) — У нее все отлично. Честное слово!

— Прости, — сказал Дуглас. — Я ей совсем не уделял внимания. Вам обеим.

Виви снова покраснела:

— Тебе не за что... не за что просить прощения.

— Спасибо, — тихо произнес Дуглас и бросил взгляд в сторону лужайки, которую уже потихоньку начали приводить в порядок. — За все, что ты делаешь. Спасибо.

— О Дуглас... — Виви не знала, что сказать.

Он положил куртку на землю, и какое-то время они сидели молча. Дуглас смотрел на лужайку, на малышку, которая, уютно устроившись на коленях у Виви, неловкими пальчиками хватала травинки.

— Можно мне ее взять?

Виви отдала ему ребенка. Дуглас выглядел уже более спокойным, заметила она. Словно решил наконец выйти из добровольного заточения.

— Я не перестаю думать о том, что это моя вина, — начал он. — Быть может, если бы я был более внимательным мужем... Если бы она осталась здесь, ничего бы этого не...

— Нет, Дуглас. — Голос Виви прозвучал неожиданно резко. — Тут ты ничего не мог сделать. Ничегошеньки. — (Он уныло потупился.) — Дуглас, ты потерял ее уже давным-давно. Задолго до того, как она умерла. Ты должен знать.

— Знаю.

— И самое плохое, что ты можешь сделать, — превратить ее трагедию в свою собственную. — Виви сама удивилась своей горячности. В последнее время это давалось ей гораздо легче, подобная убедительность. Поддерживать Дугласа было для нее удовольствием. Достав из кармана погремушку, Виви добавила: — Ты нужен

Сюзанне. Ты должен быть веселым. Ради нее. Чтобы показать ей, каким чудесным папочкой можешь стать. — (Дуглас презрительно фыркнул.) — И не смейся, пожалуйста. Ты единственный отец, которого она знает, и она тебя безумно любит.

Дуглас осторожно покосился на Виви:

— Нет, это она тебя безумно любит.

Виви зарделась от удовольствия:

— Я обожаю Сюзанну. Ее невозможно не любить.

Они следили за сухопарой фигурой Розмари, которая лавировала между оставшимися кипами с барахлом на лужайке, с военной четкостью отдавая распоряжения. Она махнула рукой в сторону костра, который разожгли невдалеке. Столб дыма словно служил неопровержимым доказательством того, что Афина уже больше не является официальной владелицей этого дома. И когда серый дым стал гуще, Виви почувствовала, как рука Дугласа осторожно подползла по траве к ее руке, и в ответ ободряюще сжала его ладонь.

— И что теперь с ней будет? — спросила Виви.

Посмотрев на сидевшее между ними дитя, Дуглас тяжело вздохнул:

— Без понятия. Но одному мне с ней точно не справиться.

— Да, не справиться.

И тут у Виви в груди что-то шевельнулось, некий намек на уверенность, доселе ей неведомую. Ощущение своей незаменимости, возникшее, наверное, впервые в жизни.

— Я останусь здесь, — сказала Виви. — На столько, на сколько потребуется.

И тогда он посмотрел на Виви так, словно его глаза — слишком умудренные жизнью для такого молодого человека — видели ее впервые. Он перевел взгляд на их сплетенные пальцы, едва заметно покачал головой с таким видом, будто что-то упустил и теперь корил себя за это. По крайней мере, Виви именно так нравилось вспоминать этот момент.

У нее перехватило дыхание, когда Дуглас погладил ее по щеке свободной рукой, как гладил до того щечку Сюзанны. Виви накрыла его ладонь своей рукой и улыбнулась милой, доброй улыбкой, точно пытаясь исключительно силой воли передать ему немного мужества. Поэтому, когда их губы встретились, это не стало для Виви сюрпризом. Да-да, не стало сюрпризом, несмотря на незаживающую рану в душе.

— *Дорогой*, — сказала Виви с той решимостью, с той уверенностью, которой способна наградить преданность в любви.

У Виви все запело внутри, когда он сжал ее в объятиях, говоривших о чувстве не менее сильном, чем у Виви. Конечно, немного не похоже на сказку, но зато реально, а потому так же значительно.

Я останусь здесь.

Глава 25

Пассажиры, выходящие через ворота в зале прибытия рейса 7902 из Буэнос-Айреса компании «Бритиш эруэйз», выделялись на общем фоне на редкость привлекательной внешностью. И не то чтобы аргентинцы в общем не были красивой нацией, особенно по сравнению с испанцами, размышлял Хорхе де Маренас, однако вряд ли стоило удивляться, что сто пятьдесят участников съезда пластических хирургов — и их жены — эстетически более привлекательны, нежели остальные. Женщины — сплошь загорелые амазонки, с фигурами наподобие песочных часов и волосами цвета дорогих кожаных сумок, мужчины — все как один с густыми темными волосами и неестественно квадратной челюстью. Хорхе де Маренас был единственным, кто внешне соответствовал своему биологическому возрасту.

— Мы с Мартином Серджио решили сыграть в маленькую игру, — сообщил он Алехандро, когда они устроились на заднем сиденье такси, направляющегося в Лондон. — Надо оглянуться вокруг и определить, у кого какой размер. У женщин это нетрудно. — Хорхе поднес руки к груди, изобразив два футбольных мяча, и надул губы. — В последнее время они слишком всем увлекаются. Сначала засовывают в лифчик по чуть-чуть, а затем хотят стать похожими на Барби. Но мужчины... Мы начинаем распускать слухи, будто у самолета закончилось горючее, чтобы посмотреть, кто из них еще способен наморщить лоб. Большинство из них похожи на... — Хорхе изобразил застывшую гримасу милостивого согласия. — «Ты уверен? Но это ужасно! Мы же просто умрем!» — Хорхе от души рассмеялся и хлопнул сына по ляжке.

Долгий перелет и встреча со своим обожаемым Алехандро прибавили Хорхе словоохотливости, и он так много болтал с тех пор, как они обнялись в гулком зале прибытия, что только на окраине Лондона, в Чизике, когда такси затормозило перед выездом на автостраду, до него дошло, что сын какой-то непривычно молчаливый.

— Ну и сколько у тебя выходных? — спросил Хорхе. — Мы едем на рыбалку?

— Да, папа. Уже все забронировано.

— И куда мы отправимся?

— В одно место в часе езды от больницы. Я договорился на четверг. Ты вроде говорил, будто ваша конференция заканчивается в среду, да?

— Отлично. Buenisimo. А что собираемся ловить?

— Кумжу, — ответил Алехандро. — Я уже купил наживку в Дир-Хэмптоне. Я там живу. А еще одолжил у одного доктора парочку спиннингов. Так что тебе ничего не понадобится, кроме шляпы и болотных сапог.

— Все свое ношу с собой. — Хорхе махнул рукой в сторону багажника. — Надо же, кумжа! Ну-ка, посмотрим, даст ли она нам бой.

Он сидел, не обращая внимания на проступавшую в тумане плоскую застройку окраин Западного Лондона. Мысленно Хорхе был уже на берегу прозрачной английской реки, он даже слышал резкий свист лески, разрезающей воздух и падающей в бурные воды перед ним.

— А как там мама?

Неохотно выкинув из головы кишащие рыбой потоки воды, Хорхе вернулся с небес на грешную землю. Весь полет он только и думал о том, что стоит говорить Алехандро, а что нет.

— Ты же знаешь свою мать, — небрежно произнес он.

— А она в последнее время хоть где-нибудь бывала? Выходила с тобой из дому?

— Она... она по-прежнему немного озабочена криминальной обстановкой. И мне никак не удается убедить ее, что дела налаживаются. Она смотрит слишком много новостей по телевизору, читает «Эль гуардиан», «Нотисиас» и все такое. Что не успокаивает нервы. Милагрос теперь постоянно живет с нами. Я тебе говорил?

— Нет.

— Мне кажется, твоей маме хочется, чтобы в доме кто-нибудь был в мое отсутствие. Это позволяет ей... чувствовать себя увереннее.

— Она не захотела приехать с тобой? — Алехандро отвернулся к окну, и по его голосу трудно было сказать, жалеет он или, наоборот, рад.

— Ты же знаешь, она не особый любитель самолетов. Не волнуйся, сынок. Они с Милагрос отлично ладят.

По правде говоря, Хорхе был даже рад получить возможность отдохнуть от жены: у нее возникла навязчивая идея насчет того, что у мужа интрижка с Агостиной, секретаршей, и она постоянно упрекала его в отсутствии интереса к ней, законной супруге. И если Хорхе согласится уменьшить окружность ее талии, немного подтянуть щеки, то, возможно, она станет для него чуть привлекательнее. Хорхе ничего не пытался сказать в свое оправдание — многолетний опыт совместной жизни говорил ему, что будет только хуже, — но он оказался не в силах озвучить истинное положение дел: со временем он перестал испытывать некогда острую потребность в физическом подтверждении своих чувств. Годы работы скальпелем с целью совершенствования юных тел, формирования более пышных форм или, наоборот, отсекания лишнего, иногда в самых интимных местах, привели к тому, что женская плоть стала интересовать его лишь чисто абстрактно — как художника или скульптора.

— Она скучает по тебе, — сказал Хорхе. — И я говорю это вовсе не для того, чтобы ты почувствовал себя виноватым. Господь свидетель, ты молодой человек и должен получать удовольствие от жизни, да и вообще немножко посмотреть мир. Но она скучает по тебе. Она положила в мой чемодан немножко мате для тебя, несколько новых рубашек, а еще парочку вещей, которые ты, может, захочешь почитать. — Тут он сделал паузу. — Думаю, она была бы довольна, если бы ты почаще писал.

— Знаю, — ответил Алехандро. — Прости. У меня было... непростое время.

Хорхе бросил проницательный взгляд на сына и собрался было прощупать почву, но передумал. У них впереди четыре дня вместе и по крайней мере один день рыбалки. Если Алехандро что-то гложет, то отец это так или иначе скоро выяснит.

— Ну что, значит, Лондон? Тебе понравится отель «Лансдаун». Мы с твоей матерью останавливались там в шестидесятых, когда поженились, и зажигали вовсю. На этот раз я забронировал двухместный номер с двумя кроватями. Какой смысл жить порознь, когда мы столько месяцев не виделись? Только я и мой мальчик.

Алехандро ответил ему широкой ухмылкой, и Хорхе почувствовал прилив привычного удовольствия от компании своего красивого сына. Хорхе вспомнил, как Алехандро крепко обнял его на выходе из ворот в аэропорту и расцеловал в обе щеки — существенный прогресс по сравнению со сдержанными рукопожатиями, которыми он обменивался с отцом даже в детстве, когда возвращался домой из школы-интерната. Говорят, разлука меняет людей, подумал Хорхе. Возможно, в этом холодном климате его сыну удалось наконец немного оттаять.

— Ну что, устроим мальчишник? Сходим в лучшие рестораны, прошвырнемся по ночным клубам. Словом, поживем полной жизнью. Нам надо многое наверстать, Турко, и для этого у нас впереди еще куча времени.

Работа конференции пластических хирургов ежедневно заканчивалась в шестнадцать тридцать, и, пока другие делегаты встречались в барах, расхваливали глянцевые фото шедевров мастерства коллег, а за спиной обзывали их мясниками, Хорхе с сыном каждый вечер кружились в вихре развлечений. Они навестили приятеля Хорхе, который жил в Сент-Джонс-Вуде, в доме с оштукатуренным фасадом, сходили на шоу в Вест-Энде, хотя ни один из них не любил театр, пропустили по стаканчику в баре отеля «Савой» и выпили чая в «Рице», где Хорхе попросил официанта их сфотографировать. («Это единственное, о чем просила твоя мама», — сказал Хорхе, когда Алехандро попытался залезть под стол.) Они беседовали о медицине, о политической обстановке в Аргентине, о деньгах и общих знакомых. Немного подпив, они хлопали друг друга по спине и говорили, как классно проводят время, как здорово быть вместе и что нет ничего лучше чисто мужской компании. А затем, еще больше подпив, они становились слезливыми, сентиментальными и начинали сокрушаться, что мать Алехандро не с ними. Отец, хотя и благодарный сыну за столь нехарактерные проявления эмоций, прекрасно понимал, что основные откровения еще впереди. Алехандро сказал, что у него умер друг, и это как-то объясняло некоторые изменения его характера, а также застывшую в его глазах печаль, но никак не объясняло напряженного состояния мальчика, а также его едва заметного беспокойства, которое даже Хорхе, толстокожий, точно слон, как частенько твердила ему жена, не мог не почувствовать.

Однако Хорхе решил ни о чем напрямую не спрашивать.

Он не был уверен, что хочет услышать ответ.

Дом Кэт Картер находился через два дома от жилища ее покойной дочери — атавизм, сохранившийся еще с той поры, когда политика графства состояла в том, чтобы члены одной семьи селились поблизости. Джесси в свое время рассказывала Сюзанне о семьях, члены которых занимали целые уличные тупики: бабушки — рядом с матерями, сестрами и братьями, чьи дети растворялись в аморфных семейных группировках, бегая по чужим домам, как по своим собственным.

И тем не менее, пожалуй, трудно было найти два более непохожих друг на друга дома, чем у Кэт и ее дочери. Если парадная дверь и клетчатые занавески на окнах у Джесси свидетельствовали о ее тайных пристрастиях, о любви ко всему яркому и кричащему, о стремлении к ниспровержению устоев, то жилище Кэт говорило о ней как о человеке, хорошо знающем свое место в обществе, аккуратные цветочные бордюры и безупречно покрашенные стены свидетельствовали о стремлении хозяйки к образцовому порядку. Что отличало Кэт от дочери, навеки запечатленной в памяти на фоне следов разгрома, думала Сюзанна, отводя глаза от парадной двери Джесси. Ей не хотелось вспоминать свое последнее посещение этого дома. Она вообще не была уверена, что сейчас ей хочется быть здесь. Уроки в школе закончились, и район заполонили мамаши с колясками, нагруженные коробками молока из магазинчика за углом. Сюзанна шла вперед, засунув руки в карманы куртки, в одном из которых лежал конверт, приготовленный полчаса назад. А если Кэт нет дома, гадала она, может, просто сунуть конверт под дверь? Или лучше отдать при личной встрече?

Кэт выставила в окне фотографию Джесси: волосы завязаны в два хвостика по бокам, на лице привычная ухмылка. Фотография в черной рамке, а вокруг, наверное, штук сорок поминальных открыток. Сюзанна на секунду зажмурилась и, спиной ощущая любопытные взгляды, решительно позвонила в дверь.

Кэт Картер стала совсем седой. Сюзанна уставилась на ее волосы, пытаясь припомнить, какого цвета они были раньше, но вовремя спохватилась.

— Привет, Сюзанна, — кивнула Кэт.

— Простите, что не зашла раньше. Я очень хотела, просто...

— Не знала, что сказать? — (Сюзанна покраснела.) — Ничего страшного. Ты не одна такая. По крайней мере, ты пришла, а это уже лучше, чем ничего. Входи, не стесняйся.

Кэт посторонилась, и Сюзанна вошла в дом, ступая точно налившимися свинцом ногами по безупречно чистому ковру.

Хозяйка провела ее в гостиную и усадила на диван, откуда Сюзанне была видна тыльная сторона фотографии в рамке и поминальные открытки, повернутые лицом к двери. Планировка оказалась такой же, что и в доме Джесси, все очень чистенько, хотя и бедненько, однако атмосфера была другой, поскольку черное облако тоски и печали чуть ли не осязаемо нависало над головой.

Тяжелой походкой Кэт прошла через всю комнату и села в большое кресло напротив дивана, аккуратно расправив юбку натруженными руками.

— Эмма в школе? — спросила Сюзанна.

— Снова пошла на этой неделе. После каникул.

— Я пришла... узнать... как она поживает, — промямлила Сюзанна.

Кэт кивнула и машинально бросила взгляд на фотографию дочери:

— Она привыкает.

— К слову сказать, если я чем-то могу помочь... — (Кэт вопросительно подняла глаза. На каминной доске за ее спиной стояла фотография всей семьи, в центре мужчина, вероятно отец Джесси, с грудной Эммой на руках.) — Я в некотором смысле несу ответственность за случившееся.

Кэт резко мотнула головой:

— Тебе не за что нести ответственность.

И Сюзанна вдруг почувствовала, как невыносимо давит на плечи груз несказанных слов.

— Я вот тут подумала... возможно, если бы я могла... — Сюзанна сунула руку в карман и достала конверт, — хоть как-то возместить? — (Кэт недоуменно уставилась на конверт.) — Финансово. Здесь немного. Но я подумала, что, если есть какой-то трастовый фонд или типа того... для Эммы, я хочу сказать...

Кэт принялась теребить золотой крестик на шее. Выражение ее лица стало жестким.

— Благодарю, но нам не нужны чужие деньги! — отрезала она. — Мы с Эммой как-нибудь обойдемся.

— Извините. Я не хотела вас обидеть. — Сюзанна положила конверт в карман, ругая себя за бестактность.

— Да ты меня вовсе не обидела. — Кэт встала с кресла, и Сюзанна решила, что ее сейчас попросят уйти. Однако Кэт подошла к раздаточному окну между кухней и комнатой и, просунув в него руку, включила чайник, а затем сказала: — Впрочем, ты все-таки можешь мне помочь. Мы делаем для Эммы коробку памяти. Идея ее учительницы. Попроси своих знакомых написать, чем им запомнилась Джесси... Я хочу сказать, пусть напишут о ней хорошие слова. Чтобы Эмма, когда подрастет... могла получить полное представление о том, какой была ее мать. Что о ней думали люди.

— Отличная мысль! — Сюзанна сразу вспомнила о полке в магазине, где образовалось своеобразное святилище из вещей Джесси.

— Я тоже так думаю.

— Немножко похоже на наши выставки в витрине.

— Да уж. Это у Джесс хорошо получались, да?

— Гораздо лучше, чем у меня. Полагаю, воспоминаний о ней у вас будет более чем достаточно. Хороших воспоминаний. — (Кэт Картер промолчала.) — Я... постараюсь сделать что-нибудь... Одним словом, воздать ей должное.

Кэт неожиданно повернулась к Сюзанне:

— Знаешь, Джесс старалась жить на полную катушку. Хотя для кого-то, может, это была не жизнь, а жалкое прозябание. Ведь, положа руку на сердце, она и пожить-то толком не успела. Ничего не успела сделать, нигде не успела побывать. Но она любила людей, она любила свою семью, и она оставалась верна себе. И всегда говорила, что думает. — Кэт посмотрела на фото на каминной доске. Сюзанна сидела не шелохнувшись. — Да-да, всегда говорила, что думает. Она делила людей на два типа: «водостоки» и «радиаторы». «Водостоками» она называла тех вечно несчастненьких, что мучили окружающих своими проблемами, питаясь их жизненными силами... А «радиаторы» — это люди вроде Джесс. Она нас всех согревала. — И Сюзанна, к своему стыду, неожиданно поняла, к какому именно типу относится лично она, однако Кэт, похоже, уже обращалась не к ней, а к стоявшей на камине фотографии, ее лицо немного смягчилось. — Наверное, это глупо, но я собираюсь научить Эмму тому же. Не хочу, чтобы она выросла забитой и запуганной, чересчур осторожной из-за того, что случилось. Нет, она должна стать сильной, смелой... такой, как ее мама. — Она чуть-чуть поправила фото. — Вот чего я хочу. Чтобы она стала такой, как ее мама. — Кэт стряхнула с юбки несуществующую пушинку. — А теперь давай-ка попьем чайку.

Алехандро неожиданно выпрямился во весь рост, опасно раскачивая лодку, и в сердцах швырнул на дно удочку. Отец бросил на него удивленный взгляд:

— Ты чего? Так ты всю рыбу распугаешь!

— Ни хрена не клюет! Ни хрена!

— А ты пробовал ловить на личинки стрекоз? — Хорхе протянул сыну яркую мушку. — Рыба гораздо лучше клюет на мелкую наживку.

— Да нет, ничего не выходит.

— Тогда возьми леску с более тяжелым поплавком. От твоей что-то мало проку. Она вообще не тонет.

— Дело не в леске. И не в наживке. Просто у меня сегодня душа не лежит.

Хорхе сдвинул шляпу на затылок:

— Не хочу расстраивать тебя, сынок, но другого времени у меня уже не будет.

— Извини, но я больше не могу.

— Это все потому, что ты, точно собачка, дергаешь туда-сюда этих мушек.

Отец нагнулся, поправил удочку Алехандро на дне лодки, затем положил и свою рядом с садком, где блестела серебристой чешуей пойманная рыба. Еще немного — и он достигнет разрешенного по разовой лицензии лимита в шесть рыбин. И тогда, пожалуй, придется воспользоваться лицензией сына.

Хорхе, поерзав на месте, достал из корзины для пикника пиво и протянул Алехандро, словно пальмовую ветвь в знак примирения:

— Что происходит? Ты всегда был более искусным рыбаком, чем я. А сегодня ты точно пятилетний малыш. Где твое терпение?

Алехандро сел, печально понурившись. За последние несколько дней его апатия успела исчезнуть, как исчезают после брошенного камня круги на воде.

— Ладно. — Хорхе положил сыну руку на плечо. — Ладно. Съешь хоть что-нибудь. Может, еще пива... Или чего-нибудь покрепче? — Он похлопал по карману жилетки, где лежала фляжка с виски. — Ты почти не притронулся к еде.

— Что-то не хочется.

— А вот я проголодался. И если продолжишь взбаламучивать воду, там вообще рыбы не останется.

Они молча ели приготовленные Алехандро сэндвичи, позволив лодке дрейфовать к середине озера. Квартира у Алехандро вовсе неплохая, сказал Хорхе. Просторная. Светлая. Безопасная. И куча молоденьких сестричек вокруг. Правда, последнее замечание Хорхе оставил при себе. Вообще-то, ему здесь все пришлось по душе: и холмистые деревенские пейзажи, и очаровательные старомодные коттеджи, и английские пабы с низкими потолками. Ему понравилась безмятежная гладь озера, а также предусмотрительность англичан, которые каждый год восстанавливали популяцию рыбы. Англия, похоже, не меняется, сказал он. И всегда приятно знать, что в мире еще остались такие места, где культурные стандарты и человеческое достоинство по-прежнему хоть что-нибудь да значат, особенно по сравнению с его родной, некогда процветающей Аргентиной, которая теперь катится к чертям собачьим. Тогда Алехандро рассказал ему о квартирных хозяевах, отказавших ему, потому что он «черный», и Хорхе, раскипятившись, заявил, что здесь наверняка полно полудурков и невежд.

— И это еще называется цивилизованная страна, — пробормотал он. — Здесь половина женщин носит мужские туфли.

Бросив тоскливый взгляд на воду, Алехандро повернулся к отцу и с тяжелым вздохом сказал:

— Можешь передать маме, что я возвращаюсь домой.

— И чем, интересно, им не угодили красивые женские туфли? Почему здешние женщины хотят быть похожими на мужчин? — Хорхе вдруг запнулся и, проглотив остатки сэндвича, переспросил: — Что?

— Я уже подал заявление. Возвращаюсь домой через три недели.

На секунду Хорхе засомневался, не изменяет ли ему слух.

— Твоя мама будет довольна, — осторожно произнес он, вытер усы и положил носовой платок обратно в карман. — А в чем дело? Мало платят?

— Нет, платят нормально.

— Тебе не нравится работа?

— Работа отличная. Ты же знаешь, она универсальная. — Алехандро не улыбнулся.

— Все не можешь успокоиться? Это твоя мать, да? Она тебя изводит? Она рассказала мне о том локоне... Прости, сынок. Она не понимает. Впрочем, ты и сам знаешь. Она воспринимает жизнь не так, как другие люди. Потому что слишком редко выходит из дому, понимаешь? И слишком много думает о разных вещах... — Хорхе внезапно захлестнуло чувство вины. Вот почему ему всегда было спокойнее держать свои мысли при себе. Лишние разговоры до добра не доводят. — Ты не должен позволять ей волновать тебя.

— Это женщина, па. Она меня убивает.

Счастье, что они были посреди огромного озера, поэтому никто не видел, как Хорхе поднял к небу округлившиеся от удивления глаза и практически беззвучно пробормотал: «Слава Богу!»

— Женщина! — Он старался, чтобы в его голосе не слышалось явной радости. — Женщина! — Но когда Алехандро уронил голову на колени, улыбка тотчас же слетела с лица Хорхе. — А это что, проблема?

— Она замужем, — не поднимая головы, произнес Алехандро.

— И что с того?

Алехандро с озадаченным видом посмотрел на отца. И тогда Хорхе прорвало.

— Ты становишься старше, сынок. И тебе вряд ли удастся найти женщину... без прошлого.

Хорхе так и подмывало станцевать джигу вокруг сына. Женщина!

— Прошлое? Но это еще не все.

Женщина! Хорхе хотелось петь, громко пропеть это слово. Чтобы оно разнеслось над озером и эхом отдалось от берега. Женщина!

Алехандро по-прежнему сидел, спрятав лицо и согнувшись, точно от острой боли. Хорхе взял себя в руки и в знак сочувствия к сыну сразу сменил интонацию:

— Итак. Эта женщина...

— Сюзанна.

— Сюзанна. — Хорхе произнес это имя с почтительным придыханием. — *Сюзанна*. — Ты что, принимал у нее роды?

Дурацкий вопрос. Алехандро поднял голову, и Хорхе сразу вспомнил, каково это — быть молодым и насколько мучительны бывают превратности любви.

Алехандро говорил запинаясь, убитым голосом:

— Она... все для меня. Кроме нее, мне никто не нужен, понятно? И даже когда я с ней, то боюсь лишний раз закрыть глаза из страха, что потеряю ее...

Возможно, если бы на месте Алехандро был кто-нибудь другой, Хорхе изрек бы некую банальность насчет первой любви, сказал бы, что все проходит и это пройдет, да и вообще, всегда можно поймать другую рыбку, причем не одну, с грудями точно спелые дыни, и почти не видно швов. Но это был Алехандро, и Хорхе, усиленно старавшийся скрыть чувство невероятного облегчения, счел за благо промолчать, поскольку хорошо знал своего сына.

— Папа? Скажи, что мне делать? — Казалось, Алехандро вот-вот взорвется от разочарования и невыносимой тоски. И то, что он наконец выплеснул эмоции, раскрыв причину своих терзаний, не принесло облегчения, а лишь усилило страдания.

Хорхе де Маренас расправил плечи и участливо поинтересовался:

— А ты говорил ей о своих чувствах? — (Алехандро с несчастным видом кивнул.) — А она отвечает тебе взаимностью? — (Молодой человек задумчиво посмотрел вдаль на зеркальную поверхность воды, потом повернулся к отцу и пожал плечами.) — Она хочет остаться с мужем, да?

Алехандро попытался что-то сказать, но, похоже, не нашел нужных слов и только сильнее стиснул зубы.

Если бы они сидели рядом, Хорхе непременно обнял бы сына. Ведь что может быть лучше дружеского объятия двух гетеросексуальных мужчин? Но Хорхе ограничился тем, что положил руку сыну на колено.

— Тогда ты совершенно прав. Пора возвращаться домой. — Вода тихо плескалась о борт лодки. Хорхе закрепил в уключинах весла, открыл очередную банку пива, протянул сыну. — Кстати, совсем забыл сказать. Эта София Гишане... та, что передавала тебе привет... — Хорхе откинулся назад, мысленно вознося хвалу Господу за радости рыбалки. — Люди говорят, они с Эдуардо Гишане разводятся.

Не успела Сюзанна выйти от Кэт, как тут же наткнулась на преподобного Ленни. Он размашисто шагал по тротуару с каким-то мешком под мышкой, ветер раздувал полы сутаны.

— Ну как она? — Преподобный кивком показал на дом Кэт. Сюзанна лишь грустно поморщилась. — Я рад, что ты к ней зашла. Мы слишком мало для нее делаем. Просто стыд и позор.

— Не уверена, что от меня был хоть какой-то прок, — призналась Сюзанна.

— А что там с твоим магазином? Ты сейчас туда направляешься? Я заметил, в последнее время магазин в основном закрыт.

— Мне было... слишком тяжело...

— Там находиться, — закончил за нее священник. — Когда следствие закончится, тебе сразу полегчает.

У Сюзанны привычно засосало под ложечкой. Ужасно не хотелось давать свидетельские показания.

— Я пару раз выступал свидетелем, — сказал преподобный Ленни, закрывая за собой калитку. — Не так страшен черт, как его малюют. — (Сюзанна выдавила некое подобие смелой улыбки.) — Этот твой парень, кажется, тоже не горит желанием это делать. Судя по тому, что он мне сказал.

— Что?

— Алехандро. Сказал, что собирается уехать в Аргентину.

— Так он что, возвращается домой?

— Обидно, да? Славный парень. Хотя кто ж его за это осудит? Наш город не самое легкое место для жизни. И дорога у парня оказалась поухабистей, чем у других.

Ночью Сюзанна практически не сомкнула глаз. Она думала о Кэт Картер, о Джесси, о своем разгромленном пустом магазине. За окном тем временем занимался рассвет, голубые лучи просачивались сквозь неплотно задернутые шторы, которые ей никогда не нравились.

И уже на кухне, где Нил, громко хрумкая тостом, обшаривал рабочие поверхности в поисках запонок, она сказала ему, что уходит.

Поначалу он, похоже, не услышал. А затем удивленно спросил:

— Что-что?

— Нил, я от тебя ухожу. Прости.

Нил застыл как вкопанный, с торчащим изо рта кусочком тоста. Сюзанне даже стало за него неловко.

— Это что, шутка такая? — наконец проглотив тост, спросил Нил.

Сюзанна покачала головой.

Несколько минут они просто молча смотрели друг на друга. Потом Нил повернулся и начал собирать портфель.

— Сюзанна, сейчас я не намерен ничего обсуждать. Опаздываю на поезд. Утром у меня важная встреча. Поговорим вечером.

— Вечером меня здесь не будет, — спокойно заявила она.

— Так в чем все-таки дело? — Нил был ошарашен. — В твоей матери? Послушай, я понимаю, для тебя это стало настоящим шоком, но ведь нужно уметь видеть вещи и с хорошей стороны. Теперь тебя больше не будет мучить комплекс вины. Мне показалось, ваша семья наконец нашла общий язык. Ты ведь сама говорила, что жизнь налаживается.

— Говорила.

— Тогда в чем дело? Это как-то связано с детьми, да? Но я же осадил назад, сама знаешь. Не начинай. Мы эту тему вроде бы закрыли.

— Дело вовсе не...

— Глупо принимать жизненно важные решения в расстроенных чувствах. Ты сейчас не способна трезво мыслить.

— Способна.

— Послушай, я понимаю, ты до сих пор переживаешь из-за своей подруги. Мне ее тоже очень жаль. Она была славной девчонкой. Потерпи, время — самый лучший доктор. Обещаю. — Он задумчиво кивнул, будто в подтверждение своих слов. — Мы с тобой пережили несколько трудных месяцев. Магазин высасывает из тебя последние силы. Должно быть, тебя здорово угнетает, что он выглядит... Ну, когда все это еще носится в воздухе. Скоро привезут окна. Кстати, когда?

— Во вторник.

— Значит, во вторник. Сюзанна, я знаю, ты несчастна, но не стоит принимать случившееся слишком близко к сердцу, ладно? Давай разложим все по полочкам. Ты ведь горюешь не только из-за Джесси, но и из-за вашей семейной истории, возможно из-за своей матери. Это твой магазин. И твоя жизнь.

— Нил... это уже не тот магазин, о котором я когда-то мечтала.

— Нет, ты хотела именно такой магазин. Ты только о нем и твердила. И не надо мне вкручивать, будто ты никогда его не хотел.

Она уловила панические нотки в его тоне. А вот ее голос, как ни странно, звучал на редкость спокойно.

— Дело было в другом. Всегда. Мне просто надо было... заполнить вакуум.

— Заполнить вакуум?!

— Нил, мне действительно очень жаль. Но мы обманывали друг друга. Мы годами обманывали друг друга.

Нил наконец понял, что Сюзанна не шутит. Он тяжело опустился на кухонный стул:

— У тебя кто-то есть?

Она замялась всего на секунду, и ответ прозвучал вполне убедительно:

— Нет.

— Тогда что? Что ты этим хочешь сказать?

Сюзанна сделала глубокий вдох:

— Нил, я несчастна. И делаю несчастным и тебя тоже.

— А-а... — саркастически протянул он. — Снова здоро́во. Твои любимые разговоры в жанре «это-не-ты-это-я». Ну вот, приехали.

— Нет, виноваты мы оба, — вздохнула она. — Мы больше не подходим друг другу.

— Что?

— Нил, ты можешь, положа руку на сердце, сказать, что счастлив? На самом деле?

— Не начинай! Сюзанна, а чего ты, собственно, ждешь? У нас обоих было тяжелое время. Очень тяжелый год. Люди попадают в психушку даже при меньшей эмоциональной нагрузке, чем та, что выпала на нашу долю. Да и вообще, человек не может быть постоянно счастлив. Так не бывает.

— Я сейчас говорю не о радостях жизни. Типа я ужасно-ужасно счастлива.

— Тогда о чем?

— Я говорю о... Ну, я не знаю. Может, об удовлетворении, о том чувстве, когда кажется, будто все идет как надо.

— Сюзанна, у нас с тобой и так все идет как надо. Но мы женаты, а супружеская жизнь — это не только букеты и шоколадные сердечки. — Резко поднявшись, Нил принялся мерить шагами комнату. — Ты не можешь пустить все коту под хвост, подыскивая вариант получше, только потому, что, проснувшись, не поешь по утрам. Ведь жизнь — безумно сложная штука, требующая постоянной работы. Да, Сью, жизнь требует упорства. Надо держаться друг друга. И ждать, когда вернутся счастливые времена. Сюзанна, мы ведь с тобой были когда-то счастливы. Да-да, были и еще обязательно будем. Ты просто должна верить. И оставить пустые мечтания. То есть быть реалисткой.

Не дождавшись ответа, Нил снова сел, и какое-то время они оба молчали.

— Нил, у тебя еще будет нормальная семья, — нарушила тишину Сюзанна. — У тебя впереди уйма времени, даже если сейчас тебе кажется, что это не так.

Нил снова встал и подошел к жене. Уныло сгорбившись, он взял ее руки в свои:

— Сью, не надо. Пожалуйста. — Его карие глаза потемнели от душевного надрыва. — Сью... — (Она продолжала упорно смотреть себе под ноги.) — Я люблю тебя. Неужели это вообще для тебя ничего не значит? Двенадцать лет вместе? — Он нагнулся, пытаясь заглянуть жене в лицо. — Сюзанна?

Она ответила ему твердым взглядом, в котором не было сожаления. И медленно покачала головой:

— Нил, к сожалению, этого недостаточно. — В голосе Сюзанны звучала железная решимость.

Нил прочитал окончательный приговор на лице жены и бессильно уронил руки:

— Похоже, Сюзанна, тебе вряд ли хоть кто-нибудь сумеет угодить. Тебе всегда будет мало. — Он выплюнул ей в лицо горькие слова, поскольку действительно понял, что это конец. Что шутки закончились. — Реальная жизнь не бывает достаточной. А ты придумала себе красивую сказку, которая не принесет тебе счастья. — Он распахнул настежь дверь. — И я вот что тебе напоследок скажу. Когда ты это поймешь, даже не думай возвращаться ко мне, потому что я сыт по горло. Идет? Господь свидетель, я действительно сыт по горло!

Сюзанна, мучимая угрызениями совести, не стала ничего говорить Нилу. Не стала говорить, что она скорее рискнет, поставив на карту все, чем продолжит жить прежней жизнью, где впереди ее будут ждать — и она это прекрасно знала — сплошные разочарования.

Глава 26

Сюзанна лежала на кровати, в которой спала ребенком, и через стенку до нее доносились знакомые с детских лет звуки. Она слышала, как внизу царапает когтями каменный пол и отрывисто лает мамина собака. Сюзанна слышала звук телевизора, включенного на полную громкость: это Розмари смотрела утренние новости. Биржевые индексы поднялись на четыре пункта, сплошная облачность, временами дожди. Сюзанна, пополнившая свой информационный багаж, с кривой улыбкой отметила для себя полную неспособность штукатурки и обшивки нивелировать последствия резкого ухудшения слуха Розмари. А за окном, на центральной дорожке, отец обсуждал с кем-то из своих людей сельскохозяйственные проблемы. Прежде все эти звуки говорили лишь о том, что Сюзанна здесь совершенно чужая. И вот впервые в жизни они подействовали на нее умиротворяюще.

Она приехала к родителям поздно вечером два дня назад, собрав вещи, пока Нил был на работе. Несмотря на свое решительное заявление, он надеялся, и Сюзанна это отлично понимала, что за время его отсутствия она остынет и передумает. Что все жестокие слова, вероятно, следует рассматривать как побочный эффект обрушившегося на нее горя. Однако Сюзанна твердо знала: приговор окончательный и обжалованию не подлежит. Она понимала, что в глубине души Нил тоже, возможно, знал, что горе лишь отсрочило принятие решения, на время затуманив ее сознание, уже давно готовое принять развод как нечто неизбежное.

Виви встретила ее в дверях и без комментариев выслушала объяснения Сюзанны, которая, заливаясь слезами (она считала, что покинет коттедж, даже не бросив на него прощального взгляда, и явно не ожидала столь сильного прилива эмоций во время поспешных сборов), объяснила, что привело ее в родительский дом. Как ни странно, Виви не стала уговаривать дочь дать мужу еще один шанс, не стала объяснять ей, какой он замечательный, даже когда ближе к ночи Нил заявился сюда — в чем, правда, Сюзанна ни секунды не сомневалась — в дымину пьяный и не совсем адекватный. Виви сварила ему кофе, дав возможность выговориться и поплакаться ей в жилетку. Как позже призналась Виви, она сказала Нилу, что он может не только остаться в коттедже, но и считаться членом семьи столько, сколько пожелает. А затем Виви отвезла его домой.

— Извини, что заставила тебя пройти через все это, — сказала Сюзанна.

— Тебе не за что извиняться, — ответила Виви, налив дочери чая.

Такое чувство, будто я спала летаргическим сном много-много лет, подумала Сюзанна, глядя на обои в розовых бутонах, на угол шкафа, где она, будучи подростком, ручкой нацарапала, что ненавидит родителей. А вот теперь события, словно сорвавшись с привязи, вдруг закрутились в бешеном темпе, как будто само время решило за Сюзанну, что пора наверстывать упущенное.

Внезапно она услышала стук в дверь.

— Да? — Сюзанна поспешно села, обнаружив, к своему изумлению, что на часах без четверти десять.

— Вставай, лежебока. Время не ждет. — Люси, неуверенно улыбнувшись, сунула в дверь белокурую голову.

— Привет! — Сюзанна протерла глаза. — Прости. Не знала, что ты так рано приедешь.

— Рано? Быстро же ты вернулась к прежним привычкам! — Люси вошла в комнату и обняла сестру. — Ты в порядке?

— Мне словно приходится постоянно оправдываться, что я еще не совсем развалилась.

Самое неприятное во всей этой истории было то, с какой легкостью она бросила мужа. Сюзанна чувствовала себя виноватой, что заставила Нила страдать, и ей, конечно, было страшновато ломать прежние устои, однако, вопреки ожиданиям, у нее не возникало ощущения невосполнимой утраты. Она даже стала слегка опасаться, не является ли это свидетельством некоторой ущербности эмоциональной сферы.

— Двенадцать лет вместе, и никаких стенаний и зубовного скрежета. Ты, наверное, считаешь меня странной, да?

— Нет, просто честной. Это говорит о том, что ты поступила правильно, — рассудительно заметила Люси.

— И вот я жду, когда начну хоть что-то чувствовать. Что-то еще.

— Может, все еще впереди. Правда, по-моему, пытаться пробудить в себе чувства, которых нет, — совершенно бессмысленное занятие. — Люси села на кровать и принялась рыться в сумке. — Пора двигаться дальше. — Она помахала перед носом у Сюзанны конвертом. — А вот, кстати, и твои билеты.

— Уже?

— Подобная оперативность — это что-то вроде бонуса. Сью, я считаю, что тебе надо ехать. А с магазином мы разберемся. По-моему, некрасиво заставлять Нила постоянно на тебя натыкаться. Как ни крути, Дир-Хэмптон — городок маленький, новости тут разносятся со скоростью звука, а желающих посплетничать хоть отбавляй.

Сюзанна взяла билеты и уставилась на дату:

— Но это ведь уже меньше чем через десять дней. Когда мы говорили, мне казалось, что речь шла о месяце. А может, и о двух.

— А какой смысл здесь оставаться?

Сюзанна нервно закусила губу:

— А как я верну тебе деньги? У меня даже не будет времени распродать складские запасы.

— Бен поможет. Он тоже считает, что тебе надо ехать.

— Должно быть, ему не терпится поскорее избавиться от меня. По-моему, он не слишком-то рад моему возвращению домой.

— Не говори глупости, — ухмыльнулась Люси. — Мне, например, нравится представлять, как ты будешь путешествовать автостопом. Просто балдеж! Я даже не отказалась бы поехать с тобой. Чтобы посмотреть на тебя с рюкзаком за спиной.

— Ой, я только за! А то, если честно, у меня поджилки трясутся.

— Австралия — еще не край света. — Сестры дружно хихикнули. — Ну ладно, пусть край света. Но по крайней мере, не страна третьего мира. Где надо рыть ямку, чтобы сходить в туалет.

— А ты говорила со своей подругой? Она действительно не против приютить меня на несколько дней?

— Конечно. Она покажет тебе Мельбурн. Чтобы ты освоилась. Она ждет не дождется встречи с тобой.

Сюзанна постаралась представить себя в новых пейзажах. Теперь в ее жизнь, прежде такую пресную, войдут новые люди, перед ней откроются новые перспективы. Люси давным-давно уговаривала ее сделать нечто подобное. И тем не менее Сюзанне было безумно страшно.

— Я никогда не ездила одна. Уже много лет. Все организовывал Нил.

— Нил сделал тебя чересчур инфантильной.

— Ну, это уж ты загнула!

— Да. Вполне возможно. Но он позволил тебе вести себя подобно избалованному ребенку. Только, ради бога, не обижайся, — поспешно добавила Люси. — По крайней мере, не сейчас, когда у нас сеанс укрепления сестринских уз.

— Значит, это теперь так называется?

— Угу. Жаль, что на пятнадцать лет позже, чем следовало. Ну давай покажи мне свои сумки, я разберу твои вещи. — И Люси решительно расстегнула молнию на черном вещевом мешке. — Ни хрена себе! Зачем тебе столько туфель на шпильке, Имельда?[1] — Люси снова застегнула мешок и оттащила его в угол. — Они тебе точно не понадобятся. Попроси папу отнести на чердак. А где твоя одежда?

Сюзанна, задумчиво обхватив себя под одеялом за коленки, неожиданно подумала о том, какие безграничные возможности перед ней открываются. А потом вспомнила о тех, что уже упустила. Правда, у нее возникло странное чувство, будто ее слегка подгоняют, а ей не мешало бы просто остановиться, оглянуться. Хотя сестра отчасти права. Она, Сюзанна, уже и так заставила Нила страдать. И исчезнуть с глаз долой — самое меньшее, что она может для него сделать.

[1] *Имельда Мэй* — ирландская певица и музыкант.

— Так ты собираешься вставать или нет, ленивая корова?

Сюзанна, уткнувшись подбородком в коленки, следила за тем, как движется вверх-вниз белокурая головка сестры, сортировавшей вещи, которые неожиданно показались Сюзанне незнакомыми, принадлежащими кому-то другому.

— Я сказала маме, что у меня никого нет, — как бы между прочим заметила она.

Люси застыла с парой носков в руках. Опомнившись, она аккуратно положила их поверх стопки слева от себя. А затем обратила на Сюзанну бесстрастный взгляд:

— Меня это почему-то не удивляет.

— Он был у меня первым.

— Я совсем другое имела в виду. Просто подумала, что лишь чрезвычайные обстоятельства могли вытряхнуть тебя из твоей страховочной сетки.

— Так вот, значит, как тебе виделся мой брак? — Сюзанна даже слегка обиделась за них с Нилом. А ведь их супружество продолжалось дольше и выдержало гораздо больше испытаний, чем у многих других.

— Я вовсе не о том.

Сюзанна пристально посмотрела на сестру:

— Это не было обычной интрижкой.

— Но все в прошлом?

Сюзанна на секунду замялась.

— Да, — наконец ответила она.

— Что-то ты, подруга, темнишь.

— В свое время... мне казалось, что, возможно, это именно мой вариант. Но обстоятельства изменились. Да и вообще, мне в любом случае надо немножко побыть одной. Разобраться в себе. Ведь кое-что из того, что сказал мне Нил, заставило меня призадуматься.

— Кстати, о Ниле. А ты рассказала ему о любовнике?

— Боже упаси, конечно нет! Я и без того причинила ему достаточно горя. Ты единственная, кто в курсе. Ты считаешь меня ужасной? Я ведь знаю, тебе всегда нравился Нил.

— Это отнюдь не означает, будто я считала вас подходящей парой.

— С самого начала?

Люси молча кивнула.

Сюзанна сразу почувствовала прилив облегчения, и тем не менее ее неприятно задела безапелляционность сестры. Хотя, с другой стороны, даже если бы Люси сказала ей об этом прямо в лоб, то она, Сюзанна, попросту отмахнулась бы, ведь раньше она вообще ни в грош не ставила мнение родственников.

— Нил — простая душа, — проронила Люси. — Славный, честный малый.

— А я ленивая корова с тяжелым характером.

— Ему нужна хорошая девушка из лондонского предместья, чтобы жить с ней хорошей простой жизнью.

— Вроде тебя.

Ты что, действительно так считаешь? — спрашивали глаза сестры, и Сюзанна вдруг поняла, что не знает, так как никогда на эту тему толком не думала.

Немного помолчав, Люси начала говорить, тщательно подбирая слова:

— Сью, если тебе от этого станет легче, то в один прекрасный день я вас всех сильно удивлю. Да, со стороны моя жизнь, наверное, кажется очень легкой, что отнюдь не означает, будто это соответствует действительности.

Со стороны Люси казалась беспечной и легкомысленной, но Сюзанна, взглянув на сестру, вспомнила о ее чрезмерных амбициях, о ее закрытости, об отсутствии у нее бойфренда. И неожиданно осознала всю степень своего эгоизма и слепоты.

Сюзанна соскользнула с кровати, присела на корточки рядом с сестрой, взъерошила ее светлые волосы:

— Отлично! Когда надумаешь, моя неподражаемая сестрица, не забудь про меня. Я тоже хочу получить удовольствие.

Отца Сюзанна нашла возле амбаров за Филмор-Хаусом. Идти пришлось довольно далеко: сперва вверх по конной тропе, а затем через лес Роуни; в руках у нее была приготовленная Виви корзина с едой. Виви любезно предложила подвезти дочь на машине. Нет, не стоит, сказала Сюзанна, она, пожалуй, прогуляется. И, не обращая внимания на моросящий дождь, Сюзанна всю дорогу любовалась пышными осенними красками природы вокруг.

Уже издалека она услышала рев бульдозеров, треск рушащихся деревянных строений и на секунду закрыла глаза. Умом она понимала, что подобные звуки вовсе не обязательно связаны с катастрофой. Сюзанна с трудом отдышалась и направилась к дому. А затем, оказавшись на арене боевых действий строительной техники, остановилась на краю того, что некогда было двором, и принялась смотреть, как бульдозер крошит гнилое дерево, орудуя посреди полуразвалившихся строений, которые стояли здесь на протяжении веков, но теперь пришли в такой упадок, что даже самый рьяный инспектор графства по культурному наследию навряд ли мог выдать им охранную грамоту.

Ее отец и брат на другом конце двора руководили бульдозеристами, при этом отец одновременно беседовал с какими-то людьми, один из которых, похоже, отвечал за вывоз мусора.

К моменту появления Сюзанны на стройплощадке два амбара уже успели полностью снести, из деревянного строения они превратились в живописные развалины, причем подобная метаморфоза произошла устрашающе быстро. Из земли, словно в знак последнего протеста, торчали вверх почерневшие балки, и Сюзанну несколько удивило, что с учетом внушительных размеров снесенных сооружений среди обломков оказалось сравнительно мало кирпича.

Первым ее заметил Бен. Он вопросительно показал пальцем на отца, Сюзанна кивнула, и Бен поспешил к собеседникам, чтобы прервать их разговор. Походка у него была точь-в-точь как у отца: Бен шел на негнущихся ногах, плечи слегка выдвинуты вперед, свидетельствуя о его постоянной готовности к бою. Отец, приставив ладонь к уху, повернулся к сыну, быстро закончил разговор и махнул рукой Сюзанне. Она осталась стоять, где стояла, поскольку не испытывала особого желания принимать участие в общем разговоре. И тогда, вероятно поняв причину ее сдержанности, отец направился к ней. Сюзанна сразу узнала его тонкую хлопчатобумажную рубашку, которую отец уже много-много лет носил в любую погоду.

— Ланч. — Она протянула отцу корзину, а когда тот уже открыл было рот, чтобы ее поблагодарить, поспешно сказала: — Найдется минутка?

Отец повел ее к одному из уцелевших амбаров, по дороге передав Бену сэндвичи.

За то время, что она провела у родителей, им так и не удалось увидеться. Отец постоянно был с бригадой, занимавшейся сносом, а Сюзанна практически не выходила из комнаты, так как спала беспробудным сном. Отец показал на старый мешок из-под удобрений, она осторожно села, он устроился на другом.

Отец выжидающе молчал. Сюзанна решила не поднимать тему ее рождения или разрыва с Нилом, хотя и понимала, что Виви наверняка успела ввести мужа в курс дела. У Виви никогда не было от него секретов.

— Двор без центральных амбаров выглядит как-то непривычно.

Отец задумчиво посмотрел на дырявую крышу:

— Полагаю, что да.

— А когда ты приступаешь к строительству новых домов?

— Еще не скоро. Сперва надо выровнять участок, сделать дренаж и всякое такое. Ну и снести оставшиеся деревянные постройки. — Отец протянул ей сэндвич, но она решительно замотала головой. — Обидно. Поначалу мы собирались пустить в дело остатки, но приходится мириться с тем, что надо начинать с нуля.

Они сидели рядом, отец отламывал кусочки сэндвича и запивал чаем из термоса. И Сюзанна неожиданно поймала себя на том, что не сводит глаз с его ладоней. Она вспомнила, как муж рассказывал ей, что, когда умер его отец, Нил вдруг с ужасом понял, что никогда больше не увидит отцовских рук. Этих до боли знакомых натруженных рук.

Она скосила глаза на собственные руки. Ей даже не нужен был тот злополучный портрет, чтобы понять, что они точная копия материнских.

Сюзанна зажала ладони между коленей и бросила взгляд в сторону строительной площадки, где рабочие расположились на ланч. Затем повернулась к отцу:

— Мне надо с тобой поговорить. — Ее пальцы были холодными как лед. — Я хотела узнать, нельзя ли попросить у тебя прямо сейчас немного денег из моей доли в поместье?

По выражению его лица Сюзанна сразу поняла: он не знает, какой номер она еще может выкинуть. И что, возможно, он ожидал худшего. В глазах отца она увидела явное облегчение. Своим вопросом, догадалась Сюзанна, она недвусмысленно намекнула отцу, что готова прийти к консенсусу.

— Деньги нужны прямо сейчас?

Сюзанна кивнула:

— Бен принесет поместью куда больше пользы. Это... у него в крови.

Ее слова растаяли в воздухе, и они снова замолчали. Отец без звука достал из заднего кармана чековую книжку, быстро написал прописью цифру, вырвал лист и отдал Сюзанне.

— Здесь слишком много, — произнесла Сюзанна, уставившись на чек.

— Ты имеешь на это право. — Отец сделал паузу и пояснил: — Ровно столько мы потратили на университетское образование Люси и Бена.

Доев сэндвич, отец смял промасленную бумагу и положил в корзину.

— Ты, наверное, уже в курсе, — начала Сюзанна, — что я собираюсь уехать за границу. Так сказать, расправить крылья. — Она остро чувствовала молчание отца, недомолвки, существовавшие между ними всю ее сознательную жизнь. — Люси купила мне билет. Я еду в Австралию. Поживу немного у подруги Люси, пока не определюсь. — (Отец беспокойно заерзал на импровизированном сиденье.) — Папа, я слишком мало успела сделать в своей жизни.

— Ты совсем как она, — проронил он.

Сюзанна вдруг почувствовала, что начинает закипать.

— Папа, я не собираюсь никуда убегать. Просто хочу сделать так, как будет лучше для всех.

Отец покачал головой, но в его глазах не было осуждения.

— Я совсем другое имел в виду. Тебе... нужно начать все с чистого листа. Найти свой собственный путь. — Он кивнул, словно в подтверждение своих слов. — Ты уверена, что тебе хватит этих денег?

— Господи, ну конечно да! Если верить Люси, путешествовать автостопом ужасно дешево. По правде говоря, я не собираюсь сорить деньгами. Основную часть я оставлю здесь, в банке.

— Хорошо.

— А преподобный Ленни распродаст для меня остатки товарных запасов на складе. Так что надеюсь даже кое-что заработать.

— А он сможет?

— Думаю, да. Знающие люди говорят, что без него мне никогда в жизни не распродать склад.

Они смотрели, как Бен ходит между двумя бульдозерами, отдавая распоряжения, а потом говорит с кем-то по мобильнику и раскатисто хохочет.

Вдоволь наглядевшись на Бена, отец снова повернулся к Сюзанне:

— Сюзанна, у нас с тобой были не самые простые отношения, понимаю, но я хочу, чтобы ты кое-что знала. — Он так крепко сжал термос, что побелели костяшки пальцев. — Видишь ли, я не делал тест на отцовство, в наши дни еще не делали анализов по ДНК и все такое, но я с самого начала ни секунды не сомневался, что ты моя дочь.

И даже в полумраке разрушенного амбара Сюзанна не могла не заметить напряженный взгляд отца, но его слова были буквально пронизаны любовью. И она догадалась, что прошлое измучило и его тоже, укоренив в его душе предрассудки насчет крови и наследственности.

Но ведь в его время, несомненно, имелись способы узнать все наверняка. И тут до Сюзанны внезапно дошло: в данном конкретном случае они были бы недостаточно релевантными.

— Все нормально, папа, — проронила Сюзанна.

Они замолчали, ощущая разделявшую их пропасть, возникшую за долгие годы жестоких слов и недопонимания, чувствуя лежавшую между ними тень Афины.

— Возможно, мы к тебе приедем. — Он сидел так близко, что они касались друг друга плечами. — Твоя мама всегда мечтала о заграничном путешествии. А я долго не выдержу. Я имею в виду, без тебя.

— Да, — ответила Сюзанна, наслаждаясь непривычной теплотой отношений. — И я тоже.

Она нашла Виви в галерее перед портретом Афины.

— Ты собираешься в свой магазин?

Мой магазин, подумала Сюзанна. Похоже, теперь это не совсем точное определение.

— Сперва мне надо забрать из дому оставшуюся одежду. Наверное, для Нила будет лучше, если я сделаю это в его отсутствие.

— Только одежду?

— Кое-какие книги. Украшения. Остальное я оставляю ему. — Сюзанна нахмурилась. — Присмотришь за ним, пока меня не будет?

Виви кивнула.

Оказывается, Виви и о Ниле успела подумать, удивилась Сюзанна.

— Я ведь не совсем бессердечная. И, как ты сама знаешь, действительно переживаю за него, — вздохнула Сюзанна.

Она едва не добавила, что на самом деле желает ему счастья. Хотя, если честно, была рада, что ей не придется смотреть, как он ухаживает за другой женщиной. Так далеко ее альтруизм все-таки не простирался.

— Ты будешь счастлива?

Сюзанна подумала об Австралии, неведомом континенте на карте мира. Подумала о своем собственном крошечном мирке, которым когда-то был для нее магазин. Подумала об Алехандро.

— Непременно. Гораздо счастливее, чем сейчас. — Она не могла толком объяснить, что именно сейчас чувствует. — Обязательно.

— Это начало новой жизни.

— Полагаю, что так.

Сюзанна сделала шаг вперед, и они, стоя бок о бок, зачарованно смотрели на портрет в золоченой раме.

— Портрет должен висеть здесь, — произнесла Виви. — И если ты не возражаешь, моя дорогая Сюзанна, то свой я бы повесила на противоположной стене. Твой отец, старый дуралей, вбил себе в голову, что тут должен быть и мой портрет.

Сюзанна обняла Виви за талию:

— Знаешь что? Твой портрет будет завершающим штрихом. А иначе было бы немного странно. А вот ее портрет здесь явно не слишком уместен.

— Ох нет, дорогая! Афина имеет право. Она тоже должна занять свое место.

На мгновение Сюзанне почудилось, будто сияющие глаза красавицы с портрета пронзают ее насквозь.

— Ты такая добрая, — улыбнулась Сюзанна. — И всегда о нас печешься.

— Доброта здесь вообще ни при чем, — ответила Виви. — Просто мы, женщины, так устроены... По крайней мере, я так устроена.

Сюзанна отвела глаза от портрета и повернулась к той, что ее любила. Всегда любила.

— Мама, спасибо тебе.

— Ой, я совсем забыла, — сказала Виви, когда они направились к лестнице. — Тебе кое-что принесли в твое отсутствие. Какой-то чрезвычайно странный пожилой мужчина. Он всю дорогу мне улыбался, точно старый знакомый.

— Пожилой мужчина?

Виви отвлеклась на пятно на столешнице, безуспешно пытаясь стереть его подушечкой пальца.

— О да. Лет шестидесяти. С усами. Похож на иностранца. В городе я его прежде точно не видела.

— А что он принес?

— Он не объяснил от кого. Но это растение. *Roscoea purpurea*. Полагаю, что так.

Сюзанна изумленно уставилась на мать:

— Растение? А ты уверена, что оно предназначено именно мне?

— Может, от кого-то из твоих покупателей. Так или иначе, растение в подсобке. — Уже спускаясь по лестнице, Виви бросила через плечо: — Мы называем его павлиний глаз. Хотя, должна признаться, мне оно никогда особо не нравилось. Если тебе не нужно, я могу отдать Розмари.

Сюзанна громко ахнула и вихрем пронеслась мимо матери вниз по лестнице.

Глава 27

Ей казалось, будто она знает о Джесси практически все. Теперь, после полуторачасового участия в коронерском дознании, Сюзанна узнала о Джессике Мэри Картер следующее: рост пять футов и два с половиной дюйма, аппендикс и миндалевидные железы удалены более десяти лет назад, на пояснице родимое пятно, на указательном пальце левой руки по меньшей мере три перелома, причем последний относительно свежий. Что касается остальных повреждений, о которых Сюзанна предпочла бы не знать, то на теле имеются кровоподтеки, явно не связанные с обстоятельствами, приведшими к летальному исходу. У Сюзанны возникло такое чувство, будто речь, собственно, идет не о Джесси, а о некоем абстрактном теле, о состоянии его кожных покровов и костной ткани, с подробной каталогизацией причиненных травм. И Сюзанну смущало прежде всего даже не отсутствие у нее информации о наличии у Джесси застарелых травм, а скорее то, что исчезла сама сущность Джесси.

В здании суда друзья и родственники Джесси, которым хватило духу принять участие в дознании (одним — потому что они не могли примириться с самим фактом ее смерти, другим — потому что в глубине души они радовались возможности поучаствовать в самом громком событии после пожара в магазине для животных 1996 года за всю историю Дир-Хэмптона), вполголоса перешептывались или, преисполненные осознания важности происходящего, молча рыдали в платочек. Сюзанна беспокойно ерзала на месте, пытаясь увидеть с высоты галереи для публики дверь в зал. Она подозревала, что он здесь и сидит сейчас на скамье рядом с прокуренными сестрами Кэт Картер. Однако покинуть зал заседаний, чтобы проверить, она не могла, поскольку это могло быть расценено как неуважение к суду.

Когда она приехала, в суде его еще точно не было; не было его и двадцать минут назад, когда она выходила в дамскую комнату. И тем не менее, как единственный свидетель происшествия, он в любом случае должен был давать показания.

Ему так или иначе придется появиться в суде.

Сюзанна пригладила волосы, каждой клеточкой тела ощущая, как свернувшиеся клубком еще сутки назад волнение и страх заставляют болезненно сжиматься мышцы живота. Чтобы успокоиться, она уже дважды открывала сумочку и смотрела на лежавшие там сокровища. Среди них: этикетка от подаренного анонимом растения; отправленная на адрес родителей в конверте без имени отправителя бумажная бабочка, которую Бен, бывший в отроческие годы юным натуралистом, идентифицировал как *Inachis io*[1]. Сюзанна написала название на внутренней стороне. А вчера, когда она отправилась в магазин закончить дела, то обнаружила огромное павлинье перо, прикрепленное к дверной раме. И теперь оно нелепо торчало из-под клапана ее сумки. И никаких сооб-

1 Дневная бабочка павлиний глаз из семейства нимфалид.

щений. Но Сюзанна знала, что все эти вещи определенно так или иначе связаны с ним. И в них имеется некий скрытый смысл.

Если честно, Сюзанна даже не рассматривала возможности, что эти странные подношения могут быть от Нила.

Наконец коронер закончил с изложением результатов вскрытия, затем наклонился к Кэт Картер и поинтересовался, не желает ли она что-нибудь уточнить. Кэт, зажатая между преподобным Ленни и неизвестной женщиной средних лет, покачала головой. Тогда коронер вернулся к лежавшему перед ним списку свидетелей.

Она была следующей на очереди. Сюзанна посмотрела на очкастого репортера в углу, непрерывно строчившего в блокноте. Она уже успела поделиться с преподобным Ленни своими опасениями. Ведь если она расскажет коронеру все, что знает, абсолютно все, то Джесси распишут в газетах как обыкновенную жертву домашнего насилия. Но Джесси решительно не желала, чтобы в ней видели жертву. На что преподобный Ленни ответил, что Сюзанна не одинока и у Кэт имеются аналогичные опасения.

— Понимаешь, Сюзанна, тут главное — видеть суть дела, — заявил он. — Сейчас прежде всего следует думать о судьбе Эммы. И хотя обвинительное заключение во время здешних слушаний не выносится, можно не сомневаться в том, что все сказанное в дальнейшем будет учтено уголовным судом. И мне кажется, Джесси согласилась бы на вмешательство в свою частную жизнь ради... спокойствия своей дочери. — Преподобный Ленни весьма аккуратно подобрал нужное слово.

Что, несомненно, облегчило принятие решения. Сюзанна услышала свое имя и встала. Под чутким руководством коронера она в сдержанных выражениях поведала о травмах Джесси, с которыми та приходила на работу в магазин, о трагической цепи событий, что привели к роковому для нее вечеру, о ее широкой натуре и общительном характере, невольно ставших причиной столь страшной развязки. Сюзанна не могла заставить себя посмотреть на Кэт Картер, поскольку ей казалось, будто она совершает предательство, но, закончив, Сюзанна встретилась с Кэт глазами, и та кивнула. В знак признательности.

Он так и не появился.

Сюзанна села на место, чувствуя себя выжатой как лимон.

— Ты в порядке? — повернувшись к ней, прошептал преподобный Ленни.

Она покачала головой, с трудом удержавшись от того, чтобы не бросить взгляд в сторону тяжелой двери в зал заседаний, которая грозила в любую минуту открыться. А затем, наверное в сотый раз, пригладила свои слишком короткие волосы.

Еще три человека давали свидетельские показания: лечащий врач Джесси, заявивший, что, по его мнению, Джесси не страдала от депрессии, но собиралась покинуть своего партнера; преподобный Ленни, который, как близкий друг семьи, поведал о своих попытках, так сказать, выправить ситуацию и о твердом намерении Джесси разобраться самой; и наконец, двоюродная сестра, которой Сюзанна раньше не видела. Последняя бурно разрыдалась, направив указующий перст на мать Джейсона Бердена: та знала, что происходит, и должна была его остановить, остановить этого поганого ублюдка. Коронер предложил сделать перерыв, чтобы девушка могла взять себя в руки. Сюзанна слушала вполуха: ее больше волновали голоса снаружи и то, имеет ли она законное право снова выйти из зала.

— А теперь переходим к показаниям единственного свидетеля, — объявил коронер, — мистера Александро де Маренаса, аргентинца по национальности, который ранее проживал в общежитии больницы Дир-Хэмптона, где работал в родильном отделении — (у Сюзанны оборвалось сердце), — и который предоставил показания в письменном виде. Сейчас я передам бумагу секретарю суда, она зачитает ее вслух.

Секретарь суда, пухленькая женщина с крашеными канареечными волосами, встала с места и принялась читать текст невыразительным голосом жительницы юго-востока Англии.

Значит, в письменном виде. Сюзанна резко подалась вперед, словно от удара под дых. Она не слышала ни единого слова из показаний Александро, поскольку в ее ушах отчетливо звучали те слова, что он, весь в слезах, жарко шептал ей на ухо в ночь гибели Джесси, перемежая их поцелуями, те слова, поток которых она остановила, запечатав его рот своими губами.

Сюзанна уставилась на секретаря суда, на месте которой должен был стоять Александро. Она с трудом сдержалась, чтобы не завопить от внезапно накатившего на нее приступа гнева.

Она не могла спокойно сидеть. Она ерзала на месте, терзаемая беспокойством и отчаянием, а когда секретарь суда закончила читать, поспешно проскользнула вдоль скамьи и выскочила в коридор, где уже сидели на скамье две тетки Джесси, ее двоюродная сестра и школьная подруга.

— Убийца проклятый! — прикуривая сигарету, бросила одна из них. — И как только его мамаше не стыдно показываться людям на глаза?

— Линн говорит, что парни его реально уроют, если он посмеет вернуться в Дир. Ее старший припрятал в машине бейсбольную биту, на случай если вдруг его встретит.

— Он по-прежнему за решеткой. И вряд ли его выпустят.

— Сильвия не виновата, — сказала другая. — Ты же знаешь, она совершенно раздавлена.

— Но продолжает его навещать, разве нет? Каждую неделю.

Одна из теток похлопала девушку по руке:

— Любая мать на ее месте делала бы то же самое. Родная кровь как-никак. Что бы он там ни натворил. — Женщина повернулась к Сюзанне. — Ты в порядке, милочка? Небось тяжело все это слушать, да?

Сюзанна, стоявшая прислонившись к стене, словно онемела. Ну конечно, он не пришел. Да и с какой стати после всего, что она ему наговорила?! Быть может, пока она тщетно высматривала его, он уже складывал чемоданы. Вот плата за ее высокомерную уверенность! Сюзанна на секунду замерла, ее лицо некрасиво сморщилось, она схватилась за голову, словно пытаясь удержать ее на месте. Она почувствовала у себя на плече незнакомую женскую руку, вдохнула кислый сигаретный запах.

— Не стоит так убиваться, милочка. Она сейчас на небесах, среди ангелов. Мы как раз говорили, что она с ангелами. Нет смысла переживать.

Сюзанна что-то пробормотала и выбежала на улицу. Она не желала знать, как именно классифицируют смерть Джесси: как несчастный случай, непредумышленное убийство или открытый вердикт. Джесси ушла. И это единственный непреложный факт.

И Сюзанне оставалось только молиться, чтобы Алехандро не ушел тоже.

Произошла задержка нескольких рейсов вследствие совершенно разных причин: неполадок с двигателем, проблем с безопасностью и плохими погодными условиями. Аэропорт Хитроу был буквально забит снующими туда-сюда пассажирами, которые тащили по блестящему линолеуму, поскрипывающему под тяжестью множества ног в обуви на мягкой подошве, чемоданы на колесиках или непослушные тележки с багажом. Усталые путешественники лежали, растянувшись и собственнически заняв все сиденье, младенцы истошно орали, а непослушные дети так и норовили затеряться в ярко освещенных кафе, еще больше терзая и без того истрепанные нервы родителей.

Хорхе де Маринас, слегка отяжелевший от выпитого в аэропорту кофе, посмотрел на табло, встал и поднял чемодан. Похлопал по карману пиджака, проверив, на месте ли паспорт и билет, затем махнул рукой в сторону выхода на посадку, где с билетами в руке уже послушно выстроились в очередь его соотечественники-аргентинцы.

— Ты уверен, что поступаешь правильно? — спросил он сына. — Не хочу, чтобы ты делал это из-за меня. Или из-за матери. Ты должен в первую очередь думать о себе. И понять, чего же ты хочешь.

Алехандро перехватил взгляд отца, устремленный на табло.

— Все нормально, па, — произнес он.

Корпус общежития медсестер в больнице Дир-Хэмптона оказался больше, чем запомнилось Сюзанне. Там имелось два входа, знакомые по первому посещению, и просторная зеленая лужайка с пышно разросшимися кустами, на которые она тогда, похоже, не обратила внимания. При дневном свете все выглядело иначе, территория больницы была усеяна людьми, устлана осенними листьями и мало напоминала место, куда она постоянно возвращалась в своих мечтах.

Хотя, с другой стороны, в тот вечер она вообще не думала об окружающей обстановке. Сюзанна топталась на месте, отчаянно пытаясь определить нужную ей дверь, и злилась на себя за отсутствие зрительной памяти и неспособность вспомнить, где находится квартира Алехандро. Он жил на первом этаже, Сюзанна точно знала, поэтому она прошла по траве и принялась заглядывать в окна, пытаясь что-то разглядеть сквозь однотипные тюлевые занавески.

Третья квартира, в которую она заглянула, была похожа на ту, что занимал он. Сюзанна увидела угловой диван, белые стены, складной столик. Но безликость квартиры и плохой обзор не позволяли определить, живет ли здесь кто-либо в данный момент.

— Какого черта тут понавешали тюлевых занавесок?! — пробормотала Сюзанна.

— Чтобы прохожие не заглядывали в окна, — услышала она голос у себя за спиной.

Сюзанна покраснела. Рядом стояли две медсестры, одна — рыженькая, явно ирландка, другая — темноволосая, уроженка Вест-Индии.

— Вы не поверите, сколько найдется любителей подглядывать за медсестрами, — сказала темненькая.

— Я не подглядываю...

— Вы что, заблудились?

— Нет, просто ищу кое-кого. Мужчину. — Сюзанна заметила в глазах медсестер неприкрытое удивление. Похоже, они собирались отпустить в ее адрес неприличную шутку. — Особенного мужчину. Он здесь работает.

— Но это женское общежитие.

— И все же у вас тут есть один мужчина. Акушер. Алехандро де Маренас. Аргентинец.

Медсестры переглянулись:

— Ах... он!

Сюзанна почувствовала, что ее явно оценивают, словно знакомство с Алехандро выставляет ее в новом свете.

— Да, это его квартира, совершенно верно. Но я сомневаюсь, что он тут.

— Вы уверены?

— Иностранцы здесь не задерживаются, — сказала темнокожая женщина. — Им дают самые дерьмовые дежурства.

— И им здесь очень одиноко. — Ирландка посмотрела на Сюзанну, лицо ее было непроницаемым. — Хотя я сомневаюсь, что ему здесь было так уж одиноко.

Сюзанна яростно заморгала, категорически запретив себе показывать свою слабость.

— А здесь есть кто-нибудь, кто мог бы быть в курсе? Насчет того, уехал он или нет?

— Попробуйте узнать в администрации, — сказала ирландка.

— Или в отделе кадров. Четвертый этаж главного корпуса.

— Спасибо. — Сюзанна на секунду возненавидела девиц с этими их многозначительными взглядами. — Большое вам спасибо.

Сотрудница отдела кадров держалась любезно, но настороженно, словно ей было не впервой отвечать на расспросы, куда уехали сотрудники ее заведения.

— У нас было несколько случаев, когда медсестры-иностранки залезали в долги, — объяснила кадровичка. — Иногда те, кто приезжает из стран третьего мира, слишком увлекаются европейским стилем жизни.

— Он не должен мне денег, — сказала Сюзанна. — И насколько я знаю, вообще никому не должен. Мне просто нужно, очень нужно знать, где он сейчас.

— Боюсь, мы не имеем права предоставлять персональные данные наших сотрудников.

— У меня есть его персональные данные. Мне просто необходимо узнать, работает ли он здесь в данный момент или нет.

— Но тогда это вопрос найма больничного персонала.

Сюзанна попыталась выровнять дыхание:

— Послушайте, он должен был сегодня давать показания в суде. Это касается гибели местной девушки в моем магазине. И мне хотелось бы узнать, почему он не явился.

— Тогда вам, наверное, лучше обратиться в полицию.

— Он мой друг.

— А как же иначе.

— Послушайте, — сказала Сюзанна. — Ради бога! Если вам хочется, чтобы я перед вами унижалась, то, пожалуйста, я...

— Никто не просит вас унижаться...

— Я люблю его, понятно? Я не сказала ему, когда можно было, а теперь, боюсь, уже слишком поздно, поэтому мне просто необходимо признаться, пока он не уехал. Потому что в Аргентине мне его не найти. Ни за что. Я вообще не представляю, где искать эту страну на карте. — (Женщина теперь смотрела на нее во все глаза.) — Если честно, я даже не в курсе, граничит ли она с Патагонией, или с Пуэрто-Рико, или типа того. Я только знаю, что там куча коров и напитков, по вкусу напоминающих вымоченные в воде прутья, а еще большущих злобных рыб, и, если он уедет, все пропало, у меня не останется надежды найти его. Сомневаюсь, будто мне хватит смелости попытаться. Пожалуйста! Пожалуйста, только скажите мне, здесь ли он.

Женщина бросила на Сюзанну пристальный взгляд, затем достала из набитого бумагами ящика папку. И, остановившись на безопасном расстоянии от Сюзанны, принялась изучать лежавшие там бумаги.

— Закон запрещает нам раскрывать персональные данные сотрудников. Я только одно могу сообщить: в нашей больнице он уже не работает.

— Что значит «уже не работает»?!

— Именно то, что я вам сказала.

— А не могли бы вы сообщить мне, где он сейчас находится? Ведь он больше не считается вашим служащим.

— Отличная попытка! — воскликнула кадровичка. — Послушайте, попробуйте навести справки в его агентстве. В свое время он устроился к нам на работу через специализированное агентство, и они организовали его переезд в Англию. — Она написала номер телефона на бумажке и протянула Сюзанне.

— Спасибо, — сказала Сюзанна.

Номер телефона был лондонским. А значит, не лишено вероятности, что он нашел там другую работу.

— И это рядом с Уругваем.

— Простите, не поняла?

— Аргентина. Граничит с Бразилией и Уругваем. — Женщина улыбнулась себе под нос и вернулась к своим папкам.

Артуро тоже его не видел. Он расспросил троих своих помощников, они выразительно покачали головами и продолжили ловко перекидываться кусками сыра стилтон, банками с айвовой пастилой и соусом песто, заодно оценив Сюзанну в приступе благородства в восемь целых три десятых балла. Артуро не видел его уже больше недели. Так же как и миссис Крик, Лилиана, преподобный Ленни, женщина, торгующая антиквариатом, хозяин местной кофейни и официанты в кафе при гараже, где он когда-то покупал газету.

— Рост около шести футов? Очень загорелый? Темноволосый? — на всякий случай спросила Сюзанна у медсестры, которую встретила у газетного киоска.

— Флаг вам в руки, но лучше бы ему не попадаться мне на глаза, — фыркнула медсестра.

Когда стало темнеть, Сюзанна решила вернуться домой.

— Ты успела собраться? — Виви усадила дочь на диван и протянула чашечку чая. — Люси звонила. Сказала, приедет завтра в полдень. Может, посидишь немного с Розмари до отъезда? Понимаешь, для нее это очень важно.

Тем временем Сюзанна спрашивала себя: а что, если прямиком отправиться в Хитроу? Правда, в Хитроу ей вряд ли назовут имя из списка пассажиров. Наверняка там соблюдают меры безопасности.

— Конечно, — ответила она.

— Кстати, ты вроде говорила, будто не смогла дозвониться по этому номеру? — заметила Виви. — Они потом перезвонили. Агентство по подбору среднего медицинского персонала — так они сказали. Ты им звонила? Я решила, что они ошиблись.

Сюзанна вскочила как ошпаренная и выхватила из рук Виви листок.

— Нет, все верно, — сказала она.

— Агентство по подбору медсестер?

— Спасибо! — воскликнула Сюзанна. — Спасибо, спасибо тебе! — Сюзанна кинулась к телефонному столику, не замечая озадаченного взгляда матери.

— Сомневаюсь, что когда-нибудь сумею понять нашу девочку, — сказала Виви.

Она чистила на кухне картошку для пастушьего пирога.

— А что она натворила на сей раз?

Розмари сидела, уставившись в старую книгу по садоводству. Она успела благополучно забыть название растения, которое искала, и теперь просто разглядывала картинки.

— Я считала, она уезжает в Австралию. А теперь, оказывается, она подумывает о том, чтобы стать медсестрой.

— Что? — пробормотала Розмари, отхлебнув вина.

— Медсестрой.

— Да не хочет она стать медсестрой!

— Я тоже так считала. Но прямо сейчас она почему-то звонит в агентство по подбору среднего медицинского персонала. И разговор, похоже, серьезный. — Виви налила Розмари еще вина. — Я удивляюсь. У нее все так быстро меняется. Я за ней просто не поспеваю.

— Она будет чертовски плохой медсестрой, — заметила Розмари. — Просто отвратительной. И после первого же подкладного судна, которое ей придется вынести, сбежит оттуда, как крыса с тонущего корабля.

Мужчина из агентства оказался весьма любезен. Даже очень любезен. Да, Алехандро де Маренас попросил удалить его из базы данных еще две недели назад. А поскольку он полностью заплатил комиссионные, то не обязан был поддерживать связь с агентством. Вероятно, он вернулся к себе в Аргентину. В среднем акушерки дольше чем на год в Англии не задерживаются. За исключением приехавших из совсем бедных стран, но, насколько он помнит, мистер де Маренас неплохо обеспечен.

— Если хотите, я могу записать ваш номер, — предложил Сюзанне собеседник. — Если он снова с нами свяжется, я передам ему информацию. Вы из Национальной службы здоровья, да?

— Нет, — ответила Сюзанна, уставившись на павлинье перо в руке. Оно приносит несчастье. Она только сейчас об этом вспомнила. Нельзя держать дома павлиньи перья, потому что они приносят несчастье. — Спасибо, не надо.

Она повесила трубку и, уронив голову на телефонный аппарат, разрыдалась.

Времени было почти девять тридцать, и поток пешеходов на улицах Дир-Хэмптона после утреннего часа пик постепенно иссяк: магазины уже успели открыться, а мамаши, провожавшие своих чад в школу, — вернуться домой.

Сюзанна в последний раз пришла в свой магазин. Окна на месте, рамы свежепокрашены, на витрине слева от двери объявление о тотальной распродаже на следующей неделе в связи с закрытием магазина. «Все за полцены и ниже» было написано жирными черными буквами. А вот витрину справа от двери Сюзанна оставила для другого.

Она посмотрела на часы. Отлично. Люси будет здесь через два с половиной часа. Сюзанна пригласила только самых близких: Артуро с Лилианой, преподобного Ленни, миссис Крик — одним словом, только тех, кто ежедневно общался с Джесси и для кого задумка Сюзанны будет хоть что-то значить, так как пополнит копилку их памяти.

Она стояла возле окна, задрапированного легкой газовой занавеской, которую Сюзанна повесила сегодня утром, — не слишком приятное напоминание о затянутых тюлем окнах в общежитии для медсестер — и смотрела на маленькую компанию, топтавшуюся на углу. Сюзанну мучили сомнения, правильно ли она выбрала время, но преподобный Ленни, единственный, кто был посвящен в планы Сюзанны, заверил ее, что время самое подходящее. Преподобный Ленни не единожды бывал на предварительных дознаниях. И он знал, что после ухода близкого человека остаются образы, слова, которые необходимо блокировать, закрашивать, так сказать, светлыми воспоминаниями.

— Вы готовы? — одними губами произнесла Сюзанна, а когда он кивнул, подошла к витрине, подняла газовую занавеску и присоединилась к остальным, с волнением смотревшим на инсталляцию, которая открылась их глазам.

Витрина, где ковром лежали розовые герберы, была убрана мексиканскими праздничными гирляндами, которые Джесси собиралась купить для дома по специальной скидочной цене для работников магазина, и китайскими фонариками, некогда украшавшими полки. Композицию составляли проволочные крылья — в них Джесси как-то на спор проходила весь день, — украшенный стразами кошелек, который в свое время Джесси не могла себе позволить, хотя он ей страшно нравился, и круглая коробка шоколадных конфет в розовой обертке. Рядом — несколько журналов, включая «Вог» и «Хелло!», и домашняя работа Джесси из вечерней школы, где на полях красной ручкой было нацарапано: «Очень многообещающе». А еще CD-диск с сальсой, который Джесси непрерывно крутила, пока Сюзанна не взмолилась о пощаде, и рисунок Эммы, некогда висевший над кассой. В центре стояли две фотографии: на одной, сделанной преподобным Ленни, Сюзанна и Джесси радостно смеялись, а на заднем плане виднелся сияющий Артуро, на второй — Джесси была снята вместе с Эммой: они сидели за столиком на улице возле магазина в одинаковых розовых солнцезащитных очках. Между фотографиями лежал кусок кремового пергамента, на котором Сюзанна розовыми чернилами написала изящным курсивом:

У Джесси Картер была улыбка, такая же солнечная, как погожий августовский день, и вульгарный смех, совсем как у Сида Джеймса. Она любила мороженое «Марс», ярко-розовый цвет, этот магазин и свою семью, хотя, возможно, несколько в другом порядке. Она любила свою дочь Эмму больше всего на свете, а для человека, столь переполненного любовью, это что-нибудь да значит.

У нее не хватило времени выполнить все, что она собиралась, но она изменила мой магазин, а затем изменила меня. И я уверена, в нашем городе она так или иначе изменила каждого человека, с которым ее сталкивала жизнь.

Витрина, яркая и нарядная, сияла огнями, резко контрастируя с голым кирпичом и деревом вокруг. А ближе к стеклу стояли две кофейные чашки. Одна из них — символически пустая.

Никто не проронил ни слова. Через несколько тягостных минут Сюзанна не на шутку забеспокоилась и посмотрела на преподобного Ленни:

— Такие экспозиции были идеей Джесси. Вот я и подумала, что ей бы понравилось.

Сюзанна с трудом заставила себя нарушить тишину. Но собравшиеся упорно молчали. Сюзанне стало дурно, словно она превратилась в себя прежнюю, когда все ее попытки проявить индивидуальность были обречены на провал. И вот она опять напортачила. Почувствовав внезапный приступ паники, Сюзанна усилием воли постаралась его подавить.

— Я отнюдь не собиралась раскрыть ее характер, рассказать о ней все. Мне хотелось устроить нечто вроде чествования. Нечто более веселое, чем... — Сюзанна осеклась, в очередной раз почувствовав свою несостоятельность.

А затем, ощутив чью-то руку у себя на плече, она опустила глаза и увидела изящные наманикюренные пальцы Лилианы. Тщательно накрашенное лицо Лилианы неожиданно смягчилось под влиянием то ли экспозиции в витрине, то ли чего-то еще.

— Сюзанна, это замечательно, — улыбнулась она. — Ты отлично поработала.

Сюзанна растерянно заморгала.

— Да, получилось ничуть не хуже, чем у нее. — Миссис Крик даже наклонилась вперед, чтобы лучше видеть. — Правда, вам следовало положить туда пакет леденцов в форме сердечек. Она их вечно сосала.

— Джесси была бы довольна, — заметил преподобный Ленни; он обнял Кэт Картер и что-то шепнул ей.

— Очень мило, — едва слышно произнесла Кэт Картер. — Очень мило.

— Я сделала несколько фото для коробки памяти Эммы, — сообщила Сюзанна. — Пока... отсюда не убрали вещи. Когда магазин закроется. Но до тех пор все останется как было.

— Вам надо было пригласить кого-нибудь из газеты, — заметила миссис Крик. — Чтобы они поместили фотографию на первой полосе.

— Нет! — решительно замотала головой Кэт. — Никаких фото в газете!

— Какой хороший снимок! — воскликнул преподобный Ленни. — Мне всегда нравились эти солнцезащитные очки. Они кажутся почти съедобными.

Сюзанна поняла, что Артуро, стоявший поодаль, беззвучно плачет. Он повернулся спиной к остальным в напрасной попытке скрыть свое горе. К нему подошла Лилиана и нежно обняла, прошептав на ухо слова утешения.

— Эй, большой человек! — окликнул его преподобный Ленни. — Ну давай же...

— Дело не только в Джесси. — Лилиана снисходительно улыбнулась Сюзанне. — Тут все вместе. Артуро реально будет не хватать вашего магазина.

— Нам всем будет не хватать этого магазина, — вздохнул преподобный Ленни. — Он придавал... некую уверенность.

— Мне просто нравилось это странное чувство, которое возникало, когда я входил сюда. — Артуро печально высморкался. — И название мне нравилось. «Эмпориум». — Он произнес слово медленно, словно смакуя каждый слог.

— Вы можете назвать так свой магазин деликатесов, — сказала миссис Крик, явно обидившись, что ее не поняли.

— У нас было множество причин любить ваш магазин, — осторожно произнесла Лилиана.

— Если честно, то настоящей хозяйкой здесь была не я, а скорее Джесси, — призналась Сюзанна.

— Может, это немного сентиментально, — вмешался в разговор преподобный Ленни, — но мне хочется верить, что на Небесах есть такой же магазин и Джесси теперь там.

— И впрямь сентиментально, — сказала Кэт.

— Обслуживает посетителей и болтает, — грустно улыбнулась Сюзанна.

— О да, — кивнул преподобный Ленни. — Определенно болтает.

Картер шутливо пихнула святого отца локтем в бок и улыбнулась со сдержанной гордостью:

— Она начала говорить уже в девять месяцев. В одно прекрасное утро открыла рот и больше не закрывала.

Сюзанна собралась было что-то сказать, но неожиданно услышала за спиной знакомый голос:

— А можно добавить кое-что от себя?

Сюзанна вдруг задохнулась от одного факта его близости. Когда она видела его в последний раз, он чуть ли не на физическом уровне излучал обиду и разочарование; казалось, сам воздух вокруг был заряжен злостью. Сейчас его движения были мягкими и раскованными, а глаза, пылавшие тогда благородным гневом, смотрели спокойно и ласково.

Он пристально глядел на Сюзанну, ожидая ее ответа.

Она попыталась что-то сказать, но слова застряли в горле. Она молча кивнула.

Он прошел мимо них в магазин, снял с полки серебряный чайник для мате и поставил в витрину.

— Полагаю, нам следует вспоминать о ней с улыбкой, — проронил он. — Она стала моим первым другом в этой стране. Она умела радоваться. И по-моему, она хотела бы, чтобы воспоминания о ней были исключительно радостными.

Сюзанна не могла отвести от него глаз. Она была не в силах поверить, что он здесь, рядом.

— Послушайте, что говорит этот человек! — с жаром произнес преподобный Ленни.

Все разом замолчали, возникла неловкая пауза. Лилиана, на своих высоких каблуках, переминалась с ноги на ногу, а миссис Крик невнятно бурчала себе под нос. Сюзанна услышала, как преподобный Ленни о чем-то спросил Алехандро и, получив ответ, как ни странно, посмотрел прямо на Сюзанну, отчего та смущенно покраснела.

— Нам пора идти, — раздался голос Кэт Картер.

Сюзанна, словно очнувшись от дурмана, поняла, что еще не услышала мнения самого важного для нее человека. Она повернулась, нашла глазами детскую белокурую головку и присела на корточки.

— Все в порядке? — тихо спросила она, однако девочка упорно молчала. — Экспозиция останется в витрине недели на две, не меньше. Но я могу все изменить, если тебе кажется, будто чего-то не хватает. Или если тебе что-то не нравится. Я вполне успею это сделать до отъезда.

Эмма уставилась в витрину, затем перевела взгляд на Сюзанну. Глаза Эммы были абсолютно сухими.

— А можно мне кое-что написать и положить туда? — Ее детский голосок звучал пугающе бесстрастно. У Сюзанны защемило сердце. Она едва заметно кивнула. Эмма посмотрела на бабушку, затем на Сюзанну и добавила: — Я хочу сделать это прямо сейчас.

— Ладно, пойдем поищем фломастер и бумагу.

Сюзанна протянула Эмме руку, и девчушка доверчиво вложила туда крошечную ладошку. Провожаемые взглядами стоявшей в переулке маленькой компании, они вошли в магазин.

— Это твоя работа, да?

В магазине было пусто. Сюзанна только что закончила прикреплять к подставке послание Эммы, последние строки которого звучали настолько пронзительно, что слезы наворачивались на глаза. Но Сюзанна решила ничего не исправлять. Ведь самое главное — это искренность и правдивость. Особенно если речь идет о смерти. Сюзанна выпрямилась и отошла от витрины.

— Да, — ответил он.

Вот так. Немногословно, но многозначительно.

— Павлинье перо приносит несчастье. Не мешало бы тебе знать.

— Перо — это просто перо, и ничего больше. — Он бросил взгляд на радужное перо, торчащее из-под клапана ее сумки. — А кроме того, оно красивое. — Его слова будто продолжали висеть между ними, пока он неторопливо обходил магазин.

— Ну а как насчет остального? Бабочка? Растение? — Она не могла отвести от него глаз, ее лицо светилось от счастья.

— Бабочка павлиний глаз. И растение тоже.

— Ничего не понимаю, — пожала плечами Сюзанна. — Я имею в виду бабочку. Мы нашли только латинское название.

— Тогда тебе крупно повезло, что я не выловил для тебя окуня-павлина.

Они замолчали, и Сюзанна невольно задала себе вопрос: как могло такое случиться, что после долгих лет пребывания в оцепенении у нее вдруг возникли столь резкие перепады эмоций — от крайнего отчаяния к безудержной эйфории и чему-то такому, возможно не столь ярко окрашенному, но тревожащему?

Тем временем у витрины остановилась компания девушек. Они читали послание Эммы, обмениваясь жалостливыми возгласами.

— Очень красиво, ты молодец. — Он кивнул на инсталляцию.

— Она сделала бы это гораздо лучше. — Сюзанне так много надо было ему сказать, но все слова вдруг показались неуместными и выспренними. Теперь, когда Алехандро снова был рядом, она внезапно попала в затруднительное положение, словно лихорадка предыдущих дней высосала из нее остатки сил. — Я думала, ты уже давнымдавно в Аргентине. Ты не пришел давать показания.

— Я действительно собирался уехать. Но... решил подождать. — Он небрежно прислонился к двери, чтобы никто не вошел.

Алехандро буквально пожирал ее глазами. Этот горящий взгляд и его слова, смысл которых дошел до нее только сейчас, заставили Сюзанну покраснеть. И чтобы хоть как-то скрыть смущение, она принялась подметать пол, нервно сжимая ручку швабры.

— Послушай, ты, наверное, в курсе, что я ушла от Нила, но ты должен знать, что это вовсе не из-за тебя. Не то чтобы ты ничего для меня не значил... ничего не значил... — Сюзанна вдруг поняла, что похожа на заезженную пластинку. — Я ушла от него, чтобы ни от кого не зависеть. И не то чтобы мне не польстили твои слова. Они мне действительно польстили. Истинная правда. Но за последние дни столько всего случилось — такого, о чем ты даже не знаешь. Это связано с моей семьей. И только сейчас я начала разбираться с проблемами. С тем, кто я есть, с тем, как мне жить дальше. Я просто хочу сказать тебе, что ты очень важная часть моей жизни и так будет всегда. Более того, ты даже не представляешь, как много для меня значишь. Но по-моему, мне пора чуть-чуть подрасти. В личностном плане. Встать на ноги. — Сюзанна положила швабру. — Понимаешь?

— Сюзанна, от себя не убежишь! — воскликнул Алехандро.

Сюзанну потрясла его горячность. И куда только девалась его привычная сдержанность?! Сдержанность, что постоянно подпитывалась ее, Сюзанны, опасениями.

— А почему ты улыбаешься?

— Может, потому, что я счастлив?

Сюзанна устало вздохнула:

— Ну как ты не можешь понять? Я пытаюсь стать взрослой. Наверное, впервые в жизни.

Он задумчиво склонил голову набок, словно только что услышал шутку для посвященных.

— А почему ты так коротко подстриглась? Наложила на себя епитимью, да?

Сюзанна не верила своим ушам:

— Что?! Да кем ты себя возомнил?

Но он в ответ только еще шире улыбнулся.

Столкнувшись со странной реакцией Алехандро, Сюзанна, находившаяся на грани нервного срыва, дала наконец волю накопившимся эмоциям:

— О чем ты говоришь?! Подумать только! Ты что, спятил? — (Он рассмеялся.) — Боже мой, ты наглый... наглый тип!

— Хотя, должен признаться, тебе идет. — Он поднял руку, собираясь погладить ее по голове. — Ты по-прежнему прекрасна.

— Но это просто смешно! — Сюзанна ловко увернулась от протянутой руки Алехандро. — Ты просто смешон! Ума не приложу, что с тобой случилось! Алехандро, ты ничегошеньки не понимаешь. Тебе вообще не представить, через что мне пришлось пройти. Я пыталась договориться по-хорошему. Пыталась деликатно дать тебе понять. Но раз уж ты настолько упертый и не желаешь прислушаться к внутреннему голосу, то с какой стати мне щадить твои чувства?!

— Это я-то не прислушиваюсь к внутреннему голосу?! — Теперь Алехандро уже открыто смеялся, и этот нехарактерный для него смех еще больше разъярил Сюзанну.

Практически не отдавая себе отчета в своих действиях, она начала молотить его кулаками и выпихивать из магазина. Да-да, лучше не видеть и не слышать его, ибо только так можно сохранить душевный покой.

— Сюзанна Пикок, что ты творишь?! — спросил Алехандро уже на пороге магазина.

— Убирайся! Отправляйся назад в свою чертову Аргентину! Только оставь меня в покое! Ты мне не нужен, понятно? Вообще не нужен. Меньше, чем кто бы то ни было.

— Я тебе...

— Просто уйди.

— Я тебе действительно нужен.

Сюзанна захлопнула за ним дверь. Ее прерывистое, свистящее дыхание грозило в любую секунду обернуться истерикой. Теперь, когда он вернулся, она оказалась не готова к этой новой реальности. Она хотела, чтобы он снова стал таким, как прежде. Хотела, чтобы события развивались чуть менее стремительно. Ведь на то, чтобы разобраться в своих чувствах, ей требовалось время. Все стало слишком зыбким, жизненные устои рушились прямо на глазах, и она, словно утлая лодка в бурном море, медленно, но верно шла ко дну.

— Я не такая, как ты. И не могу быть такой, как ты. И мне непросто избавиться от своих демонов. — Сюзанна прислонилась к двери, чувствуя, как звуки ее голоса просачиваются сквозь дверь.

— А я без тебя не уеду! — Он орал во все горло, не обращая внимания на прохожих. — Не дождешься, Сюзанна Пикок! Я не уеду!

Стены магазина неумолимо надвигались на Сюзанну. Она бессильно опустилась на пол, чувствуя в голове эхо его голоса.

— Сюзанна, я буду являться тебе по ночам! Я стану наваждением, куда более чудовищным, чем призраки твоего прошлого! Ведь это не твои призраки! Это призраки, терзающие твоих родителей, и Джейсона, и бедняжку Эмму! Но они приходят вовсе не по твою душу! За ней приду я! — Он сделал паузу. — Ты меня слышишь? Я приду за тобой!

Сюзанна с трудом поднялась и подошла к витрине. Он стоял у двери, обращаясь к ней с пылом заправского проповедника, причем, судя по его уверенному виду, он ничуть не сомневался в исходе дела. Сюзанна увидела за его спиной озадаченные лица Артуро и Лилианы, наблюдавших за происходящим с порога «Уникального бутика».

— Сюзанна, ты меня слышишь?! Я буду являться тебе по ночам!

Его голос гулко разносился по булыжной мостовой, отдаваясь от отделанных кремнием стен и каменного фонтана. Сюзанна стояла, прислонившись лбом к деревянной раме, и чувствовала, как постепенно тает желание сопротивляться, сменяясь совсем иным чувством.

— Ты глупый человек! — Она вытерла мокрые глаза и увидела, что Алехандро ее заметил. Тогда она повторила чуть громче, чтобы он мог ее слышать: — Ужасно глупый. И вообще, мне кажется, будто ты бредишь! Ты сумасшедший. Да-да, сумасшедший!

— Тогда впусти меня, — сказал он и пожал плечами.

И этот чисто латиноамериканский жест, столь нехарактерный для Алехандро, окончательно доконал Сюзанну. И она открыла дверь.

Он посмотрел прямо на Сюзанну, этот иностранец, приехавший черт знает откуда, такой незнакомый и одновременно такой близкий ей человек. Неожиданно на его губах снова появилась нехарактерная для него широкая улыбка, улыбка, говорившая о внутренней свободе и радости бытия, улыбка, таившая в себе обещание счастья. Улыбка, невольно заставившая Сюзанну улыбнуться в ответ.

— Ну что, теперь поняла? — спокойно спросил он.

Она кивнула, рассмеялась и сразу почувствовала, как беспокойно пенятся и нетерпеливо рвутся наружу эмоции. И жители маленького городка — те, кто их знал, и те, кто вообще не знал, — потом еще долго обсуждали, как они стояли в дверях магазина, держась за руки, на глазах у редких прохожих, бывших в свое время покупателями этого магазина: очень смуглый мужчина и женщина с короткими черными волосами — женщина, которой, учитывая все обстоятельства, следовало быть чуть менее оживленной и, возможно, более сдержанной. Она хохотала, запрокинув голову, точная копия своей матери.

И вот наконец Сюзанна в последний раз закрыла дверь магазина и огляделась вокруг. Он сидел на ступеньке и вертел в руках бумажную бабочку, терпеливо дожидаясь, когда она, наверное, в сотый раз проверит, все ли на месте.

— А знаешь, я ведь собиралась в Австралию. Примерно через час. У меня даже билет есть и все остальное.

Он обнял ее ноги, осторожно, но жестом полноправного собственника.

— Аргентина ближе.

— Ал, я не хочу торопить события. — (Он только усмехнулся, не отрывая глаз от бабочки.) — Нет, я серьезно. Даже если я и перееду в Аргентину, одному Богу известно, останемся ли мы вместе. Ведь я только что ушла от мужа. И теперь мне хочется на время уехать туда, где мое прошлое не имеет значения.

— Прошлое всегда имеет значение.

— Но не для тебя. И не для нас.

Она опустилась на ступеньку рядом с Алехандро и рассказала о своей матери, которая бросила ее.

— Наверное, я должна ее ненавидеть, — сказала Сюзанна, наслаждаясь теплом его рук. — Но у меня нет к ней ненависти. Я лишь чувствую облегчение, что она умерла не из-за меня.

— У тебя ведь есть любящая мать.

— О, я знаю. И Афина Форстер. — Сюзанна взглянула на фотографию, которую дала ей Виви. — Да, я очень похожа на нее, но нас с ней ничего не связывает. Я не могу оплакивать того, кто ушел от меня, даже не оглянувшись на прощание.

Улыбка Алехандро потухла. Он вспомнил о той новорожденной девочке в родильном отделении в Буэнос-Айресе, которую поспешно унесла та блондинка, демонстративно игнорировавшая чужую боль.

— Возможно, она не хотела тебя оставлять, — прошептал он. — Ты ведь не знаешь всей правды.

— Ах, оставь! Того, что я знаю, более чем достаточно. — Как ни странно, у Сюзанны в душе не было ни обиды, ни злости. — Я представляла ее роковой и вместе с тем обреченной женщиной. И быть может, слишком увлеклась идеей, будто я точно такая же. Но теперь я скорее склонна считать, что Афина Форстер была просто глупой, испорченной девчонкой. Девчонкой, не годящейся на роль матери.

Алехандро поднялся и протянул Сюзанне руку.

— Сюзанна Пикок, настало время стать счастливой, — торжественно провозгласил он и мрачно добавил: — Со мной или без меня.

— Угадай, что я тебе сейчас скажу? — улыбнулась Сюзанна. — Твои подарки пришли не совсем по адресу. Потому что нет больше Сюзанны Пикок. Меня зовут Сюзанна Фэрли-Халм.

Глава 28

Девушка в костюме из синего букле вышла из поезда, с трудом стащив огромную детскую коляску, зацепившуюся за бортик. Коляска выпуска 1940-х годов действительно была страшно громоздкой, и девушка кивком поблагодарила проводника, помогшего спустить эту махину на платформу, и почему-то сразу вспомнила свою квартирную хозяйку, которая непрерывно жаловалась, что коляска загромождает узкий коридор. Хозяйка уже дважды требовала убрать коляску, но девушка, заметившая, что старуху пугает ее аристократический выговор, сразу пускала в ход это бронебойное оружие. Безотказно оно подействовало и на проводника, который ухмыльнулся ей, попутно отметив про себя, что пассажирке не нужно помогать с багажом, поскольку такового не имеется, а затем посмотрел ей вслед, наградив оценивающим взглядом ее длинные стройные ноги.

День выдался ветреным, и девушка, покинув станцию, нагнулась над коляской и аккуратно подоткнула края детского одеяльца. Затем пригладила волосы, подняла воротник и тоскливо посмотрела на промчавшееся мимо такси. До ресторана было не менее полутора миль, но денег у нее оставалось лишь на обратный билет. Ну и на пачку сигарет.

А сигареты ей сегодня точно понадобятся.

Когда она свернула на Пикадилли, как назло, пошел дождь. Она подняла капюшон коляски и, низко опустив голову, зашагала быстрее. На ней не было чулок, и дурацкие туфли моментально натерли пятку. Он уговаривал ее заменить эти туфли на другие, более удобные. Однако мизерные крупицы оставшегося у нее тщеславия не позволили ей появиться в дешевых тенниска. Не сегодня.

Ресторан находился на боковой улочке за театром, темно-зеленый интерьер и витражные окна недвусмысленно говорили о его скрытых достоинствах, а именно о том, что это заведение для людей обеспеченных и ценителей хорошей кухни. Девушка замедлила шаг: ее не слишком тянуло в это место. Она остановилась у входа и уставилась на меню, словно пытаясь решить, входить или нет. На лесах над ее головой трудилась бригада работяг, время от времени прячущихся от дождя под навесом, из приемника доносился голос Дайон Уорвик, исполнявшей «Walk On By», один из парней насвистывал мелодию. Работяги с неприкрытым интересом следили за тем, как она, несмотря на ветер и отсутствие зеркала, по-новому закалывает волосы и смотрится в ближайшее окно проверить, не размазалась ли косметика.

Девушка зажгла сигарету и закурила короткими, жадными затяжками, переминаясь с ноги на ногу и рассеянно оглядывая улицу, точно до сих пор пыталась решить, куда лучше пойти. Наконец она повернулась к стоявшей рядом коляске и посмотрела на спящего в ней младенца. И внезапно оцепенела, ее взгляд был до странности неподвижен, она словно на время забыла и об отвратной погоде, и о глазеющих на нее рабочих. И взгляд этот отнюдь не был похож на то, как смотрят на детей обычные матери: с нежностью, но небрежно. Она протянула руку, будто желая дотронуться до лица ребенка, а второй рукой оперлась на коляску, чтобы не упасть. Затем низко наклонилась, и лицо ее исчезло под капюшоном коляски.

Спустя какое-то время она выпрямилась, судорожно вздохнула, что-то тихо пробормотала. И медленно покатила коляску к входу в ресторан.

— Выше нос, красотка! — раздался голос с лесов, когда она уже открывала дверь. — Авось обойдется!

— Ой ли, — едва слышно прошептала она. — Вот тут ты, парень, здорово ошибаешься.

Толстуху с перманентом пришлось долго уламывать присмотреть за коляской, девица нудно бубнила насчет политики ресторана, поэтому Афине пришлось снова пустить в ход свое аристократическое произношение и отдать в качестве чаевых деньги, отложенные на сигареты, да к тому же пообещать, что она больше чем на полчаса не задержится.

— Она спит, дорогая, — сказала Афина с вымученной улыбкой. — Вам ничего не придется делать. А если вдруг что-нибудь понадобится, вы меня всегда найдете.

Толстуха, оказавшись бессильна против этого включенного на полную мощность обаяния, бросила на Афину красноречивый взгляд, лучше всяких слов говоривший, что Афина явно не та, за кого себя выдает: ведь благородная дама не может носить костюм, сшитый по моде двухлетней давности, и заявляться с коляской в ресторан.

Афине пришлось чуть ли не десять минут просидеть в дамской комнате, чтобы хоть немного прийти в себя.

Поначалу все было даже забавно. Она никогда не жила, перебиваясь с хлеба на воду, не зная, где придется ночевать и, даже более того, в каком городе она окажется. Это было самое настоящее приключение. И поскольку страсть затуманила ей взор, заставив забыть о менее приятных сторонах их жизни — грязных комнатах, отвратительной еде, — она искренне наслаждалась этим праздником непослушания. Она смеялась, представляя, как мать отчаянно ищет объяснение своего отсутствия на непременной игре в бридж по средам; как отец сердито фыркает над газетой, взвешивая все последствия последней выходки дочери; как бесится Розмари с ее постоянно кислой физиономией, вечно осуждающая всех и вся, Розмари, которая столь непререкаема в своих оценках и которая при первом же знакомстве посмотрела на Афину так, будто отлично знала, к какому типу девиц та относится, хотя Афина была совершенно уверена, что она вовсе не такая.

Она старалась не думать о Дугласе. Афина с Тони были два сапога пара. Она поняла это с первого взгляда, когда он появился у нее на пороге и ухмыльнулся так, будто точно знал: ей здесь не место. А ведь и правда не место.

Афина докурила сигарету, медленно вышла из дамской комнаты и пошла на шум обеденного зала, где, уткнувшись в газету, сидел он.

Ему всегда шел костюм, но именно этот своим покроем и цветом стал для нее неприятным напоминанием о дне их свадьбы. Когда Дуглас повернулся, она обнаружила у него на лице новые морщинки — печать опыта (или боли?), — которые придавали ему некую зрелую красоту.

— Дуглас? — окликнула Афина бывшего мужа, и он вздрогнул, как от удара. Его пристальный взгляд, казалось, обжигал кожу, и, чтобы заполнить паузу, заставить его отвести лихорадочно блестевшие глаза, она весело прощебетала: — Боже, какой ты элегантный!

Она села за столик, ей отчаянно хотелось выпить.

Официант, принесший выпивку, незаметно для Дугласа игриво пихнул ее локтем в бедро.

— Ты... ты хорошо себя чувствуешь? — спросил он, и она услышала неприкрытую боль в его голосе.

Афина что-то небрежно бросила в ответ, и они завели эту ужасную, убийственную застольную беседу. Хотя, положа руку на сердце, она с трудом понимала, как ей вообще удается выдавливать из себя слова.

— А ты часто приезжаешь в Лондон?

Поначалу она решила, что он над ней издевается. Правда, с другой стороны, Дуглас никогда не отличался остроумием. В отличие от Тони.

— Ой, Дуглас, ты же меня знаешь! Театры, ночные клубы. Мне без этого города никак!

У нее щемило в груди. Более того, она постоянно прислушивалась, не заплакала ли Сюзанна, давая понять окружающим, что проснулась.

Дуглас сделал заказ, выбрав за нее блюдо. Камбалу. В поезде Афина буквально умирала с голоду, так как со вчерашнего дня у нее крошки во рту не было. А теперь она поняла, что не может даже смотреть на еду: ее тошнило от вида застывающего масла, густого рыбного запаха. Дуглас пытался вести светскую беседу, но она не слышала, о чем он говорит. У нее вдруг мелькнула мысль, что совершенно не обязательно проходить через эти круги ада. Можно просто спокойно поесть и вернуться домой к родителям. Ведь ее никто ни к чему не принуждает. И в конце концов все обойдется, разве нет? Но затем она вспомнила о телефонном разговоре с родителями в начале недели, за день до того, как она позвонила Дугласу. «Афина, ты сама постелила себе постель, — заявила мать. — И теперь тебе на ней спать». Она не получит от них ни пенни, пусть не рассчитывает. Отец оказался еще более непреклонным: она запятнала честь семьи, сказал он, так что пусть и не помышляет о возвращении. Словно своими действиями он не причинил куда больше вреда. Она даже не потрудилась сообщить им о ребенке.

Афина вспомнила о жутком сосновом комоде, нижний ящик которого служил кроваткой для Сюзанны, о мокрых подгузниках, развешанных по всей комнате, о постоянных угрозах квартирной хозяйки выселить их на улицу. Об отчаянии Тони из-за невозможности найти работу.

Нет, наверное, так будет лучше для всех.

— Дуглас, будь лапочкой, попроси принести мне еще сигарет, хорошо? У меня, похоже, закончилась мелочь.

Когда официант принес сигареты, оставив на столе сдачу, она окинула деньги жадным взглядом, ведь этого вполне хватило бы, чтобы купить еды на несколько дней. Или заплатить за ванну. Настоящую горячую ванну с мыльной пеной. Она смотрела на деньги и вспоминала о тех счастливых временах, причем не слишком далеких, когда столь незначительная сумма показалась бы ей несущественной, не стоящей того, чтобы заморачиваться. Как и ее пальто, и ее туфли, и ее новая шляпа, которые тоже казались ей несущественными: легко пришли — легко ушли. Она в очередной раз уставилась на деньги, а потом перевела глаза на Дугласа, понимая, что ее проблема имеет еще одно решение, которое она пока как следует не рассматривала. Что ни говори, он был видным мужчиной. И она явно была ему небезразлична: она поняла это из их телефонного разговора. А Тони без нее прекрасно обойдется. Тони без всех прекрасно обойдется.

— Почему ты решила позвонить?

— Мне что, теперь и поговорить с тобой больше нельзя? — игриво спросила она.

И тогда она посмотрела, посмотрела по-настоящему, на бывшего мужа. Она прочла у него на лице тоску и отчаяние. И любовь. Несмотря на ее предательство. И поняла, почему не способна сделать то, что одним махом решило бы все проблемы.

— Афина, я тебе не дорогой! Я так больше не могу. Реально не могу. Я должен знать, зачем ты здесь.

Теперь он уже злился. Его лицо побагровело. Она попыталась сосредоточиться на том, что он говорит, но неожиданно почувствовала некие тревожные сигналы, настроенные на невидимую материнскую частоту. И потеряла нить разговора.

— Знаешь, так приятно видеть тебя таким красавчиком. — Ей отчаянно хотелось прямо сейчас встать и уйти. Она может убежать, вынуть Сюзанну из этой ужасной допотопной коляски и просто исчезнуть. И никто ничего не узнает. Можно, к примеру, поехать в Брайтон. Или занять денег и уехать за границу. В Италию. Они там, в Италии, любят детей. Она открыла рот и не узнала своего голоса, так как голова была занята совсем другим. — Ты всегда выглядел роскошно в этом костюме.

Теперь она уже отчетливо слышала плач Сюзанны, и все остальное вдруг сделалось несущественным.

— Афина! — возмутился он.

И тут рядом с их столиком возникла толстуха с ее наглой рожей. Она явно обратила внимание и на отсутствие обручального кольца, и на нетронутую еду на тарелке.

— Простите, мадам, но ваш ребенок плачет. Вы должны пойти забрать малышку.

Как выяснилось позже, дальнейшие события практически стерлись из ее памяти. Она помнила только побелевшее, опрокинутое лицо Дугласа, помнила, как взяла на руки Сюзанну, отчетливо понимая, что держит дочь в последний раз, а потому стараясь не смотреть на это крохотное личико. А тем временем Сюзанна, словно предчувствуя неизбежное, беспокойно заворочалась, и Афина принялась ее укачивать, радуясь возможности скрыть от всех трясущиеся руки.

А затем был тот трагический эпизод, который она страстно хотела забыть, эпизод, память о котором преследовала ее во сне и наяву, эпизод, оставивший у нее в душе зияющую пустоту и неизбывную тоску по потерянному ребенку.

Практически не отдавая себе отчета в своих действиях, Афина Фэрли-Халм взяла ребенка, которого любила чистой незамутненной любовью (она сама от себя не ожидала этого), и отдала это маленькое, почти невесомое, завернутое в одеяло создание мужчине напротив.

— Афина, поверить не могу, что ты...

— Пожалуйста, пожалуйста, Дуглас, дорогой! Я не могу сейчас ничего объяснять. Честное слово! — Слова, налившись свинцовой тяжестью, застревали в горле, пустые руки напоминали о ее предательстве.

— Ты не можешь вот так взять и оставить у меня ребенка...

— Ты ее полюбишь.

Он держал малышку очень бережно, очень осторожно, заметила Афина, и ее пронзило острое чувство благодарности к этому мужчине. Она знала, он не подведет. Господи, прости мне мой грех, мысленно взмолилась она. Еще немного — и она, казалось, потеряет сознание.

На секунду ее охватила паника, что он все-таки откажется. Но другого выхода не было. Тони именно так говорил, неоднократно.

Она сама постелила себе постель.

Она накрыла его ладонь прохладной рукой, пытаясь передать свои чувства одним умоляющим взглядом:

— Дуглас, дорогой, разве я когда-нибудь тебя хоть о чем-нибудь просила? В самом деле?

Он растерянно посмотрел на нее, и это неприкрытое смятение, беззащитное выражение его лица сказали ей, что он сдался. Что он будет заботиться о Сюзанне. Любить ее так, как его самого когда-то любили в детстве. Пожалуй, что ни делается, все к лучшему, сказала себе Афина. Да-да, к лучшему. Как будто уговорами она могла заставить себя в это поверить. Она с трудом встала и с высоко поднятой головой направилась к выходу; ей казалось, что она вот-вот упадет. Стараясь не думать о том, что оставляет позади, она просто механически переставляла ноги, пока шум ресторана за спиной окончательно не стих. Ей очень хотелось оставить что-нибудь Сюзанне на память. Маленький знак любви. Но у них ничего не было. Все ценное было продано, чтобы купить еды.

До свидания, дорогая, мысленно сказала она, увидев впереди дверь ресторана; высокие каблучки громко цокали по каменной плитке пола. Я вернусь за тобой, когда дела наладятся. Обещаю.

Да, что ни делается, все к лучшему.

— Неужели ты даже не хочешь сказать «до свидания»? — донесся до нее голос Дугласа.

И Афина, чувствуя, как ее решительность тает прямо на глазах, побежала что было сил.

Никогда такого не видела, уже позже рассказывала гардеробщица сомелье. Эта высокомерная девица, та самая, черноволосая, завернула за угол, села на тротуар и разрыдалась так, что у нее, казалось, вот-вот разорвется сердце. Гардеробщица видела ее, когда выходила подышать свежим воздухом. Сидела съежившись у стены и выла, точно собака. Не обращая внимания на прохожих.

— Уж я бы точно сумел ее развеселить, — похотливо ухмыльнулся сомелье, а гардеробщица с наигранным отчаянием покачала головой и ушла к своим пальто.

Когда она вернулась, Тони лежал на кровати. Впрочем, ничего удивительного, хотя вечер еще не наступил: в тесной комнатушке не на что было присесть. Они попросили у квартирной хозяйки стул, рассчитывая втиснуть его в свободное пространство возле окна, но хозяйка сурово ответила, что они и так задержали квартплату на две недели, да и вообще у них на одного человека больше, чем оговорено, тогда с какого перепугу она должна обеспечивать их дополнительной мебелью, а?

Афина вошла в комнату. Тони резко открыл глаза, словно до того крепко спал, и сразу сел на кровати, растерянно моргая и вглядываясь в ее лицо. В комнате пахло затхлостью: уже несколько недель они не могли отнести постельное белье в прачечную-автомат, а окно плохо открывалось, практически не впуская внутрь свежий воздух. Она смотрела, как он широкими ладонями приглаживает волосы.

— Ну как? — спросил он.

Она не могла говорить. Просто молча подошла к кровати и, даже не потрудившись убрать газету с жеваного пикейного покрывала, сразу легла спиной к нему; туфли соскользнули со стертых в кровь пяток.

Он положил ей руку на плечо и неуверенно сжал его:

— Ты в порядке?

Афина не ответила. Она лежала, уставившись в стену напротив, на зеленые тисненые обои, которые уже начали отклеиваться от плинтусов, на электрический радиатор, которым они не пользовались из-за отсутствия денег, на комод, нижний ящик которого был устлан старыми джемперами Афины, с ее шелковой блузкой поверх них — единственной вещью, достойной нежной кожи Сюзанны.

— Ты все правильно сделала, — вкрадчиво произнес Тони. — Понимаю, тебе сейчас тяжело, но ты все правильно сделала.

Ей казалось, будто она никогда больше не сможет оторвать голову от подушки. Она ощущала себя такой усталой, словно прежде вообще не понимала, что такое настоящая усталость.

Она не замечала, что Тони целует ее в ухо. Ее отстраненность разбудила в нем желание.

— Любимая? — (Она не ответила.) — Любимая?

— Да? — прошептала она, не чувствуя в себе сил поддерживать разговор.

— Я искал работу. — Он явно пытался ее убедить, что тоже выполняет свою часть сделки. — В Стэнморе есть фирма, которая ищет торгового агента. Комиссионные и бонусы. Пожалуй, позвоню им чуть позже. Никогда не знаешь, где найдешь, где потеряешь, а?

— Да.

— Фина, все образуется. Правда. Уж я постараюсь.

Если он поехал на поезде, то Сюзанна, должно быть, уже в Дир-Хэмптоне. Дуглас тоже наверняка намучается с этой коляской. Афина представляла, как он, сражаясь с огромным капюшоном и нескладной ручкой, требует от проводника помочь затащить ее в вагон. А в вагоне склоняется над Сюзанной — проверить, все ли в порядке. Склоняется над Сюзанной в этом своем элегантном костюме, с печатью озабоченности на лице. Пожалуйста, только не давай ей слишком много плакать без меня, подумала она, и крупная одинокая слеза упала на подушку.

— С ним ей будет гораздо лучше. Да ты и сама знаешь. — Тони гладил Афину по белой холодной руке, словно это могло ее успокоить. И шептал ей прямо в ухо, страстно, настойчиво: — С двумя нам точно не справиться. Только не здесь. Мы и так еле-еле сводим концы с концами... Афина? — Тони уже начало угнетать ее молчание.

Она лежала на смятых объявлениях о работе, равнодушно уставившись на дверь.

— Нет, — сказала она.

Афина пролежала на кровати четверо суток, беспомощно рыдая, отказываясь покидать комнату, разговаривать и принимать пищу, глядя широко раскрытыми остановившимися глазами, пока наконец Тони, опасаясь за ее здоровье, а скорее — за состояние ее рассудка, не решил взять дело в свои руки и пригласить доктора. Квартирная хозяйка, наслаждаясь собственной ролью в этой драме, встретила доктора на площадке верхнего этажа и громогласно объявила ему, что у нее порядочный дом, чистый и опрятный.

— У нас тут сроду не было никаких болезней. Ничего грязного. — Хозяйка усиленно старалась заглянуть в дверь в надежде узнать, что не так с этой девицей.

— Не сомневаюсь. — Доктор с отвращением посмотрел на заскорузлый ковер в холле.

— Я прежде никогда не пускала к себе не состоящих в браке, — заявила она. — Это в первый и последний раз. Мне ни к чему лишние заботы.

— Она здесь, — сказал Тони.

— И никакой заразы в моем заведении! — Хозяйка буквально пылала благородным негодованием. — И я требую, чтобы мне сообщили, если у нее что-то заразное!

— Если тут что и есть заразное, так это твоя луженая глотка, — пробормотал молодой человек и захлопнул дверь.

Доктор оглядел крошечную комнату с сырыми стенами и покрытыми копотью окнами, сморщил нос от затхлого запаха висевшего в углу мокрого белья, и у него невольно возник вопрос: сколько людей в этом районе живут в условиях, скорее подходящих для животных?

Он выслушал сбивчивые объяснения молодого человека и повернулся к лежавшей на кровати женщине:

— Где-нибудь болит? — Он откинул покрывало, обнажив живот, который еще только-только начинал увеличиваться. Она ответила, и доктора немного удивило ее изысканное произношение. Ну и парочка! Аристократка и неотесанный северянин! Хотя в наше время это обычное дело. Так называемое бесклассовое общество, чтоб его! — Проблемы с мочеиспусканием? Боль в горле?

Осмотр не занял много времени: физически женщина оказалась здорова. Однако врач диагностировал депрессию, в чем не было ничего удивительного, если учесть условия, в которых она жила.

— Многие женщины становятся несколько истеричными во время беременности, — закрыв чемоданчик, сказал врач молодому человеку. — Постарайтесь, чтобы она не нервничала. Прогуляйтесь вместе по парку. Свежий воздух пойдет ей на пользу. Я выпишу ей таблетки, содержащие железо. Постарайтесь сделать так, чтобы она хоть немного порозовела.

Молодой человек проводил доктора и остался стоять в дверях, смущенно засунув руки в карманы.

— Что же мне делать? — растерянно твердил он. — Она не хочет меня слушать.

Доктор перехватил встревоженный взгляд будущего отца в сторону кровати. Девушка уже уснула. Но в сорок седьмом номере был туберкулез под вопросом, в другой комнате — пролежни, и, кроме того, оставался бурсит миссис Бейкер, которым следовало заняться еще вчера, а потому доктор при всем желании не мог больше здесь задерживаться.

— Некоторым женщинам материнство дается чуть труднее, чем другим, — заметил он, надел шляпу и ушел.

— Но мне сказали, что моя мать умерла при родах, — удивилась Сюзанна, когда Виви рассказала ей все, что знала, о последних днях Афины. И это еще больше укрепило Сюзанну во мнении, что ей еще рано становиться матерью.

— Да, действительно при родах. — Виви взяла Сюзанну за руку. Ласковый материнский жест. — Но тебя она родила раньше. У нее это был второй ребенок.

Глава 29

Моя дочь родилась в ночь, когда произошло отключение электричества, и не только больница, но и полгорода погрузилось во тьму. Мне хочется думать, что в этом было некое знамение: ее появление на свет оказалось столь значительным событием, что оно должно было быть чем-то отмечено. На улице постепенно гасли огни, комната за комнатой, дом за домом, исчезая, точно пузырьки шампанского, над нашими головами, пока темнота не настигла нас у ворот больницы, куда мы срочно приехали на машине.

Я истерично хохотала между схватками, и акушерка с квадратным подбородком, не понимавшая моего языка, решила, будто со мной что-то не так. Но я не могла объяснить. Я смеялась, потому что хотела родить свою дочь дома, но он сказал, что нельзя, что он не может брать на себя такую ответственность. Это был один из тех редких случаев, когда мы не сумели прийти к согласию. И вот мы оказались в больнице. Он дико извинялся, я хохотала и задыхалась, сестры кричали и чертыхались, ходячие больные натыкались друг на друга в темноте.

Не знаю, почему я так много смеялась. Уже после мне говорили, что впервые видят роженицу, хохочущую между схватками, ведь если кто и смеется, то исключительно под действием энтонокса. Возможно, у меня была легкая истерика. Возможно, все казалось мне настолько невероятным, что я не могла до конца поверить в происходящее. Возможно, я действительно немножко испугалась и тем не менее не могла поверить. Хотя в последнее время я вообще ничего не боялась.

Правда, когда боль стала действительно сильной, мне уже было не до смеха. Затем я жевала загубник баллона с закисью азота и орала от ярости и обиды, что никто не потрудился предупредить меня, какой это кошмарный ужас. Что было потом, я помню смутно, все словно смешалось: и боль, и пот, и чьи-то руки, и ласковые голоса в призрачном свете, уговаривавшие меня тужиться, твердившие, что я справлюсь.

Но я и так знала, что справлюсь. Несмотря на боль, несмотря на шок, предвещавший рождение ребенка, мне не нужны были их слова ободрения. Я знала, что смогу родить ребенка. Даже если рядом никого не будет. И пока, вцепившись побелевшими от напряжения пальцами в простыни, я смотрела на свое обнаженное тело, она выскользнула из меня с той же решимостью, с той же уверенностью в своих способностях, подняв ручки вверх, словно в знак победы.

Он был там, чтобы встретить ее. Не знаю, как ему стало известно, мне казалось, он оставался на месте. Я заранее взяла с него обещание, что он не будет стоять рядом со мной, чтобы не испортить романтическое представление обо мне. Он рассмеялся и сказал, что это просто смешно. Итак, он был там, когда она сделала свой первый глоток воздуха в этом мире, и даже в тусклом свете я видела, как заблестели у него на щеках слезы, когда он перерезал пуповину и поднял малышку вверх, к пламени свечи, чтобы я тоже могла на нее посмотреть и поверить, что это не сон.

И акушерка, которая, как мне казалось, уже приготовилась ею заняться, отошла в сторону и терпеливо ждала, пока он ласково целовал ее личико, вытирал кровь с ее конечностей, с темных волосиков, напевая при этом воркующим голосом песенку, слов которой я не понимала. Он произнес ее имя. Имя, которое мы вместе выбрали: Вероника де Маренас. И сразу же, точно по мановению волшебной палочки, появилось электричество, и город вновь засиял огнями, район за районом, и теплый свет фонарей снова омыл притихшие улицы. Но когда зажглись светильники в нашей маленькой палате, акушерка решительно подошла к выключателю и погасила свет. Ведь в этом сумраке таилась некая своеобразная красота, магия полутемной комнаты, которую даже она не могла не заметить.

И пока эта женщина обмывала меня порывистыми, но нежными движениями, я смотрела, как мой муж с дочерью на руках ходит по палате при свете свечей, и плакала. Сама не знаю почему. Возможно, сказалось изнеможение или переизбыток эмоций. А возможно, я просто не могла поверить, что мое тело сумело произвести на свет такую идеальную, красивую маленькую девочку, что я нечаянно стала творцом такой радости.

— Не плачь, amor, — сказал Алехандро задыхающимся от слез голосом.

Он подошел к кровати, с сомнением посмотрел на личико нашей дочки и осторожно протянул ее мне. И хотя его глаза были полны любви, его руки двигались как в замедленной съемке, словно не желали выпускать ребенка. И пока дочка глядела на нас, моргая невинными умными глазками, Алехандро прижал меня к себе, и мы все оказались связаны общим объятием.

— Не стоит плакать. Ее будут очень любить.

Слова Алехандро проникли мне прямо в душу, не оставив там темных, потайных уголков.

Ее будут очень любить.

Благодарности

Я хочу поблагодарить Софи Грин, хозяйку магазина «Blooming Mad Sophie Green», и Жака Баунсолла, которые, хотя и не похожи на главных персонажей моей книги, вдохновили меня на ее написание, а также всех покупателей магазина Софи. Их истории, шутки и сплетни легли в основу данной книги. Я не устаю удивляться, как много можно узнать, стоя за прилавком...

Моя огромная благодарность сотрудникам «Hodder and Stoughton» за их постоянную поддержку и энтузиазм, в частности Кэролин Мейс, Джейми Ходдер-Уильямсу, Эмми Лонгхерст, Алексу Бонему и Хейзел Орме.

Спасибо Шейле Краули и Джо Фрэнку, агентские навыки которых способствовали изданию этой книги, а также Вики Лонгли и Линде Шонесси из «AP Watt». Отдельное спасибо Брайану Сандерсу за сведения о тонкостях рыбалки, Кэти Рансиман — за информацию о жизни в Аргентине, а Джеймсу и Ди Потер — за знание сельского хозяйства. Я бесконечно благодарна Джилл и Джону Армстронг за то, что освободили меня от домашних забот. Большое спасибо Джулии Кармайкл и персоналу «Harts in Safron Walden» за их поддержку, а еще Ханне Коллинс за Бена — это мой лучший предлог увильнуть от работы.

Огромная благодарность Гранту Макки и Джилл Тертон, которые помогли мне издать первую книгу. Я сожалею, что продала вашу машину.

Извинения и благодарности Саскии и Гарри. Они наконец-то стали понимать, что если мамочка разговаривает сама с собой и время от времени забывает приготовить им ужин, то это вовсе не означает, что у нее раннее старческое слабоумие, — она просто зарабатывает деньги на закладную.

Больше всего я благодарна Чарльзу, которому приходится мириться с тем, что я периодически влюбляюсь в свои мужские персонажи. Но зато теперь он знает о написании романов столько, что вполне может издать свой собственный. А также за все остальное. Целую.

Оглавление

Литературно-художественное издание

ДЖОДЖО МОЙЕС

ГДЕ ЖИВЕТ СЧАСТЬЕ

Ответственный редактор Ольга Рейнгеверц
Редактор Ольга Давидова
Художественный редактор Виктория Манацкова
Технический редактор Татьяна Тихомирова
Компьютерная верстка Елены Долгиной
Корректоры Светлана Федорова, Лариса Ершова

Подписано в печать 16.01.2017. Формат 84×100 1/32.
Печать офсетная. Тираж 40 000 экз. Усл. печ. л. 28,08. Заказ № 6942/17.

Знак информационной продукции
(Федеральный закон № 436-ФЗ от 29.12.2010 г.): 16+

ООО «Издательская Группа „Азбука-Аттикус“» —
обладатель товарного знака «Издательство Иностранка»
119334, г. Москва, 5-й Донской проезд, д. 15, стр. 4

Филиал ООО «Издательская Группа „Азбука-Аттикус“» в Санкт-Петербурге
191123, г. Санкт-Петербург, Воскресенская наб., д. 12, лит. А

ЧП «Издательство „Махаон-Украина“»
04073, г. Киев, Московский пр., д. 6 (2-й этаж)

Отпечатано в соответствии с предоставленными материалами
в ООО «ИПК Парето-Принт».
170546, Тверская область, Промышленная зона Боровлево-1, комплекс № 3А.
www.pareto-print.ru

ПО ВОПРОСАМ РАСПРОСТРАНЕНИЯ ОБРАЩАЙТЕСЬ:

В Москве: ООО «Издательская Группа „Азбука-Аттикус“»
Тел.: (495) 933-76-01, факс: (495) 933-76-19
E-mail: sales@atticus-group.ru; info@azbooka-m.ru

В Санкт-Петербурге: Филиал ООО «Издательская Группа „Азбука-Аттикус“»
Тел.: (812) 327-04-55, факс: (812) 327-01-60. E-mail: trade@azbooka.spb.ru

В Киеве: ЧП «Издательство „Махаон-Украина“»
Тел./факс: (044) 490-99-01. E-mail: sale@machaon.kiev.ua

Информация о новинках и планах на сайтах:
www.azbooka.ru, www.atticus-group.ru

Информация по вопросам приема рукописей и творческого сотрудничества
размещена по адресу: www.azbooka.ru/new_authors/

HJJM1900101R